フリーダム

ジョナサン・フランゼン

FREEDOM

JONATHAN FRANZEN

森慎一郎 訳　早川書房

フリーダム

FREEDOM
by
Jonathan Franzen

Translated by
Shinichiro Mori
Originally published in the United States by
Farrar, Straus and Giroux
First published 2012 in Japan by
Hayakawa Publishing, Inc.
This book is published in Japan by
arrangement with
The Susan Golomb Literary Agency
through The English Agency (Japan) Ltd.

スーザン・ゴロムとジョナサン・ガラッシに

さあご一緒にお行きなさい、
大切なものを勝ち得たあなた方、ご自身のお喜びを
みなにお分かちくださいますよう。私は老いたキジバト、
どこかの枯れ枝へでも羽ばたいて行き、そこで
二度と見つかるあてのない我がつがいの片割れを
この身の消えるまで悼むとします。

――『冬物語』

目次

善き隣人

ウォルター・バーグランドの一件は地元の新聞には載らなかった――妻のパティともどもワシントンに引っ越してはや二年、いまやセントポール各紙の関心事ではなかったのである――とはいえ、ラムジーヒルの都市中流層の人々は、『ニューヨーク・タイムズ』に目を通さないほど我が街ひと筋というわけでもなかった。その好意的とは言いがたい『タイムズ』の長文記事によれば、ウォルターは首都ワシントンでせっかくのキャリアをだいなしにしてしまったようだった。かつての隣人たちは、『タイムズ』の記事に出てくる彼の人物評（「傲慢」、「高圧的」、「倫理にもとる」云々）と、記憶の中の、親切でにこやかな赤ら顔のスリーエム社員、二月の雪の中、通勤用自転車でサミット・アヴェニューをせっせと登っていたあの人物とをうまく結び付けられなかった。なんとも不思議な話だった。〈グリーンピース〉よりグリーンなあのウォルターが、自身も田舎育ちのあのウォルターが、石炭業界と結託して田舎の住民を迫害したかどで、いまやトラブルに陥っているというのだ。ただそれでいて、昔からバーグランド夫妻にはどこか少しまともでないところがあった。

ウォルターとパティはラムジーヒルの若き開拓者だった――セントポールの旧都心が三十年前に荒廃して以来、大卒でバリア街に家を買ったのは二人が最初だった。ヴィクトリア朝様式の古家を実質無料で手に入れ、その後十年をかけて、骨身を削ってせっせと改修した。住み始めてすぐの頃には、やたらとしつこい何者かにガレージに放火され、新たなガレージが建つ前に二度まで車を荒らされるなどということもあった。路地を挟んだ空き地には日焼けしたバイカーたちが押しかけてきた。シュリッツの瓶を片手にナックウルスト・ソーセージを炙《あぶ》り、未明までエンジンを空ぶかしするのだ。しまいにパティがスウェット姿で表に出ていって、「ねえあんたたち、ちょっといい？」と声をかけることになる。パティが出ていったところで怖がる者などいないのだが、高校、大学とアスリートとして鳴らした彼女には、体育会系ならではの豪胆さがあった。引っ越してきたその日から、彼女はどうしようもなく目立っていた。背が高く、ポニーテールで、滑稽なまでに若々しく、装備を剝ぎ取られた車や割れたビール瓶や嘔吐物のかかった残雪のわきをベビーカーを押して通り過ぎていく、そんな彼女が過ごす一日のありさまはベビーカーからいくつもぶら下がった網バッグを見ればひと目で想像がついた。来し方には、赤ん坊を抱えてせっせと朝の支度をし、赤ん坊を抱えてあれこれ午前の用事をこなす姿。行く手にはパブリック・ラジオ、『シルヴァー・パラット料理手帖』、布おむつ、それにドライウォール用パテとラテックス塗料の午後。それが済めば『おやすみなさいおつきさま』、おしまいにジンファンデル・ワイン。要するにパティは、バリア街のあちこちでいままさに始まろうとしていた現象をすでに完璧に体現していた。

そんな変化も始まったばかりで、まだ人目を気にせずボルボ二四〇に乗れたあの当時、ラムジーヒルの住人たちが抱えていた共通課題は、親たちの世代が郊外に逃れることで忘れようとした類の生活スキルを学びなおすことだった。たとえば、地元の警察がその職務に本腰を入れるよう仕向けるにはどうしたらいいかとか、やる気満々の自転車泥棒からどうやって自転車を守るか、庭のデッキチェアで眠りこんだ酔っ払いをどのタイミングで起こすか、野良猫によその砂場でウンコさせるにはどうしたらいいか、公立学校の荒れ加減が再建への努力に見合うかどうかをいかに見極めるか、などなど。加えて昔はなかった問題もいろいろ、たとえばそう、布おむつってどうなの？　面倒だけど布にしたほうがいい？　あと、いまでも瓶の牛乳を配達してもらえるってほんと？　ボーイスカウトって男尊女卑？　ブルグアってほんとに必需品？　電池のリサイクル、どこでやってるの？　非白人の恵まれない人たちに住環境を破壊されたって責められたら、なんて答えればいいの？　古いフィエスタ焼きの釉《うわぐすり》には危険量の鉛が含まれてるってほんと？　キッチンの浄水フィルターだけど、実際どの程度のものを使う必要があるの？　おたくの二四〇、オーバードライブ・ボタンを押してもオーバードライブに入らないことある？　物乞いの人には食べ物をあげたほうがいい？　何もあげないほうがいい？　フルタイムで働きながら、見たことないくらい自信たっぷりで幸せで賢い子供たちを育てるなんてできるかしら？　コーヒー豆は前の晩に挽いておいてもいいの？　やっぱり朝じゃなきゃだめ？　セントポールは昔からそうだけど、いい屋根職人っていないの？　ボルボのメカニックは？　おたくの二四〇、サイドブレーキ・ケーブルがやけにべとつくなんてことない？　それにあの謎のマークがついたダッシュボードのスイッチ、押すとカチッと、いかにもスウェーデン製ですっていういい音がするのに、どこにも繋がってなさそうなあのスイッチ――あれ何？

　これらすべての問いにすらすら答えられるのがパティ・バーグランド、まさに社会文化的花粉のうららかな運び手、にこやかな蜂だった。彼女はラムジーヒルに数少ない専業ママの一人であり、自分をよく言うこと、人を悪く言うことを極端に嫌う性格で知られていた。口を開けば、引き上げ窓のチェーンを自分で取り替えてみたのはいいが、そのうちきっと窓のどれかに「首をはねられる」などと言う。豚肉にちゃんと火を通さなかったから、子供たちはお腹に虫がわいて「死にかけてる」んじゃないか。ペンキ落としの臭いの「中毒」になったせいで、本を「一冊たりとも」読まなくなってしまったのだろうか。「あんなこと」があった以上、自分がウォルターの花に肥料をやるのは「ご法度《はっと》」だなどとこぼしたりもした。こうしたパティお得意の自己卑下を不快に感じる――そこに一種、上から目線のようなものを感じとる――人々もいた。ああして些細な欠点まで誇張してみせることで、たしなみのない主婦たちへの気遣いをひけらかしていると言うのだ。とはいえ、彼女の謙虚さに嘘はない、あるいは少なくとも微笑ましいというのが大方の感じ方であり、何はともあれ、我が子たちもあんなになついているうえ、その子供たちの誕生日のみならず親の誕生日まで憶えていて、手作りクッキーやらバースデーカードやら激安ショップの小さな花瓶に生けたスズランやらを携えて裏口に姿を見せ、面倒でしょうし花瓶は返しにこないでねと言い残していくような女を憎めるわけもなかった。

パティが東部出身で、ニューヨーク郊外で育ったことはよく知られていた。女子バスケットボール選手としてはミネソタ大の完全奨学生の草分けであること、またウォルターの自宅の仕事場の壁に掛かった記念プレートによれば、大学二年次には全米代表Bチーム入りまで果たしたことも。そんなパティに一つ奇妙な点があるとすれば、その家庭重視の姿勢にもかかわらず、故郷や実家と目につくほどの交流がないらしいことだった。ひと夏ひと冬セントポールから一歩も出ずに過ごすこともよくあったし、両親も含めて東部の親類が訪ねてきたことがあるのかどうかもわからなかった。単刀直入に両親のことを訊ねると、二人ともいろんな形でいろんな人の役に立ってるわ、父はホワイトプレーンズで弁護士をしてて、母は政治家、そう、ニューヨーク州議会議員なの、という答えが返ってきた。そうして念を押すようにうなずきながら、「うん、ま、そういう親なのよ」。その件について他に言うべきことはないとでも言うように。

パティに誰かのふるまいを「ひどい」と認めさせるのは、ちょっとしたゲームになるほどの難題だった。セスとメリーのポールセン夫妻が双子のために派手なハロウィーンパーティーを計画中で、同じブロックの子供たちのうちコニー・モナハンだけ仲間外れにしようとしていると聞いたときにも、パティはただ、すごく「ヘン」だとしか言わなかった。その後、通りでポールセン夫妻に出くわしたとき、夫妻はパティに、問題はコニー・モナハンの母親、キャロルなのだと説明した。夏中ずっと、寝室の窓から煙草の吸殻を弾き飛ばすのはやめてくれ、うちの双子のビニールプールに落ちてくるからと頼み続けたのに、いっこうにやめようとしなかったのだと。「それってほんとヘンよね」パティは首を振った。「まあでもほら、コニーが悪いわけじゃないんだし」。しかしポールセン夫妻は「ヘン」で済ませようとはしなかった。社会病質者だ、受動攻撃性人格だ、ひどい女だと言わせたかった。パティにこのどれか一つを選ばせ、キャロル・モナハンがまさにそれだと賛同してもらう必要があった。が、パティはどうしても「ヘン」より先には行こうとせず、夫妻は夫妻で結局コニーの名を招待リストに加えるのを拒んだのだった。この不当な仕打ちにパティはすっかり腹をたて、パーティー当日、自分の子供たちとコニー、それにクラスメート一人を連れて、カボチャ農園ツアーと干草ピクニックを敢行した。が、そんなポールセン夫妻についても、パティが人前で口にするのはせいぜい、七歳の子供にあんな意地悪をするなんてすごくヘン、という程度だった。

　キャロル・モナハンはバリア街の母親連の中ではパティと並ぶ古株だった。ラムジーヒルに移ってきた理由はさしずめパトロン交換プログラムとでも言うべきもので、ヘネピン郡上層部の某人物の秘書をしていたのだが、その男の子供を身ごもったために地区外へ追いやられたのだった。隠し子の母親をオフィスの職員として雇っておくこと——七〇年代後半にもなると、これがよき自治体のイメージにふさわしいと考えるツインシティの行政地区はもはや少なかった。そこでキャロルはセントポール市の免許課に転勤、仕事そっちのけで休憩ばかりというありがちな事務員になり、逆にセントポールで同種の強いコネを持っていた誰かさんが川向かいの職場に異動になったのだった。バリア街の借家、これがバーグランド家のお隣なのだが、おそらくはこの家も取引の一部だったのだろう。でなければ、当時はまだスラム同然だった界隈《かいわい》にキャロルが住もうとした理由がわからない。夏には週一度、夕暮れ時に、公園管理課のつなぎを着たうつろな目の若者が無印の四駆でやってきて、芝刈り機で庭をきれいにしていった。冬にはまた同じ若者が出現し、歩道に除雪機をかけた。
八〇年代後半までには、そのブロックの住人で都心高級化《ジェントリフィケーション》の流れを拒否しているのはキャロルだけになった。パーラメントを吸い、髪をブリーチし、爪を派手な色に尖らせ、娘にはこてこての加工食品を食わせ、木曜日は夜遅くまで家を空け（本人の説明によると「木曜はママのお出かけの日」、そんなもののないママももちろんいるのだが）、もらった合鍵でこっそりバーグランド家に忍びこんで、パティが毛布にくるんでソファに寝かせたコニーを連れて帰るのだった。パティはここぞとばかりに寛大さを発揮して、キャロルが仕事やら買い物やら木曜の夜の用事やらで外出しているあいだ、進んでコニーの面倒を見てやったので、キャロルはこの無料ベビーシッターに頼り切るようになった。おそらくパティも気づいていたはずだが、キャロルはそんな厚意に報いるにあたって、パティの娘ジェシカを無視し、息子のジョーイは逆に不穏なほど猫かわいがりし（「もひとつチューしてくれない、色男さん？」）、町内の行事では透け透けのブラウスにカクテルバーのウェイトレス風ハイヒールという姿でウォルターにぴったりと体を寄せ、その家屋改修の腕前をほめそやし、ウォルターが口を開くたびにきゃははと甲高い声で笑い転げた。それでもずいぶん長いあいだ、パティはキャロルのことを悪く言おうとはせず、シングルマザーは大変だからとか、キャロルの仕打ちがときにヘンだとしても、きっとプライドを保つためには仕方がないのよなどと口にするだけだった。

セス・ポールセンは少々パティの話をしすぎるきらいがあり、妻の不興を買っていたのだが、その彼に言わせれば、バーグランド夫妻はよくいる罪悪感過剰なリベラル、おのれの恵まれた境遇がうしろめたいばかりに他人にも寛大にならずにはおれず、その特権的地位にふさわしい勇気を持てない、そういう類のリベラルなのだった。ただ、このセスの見解には怪しい点もあって、そもそもバーグランド夫妻はさほど恵まれてはいないというのがその一つ。資産といっても家しかないようだし、その家も手ずから改築したものだった。もう一つの問題は、メリー・ポールセンが指摘したように、パティがあまり進んだタイプではないこと、フェミニストではもちろんないし（専業主婦で、カレンダーに誕生日の印をつけてはバースデークッキーなんぞを焼いている）、おまけにひどい政治アレルギーであるらしいことだった。選挙やら候補者やらの話になるとたちまちしどろもどろになって、いつものあの明るさが影を潜める——取り乱した様子でやたらとうなずき、ひたすら、そう、そうよねを繰り返す。メリーはパティより十歳年上で、その年の差を余すところなく容姿に表していたけれども、かつてはマディソンで〈民主社会のための学生連合《SDS》〉の活動に一役買い、いまはボジョレ・ヌーヴォーの流行に一役も二役も買っていた。とあるディナーパーティーでセスがパティの名を三度目か四度目に口にしたとき、メリーは顔をヌーヴォーレッドに染めてまくしたてた。パティ・バーグランドの隣人愛とやらにはグローバルな意識も連帯感も政治的な中身も応用の余地も真の共同体主義《コミュニタリアニズム》もないし、所詮はぜんぶ退行的なただの主婦のたわごと、それに正直、私見だけど、あのいかにもいい人みたいな上っ面をガリガリやってみたら、きっと下からびっくりするほど冷徹で利己的で負けず嫌いでレーガン主義的なところが出てくるはずよ、だいたいあの人の場合どう見たって、大事なのはいつも我が子と家のこと——近所の人も、貧しい人たちも、国、両親、旦那さんのことさえどうでもいいんだわ。

なるほどパティが息子に入れこんでいるのは疑う余地もなかった。親として自慢になるのは明らかにジェシカのほうだった——読書大好き、自然にも興味旺盛で、フルート演奏の才があり、サッカー場では勇ましく、ベビーシッターとしても大人気、そこそこかわいいが性格が歪むほどの美人ではなく、メリー・ポールセンにすら好かれている——けれども、パティが喋らずにいられないのはジョーイのことだった。含み笑いと自己卑下を織り交ぜたあの独特の内緒声で、ウォルターと自分が息子にどれほど手を焼いているか、ノーカットで滔々《とうとう》と喋り続けるのだ。話の多くは愚痴の形をとっていたものの、息子に夢中なのは誰の目にも明らかだった。すてきな恋人のひどい仕打ちを嘆く女みたいな調子なのである。心を踏みにじられて鼻高々、踏みにじられてもいいのという無防備な自分を、たぶんそのことだけを世間に知ってもらいたそうなあの口調。

「最近またひどいのよ」よその母親たちにそう打ち明けたのは、おなじみ就寝時間をめぐる争いが長期に及んだ冬のこと、ジョーイが自分も両親と同じだけ夜更かししてもいいはずだと言い張ったときのことだ。

「かんしゃく起こすの？　泣きわめいたり？」他の母親たちが訊く。

「冗談でしょ」というのがパティの答え。「泣いてくれたらどんなにいいか。泣くんならまだ普通だし、ほっとけばそのうち泣きやむだろうし」

「じゃあなんなの？」

「親の権威の根拠を問いただしてくるのよ。とりあえず明かりは消させるんだけど、あの子の言い分では、こっちも寝室の明かりを消すまでは自分も寝なくていいはずだ、だって何も違わないんだからって。でね、もうほんと、まるで時計仕掛けみたいに、十五分単位で、あれきっと横になってじっと目覚まし時計を見てるのね、きっかり十五分おきに大声でわめくの、〝寝てないよ！　まだ寝てないよ！〟って。その言い方がまた、軽蔑っていうか、皮肉たっぷりでね、ほんとヘンよ。それで仕方なく今度はウォルターに挑発に乗らないでって頼むんだけど、だめ、毎晩決まって十二時十五分前にウォルターのお出まし、真っ暗なジョーイの部屋でまたまた議論が始まって、大人と子供の違いだとか、家族はデモクラシーか、それとも善意ある独裁かなんて、それで結局はほら、あたしが参っちゃって、ベッドに倒れて泣きべそかくわけ、〝やめて、もうやめて〟って」

メリー・ポールセンはそんなパティの語り口を楽しめなかった。その晩遅く、ディナーパーティーで使った皿を皿洗い機に詰めこみながら夫のセスに感想を述べた。ジョーイに大人と子供の違いがわからないのも無理はない――何せ母親も自分がどっちだかわかってないみたいだから、と。パティの話を聞いてるかぎり、しつけをするのはいつもウォルター、パティ本人はなんだか無責任な傍観者みたい、キュートでいればそれでいいって感じじゃない？

「彼女、ほんとにウォルターを愛してるのかなあ」最後に残ったワインのコルクを開けながらセスは能天気なつぶやきをもらす。「つまり男としてってことだけど」

「あの人の話の裏にあるのはいつだって〝うちの息子は特別〟ってことなのよ」メリーは言った。

「さんざん愚痴っても、結局はどんなに集中力があるかって話」

「まあ公平に言えば」とセスが言う。「それも強情で困るっていう文脈の中での話だろ。ウォルターの権威に逆らうことにかけてはどこまでも辛抱強いっていう」

「なんだかんだ言って、ぜんぶ自慢の裏返しだわ」

「きみだって自慢ぐらいするだろ？」セスがからかう。

「そりゃあね」とメリー。「でも少なくとも、自分の話が人の耳にどう聞こえるか、せめてもの意識はあるわ。それに私の自尊心は、自分の子供がどんなに特別かなんてこととは別のとこにあるもの」

「きみは完璧なママだからね」セスはなおもからかう。

「いいえ、それはパティでしょうよ」ワインのお代わりをもらいながらメリーが言った。「私はただのちゃんとしたママ」

　ジョーイはとにかく恵まれすぎてるのよ、とパティは常々愚痴っていた。髪は黄金色、顔立ちもきれいで、学校が用意しうるどんなテストの答えも生まれながらに知っているかのよう、まるで選択問題のA、B、C、Dの解答列がそのままDNAに刻まれているかのようだった。年齢が五倍くらいのご近所さんが相手でも、気味が悪いほど余裕たっぷりにふるまった。学校やカブスカウトに言われてキャンディバーやら慈善くじ《ラッフル・チケット》やらの訪問販売をするときも、こんなのは「詐欺」だと平気で口にした。よその子供は持っているのに、パティとウォルターが買ってくれないおもちゃやゲームを目の前にすると、なんだそんなものとでも言うような、ひどく相手の気に障る余裕の笑みを浮かべてみせた。その笑みをなんとか消したくて、友だち連中はこぞって持っているものを貸したがったので、テレビゲームはよくないと信じている両親を尻目にテレビゲームの達人になった。アーバンミュージックについても、思春期前の息子には絶対に聴かすまいという父母の努力にもかかわらず、百科事典並みの知識を蓄えていた。パティの話によれば、まだ十一か十二の頃、夕食のテーブルで、うっかりか故意かはともかく父親を「てめえ《サン》」と呼んだのだという。

「わっ、出たって感じ、そんなの聞いてウォルターが黙ってるわけないもの」パティは母親連中に打ち明けた。

「近頃の十代の子はみんなそんな感じで喋るのよ」母親たちは言った。「ラップでしょ」

「ジョーイもそう言ってた」パティは続けた。「ただの言葉だし、もともとは悪い言葉でさえないじゃないかって。するとウォルターはもちろん、いやいや失礼ながら、とくるわけ。で、あたしはその場で心ひそかに、〝ちょっとちょっとウォルター、やめようよ、議論したって無駄じゃない〟、でもだめ、説明せずにいられないの、たとえば〝ボーイ〟だって悪い言葉じゃないが、大人を相手に、特に黒人を相手には使っちゃいけないだろうって言って聞かせるんだけど、そもそもジョーイの困ったところは子供と大人の違いを認めようとしないことなわけで、そうなるともう、しまいにはウォルターがデザート抜きだなんて言いだすし、するとジョーイはそんなものいらない、ていうかそもそもデザートなんか別に好きじゃないなんて言い張って、こっちは内心〝ちょっとちょっとウォルター、もうやめようよ〟、でもあの人も引くに引けなくて——ほんとはデザートが大好きなはずだって、ジョーイ本人を相手に証明しないと気がすまないわけ。でもジョーイはウォルターが並べた証拠をどれも認めない。もちろん口からでまかせなんだけど、これまでデザートのおかわりをしたのはそうするのが普通だからで、ほんとに好きだからじゃないなんて言って、するとウォルターってほら、嘘をつかれるのが我慢できない人だから、〝オーケー、好きじゃないんなら、今後一カ月デザート抜きってのはどうだ?〟とか言いだして、あたしは心中、〝ねえ、ちょっとちょっとウォルター、これってまずい展開なんじゃないの〟、で、案の定、ジョーイはジョーイで〝今後一年デザートはいらない、もう二度とデザートは食べない、人の家で出てきて、食べなきゃ失礼なときしか食べない〟ときて、この脅しがまた変な話、説得力あるのよ――とにかく強情だからほんとにやりかねないわけ。だから〝ちょっとあんたたち、タイムタイム、デザートも大事な食物群なのよ、一時の感情に流されちゃだめ〟とかってあいだに入るんだけど、そうするとウォルターの権威が傷つくことになって、だいたいこの議論の争点は父親の権威だったわけだから、なんであれあの人が勝ち取った成果まであたしのせいで水の泡ってことになるわけ」

もう一人、ジョーイに尋常ならざる愛を注いでいたのが、モナハン家の娘、コニーだった。コニーは無口で真面目そうな子供で、いささか面食らうような癖を持っていた。目が合うと、まるで異星人でも見るみたいに、瞬き一つせずじっと見つめ返してくるのだ。午後はたいていパティのキッチンで過ごし、クッキー生地で幾何学的に申し分ない円を作るのに精を出していた。手をかけすぎてバターが液化し、生地が黒光りするほどだった。コニーが一つ丸めるあいだにパティは十一個というペースで作業が進み、クッキーがオーブンから出てくると、パティは決まってコニーにお伺いを立てて「最高傑作」の（いちばん小さく平たく固い）一枚を食べさせてもらうのだった。ジェシカはコニーより一つ年上だったが、特に不満もなくお隣の娘にキッチンを明け渡し、自分は本を読んだり、虫や小動物と遊んだりしていた。ジェシカほど万能な子供にとって、コニーは脅威でもなんでもなかった。一方、コニーの辞書には万能という言葉はなかった――広がりのない、奥行きだけの世界に生きていた。塗り絵をさせると一、二箇所だけをわき目も振らずフェルトペンで塗りつぶし、残りはぜんぶ真っ白のまま、パティが他の色も試してみたらと勧めてみてもいっさい聞く耳を持たなかった。

コニーがジョーイひと筋であることは、近隣の母親たちの目には早くから明らかだったが、どうやらパティだけ気づいていないらしかった。パティ本人もジョーイひと筋だったせいかもしれない。パティはときおりリンウッド公園に子供を集めてスポーツに興じさせたりもしていたが、そんなときも、コニーは一人芝生に座って誰にあげるでもないクローバーの花輪を編んでいて、そうして時間をやり過ごしながら、ジョーイがバッターになったり、サッカーでドリブルを始めたりしたときにだけ一時的に興味を示すのだった。空想の中だけの友だちなのにたまたま人の目にも見える、そんな感じの娘だった。早くから大人びた自制心を身につけていたジョーイは、友だち連中の前で彼女に意地悪をしたくなることもまずなかったし、コニーのほうもよく心得ていて、男の子たちが男の子同士で遊びたそうなときには、いやな顔も未練がましい様子も見せず、目立たぬところに姿を消した。いつだって明日があった。それに当面はいつだってパティがいた。野菜の中に跪《ひざまず》いているパティ、あるいは脚《きゃ》立《たつ》に登り、ペンキのはねたウールシャツ姿で、ヴィクトリア朝様式の家の塗りなおしというきりのない作業に励んでいるパティ。たとえジョーイのそばにはいられなくても、ジョーイの不在時に母親の相手をしてやることでせめて彼の役に立つことはできた。「宿題は大丈夫？」脚立の上からパティが声をかけてくる。「手伝ったげようか？」

「ママが帰ったら手伝ってくれるから」

「きっとお疲れだし、遅くなるわよ。ママをびっくりさせようか、いますぐ済ましちゃって。どう、そうしたい？」

「ううん、あとでいい」

コニーとジョーイがいつからセックスし始めたのか、その正確なところはわからなかった。セス・ポールセンはさしたる証拠もなく、ただみんなの驚く顔見たさにジョーイが十一でコニーが十二のときだと主張していた。セスの憶測の根拠はもっぱら二人が二人きりになれる場所、つまりジョーイがウォルターの手を借りて空き地の古いリンゴの木の上に作った秘密基地にあった。ジョーイが八年次を終える頃には、クラスメートの性的なふるまいを不自然なさりげなさで訊ねてくる親に対し、近所の少年たちはジョーイの名を口にするようになっていた。また、あとから思えば、その夏の終わりまでにはジェシカも何かに勘づいていた可能性が高い——突然、理由も言わずに、コニーにも自分の弟にも驚くほど冷たくなったのだ。とはいえ実際に二人きりでいるところが目撃されるようになったのは、その年の冬、二人が一緒に事業を始めてからのことだった。

パティの話によれば、ジョーイはウォルターとの絶えざる口論から一つの教訓を学んだのだった。すなわち、子供が親に従わざるをえないのは、親が金を持っているからだと。ジョーイの特別さを示す恰好の例がまた一つ増えたわけである。子供が当然の権利みたいに金を要求してくるという母親仲間の嘆きをよそに、パティはウォルターに出資を乞わざるをえないジョーイの苦渋を大笑いしながら演じてみせた。ジョーイに小遣い稼ぎの仕事を頼んだご近所さんたちは、雪かきにせよ枯葉掃きにせよ、その勤勉な仕事ぶりに驚いていた。ところがパティによれば、当の本人はその手の労務の低賃金をひそかに憎み、大人のために庭先の雪をかくこと自体、大人との関係という面では屈辱的だと感じているらしかった。ボーイスカウトの出版物などにもあれこれ馬鹿げた小遣い稼ぎの方法が紹介されているけれど——雑誌購読の訪問勧誘とか、マジックを覚えてショーの入場料をとるとか、剝製作りの道具を入手して、釣りコンテストに入賞したご近所さんのウォールアイを剝製にするとか——どれも隷属の臭いがするし（「支配階級お抱えの剝製師かよ」）、ひどいものは施し同然に思える。となれば必然的に、ウォルターからの自立を目論む彼としては、企業家の道に惹かれることになった。

誰かが授業料を支払って、いや、キャロル・モナハンが自腹を切っていたのかもしれないが、コニーはセント・キャサリン校という小さなカトリックの私立学校に通っていた。そこでは女生徒は制服着用を義務づけられ、身につけてよい装身具は、指輪一つ（「簡素なもの、金属のみ」）、時計一つ（「簡素なもの、宝石なし」）、イヤリング二つ（「簡素なもの、金属のみ、サイズは最大半インチ」）にかぎられていた。あるとき、ジョーイが通っているセントラル校で、九年次の人気者の女子生徒が家族旅行で訪れたニューヨークから安物の腕時計を持ち帰り、これがかわいいとランチアワーにもてはやされた。カナル・ストリートの露店で買ったもので、チューインガムめいた黄色いバンドに、熱可塑性プラスチックでキャンディピンクの小さな文字を埋めこんである。文句は本人の注文通り、パール・ジャムの歌詞で、DON'T CALL ME DAUGHTER（「娘と呼ばないで」）。のちに大学出願用エッセイにも記したように、ジョーイはこれを見てすぐさま行動を起こし、この時計の卸売り元と、加熱埋めこみ用プレスの価格を調べた。そして必要設備に貯金から四百ドルを投資し、サンプルとしてコニーにプラスチックのバンドを作って（文句は READY FOR THE PUSH（「突撃準備オーケー」、U2、「ズー・ステーション」より））セント・キャサリン校でさりげなく自慢させ、そのうえでコニーを密売人として雇って全校生徒の四分の一以上に一点ものの腕時計を三十ドルの値段で売ったのだが、そのうちに学校のシスターたちが異変に気づいて服装規定を修正し、文字を埋めこんだ時計のバンドを禁止したのだった。言うまでもなく――パティが母親連中に語ったように――これはジョーイにしてみればまったく不当なことだった。

「不当だなんてとんでもない」ウォルターは息子に言った。「そもそもおまえは商業活動の人為的抑制を儲けの種にしてたんだ。規則が自分に都合よく働いてるあいだは文句なんか言ってなかったぞ」

「おれは投資した。リスクを冒した」

「おまえは規則の抜け穴を利用してたんだ。で、その抜け穴がふさがれた。いずれはこうなるって予想できなかったのか？」

「だったら、なんで警告してくれなかったんだよ？」

「警告はしたぞ」

「父さんが言ったのは、損するかもしれないってことだけだろ」

「まあでも、結局損すらしてないじゃないか。期待してたほど儲からなかったってだけだ」

「手に入ったはずの金を失ったって意味では同じさ」

「なあジョーイ、金を儲けることは権利じゃないんだぞ。おまえが売ってたガラクタは、あの子たちに本当に必要なものじゃないし、中にはあんなものを買う余裕のない子だってきっといる。だからこそコニーの学校には服装規定があるんだ──みんなにとって公平な規則が」

「公平だね──おれ以外のみんなにとって」

パティがこのやりとりを報告したときの態度、ジョーイの無邪気な憤慨ぶりに苦笑するその様子からも、メリー・ポールセンの目には、パティが相変わらず息子とコニー・モナハンのあいだで起こっていることを怪しんですらいないのは明らかだった。念のためメリーは少し探りを入れてみた。コニーはずいぶん協力してるみたいだけど、いったいどんな得があるのかしら。手数料でももらってるのかしら。

「そうそう、ちゃんと言ってやったわよ、儲けの半分はコニーにあげなきゃだめよって」パティは言った。「でも言われなくたってそうしたと思うわ。あの子、いつだってコニーを大事にしてあげてるもの。年はあの子のほうが下だけど」

「ほんと、実のお兄さんか弟か……」

「それはどうかな」パティが冗談めかして言う。「そんなのよりずっとやさしいわよ。ジェシカに訊けばわかるわ、あの子の姉でいるのがどんな感じか」

「なるほど、あはは」

夫のセスには、その日のうちにこう報告した。「信じられない、ほんと、ぜんぜんわかってないの」

「どうもよくないね」セスは言った。「親仲間の無知をダシにして楽しむなんて。そのうちばちが当たるんじゃないか？」

「申し訳ないけど、ちょっとおもしろすぎるわよ、もう最高。あなたが私の分も真面目な顔しててよ、ばちが当たらないように」

「ぼくは気の毒だと思う」

「あらそう、ごめんなさいね、でも私はおかしくって仕方ないの」

その冬の終わり頃、グランドラピッズに住むウォルターの母親が勤務先の婦人服店で肺塞栓症で倒れるという出来事があった。バーグランド夫人はクリスマスシーズンや孫たちの誕生日などにちょくちょく訪ねてきたので、バリア街の人々とも顔見知りだった。本人の誕生日には、パティが必ず近所のマッサージ師のところに連れていき、大好物の甘草入りキャンディ、マカダミアナッツ、ホワイトチョコでお菓子攻めにした。メリー・ポールセンは夫人のことを、どちらかと言うと好意から、マージェリー・シャープの児童書に出てくる眼鏡をかけた貴婦人ネズミにちなんで「ミス・ビアンカ」と呼んでいた。しわしわの顔はかつての美貌を偲ばせ、あごや手はわなわなと震え、片手は特に、子供時代に病んだ関節炎のせいでひどく萎縮している。長年の過労で体はぼろぼろだよ、とウォルターは苦々しく吐き捨てた。生涯ずっと、アル中の親父のせいで、ヒビング近郊の幹線道路沿いのモーテルでさんざん働かされてきたのだと。それでも断固子供の世話になろうとはせず、あくまでエレガントな寡婦でいようと、自らおんぼろのシボレー・キャヴァリアを運転して婦人服店に通勤していたという。倒れたという知らせにパティとウォルターは大急ぎで北に向かった。ジョーイの監督は冷淡な姉に任されたわけだが、そこで起こったのがティーンセックスの饗宴、ジョーイはこれを姉にあてつけるみたいに自身の寝室で繰り広げ、やがてバーグランド夫人の急逝と葬儀に際してようやく幕が下りたものの、このことがあってまもなく、パティの人柄がそれまでとは打って変わったものに、ずいぶんと皮肉屋めいたものになったのだった。

「コニーねえ、うん」いまではこんな調子である。「ほんとにいい子よねえ、おとなしくて害がなくて、何せあの立派なママの娘だもん。そう言えばキャロル、新しい彼氏ができたんでしょ、すごくたくましい感じの、自分の半分くらいの年の。引っ越しちゃったらほんとに残念、あんなに楽しい人だもの、このへんも灯が消えたみたいになるんじゃない？　それにコニーも、ああもう、どんなに淋しくなるか。あはは。ほんとおとなしい、いい子だもんね、感謝の塊みたいな子だわ」

パティは見た目もひどく、顔は灰色で明らかに睡眠不足、ろくに食べてもいないふうだった。年相応の容姿になるのにずいぶんかかったが、そうなるのを待ち望んでいたメリー・ポールセンもついに報われたのだった。

「どうやら間違いなさそう、やっと気づいたのね」メリーはセスに言った。

「子を盗む――究極の罪だな」セスが言う。

「盗みねえ、なるほど」メリーが言う。「かわいそうに、なんの落ち度もない無邪気なジョーイちゃんが、奸知に長《た》けたお隣の小娘に盗まれたってわけ」

「まあ実際、一歳半ほど年も違うわけだし」

「暦の上ではね」

「好きに言えばいいさ」セスは言った。「でもパティはほんとにウォルターのお母さんを愛してたんだ。きっとつらいはずだよ」

「あら、それはそうでしょうよ。セス、それはわかってるわ。だから私もやっと心底気の毒に思えそう、あの人のこと」

バーグランド家のことをポールセン夫妻よりよく知るご近所さんたちの話によれば、ミス・ビアンカのささやかなネズミ小屋、グランドラピッズ近くの小さな湖の畔《ほとり》に立つその家は、他の息子たちそっちのけでウォルター一人に遺されたということだった。この件をどう処理するかについては、ウォルターとパティの意見が食い違っているというもっぱらの噂で、ウォルターはその家を売って得た金を兄弟と分け合うことを望んでおり、一方のパティは、孝行息子に報いたいという義母の遺志を尊重すべきだと主張しているとのこと。ウォルターの弟はキャリア軍人でモハーヴェ砂漠の空軍基地に住んでおり、兄のほうは大人になってこのかた父親に輪をかけた酒浸りの生活を送り、金に困ると母親を頼るもその他のときは見向きもしないという体たらくだった。夏には決まって、ウォルターとパティは子供たちを連れて一、二週ほど祖母の家に滞在し、その際、近所に住むジェシカの友だちを一人二人誘うこともよくあったが、そうして同行した子供たちの話によれば、湖畔の家は森の中の田舎家で、虫もそんなにひどくないということだった。最近ではパティ自身もどうやら酒に溺れている様子──毎朝、青い包みの『ニューヨーク・タイムズ』と緑の包みの『スター・トリビューン』を表の歩道まで取りにくる彼女の顔には、シャルドネのまだら模様が目立っていた──きっとそんなパティを思いやってのことだろう、結局ウォルターもその家を売らずに休暇用の別荘にすることに同意し、六月、学校が休みに入ると同時にパティはジョーイを連れて北に向かい、息子の手を借りてひきだしの整理や大掃除、壁の塗りなおしにかかった。ジェシカのほうはウォルターとともに家に残り、詩の特修クラスに参加した。

ポールセン家は遠慮したけれど、その夏は近所の数家族が息子たちを連れて湖畔の家を訪れた。パティはずいぶん元気になっているようだった。ある家の父親がこっそりセス・ポールセンに教えてくれたところによると、別荘でのパティは日焼けした肌に素足、黒のワンピース水着にベルトなしのジーンズという恰好、実にセス好みの絵柄である。少なくとも人前では、訪れた誰もがジョーイの明るさと思いやりをほめ、母子ともずいぶん楽しそうな様子だと報告した。二人して客全員を巻きこみつつ「連想ゲーム」なる複雑な遊びに興じていたという。パティは義母のテレビの前で夜更かしをし、おもしろがるジョーイを相手に六〇年代、七〇年代のコメディドラマにやけに詳しいところを披露した。別荘のそばの湖の名が周辺の地図に載っていないことに気づいたジョーイは──実際は大きめの池程度のもので、岸辺にもあと一軒家があるだけ──それを〈名無しの湖〉と命名し、パティはその名をそっと感傷的に口にした。「我が家の名無しの湖」と。訪問から戻った父親の一人から、ジョーイが向こうで長時間せっせと働いている、雨樋の掃除、柴刈り、ペンキ剝がしに精を出していると伝え聞いたセス・ポールセンは、そうした仕事にパティは相応の駄賃を払っているのだろうか、金目当ての面もあるのだろうかと訝った。が、もちろん誰にもわからなかった。

一方、ポールセン家の誰かがモナハン側の窓から覗くたびに、そこにはじっと待つコニーの姿があった。実に辛抱強い娘で、冬の魚のように代謝を落とすことができるらしい。晩には〈W・A・フロスト〉でテーブル拭きのアルバイトをしていたが、平日の午後はいつも、アイスクリーム売りのトラックが通り過ぎ、小さな子供たちが遊んでいるのを見るともなく眺めながら、表の階段に座ってじっと待っていた。週末には裏庭のデッキチェアに場所を移し、ときおりちらりと目を上げて、樹木伐採だか建設工事だか、母親の新たな恋人ブレイクが非組合員の土建屋仲間を集めてでたらめに始めた乱暴でうるさい作業を見守ったりもしたが、たいていはやはりただ待っていた。

「ところでコニー、最近、おもしろいことはあるかい？」セスは路地から声をかけてみた。

「それ、ブレイクのことは別にして？」

「うん、ブレイクは別にして」

コニーは少し考えてから首を振った。「別に」

「退屈してる？」

「特に」

「映画は観てる？　本読んでる？」

コニーはセスを見つめた。例の異星人を見るような据わった目。「『バットマン』なら観た」

「ジョーイのことは？　きみたち、とても仲良しみたいだし、ジョーイがいなくて淋しいんだろうね」

「そのうち戻ってくるし」コニーは言った。

あの吸殻の一件が解決して以来——セスとメリーもいまでは、あの夏のビニールプールの吸殻の勘定には誤りがあったかもしれない、過剰反応だったかもしれないと認めていた——夫妻はキャロル・モナハンという女の中に、地元の民主党政治がらみのエピソードの豊かな鉱脈を見出していた。メリーは政治との関わりをますます深めつつあったのである。キャロルは当たり前みたいな顔で、不潔な機械や地中に埋まった廃油パイプライン、不正入札、防火にならない防火壁、あれこれの興味深い数字について語り、メリーのぞっとする顔を見ては大喜びした。メリーがおのれの敵と見定めた堕落した市民の生きた見本として、キャロルは実に貴重な存在になった。キャロルの何がすごいといって、この女は変化というものを知らないらしい——年々歳々、木曜の晩になると誰かさんのためにせっせとめかしこみ、都市政界における家父長的伝統を守り続けている。

が、そんなキャロルがある日、変貌を遂げたのだ。すでに似たような話が周囲を賑わしてはいた。市長のノーム・コールマンは共和党に鞍替えしていたし、元プロレスラーが州知事公邸へと突き進んでいた（ジェシー・ベンチュラのこと）。キャロルの場合、触媒となったのは新たな恋人ブレイクで、免許課のカウンター越しに出会ったこの若きやぎひげの重機操縦者のために劇的に容姿を変えたのだった。手の込んだ髪形とエスコートサービス風の服装に別れを告げ、細身のパンツ、シンプルなシャギーカット、薄めのメイク。誰も見たことのないキャロル、本当に幸せそうなキャロルが、ブレイクのF－二五〇ピックアップから軽やかに飛び降り、通りの端までアンセムロックをズンズン響かせ、助手席のドアをバシンと豪快に閉める。やがてブレイクは彼女の家に泊まるようになり、ミネソタ・バイキングスのジャージに紐をほどいたワークブーツ、手には缶ビールという恰好で室内をずるずる歩き回った。しばらくすると、チェーンソーで裏庭の木を手当たりしだい切り倒し、借りてきた掘削機《バックホー》で大暴れするようになった。愛車のバンパーには、I'M WHITE AND I VOTE（「白人の一票は白人のために」）なる言葉が見られた。

長引いた自宅の改修が終わったばかりのポールセン夫妻は隣家の騒音や見苦しさにも苦情を言う気

にはなれず、反対隣のウォルターも、人がいいのか忙しいのか黙認している様子、ところが八月も後半、田舎でジョーイと夏を過ごして戻ってきたパティは驚愕のあまり頭のネジが飛んだようになり、通りを行ったり来たり、ドアからドアへと血走った目でさまよいながら、キャロル・モナハンのことを毒づいてまわった。「ちょっといい？」と話を切りだす。「いったい何があったの？　誰か教えてよ。あたしに黙ってこのへんの木に宣戦布告した人がいるわけ？　なんなのよ、あのトラックを乗りまわしてるポール・バニヤン（伝説の巨人きこり）は？　どういうこと？　あの家、借家じゃないの？　借家なのに一本残らず木を切り倒しちゃっていいわけ？　自分のものでもない家の裏塀を壊すってどういうこと？　ひょっとしてあの人、誰も知らないあいだにあの家を買ったの？　なんでそんなことできるの？　電球一つ換えるのにも、電話でうちの主人を呼びつけるような人よ！　〝お食事時にごめんねウォルター、でもこのスイッチ、押しても電気がつかないの。悪いけどいますぐ来てくれない？　あと、ついでに税金のあれもやってくれないかな。明日が期限なんだけど、あたしマニキュア塗ったばかりだし〟。こんな人がどうやったらローンを組めるのよ？　ヴィクトリアズ・シークレットの下着代で手一杯じゃないの？　だいたいなんで恋人なんか作れるのよ？　ミネアポリスにデブのおじさまかなんかいるんじゃないの？　誰かそのおデブちゃんに教えてあげたほうがいいんじゃない？」

　パティのご近所訪問リストではずっと下位のほう、ポールセン家のドアまでたどり着いたところでようやく答えらしきものが返ってきた。メリーの説明によれば、キャロル・モナハンはなんと本当に借家住まいではなくなったとのこと。キャロルの家は、都心荒廃のさなかに市の住宅当局が買い上げた数百軒のうちの一つで、それがいま大特価で売り払われているというのである。

「その話、なんであたしが知らなかったの？」パティが言う。

「訊いてくれたら教えてあげたのに」メリーは答えた。そしてこう付け加えずにはいられなかった。

「それにあなた、市政には興味なさそうだったし」

「それで安く買えたっていうのね」

「激安よ。コネがあるとずいぶん違うの」

「この話、あなたとしてはどうなの？」

「どうって最悪、財政的にも、思想的にも」メリーは言った。「そういうのもあってジム・シーベルに協力してるの」

「あたしはほら、ずっとこのあたりが気に入ってたのよ」パティが言う。「住み始めた頃でさえ好きだった。それなのにもう、何もかも急に汚らしく、醜くなっちゃって」

「鬱々としててもだめよ、自分でなんとかしないと」そう言ってメリーはパンフレットを何冊か渡してやった。

「とにかくいまはウォルターになるのはごめんだな」パティが帰るとすぐにセスが感想を述べた。

「それ聞いて正直、うれしいわ」メリーが言う。

「気のせいかな、なんか裏に夫婦生活の不満があるみたいに聞こえたんだけど。ほら、キャロルの税務処理を手伝うとかさ？　そのへんのこと、何か知ってる？　けっこう興味をそそられたよ。その手の話は初耳だったし。で、いまじゃあの旦那、キャロル宅の庭木の美観まで守り損ねたってわけだろう」

「とにかくもう、レーガン的反動の臭いがプンプンしてる」メリーが言う。「あの人はね、自分だけの小さなシャボン玉の中で暮らせるって思ってたの。小さな自分だけの世界を作れるって。かわいいお人形の家を」

キャロル宅の裏庭の泥穴から姿を現した建増し部分、以後九カ月にわたって週末ごとに大きくなっていったその建物は、実用一色の巨大なボート小屋みたいな代物で、のっぺりと広いビニールの外壁につるんとした窓が三つ穴を開けていた。キャロルとブレイクの呼称によれば「ワンルームリビング」、それまでラムジーヒルにはなじみのなかった概念である。吸殻論争のあと、ポールセン家は高い塀を建てたうえに観葉のトウヒをずらりと植えたのだが、これがいまでは大きくなって、隣家の奇観をさえぎってくれた。ところがバーグランド家のほうからは丸見えだったので、パティはその建物を「格納庫」と名づけて病的な執着を示すようになり、まもなく近所の人々も、そんなことはかつて一度もなかったのだが、パティと口をきくのを避けるようになった。表を通るときには手を振ったし、挨拶の声もかけたけれど、そこで歩調を緩めて吸いこまれてはと細心の注意を払っていた。仕事を持っている母親たちの共通意見は、パティは時間を持て余しているというものだった。かつての彼女は小さな子供の世話がうまく、近所の子たちを集めてスポーツやら家事やらを教えてやっていればよかったが、いまやその彼らも大方は思春期である。そうなるともう、どんなにがんばって用事を作ったところで、ついついお隣の工事が目や耳に障ることになる。それで二、三時間に一度は家から出てきて、裏庭をせかせかと歩きまわり、巣をつつかれた動物みたいにワンルームリビングのほうをにらみつけ、晩にはときおり出向いていって、仮設の合板ドアをノックすることもあった。

「どうもブレイク、調子はどう？」

「順調順調」

「たしかにそんな音だわね！　あのさ、その電動鋸《スキルソー》、夜の八時半に使うにはちょっとうるさいと思うんだけど。今日はもうこれくらいにしといたらどう？」

「どうってまあ、よくないね」

「ふうん、じゃあはっきり言ってもいいかな、やめてって？」

「さあね。そっちこそ、仕事を邪魔しないでくれたらどうなんだい？」

「どうもこうもないわね、正直言って。だってその騒音、うちはとっても迷惑してるの」

「そうかい、ふうん、じゃあはっきり言おうか。お気の毒さま」

パティの口からついいななきみたいな大きな笑い声がもれた。「ははは！　お気の毒さまって？」

「そうさ、なあいいかい、騒音のことは悪いと思ってるよ。でもキャロルが言うには、おたくだって五年ばかりも家の修理で騒音をたててたそうじゃないか」

「ははは。彼女、一度も文句なんて言ってなかったのに」

「おたくはおたくで必要なことをやってたわけだろ。おれはおれで必要なことをやってる、それだけさ」

「ただね、あんたがやってるそれ、ほんとに醜いわよ。こう言っちゃなんだけど、おぞましいって感じ。なんかもう——おぞましくてぞっとする。正直言って。純粋な事実として。ま、問題はそのことじゃないんだけど。問題なのはその電動鋸」

「ここは私有地だぜ、いますぐ出てってもらおう」

「オーケー、じゃあ警察を呼ぶことになるわよ」

「いいとも、どうぞどうぞ」

そのあとは、屈辱に震えながらせかせかと路地を往復する彼女の姿があった。実際、騒音の件ではたびたび警察を呼んだし、初めの数回は警官たちも駆けつけてブレイクに注意したのだが、毎度の通報にうんざりしたのか、そのうち呼んでも来なくなり、次に来たのは翌年の冬、ブレイクのＦ－二五〇の傷一つない新品のスノータイヤが四つとも切り裂かれるという事件があった折で、このときはブレイクとキャロルが警官たちをお隣の苦情電話常習者宅に差し向けたのだった。この件があって、パティはまたもやあっちこっちとご近所を訪ね歩き、ドアをノックしてはわめきたてることになった。

「犯人間違いなしってわけよね、でしょ？　ティーンの子供を二人抱えたお隣のママ。そんなあたしは筋金入りの犯罪者、どうよこれ？　このあたしが精神異常者！　ご近所でいちばんでっかい醜い車に乗ってて、バンパーには白人優越主義者でもなきゃ誰だって頭にくるようなステッカー、なのにまあ不思議、そんな男のタイヤを切りたがってそうな人間があたししかいないって言うんだから！」

メリー・ポールセンは実際パティが犯人だと確信していた。

「どうかなあ」とセスは言った。「つまりね、彼女、病んでるのは明らかだけど、嘘をつくような人じゃないよ」

「まあね、ただあの人、はっきり自分はやってないとは言ってないのよ。どこかでちゃんとセラピー受けてるのを願うしかないわね。あの人に必要なのはそれ。あとはフルタイムの仕事と」

「どうもよくわからないんだが、ウォルターは何やってるんだ？」

「ウォルターは骨身を削ってお給料を稼いでるの、奥さんが一日家にこもって、いかれた主婦でいられるようにね。ジェシカにとってはいいお父さんだし、ジョーイには現実の厳しさを教えなきゃいけない。きっと手一杯なのよ」

ウォルターの人柄で目立つところといえば、パティへの一途な愛を別にすると、その人のよさだった。他人の話を聞くのが得意で、まわりは自分よりおもしろく個性的な人間ばかりだと思っている、そういうタイプだった。笑ってしまうほど色白で、あごの線が細く、天使みたいな縮れ髪、いつも変わらず細い鉄縁の丸眼鏡をかけている。スリーエムに勤め始めた当初は法律部門の弁護士をしていたものの、さしたる活躍もないまま出世コースを外れ、社会奉仕や慈善事業の担当にまわされていた。人のよさを買われたわけだが、キャリアとしては行き止まりである。バリア街ではいつも、ガスリー劇場やら室内楽団やらの良質の無料チケットを配ってまわり、ギャリソン・キーラーやカービー・パケット、一度などはプリンスといった地元の有名人と遭遇したときのエピソードを披露した。比較的最近になって、驚いたことに、スリーエムを完全に辞めて自然保護協会《ネイチャー・コンサーヴアンシー》の開発担当役員なる職に就いていた。ポールセン夫妻を除く誰もが、あのウォルターの胸のうちにこれほどの不満のたくわえがあったなんてと驚いたのだったが、もともとウォルターは文化のみならず自然のことにも熱心だったのであり、また転職後も生活に目につくほどの変化はなく、ただ週末に家を空けることが増えた程度だった。

そうして週末留守がちだったせいもあるのだろう、パティとキャロル・モナハンの諍《いさか》いについても、本来ならあいだに入ってもよさそうなのに彼はそうしなかった。単刀直入にそのことを訊ねても神経質にクスクス笑うだけ。「その件についてはぼくは中立、傍観者だから」と言うのだった。そして実際、中立の傍観者であり続け、そうこうするうちにジョーイの高校《ハイスクール》二年次の春が過ぎ、夏が過ぎ、やがて秋になるとジェシカは東部の大学へと旅立ち、ジョーイは両親の家を出て、お隣でキャロル、ブレイク、コニーと同居を始めた。

それはまさにあっけにとられるような反逆であり、パティの心をぐさりと突き刺した——彼女のラムジーヒルでの生活の終わりの始まりである。ジョーイは七月から八月にかけて、ウォルターの自然保護協会の大口寄贈者がモンタナに持っている高地の牧場で働いて過ごし、がっしりと男らしくなった肩幅に、身長も二インチ伸ばして戻ってきた。普段は自慢話をしないウォルターも、八月のピクニックの折、珍しくポールセン夫妻を相手に、実は牧場主から電話があって、子牛をねじ伏せ羊を洗うジョーイの、その勇敢で疲れ知らずの仕事ぶりに「ぶっ飛んだ」などと聞かされたと打ち明けた。ところがパティのほうは、その同じピクニックですでに心痛に目もうつろだった。六月、ジョーイがモンタナに行く前に、再び別荘の手入れを手伝ってもらうつもりで〈名無しの湖〉に連れていったのだったが、二人をそこに訪ねた唯一のご近所さんは、午後中ずっと、母と息子が人目も憚らず何度もずたずたに傷つけ合う様を見せられたとのこと、ジョーイはパティの癖を真似てさんざん馬鹿にし、挙句の果てには面と向かって「アホ」呼ばわり、するとこん度はパティが大声で、「ははは！　アホですって！　偉いわジョーイ！　ほんと、あんたの成長ぶりには驚かされてばかり！　人様の見てる前で自分の母親をアホ呼ばわり！　それって人間としてすごく魅力的！　タフな男ねえ、大物ねえ、一人前よねえ！」

夏が終わる頃には、ブレイクはあらかたワンルームリビングを完成し、プレイステーション、卓上サッカーゲーム、冷蔵ビール樽、大画面テレビ、エアホッケー台、ミネソタ・バイキングスのステンドグラス・シャンデリア、自動リクライニングチェアなど、いかにもブレイク的なあれこれの備えつけにかかっていた。この手のアメニティをパティが夕食の席でさんざん皮肉り、そんなパティをジョーイはアホだし不当だと言い切り、そんなジョーイをウォルターは母さんに謝れと怒鳴りつけた、というのはあくまでご近所さんたちの想像にすぎなかったが、ついにジョーイが隣家に亡命したときのことは想像する必要もなかった。というのもキャロル・モナハンは舌も滑らか、バーグランド家を裏切り耳を傾けてくれる相手なら誰にでも、いささか悦に入ったような大声でその晩の話をしてくれたからである。

「ジョーイはもうほんとに冷静、冷静でね」と言うのだった。「ほんと、口の中のバターも溶けないっていうのはあのことね。ジョーイの力になりたくってコニーと一緒にお邪魔したのよ、この取り決めにはあたしも全面的に賛成だって知ってもらいたかったし、ていうのもほら、ウォルターってほんと気を遣う人だから、うちに迷惑じゃないかって心配するに決まってるもの。それでジョーイはいつものとおり、とことんキチンとしてるわけ。ちゃんとその場にいて、すべては明白、種も仕掛けもないって念を押したかったのね。コニーと二人、あたしも交えていろいろ相談したうえでのことだって説明して、あたしもウォルターに——あの人のことだから心配するに決まってるし——食費はぜんぜん気にしなくていいって言ったの。ブレイクとあたしもいまでは家族だし、もう一人くらい喜んで養えるって、それにジョーイはお皿洗いもゴミ出しもしてくれるし、きれい好きだし、それプラス、このこともってウォルターに言ったの、つまり、あなたとパティは以前コニーにすごくよくしてくれたでしょって、ご飯食べさせてくれたり、いろいろ。そのことはちゃんと言っておきたかったの、だってあの二人、あたしが心を入れ替える前の話だけど、ほんとによくしてくれたんだもの、それについてはもう感謝の気持ちしかないわ。でね、ジョーイはもうほんとキチンとしてて冷静なの。パティがコニーを家に入れようともしない以上、あの子と一緒にいたいと思えば事実上他に選択肢はないんだって説明して、だからあたしも加勢したの、二人のお付き合いには全面的に賛成だって——若い子たちがみんなあの二人みたいにキチンとしてたら、世の中ずいぶんましになるはずよ——それに二人もうちにいれば安全にキチンと付き合えるし、ここそこ人目を避けたりしてトラブルに巻きこまれるよりずっといいんじゃないかって。ジョーイにはほんと感謝してるし、うちではいつでも大歓迎。そのこともちゃんと言ったわ。もちろんパティに嫌われてるのはわかってるの、昔からあたしのこと、なんだか見下すような目で見てたし、コニーのことも小馬鹿にしてたし。それはわかってる。パティならこのくらいはやりかねないとか、そのへんも少しは知ってるつもり。きっとかんしゃくでも起こすだろうって思ってた。で、案の定、あの顔がくしゃくしゃに歪んで、こうくるのよ、〝この子がおたくの娘を好きだとでも思ってんの？　惚れてるとでも思ってんの？〟って。この、甲高い囁き声で。ジョーイみたいな子がコニーに惚れるわけがないって言いたいのよ、理由はどうせ、あたしが大卒じゃないからとかでしょ、じゃなきゃあの人みたいな大きな家に住んでないからか、ニューヨーク生まれじゃないからか、それかあたしがあの人と違って、正真正銘、週四十時間フルタイムで働かなきゃいけないからか。パティってほんと、あたしに敬意のかけらも持ってくれないの、信じられないくらいよ。でもウォルターのほうは話せる人だと思ってた。すごくやさしい人だし。彼、ビーツみたいに真っ赤になって、きっと恥ずかしかったのね、それでこう言うの、〝キャロル、コニーを連れて出ていってくれないか、ジョーイと家族だけで話したいから〟って。あたしとしても文句はなかった。面倒を起こしに来たわけじゃないし。面倒を起こすなんて、あたしの性に合わないし。ところがジョーイがだめだって言うの。おれは許可をもらおうなんて思ってない、ただ、自分がどうするつもりか言

わ いに来ただけだし、話し合うことは何もないって言うの。でね、そこでウォルターがキレちゃったわけ。もうプツンと。あふれる涙を拭いもしないで、ほんと動転してたのね――まあ、気持ちはわかるのよ、ジョーイはほら、下の子だし、だいたいウォルターのせいじゃないんだもの、パティがコニーのことであんなに理不尽で意地悪で、それでジョーイはもうあの家では暮らせないって思ったわけだけど。でもとにかくあの人、声をかぎりに怒鳴りだしたの、**おまえはまだ十六だし、高校を卒業するまでは家を出ることなど許さん**、とかって。で、ジョーイはそれを見てただ笑ってるの、ほんと口の中のバターも溶けないわよ、あの子。こう言うのよ、家を出たって法に触れるわけじゃないし、どのみち隣に移るだけだって。まったく理にかなってるわ。十六の頃の自分にあの子の百分の一でも頭のよさとクールさがあったらねえ。とにかくすごい子なのよ。もうなんだかウォルターのことが気の毒になってきちゃって、あれこれ必死になって怒鳴ってるんだもの、ジョーイの大学の学費を払うつもりはないとか、来年の夏はモンタナにも行かせないとか、ただそれでいて、ジョーイに何を求めてるかといえば、晩ごはんにうちに帰ってきて、自分のベッドで寝て、家族の一員でいてくれって、それだけなの。で、ジョーイのほうは〝おれはいまでも家族の一員だよ〟って、ちなみにそうじゃないなんてひと言も言ってなかったのよ。ところがウォルターはキッチンをどしどし歩きまわって、一瞬、ほんとにジョーイを殴るんじゃないかって思ったくらい、もうすっかりキレちゃって、**出ていけ、出ていけ、もううんざりだ、出ていけ**って怒鳴りちらして、それからいなくなったかと思うと、二階のジョーイの部屋で物音が聞こえて、ジョーイのひきだしを開けてるんだかなんだか、するとパティも階段を駆け上がっていって、今度は二人で金切り声でやりあってるの、で、コニーとあたしはジョーイの肩を抱いて、だってもうほんとめちゃくちゃな家族、理性が残ってるのはあの子だけだし、なんだかかわいそうになっちゃってね、で、そのときはっきりわかったわ、ジョーイがうちに住むのは正しいことなんだって。そこにウォルターがどしどし階段を下りてきて、二階ではパティのいかれたみたいな金切り声——完全にキレてたわ——で、ウォルターがまたまた怒鳴りだしたの、**おまえのせいで母さんがどんなに苦しんでるかわかってるのか?**って。なぜって結局はぜんぶパティなのよ、ね、最後は必ずあの人が犠牲者ってことになるわけ。ジョーイはただ首を振ってたわ、何も言わなくてもわかるだろって顔で。そりゃそうよ、あんな家で暮らしたいわけないわよね」

なるほど近所の住人の中には、息子の特別さにうつつを抜かした挙句にこんな目に遭ったパティを見てせいせいしている人たちも確かにいたけれども、実情はといえば、キャロル・モナハンがバリア街で好かれていたことはかつて一度もなかったのであり、ブレイクにいたっては街中の嘆きの種、コニーはコニーでみんなに気味悪がられ、ジョーイが本当に信用できると思っている人もいなかったのだった。そのジョーイの反乱の知らせが広まるにつれ、ラムジーヒルの上品な住人たちが感じていたのは主に、ウォルターへの同情であり、パティの精神状態への懸念であり、何より我が子たちが普通でよかったという圧倒的な安堵と感謝の思いだった——親に金をたかってくるのもご愛嬌、宿題だの大学進学だので無邪気に助けを求めてくるし、放課後の居場所だって素直に電話してくれる、日々のささやかな喧嘩もいちいち打ち明けてくれる、セックス、マリファナ、アルコールとの出会いも予測の範囲内で心配なし。バーグランド家が発散している痛みはあくまで彼らだけのものだった。ウォルターは——その「キレた」晩のことをキャロルが喋りまくっているとはつゆ知らず、というか知らないことを願いたいものだが——ご近所の誰や彼やを相手に、いささかばつの悪そうな様子で、実はパティともども息子の親を「クビになった」のだが、いまはなるべく誰も恨まないようにしていると打ち明けた。「ときどき勉強しに戻ってくるよ」と彼は言った。「でもいまのところは、キャロルのうちに泊まるほうが居心地がいいらしい。まあ、いつまで続くかな」

「パティは大丈夫なのかい、こんなことになって?」セス・ポールセンは訊いてみた。

「あまり大丈夫じゃないね」

「よければ近いうちにきみたちを夕食に招待したいんだが」

「そいつはうれしいな」ウォルターは言った。「ただパティのやつ、しばらくまたうちの母親の家に行くつもりらしいんだ。あそこの手入れに熱心でね」

「なんだか彼女のこと、心配だなあ」セスが声を詰まらせる。

「そりゃ心配だよ、多少はね。ただぼくは、彼女が苦しいときにがんばる姿も見てるから。大学三年のときに膝の大怪我をしたんだが、それでも残り二試合、痛みをこらえてプレーしようとした」

「だけど、それで結局、その、手術で選手生命を絶たれたんじゃなかったっけ？」

「それよりも、彼女がどんなにタフかってことだよ、セス。つらくてもがんばれるっていう」

「なるほど」

ウォルターとパティがポールセン家に夕食に行くことはなかった。パティはバリア街を留守にしがちで、その冬から春にかけては〈名無しの湖〉で長期の隠遁を繰り返し、たまに庭先に彼女の車が停まっているときにも――たとえばクリスマスシーズンがそうで、このときはジェシカも大学から帰省し、友人たちに話したところによると、弟を「完膚なきまでにやっつけた」結果、ジョーイはこの手ごわい姉が所望するまともな休暇に付き合うべく、一週間以上も自宅の寝室で寝泊まりすることになった――パティ本人は、かつてはその焼き菓子と愛想のよさで引っ張りだこだった近所の集まりにも顔を出そうとしなかった。そんな彼女のもとを、ときおり四十がらみの女性たちが訪ねてくるのが見受けられ、髪形やスバルに貼られたバンパー・ステッカーから判断するに、これはどうやらバスケットボールの元チームメートであるらしく、加えて最近また酒を飲みすぎているなどという噂もあったが、それもあくまで憶測にすぎなかった。というのも、あの気さくな人柄にもかかわらず、ラムジーヒルにパティの親友と呼べるような人間は一人もいなかったからだ。

年明けにはジョーイもキャロルとブレイクの家に戻っていた。その家が持つ魅力の大部分は、コニーとベッドをともにできることにあるのだろうというのが大方の意見だった。友人たちのあいだでは、ジョーイは反オナニー派の急先鋒として知られ、オナニーという言葉を耳にしただけで小馬鹿にしたような笑みを浮かべるのが常だった。そんなことは一度もやらずに一生を終えたい、それが自分の野望だと広言していた。ご近所さんの中でも多少目の利く人々、それこそポールセン夫妻などは、まわりが自分より頭の悪い人間ばかりという状況もジョーイには楽しいのではないかと疑っていた。ジョーイはワンルームリビングの王となり、その友情を勝ち得た者はみな娯楽三昧の世界に招待してもらえた（無監督で置かれているビール樽が、近隣全域の家庭で夕食時の議論の的になったのは言うまでもない）。キャロルを相手にするときのジョーイの態度は不穏なまでになれなれしく、ブレイクのほうは、その趣味をことごとく共有することでうまく手なずけていた。中でもブレイクご自慢の二つ、電動工具とトラックがお気に入りで、そのトラックの運転席でジョーイは運転の仕方を学んだのだった。アル・ゴアとウェルストン上院議員を応援するクラスメートたちに彼が向ける、そのいかにも気に障る笑み、リベラリズムは自慰に匹敵する悪癖だとでも言いたげな顔つきを見るかぎり、ブレイクの政治的姿勢さえもいくらか受け容れたようだった。夏になると、去年のモンタナとは打って変わって建設現場でアルバイトをした。

そして誰もが、それが妥当かどうかはともかく、責められるべきはウォルターだと——その人のよさだと——感じていた。ジョーイの髪を摑んで引きずって帰ってでもいい子にさせる代わりに、パティの頭を石でぶんなぐってでもいい子にさせる代わりに、仕事の陰に姿をくらました父親。自然保護協会ではなかなかの早さで州支部専務理事を任されていたが、その多忙にかまけて毎晩毎夜家を空け、花壇も荒れるに任せ、垣根はぼうぼう、窓は汚れ放題、前庭にはいまだにGORE LIEBERMAN（アル・ゴアとジョー・リーバーマンは二〇〇〇年大統領選挙での民主党の大統領・副大統領候補）の文字、その歪んだ看板が都会の黒ずんだ雪に埋もれかけている。あのポールセン夫妻さえも、メリーが市議会選に出馬するとかでバーグランド家のことに興味を示さなくなった。翌年の夏をパティはまるまる〈名無しの湖〉で過ごし、戻ってきてまもなく——学費の出所を訝るラムジーヒルの人々を尻目にジョーイがヴァージニア大学へと旅立った一カ月後、そしてあの国家的悲劇の二週間後のこと——彼女とウォルターが優に半生を注ぎこんだヴィクトリア朝様式の家の前に〝**売家**〟の看板が立ったのだった。ウォルターはすでに新たな仕事でワシントンに通い始めていた。やがては不動産価格も持ち直し、過去に前例のない高値を記録することになるのだが、地元の市場はまだ九・一一後の暴落を経てどん底に近いところをさまよっていた。パティが見守る中、家は悲惨な価格で売られ、三歳の双子を持つ真面目そうな専門職の黒人夫婦の手に渡った。二月、バーグランド夫妻は最後にもう一度、バリア街をドアからドアへとめぐり、礼儀正しく丁重に別れを告げた。ウォルターは行く家行く家で子供たちのことを訊ね、その一人一人の幸せを願った。パティはあまり喋らなかったが、なぜか妙に若返ったように見え、このご近所がご近所とさえ呼べなかった頃、通りでベビーカーを押していたあの娘に戻ったかのようだった。

「奇跡だな」二人が去ると、セス・ポールセンはメリーに感想を述べた。「あの二人がまだ一緒にいるってだけでも」

メリーは首を振った。「どうかしら、あの人たち、きっとまだどう生きていいのかわかってないんだと思うわ」

過ちは起こった

パティ・バーグランド自伝

パティ・バーグランド著（セラピストの勧めにより執筆）

第一章　愛想よく

　仮にパティが無神論者じゃなかったら、部活動なるものを与え賜うた神様に感謝したいところである。部活こそが彼女の人生を救い、自己実現のチャンスを与えてくれたのだから。中でもお世話になったのが、ノース・チャパーカ中学校のサンドラ・モッシャー、ホレス・グリーリー高校のイレーヌ・カーヴァーとジェーン・ネイゲル、ゲティスバーグ女子バスケットボールキャンプのアーニーおよびローズ・サルヴァトア、そしてミネソタ大学のアイリーン・トレッドウェル。これらすばらしいコーチ陣のおかげで、パティは規律、忍耐、集中、チームワーク、そしてスポーツマンかくあるべしという理想を学ぶことができ、病的な負けず嫌いと自信のなさという欠点を多少とも補うことができた。

　パティはニューヨーク州ウェストチェスター郡で生まれ育った。四人きょうだいのいちばん上で、どちらかというと下の三人のほうが両親の期待通りの子供だった。パティは他の三人より目立って大柄で、おまけに平凡で、しかもいくぶん馬鹿だった。本物の馬鹿ではないが、家では馬鹿なほう。身長は五フィート九インチ半に達し、これは弟とほぼ同じ、妹たちより何インチも高く、どのみち家族の中で浮くのなら、いっそ六フィートまで伸びればよかったのにと思うこともあった。そうなればバスケのゴールもよく見えるし、密集でポストもしやすいし、ディフェンスでのローテーションも自由にできるしで、結果として度しがたい負けん気も多少はましになったかもしれず、大卒後ももっと幸せな人生を送れたかもしれない。虫がよすぎるような気もするけれど、想像してみるとおもしろかった。大学レベルまでくると、たいていはコートでも小柄なほうの選手で、これが変な話、どことなく家族内での立場を思い出させて、アドレナリンを最高潮に保ってくれた。

パティにとって、母親が見ている前でチームスポーツをした最初の記憶は、ほとんど最後の記憶でもある。普通の子向けの通いのスポーツキャンプに参加していたときのこと、その同じ施設で二人の妹はできる子向けの通いのアートキャンプに参加していたのだが、そんなある日、ソフトボールの試合が終盤にさしかかったところに母と妹たちが姿を見せたのだった。パティの守備位置はレフト、自分よりへたくそな女の子たちが内野でエラーを連発するのをいらいらと眺めながら、誰か外野まで飛ばしてくれないものかと暇を持て余していた。やがて業を煮やしてじわじわと前進を始め、ついには一人で試合を終わらせてしまった。ランナー一、二塁。叩きつけたバウンドの高いゴロは運動能力ゼロのショートのもとへ、すかさずパティはその子の前にまわりこんでゴロをキャッチし、二塁ランナーをタッチアウト、すぐさま一塁ランナーを追い始めた。これがまたエラーか何かでやっと出塁できたかわいらしい子で、まっしぐらに迫るパティを見てきゃあきゃあと外野に逃げていき、塁間を離れて自動的にアウト、ところがパティはなおも追い続け、いたいけにくずおれる走者にタッチ、するとグラブでそっと触れただけなのに、その子はいかにも痛そうに悲鳴をあげたのだった。

パティ自身、これがスポーツマンとして誇るべき活躍だとは思っていなかった。家族が見ていたせいで、何やら妙に力んでしまったのだ。我が家のステーションワゴンに乗りこむと、母が普段より余計に震えがちな声で、あそこまでやらなきゃいけないの、と訊いてきた。あそこまでその……アグレッシブに。つまり必要なのかしら、ああいう、その、アグレッシブさが。少しぐらいチームメートにボールを持たせてあげてもよかったんじゃない？　でもレフトにいてもぜんぜんボールが飛んでこなかったのだ、とパティは答えた。すると母は「スポーツをするのはかまわないけど、協調性とか助け合いの精神を学んでくれないんじゃあね」。それを聞いてパティは「だったら**まともな**キャンプに行かせてよ、へたくそばっかりのとこじゃなくて！　ボールも捕れないような子たちと協調しろったって無理よ！」。すると母は「あまりいいことだとは思えないわ、あんなふうに攻撃性とか競争心を煽るのは。そりゃママはスポーツファンじゃないけど、でも、とにかく相手を打ち負かす、それが楽しいなんてさっぱりわからない。みんなでがんばって、協力して何か作り上げるほうがずっと楽しいんじゃない？」

パティの母親はプロの民主党員だった。筆者がこれを書いているいまも州下院議員、ジョイス・エマソン先生であり、広々とした空間、貧しい子供および芸術の味方として知られている。ジョイスにとっての楽園とは、州の金で貧しい子供たちが芸術に取り組める広々とした空間のことなのだ。ジョイスは一九三四年、ブルックリンで、ジョイス・マーコウィッツとして生まれたが、物心ついたときからユダヤ系であることがいやでたまらなかったようだ。（ジョイスの声がいつも震えがちなのも、一つには、ブルックリン訛りを隠そうと生涯無理してきた結果じゃないかと筆者は疑っている。）ジョイスは奨学金を得てメインの森で大学教養を身につけ、そこでパティのすこぶる非ユダヤ的な父と出会い、マンハッタンはアッパーイーストサイドのユニテリアン・ユニバーサリスト万霊教会で結婚した。私見では、ジョイスは最初の子を産んだとき、まだ母親になる心の準備がなかったんじゃないかと思うけれど、この点については筆者自身、偉そうなことを言わないほうがいいかもしれない。一九六〇年、ジャック（ジョン・F）・ケネディが民主党の大統領候補に指名されると、大義名分を得たジョイスは喜び勇んで、この調子で行けば赤ん坊だらけになりかねない家を飛び出した。その後は公民権、ベトナム、ボビー（ロバート）・ケネディ――次々に恰好の口実を見つけて、幼児四人、プラス地下室にはバルバドス出身の子守女で足の踏み場もない家を空けることになった。ジョイスが初めて全国大会に参加したのは一九六八年、亡くなったボビーの支援者代表としてである。郡の党支部では財務担当、のちに委員長を務め、一九七二年と八〇年の選挙ではテディ（エドワード・ケネディ）支持のまとめ役を果たした。毎年夏には、朝から晩まで、キャンペーン用品の箱を抱えたボランティアの大群が家中の開いたドアをどやどやと行き交った。パティが六時間ぶっ通しでドリブルやレイアップの練習に励んでいても、誰一人目を向けず、気にも留めなかった。

パティの父親レイ・エマソンは弁護士にしてユーモア愛好家、レパートリーにはおならネタの他、子供たちの学校の先生、ご近所さん、その他知人の意地の悪い物真似があった。中でもお得意だったのが、いやがるパティにご満悦の様子で繰り広げるバルバドス出身のユレイリーの物真似、「お遊び《ストップ・》は終わりだよ《ダ・ゲイム・ナウ》、おふざけはよしな《ストップ・ダ・プレイン》」云々と、本人に聞こえかねないところで、しかもますます大声でやるものだから、しまいにパティは恥ずかしさのあまり夕食の席から逃げ出し、弟妹はやんやと大騒ぎするのだった。同じくウケにウケていた定番ギャグが、パティのコーチにして師匠のサンドラ・モッシャーをダシにしたもの、レイはいつもその名をサァァンドラと発音した。パティをしょっちゅう捕まえては、最近どうだい、サァァンドラのもとに素敵な男性は現れたかね、それか、いひひ、素敵な女性だったりして？　すると弟妹たちも、サァァンドラ、サァァアンドラ！　と声を揃えるのだった。他にもパティをいじめる愉快な方法はいろいろあって、たとえば飼い犬のエルモをどこかに隠し、パティがバスケの遅練に出ているあいだに安楽死させられたなどと嘘をつく。あとは、パティがはるか昔にしでかした間違いのことでしつこくからから――オーストリアのカンガルーは元気かい、とか、あの現役バリバリの有名作家ルイーザ・メイ・オルコットの新作は読んだかい、とか、いまでもキノコは動物の仲間だって思うかい、とか。「こないだパティのキノコの仲間がトラックのあとを追っかけてるのを見たぞ」などと父は言うのだ。「ほら見て、ほら、こんな感じで走ってたぞ、パティのキノコは」

父は晩にはたいてい夕食後にまた出かけ、法廷で無料かそれに近い報酬で弁護している貧しい人々と会っていた。オフィスはホワイトプレーンズの裁判所の道向かいにあった。無償の依頼人の中には、プエルトリコ人、ハイチ人、服装倒錯者、心身に障害のある人などがいた。本当に困っている人たちについては、さすがの父も陰で冗談の種にしたりはしなかった。とはいえ、できるかぎり依頼人の悩みをおもしろがろうとしていたのは確かだ。パティが十六のとき、高校の課題で父が関わっている裁判を二つほど見学したことがある。うち一つは、ヨンカーズ在住の無職の男がプエルトリカン・デーに酒を飲み過ぎた挙句、ナイフで刺すつもりで妻の兄を探したものの見つからず、代わりにバーにいた見知らぬ男に切りつけたというものだった。父だけでなく判事や検事も、被告人の運と頭の悪さに笑いをこらえているふうだった。ウィンク一歩手前の目配せを交わしてばかりいるのだ。貧乏も醜さも懲役も、所詮は下層階級の見世物、退屈な日常を盛り上げるのにおあつらえ向きの余興だとでも言うみたいに。

帰りの電車の中で、パパはどっちの味方なの、とパティは訊いてみた。

「おや、いい質問だな」父は言った。「まずわかってもらいたいのは、私の依頼人が嘘つきだということだ。被害者も嘘つき。バーの主人も。みんな嘘つきなんだ。もちろん、依頼人には熱心な弁護を求める権利がある。だがこっちとしては、正義も大事にしなきゃいかん。だからときには検事と判事と私とで協力するんだよ、検事は被害者と、私は被告人と協力しながらも、それと同じくらいにね。当事者対抗主義の司法制度って話は聞いたか？」

「うん」

「そうか。ただ、ときには検事と判事と私とで、同じ相手に対抗しなきゃいけないこともある。そうやってみんなでいろんな事実を整理して、誤審を防ぐわけだ。ただそのへんは、うむ。そのことはレポートには書くな」

「事実を整理するのって、大陪審とか陪審の仕事なんだと思ってた」

「そのとおりだよ。レポートにはそれを書きなさい。同じ市民の陪審による裁判。大事なことだ」

「だけどパパが弁護する人たちって、たいていは罪はないんでしょう?」

「誰かさんが与えようとしているほどの厳罰に値する被告はそう多くはない」

「でも、ぜんぜん罪のない人もたくさんいるんでしょ? ママに聞いたよ、ああいう人たちの場合、言葉の問題もあるし、警察の逮捕もいい加減だし、偏見にさらされて十分な機会も与えられてないって」

「パティよ、いまのはすべて本当のことだ。ただそうは言ってもね、うむ。おまえの母さんは少々うぶなところがあるからな」

父の嘲笑が母に向けられているときは、パティもそれほどいやではなかった。

「要はほら、おまえも見ただろう、ああいう連中だから」父は言った。「やれやれ。酒のせいで狂っちまったんです《エル・ロン・メ・ブ・ソ・ロ・コ》、だとさ」

そのレイの一族について言っておくべきは、ものすごい資産家であること。父の両親は、ニュージャージー北西部の山あいにある先祖代々の広大な地所に住んでいた。モダニズム風の美しい石造りの家はフランク・ロイド・ライトが設計したとかで、フランス印象派の有名な画家たちの地味めの作品がいくつも飾ってあった。毎年夏には敷地内の湖畔にエマソン一族が集結し、休暇をピクニックで過ごすのが慣わしになっていて、これがまたパティにはまず楽しめなかった。祖父のオーガストは、最年長の孫であるパティのお腹あたりをしきりに捕まえては、老いてなお弾力のある膝に座らせたがった。そこにどんなささやかな快感があったのかは神のみぞ知るところだが、とにかくこちらが触ってほしくないところもお構いなし。おまけに十三の頃からは、レイがオフィスの次席弁護士夫妻を相手に敷地内のクレーコートでダブルスのゲームをするのにも付き合わされ、露出の多いテニスウェア姿を舐めるように見つめてくる同僚弁護士の視線に恥じ入りうろたえることになった。

祖父もレイと同じで、その私生活での変人ぶりは、弁護士としての公の善行で贖《あがな》った権利のようなものだった。三つの戦争をまたいで、世の注目を集めた良心的兵役拒否者や徴兵忌避者の弁護を数々手がけていた。余暇もたっぷりあったようで、その時間を使って敷地でブドウを栽培し、離れの一つで発酵させていた。祖父の「ワイナリー」は〈雌鹿の尻《ドウ・ホーンチ》〉なる名で呼ばれ、一家の冗談になっていた。ピクニックでは、祖父はゴム草履にだぶだぶの海水パンツという姿でよろよろ徘徊し、粗雑なラベルのついた瓶を手に、客たちが慎み深く芝生だか茂みだかに空けたグラスにおかわりを注いでまわった。「どう思う？　いいワインかね？　お気に召したかね？」その姿はどこか趣味に夢中の少年のようでもあり、全員を平等に罰することに余念のない拷問者のようでもあった。ヨーロッパのしきたりを楯に子供たちにまでワインを飲ませる方針で、母親たちがトウモロコシの皮むきやサラダの飾りつけ競争で目を離した隙に、水で薄めたドウ・ホーンチ・リザーブを下は三歳の子供にまでせっせと勧め、必要とあらばやさしくあごを押さえて水割りワインを注ぎこんだうえ、喉を通ったのを確認する念の入れようだった。そうして「いま飲んだのが何かわかるか？」と質問する。「いまのがワインだよ」。その後、子供の挙動がおかしくなると、「おまえのその気分、それを酔っ払ってるというんだ。飲みすぎってやつだ。おまえは酔っ払いだよ」。それもやさしい口調の中に本気の軽蔑をにじませて。パティは子供の中ではいつも最年長だったけれど、こうした光景にぞっとしながらも何も言えず、警報を鳴らす役は年下の弟妹や従兄弟たちに任せていた。「おじいちゃんがちっちゃい子を酔っ払わせてるよ！」すると駆けつけた母親たちがオーガストを叱って子供たちを連れ去り、一方、父親たちはオーガストのメス鹿の後半身への執着ぶりに卑猥な冗談を飛ばし、そんな中パティはこっそり湖に逃れていちばん温《ぬる》い浅瀬に身を浮かべ、耳を水につけて家族の声を締め出すのだった。

というのもピクニックはここからが本番――毎回、石造りの家のキッチンに、オーガストの伝説的なワインセラーから持ち出した最高級の古いボルドーが一本か二本用意されている。このワインが出てくるのは、おだてるのか頼みこむのか、とにかくパティの父が陰でせっせと働きかけた末のことで、合図を送るのもいつもそのレイ、兄弟および招待した男性客に無言で小さくうなずくと、みんな彼のあとについてこっそりパーティーを抜け出すのだ。数分後、男たちは目にも鮮やかな赤をなみなみと湛えた丸みのある大きなグラスを手に戻ってきて、レイの反対の手にはフランスワインのボトル、その底にたぶん一インチほど残っているワインを妻たちと優先度の低い招待客とで分け合うことになる。どんなにお願いしても、オーガストのセラーから追加の一本が出てくることはない。代わりにドウ・ホーンチ・リザーブを勧められるのがおちだ。

そしてクリスマスも毎年同じ。ニュージャージーから祖父母が最新モデルのメルセデスで(オーガストは一、二年おきに旧型を下取りに出していた)やってくるのだが、レイとジョイスの人でごった返したランチハウスに到着するのは、ジョイスが何時以降にしてくれと頼んだそのちょうど一時間前、おまけに配られるプレゼントはどれも馬鹿にしたようなものだった。有名なところでは、ある年ジョイスがもらった使い古しのふきん二枚。レイがよくもらっていたのはかさばるアート本、バーンズ&ノーブルの特売ワゴンに置いてあるやつで、ときには三ドル九九の値札がついたまま。子供たちには、こまごましたアジア製のプラスチックのがらくた。まともに動かない旅行用目覚まし時計や、ニュージャージーの保険会社名が型押ししてある小銭入れ、見るも恐ろしい中国製の粗雑な指人形、マドラーのセットなど。しかもその間、オーガストの母校ではその名を戴く図書館を建設中。パティの弟妹はそんな祖父母のケチっぷりを不当に感じ、腹いせに両親からのクリスマスプレゼントには不当なまでの要求を突きつけた——その長大にして微細にわたるクリスマスリストのせいで、毎年のイブ、ジョイスは夜中の三時までラッピングに追われていた——ので、パティはその逆を行って、スポーツ以外のことにはいっさいこだわらないことにしたのだった。

そんな祖父だが、かつては本物のアスリートだったらしく、大学では陸上競技のスターにしてフットボールのタイトエンド、おそらくパティの身長と反射神経は祖父譲りなのだろう。レイもフットボールをしていたけれど、何せメイン州だし、チーム編成もままならないような大学でのことである。レイの本当のお得意はテニスで、パティはテニスの腕もなかなかだったが、何を隠そう唯一嫌いなスポーツだった。ビヨルン・ボルグは実はへたくそじゃないかと疑っていた。少数の例外（たとえばジョー・ネイマス（フットボールの伝説的クォーターバック、伊達男で「ブロードウェイ・ジョー」と呼ばれた）を除けば、パティは概して男性アスリートには心惹かれなかった。惚れる相手はいつも高嶺の花で、まったく望みがないくらいに年か容姿のかけ離れたモテる男。とはいえ愛想はいいので、デートに誘われたらまず断らなかった。シャイな男の子やモテない子はなかなかつらいのだろうと思い、人としてできるかぎりやさしくしようとした。どういうわけか、デート相手はレスラーが多かった。経験から言えば、レスリング選手は勇敢で無口、くそがつくほど真面目で、眉毛が濃くて礼儀正しく、何より体育会系女子を怖がらない。中学校時代、仲間うちではパティのことを「メス猿」と呼んでいたなどとこっそり打ち明けてきたやつまでいた。

　セックスに関して言えば、パティの初体験は十七のとき、イーサン・ポストという名の全寮制エリート校の最上級生にパーティーでレイプされたのが最初だった。イーサンはゴルフ以外にスポーツをやっていなかったが、身長はパティより六インチ高く、体重も五十ポンドは重くて、女の筋力が男に比べてどうなのかという点で気の滅入るような事実を思い知らせてくれた。彼がやったことは、パティにしてみれば正真正銘、疑う余地のないレイプだった。抵抗しなければと気づいてからは必死で抵抗した。うまくはいかなかったし、そのうちに諦めたけれど、それも生まれて初めてというくらいに酔っ払っていたせいだ。あの晩のパティはすばらしく解放的な気分だったのだ！　おそらくはそう、キム・マクラスキー宅の巨大なプールで、あの暖かで美しい五月の夜、パティはイーサン・ポストに誤った印象を与えてしまったのだ。酔っていないときでも少々愛想のよすぎるパティである。あのプールではもう、好感度アップに夢中だったに違いない。あれこれ考えるにつけ、自分を責めないわけにはいかなかった。心に抱いていたロマンス像も〝ギリガン君SOS〟レベル、すなわち「とことん原始的」（『ギリガン君SOS』は六〇年代半ばに人気を博した漂流もののコメディドラマで、「とことん原始的」はその主題歌にも出てくるフレーズ）。白雪姫とナンシー・ドルー（キャロリン・キーンの少年少女向け推理小説シリーズに出てくる少女名探偵）の中間あたりである。それにイーサンには、当時パティが惹かれていた傲慢な感じがあった。表紙が帆船の絵だったりする少女小説で主人公が思いを寄せる若者みたいだった。彼はパティをレイプしたあと、悪かったな、こんなに乱暴にするつもりはなかったんだ、その点は悪かったよと言った。

　実感がわいたのはピニャコラーダの酔いもさめた翌朝のこと、パティの寝室は下の妹との相部屋で、要は部屋割りでも愛想のよさが仇となり、上の妹は芸術家気取りで一人部屋をとっちらかしていたのだけれど、その寝室で朝早く目を覚ましたパティはとにかく無性にくやしかった。くやしいのは、イーサンに無価値な人間だと思われたこと、レイプして家まで送ればそれで済むと思われたことだった。だって自分はそんな人間ではないのだ。いろいろあるけどまずはそう、最終学年を待たずにホレス・グリーリー校のアシストのシーズン記録を塗り替えた。しかも来シーズンには記録更新間違いなし！州代表Aチームにだって選ばれた。それもブルックリンとブロンクスを含む州の代表チーム。それなのに、ろくに知りもしないゴルフ好きのお坊ちゃんに、レイプしても大丈夫だと思われたのだ。

　下の妹を起こしたくなかったのでシャワーを浴びながら泣いた。いっさいの誇張ぬきで、それはパティの生涯で最も惨めな瞬間だった。いまでも、世界中の抑圧された人々、不正の犠牲になっている人々を思うたびに、このときの気持ちを思い出す。それまでは考えもしなかったようなこと、身に受けてきたさまざまな不正が思い浮かんだ。長女なのに相部屋で寝ていること、かつてユレイリーが使っていた地下室さえ、いまや用なしになった選挙グッズで床から天井まで埋まっていて使えないこと、そして上の妹の舞台での演技にあれほど大騒ぎする母が、パティの試合は一度も見に来てくれないこと。くやしさのあまり、誰かにすべてを打ち明けたいとさえ思った。でも、コーチやチームメートに酒を飲んでいたことを知られるのが怖かった。

そのまま闇に葬ろうと全力を尽くしたのに結局ばれてしまったのは、ネイゲルコーチがパティの様子を怪しみ、翌日の試合後のロッカールームに目を光らせていた結果である。コーチはパティをコーチ室に座らせ、体のあざと元気のなさの理由を真っ向から問い詰めたのだ。パティは情けないことに、その場ですすり泣きながら何もかも白状した。するとコーチは、いまから病院に連れていく、警察にも知らせると言い出してパティをすっかり仰天させた。その日のパティは四打数三安打二得点、守備でもいくつもファインプレーを見せていた。たいしたダメージを受けていないのは明らかだ。おまけに両親はイーサンの両親と政治的に密な関係にあるから、へたに動くとろくなことにならない。摂生を怠ったことを平謝りに謝れば、コーチも哀れに思って大目に見てくれるだろう、それで一件落着などとのんきに期待していたのだ。ところがこれが大間違い。

コーチが我が家に電話をかけると、出たのはパティの母親で、いつもながらに息せききってこれから集会に出かけるところ、話を聞いている暇はないが、そんな暇はないと認めるだけの反社会性も持ち合わせず、そこにコーチが体育科備え付けの肌色電話に向かって消せない言葉を発したのだった。

「たったいまお嬢さんに聞いたのですが、昨晩、イーサン・ポストという男の子にレイプされたそうです」。そう言うと、コーチは一分ばかり受話器にじっと耳を傾けていた。それから「いえ、いま聞いたばかり……そうです……つい昨日の……ええ、いますよ」そこでパティに受話器を渡した。

「パティ？」母が言った。「あなた――大丈夫？」

「元気よ」

「ネイゲル先生がいま、昨日の晩、事件があったって？」

「そう、あたしレイプされたの」

「まあなんてこと、なんてことなの。昨日の夜のこと？」

「うん」

「今朝はママ、家にいたでしょ。どうして何も言わなかったの？」

「さあ」

「どうして、どうしてなの？　どうして何も言ってくれなかったの？」

「たぶんそのときはそんなに大事《おおごと》だとは思わなかったんだと思う」

「それで、それなのにネイゲル先生には教えたのね」

「教えてないよ」とパティは言った。「先生はママよりよく見てるってだけ」

「見てるも何も、今朝はまともに顔も合わせなかったでしょ」

「責めてるわけじゃないよ。事実を言ってるだけ」

「それで、あなたの考えだと、あなたはその……昨日のことは……」

「レイプ」

「信じられない、こんなこと」母は言った。「いまから迎えに行くわ」

「ネイゲルコーチは病院に行けって」

「あなた具合が悪いの？」

「言ったでしょ。元気だって」

「それならそこにいて。あなたも先生もママが行くまで何もしちゃだめよ」

パティは受話器をかけ、母が来るらしいとコーチに告げた。

「こうなったら、その男を牢屋にぶちこんでやるのよ、ながーいあいだ」とコーチ。

「そんな、まさかまさかまさか」パティは言った。「そんなの無理」

「パティ」

「そんなことになりっこないわ」

「そうなるわよ、あなたが望めば」

「ううん、ほんとに、なりっこないんです。うちの親とポストさんって、政治がらみのお友だちだし」

「ねえ、よく聞いて」コーチは言った。「それとこれとはぜんぜん関係のないことなの。それはわかってる？」

パティには、間違っているのはコーチのほうだという確信があった。ポスト先生は心臓外科医で、奥さんはものすごい資産家の出である。テディ・ケネディやエド・マスキーやウォルター・モンデールが資金不足の折に必ず訪問する、そういう家の一つなのだ。過去にはたびたび、両親の口からポスト家の「裏庭」の噂を聞いていた。これがどうもセントラルパークくらいの「裏庭」で、しかも美しさでは比較にならないという。オールAで飛び級もお任せ、芸術好きなパティの妹たちなら、ポスト家に災いをもたらすこともできなくはなかったかもしれないが、図体ばかりでオールB、一家で唯一の体育会系があの家の鎧をへこませるなんて、想像するだに馬鹿げている。

「もう二度とお酒は飲まないつもりです」だからそう言った。「それでこの件は解決」

「あなたにとってはそうかもね」コーチは言った。「でも他の誰かが苦しむことになる。その腕を見なさい。あいつがしたことよ。あなたが止めないと、他の子にも同じことをするわよ」

「ただの打ち身とすり傷だわ」

コーチはそこで、チームメートのために立ち上がれ云々という、士気を高める演説をぶったのだった。この場合のチームメートとは、今後イーサンと出会うかもしれないすべての若い女性のこと。パティはいわばチームのために激しいファウルに耐えねばならず、被害を訴え出て、イーサンが退学処分を受けて卒業を取り消されるよう、在学先のニューハンプシャーの進学校《プレップ・スクール》にもコーチに連絡してもらう、さもなくばパティはチームの期待を裏切ることになる、というのが結論だった。

パティは再び泣きだした。チームの期待を裏切るくらいなら死んだほうがましだったからだ。その年の冬には、流感にかかったままバスケの試合に出て、前半のほとんどをプレーした末にサイドラインで倒れ、点滴を受けたこともあった。ただ困ったことに、昨晩は自分のチームと一緒じゃなかったのだ。パーティーに連れていってくれたのはフィールドホッケー仲間のアマンダで、パティにピニャコラーダの味見をさせるまではどうにも気が済まない様子、しかもマクラスキー家の恒例で、用意されたピニャコラーダはバケツ何杯分。そう、酒のせいで狂っちまったんです《エル・ロン・メ・プソ・ロカ》。マクラスキー家のプールに集った女の子たちの中に、運動部の子は一人もいなかった。あんな場に姿を見せたというだけでも、自分の本当のチームを裏切ったようなものだ。それでいま、こうして罰を受けているのだ。イーサンはそのへんの遊び慣れた感じの子ではなくパティをレイプした。パティが本来いてはいけない場所にいたから、酒の飲み方もろくに知らなかったからだ。

コーチには、少し考えてみますと約束した。

体育館で見る母の姿にはぎょっとするものがあったが、母のほうも見るからに自分の居場所にぎょっとしていた。足もとは普段履きのパンプス、恐る恐るあたりに目をやっては、むき出しの金属器具、カビの生えたフロア、網にびっしり詰まったバスケットボールを不安げに見つめるその様子は、恐ろしい森に迷いこんだ昔話の金髪少女みたいだった。パティは母のもとへ行き、その抱擁に身を任せた。母より一まわりも二まわりも大きなパティはなんだかのっぽの古時計になった気分、それをジョイスがどうにか抱えて動かそうとしているような具合である。ようやく抱擁から逃れると、必要な話し合いが持たれるよう、ジョイスをガラス張りの小さなコーチ室に案内した。

「どうも、ジェーン・ネイゲルです」コーチが言った。

「ええ、前にも――お会いしたわね」ジョイスは言った。

「ああ、そうそう、一度お目にかかりましたね」コーチが言う。

母の場合、絶えず意識している話し方に加えて、同じく意識的な正しい姿勢と、公私にわたりほぼすべての状況に対応できる、仮面のごとき感じのよい笑みもあった。怒ったときも含めて大声を出すことはまずない人なので（どんなに怒っても普段以上に声がわなわな震えるだけ）、この感じのよい笑みは激烈な心的葛藤のさなかにも装着可能なのだった。

「あら、一度じゃありませんわ」母が言う。「何度かお会いしたはずよ」

「本当に？」

「ええ、間違いなく」

「そんなことはないと思いますけど」とコーチ。

「あたし、外に出てるわね」パティはそう言うと、部屋を出てドアを閉めた。

面談は長くは続かなかった。まもなくジョイスがヒールの音を響かせて外に出てきた。「行きましょ」

ジョイスの背後、戸口に立っているコーチは意味深な目でパティを見ている。その言わんとするところは、さっきのチームワークの話を忘れないで。

四分円形の外来用駐車場には、ジョイスの車だけぽつりと一台残っていた。母は車のキーを差しこんだものの、エンジンはかけずに座っている。これからどうなるの、とパティは訊いてみた。

「お父さんがオフィスにいるから」ジョイスは言った。「まっすぐそこへ行くの」

そう言いながらもまだキーをまわさない。

「ごめんなさい、こんなことになって」パティは言った。

「どうもよくわからないのよ」母はこらえきれずに言った。「あなたみたいにずば抜けてスポーツのできる子が、なんでまた──つまり、なんでイーサンに、イーサンだか誰だか──」

「イーサンよ。イーサンだったの」

「とにかくなんで——ま、じゃ、イーサンでいいわ」母は言った。「あなたがまず間違いなくイーサンだって言うんなら。とにかくなんで——イーサンだとして——なんであの子にそんな……？」そう言って口もとを手で覆う。「ああもう、他の誰かだったらって思っちゃうわ。ポスト先生ご夫妻にはいろいろと——お二人はいろいろ立派なことの力になってる方たちなの。それにイーサンのことはよく知らないけど——」

「あたしだって知らないわよ！」

「じゃあなんでこんなことになるの！」

「もういい、うちに帰りたい」

「だめよ。ちゃんと教えてくれなきゃ。私はあなたの母親なのよ」

そう言ってすぐ、ジョイスは顔を赤らめたように見えた。パティに母親が誰かを言い聞かせなければならない、それがどんなに奇妙なことかわかっているように見えた。そしてパティとしては、ついにこの疑惑が明るみに出て満足だった。ジョイスが彼女の母親だとすれば、州大会の一回戦、パティが三十二得点をあげてホレス・グリーリー校の女子公式戦得点記録を塗り替えたあの試合を見に来なかったのはどういうわけなのか？　他の子の母親はみんな時間を作って応援に駆けつけたというのに。

ジョイスに手首を見せてやった。

「起こったことはこれ」パティは言った。「もちろんこれだけじゃないけど」

そのあざにジョイスは一度ちらりと目をやり、身震いをして、パティのプライバシーを尊重するとでも言うように目を背けた。「ひどいことだわ」母は言った。「あなたの言うとおり。これはほんとにひどいこと」

「ネイゲルコーチは、いまから救急病院で検査してもらって、警察と、あとイーサンの学校の校長にも知らせるべきだって」

「ええ、コーチのお望みは聞いたわ。去勢こそふさわしい刑罰だって思ってるみたい。ママが知りたいのはね、あなたがどう思ってるかなの」

「そんなのわからない」

「あなたがいますぐ警察に行きたいんなら」ジョイスは言った。「警察に行きましょう。もしそうしたいならそう言って」

「まずパパに話したほうがいいと思う」

そんなわけで、車はソーミル・パークウェイを下っていった。弟や妹は普段からジョイスの車に乗って、絵画教室、ギター教室、バレエ教室、日本語教室、弁論、演劇、ピアノ、フェンシング、模擬裁判等々に送ってもらっていたけれど、パティ自身はもうめったに乗せてもらうこともなくなっていた。平日はたいてい体育会のバスで夜遅くに帰宅した。試合のときは誰かのママかパパが便乗させてくれた。友だちといて足に困っても、家に電話して両親を煩わすような真似はせず、さっさとウェストチェスター・タクシーの配車サービスの番号をまわし、母が常に持っておけと押しつけてくる二十ドル札を何枚か使った。その二十ドル札をタクシー代以外に使うことなど思いも寄らなかったし、試合のあともどこに行くでもなくまっすぐ帰宅し、十時、十一時に夕食のアルミホイルをはがして地下室に持って下り、食べながらユニフォームを洗濯し、テレビで再放送を見た。そのままそこで眠ってしまうこともよくあった。

「これは仮定の話だけど」運転しながらジョイスが言った。「仮にイーサンが正式に謝りたいって言ったら、それで十分だと思えそう？」

「もう謝ったわ」

「謝ったって――」

「乱暴にしたことを」

「それで、あなたはなんて言ったの?」

「何も言わなかった。家に帰りたいって言った」

「でも乱暴にしたことは謝ってきたのね」

「本気で謝ってたんじゃないわ」

「そう、わかった。あなたの言うことを信じましょう」

「あたしはただ、あたしが人間だってことを知ってほしいだけ」

「大事なのはあなたの気持ちよ——かわいいパティ《スウィーティ》」

この「かわいいパティ《スウィーティ》」を、ジョイスはまるで学び始めた外国語の最初の言葉みたいに口にした。

テストだか罰だかのつもりでパティは言ってみた。「もしかしたら、そうね、彼が本当に心をこめて謝ってきたら、それで十分だと思えるかも」。そして注意深く母の様子を窺った。なんとか興奮を隠そうとがんばっている様子(にパティには見えた)。

「それで解決するのなら、なんていうか、理想的かも」ジョイスは言った。「もちろん、あなたがほんとにそれで十分だと思えるならだけど」

「思えない」パティは言った。

「え?」

「十分じゃないって言ったの」

「十分かもしれないっていま言わなかった?」

パティはまた泣きだした。本当に惨めな気分だった。

「ごめんなさい」ジョイスは言った。「ママが聞き違えたの?」

「あの人、なんでもないことみたいにあたしをレイプしたのよ。それもきっとあたしが初めてじゃないわ」

「それはわからないでしょ、パティ」

「病院に行きたい」

「ねえいい、ほら、パパのオフィスはすぐそこよ。ほんとに具合が悪いんじゃなければ、とりあえず――」

「でもパパがなんて言うか、もうわかってる。あたしにどうしてほしいかわかってるもの」

「パパはあなたにとっていちばんいいようにしてくださるわ。うまく表に出せないこともあるけど、パパは世界一あなたのことを愛してるの」

ジョイスの意図はさておき、それはパティが何より真実であってほしいと熱望している言葉だった。それが本当ならと心の底から願っていた。パパがあんなふうにからかったり馬鹿にしたりするのも、内心ではあたしのことを世界一愛しているから、そうじゃなきゃ残酷なだけじゃないか？　でもパティももう十七歳、まったくの馬鹿ではなかった。仮に誰かのことを世界一愛していても、愛し足りているとはかぎらない。他のことでいろいろ忙しければ。

父の聖域に入ると防虫剤の臭いが鼻をついた。いまは亡き先輩弁護士から引き継いだオフィスで、カーペットもカーテンも以前のままだ。防虫剤の臭いが実際どこからくるのかは、よくある謎の一つだった。

「まったく最低だな、しょうもない！」というのが、娘と妻の口からイーサン・ポストの罪を知らされたレイの反応だった。

「しょうもないで済めばいいんだけど」ジョイスが乾いた笑いをもらす。

「しょうもないクソガキだよ」レイは言った。「親の面汚しめ！」

「それで、これから病院に行くの？」パティは訊ねた。「それとも警察？」

父はシッパースタイン先生に電話するよう母に言いつけた。ルーズヴェルトの時代から民主党政治に関わっている老小児科医で、急患を診てもらえるか頼んでみろという。ジョイスが電話しているあいだに、レイはパティに質問した。レイプがどういうものか知っているのか、と。

パティは唖然となった。

「念のためだよ」父は言った。「知ってるとは思うが、法律上の定義のことだ」

「いやがるあたしにセックスを強要したわ」

「実際にいやだと口に出したか?」

「〝いや〟、〝だめ〟、〝やめて〟。とにかく、どう見たってそう。引っ掻いたりもしたし、押しのけようとしてたんだから」

「じゃあそいつは最低のクソ野郎だ」

父がこんな口の利き方をするのは初めてで、それはやはりうれしかったのだけれど、そのうれしさもいまいちピンとこなかった。どうも父らしくないのだ。

「デイヴ・シッパースタインが、五時に診療所に来てくれって」ジョイスが結果を報告する。「お気に入りのパティのためなら、たとえディナーの約束があってもキャンセルしてくれたと思うわ」

「そう」パティは言った。「あたしがナンバーワンってわけね、一万二千人の患者の中で」。それから父に詳しい話をしたところ、父はネイゲルコーチがなぜ間違っているか、なぜ警察には行けないかを説明し始めた。

「チェスター・ポストってのは厄介な御仁だが」とレイは言った。「郡では名士として通ってるんだ。あの男の、うむ、あの男の地位を考えれば、この手の告発が派手な注目を集めるのは間違いない。訴えたのが誰かもすぐに知れる。世間中にな。それでだ、ポスト家がどんなに困ろうが、それはおまえの知ったことじゃない。ただ、これはもう間違いなく、結局はおまえ自身、公判前手続きやら公判やらその報道やらでいまよりもっと傷つくことになるだろう。相手が有罪を認めたとしてもだ。執行猶予の刑が下っても、裁判所が箝口令を敷いたとしてもだ。裁判記録は残るからな」

ジョイスが口を挟む。「でも決めるのはパティよ、私たちじゃ――」

「ジョイス」レイはさっと手を上げて母を黙らせた。「ポスト家にはこの国のどんな弁護士でも雇う金がある。それに告発が明るみに出た時点で、被告側にすれば最悪のダメージはもう終わりだ。その先を速やかに進めようとする理由はない。それどころか、事実申し立てやら審理やらの前に、おまえの評判が落ちるところまで落ちるよう仕向けるのが得策だ」

パティはうなだれ、どうすればいいのと父に訊ねた。

「いまからチェスターに電話してみる」父は言った。「おまえはシッパースタイン先生のところで悪いところがないか診てもらうといい」

「先生に証人になってもらうのね」パティは言った。

「そう、それにいざとなれば証言も頼める。だがなパティ、きっと裁判にはならんよ」

「じゃああいつはお咎《とが》めなしってわけ？　それで週末にはまた誰かに同じことをするの？」

レイは両手を上げた。「まずはその、うむ。まずはポストさんと話させてくれ。訴追猶予になら同意させられるかもしれん。控えめな保護観察だ。悪さをすればイーサンの頭に剣が降ってくる」

「でもそんなのなんでもないわ」

「いやいやパティよ、なんでもないなんてことはない。別の誰かさんに同じことをしないという保証にはなる。前提として罪を認めることにもなるしな」

たしかに想像すると馬鹿げていた。イーサンがオレンジのつなぎを着て刑務所の独房に座っている姿、しかも危害を加えられたと言っても、ほとんどはパティの頭の中の問題なのだ。レイプよりよっぽど苦しいウィンドスプリントだって何度もやってきた。バスケのきつい試合のあとは、いまよりもっと打ちのめされた気分になった。加えて、運動部だけに他人の手に触れられるのには慣れている―

—痙攣した筋肉のマッサージ、タイトなマンマーク、ルーズボールの奪い合い、足首のテーピング、スタンスの矯正、ハムストリングのストレッチ。

それなのにである。不当に扱われたことそれ自体が、不思議と肉体的な感覚として残っていた。痛みを感じ、臭いを発し、汗をかくこの体よりもある意味リアルな感覚として。不正には形があり、重みがあった。温度があり、手触りがあり、とてもいやな後味があった。

シッパースタイン先生の診察室で検査を受けた。体育会系らしく、潔く。パティが服を着ると、先生はそれまでに性体験はあったのかと訊ねた。

「いえ」

「だろうと思った。避妊具は？　相手は使っていたかね？」

パティはうなずいた。「それで逃げようとしたんです。手に持っているものを見て」

「コンドーム」

「そう」

そうしたすべてをシッパースタイン先生はカルテに書きこんだ。それから、眼鏡を外してこう言った。「パティ、きみの人生はまだまだこれからだ。セックスというのはすばらしいものだし、今後一生楽しんでいけるよ。だが今回は運が悪かったね」

帰宅すると、弟妹たちのうち一人は裏庭にいて、大きさの違うねじ回しみたいなものでジャグリングに精を出していた。もう一人は完全版のギボン（一七三七—九四、イギリスの歴史家。『ローマ帝国衰亡史』は長大な名著）を読んでいた。ヨープレートとラディッシュしか食べない三人目は、バスルームでまた髪を染めなおしていた。これら頭のいい変人たちに囲まれたパティの本当の我が家は、地下室のテレビのある一角、ウレタンのクッションを敷いた、白カビの生えた作り付けのベンチだった。ユレイリーのヘアオイルの匂いがいまだにベンチに染みついている。ユレイリーが追い出されてもう何年にもなるのに。パティはバターピーカンアイスクリームのカートンを持って下りてベンチに座り、夕食は上で食べるのと訊ねる母の声にいらないと答えた。

ちょうど『メアリー・タイラー・ムーア・ショー』（ミネアポリスを舞台にしたコメディドラマで、キャリアウーマンもののはしり、一九七〇年から七七年までCBSで放送）が始まったところに、マティーニと夕食を終えた父が下りてきて、少しドライブしようと言った。その当時、メアリー・タイラー・ムーアはパティがミネソタについて知っているすべてだった。

「これ見てからでもいい？」と訊いてみた。

「パティ」

じゃああたしには何があるのと泣きたい気持ちでテレビを消した。父は高校まで車を走らせ、駐車場の明るい照明の下に停めた。二人とも車の窓を開け、春の芝生の匂いを車内に入れた。丸一日経っただろうか、彼女がレイプされたあの芝生と同じ匂いだ。

「それで？」

「イーサンは否定してる」父は言った。「多少乱暴だっただけで、同意のうえだと言ってる」

筆者は車内の少女の涙をこう描写しておきたい。すなわち、いつの間にか降りだして、ふと気づけば何もかもびしょ濡れでびっくりする、そんな雨のようだったと。イーサンとは直接話したのかと彼女は訊ねた。

「いや、親父さんだけだ、二度話したよ」父は言った。「気持ちのいい話し合いだったというと嘘になるだろうな」

「じゃあやっぱり、ポストさんはあたしの話を信じてくれないんだ」

「なあパティ、向こうにすればイーサンは息子なんだ。おまえのことも私たちみたいによく知ってるわけじゃない」

「パパは信じてくれる？」

「ああ、信じる」

「ママは？」

「もちろん信じてるさ」

「じゃああたし、どうしたらいい？」

　そこで向き直った父はまるで弁護士みたいだった。大人が大人に話しかける感じ。「あきらめろ」と父は言った。「忘れろ。前を向け」

「え？」

「頭から振り払え。前を向くんだ。これを教訓に今後はもっと気をつけろ」

「何もなかったみたいに？」

「なあパティ、あのパーティーにいた連中はみんな向こうの友だちなんだ。おまえが酔っ払って自分から積極的《アグレッシブ》に迫ってたって言うに決まってる。おまえたちはプールから三十フィートも離れてない納屋の裏にいたが、争ってるような声は聞こえなかったってな」

「ほんとにうるさかったの。音楽とか、わいわい叫んだり」

「それに、しばらくして二人で帰った、一緒にイーサンの車に乗るところを見たとも言うだろうな。そうして世間が目にするのは、エクセター校からプリンストンに進もうとしてる若者、避妊具を使うだけの責任感があって、パーティーを途中で退席しておまえを家まで送り届けた紳士的な若者だ」

　見かけによらぬ小雨がパティのTシャツの襟元を濡らしていた。

「パパもほんとはあたしの味方じゃないんだ」

「もちろん味方だよ」

「さっきから〝もちろん〟、〝もちろん〟ってそればっかり」

「まあ聞きなさい。検察官はおまえがどうして大声を出さなかったのか知りたがるぞ」

「恥ずかしかったのよ！　まわりは知らない子ばっかりで！」

「だがどうかな、判事や陪審員がその説明で簡単に納得してくれると思うか？　おまえはただ大声を出せばよかったんだよ、そうすりゃあんな目に遭わずにすんだはずだ」

なぜあのとき大声を出さなかったのか、パティ自身もよくわからなかった。いま思うとなるほど、あまりに愛想がよすぎて我ながら気味が悪かった。

「でも抵抗したわ」

「そう、だがおまえは一線級の学生スポーツ選手だ。ショートを守ってりゃ擦り傷もあざもしょっちゅうできる。腕とか、太腿とか、違うか？」

「ポストさんにはあたしがバージンだって言った？　バージンだったって？」

「そんなことまで知らせてやる必要はないと思ったんだが」

「もう一回電話して、それ言ってみたらどうかな」

「いいかい」父は言った。「パティ。これがとんでもなく不当なことだってのは私にもわかる。おまえのことがかわいそうでならんよ。だがときにはこういうこともある。これを教訓に二度とこんなことにならんよう気をつける、それがいちばんだ。〝自分は過ちを犯した、それに運が悪かった〟って言い聞かせて、その件はそれで。それでその、うむ。それでそっとしとくのがな」

父は車のキーを途中までまわしてパネルライトを点灯させた。そこで手を止めたままじっとしている。

「でもあいつのしたあれは犯罪だった」パティは言った。

「そうだ、でもそうするしか、うむ。なあパティよ、人生は常に公平ってわけじゃないんだ。ポストさんの話では、イーサンも紳士的じゃなかったことについては謝る気になるかもしれんということだったが。がしかし。謝ってほしいか？」

「ううん」

「だろうと思った」

「ネイゲルコーチは警察に行くべきだって」

「ネイゲルコーチはドリブルのことだけ考えてりゃいいんだ」父は言った。

「ソフトボールよ」パティは言った。「いまはソフトボールのシーズン」

「せっかくの最終学年を世間の目に辱められて過ごすなんていやだろう」

「バスケは冬。ソフトは春、暖かい季節、ね？」

「いいから答えなさい。どうだ、最後の一年を本当にそんなふうに過ごしたいか？」

「カーヴァーコーチがバスケ」パティは言った。「ネイゲルコーチはソフトよ。ねえわかってる？」

父はエンジンをかけた。

最終学年、パティは世間の目に辱められる代わりに、たんなる逸材を超えた本物の選手になった。ほとんど体育館に住みこんでいるような生活だった。バスケではチームメートのステファニーに肘打ちしたニュー・ロシェル校のフォワードの背を肩でどついて三試合の出場停止、それでも前年に塗り替えたばかりの校内記録をことごとく破り、得点記録まで更新しそうになった。アウトサイドからのシュートの確実性に加え、ゴール下へのドライブインもますます得意になったのだから鬼に金棒である。もはや肉体の痛みにいちいち煩わされることもなくなった。

春、地元の州議会議員が長年の務めを終えて引退し、党執行部が後任候補としてパティの母親を選ぶと、ポスト夫妻はその緑豊かな「裏庭」で資金調達パーティーを主催したいと申し出た。ジョイスはこの申し出を受ける前にパティにお伺いを立て、あなたが不快に感じるようなことはしたくないのなどと言ってきたが、パティとしては、もうジョイスが何をしようがどうでもよかったのではっきりそう言った。候補者一家がお決まりの家族写真に収まったとき、そこにパティがいないことに文句を言う人はいなかった。苦い顔で写ったのでは、ジョイスの政治的目標のためにもならなかったろう。

第二章　親友

大学入学から三年間のパティの意識のありようについて何も思い出せないという事実から判断するに、その間の彼女にはそもそも意識なるものがなかったんじゃないかと筆者は思う。なるほど目覚めている感覚はあったものの、実際には夢遊状態にあったのだろう。そうとでも考えないかぎり、たとえばこの時期に親友と呼べるほど仲良くなった相手が、明らかに異常な、ほとんどストーカーのような娘だったという事実の説明がつかない。

原因の一端はおそらく——筆者としてもこんなことは言いたくないのだけれど——ビッグテン（アメリカ中西部の大学競技連盟。ミネソタ大の他、オハイオ州立大、インディアナ大、ノースウェスタン大などを含む）のスポーツ界、そこに属する学生たちを取り巻く作られた世界にもあったのだろう。これが甚だしいのは男子だが、一九七〇年代にはすでに女子スポーツでもそうだった。七月、ミネソタに出てきたパティはまず体育会の特別夏期キャンプに参加、これに体育会系限定の新入生オリエンテーションが続き、その後は体育会の寮に入り、体育会系の友だちしか作らず、食堂でも常に体育会系のテーブル、パーティーでは体育会系のチームメートとクラスタダンスを披露し、体育会系の仲間がたくさん出ていて（時間があったら）一緒に勉強できる授業にしか登録しないよう気をつけた。体育会系は必ずこういう生活と決まっていたわけではないけれど、ミネソタ大では大半がそうだったし、ことにパティは仲間たち以上に体育会系一色の世界を徹底した。以前はやりたくてもそれができなかったのだから！　やっとウェストチェスターを抜け出したのだから！
「とにかく行きたいところに行かなきゃだめよ」とジョイスはパティに言った。その心は、ヴァンダービルトやノースウェスタンからもすばらしい誘いがあるのに（ママもそういう大学なら鼻高々）、ミネソタみたいな平凡な州立大学に行くなんて異常だしぜんぜんわからない。「これはあなたが自分で決めるべきこと、こうと決めたら私たちはどんな道でも応援するわ」とジョイスは言った。すなわち、愚かな決断で人生を棒に振ってもママやパパのせいにしないでね。ジョイスのミネソタ嫌いは見え見えだったし、しかもミネソタはニューヨークから遠い、これがパティの進学先決定の鍵になったのだった。そんなかつての自分をいま振り返って筆者の目に映るのは、いかにもありがちな惨めな十代、両親に反発してやむにやまれずカルト集団に身を投じるも、理由はもっぱら、そこにいればやさしくにこやか、寛大で従順な自分になれるから、家ではもうどうあがいてもなれっこない自分になれるからという、そんな若者の姿だ。パティの場合、たまたまそのカルトがバスケットボールだったのだ。

　非体育会系の人間としてこのカルトからパティを誘い出し、初めて大事な友人になったのが前述の異常な娘イライザで、当初はもちろん、その異常さにパティはまったく気づかなかった。イライザはちょうど半分だけかわいい娘だった。その顔は、てっぺんでは実にゴージャスに始まり、下に行くほど着実に不細工になっていく。すばらしく豊かな褐色の巻き毛に、はっとするほど大きな目、そしてなかなかかわいい小さな丸鼻、ところが口のあたりから顔がひしゃげて縮んでいき、何やら未熟児めいた不穏な様相を帯びて、ないに等しいあごへと至る。服装はいつも、腰までずり落ちただぶだぶのコーデュロイパンツにぴったりした半袖シャツ、シャツは激安店の男の子服売り場で買ったもので、真ん中あたりのボタンだけ留めてあり、足元には赤のケッズ、そしてゆったりしたアボカドグリーンのシアリングコート。全身から灰皿みたいな臭いがしたが、パティと一緒だと屋内では煙草を吸わないようにしていた。当時のパティは気づいていなかったものの筆者の目には明らかな皮肉として、イライザにはパティの芸術家気取りの妹たちに似たところが実にたくさんあった。黒いエレキギターと高価な小型アンプを持っていたのもその一つ。ところがパティがうまく説得して目の前で弾いてもらった数少ない折には、イライザにしては珍しく（といってものちにはそうでもなくなるが）猛烈に機嫌が悪くなった。パティの存在がプレッシャーになっている、じっと見られているのが気になる、出だしの数小節でしくじってばかりなのもそのせいだと言うのだった。挙句には、そのいかにもじっと聴いてますって態度はやめろなどと言い出すのだが、それならとパティが背を向けて雑誌を読むふりをしてもまだ不足らしい。パティが部屋からいなくなれば、そのとたんにいまの曲は完璧に弾ける、そう言い張るのである。「でもいま弾けって？　ぜったい無理」

「ごめん」とパティは言った。「ごめん、あたしのせいだね」

「この曲はばっちり弾けるの、あなたが聴いてなければ」

「うん、うん。きっとそうだと思う」

「これはたんなる事実。あなたが信じようが信じまいが」

「だから信じるってば！」

「だからさ」イライザは言う。「信じる信じないの問題じゃないって言ってんでしょ、あなたがいなかったらこの曲をばっちり弾けるっていうのは、たんなる客観的事実なんだから」

「別の曲ならうまくいくかも」パティは頼んでみた。

が、イライザはすでにコンセントを引き抜いている。「もう終わり。わかった？　あなたに慰めてもらう必要はないの」

「ごめん、ごめんってば」

イライザに初めて会ったのは、体育会系と詩人肌が遭遇しそうな唯一の科目、地球科学概説でのことだった。この大教室授業への行き帰り、パティはいつも十人ほどの体育会系新入生と一緒だった。大半は自分よりもっと背が高く、全員がゴールデン・ゴーファーズのえび茶色のトラックスーツか無地のグレーのスウェットという恰好、髪は程度の差はあれ濡れたままという集団だ。中には頭のいい子もいて、たとえばいまも筆者の友人であるキャシー・シュミットはのちに官選弁護人になり、一度などは全国放送の『ジェパディ！』に二夜連続出演を果たしたりもしたのだけれど、何せ大講義室のあの暖房、しかもまわりはトラックスーツ、湿った髪、疲れた体育会系の体だらけという環境である、パティも釣られて精神麻痺に陥るのが常だった。接触陶酔《コンタクト・ハイ》ならぬ接触鬱《コンタクト・ロー》である。

イライザは体育会系集団の後ろの列、パティの真後ろに好んで座っていたが、机にぐっとかがみこんでいるせいで、そのたっぷりとした濃い色の巻き毛しか見えなかった。パティに初めて声をかけてきたのはある日の授業前のこと、背後からこう囁きかけてきたのだった。「あなたがナンバーワン」

声の主を確かめようと振り返ったものの、見えるのは髪の毛だけ。「何か言った？」

「昨日の晩、プレーしてるとこ見たの」髪の毛が言った。「すごかった、すてきだった」

「うわ、そりゃどうも、ありがと」

「もっとあなたを出場させなきゃ」

「奇遇だね、はは、実はあたしも同感」

「もっと出してくれって要求しなきゃだめよ。わかった？」

「そうねえ、ただ、チームにはいい選手がいっぱいいるからね。あたしが決めることじゃないし」

「そうかもしれないけど、でもナンバーワンはあなたよ」髪の毛が言う。

「うひゃあ、どうもありがとう、そんなにほめてくれるなんて」パティは話を終わらせたくて陽気に答えた。名指しでほめられるのが妙に居心地が悪かったのだが、当時の彼女はこの気持ちを、無私の精神、チームスピリットのなせるわざだと思っていた。これを書いている筆者はむしろこう思う。ほめられることは彼女にとって、いわばお酒みたいなものだったのであり、際限なく求めてしまうからこそ一滴たりとも飲んではいけないと無意識のうちに知っていたのだ。

講義が終わるとさっそく体育会系仲間に混じり、例の髪の毛娘のほうは振り返らないようにした。自分にファンがいて、しかも地球科学で真後ろの席に座るなんて、不思議な偶然もあるもんだなと思いながら。大学の学生数はおよそ五万、その中で女子スポーツ観戦を現実的な娯楽のオプションと考えている人は（元選手および現役選手の友人や家族を除けば）せいぜい五百人といったところ。仮にあなたがイライザで、ゴーファーズのベンチの真後ろの席に座りたいと思えば（そうすればパティがコートを出る際、ノートにかがみこんでいるあなたの姿が、というか髪の毛が、必ず目に留まる）、試合開始の十五分前に会場入りすれば十分だ。あとはもう至極簡単、試合終了のブザーが鳴り、お決まりのローファイブが終わったあと、ロッカールームの入口付近でパティを捕まえ、破りとったノートのページを渡してこう言えばいい。「こないだの話だけど、ちゃんともっと出してくれって頼んだ？」

パティはまだ相手の名前を知らなかったが、こちらの名前はどうやら知られていた模様、というのもノートのページには**PATTY**の文字が百個ばかりも鉛筆で書き連ねてあり、そのぎざぎざした漫画字が幾重にも同心円をなしている様子は体育館に響き渡る声援を模したものらしく、まるで沸き立つ観衆がパティの名を連呼しているかのよう、ただし現実はもちろんこれとは程遠く、会場はいつも九割がた空席、しかも一年生のパティの出場時間は一試合平均で十分以下にすぎず、知名度もゼロに近かったのである。その鉛筆書きのぎざぎざの叫びがほぼページ全体を埋め尽くし、わずかに残された空白にドリブルする選手のスケッチがある。それが自分であることはパティにもわかった。背番号が同じだし、そもそも**PATTY**の名で埋まったページに別の選手を描くわけがない。イライザのすることの例に漏れず（パティもじきにそれがわかった）、そのスケッチも半分は名人級、残り半分はへたでひどかった。鋭くターンする選手の体が地を這うように激しく前傾しているあたりは見事なのだが、顔と頭は救急手当の小冊子並み、とりあえず女性ですというレベルだった。

その紙切れを見てパティが抱いた違和感は、数カ月後、イライザとマリファナ入りブラウニーを食べたあとで感じることになる転落感のいわば予告篇だった。ひどく間違っていておぞましいのに、身を守ろうにもなかなか手立てがない、何かそんな感じ。

「ありがとう、絵を描いてくれたんだ」と言った。

「どうしてもっとプレーさせてもらえないの？」イライザが言う。「後半はほとんどベンチだったじゃない」

「あれだけリードが広がったら――」

「あなたみたいなすごい選手がベンチってどういうこと？　ぜんぜんわかんない」イライザの巻き毛が暴風の中の柳みたいに激しく揺れる。実に悩ましげな様子である。

「まあでもドーンもキャシーもショーナもけっこう出られたから」パティは言った。「しっかりリードを守ってくれたし」

「でもあなたのほうがずっとうまいじゃない！」

「シャワー浴びなきゃ。絵のこと、ありがとね」

「今年は無理かもしれないけど、遅くても来年、みんなあなたに夢中になるわよ」イライザが言った。「注目を浴びるようになる。いまから身を守る術《すべ》を身につけとかなきゃだめよ」

あまりに馬鹿馬鹿しくて、パティはつい足を止め、誤解を正さずにはいられなかった。「注目されて困るなんて、女子バスケには縁のない悩みだって」

「男の人はどう？　男から身を守る術は知ってる？」

「どういう意味？」

「どうって、男を見る目に自信があるかってこと」

「いまのところスポーツ以外に関わってる暇はないから」

「あなた、自分にどんなに魅力があるかわかってないみたいね。それがわかってないのがどんなに危険かも」

「スポーツができるのはわかってるよ」

「奇跡みたいなものよ、まだ騙されてないっていうのが」

「まあ、お酒は飲まないから、それはけっこう大きいかも」

「どうして飲まないの？」イライザはすぐさま追及してきた。

「シーズン中は飲めないの。ひと口も」

「シーズン中って、一年中ずっとそうなの？」

「まあ、あとは、高校のときにお酒では痛い目に遭ってるから、それで」

「何があったの？――レイプされたとか？」

パティは真っ赤になり、五つばらばらの表情が一度に顔に浮かんだ。「うわあ」と思わず口走る。

「あたり？　そういうことなの？」

「もうシャワーに行かなきゃ」

「ほらね、これなのよ、あたしが言ってるのは！」やけに興奮した口調で言う。「あたしのことなんかろくに知らないのに、二分くらい話しただけで、もうレイプ経験者だって白状したも同然。ぜんぜん身を守れてないわ！」

そのときのパティはびっくりするやら恥ずかしいやらで、相手の理屈がどこかおかしいことにも気づかなかった。

「自分の身は自分で守れるから」と言った。「心配してくれなくてけっこう」

「あらそう。じゃあいいわ」イライザが肩をすくめる。「困るのはあなた、あたしじゃないもの」

重いスイッチを切るずしんずしんという音が体育館に響き、ずらりと並んだ照明が消えた。

「ねえ、あんたスポーツはするの？」パティは訊ねた。ちょっと愛想がなさすぎたかと気がとがめたのだ。

イライザは自分の体を見下ろした。骨盤のあたりが幅広で平たく、その下の脚は内股で、履いているケッズもとても小さい。「しそうに見える？」

「さあ。バドミントンとか？」

「体育は大嫌い」イライザは笑った。「スポーツはぜんぶ嫌い」

話題が変わったのにほっとしてパティも笑ったが、今度はすっかりわけがわからなくなった。

「いわゆる〝女の子投げ〟とか〝女の子走り〟でさえないの」イライザが続ける。「投げない、走らない、以上。手の中にボールが落ちてきたら、誰かが取りにくるまで待ってる。一塁までとか、走らなきゃいけないときは、一瞬その場にぼうっと立って、それからたぶん歩くかな」

「すごい」

「うん、実はそのせいで卒業も危なかったのよ」イライザは言った。「卒業できたのはひとえに、親が学校のカウンセラーと知り合いだったおかげ。結局、毎日自転車に乗るってことで単位をもらったの」

パティは腑に落ちない顔でうなずいた。「でもバスケは好き、なんでしょ？」

「うん、そうそう」イライザは言った。「バスケはけっこうおもしろいわ」

「ふうん、じゃあスポーツ嫌いってわけじゃないよ。聞いてるかぎりじゃ、ほんとに嫌いなのは体育ってやつかな」

「そうそう。そうなの」

「じゃ、ま、そういうことで」

「うん、ま、そういうことで、友だちになってくれる？」

パティは笑った。「ここでうんって言ったら、あんたの説を裏づけることになるでしょ、ろくに知らない人にも心を許すっていう」

「じゃあ答えはノーってことかな」

「もう少し様子を見るってのはどう？」

「いいかも。あなたにしてはずいぶん用心深いし――悪くないわ」

「でしょ？　でしょ？」パティはさっそくまた笑っていた。「だからあんたが思ってるより用心深いんだって！」

これは筆者の固く信じるところだが、仮にパティにもう少し自意識があって、まわりの世界にそこでもまともな注意を払っていたなら、逆に大学バスケであれほど活躍することはなかったと思う。スポーツで成功するには、ほぼ空っぽの頭が必要なのだ。イライザの正体（つまり異常なところ）を見抜ける程度の高みに達していれば、プレーに悪影響が出ていたに違いない。八八パーセントの成功率でフリースローを決めるには、細かいことをいちいち深く考えていてはだめなのである。

実際仲良くなってみると、イライザはパティの仲間を誰一人気に入らず、ほどほどに付き合おうという努力さえしなかった。みんな一緒くたに「お友だちのレズビアン」とか「レズ女たち」などと呼んでいた。実際は異性愛者《ストレート》も半分ほどいたにもかかわらずである。じきにパティは、自分が相容れない二つの世界に生きていると感じるようになった。一方には、日々の大半を過ごしている体育会系一色の世界、たとえ心理学の中間テストに落ちようとも、足首を捻挫した仲間、流感で寝こんでいる仲間のための買いだし差し入れは怠らないという世界があり、他方には暗く小さなイライザの世界、いちいちそこまで善意を発揮しなくてもいい世界があった。この二つを繋ぐ唯一の接点がウィリアムズ

・アリーナで、パティが速攻からディフェンスを切り裂いてイージーなレイアップやノールックパスを決めたとき、観客席にイライザの姿があると少しだけ余計に誇りと喜びがこみ上げてくるのだった。が、この接点すら長持ちはせず、それというのも、パティと過ごす時間が増えれば増えるほどイライザはバスケットボールへの情熱を忘れがちになるらしいのである。

それまでのパティの友人関係は常に複数形で、特別仲のいい友だちはいなかった。だから練習後、体育館の外にイライザの姿があるとうれしかったし、今夜もいろいろ教えてもらえるかなとわくわくした。イライザはパティを字幕つきの映画に連れていき、パティ・スミスのレコードを隅々まで聴かせ（「あたしの大好きなアーティストと同じ名前だなんて最高」などと喜んでいたが、厳密には語尾のyとiの違いを無視しているし、そもそもパティの戸籍上の名前はパトリツィア、これはジョイスがわざわざ人と違った名前をとつけたもので、パティは口に出すのも恥ずかしかった）、デニス・レヴァトフやフランク・オハラの詩集を貸してくれた。チームが通算八勝十一敗、トーナメント一回戦敗退（ただしパティ自身は十四得点に無数のアシストと活躍した）という成績でシーズンを終えたあとは、これまたイライザの手引きでポール・マッソンのシャブリがとてもとても好きになった。

パティといないときのイライザの生活についてはどうもはっきりしなかった。数人の「男」（実際は同世代の男の子）と付き合いがあるらしく、ときにはコンサートに行ったなどと口にすることもあったが、そのコンサートにパティが興味を示しても、その前にあたしが選曲したテープをぜんぶ聴いてくれなきゃと取り合ってくれない。実を言うと、パティはその特別編集テープに少々辟易していたのだった。パティ・スミスはいい。あのレイプの翌朝、バスルームで味わった気分をわかってくれそうな気がする。が、たとえばヴェルヴェット・アンダーグラウンド、あれなんか聴いても鬱々とするだけじゃないか。あるとき思い切って、好きなバンドはイーグルスだと打ち明けてみたところ、イライザは「いいじゃない、イーグルス、いいバンドよね」と言ってくれたが、さりとて寮のイライザの部屋にイーグルスのレコードが一枚でもあるかというと、もちろんないのだ。

　イライザの両親はツインシティでは名の知れた心理療法医で、ウェイザータという金持ちだらけの町に住んでおり、家族は他に兄が一人、これはバード・カレッジの三年生で、イライザの話では変わり者だという。「どこが変わってるの？」と訊ねると、返事は「ぜんぶ」。イライザ自身も高校教育はつぎはぎで、三つの私立学校を転々とし、その後ミネソタ大に入学したのも、進学しないなら援助はなしだと両親に言われたからだった。同じぱっとしない成績でも、パティの場合はすべて一様にBなのに対し、イライザは英文学だけAプラス、残りはぜんぶDというもの。バスケを別にすれば興味がありそうなものは二つだけ、一つは詩で、もう一つは快楽だった。

　イライザはなんとしてもパティにマリファナを試させたかったようだが、肺を何より大事にしているパティがうんと言うはずもなく、そこから起こったのが先述のブラウニー事件である。イライザのフォルクスワーゲン・ビートルで一緒にウェイザータの実家を訪ねたときのことだ。見事にアフリカ彫刻だらけの家で、ご両親は週末の学会に出かけて不在だった。当初はジュリア・チャイルド風の派手なディナーを作ろうという話だったのに、これがワインを飲みすぎて早々に頓挫、結局クラッカーとチーズを食べ、ブラウニーを焼いて、おそらくはとんでもない量のドラッグを摂取することになった。そうして正体をなくしていた十六時間のあいだ、パティは心の片隅でひたすら「こんなことはもう二度としません」と唱え続けていた。ここまで体に悪いことをした以上、もう元のコンディションには戻れっこない、そう思うと心底みじめだった。おまけになんだかイライザのことが怖かった――自分がイライザに異様な熱っぽい気持ちを抱いていることに突然気づいてしまったのだ。だからとにかくその場にじっとしていること、自制心を保つこと、間違ってもバイセクシャルな自分を発見したりしないこと、これが何より肝要だった。イライザはしょっちゅう大丈夫かと訊いてきて、そのたびにパティは「平気平気」と答え、なぜかそれが無性におかしくて二人で笑い転げた。背後で流れるヴェルヴェット・アンダーグラウンドの音楽も前よりずっとよくわかる。そう、彼らはとてもいやらしいバンドなのであり、そのいやらしさは、ここウェイザータで感じているこの気分、アフリカの仮面に囲まれているこの感じに実に心地よくなじんでいる。酔いがさめるにつれ、ハイになっているあいだもなんとか自制心を保てたこと、イライザも手を出してこなかったことが徐々にわかってきてほっとした。もうレズめいたことが起こる心配はない。

イライザのご両親がどんな人なのか気になったし、長居して会ってみたかったのだが、イライザはぜったいやめておけと言って譲らなかった。「生涯恋人みたいな二人なのよ」と言うのだ。「なんでも一緒にするの。同じ建物の同じ階にそっくりなオフィスを持ってて、論文や本もぜんぶ共著、学会では共同発表、二人とも家ではぜったい仕事の話はしちゃいけないの、患者のこととか、守秘義務ってやつ。二人乗り自転車まで持ってる」

「で？」

「要は変な人たちってこと、あなたもきっと好きになれないし、そのせいであたしのことも嫌いになる」

「うちだってろくな親じゃないよ」パティは言った。

「だからそういうのとはちょっと違うの。あたしが言うんだから間違いないわ」

ワーゲンで街に引き返すあいだ、ミネソタの春の温もりのない陽光を背に受けながら、二人は初めてけんかめいたものを経験した。

「この夏はここにいてくれなきゃだめよ」イライザが言う。「どこにも行っちゃだめ」

「そりゃ無理だって、現実的に」パティは言った。「パパのオフィスで働くことになってるし、七月にはゲティスバーグに行かないと」

「ここにいて、ここからキャンプに通ったっていいじゃない。一緒にバイトして、あなたは毎日ジムに通えるし」

「帰省はしなきゃ」

「でもなんで？　実家、嫌いなのに」

「ここにいたら毎晩ワイン飲んじゃいそうだし」

「そんなことないって。びしっとルールを決めとくのよ。あなたの好きに決めていいから」

「どうせ秋には戻るんだし」

「戻ってきたら一緒に住んでくれる？」

「ううん、キャシーと約束しちゃったし、同じ寮に入るって」

「計画が変わったって言えばいいのよ」

「それは無理」

「そんなのめちゃくちゃだわ！　ほとんど会えないじゃない」

「あたしがこんなによく会ってる人、他にいないと思うけど。会うの好きだし」

「だったらこの夏はここにいてくれてもいいでしょ。あたしのこと、信用してないの？」

「信用してないって、なんでそうなるの？」

「なんでって言われても。とにかくわからないわ、パパのために働くほうがいいなんて。ろくに面倒も見てくれなかったパパ、あなたを守ってくれなかったパパでしょ、あたしはあなたを守るわよ。何がいちばんあなたのためか、気にもかけないパパでしょ。あたしはちゃんと気にかけてる」

パティとしても帰省のことを思うだけで気が滅入ったが、マリファナ入りブラウニーを食べたことで自分を罰する必要があるような気がしていたのだ。それに父も父なりに関係改善の努力をしているようで、手書きの手紙を送ってきたり（「一緒にテニスができなくて残念だ」）、祖母の古い車を使わないかと言ってきたりした。祖母にはそろそろ運転をやめてほしいと思っているのだ。家を出て一年、パティのほうも、父に少し冷たくしすぎたんじゃないかとうしろめたい気持ちがあった。もしや自分が間違っていたのでは？　というわけで、ひと夏実家で過ごすことにしたのだが、その結果わかったのは、家では何一つ変わっておらず、やはり自分は間違っていなかったということだった。実家では真夜中までテレビを見て、毎朝七時に起きては五マイルほど走り、昼間は法律文書に出てくる名前に蛍光ペンで印をつけ、あとはひたすら郵便が届くのを心待ちにする日々、というのも郵便の中にはたいていイライザからの長いタイプ打ちの手紙があって、パティがいなくて淋しいとか、リバイバル上映専門の名画座のチケット売り場でアルバイトを始めたのだけれど、そこの「スケベな」上司がどうしたこうしたとか、いますぐ返事をくれなきゃだめだとか書いてあり、パティのほうもなるべく期待に応えようと、防虫剤の臭いのする父のオフィスの古くなった社名入り便箋と電動タイプで返信にいそしむのだった。

イライザから来た手紙の一通には、おたがいを守るため、そして自分を高めるために、二人でルールを作り合うべきだと思う、などとあった。この意見にパティは懐疑的だったが、それでも返事としてイライザのために三つのルールを書き送った。夕食前の喫煙をやめること。毎日体を動かして運動能力を高めること。そして、講義には欠かさず出席し、**すべての授業で**（文学だけでなく）課題をきちんとこなすこと。一方、イライザが作ってきたルールはずいぶん毛色の違うもので、それを読んだ時点でパティも胸騒ぎを覚えてしかるべきだったのだが——お酒を飲むのは土曜の夜だけ、イライザと一緒のときだけにすること。イライザの同伴なしで男のいるパーティーには行かないこと。そして、イライザには**絶対に**隠し事をしないこと——まったく頭がどうかしていたのだろう、このひたむきさこそ親友の証だとうれしくなってしまったのだった。それに何はともあれ、こういう友だちができたことは、上の妹とやり合ううえでの武器にはなった。

「それで、ミ・ネ・ソォォ・タァでの暮らしはどうなの？」妹との対決はたいていこんな具合に始まる。「食事はやっぱりコーンばっかり？　青牛のベーブ（伝説の巨人きこりポール・バニヤンの相棒）は見た？　ブレイナード（ミネソタ中部観光の拠点で、バニヤンにちなむ遊園地などもある）には行った？」

熾烈《しれつ》な競争に日々鍛えられ、しかも妹より三歳半も（学年の差は二年だけだが）年上のパティのこと、妹の屈辱的なおふざけにやり返すくらいはお手のものだと思われるかもしれない。ところがパティの心にはどこか生まれつき無防備なところがあるようで――この妹の妹らしくなさには毎度ながらショックを受けずにいられなかった。おまけに実際いやになるほど想像力豊かな妹で、パティがつい言葉を失うような不意打ちをあれこれ巧みに繰り出してくる。

「あんたさ、あたしが相手だと、なんでいつもそのヘンな声になるわけ？」というのが目下のパティにできる精一杯の反撃だった。

「別に。古きよきミ・ネ・ソォ・タァはどうって訊いてるだけじゃない」

「アヒル声っていうのよ、それ。アヒルみたい」

するとうるうるした目でしばらく黙っている。それから、「一万湖の国へようこそ！」

「どっか行けば」

「彼氏できた？」

「いないわよ」

「彼女とか？」

「うるさい。ま、でも、すごく仲のいい友だちはできたけど」

「山ほど手紙送ってくる、あれがそう？　体育会系？」

「違う。詩人肌の子」

「へえ」妹がほんの少しだけ興味を示す。「名前は？」

「イライザ」

「イライザ・ドゥーリトル（『マイ・フェア・レディ』の主人公）。それにしてもすごい量の手紙よね。ねえ、ほんとは友だち以上なんじゃないの？」

「物書きタイプなんだって言ってるでしょ？　ほんと、おもしろいもの書くわよ」

「ロッカールームからいつもひそひそ聞こえるんだもん、それで訊いただけよ。その名を口にしえぬカビ、なんちゃって（オスカー・ワイルドの愛人アルフレッド・ダグラス卿がその詩の中で用いた文句、「その名を口にしえぬ愛」〔＝同性愛〕のもじり）」

「あんたって最低」パティは言った。「その子、彼氏も三人ぐらいいて、すごくクールなんだから」

「ブレイナード、ミ・ネ・ソォォ・タァ」というのが妹の返事。「青牛ベーブの絵葉書かなんか送ってくれなきゃ、ブレイナード消印の」そう言うと、ビブラートたっぷりに「夜が明けたら結《アイム・ゲッティング・マリード・イン・》婚だ《ザ・モーニング》」（『マイ・フェア・レディ』の一曲「時間通りに教会へ」より）などと歌いながら去っていった。

　秋になって大学に戻ったパティはカーターという男と出会い、これが最初の――他にぴったりの言葉も思いつかないので、とりあえず――彼氏になった。いま振り返ると、筆者にはとても偶然とは思えないのだが、パティがこの男に出会ったのは、イライザの三つ目のルールに従って、ジムで知り合ったレスリング部の二年生に夕食に誘われたと打ち明けた直後のことだった。イライザはまず自分がそのレスラーに会ってみたいなどと言ってきたけれど、パティの愛想のよさにもさすがに限界がある。そこで「ほんとにすごくよさそうな人なの」と言ってみた。

「悪いけど、男関係ではあなたはまだ保護観察中」イライザは言った。「レイプした男だって、よさそうな人だと思ったんでしょ」

「あのときは、はっきりそういうふうに思ったわけじゃないわ。興味を持ってもらえるのがうれしかっただけ」

「で、また興味を持ってくれる男が現れたってわけだ」

「そうだけど、今度は素面《しらふ》だし」

結局、妥協案として、夕食がすみしだいイライザの一人暮らしの部屋（夏のアルバイトのご褒美として両親が借りてくれたのだ）に立ち寄る、もし十時までに来なかったらイライザはパティを迎えに行くということになった。そして刺激的とは言いがたい夕食のあと、九時半頃にイライザの下宿に立ち寄ってみると、その最上階の部屋にはカーターという男も一緒にいた。二人はソファの両端に座り、真ん中のクッションの上で靴下をはいたままの足の裏を合わせてペダルこぎに興じていた。無邪気な兄妹風の遊びなのかどうかは微妙なところ。イライザのステレオからはディーヴォの新譜が流れている。

パティは戸口でためらった。「ひょっとして二人きりでいたい？」

「いやまさか、ないないないない、どうぞ入って」イライザが叫ぶ。「カーターとは大昔に終わってるから、でしょ？」

「太古の昔にね」そう言うカーターの口調は威厳たっぷり、ただしあとから思えば軽いいらだちも混じっていたかもしれない。彼はすばやく両足を床に下ろした。

「死火山なの」イライザもすばやく立ち上がり、紹介をすませた。イライザが男といるところを見るのは初めてで、その人が変わったような様子には驚かされた——顔はほてっているし、言葉もすらすら出てこず、ひっきりなしにきゃっきゃとわざとらしい笑い声を発している。パティが夕食の結果報告に来たことさえすっかり忘れているらしい。話はカーターのことばかり、これが渡り歩いた高校時代の友だちで、いまは大学を休学中、書店で働きながらライブ通いをしているとのこと。カーターの髪は極端な直毛で、不思議な色合いの濃い色に染めてあり（のちにヘンナ染料と判明）、目はきれいでまつ毛がとても長く（のちにマスカラと判明）、唯一容姿の欠陥と言えそうなのは、歯並びが悪い上に妙に小さく尖っている歯だった（歯列矯正といった中流家庭の子供メンテナンスの基本は、両親の泥沼離婚にごっそり飲みこまれてしまったとのちに判明）。その歯のことをぜんぜん気にしていない様子にパティはたちまち好感を持った。そこで自分もイライザの友の名に恥じぬところを示そうと、なんとか好印象を与えようとがんばっているところに、イライザがワインをなみなみと湛えた巨大なゴブレットを突きつけてきたのだった。

「ううん、遠慮しとく」パティは言った。

「でも土曜の夜よ」とイライザ。

パティはよっぽど、土曜は必ず飲むというルールではなかったはずだと指摘してやろうかと思ったが、カーターがその場にいたおかげか、そもそもイライザのルールが客観的に見ればずいぶん妙なものであることにはたと気づいた。だいたい、イライザにいちいちレスラーとのデートの報告をする義理などないのだ。そこでいっそ開きなおってワインを飲み干し、さらにその巨大なゴブレットでもう一杯飲んで、ほわんとしたすばらしい気分になった。誰がどれだけ飲んだとか、そんな話が読んでいて退屈きわまりないことは筆者も自覚しているけれど、ときにはそれが話の中で重要な意味を持つこともある。真夜中頃、もう帰ると席を立ったカーターは、自ら申し出てパティを寮まで車で送り、入口でおやすみのキスをする許可を求め（「問題ないはず」とパティは頭の中で確認した。「イライザの友だちなんだから」）、十月の冷たい屋外でひとしきりいちゃついたところで、よければ明日会わないかと誘ってきて、「わあ、こいつ手が早い」とパティを驚かせたのだった。

このことははっきりさせておこう。その冬はパティのスポーツ人生の中でも最高のシーズンだったのだ。コンディションの不安もいっさいなかったし、あのトレッドウェルコーチも、もっと利己的になってチームを引っ張れと厳しく説教したうえで、パティをガードとして全試合先発で使ってくれた。そして出る試合出る試合、自分でも驚くほど絶好調で、対戦相手の大きな選手たちの動きがスローモーションに見え、手を伸ばせばスチールも簡単、ジャンプショットもほとんど決まった。となると当然、相手はマーク二人《ダブルチーム》でくることがますます増えたが、そんなときでも、何か自分だけゴールと特別な絆で結ばれているような感覚があって、ゴールの場所は常に正確にわかっていたし、自分はコート内の誰よりもゴールに好かれている、その丸い口に餌をやるのがうまいという自信があった。この「ゾーンに入った」状態はコートを離れても続き、これが額の奥あたりに圧迫感があってぼうっとする感じ、覚醒した眠気というか、集中した麻痺というか、何かそういう感じが常に、何をしているときにもつきまとった。その冬はとにかくずっと不思議な眠りの中にいて、本当に目を覚ましたことは一度もなかったような気がする。頭に肘打ちを食らっても、ブザーと同時に歓喜するチームメートにもみくちゃにされてもほとんど何も感じなかった。

　そしてカーターとの件もこの状態の一部だったのだ。カーターはスポーツにはいっさい無関心で、シーズン山場には会える時間も週に数時間しかなく、ときには彼のアパートでセックスだけしてすぐさまキャンパスに駆け戻るという、そんな関係にも特に不満はないようだった。実は筆者はいまでも、ある意味ではこれが理想的な男女関係なんじゃないかと疑っているのだが、ただそうは言っても、パティが付き合っている気でいた半年のあいだにカーターがいったい何人の女と寝ていたのか、そのあたりをリアルに想像してみると、さすがに理想とまでは言う気になれない。ともあれこの半年間は、パティの人生に二度だけ訪れた文句なしに幸せなひと時、何もかも完璧だったひと時の、その一度目である。カーターの未矯正の歯も大好きだったし、その嘘偽りない謙虚さも、巧みな愛撫も、辛抱強く接してくれるところも大好きだった。そう、カーターにはすばらしいところもたくさんあったのだ！　いたたまれなくなるほどやさしくセックスの技術的ヒントをくれるときも、自身の人生設計のなさを打ち明けるときも（「いちばん向いてる職業は、きっとおとなしい脅迫者か何かだろうな」）、その声はいつもぼそぼそとやさしい自嘲的なつぶやきだった——かわいそうなカーター、堕落した自分は人類の一員にふさわしくないと思っていたのだろう。

　でもパティはそうは思わなかった。実際、危険なまでに好意を持ち続けた挙句に、あの四月の土曜の夜の一件とあいなったわけである。その日はシカゴで全米代表チームの昼食会と授賞式（パティはBチームのガードに選ばれたのだ）があり、パティはトレッドウェルコーチと現地に飛んで参加したのち、ひと足早く帰って、誕生日をパーティーで祝っているカーターをびっくりさせてやろうと思ったのだった。彼のアパートの前に着くと、部屋には明かりが灯っていたが、ベルを鳴らしてもなかなか応答がなく、四度目にようやく聞こえてきたのはイライザの声だった。

「パティ？　シカゴじゃないの？　ロック開けてよ」

「早めに帰ってきたの。ロック開けてよ」

インターコムがパチパチと音をたて、続いて長い沈黙、パティはさらに二度ベルを鳴らした。するとようやく、ケッズをつっかけシアリングコートをはおったイライザが階段を駆け下りて表に出てきた。「わあわあ、びっくり」と声をあげる。「嘘でしょ、パティじゃないの！」

「なんでわざわざ下りてきたの？」パティは言った。

「なんでって言われても。ちょっと迎えに下りてみようかと思ったのよ、上はもうめちゃくちゃだし、外のほうが話もできるかなと思って」そう言うイライザは目がうるんでいて、手の動きも異常にせわしない。「上はもうドラッグだらけだし、二人でどっか行こうよ、せっかくこうやって会えて、ていうかどうなのよ！　元気？　シカゴはどうだった？　食事会は？」

パティは眉をひそめた。「彼氏の部屋に行っちゃいけないっていうの？」

「そんな、いや、でも、いや、でも——彼氏？　それってその、言葉としてちょっと強すぎない？だって、ただのカーターでしょ？　あなたたち仲がいいのは知ってるけど——」

「他に誰が来てるの？」

「誰って、ほら、いろいろ」

「誰？」

「あなたの知らない人。ねえ、とにかくどっか行こうよ、ね？」

「あたしの知らない人って誰？」

「あいつ、てっきりあなたは明日帰ってくるもんだと思ってたのよ。明日は晩ごはんの約束してるんでしょ？」

「会いたくて早く帰ってきたの」

「そんなそんな、あいつに惚れてるなんて言わないでよ？　ちゃんと話し合う必要があるわね、もっとしっかり身を守らなきゃ、てっきり二人で楽しくやってるだけだと思ってた、ていうか〝彼氏〟なんて言葉、たぶん一度も聞いてないし、だいたい彼氏ができたらあたしに教えてくれるはずよね、でしょ？　ちゃんとぜんぶ教えてくれなきゃ守ってあげられないわ。要はルールを破ったわけよね、でしょ？」

「あんただってあたしのルール、守ってないじゃないの」パティは言った。

「だからね、もうほんとにほんとと、これってあなたの思ってるような話じゃないのよ。あたしは友だち、あなたの味方。ただ、別の人がいるの、ぜんぜんあなたの友だちじゃない人が」

「女？」

「こうしましょ、あたしが追っ払ってきてあげる。その子を追っ払って、それから三人でパーティー」イライザはクスクス笑っている。「ほんとにほんとにものすごくいいコカインがあるの、誕生祝いの」

「ちょっと待ってよ。あんたたち三人だけ？　パーティーなのに？」

「すごいの、すごいの、あなたもやってみなきゃ。シーズンも終わったんでしょ？　あの子は追っ払うから、上がってきて一緒にパーティー。それかあたしの部屋に行ってもいいわよ、二人だけで、ちょっとここで待っててくれたらドラッグもらってくるし、あたしのとこに行こう。ぜったいやってみなきゃだめ。やってみたらわかるわ」

「カーターと誰かさんを二人きりにして、あたしはあんたとハードドラッグやりに行くってわけ。すんごい名案よね」

「ああもう、パティ、ごめんってば。あなたが思ってるようなことじゃないのよ。あの人、最初はパーティーだって言ってたの、ただあのコカインが手に入って計画がちょっと変わったわけ、で、来てみるとどうも、あたしを呼んだのはただ、もう一人の子が二人きりはいやだって言ったかららしくて」

「だったら帰ればよかったのよ」パティは言った。

「でももう始まってたんだもん、あなたもやってみればわかるわ、あたしが帰らなかった理由が。ほんとにほんと、あたしがここにいた理由はほんとにそれだけ」

この夜のまっとうな終わり方はもちろん、パティとイライザの友情が冷める、あるいは途切れるというものだったろう。ところが実際には、パティはカーターと二度と会わないと誓ったうえ、カーターへの気持ちを黙っていてごめんとイライザに謝ることになり、イライザはイライザで、もっとパティのことに気をつけなきゃいけなかったと反省し、今後は自分もちゃんとルールを守る、ハードドラッグはもうやらないと約束したのだった。もちろん筆者もいまではわかっている。適当な女を二人ベッドに連れこみ、ナイトスタンドには白い粉の山、まさにカーターという男がとびきりの誕生祝いとして思いつきそうなことである。が、うしろめたさと不安に駆られて必死のイライザは、見事な説得力で嘘をつき通したうえ、翌朝パティが目覚めて事態と向き合い、どうやら我が親友とやらは我が彼氏とやらと何か異常な行為に及んだらしいと結論を下すその前に、彼女なりのランニングウェアに身を包んで（リーナ・ラヴィッチのTシャツに膝丈のボクシングショーツ、黒のソックスにケッズ）息を切らしながらパティの寮の戸口に現れ、たったいまジョギングで四百メートルトラックを三周してきたところ、ストレッチのやり方をぜひ教えてなどと先手を打ってきた。さらには毎晩一緒に勉強するという新計画まで持ち出してくる熱の入れようで、とにかくもうパティへの愛情、パティを失う不安で血眼の様子。結局パティは、カーターの正体を直視させられた痛みにかまけて、イライザの正体にはさっさと目をつぶってしまったのだった。

イライザの猛攻《フルコート・プレス》はしばらく続いたが、その夏ミネアポリスで同居することにパティが同意したとたんにぱたりとやみ、その時点でイライザはまた留守がちになって、フィットネスへの興味も影を潜めた。パティはその暑い夏のほとんどを、ディンキータウンのゴキブリだらけの又借りアパートで一人きりで過ごした。うじうじと自分を憐れみ、すっかり自信を失って。イライザが何を考えているのかさっぱりわからなかった。あんなに同居に熱心だったのに、いまでは帰宅は毎晩のように二時三時、帰ってこないこともしょっちゅうである。なるほど、パティにああしろこうしろと勧めてきたりはした。新しいドラッグを試してみろとか、ライブに行こうとか、また寝る相手を探せばとか、いろいろ言ってくるのだが、パティとしては、セックスには当面うんざりだったし、ドラッグと煙草の煙には永遠に近寄りたくなかった。しかも体育科の夏休みのアルバイトだけでは家賃を払うのが精一杯、だからといってイライザに倣って両親に小遣いをねだるのは絶対にいやだったし、そんなこんなでますます孤独と無力感に苛まれることになった。

「あたしたち、なんで友だちでいるんだろう？」ある晩ついにパティは言った。イライザは例によってお出かけ前で、パンク風にめかしこんでいる真っ最中。

「なぜってあなたがすごい人だから。すてきな人だから」イライザが言う。「世界一好きな人だもん」

「でも体育会系だし。おもしろくないし」

「何言ってんの！　あなたはパティ・エマソンよ、一緒に暮らせるなんてもう最高」

これは一語一句違わず彼女が口にした言葉である。筆者はいまでもはっきり憶えている。

「でも一緒にできることは何もないし」パティは言った。

「何がしたいの？」

「実はしばらく親のとこに戻ろうかと思って」

「親のとこ？　冗談よね？　好きでもない親でしょ！　ここにいなきゃだめよ、あたしと」

「でもほとんど毎晩出かけてるじゃないの」

「じゃあこれからは一緒にいろいろしようよ」

「でも知ってるでしょ、あたしはしたくないの、その手のことは」

「だったらほら、映画に行こう。うん、映画に行こうよ、いますぐ。何が観たい？『天国の日々』はどう？」

かくしてまたもイライザの猛攻《フルコート・プレス》が始まり、やがてその夏のパティの危機も峠を越して、逃げられる心配がなくなるちょうどその頃合まで続くのだった。そしてこの三度目のハネムーン、二本立て映画にワインスプリッツァー、ブロンディのアルバムを擦り切れるまで聴いた日々に、パティはリチャード・カッツなるミュージシャンの名を耳にするようになったのだ。「すごいの、ほんと」とイライザは言った。「もう恋しちゃいそう。あたし、いい子になろうかなって思っちゃう。とにかくでっかい男なのよ、もうなんか、中性子星にぺしゃんこにされる感じ。巨大な消しゴムで消されるみたいなの」

その巨大消しゴムはマカレスター大学を卒業したばかり、いまは解体現場で働いており、トラウマティックスという、イライザいわくビッグになること請け合いのパンクバンドを結成していた。イライザののぼせっぷりは相当だったが、そんな彼女の唯一の戸惑いの種はカッツの友だちのチョイスだった。「なんかダサい感じの、ウォルターーっていう腰巾着みたいな男と一緒に住んでるのよ」と言うのだ。「クソ真面目なタイプの、あれきっと親衛隊よ、もうすごくヘン、ぜんぜんわかんない。初めはカッツのマネージャーかなんかだと思ってたんだけど、それにしてもぜんぜんクールじゃないのよね。朝、カッツの部屋から出てきたら、そのウォルターがいるのよ、キッチンのテーブルで、自分で作ったでっかいフルーツサラダを食べてるの。『ニューヨーク・タイムズ』読みながら。で、最初に言ってきたのが、最近いい芝居を観たかいって。わかる？　芝居よ、演劇ってやつよ。まったく〝おかしな二人〟どころじゃないわ。あなたもカッツに会ってみたらわかるって、あれがどんなにヘンか」

その後いろいろあった中でも、長い目で見れば、このウォルターとリチャードの友情のかけがえのなさほど筆者を苦しめたものはあまりない。上っ面だけ見るかぎり、この二人はパティとイライザにも勝るちぐはぐコンビだった。マカレスター大の寮事務部には天才がいたに違いない、何から何まで感動的なほどきちんとしたミネソタの田舎少年と同じ寮室に、ニューヨークはヨンカーズの出身、我が強くてちゃらんぽらん、中毒性物質に目がなく世間ずれしたギタリストを放りこんだのだ。同室にする理由を探そうにも、共通点はともに奨学生ということぐらいしかなかったはずである。ウォルターは色白でひょろりとした体つき、パティよりは背が高いものの、大柄なリチャードとは比べるべくもない。何せこちらは六フィート四インチ、肩まわりもがっしりとして、浅黒い顔色はまさしくウォルターの正反対。リチャードの風貌は、リビアの独裁者ムアンマル・アル・カダフィにかなりよく似ていた（という印象を持ったのは何もパティ一人ではなく、その後多くの人が同じ感想を漏らしている）。あの黒髪、あばたのある褐色の頬、閲兵式で兵士とロケットランチャーを満足げに見守る権力者のあの仮面のごとき笑み。*そしてウォルターより十五歳くらい年上に見えた。ウォルターが何に似ていたかといえば、これはもう高校チームにときどきいる「学生マネージャー」、運動はまるでだめなのにコーチの手伝いをしていて、試合ではジャケットにネクタイを締めてクリップボードを手にサイドラインに立つ、あれである。この種のマネージャーは競技の戦術面にはやけに詳しいのが常で、だから選手たちも邪険には扱わないのだけれど、これと同じことはウォルターとリチャードの絆にも言えるようで、何かにつけ気難しくてあてにならないリチャードだが、こと音楽に関してはどうしようもなく真面目なところがあり、対するウォルターにはリチャードのやっているような音楽に心酔するだけのマニアックな素養があったというわけだ。それはともかく、のちに二人をよく知るようになるにつれてパティにもだんだんわかってきた。この二人は、実は根っこの部分では似た者同士かもしれない――やり方はずいぶん違うにしろ、どちらも善い人間になろうと必死でもがいているのだ、と。

パティが消しゴムと対面したのは八月の蒸し暑い日曜の朝のこと、ランニングから帰ってみると居間のソファにでんと座っていた。何せでかい男で、ソファがやけに小さく見えた。イライザは我らが名状しがたいバスルームでシャワーを浴びているところ。リチャードは黒のTシャツを着て、表紙に大きくVとあるペーパーバックを読んでいた。その第一声は、パティがグラスにアイスティーを注ぎ、それを汗だくの体で飲み始めたところでようやく発せられた。いわく、「で、あんた何者?」

「ごめん、何か言った?」

「ここで何してんの?」

「住人ですけど」

「うん、それはわかる」そう言ってパティの姿をじっくり観察する。パーツごとに。なんというか、

＊パティがカダフィの写真を初めて見たのは大学を出てから数年後のことで、そのときでさえ、即座にリチャード・カッツにそっくりだとは思ったものの、リビアには世界一キュートな国家元首がいるという自分の印象に特別な意味を見出すことはなかった。

その視線が体の各部に落ちるたびに、一箇所ずつ画鋲でうしろの壁に留められていくみたいな感覚があって、だから一通り観察がすんだときにはパティはもうぺらぺらの二次元で、壁に貼りつけられたような感じになっていた。「スクラップブックは見たことある?」

「ん。スクラップブック?」

「見せてやるよ」彼は言った。「きっとおもしろいよ」

彼はイライザの部屋に行き、戻ってきて、パティにリング三つのバインダーを手渡すと、それきりこちらの存在など忘れたみたいにまた小説を読み始めた。それは昔ながらのバインダーで、水色のクロスの表紙がついており、そこにブロック体でPATTYとインク書きしてあった。中に綴じてあるのはまず『ミネソタ・デイリー』紙のスポーツ欄に載ったパティの写真、こちらの知るかぎりではぜんぶある。これまでイライザに送った葉書もぜんぶ。二人で狭いブースに入って撮った自動写真の類もすべてある。それにあのブラウニーの週末、一緒にトリップしているところを撮ったフラッシュ写真も一枚残らず。このスクラップブックはさすがに強烈で、パティもちょっとヘンだとは思ったのだが、それよりもイライザの気持ちを思って悲しくなってしまった——悲しいやら申し訳ないやら、こんなに一途に自分のことを思ってくれているのにそれを疑うなんて、と。

「あいつ、相当変わってるよな」ソファからリチャードの声が聞こえる。

「これ、どこで見つけてきたの?」パティは言った。「人の家に泊まったら持ち物を嗅ぎまわることにしてるわけ?」

彼は笑った。「濡れ衣《ジャキューーズ》だ!」

「で、どうなのよ?」

「熱くなるなって。ベッドのすぐ向こうにあったんだ。公衆の面前ってやつさ、警察の言うところの」

イライザのシャワーの音がやんだ。

「戻してきて」パティは言った。「お願い」

「見てみたいんじゃないかと思ったんだがな」リチャードはソファから動こうとしない。

「お願い、これをもとあった場所に戻してきて」

「どうやらあんたのほうじゃ似たようなスクラップブックは作ってないらしいね」

「いますぐ、お願い」

「相当変わってるよな」そう言ってリチャードはスクラップブックを受け取った。「それで訊いたんだよ、あんたいったい何者だって」

男を前にしたイライザの豹変ぶり、たえずきゃっきゃと笑い、感情たっぷりに喋りまくり、ひっきりなしに頭を反らして髪を揺らすといった嘘臭いふるまいは、たとえ友だちでもたちまちいやで仕方なくなるほどだった。なりふりかまわずリチャードに好かれようとするその様子を見ていると、例のスクラップブックのヘンさ加減や、その背後に透けて見える切羽詰まった感じが否応なく頭に浮かび、パティはこのとき初めてイライザの友だちであることを恥ずかしく思った。考えてみれば妙な話である。リチャードはリチャードでそんなイライザと臆面もなく寝ているわけだし、その彼にイライザとの仲をどう思われるか気にするなんておかしいじゃないか?

次にリチャードに会ったのは、あのゴキブリの巣窟ともおさらばする間際のことだった。このときもソファに座って腕を組み、ブーツをはいた右足でダンダンとリズムをとりながら、イライザのギター演奏を辟易した顔で眺めていた。以前パティが聴いたときとまったく同じ、いかにも自信のなさそうな演奏である。「リズムに乗れよ」とリチャード。「ステップを踏んで」。が、イライザは真剣な顔に汗を浮かべながらも、パティの姿に気づくや演奏をやめてしまった。

「だめ、その人の前では弾けない」

「弾けるって」とリチャード。

「ほんとにだめなの」パティは言った。「あたしがいると緊張するんだって」

「へえ、おもしろいな。なんでかな？」

「さあ、あたしに訊かれても」とパティ。

「この人、がんばらせようとしすぎるのよ」イライザが言った。「うまく弾けるようにって念じてるのがわかるんだもん」

「そりゃよくないな」リチャードがパティに言う。「しくじれって念じてやらないと」

「オーケー」パティは言った。「じゃあしくじれ。これならできる？　しくじるのはお手のものみたいだし」

イライザは驚いた顔でパティを見ている。パティも自分に驚いていた。「ごめん。もう部屋に退散するわ」と言った。

「しくじるとこを見てからにすれば」リチャードが言った。

が、イライザはすでにギターを置いて、プラグを抜きにかかっている。

「メトロノームで練習したほうがいい」リチャードが助言する。「メトロノームはあるんだろ？」

「もう最悪、こんなことしなきゃよかった」とイライザ。

「ねえ、あなたが何か弾いてくれるってのはどう？」パティはリチャードに言った。

「また今度」

でもパティはスクラップブックを見せられたときの恥ずかしさを思い出していた。「一曲だけ」と粘る。「コード一つ。コード一つでいいから弾いて。イライザに聞いてるわよ、すごいんでしょ」

リチャードは首を振った。「いつかライブにおいで」

「パティはライブには行かないの」イライザが言う。「煙草の煙が苦手だから」

「スポーツしてるから」とパティ。

「そうだったな、そう言えば」リチャードは意味ありげな視線を送ってきた。「バスケのスター。ポジションは？　フォワード？　ガード？　ねえちゃん《チック》たちの場合、どのくらいだと背が高いってことになるのかな」

「あたしは高いほうじゃないから」

「とはいえ、けっこう高い」

「まあね」

「あたしたち、出かけるところなの」イライザがそう言って立ち上がる。

「そっちこそバスケやってみればよかったのに」パティはリチャードに言った。

「指を折るのにゃもってこいだな」

「それがそんなことないの」とパティ。「そういうの、実際にはまずないわよ」

つまらないことを言ってしまった、これでは話は弾まない、パティはすぐにそう気づいた。こちらがバスケをしていることなど、リチャードは内心どうでもいいに違いない。

「一度ライブに行ってみようかな」パティは言った。「次はいつ？」

「無理だってば、煙草の煙がすごいし」イライザが不機嫌そうに言う。

「大丈夫よ、それくらい」

「ほんとに？　それって初耳」

「耳栓をお忘れなく」リチャードが言った。

自室に戻り、二人が出かけて静かになると、なぜかパティは泣きだした。心底みじめで、理由を考える気にもなれなかった。イライザが戻ってきたのは三十六時間後のこと、パティはすぐに、あのときの自分は本当にいやな女だったと謝ったのだが、イライザはすっかり上機嫌になっていて、気にしないで、ギターはもう売るわ、今度リチャードのライブに連れていってあげると言ってくれた。

　そのライブがあったのは九月の平日の夜、場所は〈ロングホーン〉なる換気の悪いクラブで、トラウマティックスはバズコックスの前座での出演だった。イライザと一緒に会場に着いて、最初にパティの目に入ったのはカーターの姿だった。スパンコール入りのミニドレスを着た、異様にかわいいブロンド娘の首に腕をまわしている。「うわ、最悪」とイライザがつぶやく。パティが勇ましく手を振ると、カーターはにこりと歯並びの悪い歯をきらめかせ、愛嬌たっぷり、スパンコールを引き連れてぶらぶら近づいてきた。イライザは下を向いたまま、パティの手を引いて煙草をふかすパンク男の群れを抜け、ステージの前まで連れていった。と、そこには色白の青年の姿、きっとこれが噂に聞いているリチャードのルームメートだろうと思っていると、案の定、イライザの気のなさそうな大声が響いた。「あらウォルター元気？」

　この挨拶にウォルターは冷たくうなずいただけで、中西部風の親しみのこもった笑顔を見せなかったのだけれど、それがどれほど異例なことか、当時ウォルターをまだよく知らなかったパティにはわかるわけもない。

「パティよ、いちばんの友だちなの」イライザが紹介してくれる。「ちょっとこの子とここにいてくれる？　楽屋に行きたいの」

「もう出てくると思うけど」ウォルターが言う。

「ちょっとだけ」イライザが言う。「この子のこと見ててあげて。ね？」

「だったらみんなで楽屋に行こう」とウォルター。

「だめよ、ね、ここで場所とっといてね」イライザがパティに言う。「すぐ戻るから」

　そう言い残してイライザが人ごみをかき分け姿を消すのを、ウォルターは鬱々とした顔で見送っている。イライザの話から想像していたより実物はぜんぜんダサくない――Vネックのセーターを着て、赤みがかったブロンドの髪はくるくるパーマで伸び放題、要は額面通り、いかにもロースクールの一年生といった容姿である——が、髪も服もめった切りのパンクな連中の中ではさすがに少々目立つ。そう思ったとたん、パティも自分の服装が気になりだした。つい一分前までは、いつも通りの好きな恰好をしているつもりだったのに。そうなると余計に同じく普通なウォルターの存在がありがたい。

「悪いね、付き合ってもらって」とお礼を言う。

「しばらくここに突っ立ってることになりそうだな」ウォルターは言った。

「よろしくね」

「こちらこそ。きみだな、バスケのスターっていうのは」

「そうそう」

「リチャードにいろいろ聞いてるよ」そこでやっとこちらを向いて、「ドラッグはよくやるの？」

「まさか！　やめてよ。なんで？」

「きみの友だちはよくやってるから」

パティはどんな顔をしていいかわからなかった。「あたしと一緒のときはやってないよ」

「まあでも、楽屋に行ったのもそのためだし」

「なるほど」

「ごめん。友だちなのに」

「いいの、興味深い情報をありがとう」

「彼女、ずいぶん羽振りがいいみたいだね」

「うん、親からもらってるみたい」

「そうか、親ね」

ウォルターはどうもイライザが戻ってこないことで頭がいっぱいらしく、パティも黙りこんだ。例の病的な競争心が頭をもたげてきた。リチャードのことが気になっている自分にまだろくに気づいてさえいないのに、イライザが本人の魅力以外の、あの生まれ持った上半分のかわいさ以外の手段を使って——つまり親の財力にものを言わせて——リチャードの興味を繋ぎとめ、金の力で彼とくっついていると思うと不公平な気がして仕方がなかった。なんと世間知らずなパティ！　なんというぶさ！　それにステージ上のあれこれがなんと醜く見えたことか！　裸のコード、冷たく輝くドラムのクローム、実用一本で愛想のないマイク、誘拐犯が使いそうなダクトテープ、大砲みたいなスポットライト。なんだかすごくハードコア。

「ライブにはよく行くの？」ウォルターが訊いてきた。

「ううん、ぜんぜん。一回だけ」

「耳栓は持ってきた？」

「いや。要りそう？」

「リチャードはでかい音でやるからね。ぼくのを使いなよ。ほとんど新品だし」

そうしてシャツのポケットから取り出したビニール袋には、白っぽい、気泡ゴムでできた虫の幼虫みたいなのが二つ入っている。パティは精一杯上品な笑顔でそれを見下ろした。「ううん大丈夫、ありがとう」

「ぼくは至極清潔な人間だよ」ウォルターが力説する。「衛生面のリスクはない」

「でもほら、自分の分がなくなっちゃうでしょ」

「二つにちぎるよ。きっと何かほしくなるって、耳を守るのに」

そう言って耳栓をきっちり二分している手元をパティはじっと見つめた。「じゃあとりあえずお預かりして、要りそうかどうか様子見ようかな」

その場に立ったまま十五分が経過した頃、ようやくイライザがするするくねくねとこちらに近づいてきた。いやに晴れやかな顔をして。と、そのとき照明が落ちて、客たちがどっとステージのほうに押し寄せてきた。すかさず手の中の耳栓を床に落とす。まだ始まってもいないのに、あたりはもう無意味に押し合いへし合い。革ずくめの巨漢が背中にぶつかってきて、ステージにどすんと押しつけられた。イライザは待ちきれない様子で頭を振り振り飛び跳ねているし、結局その太った男を押し戻して、パティがまっすぐ立てるだけの空間を確保してくれたのはウォルターだった。

ステージに駆け出してきたトラウマティックスのメンバー構成は、リチャード、以後ずっとコンビを組むことになるベースのヘレーラ、あとはまだ高校も出てなさそうな、がりがりにやせた二人の少年というもの。当時のリチャードはなかなかのショーマンで、のちの彼の斜に構えた態度、どうやらスターにはなれそうもないからいっそアンチスターになってやれという感じとはずいぶん違った。つま先立ちでぴょんぴょん跳ねたり、ギターのネックを握ったまま体をぐらりと半回転させてみたり。まずは客に向かって、いまから知っている曲をぜんぶ演奏する、二十五分で終わると宣言する。それからバンドもろとも一気に熱狂の渦へ、そのすさまじいノイズの洪水の中にビートらしきものはいっさい聞き取れなかった。まるで熱すぎて味のわからない料理みたいな音楽なのだが、ビートがなくてもメロディがなくても、中央に陣取っているパンク男の集団はひたすらどすどす飛び跳ね、肩と肩をぶつけ合い、そこら中の女のくるぶしを踏みつけている。これに巻きこまれては大変と避難するうちに、パティはウォルターともイライザともはぐれてしまった。このノイズにはとても耐えられない。リチャードはトラウマティックスのメンバー二人とともに、**太陽は嫌いだ！　太陽は嫌いだ！**　とマイクに絶叫しているし、そうなると太陽がわりに好きなパティとしては、バスケで培ったスキルを駆使してただちに脱出するよりほかはなかった。両肘を高く構えて人ごみに突っこみ、密集を抜け出ると目の前にはカーターとあのピカピカ娘、それでも足を止めずに前進を続け、やがて気づけば歩道の上、暖かで清々しい九月の空気に包まれ、頭上のミネソタの空には驚いたことにまだ黄昏の色があった。

そのままなんとなく〈ロングホーン〉のドアの前をうろつきながら、遅れてやってきたバズコックスのファンを眺め、イライザが探しにくるかどうか様子を見ていた。が、出てきたのはイライザではなくウォルターだ。

「大丈夫よ」と言った。「好みの音楽じゃなかったってだけ」

「家まで送るよ」

「いいって、中に戻って。イライザに会ったら、一人で家に帰るからって伝えてね、心配するかもしれないし」

「心配そうな様子にはとても見えないがね。ぼくが家まで送るよ」

パティはいいからと断り、ウォルターは送ると言い張り、いいってば、いやだめだと両者譲らない。やがてウォルターが車を持っておらず、一緒にバスに乗るつもりらしいとわかると、わざわざそんなことまでとパティはあらためて断ったのだが、それでもウォルターは折れなかった。のちに本人が語ったところによると、そうしてバス停に立っているあいだにも彼はパティに恋しかけていたというのだが、これに呼応するシンフォニーはパティの頭には響いていなかった。イライザを放って帰るやましさと、耳栓を捨てずにおけばよかった、そうすればもう少しリチャードを見ていられたのにという残念な気持ちがあるだけだった。

「なんていうか、テストに落ちちゃったみたいな気分」パティは言った。

「そもそもこの手の音楽って好きなの?」

「ブロンディは好き。パティ・スミスも好き。でも基本的にはノー、この手の音楽は好きじゃない」

「なら、もし訊いてよければだけど、どうして来たの?」

「どうしてって、リチャードがおいでって言うから」

これを聞いて腑に落ちたみたいにウォルターがうなずく。

「リチャードっていい人？」パティは訊ねてみた。

「もちろん！」ウォルターは言った。「まあ見方によるけどね。あいつ、小さい頃に母親が家出してカルト教団に入っちゃってね。親父さんは郵便局勤めの大酒飲みで、リチャードが高校のときに肺癌になった。で結局、あいつが最後まで面倒を見たんだ。ほんと情に厚い男だよ。ただ、女性のこととなるとそうでもないみたいでね。女性関係では実はそれほどいい人じゃない。もしそれが気になってるんなら」

パティはすでに直感的にそうじゃないかと疑っていたし、いざそれを知ってもどういうわけか嫌悪感は覚えなかった。

「それで、きみは？」ウォルターが言った。

「あたしが何？」

「きみはいい人？　見た感じ、いい人みたいだな。ただ……」

「ただ？」

「友だちがね！　正直、大嫌いだ」こらえきれずに言い放つ。「あれはいい人だとは思えない。というか、相当いやなやつだと思う。嘘つきだし、意地も悪いし」

「ふうん、親友なんだけどな」パティは不機嫌そうに言った。「あたしの前ではぜんぜんいやなやつじゃないし。あなたの場合、たぶん出会い方が悪かったのよ、第一印象が」

「彼女、いつもああなの？　一緒に出かけても、きみをそのへんにほったらかして誰かとコカインをやってたりとか」

「まさか、ぜんぜん、こんなのは今回が初めて」

ウォルターは何も言わず、一人ふつふつと嫌悪感を募らせている。バスはまだ来そうにない。

「ときどきすごく、すごくいい気分になるの」しばらくしてパティは言った。「この子、ほんとにあたしのこと好きなんだって思えて。そうしょっちゅうじゃないんだけどね。でもそういうときのあの子はもう……」

「きみがファンを見つけるのに苦労するとは思えないな」ウォルターは言った。

パティは首を振った。「あたし、どこかおかしいのよ。他にも仲のいい友だちはいるけど、なんかいつもあいだに壁がある感じがするの。まわりはみんな同じタイプの人間なのに、自分だけ違うみたいな。競争心ばかり強くて、利己的で。根が善良じゃないっていうか。なんでだろう、みんなと一緒だと、結局はいつも演技してるみたいな気分になる。でも相手がイライザだと演技なんかいらない。素の自分になれて、しかもこの子よりはましだって思える。つまりあたしも馬鹿じゃないの。あの子がまともじゃないのはわかってる。でも心のどこかにあの子のそばにいたい気持ちがある。リチャードに対してそんなふうに感じることってない？」

「それはないな」ウォルターは言った。「あの男の場合、そもそもそばにいて気持ちのいいタイプじゃないからね、たいていは。ただあいつには何かがあって、会った瞬間それに惚れこんだんだ、大学に入ってすぐのときに。とにかく音楽ひと筋なんだけど、それでいて知的好奇心もある。そこは立派だと思う」

「きっとあなたは正真正銘のいい人なのね」パティは言った。「純粋にリチャード本人のことが好きなのよ。彼のおかげで自分がどんな気分になれるかとか、関係なく。たぶんそこがあたしとの違い」

「でもきみだって正真正銘のいい人みたいに見えるけどなあ！」とウォルター。

内心では、ウォルターのこの印象は間違っているとパティにはわかっていた。それでいて過ちを犯してしまったのだ。間違いだと知っていながら、ウォルターが抱いているイメージに調子を合わせるという、実に大きな一生の過ちを。こちらの善良さを信じて疑わないウォルターに、結局根負けしてしまったのだ。

その最初の晩、やっとこさキャンパスにたどり着いたとき、パティはふと、一時間ばかりも自分のことを喋り続けていたのに気づいた。ウォルターはひたすら質問してばかり、ほとんど自分のことを話していない。お返しに彼のこともいろいろ教えてもらうのが礼儀だとは思ったけれど、心惹かれてもいない男を相手にいまさらそんな努力をするのも面倒だった。

「近いうちに電話してもいいかな？」寮の入口でウォルターは言った。

今後何カ月かはトレーニングで忙しくて付き合う暇はないと思うと説明した。「でもわざわざ送ってくれて、ほんとにありがとう」とお礼を言う。「すごくうれしかった」

「芝居は好き？　友だちと一緒によく芝居を観にいくんだ。デートとかそういうのじゃなくてもいいんだけど」

「とにかく暇がないの」

「こと芝居に関しちゃなかなかの街だよ、ここは」ウォルターは粘る。「楽しんでもらえると思うんだけどな」

ああウォルター。知り合って最初の数カ月、パティの興味はもっぱら、彼がリチャード・カッツの友人だというその点にあったことを彼は知っていただろうか？　会うたびにパティがあれこれ手を尽くして会話を何気なくリチャードのことへ誘導しようとしていたのに気づいていただろうか？　あの最初の晩、電話してくれてもかまわないと答えたパティの頭の中には、実はリチャードのことがあったなどと少しでも疑っていただろうか？

寮の自室に戻ると、イライザが電話で残した伝言がドアに貼ってあった。髪と服にしみついた煙草の煙に目を潤ませてぼんやり座っているところに廊下の電話が鳴った。かけてきたのは案の定イライザで、背後にはクラブの喧騒、急にいなくなったりしてすごく心配したわよなどと非難がましく言ってきた。

「いなくなったのはそっちじゃないの」パティは言った。

「ちょっとリチャードに挨拶してただけよ」

「挨拶に三十分もかかるんだ」

「ウォルター知らない？」イライザは言った。「あなた、一緒に店を出たの？」

「送ってくれたの」

「げっ、気持ち悪い。あたしのことどんなに嫌いかって話、聞いた？　あの人、本気で嫉妬してるみたい。あれきっとリチャードになんかあるのよ。たぶんゲイとか、そういうの」

パティは廊下の両側を見渡し、誰にも聞かれる心配がないことを確かめた。「ねえ、カーターの誕生日にドラッグをプレゼントしたの、あんたなの？」

「何？　聞こえない」

「カーターの誕生日にあんたたちがやってたあれ、手に入れたの、あんたじゃないの？」

「聞こえないってば！」

「カーターの誕生日のあのコカイン。あんたが持ってってたの？」

「まさか！　やめてよ！　それで帰っちゃったの？　それで怒ってるの？　それ、ウォルターに吹きこまれたの？」

パティはあごを震わせながら電話を切り、それからたっぷり一時間かけてシャワーを浴びた。

その後はまたイライザの猛攻《プレス》、ただし今回はリチャードの尻も同時に追っかけていたので、さほど気合いも入っていなかった。ウォルターが例の電話するという脅しを実行してきたとき、パティはむしろ彼に会いたい気分になっていた。リチャードのこともあったし、イライザを裏切るスリルもあった。ウォルター本人は気を利かせてイライザの話は二度と持ち出さなかったけれど、内心どう思っているかはよくわかっていたし、また意外と真面目なところもあるパティとしては、ワインスプリッツァー片手に同じレコードを繰り返し聴く代わりに、外に出てまともな文化に触れるのもなかなか楽しかった。その秋は結局、ウォルターと芝居を二つ、映画を一つ観ることになった。やがてシーズンが始まると、今度はスタンドに一人座っているウォルターの姿を見かけるようになり、これが顔を紅潮させてけっこう楽しんでいる様子、パティと目が合うたびに手を振ってきたりもした。そして試合の翌日には必ず電話がかかってきて、パティのプレーぶりについて熱弁を聞かされるのだが、なかなかどうして微妙な戦術の綾などもそれなりに心得ているようで、その手のことはわかるふりさえしようとしなかったイライザとは大違いである。留守中に伝言が残っていたときには、電話をかけなおせばひょっとしたらリチャードと話せるんじゃないかというおまけのスリルもあったのだけれど、残念ながら、リチャードが一人で家にいることはまずないようだった。

ウォルターの質問攻めにひたすら答える、そのわずかな合間になんとか聞きだしたところによると、彼はミネソタ州ヒビングの出身で、ロースクールの学費を捻出するため、リチャードが土木作業員をしている建設会社で見習い大工のアルバイトをしながら、毎朝四時に起きて勉強のほうもがんばっているとのこと。だから一緒に出かけても九時ごろにはもう欠伸《あくび》が出始め、これは自身も多忙な日々を送るパティとしてはむしろありがたかった。また、出かけるときも二人きりではなく、ウォルターは約束通り、高校、大学時代の友人だという三人の女の子を連れてきた。これが三人とも頭がよくて芸術好きなタイプ、そのいささか太目の体型とワイドストラップのドレスをイライザが見たら、きっと嫌味の一つも言ったに違いない。そしてウォルターを崇拝してやまないこの三人組《トロイカ》の話を聞くうちに、ほとんど奇跡としか言いようがない彼の立派さがわかってきたのだった。

彼女たちの話によれば、ウォルターが子供時代を過ごしたのは〈松葉の囁き〉《ウィスパリング・パインズ》なるモーテルの事務所裏にある狭苦しい一角で、父親はアル中、兄はしょっちゅう彼に暴力をふるい、弟はその兄をせっせと真似て彼を馬鹿にし、母親は障害があるうえ常に意気阻喪気味、モーテルのハウスキーパー兼夜間支配人の仕事を思うようにこなせず、おかげで夏のハイシーズンともなれば、ウォルターは午後中ずっと客室を清掃し、夜は夜で、父親が退役軍人仲間と酒を飲み、母親が休んでいるあいだに夜間到着の客のチェックインに追われるという日々だったらしい。これに加えて普段からしている仕事、つまりモーテル設備を維持管理する父親の手伝いもせねばならず、駐車場の舗装から配水管の掃除、ボイラーの修理に至るまでなんでもこなした。その働きぶりを父親はすっかりあてにし、ウォルターのほうもいつか父に認めてもらえる日が来ることを信じて働き続けたのだが、所詮は叶わぬ望みだったと三人組は言う。なぜならウォルターは繊細で知的なタイプであり、（兄や弟と違って）狩猟にもトラックにもビールにも興味を示さなかったからだ。そうして実質的には年中フルタイムで無給の仕事をこなしながらも、学校の演劇やミュージカルで活躍し、幼少の頃から数知れぬ友に終生の友情を誓われ、母親からは料理や簡単な裁縫を学び、自然にも大いに関心を持ち（熱帯魚やアリの飼育、親を失ったひな鳥の救命、押し花）、そのうえ卒業生総代にまでなったのである。そしてアイヴィーリーグの大学からの奨学生の誘いを蹴って、ヒビングからほど近いマカレスター大に進学、週末にはバスで帰省して、モーテルに忍び寄る老朽化と苦闘する母親の手助けをした（父親はすでに肺気腫を病んでいたらしく役に立たなかった）。かつては映画監督かできれば俳優になることを夢見ながらも、現実にはミネソタ大のロースクールに通う日々、それもひとえに、これは本人の言葉だそうだが、「一家で一人はちゃんとした収入がないと困るから」とのこと。

パティは理不尽にも——ウォルターに惹かれてもいないくせに——デートと言えなくもない場に他の子たちが同席していることに競争心を掻き立てられ、ぼんやりとした憤りを覚えてもいた。だからウォルターの目を輝かせ、あのとめどない赤面を生じさせているのが彼女たちではなく自分なのだとわかるとうれしかった。そう、このパティというやつはスターでいたいタイプだったのだ。それもほとんどあらゆる状況において。最後に芝居を観にいったのは十二月、場所はガスリー劇場で、このときのウォルターは幕が開く直前に雪まみれの姿でやっと現れ、クリスマスプレゼントとして他の子たちにペーパーバックを、パティには巨大なポインセチアをくれた。かさばる鉢を抱えてバスに乗り、雪でぬかるんだ道をせっせと運び、クロークに預けるのもひと苦労、わざわざそんな思いをして。他の子たちにはおもしろい本、パティには植物というチョイスが失礼どころかその反対であることは、誰の目にも、パティの目にさえ明らかだった。ウォルターが情熱を注いでいるのが、たとえばこの熱烈なお嬢さんたちをもう少し細めにしたような子ではなく、なぜか自分であるということ、多少は頭も創造性もあるにせよ、それをもっぱらリチャードの名をさりげなく持ち出す新たなやり口の考案に注いでいる、そんな自分が選ばれるというのはまったく謎だったし、何やら胸騒ぎを覚えないでもなかったけれど、とはいえそこには間違いなく女心をくすぐるものもあった。芝居が終わるとウォルターは再びポインセチアを抱え、はるばる寮まで運んでくれた。バスに乗り、またぬかるみを歩いて。部屋に戻って添えられていたカードを読むと、そこには、パテイへ、愛をこめて、熱烈なファンより、とあった。

リチャードがついにイライザを捨てたのもちょうどその頃だったと思う。ずいぶん容赦ない捨て方だったらしい。そのことを電話でパティに知らせてきたイライザは、すっかり取り乱して泣きわめいた。「あのホモ」がリチャードにあれこれ吹きこんだせいだ、リチャードは仲直りのチャンスもくれない、パティの力でもう一度会えるよう取り計らってほしい、自分とは口もきいてくれないし、アパートのドアも開けてくれないし――

「期末試験があるから」パティは冷たく言った。

「あなたなら入れてもらえるでしょ、一緒に行かせて」イライザは言う。「ただ会って説明したいだけなの」

「説明するって何を？」

「チャンスがほしいってこと！　話ぐらい聞いてくれって！」

「ウォルターはゲイじゃないわよ」パティは言った。「そんなの妄想、あんたが勝手に思ってるだけ」

「そんな、あなたまであいつに抱きこまれたのね！」

「違うって」パティは言った。「そういう問題じゃないの」

「とにかくそっちに行くわ、先のことはそれから」

「だから歴史の試験が明日の朝なんだって。勉強しないと」

そこで初めて知ったのだが、イライザはリチャードにのめりこんでいたせいでもう六週間も授業に出ていないらしかった。ぜんぶ彼のせい、何もかも放り出して彼に尽くしたのにこの冷たい仕打ち、単位が全滅だなんて親にばれたらまずいし、とにかくいまから寮に行くからパティはそこで待っててちょうだい、二人で相談しないと。

「ほんとに疲れてるの」パティは言った。「勉強して、ちゃんと寝ときたいの」

「信じられない！　あいつ、あなたまで抱きこんで！　あたしの大事な人を、二人とも！」

パティはどうにか電話を切り上げると、すぐに図書館に行き、閉館ぎりぎりまで粘った。が、きっとイライザは寮の前で煙草を吸いながら待っているだろう。深夜まで付き合わされるに違いない。そうして友情のツケを払わされることを恐れながらも、一方ではそれはそれで仕方ないような気もしていたので、寮に戻ってイライザの姿が見当たらなかったときには奇妙な落胆を覚えた。こちらから電話してやろうかとも思いかけたけれど、安堵と疲労がうしろめたさを押し切った。

イライザから連絡がないまま三日が過ぎた。クリスマス休暇で帰省する前の晩、やはり無事を確かめておこうとついにイライザの番号をまわしてみたが、何度鳴らしても応答はなかった。翌日、ウェストチェスターへ向かうあいだも心はうしろめたさと心配の雲の中、実家のキッチンに場所を移しての連絡の試みもことごとく失敗に終わり、そのたびに雲はますます低く垂れこめてきた。クリスマスイブには、思い切ってミネソタ州ヒビングの〈松葉の囁き《ウィスパリング・パインズ》〉にまで電話してみた。

「最高のクリスマスプレゼントだな！」ウォルターは言った。「きみが電話をくれるなんて」

「ああ、ま、そう言ってもらえると。実はイライザのことで電話したの。あの子、連絡がとれないのよ」

「きみは運がいい」ウォルターが言う。「リチャードとぼくなんて、最後はもう電話線を抜くしかなかったんだから」

「それ、いつのこと？」

「二日前」

「そうなんだ、じゃあひと安心」

パティはそのまましばらくウォルターと話していた。次々繰り出される質問に答えて身のまわりのあれこれを教える。クリスマスになるたびに弟妹が異常な欲深さを発揮すること、パティがいくつまでサンタクロースを信じていたかという話で毎年家族が盛り上がるのがいやで仕方ないこと、父親が上の妹を相方に繰り広げる奇怪なスカトロじみた下ネタのこと、その妹がイエール大の新入生向け科目がぜんぜん物足りないなどと嫌味な愚痴を言うこと、ハヌカ祭とかその手のユダヤの祭日を祝うのを二十年前にやめたことを母親がうじうじ後悔していること。「で、そっちはどう？」とウォルターに訊ねたときにはすでに半時間が経過していた。

「楽しくやってるよ」ウォルターが言う。「母さんとケーキを焼いたり。リチャードはうちの親父とチェッカーをしてる」

「楽しそう。あたしもそっちがいいな」

「きみもいればいいのにな。かんじきで雪の中を散歩したりもできるよ」

「すごく楽しそう」

これは嘘ではなかった。パティはもはや、ウォルターが魅力的なのはリチャードの存在のせいなのか、それともひょっとして本人の魅力なのか——どんな場所も彼がいるだけで家庭のぬくもりにあふれていそうに思えるのだ——よくわからなくなっていた。

イライザからその恐ろしい知らせが届いたのはクリスマスの晩のこと。電話に出たのはパティ本人、地下室で一人NBAの試合を見ながら子機の受話器をとったのだった。まずは謝ろうと思ったのだけれど、その前にイライザのほうから、連絡できなくてごめん、病院通いで忙しかったのと言ってきた。そして、「あたし、白血病なんだって」

「嘘でしょ？」

「年明けには治療が始まると思う。知ってるのは両親だけ、あなたも誰にも言わないで。特にリチャードにはぜったい言っちゃだめ。誰にも言わないって約束してくれる？」

うしろめたさと心配の雲はいまや雷雲と化し、さまざまな感情がパティの心を吹き荒れていた。とめどなく泣きながら、間違いないのか、医者が間違いないと言っているのかとイライザに確認した。イライザの説明によれば、秋が深まるにつれてますます不調を感じていたのだが、伝染性単核症《モノ》だということにでもなればリチャードに捨てられそうだし、誰にも言いたくなかったのだという。けれども具合は悪くなる一方で、とうとうあきらめて医者に診てもらったところ、二日前に診断結果を知らされた。白血病だと。

「悪性なの？」

「悪性しかないでしょ」

「そうだけど、よくなる見込みがあるタイプ？」

「治療が効く可能性はあるみたい」イライザは言った。「一週間後に詳しいことを教えてくれるって」

「早めにそっちに戻るわ。そばにいることぐらいはできるから」

ところが奇妙なことに、イライザはもはやパティにそばにいてほしそうじゃなかったのだ。

サンタクロースの件に関してひと言。筆者は親が嘘をつくことには基本的に反対だが、それも程度問題である。サプライズパーティーを仕掛けるときにつく嘘のような、みんなで楽しむための嘘もあれば、騙された人間を笑いものにするためにつく嘘もある。ある年のクリスマス、当時十代だったパティは、その異常に息の長かったサンタ信仰のことで（何しろ弟と上の妹が信じなくなったあとも信じていたのである）さんざんからかわれた末、ついに堪忍袋の緒が切れて、クリスマスのディナーはいらないと言って部屋に引きこもったのだった。説得にやってきた父親もこのときばかりは真面目な顔で、家族のみんながおまえに本当のことを教えなかったのは、おまえの純粋さが美しいから、そういうおまえが大好きだからなんだと説明してくれた。実にうれしい知らせだったが、同時にひどいたわごとだとも思った。あれだけ人を笑いものにしておいて、それはないだろう、と。パティの信ずるところでは、現実がどんな姿をしているかを子供たちに教えておくのは親の義務であるはずだった。

要はこういうことだ。イライザを相手にフローレンス・ナイティンゲールを演じていたあの長い冬――猛吹雪《ブリザード》の中を歩いてスープを運び、キッチンやバスルームを掃除してやり、試合前で睡眠が必要なのにテレビの前で夜更かしに付き合い、ときにはそのやせた体を抱いたまま眠り、大げさな愛情表現も我慢して聞き（「あなたはあたしの天使」「あなたの顔を見てると天国にいるみたい」などなど）、そしてその間ずっと、ウォルターから電話があっても一度もかけなおさず、付き合っている暇がなくなった理由すら説明しなかったあの日々――パティはいくらでもあった危険信号にとんと気づこうとしなかったのである。ううん、とイライザは言った。化学療法は化学療法でも、これは髪の毛が抜けたりしないやつなの。ううん、治療のスケジュールと合わないから病院に迎えに来てもらうのは無理。ううん、アパートを出て実家に戻るのはいやなの、親もお見舞いにはしょっちゅう来てくれるし、たまたまあなたがいないときばかりだけど。うん、ナイトスタンドの下に落ちてた注射器ね、あれは抗嘔吐剤を自分で注射するの、癌患者には普通のこと。

しかしおそらく最大の危険信号は、パティ自身がウォルターを避けていたというそのことだったのかもしれない。一月に二度ほど試合会場で顔を合わせて軽く話したのを最後に、彼のほうでもしばらく試合を観にこられなくなり、その後はたびたび電話で伝言を残してくれたにもかかわらず、パティは一度も連絡しなかった。その理由としてパティ本人の頭にあったのは、イライザと頻繁に会っていることを認めるのが恥ずかしいというものだった。とはいえ、癌に苦しむ友に付き添っていることを恥ずかしがる理由などあるだろうか？　そう、サンタクロースと同じだ。当時五年生だったパティに少しでも真実を知りたい気持ちがあって、サンタなどいないというクラスメートの話に耳をふさがなかったとしたら、どんなにつらい思いをすることになっただろう？　そんなわけで、パティはあの大きなポインセチアを捨てたのだった。まだ枯れてもいないのに。

ウォルターがついにパティを捕まえたのは、二月も末の雪の日の午後遅く、ゴーファーズがシーズン最大の難敵UCLAを迎え撃つ大一番の試合前だった。その日のパティは朝から世の中にうんざりで、これは誕生日の母親と電話で話したせい。自分のことをあれこれ喋るのはやめよう、どうせジョイスはろくに聞いてないし、相手チームのランキングなんて気にもしてないんだから、あらかじめそう心に決めていたのだが、いざ電話してみるとそんな自制心を発揮するチャンスすらなく、それというのもジョイスは上の妹の話に終始夢中で、聞けばイエール大の教授の熱心な勧めでオフブロードウェイでリバイバル上演される『結婚式の仲間』の主役のオーディションを受けたところ、見事代役の座を射止めたとのこと、これがどうやら大事《おおごと》らしく、妹はしばらくイエールを休学して実家に戻り、フルタイムで演劇をがんばることになる模様、それでジョイスはもちろん有頂天というわけだった。

ウォルターがウィルソン図書館の寒々しいレンガ造りの角を曲がってくるのを見て、パティはあわててUターンし歩調を速めた。が、ウォルターは走って追いついてきた。大きな毛皮の帽子に雪を積もらせ、顔は航路標識みたいに赤々としている。努めてにこやかにふるまおうとしているけれど、電話で残したメッセージはちゃんと届いているかと訊ねてきたその声は震えていた。

「とにかく忙しくて」パティは言った。「連絡できなくてほんとにごめんなさい」

「何か余計なことでも言ったかな？　それで怒ってるの？」

傷つき、腹を立てているのだ。パティには耐えられなかった。

「違うの、そういうことじゃないの」

「あれでも控えめに電話してたつもりなんだよ。あまりうるさくするのも悪いと思って」

「とにかくほんとに忙しかったの」雪の降りしきる中でそうつぶやいた。

「電話に出てくれる子もだんだんいらいらした感じになってきてね、ぼくがいつも同じ伝言を頼むもんだから」

「彼女、部屋が電話のすぐ隣なのよ、だから。わかるでしょ、そういうの。しょっちゅう伝言を頼まれてるの」

「きみの気持ちがわからないんだ」ウォルターはいまにも泣きだしそうな様子。「これ以上つきまとってほしくないってこと？　そういうことなのか？」

こういう場面は大嫌いだった。いやで仕方がなかった。

「ほんとに忙しかったの、それだけ」と言った。「それに今夜は大事な試合があるし、もういいでしょ」

「いいや」ウォルターが言う。「何かまずいことがあるんだ。問題は何？　その顔、とても平気そうには見えないよ！」

母親との電話のことは口にしたくなかった。頭を試合モードに切り替えようとしているときに、その手のことをくよくよ考えるのがよくないのはわかっている。それでもウォルターはしゃにむに——これは自分の気持ちだけの問題じゃない、正義のためだと言わんばかりに——説明を求めてくるし、何か言わないわけにはいかないという気がした。

「ねえいい」と切り出す。「これはリチャードにはぜったい黙ってるって約束して」。が、そう言いながらも、このイライザの言いつけの真意が実は自分でもよくわかっていないことに気づいた。「イライザが白血病なの。ひどいことになってるの」

するとびっくり、ウォルターは笑った。「それはないと思うね」

「本当よ」パティは言った。「あなたがなんて思おうと」

「オーケー。で、彼女、まだヘロインはやってるの？」

それまであまり考えたことがなかった事実——ウォルターは二歳年上だということ——が急にリアルに感じられた。

「とにかく白血病なの」パティは言った。「ヘロインのことなんて知らない」

「あのリチャードでさえヘロインには手を出さない。そう言えばわかってもらえるかな」

「なんの話だかさっぱりわからないわ」

ウォルターはうなずき、微笑んだ。「だとすると、きみは本当にやさしい人なんだね」

「それはどうかと思うけど」パティは言った。「とにかく、もう食事に行かなきゃ。試合の準備もあるし」

「実は今夜の試合、観られないんだ」背を向けかけたパティにウォルターが言った。「ぜひ観たかったんだけど、ハリー・ブラックマンの講演があってね。そっちに行かなきゃならない」

パティはいらいらと向き直った。「どうぞ気にしないで」

「最高裁の判事でね。『ロー対ウェイド』を書いた人（妊娠中絶を禁止するテキサス州法の合憲性をめぐって争われた事件。一九七三年、合衆国最高裁判所は七対二で違憲とする画期的判決を下した。その際、多数派意見を執筆したのがハリー・ブラックマン）」

「知ってるわ」パティは言った。「うちの母なんて、神棚に祀《まつ》って線香の一つも焚きそうなくらいのファンだし。ハリー・ブラックマンが誰かぐらい、あたしも知ってる」

「そうだよね。ごめん」

二人のあいだで雪がくるくると舞った。

「ま、じゃあ、このへんで引き下がるよ」ウォルターは言った。「イライザのことはお気の毒。大丈夫だといいね」

このあとに起こったことはまさに身から出た錆、筆者は誰のせいにするつもりもない——イライザのせいでも、ジョイスのせいでも、もちろんウォルターのせいでもない。スポーツ選手の例に漏れず、パティも打てども決まらぬスランプなら何度も経験していたし、お粗末な出来に終わる試合だって人並みにはあった。ただ、絶不調のときも、自分より大きな何かに——チームに、フェアプレー精神に、スポーツには意味があるという信念に——包まれている感覚は常にあったし、チームの仲間たちの熱い声援や、ハーフタイムにツキを取り戻すべくかけ合う罵声、下手糞だの役立たずだの、そのバリエーションは山ほどあるが、パティ自身も何千回と叫んできたその手の決まり文句に真の慰めを見出していた。そして、常にボールを求めていた。パティにとって、ボールとは人生の救いであり、たしかな手応えを感じられる唯一の持ち物であり、子供時代の終わりなき夏をともに過ごした忠実な仲間だったからだ。さらにはほとんど宗教めいた反復的儀式、信じぬ者には無意味で嘘臭く思えるはずのあれこれの決まり事——ゴールが決まればローファイブ、フリースローを沈めるたびに円陣、交代で出ていく選手とは必ずハイファイブ、「行け行け**ショーナ！**」、「ナイスよ**キャシー！**」、「**入れ入れヨ**

ツシャー」といった果てしなき絶叫――これらはもはや身にしみついた第二の天性、空っぽの頭でハイパフォーマンスを発揮するのに欠かせぬ完璧に理にかなった行為であって、コートを走りまわれば大量の汗をかくというのと同じく至極当然のこと、それが恥ずかしいなどという思いは絶えて頭に浮かばなかった。もちろん女子スポーツにだって不快な影の面はある。熱い抱擁の裏には激しいライバル意識がくすぶり、チームメートの人柄やプレーぶりに文句も出れば不満を募らせもする。ショーナは速攻時のパスをキャシーにばかり出して自分には出さないと言ってパティをなじり、パティはパティで控えのセンターのアビー・スミスが間抜けにもまたマイボールをジャンプボールにした、どうせジャンプでは勝てないくせにと腹を立て、メアリー・ジェーン・ローラバッカーはセントポール・セントラル校でスターの座を分け合ったキャシーが二年次のルームメートにパティとショーナを選んで自分に声をかけなかったことをいつまでも根に持ち、先発メンバーはみな潜在的ライバルである期待の新人がプレッシャーから本来の力を出せなかったことにうしろめたい安堵を覚え、などなど挙げればきりがない。それでも、スポーツ競技を根底で支えているのは献身のトリック、信仰のテクニックなのであり、中学校時代、遅くとも高校時代までにいったんそれを叩きこまれた者は、体育館に入りユニフォームに着替えると同時に頭を悩ます重大事は消え去り、もはや〝問題〟はただ一つで〝答え〟は自明、その〝答え〟とはもちろん〝チーム〟であり、自分だけの些細な心配事などすべてわきに追いやられるのだ。

ウォルターに遭遇した動揺のせいでパティが十分な食事を取り損ねたという可能性はある。ウィリアムズ・アリーナに着いた瞬間から、間違いなく何かがおかしかった。UCLAのチームは高さもパワーも十分で、先発のうち三人は身長六フィート以上、ゆえにトレッドウェルコーチのゲームプランは攻守の切り替えの速さで相手の消耗を誘い、うちの小柄な選手たち、特にパティのスピードを生かして、ブルーインズの守備陣形が整う前に速攻を決めるというものだった。ディフェンス面ではいつゴールデンステート・バレーボール大会でフォートランド・グリズリーズの得点源の二人を早めにファウルトラブルに追いこむこと。ゴーファーズが勝つとは誰も思っていなかったけれど、万一勝てたらそのときは非公式の全米ランキングでトップ二十入り——パティの在学中では最高位である。そんなわけで、信仰の危機を迎えるにはまさしく最悪のタイミングだった。

体の芯に奇妙な脱力感があった。ストレッチでの可動域は普段通りだったけれど、どうも筋肉に柔軟性がない感じ。チームメートが大声で気合いを入れるのがやたらと神経に障り、一種の自意識だろう、何やら胸がつかえて同じように叫び返すことができなかった。イライザのことはどうにか頭から完全に叩き出したものの、気づけば別のことをくよくよ考えている。自分のキャリアはあと一シーズン半ですっかり幕を閉じるのに、上の妹のキャリアはまだまだこれから、生涯有名女優として過ごすのかもしれず、そう思うとこのスポーツというやつはなんたる時間と能力の浪費、母が長年それとなく匂わせてきたのはこのことだったのか、それを自分はへらへらと無視してきたのか、云々。これが大一番を前に考えるべき事柄でないのはたしかである。

「普段通り、あんたの力を出せばいいのよ」トレッドウェルコーチはパティにそう言い聞かせた。

「さあ、うちのリーダーは誰？」

「リーダーはあたし」

「もっと大きい声で」

「リーダーはあたし」

「もっと大きく！」

「リーダーは**あたし**」

チームスポーツをやったことのある人ならわかると思うが、これを口にするだけでパティの中にたちまち力がみなぎり、集中力とリーダーとしての自覚が高まった。おかしな話だが、これが効くのだ

――単純な言葉を通じて自信が注入されるのである。上々の気分はウォームアップのあいだも、ブルーインズの両キャプテンと握手を交わし、その値踏みするような視線を感じているあいだも続いた。このパティこそ最も危険なポイントゲッターであり、ゴーファーズの攻撃の司令塔、そう聞かされているはずだ。そんな自分の高らかな名声を鎧のように身にまとう。が、ひとたび試合が始まれば、ためこんだ自信も血のように流れ出ていく一方、もはやサイドラインから注入してもらうわけにはいかない。パティは速攻から簡単なレイアップを一つ決めたものの、その晩の活躍は事実上それで終わりだった。試合開始一分で早くも喉の奥に詰まりを覚え、これはかつてないほどの絶不調だとわかった。ブルーインズのガードは大柄で、パティとの差は身長で二インチ、体重で三十ポンド、おまけに異常なジャンプ力の持ち主だったが、問題はフィジカルだけではなかった。いや、フィジカルではなかったと言うべきだろう。問題はパティの心に巣食う挫折感だった。ブルーインズとの不公平なまでの体格差になにくそと負けん気を燃やし、コーチの指示通りとことんまでボールを追いかける代わりに、パティはその不公平に挫折感を覚えてしまったのだ。自分を憐れんでしまったのだ。ブルーインズは試験的にフルコート・プレスをかけてきて、これがおそろしいほどよく効くことに気づいた。ショーナがリバウンドを拾ってパティにバスしても、パティはコーナーに追いこまれてボールを手放した。次にボールが来たときにはサイドライン外に転倒した。その次は、フェイクのつもりが相手ディフェンダーの手にボールを渡してしまった。ささやかなプレゼントみたいに。コーチはたまらずタイムアウトを叫び、攻撃に移るとき、もっと相手ゴールに近いところにポジションをとるようパティに指示を出した。が、そこでもブルーインズが待ち構えていた。ロングパスはパティの手には渡らず客席に飛びこんだ。喉のつかえと戦いながら、無理やりに闘志を燃やそうとしすぎてチャージングのファウルをとられた。ジャンプショットにも力が入らなかった。フリースローレーンの内側で二度までボールを奪われたのを見て、コーチは活を入れるべくパティをいったん下げた。

「いつものあんたはどこ？　うちのリーダーは？」

「今日はいないみたいです」

「そんなわけないでしょ、ここにいるはずよ。探してみて、あんたの中にちゃんといるの。見つけなさい」

「わかりました」

「大声を出してみて。声で吐き出すの」

パティは首を振った。「吐き出したくありません」

コーチはしゃがんでパティの顔をじっと見上げてきた。いやがる自分をねじ伏せ、どうにかコーチと目を合わせる。

「うちのリーダーは誰？」

「あたし」

「大声で」

「無理です」

「試合に出たくないの？　ベンチにいたいの？」

「いやです！」

「じゃあ行きなさい。あんたの力が必要なの。どういう事情か知らないけど、その話はあとで。いいわね？」

「わかりました」

この再注入分はそのままだらだらと出血、パティの体内をひとめぐりすることもなかった。仲間のためにゲームには残ったものの、チームプレーに徹しすぎるかつての悪癖に逆戻り、自ら試合を作るのではなくまわりに合わせ、シュートすべきところでパスを出し、おまけにもっと古い癖まで顔を出して、ゴール下に切れこむ代わりにアウトサイドから長いジャンプショットを連発、それも別の日なら何本かは決まったかもしれないが、この夜は違った。いっそ隠れてしまいたかったけれど、コート上に隠れる場所はない。ディフェンスのたびにうちのめされ、やられるたびにますます次もやられそうな気がしてくる。ちなみにこの気分は、のちの人生で重い鬱を知るにつれてすっかりおなじみのものになるのだが、その二月の晩にはまだ目新しくもおぞましい経験で、まわりでめまぐるしく展開するゲームは完全に制御不能、そこで起こっていることの一つ一つ、近づいては去っていくボール、コートに重く響く自分の足音、気合い十分で次々攻めこんでくるブルーインズの選手を必死に食い止めようとする一瞬一瞬の試練、ハーフタイムにチームメートに食らう激励のこもった肩への一撃、そんな何もかもの意味するところは結局、この自分のダメっぷり、未来のなさ、努力の空しさなのだと直観的にわかってしまうのだった。

後半の半ば、ゴーファーズが二十五点のリードを許したところで、コーチもついにパティを引っこめた。そうして安全なベンチに下がるやパティは多少息を吹き返した。声が出るようになり、チームメートに檄《げき》を飛ばしてはハイファイブを交わす。やる気満々のルーキーみたいに。自分がスターになるはずだった試合でチアリーダーに成り下がる屈辱を満喫し、哀れに思ったチームメートが腫れ物に触るように慰めてくれる、そんな恥辱にも嬉々として甘んじた。あれほど最低のプレーをしたのだから、この程度の屈辱恥辱は当然の罰だという気がした。そうして汚物にまみれながら、その日いちばんのすっきりした気分になれた。

試合が終わると、ロッカールームでコーチの説教に耳を閉ざして耐え、それからベンチに座って半時間ほど泣いた。仲間たちもよくわかっていて、パティをそっとしておいてくれた。

ダウンパーカにゴーファーズのニットキャップをかぶり、ノースロップ講堂に向かった。ひょっとしたらまだブラックマンの講演が終わっていないのではと期待して。でも講堂は真っ暗で鍵がかかっていた。寮に戻ってウォルターに電話しようかとも思ったが、よくよく考えれば、いま本当にしたいのはむしろ、摂生をかなぐり捨ててワインでべろべろに酔っ払うこと。そこで雪の舞う通りを歩いてイライザのアパートに向かい、たどり着く頃には今度こそ本当にしたいことがわかっていた。大声でイライザを罵倒してやりたい。

イライザはインターコムで、もう夜も遅いし疲れてるのと言ってきた。

「だめ、とにかく中に入れて」パティは言った。「問答無用よ」

イライザはパティを中に入れると、ソファに寝そべった。パジャマ姿で、ビートの激しいジャズみたいな音楽を聴いている。部屋の中には無気力としみついた煙草の臭いが充満していた。パティはパーカで着ぶくれした姿でソファのそばに立ち、スニーカーの雪が溶けていくのを眺め、じっとイライザの様子を観察した。呼吸がひどくゆっくりで、何か言おうとしているらしいがなかなか声が出てこない――顔の筋肉の動きがばらばらで、そのばらばらさがしだいに一つに収まっていき、ようやくぼそりと問いがもれてきた。「試合、どうだった?」

パティは答えなかった。しばらく黙っていると、イライザはどうやらパティの存在を忘れてしまった様子である。

こんな状態のイライザを罵倒しても仕方ないという気がしたので、計画を変えてアパートの家宅捜索にかかった。ドラッグ一式はすぐに見つかった。ソファの頭の側の床の上に転がっていた――クッションをかぶせるのが精一杯だったらしい。イライザの机の上、詩や音楽の雑誌が山積みのそのいちばん下から、例のリング三つの青いバインダーが出てきた。パティの見るかぎり、あの夏から新たに付け加わったものはない。それから書類や請求書の類に目を通し、医療関係のものを探してみたが、何もなかった。ジャズのレコードはリピートで鳴っている。パティはステレオのスイッチを切り、コーヒーテーブルに腰かけると、スクラップブックとドラッグ一式を目の前の床に置いた。「目を覚まして」

イライザはぎゅっと固く目を閉じた。

その脚を手荒くぐいと押す。「目を覚まして」

「煙草が吸いたい。化学療法でふらふらなの」

パティはその肩を摑んで体を引き起こした。

「あらら」イライザが濁った笑みを浮かべる。「いらっしゃい」

「もうあんたの友だちではいたくない」パティは言った。「二度と会いたくない」

「どうして？」

「どうしても」

イライザは目を閉じて首を振った。「あなたの助けが必要なの」と言う。「ドラッグをやってたのは痛みのせい。癌のせいなの。ほんとは正直に言いたかった。でも恥ずかしくて」そう言うあいだにも体が傾き、また横になった。

「あんたは癌じゃない」パティは言った。「そんなのは嘘、勝手にあたしにのぼせて、それで引き止めるために嘘をついたのよ」

「違うわ、白血病なの。ほんとに白血病なの」

「直接伝えにきただけでもありがたいと思って。でももうさよならよ」

「だめ。行かないで。あたしドラッグにはまってるの、あなたの助けが必要なのよ」

「あたしには何もできない。ご両親に助けてもらいなさい」

沈黙が続いた。「煙草、取ってよ」とイライザ。

「煙草は嫌い」

「親のこと、わかってくれてると思ってたのに」イライザは言った。「親の望み通りの娘じゃないんだって気持ち」

「あんたのことは何一つわからない」

再び沈黙。やがてイライザが言った。「あなたが行っちゃったらどうなるか、わかってるんでしょ？　あたし自殺するわよ」

「へえ、だからここにいろ、友だちでいろって？　そりゃまた立派な理由よね」パティは言った。

「二人で楽しく過ごせること請け合いって感じ」

「たぶんそうなるって言ってるだけよ。あなたはあたしのすべて、たった一つのすてきなもの、リアルなものなの」

「あたしはモノじゃない」と言い放つ。

「ドラッグ打ってるとこって見たことある？　あたしずいぶんうまくなったわよ」

パティは注射器とドラッグを拾い、パーカのポケットに入れた。「実家の電話番号は？」

「電話しないで」

「しないわけにいかない。問答無用よ」

「友だちでいてくれる？　また会いに来てくれる？」

「いいわ」パティは嘘をついた。「会いに来るから番号を教えて」

「うちの親、いつもあなたのこと訊くのよ。ためになる友だちだって思ってるの。だから友だちでいてくれる？」

「わかった」パティはまた嘘をついた。「番号は？」

ご両親が到着したのは真夜中も過ぎてから、二人ともむっつりとして、ようやくのんびりくつろいでいたところを邪魔された、またこの手のことかという迷惑顔である。パティにすれば待ちに待った対面、興味津々だったのだが、先方はどうやらそうでもなさそうだった。父親のほうは豊かなあごひげに深くくぼんだ黒い目、母親は小柄な体つきで、足元はハイヒールのレザーブーツ、二人並ぶと何やら強烈な性的オーラが醸し出される感じがあって、パティはふとフランス映画を連想し、生涯恋人みたいな二人だというイライザの話を思い出した。ひと言二言、謝罪なり感謝なりの言葉があってもよさそうな気がした。問題を抱えた娘を野放しにして、あなたみたいな何も知らない第三者に迷惑をかけて申し訳ないとか、この二年間、娘の面倒を見てくれて助かったとか。こんなことになったのも私たちが小遣いをやりすぎたせいだ、そう認めるだけでも。ところがこの小さな核家族が居間に集結するや、なんとも奇怪な診断ドラマが展開されたのである。しかもどうやらパティの出番はどこにもなさそうだった。

「それで、ドラッグの種類は？」父親が言う。

「ん、ヘロイン」とイライザ。

「ヘロイン、煙草、酒。それだけかね？　他には？」

「たまにコカインをちょっと。最近はそんなに」

「他には？」

「ないわ、それだけ」

「で、お友だちは？　彼女もやっているのかね？」

「やめてよ、バスケの大スターなのよ」イライザが言う。「言ったでしょ。この人は百パーセントまともでちゃんとした人。すごい人なのよ」

「おまえがやっているのは知っていたのかね？」

「ううん、この人には癌だって言ってたから。何も知らなかった」

「いつからそんなことになってたんだね？」

「クリスマス頃」

「それで彼女はおまえを信じた。おまえは手の込んだ嘘をでっちあげ、彼女はそれを信じた」イライザがクスクス笑う。

「ええ、信じてました」パティは言った。

父親はパティのほうに目をやりさえしなかった。「それで、これはなんだね？」そう言って青いバインダーを手に取る。

「あたしのパティ・ブック」とイライザ。

「偏執的なスクラップブックの類らしい」父親が母親に言う。

「それで彼女はあなたに別れを切り出した」母親が言う。「そしてあなたは自殺をほのめかした」

「まあそんなとこ」イライザは認めた。

「相当偏執的だな」父親がページをめくりながら所見を述べる。

「自殺のことだけど、本気なの？」母親が言う。「それともお友だちを引き止めるための脅し？」

「脅しが大半かな」とイライザ。

「大半？」

「オーケー、自殺は本気じゃないわ」

「そう言いながらもわかっているんでしょう、私たちが心配しないわけにはいかないことを」母親が言う。「好むと好まざるとに関わらず」

「あの、あたし、そろそろ行きますね」パティは言った。「明日は朝から授業なので」

「どんな癌だと偽ったんだね？」父親が言う。「体のどの部分にあることになっていたのかね？」

「白血病だって言ったの」

「なら血液だな。血液中に虚構の癌か」

パティはドラッグ一式を肘掛椅子のクッションの上に置いた。「ここに置いときますね」と言う。

「ほんとにもう行かなきゃいけないので」

両親はパティを見て、おたがいの顔を見て、それからうなずいた。

イライザがソファから立ち上がる。「次はいつ会える？　明日また来てくれる？」

「ううん」パティは言った。「たぶん無理」

「待って！」イライザが駆け寄ってきてパティの手を摑む。「いまはひどい有様だけど、あたしきっと立ち直って見せるし、そしたらまた会ってね。いい？」

「いいよ、わかった」パティは嘘をついた。両親が娘を力ずくで引き離す。

外に出ると、雪雲はすっかり消え去り、気温は零下十五度ぐらいまで下がっていた。パティは澄み切った空気を何度も肺の奥まで吸いこんだ。これで自由だ！　あたしは自由！　ああ、できることならいまから戻ってUCLAとの試合をやり直したい、そう願わずにはいられなかった。午前一時だろうが、お腹がぺこぺこだろうが関係ない、いまなら負けない自信があった。我が身の自由にすっかり高揚し、イライザのアパートの前の通りを全速力で駆け抜けた。コーチの言葉がいま初めて耳に届く。三時間前に語られた言葉、これはただの一試合、誰にだってうまくいかない試合はあるし、明日にはまたいつもの自分に戻れる、そんな声が。よし、これからはもっとがんばろう、コンディションに気をつけて、スキルを磨いて、それにウォルターのことも、一緒にもっとたくさん芝居を観にいこう、母にはこう言ってやろう、『結婚式の仲間』の話だけど、それすごくよかったじゃない」と。すべての面でいまよりいい人間になるのだ。そんな思いに高揚してわき目も振らず疾走するうち、歩道に黒く張った氷を見逃したのだろう、気がつけば左脚が横に滑っておぞましい角度で右脚の後ろまで曲がり、膝に何かが裂けたような激痛を感じながら地面に倒れていた。

その後の六週間について言うべきことはあまりない。二度の手術を受けたが、二度目は一度目の手術で感染症を併発したため、そうして凄腕の松葉杖使いになった。一度目の手術のときには母がわざわざ飛行機でやってきて、病院スタッフを一様に中西部の田吾作扱いし、知性のほども疑わしいとでも言いたげな態度を取ってくれたものだから、おかげでパティは謝罪に追われ、母がいないときには特段の愛想よさを発揮しなければならなかった。しかも結果的には母の医師たちへの不信が正当化されかねない事態に立ち至ったため、パティは悔しさのあまり二度目の手術のことを知らせてやる気になれず、結局連絡したのは前日のこと。もちろん、わざわざ飛行機で来てもらう必要はないと言い聞かせた——世話をしてくれる友だちなら山ほどいるから、と。

長年母親をいたわってきた経験から、ウォルター・バーグランドは疾病を抱えた女性の世話の仕方を熟知していた。ゆえにパティの長期にわたる不自由はまたとないチャンス、そこから再び彼女の人生にもぐりこんできたのだった。最初の手術の翌日、高さ四フィートのノーフォーク松を抱えて現れ、長持ちしない切り花より生きた植物のほうが喜んでもらえるかと思って、と説明を添えた。その日以降、週末は両親の手助けのためにヒビングに戻るものの、平日はなんとか都合をつけてほぼ毎日パティに会いに来るようになり、持ち前の感じのよさで体育会系の仲間たちともたちまち仲良くなった。仲間のうちでも見た目に自信のない子たちは、どんな話にも熱心に耳を傾けてくれる彼の態度に感心し、たいていの男は外見しか見ないのにこの人は大違いなどと言っていたし、いちばんの切れ者キャシー・シュミットも、ウォルターぐらい頭がよければ最高裁も夢じゃないとまで言い切った。誰もがリラックスして自然に付き合え、休み時間に女ばかりでラウンジにたむろしているところにも違和感なく溶けこめる、そんな男は体育会系女子の世界ではかなり珍しかったのだ。そしてそのウォルターがパティに惚れているのは誰の目にも明らかで、キャシー・シュミットを除く全員がこれほど結構なことはないと口を揃えた。

前述のようにキャシーには他の子たちより鋭いところがあった。「あんた、本気であの人に惚れてるわけじゃないんでしょ」と言ってきた。

「ある意味、惚れてるかも」パティは言った。「でもある意味、違う」

「じゃあ……あんたたちまだ……」

「ないって！　何もないよ。たぶんレイプされたなんて言わなきゃよかったんだろうね。それ話したとたん、めちゃくちゃそわそわしちゃってさ。もう完全に……腫れ物に触るっていうか……病人扱いっていうか……動転してた。で、そうなるともう、向こうは書面で許可でももらわないかぎりって感じだし、あとはこっちから誘うか。まあだいたいこっちは松葉杖だからね、それもあると思うけど。ただ感じとしては、ものすごくお行儀のいい、しつけのいい犬がどこまでもついてくるっていう、そんな感じ」

「それっていまいち」キャシーが言った。

「うん。そう。でも追い払うってわけにもいかないの、だってありえないくらいやさしくしてくれるし、あとこれは本気で、彼と話すの、すごく楽しいの」

「つまりある意味、惚れてる」

「そのとおり。ひょっとしたら、ある意味よりはもうちょっと。ただ――」

「ただ、そんなにたくさんでもない」

「そのとおり」

ウォルターは何にでも興味があった。新聞も『タイム』誌も隅々まで読んでいた。四月、パティがなんとか再び出歩けるようになると、講演会やらアート系の映画やらドキュメンタリーやら、パティ一人ではまず行かないような催しに次から次へと誘ってきた。愛の力か、それともたんに怪我のせいでパティのスケジュールががら空きだったおかげか、理由はともかく、パティの体育会系のうわべの下、その内面に知性の光を見出したのはこの男が初めてだった。知識の面では、スポーツ以外のどんな分野でもウォルターに勝てる気はまずしなかったけれど、それでも自分にもちゃんと意見があり、しかもそれが彼の意見と異なることだってありうるという事実に気づけたのはひとえに彼のおかげだった。（この点はイライザとの日々を思えば余計に新鮮で、イライザの場合、現大統領は誰かと訊かれても、知るわけないでしょと笑ってターンテーブルに別のレコードをのせるのがおちである。）ウォルターはあれやこれやと独特の熱い主張に燃えていた。ローマ法王とカトリック教会は大嫌いだが、イランのイスラム革命には好意的で、それがアメリカ国内の省エネに繋がればいいと思っていた。中国の人口抑制政策にも賛成で、我が国も似たような手を打つべきだという。他にも、スリーマイル島の原発事故よりむしろガソリン価格の低下のほうが気になる、高速鉄道網が整備されて乗用車など過去の遺物になってくれたら、などなど――そしてパティは、その彼が反対する物事にしつこく賛成するというところに一つの役割を見出した。中でも女性の地位をめぐる彼の信念に反対するのは楽しかった。学期末に近いある日の午後、学生会館でコーヒーを飲みながら、パティが受講している原始芸術の教授のことを語り合ったのはいまでもよく憶えている。パティはその教授が気に入っているという話をしながら、ウォルター本人に足りないものをそれとなく匂わせてやったのだった。

「げげっ」ウォルターは言った。「それってよくいる中年教授だろ、口を開けばセックスの話ってい う」

「まあでも、豊穣神のシンボルの話をしてるわけだし」パティは言った。「五万年前の彫刻のモチーフがセックスばっかりなのは別にあの先生のせいじゃないでしょ。しかもあの真っ白なひげ、あれ見てるだけでもかわいそうになっちゃう。だって考えてもみてよ。ああやって教壇に立って、あれこれエッチな話をしたいんだけど、ほら〝最近の若い女性〟がどうとか、〝肉付きの足りない太腿〟とかそういうの、でもみんな気まずそうにしてるのもわかるし、自分はひげもじゃの中年で、かたや学生はみんなこう、若くてピチピチっていうのもわかってる。でもやっぱり言わずにいられない。それってほんとにつらいと思うの。自ら屈辱を求めずにはいられないっていう」

「でも不快じゃないか！」

「それにね」パティは言った。「あの人、きっと本気でぶっとい太腿が好きなのよ。要はそういうことなんだと思う。あっちも石器時代趣味なの。つまりデブ好き。それってかわいいし、なんかけっこう感動的、そこまで古代美術にのめりこむなんて」

「でもカチンとこないの、フェミニストとして？」

「あたしはフェミニストじゃないんだと思う」

「そんな、信じられない！」ウォルターは顔を真っ赤にした。「男女平等権修正条項《ERA》を支持しないの？」

「ま、政治にはあんまり興味ないから」

「でも、きみがミネソタ大にいるのもひとえにスポーツ奨学金のおかげだし、それって五年前にはありえなかったんだよ。きみがここにいるのは、フェミニストが連邦法改正に取り組んできたからなんだ。教育法第九編《タイトル・ナイン》のおかげなんだよ」

「でもタイトル・ナインはたんに基本的な公平さって話」パティは言った。「学生の半分が女子なら、スポーツのお金も半分もらえて当然、とか」

「それがフェミニズムなんだよ！」

「違うわ、それは基本的な公平さ。だってほら、アン・マイヤーズとか。聞いたことある？　UCLAの大スターでね、こないだNBAと契約したんだって、笑っちゃうわ。身長五フィート六インチで、しかも女の子。試合に出られるわけないのに。スポーツではもう単純に男のほうが女より上だし、これは変わりようがないの。だからこそ男子バスケの観客は女子バスケの百倍ぐらいいる――男にしかできないことって、スポーツの世界にはたくさんあるから。それを否定するなんてただの馬鹿だわ」

「でも仮にきみの夢が医者になることだったら？　それなのに男子学生のほうがほしいって理由でメ

ディカル・スクールに入れてもらえなかったら？」

「それもやっぱり不公平よね、ま、医者になりたいとは思わないけど」

「じゃあきみの望みはいったいなんなの？」

母親のジョイスがとかく娘たちに派手なキャリアを勧めてやまず、しかもそのジョイス本人がパティに言わせれば母親落第だったせいで、パティの中にはいわば初期設定として、専業主婦になりたい、最高の母親になりたいという思いがあった。「きれいな古い家に住んで子供を二人育てたい」パティはウォルターに言った。「ほんとにほんとのいいお母さんになりたい」

「自分のキャリアも追求しながら？」

「子供をちゃんと育てるのがあたしのキャリア」

ウォルターが眉をひそめてうなずく。

「ほらね」と言ってやった。「そんなにおもしろい人間じゃないでしょ。他のお友だちのほうが断然おもしろいでしょ」

「それは絶対に違う」ウォルターは言った。「きみはめちゃくちゃおもしろい人だ」

「ま、そう言ってもらえるのはうれしいけど、正直、ナンセンスだと思うな」

「きみの中には自分でも気づいてないよさがたくさんあるってこと」

「悪いけど、あなたが見てるのはほんとのあたしじゃないんだと思う」パティは言った。「あたしのおもしろいとこ、一つでも挙げられる？　ぜったい無理だって」

「よし、じゃあ手始めに、スポーツができるところ」とウォルター。

「ドリブルドリブル。それっておもしろい？」

「それに、ものの考え方も」と続けてきた。「あのひどい教授がかわいいとか、感動的だとかっていう」

「あれだけわからないって顔しといて！」

「家族のことをあんなふうに思ってるところ。それであれこれ話してくれる、あの話し方。その家族から遠く離れて、こんなとこで一人で暮らしてるところ。どれもこれもめちゃくちゃおもしろいね」

これほどあからさまに自分に恋している男と一緒にいるのは初めてだった。そうして二人がひそかに語り合っていたのはもちろん、パティをものにしたいというウォルターの欲望のことだったのだから。とはいえ、ウォルターと長く一緒にいればいるほど、パティはますます自分のことを、いい人とは言えないにせよ——というかたぶんいい人じゃないからこそ、病的に負けず嫌いなうえ、あれこれ不健全なものに惹かれてしまうからこそ——実はかなりおもしろい人間なんじゃないかと思うようになった。一方のウォルターも、パティのおもしろさを熱烈に主張することで、彼自身着々とパティにとっておもしろい人間になりつつあった。

「そんなにフェミニストなら」パティは言った。「なんでリチャードと親友でいられるの？　あの人、女性を敬うタイプには見えないけど」

ウォルターの顔が曇る。「そりゃまあ、仮にぼくに妹がいたら、あの男にはぜったい会わせないようにするだろうな」

「なんで？」パティは言った。「ひどい目に遭わされるから？　彼、女の敵なの？」

「本人に悪気はないんだ。女の人が好きなんだと思う。ただ飽きっぽいだけでね」

「女なんて替えがきくから？　モノにすぎないから？」

「そういう政治的な話じゃないんだ」ウォルターは言った。「男女同権には賛成してるし。むしろ一種の中毒だな、というか中毒の一つ。ほら、あいつの親父さん、すごい酒飲みだったからさ、それでリチャードは酒は飲まない。まあでも似たような話でね、飲みすぎた反動で残った酒をぜんぶ流しに捨てるっていうのと。女にうんざりするたびに、それと同じことをするわけだ」

「ひどい話みたいに聞こえるけど」

「まあね、あいつのそういうところはぼくもあまり好きじゃない」

「だけどやっぱり仲良くしてる、フェミニストのくせに」

「友だちだからね、そういう絆は大事にしないと、たとえ完璧な男じゃなくても」

「それはそうだけど、もっといい人になれるように手助けしてあげなきゃ。そういうことするのがなんで悪いのか、ちゃんと教えてあげなきゃ」

「イライザにもそうした？」

「なるほど、それ言われるとつらいわね」

次にウォルターと話したとき、ようやく映画とディナーのまともなデートに誘われた。その映画というのが無料で観られるやつで、『アテネの悪魔』なる白黒、字幕つきのギリシャ映画（実にウォルター的である）。芸術科付属の映写室は空席だらけ、シートに座って映画が始まるのを待つあいだに、パティはその夏の計画を語って聞かせた。郊外にあるキャシー・シュミットの実家に滞在し、リハビリを続けて来シーズンのカムバックを目指す、と。すると藪から棒に、そのがらがらの映写室でウォルターはこんな話を切り出してきた。いわく、リチャードがニューヨークに引っ越すことになり、その部屋が空くから、よければ夏の住まいにしてはどうか。

「リチャード、行っちゃうの？」

「うん」ウォルターが言う。「ニューヨークの音楽シーンじゃいろいろおもしろいことが起こってるからね。ヘレーラと二人でバンドを組みなおして、あっちで一旗揚げたいらしい。ただ、アパートの契約はまだ三カ月残ってる」

「へえ」パティは顔色を変えないよう気をつけた。「で、あたしがあの人の部屋に住む」

「ま、そうなればもうあいつの部屋じゃないよ」とウォルター。「きみの部屋になる。ジムにも歩いてすぐだし。エダイナからはるばる通うよりずっと楽なんじゃないかと思ってね」

「それってつまり、一緒に住もうって誘ってるわけよね」

ウォルターは顔を赤らめ、目をそらした。「でもほら、きみにはきみの部屋があるわけだし。まあでも、うん、夕食なんかに付き合ってくれるんだったら、それはそれですごくうれしいよ。自分で言うのもなんだけど、ぼくのことは信頼してもらっていいと思う、きみのプライバシーは尊重するし、淋しいときには相手になるし」

パティはウォルターの顔をじっと覗きこみ、その真意を探ろうとした。心中では、(a) むかっ、(b) リチャードが行っちゃうなんて残念、という二つの気持ちが混じり合っていた。一緒に住もうなんて誘うんだったらその前にキスぐらいしとけば、と言ってやろうかとも思ったけれど、相当むかっときていたので、いまここでキスされるのはいやだった。そうこうするうちに映写室の明かりが落ちた。

筆者の記憶によれば、『アテネの悪魔』の筋はこんな感じ。主人公はアテネ市民で、物腰やわらかな角縁眼鏡の会計士、この男がある朝職場へ向かう途中で新聞の一面に目を奪われる。なんとそこには自分の写真、見出しには〝アテネの悪魔、いまなお逃亡中〟とある。と、たちまち道行くアテネ市民が次々に彼を指差し、一斉に追いかけてくる。あわや捕まるかと思ったそのとき、テロリスト集団だか犯罪組織だか、とにかく主人公を自分たちの悪魔的リーダーと思いこんだ連中に救出される。この集団には、パンテオンを吹き飛ばすとか、何かそういう大胆な計画があって、主人公はひたすら、自分は物腰やわらかな会計士にすぎない、〝悪魔〟ではないと説明するのだが、相手はどうやらすっかり彼の力をあてにしているらしい。一方、アテネ市民は彼を殺そうと血眼になっていて、そうこうするうちに驚くべき瞬間が訪れる。主人公が眼鏡をさっと払いのけ、連中の恐れを知らぬリーダーに変貌するのだ――〝アテネの悪魔〟に! そしてこう言うのだ、「オーケー、おまえら、こうすれば計画はうまくいく」

その映画を観ながら、パティは主人公の会計士にウォルターの姿を重ね、彼があんなふうに眼鏡を払いのけたらと想像していた。映画のあとは〈ヴェスチョ〉でディナー、食事のかたわらウォルターは先ほどの映画の解釈にかかり、あれは大戦後のギリシャにおける共産主義の寓話なのだ、我が国も南東ヨーロッパにNATO加盟国を確保する必要から、長年同国内の政治弾圧に加担してきたのだとパティに説明した。あの会計士はごく普通の市民の代表で、それがついに責任に目覚めて右派の抑圧への暴力闘争に加わる、そういう話なのだと。

パティはワインを飲んでいた。「ぜんぜん賛成できないわ」と言う。「あの映画のポイントは、主人公がそれまで本当の意味では生きてなかったってことだと思う。責任に縛られすぎて、臆病すぎて、その気になれば自分に何ができるかちっともわかってなかったの。それが〝悪魔〟に間違われたことで、初めて本物の生を手に入れた。その後はほんの数日の命だったけど、別に死んでもよかったんじゃないかな、やっと本当の人生を生きられたわけだし、内に秘めた可能性に気づけたんだから」

この見解にウォルターは驚いているふうだった。「まあでも、それだとまったく無意味な死に方だよね」と言う。「何も成し遂げられなかったわけだし」

「でもじゃあ、なんであんなことしたの？」

「なぜって、命を救ってくれた連中との連帯感に目覚めたからさ。自分には彼らに対する責任があるって気づいたんだ。彼らは弱者であり、自分を必要としている、だから大事にしてやらなきゃいけない。その絆のためにあの男は死んだんだよ」

「うわあ」パティは驚嘆した。「あなたってほんと偉いわよね、信じられないくらい」

「そういう気分じゃないんだけどな」ウォルターは言った。「ときどき世界一の間抜けなんじゃないかって気になるよ。できることならズルもしてみたい。リチャードみたいに自分のことばっかり考えて、それでアーティストみたいなものになれたらと思う。しかもそれができないのは別に偉いからじゃない。たんに体質的に無理ってだけだ」

「でもあの会計士だってそう思ってたはずよ、体質的に無理だって。自分でもびっくりしてたじゃない！」

「まあね、でもあれはリアリズムの映画じゃないから。新聞に載ってたのはあの役者にそっくりな男の写真じゃない。本人の写真だ。それに警察におとなしく出頭すれば、最終的には誤解はすっかり解けたはずだよ。そもそも逃げ出したのが間違いなんだ。あれが寓話だってのはそういう意味だよ。現実的な話じゃないのさ」

　酒を飲まないウォルターを相手にワインを飲んでいるのは変な気分だったけれど、パティは何やら悪魔じみた気分になっていて、瞬く間にかなりの量を片付けてしまった。「眼鏡を外してみて」と言った。

「だめ」ウォルターが言う。「外すときみが見えないから」

「そんなの問題なし。ただのあたしだもん。ただのパティ。ほら外して」

「でも見てたいんだよ！　好きなんだ、きみを見てるのが！」

　二人の目が合う。

「それで一緒に住もうって誘ったの？」パティは言った。

　ウォルターは真っ赤になった。「そうだよ」

「ふうん、じゃあ、あなたのアパート見せてもらおうかな、じゃないと決められないし」

「これから？」

「そう」

「疲れてない？」

「うん。疲れてない」

「膝の具合はどう？」

「膝は大丈夫、ご心配なく」

このときばかりはウォルターのことしか頭になかった。やわらかで刺激的な五月の夜気の中、松葉杖をつきつき四丁目を歩いていくパティに、おまえはアパートでリチャードと出くわすことを半ば期待しているのかと訊ねたとしても、このときなら答えはノーだったと思う。いますぐセックスしたかった。だからもしウォルターにほんの少しでも分別があったら、ドアの向こうからテレビの音が聞こえた時点でただちに踵《きびす》を返していたはず――踵を返してパティをどこか他のところに連れていったはずだ。どこでもいい、寮の部屋まで送ってもいい、とにかくどこでもよかったのだ。でもウォルターは純愛を信じていて、パティも自分を愛しているとわかるまでは、その体に手を触れることなど許されないと思いこんでいるようだった。だからそのままパティをアパートに入れ、すると居間にはリチャードの姿、裸足の足をコーヒーテーブルにのせ、膝の上にはギター、ソファのかたわらにはスパイラルノート。戦争映画を見ながらジャンボサイズのペプシをもてあそび、二十八オンスのトマト缶に嚙み煙草の汁を吐き出している。そこを除けば部屋は清潔できれいに片付いていた。

「ライブに行くんじゃなかったのか？」ウォルターが訊ねた。

「あまりにひどくてね、帰ってきた」リチャードが言う。

「パティのこと、憶えてるだろ？」

パティははにかみながら松葉杖で前に進み出た。「ハイ、リチャード」

「背が高いほうじゃないパティ」とリチャード。

「うん、それそれ」

「とはいえ、けっこう高い。いや安心したよ、ウォルターもやっとここに連れこんだわけだな。未来永劫ありえないんじゃないかって心配しかけてたところだ」

「この夏ここに住んだらどうかって、考えてもらってるところ」ウォルターが言う。

リチャードは眉を上げた。「ほんとに」

記憶にあるより細身で若々しく、セクシーな男だった。まったくひどい話だけれど、パティはにわかに、ウォルターとの同居を考えていたことも、その晩抱かれたいと思っていたことも否定したくてたまらなくなった。でもここにいるという事実は否定しようがない。「ジムに通うのに便利なところを探してるの」

「なるほど。わかるよ」

「きみの部屋を見に来たんだ」ウォルターが言う。

「いまは少々散らかってるがね」

「散らかってないときがあるみたいに聞こえるけど」ウォルターは楽しそうに笑った。

「散らかり具合が相対的にましなときもある」リチャードはそう言いながら、つま先を伸ばしてテレビを消した。「お友だちのイライザちゃんは元気かい？」と訊いてきた。

「もう友だちじゃないから」

「その話、しただろ」とウォルター。

「本人の口から聞きたかったんだ。まったくいかれたねえちゃん《チック》だよな？　まさかあそこまでだなんて、初めはわからなかったんだが、いやすごかったね。もうこりごりだよ」

「同感、ほんとバカだったわ」パティは言った。

「ウォルターだけだよな、最初から真実を見抜いてたの。イライザの真実。悪くないタイトルだな」

「幸い向こうもひと目で嫌いになってくれたからね」ウォルターが言う。「だからきみらよりちゃんと見えたのさ」

リチャードはノートを閉じて、茶色い唾を缶に吐き出した。「さて、邪魔者は失礼するよ」

「それ、何書いてたの？」パティは訊いた。

「例によって聴くに堪えない代物さ。あのマーガレット・サッチャーってねえちゃん《チック》で何か書けるかと思ってね。ほら、イギリスの新しい首相の？」

「さすがにマーガレット・サッチャーにねえちゃん《チック》はないよな」ウォルターが言う。「おばさま《ダワジャー》って感じじゃないの」

「ねえちゃん《チック》って言い方、どう思う？」リチャードがパティに訊いてくる。

「別に、あたしはそういうの、うるさいほうじゃないから」

「ウォルターは使っちゃいけないって言うんだよ。失礼だからってさ、おれの経験じゃ、ねえちゃん《チック》たち本人は気にしないみたいだけどな」

「六〇年代の人と間違われるかも」パティは言った。

「ネアンデルタール人と間違われるぞ」とウォルター。

「ネアンデルタール人は頭蓋が相当大きかったらしいぜ」リチャードが言う。

「牛だってそうさ」ウォルターが言う。「反芻動物はみんなそう、くちゃくちゃ嚙むやつは」

リチャードは笑った。

「いまどき嚙み煙草なんて、野球選手だけかと思ってた」パティは言った。「それ、どんな感じ？」

「なんなら試してみれば。吐きたくなること請け合いだよ」そう言ってリチャードが立ち上がる。

「ちょいと出かけるかな。これ以上邪魔はしないよ」

「待って、試してみたいの」パティは言った。

「やめとけって、ほんとに」とリチャード。

「ううん、どうしても試したい」

ウォルターと二人きりだったときのムードはもはや修復不能、パティは自分にリチャードを引き止めておく力があるかどうか確かめたい気になっていた。出会ったあの晩からずっとウォルターに言い続けてきたこと――自分は善人じゃない、ウォルターにふさわしい人間じゃないということ――を証明するチャンスがついにめぐってきたわけだ。もちろんこれはウォルターにとってもチャンスだった。眼鏡を払いのけ、悪魔に変貌してライバルを追い払うチャンス。ところがウォルターはいつものごとく、すべてパティの望み通りになることを望んだのだった。

「試させてやりなよ」と彼は言った。

パティは感謝の笑みを送った。「ありがと、ウォルター」

嚙み煙草にはミントの味がついていて、驚くほど歯茎がひりひりした。ウォルターが持ってきてくれた唾吐き用のマグカップを手に被験者みたいにソファに座り、ニコチンが効いてくるのを待つあいだも、男たちの注目を浴びてなかなかいい気分。が、ウォルターはどうやらリチャードのことも気にしているようで、パティは心拍が早まるのを感じながら、ウォルターはリチャードに何かある云々というイライザの主張をふと思い出した。あのイライザの嫉妬を。

「リチャードはマーガレット・サッチャーに夢中でね」ウォルターが言う。「行き過ぎた資本主義は必ずや自滅に至るっていう、何かそういう過剰さを体現してるっていうんだな。たぶんラブソングを書いてるんだと思う」

「さすが、よくわかってる」リチャードが言う。「毛髪豊かなレディに捧げるラブソング」

「マルクス主義革命の実現可能性については意見が合わなくてね」ウォルターがパティに説明する。

「んん」というのがパティの返事。唾を吐き出す。

「ウォルターはね、リベラルな国家は自ら姿勢を正しうるっていうんだ」リチャードが言う。「アメリカのブルジョワジーは、個人の自由がますます制限されるような状況も進んで受け容れるはずだってね」

「いろいろアイデアがあるんだけどな、歌にするのにうってつけの。なのにいくら提案しても採用してもらえない」

「燃料効率の歌。公共交通機関の歌。国営医療制度の歌。出産税の歌」

「ほぼ手付かずの領域だよ、ロックソング・コンテスト的には」ウォルターが言う。「人口抑制ソングなんて」

「二人はグッド、四人はバッド、とか」

「二人はグッド――ゼロならベター、だな」

「民衆がデモに繰り出す姿が目に浮かぶよ」

「まずはとんでもない人気者になること」ウォルターが言う。「そうなりゃみんな聴くって」

「いいこと聞いた、メモしとこう」そこでリチャードはパティに顔を向けた。「どうだい、そっちは？」

「んん！」そう言って嚙み煙草をマグカップに吐き出す。「さっきの吐きたくなるって話、よくわかった」

「できればカウチ以外のとこに」

「大丈夫かい？」とウォルター。

部屋がゆらゆら、どくどくして見える。「これが楽しめるなんて信じられない」パティはリチャードに言った。

「とはいえ、おれは好きでね」

「大丈夫かい？」ウォルターが再び訊ねる。

「大丈夫。じっと座っていたいだけ」

実際はかなり気分が悪かった。とにかくそのままソファでじっとして、政治だの音楽だのと、ウォルターとリチャードが軽口や議論に興じているのを聞いているしかなかった。ウォルターはいかにもうれしそうにトラウマティックス唯一の七インチシングルをパティに見せびらかし、嫌がるリチャードをねじ伏せてステレオで両面をかけさせた。一曲めは「太陽は嫌いだ」、秋にクラブで聞いた例の曲だが、いま聞くとなるほど、ニコチン過剰摂取を音で表現したのかと思う。ボリュームを下げていても(言うまでもなくウォルターは病的なまでに近所迷惑を気にしている)、何やら不快なうらぶれた気分に襲われる。そうして鬱々としたバリトンの歌声に耳を傾けているあいだも、パティはずっとリチャードの視線を感じていて、自分を見る彼の目つきには何かあるという、これまで会うたびに受けた印象が間違いではなかったことを知った。

十一時をまわる頃になると、ウォルターが抑えようもなくあくびを連発し始めた。

「ほんとにすまない」と言う。「そろそろ送るよ」

「大丈夫、一人で歩いて帰れるから。いざというときはこの松葉杖もあるし」

「だめだめ」とウォルター。「リチャードの車を借りよう」

「いいって、あなたはもう寝なきゃ、お疲れでしょ。なんならリチャードに送ってもらおうかな。どう、車で送ってくれる?」とリチャードに言う。

ウォルターは目を閉じて力なくため息をもらした。もう限界だと言うみたいに。

「いいとも」リチャードが言う。「おれが送ろう」

「その前にきみの部屋を見せてやらないと」ウォルターが目を閉じたまま言った。

「勝手にどうぞ」とリチャード。「汚い部屋だがいまさら解説も不要だろ」

「だめ。ガイドがいなきゃ」そう言ってパティはまともにリチャードを見つめた。

その部屋は壁も天井も真っ黒に塗られ、ウォルターの努力で居間では極力抑えられていたパンク的無秩序がここぞとばかりに爆発していた。LPとLPジャケットがそこら中に散乱し、あとは唾吐き用の缶もいくつか、ギターがもう一本、本であふれた本棚、脱ぎ散らかされた靴下や下着、そしてぐちゃぐちゃに絡まった黒っぽいベッドシーツ、ここでイライザはごしごし消されたのかと思うと何やら興味深いうえ、なぜか不快な感じもしなかった。

「元気になれること請け合いって色よね」パティは言った。

ウォルターはまたあくびをしている。「もちろん塗りなおすつもりだよ」

「パティも黒が好きだったりして」リチャードが戸口から茶々を入れる。

「黒か、考えたこともなかったな」パティは言った。「おもしろいかも」

「実に落ち着く色だよ、おれに言わせれば」とリチャード。

「ニューヨークに引っ越すんだって？」パティは言った。

「そう」

「おもしろそう。いつ？」

「二週間後」

「うそ、あたしもその頃行くの。うちの両親の結婚二十五周年で。なんかおぞましいイベントがあるらしくて」

「ニューヨークの出身？」

「ウェストチェスター郡」

「おれもだ。まあでも、同じウェストチェスターでも違いがありそうだな」

「うちはその、郊外のほう」

「やっぱり、ヨンカーズとはずいぶん違う」

「ヨンカーズならいつも電車の窓から見てた」

「それだよ、おれが言ってんのは」

「じゃあニューヨークにも車で行くの？」パティは言った。

「なんで？」とリチャード。「乗せてほしいのか？」

「あ、それいいかも！　いまの、乗せてやるってこと？」

彼は首を振った。「ちょっと考えさせてくれ」

かわいそうに、ウォルターはうとうと目を閉じかけている。彼にはこの掛け合いが文字通り見えていなかったのだ。パティはといえば、うしろめたさと混乱とで息もつけない有様、松葉杖をついて速やかに戸口に向かい、そこから大声でウォルターにその晩のお礼を言った。

「ごめん、眠くなっちまって」ウォルターは言った。「ほんとにぼくが送らなくていいの？」

「いいから任せろ」リチャードが言う。「おまえは寝ていい」

ウォルターは見るからにみじめな様子、でもそれも疲労と眠気にすぎなかったのかもしれない。表に出ると、刺激的な夜気の中、パティとリチャードは無言のまま車のところまで歩いた。錆の浮いたインパラ。リチャードは意識的にパティに手を触れないようにしながら、パティがどうにか車に乗りこみ、松葉杖を手渡すのを待っている。

「バンじゃないのね、意外」パティは隣に乗りこんできたリチャードに言った。「バンドの人はみんなバンに乗ってるのかと思ってた」

「バンはヘレーラが持ってる。こいつはおれの自家用車だ」

「これで行くのね、もしニューヨークまで乗せてもらうことになったら」

「まあな、だがその前に」キーをイグニッションに差しこむ。「その思わせぶりな態度をなんとかしてくれよ。言ってること、わかるか？　じゃなきゃウォルターがかわいそうだろ」

パティはフロントガラスの向こうをまっすぐ見つめた。「かわいそうって、なんで？」

「いい気にさせてるだろ。誘ってるだろ」

「それがあたしのしてること？」

「あいつ、ほんとに偉いやつなんだ。とてもとても真面目な男だ。だからちょっと気をつけてやってほしい」

「そんなのわかってるわ」パティは言った。「わざわざ教えてくれなくても」

「そうかい、じゃあなんでうちに来た？　おれの感じじゃ――」

「何？　おれの感じじゃなんなの？」

「いいとこを邪魔したみたいな気がしたってことさ。ただそれでいて、おれが気を遣って出ていこうとすると……」

「ほんとあんたって最低」

リチャードがうなずく。パティにどう思われようが屁でもない、アホな女のアホな台詞《せりふ》にはうんざりだとでも言うみたいに。「こっちがせっかく気を遣ってるのに」と続ける。「あんたのほうじゃ調子を合わせたくないみたいだった。まあそれはいい、あんたの勝手だ。とはいえ念のため確認しときたくてね、そうやってその、ウォルターを苦しめてるのを自覚してるのかどうか」

「悪いけどあんたとこんな話したくないわ」

「けっこう。じゃあもうやめよう。ただ、あいつとしょっちゅう会ってるんだろ？　ほとんど毎日だよな？　もう何週間も」

「友だちだもん。一緒にいて悪い？」

「なるほどね。で、ヒビングの事情もわかってるんだな」

「ええ。お母さんのホテルの仕事を手伝ってるんでしょ」

リチャードは嫌味な笑みを浮かべた。「聞いてるのはそれだけ？」

「あと、お父さんも具合が悪くて、兄弟は何もしてくれない」

「あいつに聞いたのはそれだけ。その程度か」

「お父さんは肺気腫。お母さんも障害がある」

「で、週に二十五時間土木現場でバイトしてて、しかもロースクールではオールA。そういう男が毎日毎日、あれだけの時間あんたと一緒にいる。けっこうな話だよな、たっぷり時間をかけて遊んでもらえて。だがそれも、あんたみたいなルックスのいいねえちゃん《チック》なら当たり前か？　おまけにそのひどい怪我。それプラス、ルックス。そうなりゃもう、ちやほやされて当然、わざわざあいつの事情を聞いてやる必要なんてないってわけだ」

　とんだ言いがかり、パティは激怒していた。「まあでも」と震え声で返す。「あんたが最低の女たらしだって話なら聞いてるわよ。その話はしてくれたわ」

　これにもリチャードはまったく興味を示さなかった。「おれが知りたいのはね、これってあんたがあのイライザと大親友だって事実とどう絡んでるのかなってとこさ。だんだんわかってきたよ。初めて会ったときはわからなかった。郊外育ちのお嬢さんみたいに見えたからな」

「要はあたしも最低のやなやつだと。言いたいのはそういうこと？　あんたも最低、あたしも最低」

「まあね。好きなように言えよ。おれもまともじゃない、あんたもまともじゃない。なんでもいいよ。ただ、ウォルターを相手にその最低ぶりを発揮するのはやめてくれって頼んでるんだ」

「してないわ！」

「おれにはそう見えるってだけさ」

「だったらそれ、大間違い。ウォルターのこと、ほんとに好きだもん。すごく大事な人だと思ってる」

「とはいえ、どうやら知らないみたいだしな、あいつの親父さんが肝臓病で死にかけてることも、兄貴は過失運転で刑務所に入ってることも、弟は軍の給料をまるごとヴィンテージのコルベットの支払いに注ぎこんでることも。それにウォルターは平均四時間しか寝てなくて、そうまでしてお友だちのあんたに付き合ってるのに、そのあんたはうちに遊びに来てこのおれに気のあるそぶりを見せる」

パティはじっと黙っていた。

「いまの話、知らなかったのは認めるわ」しばらくしてそう言った。「いまの情報はぜんぶ初耳。でもね、そもそもあんたみたいな女たらしがあの人と友だちだってのがおかしいのよ」

「ほう。じゃあ悪いのはおれか。なるほどね」

「ま、申し訳ないけど、ある意味そうかも」

「もうこれ以上は言わないよ」リチャードは言った。「ここはひとつ頭の中を整理してもらいたいね」

「そんなの自分でもちゃんとわかってるわよ」パティは言った。「なのにあんたってほんと、やなやつ」

「なあ、なんならニューヨークまで送ってやってもいい、それがお望みならな。やなやつ同士の珍道中。おもしろいじゃないか。でもそれならそれでこっちの頼みも聞いてくれ。ウォルターに変に気を持たすのはやめてほしい」

「いいわ。わかったから早く家まで送って」

寮に戻っても、ニコチンのせいか一睡もできなかった。その晩の出来事の記憶をたどりなおしては、リチャードの要求通り頭の中を整理しようとがんばってみた。ところがそこで繰り広げられたのは奇妙なカブキ、自分はどういう人間なのか、自分の人生は最終的にどんな形をとりそうか、そんな疑問のまわりを堂々めぐりしているあいだも、頭のど真ん中には一つの事実がどっかと腰をおろしている。その正体は、リチャードとの旅を望んでいるばかりか、すでにその実現を確信している自分。悲しい真相はこうだ。あの車の中での会話はパティにとって猛烈に刺激的だったうえ、何やらほっとする瞬間でもあったのだ――刺激はもちろんリチャードのせい、そしてほっとした理由は、ここ何カ月も他人のふりとは言わないまでも幾分背伸びをしてがんばってきたあとで、久々に素のままの自分として感じ、話すことができたから。そんなわけで、自分は何が何でも自動車旅行を実現させるだろうとわかっていたのだ。ならばあとはもうウォルターへのうしろめたさを乗り越えるだけ、自分はそんなに立派な人間じゃないと潔く認め、ウォルターの期待を、自分の期待を裏切る悲しみをやり過ごすだけ。ことを急ごうとしなかったウォルターは正しかったのだ！　賢明にもパティの内なる疑念を察していたのだ！　そんなウォルターの正しさ賢明さを思えば思うほど、彼を失望させることが余計に悲しくまたうしろめたくなり、その結果また優柔不断に陥るというこの悪循環。

その後一週間ほど、ウォルターからの連絡が途切れた。きっとリチャードの勧めで距離を置くことにしたのだろう――女なんて所詮は浮気な生き物、信じすぎると傷つくのがオチだぞと説教の一つも聞かされたのだろうとパティは想像した。なるほどリチャードの立場からすれば、これは友思いの立派な行為に違いないが、その一方で、ウォルターをそんなふうに幻滅させるなんてひどいとも思ってしまった。あの純真ぶりがついつい頭に浮かんでしまう。パティのためにかさばる植木を抱え、頬をポインセチア・レッドに染めてバスに乗る姿。夜ごとに寮のラウンジで、〝廊下の疫病神〟ことスザンヌ・ストーズの餌食になっていたのを思い出す。分け目が耳のすぐ上というあのワンレングス女が、ダイエットの問題からインフレによる生活苦、寮室の効きすぎる暖房、大学上層部や教授陣への尽きることなき不満などなど、陰気な声で延々愚痴をこぼすのに辛抱強く耳を傾けているウォルターを放ったらかして、パティはキャシーたちと一緒に『ファンタジー・アイランド』を見ながら大笑いしていたのだった。膝が悪いのを口実にパティはウォルター救出に立ち上がろうとしなかったわけだが、本当の理由はもちろん、へたに介入するとスザンヌがこっちに来て、全員あの退屈な話に付き合わされかねないと思ったから。一方のウォルターはそんなスザンヌのはた迷惑なところもよくわかっていて、パティ相手ならそれを笑い話にしたりもできるくせに、しかも勉強に仕事に大忙しで朝は早起きしないといけないはずなのに、それでも自分に惚れているらしいスザンヌのことがかわいそうで、毎回懲りずに餌食になってやっていた。

要するに、パティは中途半端な態度をやめられなかったのである。やがてウォルターがついにヒビングから電話してきて、連絡できなくてごめん、実は親父が昏睡状態なんだと事情を教えてくれた。「ああウォルター、会いたい！」思わずそう口走ってしまった。まさにリチャードが絶対にやめてくれと言いそうな台詞。

「ぼくも！」

思いなおしてお父さんの容態についてあれこれ質問してみたものの、これも考えてみれば意味不明、ウォルターとの関係を絶つつもりならいまさら気遣いを発揮しても仕方ない。肝機能不全、肺水腫、助かる見込みはゼロに近いとウォルターは言った。

「お気の毒に」パティは言った。「ところでこんなときに悪いんだけど、例の部屋の話——」

「ああ、あの件はまだ決めてくれなくていいよ」

「そう、でも目処《めど》がついたほうがいいでしょ。もし誰か他に借り手がいるんだったら——」

「できればきみに来てほしいな！」

「そうね、その、そうさせてもらうかもしれないんだけど、来週はとにかく帰省しなきゃいけないし、ニューヨークまでリチャードの車に便乗させてもらおうかと思ってるの。ちょうどいいタイミングだし」

もしやウォルターにはことの重みがわかっていないのではという懸念もすぐに吹き飛んだ。急に黙りこんだからだ。

「飛行機のチケット、買ってるんじゃなかったの?」ようやくそう言った。

「キャンセルできるタイプだから」パティは嘘をついた。

「ふうん、ならいいけど」とウォルター。「ただ、あれだよ、リチャードはいまいちあてにならない男だよ」

「うん、そうよね、そうそう」パティは言った。「そうだと思う。まあでも、お金の節約になるかなって思って。その分を家賃のほうにまわせるし」(嘘の上塗り。チケット代を払ったのは親である。)「どうなるにしても、六月分の家賃はぜったい払うから」

「そんなの意味不明だよ、住むことになるかどうかもわからないのに」

「まあでも、たぶんなるかもってこと。いまはまだ約束はできないんだけど」

「なるほど」

「そうできればとは思ってるの。約束はできないってだけで。だからもし他に借り手が見つかったら、そっちに決めてもらったほうがいいと思う。でも六月分は絶対に払うから」

再び沈黙が続き、やがてウォルターは沈んだ声で、そろそろ切らなきゃと言った。

この難しい会話を切り抜けたことで元気が出て、パティはリチャードに電話をかけ、しかるべく態度をはっきりさせたと報告した。するとリチャードのほうでは、出発日がまだいまいちはっきりしない、それと途中シカゴに立ち寄って二つほどライブを観たいと思っているとのこと。

「こっちはとにかく今度の土曜までにニューヨークに着ければオーケー」パティは言った。

「ああ、結婚記念日のパーティーだったな。場所は?」

「モーホンク山荘だけど、ウェストチェスターまで行けたらあとは大丈夫」

「じゃあちょっと考えてみるよ」

そもそもこちらのことを、というか女性一般をウザったいと思っている男の運転で旅をしたところで楽しかろうはずがないのだが、それも実際に経験してみるまでパティにはわからなかった。出だしからして波乱含み、パティの都合で出発口を早めてもらうことになったのだ。しかもバンの故障でヘレーラが出発延期になったというのに、シカゴではそのヘレーラの友人宅に宿泊予定、パティは飛び入り参加の身分でもあるし、そのあたりも何やら気まずくなりそうだった。また、パティはどうも所要時間やらの計算が苦手で、ゆえにリチャードが三時間遅れで迎えに来たせいでミネアポリスの街を出るのが夕方になっても、その結果シカゴ到着がどのくらい遅れそうで、州間高速九四号線をどれくらいすっ飛ばす必要があるか、そのへんのことはさっぱりわかっていなかった。だいたい出発が遅れたのはこちらのせいではない。だからオークレア付近でトイレ休憩を希望し、その一時間後、どこだかわからない場所で食事を所望したのも特に無茶な要求だとは思わなかった。せっかくの自動車旅行、のんびり楽しみたいじゃないか！　ところが後部座席は片時も目が離せないらしい機械装置で山積みだし、リチャード本人は嚙み煙草さえあれば満足といった様子（足元には大きな唾吐き用の缶）、松葉杖のせいで何をするにも手間取るパティに文句こそ言わないものの、慌てずゆっくりやっていいとも言ってくれなかった。しかもウィスコンシンを横断する道中ずっと、態度には愛想もくそもないし、こちらのごく自然な生理的欲求にもいらだちを隠さないくせに、この男はやりたがっているというほとんど肉体的な圧迫感だけはひしひしと伝わってきて、これがまた車内の雰囲気を悪くしていた。もちろんパティだって大いに惹かれてはいたのだ。ただ、ほんのちょっとでいいから、時間と息つくスペースがほしかった。そしてその時間とスペースを稼ぐべくパティがとった方策、すなわち会話をウォルター方面に誘導するという愚行については、当時の若さと経験のなさを差し引いたとしても筆者は恥じ入るほかはない。

初めはウォルターのことを話したがらなかったリチャードだが、いったん始まるとウォルターの大学時代のエピソードが目白押しだった。人口過剰だの選挙人団の刷新だのとシンポジウムを企画したはいいが、参加者はほとんどいなかったという話。キャンパスのラジオ局で当時としては先駆的なニューウェイブ専門の音楽番組のホストを務めていたこと。マカレスター大の寮室の窓を保温性の高いものにしろと嘆願運動を起こしたこと。大学新聞に論説を寄稿したりもしていて、トピックはたとえば、学食の皿洗いのアルバイトで日々扱っているフードトレーのこと。一晩に出る残飯でセントポールの何家族分の食事が賄えるかを計算し、みなさんが所構わずなすりつけたピーナッツバターをせっせと洗い落としているのはみなさんと同じ人間なのだと注意を喚起し、シリアルに必要量の三倍の牛乳を注いでおきながら濁った牛乳であふれそうな皿をトレーに残していく学生が多いのはなぜかと思索をめぐらせる。牛乳は水とは違って有料かつ有限な資源であり、環境にも諸々の影響を及ぼす、よもやそのことをご存じないのだろうか？　などなど、こうしたすべてを語るリチャードの口調には、二週間前のあの苦言にもあったどこか保護者めいた感じ、残酷な現実にぶつかったウォルターの痛みを我が身に感じているかのような、ウォルターのために悲しんでいるかのような奇妙なやさしさがあった。

「彼女はいたの？」とパティは訊いてみた。

「惚れる相手が悪かった」リチャードは言った。「手に負えないようなねえちゃん《チック》にばっかり惚れるんだ。彼氏のいるやつとか。アート系の、そっちの仲間だけでつるんでるやつとか。四年のときは特にひどかったな、二年の女にすっかり入れこんじまって。ラジオでもそいつに金曜の夜の時間枠《スロット》を譲ってやって、自分は火曜の午後に移った。知ってりゃ止めてやったんだがな。レポートを書きなおしてくれだの、ライブに連れてってくれだの、あれこれ利用されて、まったく見てられなかったよ。しかもその女、あいつがいないときにかぎって部屋に遊びにくるんだ」

「あら不思議」パティは言った。「なんでかしら」

「いくら警告しても聞かなかった。頑固なやつだからな。それにあんたにすりゃ意外だろうが、あいつが追っかけるのはいつもルックスのいい女でね。顔もスタイルも。その点では野心家だよ。それが大学時代の不幸の源泉」

「それでその、いつも折悪しく部屋に来る子のこと。あなたはどう思ってたの？」

「気に食わなかったね、ウォルターがかわいそうでさ」

「それ、お得意のテーマよね、あなたの」

「音楽の趣味もひどくてね、金曜の晩のスロットもらってるくせに。しまいにはもう、ウォルターにちゃんと教えてやる方法は一つしかなかった。相手にしてるのがどんなねえちゃん《チック》か、そのほんとのとこをね」

「へえ、じゃああの人のためだったって言うの、なあるほど」

「モラリストぶるのは簡単さ」

「いや真面目な話、よくわかったわ、なんでそんなに女を馬鹿にしてんのか。そうやって何年も、女っていう女が親友を裏切らせようと誘ってきたわけでしょ。それって相当妙な立場よね」

「馬鹿にしてないよ、あんたのことは」リチャードは言った。

「あはは」

「あんたは馬鹿じゃないからな。なんならこの夏、ちょくちょく会ってもいいぜ、しばらくニューヨーク暮らしをしてみるつもりがあるんなら」

「それはちょっと現実的じゃないわね」

「そんなことになったら楽しいかもって言ってるだけさ」

　おかげで以後三時間ばかりパティは空想にふけることになった——巨大都市を目指してぐんぐん疾走する無数のテールランプを見つめながら、リチャードのねえちゃん《チック》になるのはどんな感じだろう、馬鹿にされていない女なら彼を変えることができるだろうかと思いをめぐらせ、二度とミネソタに戻らない自分を想像し、二人で暮らすアパートを思い描き、あの生意気な上の妹にリチャードをけしかけてやったらさぞ痛快だろうとほくそえみ、すっかりクールになった自分の姿に家族がうろたえている様子を思い浮かべ、そして夜な夜な消しゴムで消されるところを想像し——やがて気づけば目的地、シカゴのサウスサイドの現実の只中にいた。時刻は深夜二時、ヘレーラの仲間たちが住んでいるビルはなかなか見つからなかった。鉄道操車場と気味の悪い黒々とした川にぶつかってばかり。通りは閑散として、無免許タクシーがちらほら、あとはたまに、話に読んだことしかないような黒人の怖そうなお兄さんたち。

「地図があったほうがよかったんじゃない」パティは言った。

「通りは番号順になってる。簡単に見つかるはずなんだ」

ヘレーラの仲間たちというのはアーティストらしかった。そのビルは、タクシー運転手の協力でようやく見つかったのだが、到底人が住んでいるようには見えなかった。ドアベルは二本のワイヤーでぶらさがっているだけ、ところが押してみるとちゃんと繋がっていた。誰かが表の窓を覆っているキャンバスのわきからこちらを覗き、それから戸口に出てきてリチャードにぶつぶつ文句を言った。

「悪いな、遅くなっちまって」リチャードは言った。「どうしようもなかったんだ。二晩でいいから泊めてもらえるかな」

アーティストらしき男はパンツ一丁、それも安っぽいゆるゆるのパンツである。「おたくらの部屋、今日トンカン始めたばっかりだよ。いまは塗装でベタベタ。ヘレーラのやつ、週末って言ってなかった？」

「昨日電話があったろ？」

「ああ、あったよ。スペアの部屋は目下ぐちゃぐちゃだって言っといた」

「別にいいよ。宿があるだけでもありがたい。荷物を入れさせてもらっていいかな」

パティは物運びの役には立てないので車を見張っていた。荷物をおろすのにずいぶん時間がかかった。あてがわれた部屋には何やら強烈な臭いが充満していて、いま思えばそれはドライウォール用パテの臭いなのだが、当時のパティにその知識はなく、ゆえにそこに家庭の慰めを見出せるわけもなかった。部屋の唯一の明かりはぎらぎらしたアルミ製の皿状ライト、パテの飛び散った梯子にクランプで取り付けてある。

「やれやれ」リチャードが言う。「なんだこりゃ、チンパンジーの壁塗り大会か？」

埃だらけでパテまみれのビニールシートが何枚も重なっているその下から、錆の浮いたむきだしのダブルのマットレスが現れた。

「シェラトンクラスに慣れてるあんたにゃ少々物足りないかもなあ」リチャードが言う。

「シーツはあるの？」パティは恐る恐る訊ねた。

リチャードは居間のほうに行ってごそごそやっていたが、やがてアフガン毛布とインド風ベッドカバーと別珍の枕を持ってきてくれた。「ここで寝な」と言う。「おれはカウチがあるから」

パティは物問いたげな視線を投げた。

「もう遅い」リチャードは言った。「寝たほうがいい」

「ほんとにそれでいいの？　これ、十分広いわよ。カウチじゃ長さが足りないんじゃない」

眠気でふらふらだったが、それでも彼を求めていたし、必要なものも持ってきていた。それに、いますぐ既成事実を作らないと、引き返せない地点まで行ってしまわないと、結局あれこれ考えすぎて気が変わってしまいそうだという直感もあった。その晩、急にリチャードが紳士的になった理由を知ったのはその後何年も、というかほぼ半生を費やしてからのことで、その理由にパティはずいぶん面食らうことになる。が、当時の彼女としては、そのじめじめと汚れた改装中の部屋で、どうやら自分は彼という男を勘違いしていたのか、それとも道中ウザい女っぷりを発揮しすぎたうえ、物運びの役にも立たないので、さすがに向こうの気分が冷めてしまったのかと考えるほかなかった。

「あっちにバスルームらしきものがある」リチャードは言った。「電灯のスイッチが見つかるかどうかはあんたの運次第」

パティの未練がましい視線に気づくと、彼は即座にきっぱりと背を向けた。この拒絶の痛みと驚きに加え、ドライブの緊張、到着のストレス、部屋の陰鬱さもあったろう。明かりを消して服を着たまま横になると、パティはずいぶん長いあいだ泣いていた。声をたてないよう気をつけながら、失望の闇が眠りの闇に変わるまで。

翌朝は猛烈な日差しのせいで六時に目が覚めたが、その後同宿の誰かが起き出してくるまで延々何時間も待たされてすっかり機嫌が悪くなり、パティは正真正銘のウザい女に成り果てた。あの一日は、こと愛想という点では生涯どん底の一日だったと思う。ヘレーラの友人たちはかっこ悪いくせに最先端の文化にはやたらと通じていて、話がさっぱりわからないパティは身長がさらに一インチ伸びたような気にさせられた。三度ほど瞬発的な反応を試されたあとはもう完全に無視、しばらくすると、これには正直ほっとしたのだが、リチャードも含めて全員がアパートを出ていき、その後リチャードだけ朝食用にドーナッツの箱を抱えて戻ってきた。

「今日はあの部屋をきれいにしてやろうと思ってね」と言う。「あのひでえ仕事ぶり、見てるだけで気分が悪くなるからな。やすりがけとか、やってみるかい?」

「湖のほうにでも行こうかと思ってたんだけど。

彼は浮かない顔でこちらを見ている。「美術館に行きたいのか」

「とにかくちょっと出かけたい、せっかくのシカゴだし」

「どのみち夜には出かけるよ。マガジンのライブがあるから。マガジンは知ってる?」

「あたしは何も知らないの。もうわかったでしょ?」

「ずいぶん機嫌が悪いな。先を急ぎたいのか」

「何もしたくない」

「部屋をきれいにしとけば夜はゆっくり寝られるぞ」

「どうでもいいわ。とにかくやすりがけはしたくない」

キッチン近辺は吐き気がするほどの汚さ、一度も掃除したことがなさそうな豚小屋で、病気の臭いがした。パティはリチャードが眠ったカウチに座り、彼を感心させたくて持ってきた本の一冊、ヘミングウェイの小説を読み始めたが、暑さ、悪臭、疲労、喉のつかえ、それにリチャードが次々にかけるマガジンのアルバムにも邪魔されて集中できなかった。やがて暑さがどうにも耐えがたくなると、リチャードが壁塗りに精を出している部屋を覗き、散歩に行ってくると告げた。

リチャードは上半身裸で、流れる汗に胸毛がぺったりと胸に貼りついている。「散歩向きの界隈じゃないぞ」と彼は言った。

「そう、だったら付き合ってくれたらいいじゃない」

「一時間待ってくれ」

「ならけっこう」パティは言った。「一人で行ってくるから。ここの鍵、持ってる?」

「ほんとに松葉杖で一人で出かける気か?」

「そうよ、一緒に来たければどうぞ」

「だからいま言っただろ、一時間待ってくれたら行くって」

「でも一時間待つ気になれないの」

「そういうことなら」とリチャード。「鍵はキッチンのテーブルの上だ」

「ねえ、なんでそんなに意地悪なの?」

彼は目を閉じた。無言で十まで数えている感じ。女というやつが、こういう女の言いそうな台詞がいやでたまらないのだろう、それは見ればわかる。

「冷たいシャワーでも浴びてこいよ」彼は言った。「こっちもじきに終わるから」

「あのさ、昨日はちょっと、一時的に、あたしのこと嫌いでもなさそうな感じだったわよね」

「もちろん嫌いじゃない。いまは仕事中ってだけだ」

「そう」パティは言った。「じゃあ仕事してれば」

　午後の日差しの下、街路の暑さはアパートの中よりひどかった。パティは松葉杖をつきつき猛スピードで通りを進んでいった。なるべく傍目《はため》にわからないように泣きながら、ちゃんと行き先があるようなふりをしながら。川べりまでたどり着くと、そこは夜見たときよりはるかに平和な様子、あの飲みこまれそうな邪悪な感じはどこへやらで、たんに草ぼうぼうの汚染された川だった。その川の向こうはメキシコ人街、あちこちに花輪が飾ってあるところを見ると、何かメキシカンな祭りでも始まるところか、終わったところか、それともいつでも飾ってあるのだろうか。冷房の効いたタコス店を見つけたので入ってみた。中ではじろじろ見られはするものの煩わされることはなく、コーラを飲みながら乙女の悲哀に浸ることができた。体はリチャードを求めているのに、残りの部分は、そもそもリチャードと一緒に来たのがとんだ過ちだったとわかっている。自分がリチャードに、シカゴに期待していたものはすべて、頭の中で膨れ上がった妄想にすぎなかったとわかっている。高校時代のスペイン語のおかげで、周囲の喧騒の中から聞き覚えのあるフレーズが浮かび上がる。すみません《ロ・シエント》、ほんとに暑いね《アセ・ムーチョ・カロール》、あの女、何の用かね？《ケ・キエレ・ラ・セニョーラ》　勇気を出してタコスを三つ注文し、がつがつとほおばりながら窓の外を見つめた。無数のバスが、背後にゆらゆらと汚染物質を引きずりながら通り過ぎていく。時間の経ち方が何やら妙な感じがしたが、そうやって午後を惨殺することにかけては経験豊富な現在の筆者に言わせれば、この時間感覚こそまさに鬱である（果てしないようでいて酔いそうなほど速く、秒単位ではてんこ盛りなのに時間単位では中身ゼロ）。そうこうするうちに仕事帰りの時間、若い労働者たちが三々五々店に立ち寄り、こちらを舐めるように見つめてくるし、松葉杖《ムレタス》がどうこう言っているのも耳に入ったので、パティは店を出ることにした。

もと来た道を戻ってアパートにたどり着いた頃には、太陽は西向きの街路の彼方に浮かぶオレンジの球と化していた。そこでやっと、どうやら自分はなるべく長く外出してリチャードを心配させたかったらしいと気づいたものの、この目論見は見事に失敗したようだった。アパートには誰もいなかった。部屋の壁塗りはほぼ仕上がっていて、床はきれいに掃いてあり、ベッドもまともなシーツと枕できちんとメイクされていた。インド風ベッドカバーの上にはリチャードの置き手紙、ちまちました大文字でクラブの住所と高架鉄道《エル》を使ったそこへの行き方が記してある。末尾にこうあった。警告――やむなくホストファミリーも同行、あしからず。

出かけるかどうかを決める前に軽くひと眠りしようと横になったはいいが、そのまま何時間も昏々と眠り続けたらしく、ヘレーラの仲間たちの帰宅の物音で目が覚めたときには完全に時間の感覚を失っていた。片脚でぴょんぴょん居間まで跳ねていくと、連中の中でもいちばんいやなやつ、前の晩パンツ一丁だったあの男に、リチャードは他のやつらとどこかにしけこんだと聞かされた。パティには先に寝とくように言っといてくれ――ニューヨークにはちゃんと間に合うように帰るから、とのこと。

「いま何時?」パティは訊ねた。

「一時ぐらいかな」

「夜の?」

ヘレーラの友人はにやにやとこちらを見ている。「いやいや、皆既日蝕だろ、きっと」

「で、リチャードはどこにいるの?」

「向こうで会った女二人とどっかに消えた。行き先は知らない」

前述のように、パティは所要時間の計算が苦手だった。一家がモーホンク山荘へ出発する時間に間に合うようウェストチェスターに着くには、実のところ、翌朝五時にはシカゴを出る必要があったのだ。パティはその時間をすっかり寝過ごし、目覚めると外は嵐の前の灰色の空、まるで別の街、別の季節だった。リチャードの姿は相変わらずどこにもない。仕方なく湿ったドーナツを食べ、ヘミングウェイをぱらぱら読んでいるうちに時計は十一時をまわり、さすがのパティもこれは到底間に合わないと悟った。

そこでやむなく、歯を食いしばってコレクトコールで両親に電話をかけた。

「シカゴですって！」ジョイスが叫ぶ。「信じられない。近くに空港はあるの？　飛行機に乗れそう？　そろそろ着く頃だと思ってたのに。パパは早めに家を出たいって言ってるのよ、週末は混雑するから」

「大失敗」パティは言った。「ほんとにごめんなさい」

「それで、明日の朝までに来られそうなの？　メインのディナーは明日の晩なんだけど」

「できるだけのことはするつもり」パティは言った。

ジョイスはもうかれこれ三年ほど州議会議員を務めていた。その因果か、ここで潔く会話を打ち切ることができず、この大事な結婚記念の会に馳せ参じてくれる親戚および一家の友人をいちいちご丁寧に数え上げ、弟妹たちがどれほどうきうきとこの週末を心待ちにしているか、またジョイス自身も、文字通り全国津々浦々から押し寄せる祝意をどんなに名誉に感じているか、等々と演説をぶったのだったが、これがなければパティもあるいは犠牲をいとわずモーホンクに馳せ参じようと努力したかもしれない。でも現実には、母の話を聞いているうちに奇妙な静けさと確信に包まれたのだった。シカゴの街には小雨が降り始めていた。冷めていくコンクリート、それにミシガン湖のいい匂いが、キャンバスのカーテンを揺らして室内に吹きこんでくる。珍しく憤りのない心で、そしてかつてないほど冷めた目でパティは自身の内側を見つめ、仮に自分がその祝賀会を欠席したところで誰の害にもならないし、そのことでひどく傷つく人さえいないだろうと悟った。ここまで来ればあと一歩だ。もうほとんど自由になりかけている。その最後の一歩を踏み出すのは何やら怖かったけれど、その怖さは悪い意味での怖さではなかった、と言ってもわかってもらえないだろうか。

そうして窓辺に腰かけて雨の匂いを嗅ぎ、長年打ち棄てられた工場の屋上で雑草や灌木が風にたわむのを眺めているところにリチャードから電話がかかってきた。

「ほんとにすまない、こんなことになって」彼は言った。「一時間以内に戻るから」

「急がなくていいわよ」パティは言った。「もうぜったい間に合わないから」

「でもパーティは明日の晩だろ」

「違うの、リチャード、明日はディナー。ほんとは今日着かなきゃいけなかったの。今日の五時までに」

「くそ。冗談だろ？」

「それ、ほんとに忘れてたの？」

「いまはちょっと頭の中がごちゃごちゃでね。睡眠不足のせいだなきっと」

「そう、ま、とにかく。急ぐ必要はぜんぜんないから。もううちに帰るつもり」

そうしてうちに帰ったのだった。ごとごとスーツケースを押しながら松葉杖で階段を下り、ホールステッド通りで無免許タクシーを拾い、グレイハウンドバス一本でミネアポリスまで、そこでヒビング行きに乗り継いで、ジーン・バーグランドがルーテル病院で死にかけている町へ。着いたのは深夜で、ひと気のないヒビングのダウンタウンは気温五度で土砂降りの雨。ウォルターの頰はいつにも増してばら色だった。バスステーションの外には父親の車、煙草の臭いのしみついた高燃費車である。

パティはウォルターの首に腕を巻きつけ、いちかばちか、そのキスのお手並みを拝見した。結果は上々、とてもも感じのいいキスだったのである。

第三章　自由市場は競争を促す

本稿にはパティの両親に対する不満、いや露骨な批判の響きすらあると思われる向きもあるかもしれないので、ここで念のため断っておきたいのだが、少なくともある一点に関して、筆者はジョイスとレイに深甚な感謝の念を抱いている。すなわち、妹たちとは違い、パティには創造的たれとも、芸術を志せとも勧めなかったこと。なるほどジョイスもレイもパティには冷たかったし、若い頃はそのことで傷つきもしたけれど、妹たちのその後を見るにつけ、むしろこのほうがよかったという思いがますます強くなる。その妹たちだが、四十代前半にしてニューヨークで一人暮らし、エキセントリックなところおよび／あるいはプライドの高さが災いしてパートナーとの関係も長続きせず、相変わらず両親の援助を受けながら、おのれの特別な運命だと信じこまされた芸術的成功を目指してなおも奮闘中。結果的には、聡明で特別な子じゃなく、馬鹿でつまらない子だと思われていてよかったのだと思う。期待値が低い分、そんなパティに創造性のかけらでもあればむしろうれしい驚き、なぜもっと創造的になれないのかとがっかりする必要もない。

若きウォルターのすばらしかったところは、パティが勝者たることを心底望んでくれたことだった。イライザも彼女なりにがんばってくれたとはいえ、その忠誠心はせいぜいぽたぽた滴る程度、それに比べてウォルターは、誰であれパティを不快にさせる相手には（両親でも、弟妹でも）あふれんばかりの敵意をもって加勢してくれた。しかも人生の他の領域においては至極まっとうな見解の持ち主であるだけに、パティの家族を批判する際も、その家族に負けじと争うパティの不穏な企てに加担する際も、信頼度は抜群だった。パティが男に求めるものをばっちり備えているとは言えないにせよ、当時のパティがロマンスの相手以上に必要としていた熱烈なファンとして、これ以上の男は望むべくもなかった。

　いまなら容易にわかることだが、パティにとって望ましかったのは、数年かけてでも自身のキャリアとスポーツ卒業後のアイデンティティを確立し、違うタイプの男たちともそれなりの恋愛経験を持ち、何より母親業に乗り出す前に人として幅広く成熟しておくことだったろう。ところが、インカレ選手としてのキャリアは絶たれたにもかかわらず、パティの頭の中では依然ショットクロックが時を刻んでいた。三十秒ブザーの強迫はやまなかった。要するに、それまでにも増して勝者であり続ける必要を感じていたのである。そしてその勝利への道は——妹たちや母を打ち負かせるベストショットは——ミネソタ一感じのいい男と結婚し、家族の誰もがうらやむくらい大きくて素敵でおもしろい家に住み、ばんばん子供を産み、親としてジョイスがやり損ねたことをすべてやってやること、これをおいてなさそうだった。しかも、常々フェミニストを名乗り、人口ゼロ成長《ZPG》の学生メンバー資格を毎年更新していたウォルターも、その主義を曲げてパティの家族計画に全面賛成してくれた。なぜならパティは彼が女に求めるものをばっちり備えていたからである。

　パティが大学を卒業した三週間後、二人は結婚した——ヒビング行きのバスに乗ったあの日からほぼきっかり一年後のことだ。すべてヘネピン郡庁ですませたい、ウェストチェスターの両親の主催で折り目正しく結婚式を挙げるのはいやだというパティの決意に、ウォルターの母親ドロシーはその立場上、眉をひそめて懸念を表明せざるをえなかった。あの独特の、やさしくためらいがちな中にも頑固さを秘めた物言いで、エマソン家のみなさんにも参加してもらったほうがよくはないかしら、と言うのだった。ご家族とあまり親しくないのはわかるけど、こんな人生の一大事に立ち会っていただかないなんて、あとあと後悔することになるんじゃないかしら。そんなドロシーにパティは、ウェストチェスターで式を挙げたらどんなことになるか、その予想図を描いてみせた。ジョイスとレイの近しい知人が二百人ばかりに、ジョイスの選挙キャンペーンの大口後援者たち、ジョイスの圧力で新婦付き添い役には上の妹、下の妹は式の途中で創作ダンスを披露、シャンパン飲みすぎのレイはパティのバスケ仲間に聞こえそうなところでレズビアンジョーク。この話にドロシーは少し目を潤ませたが、パティに同情してくれたのか、それとも肉親をかくも冷たく手厳しく語るパティを見て悲しくなったのかはわからない。こういうのは無理かしら、とドロシーはやさしく粘った。ささやかな内輪の会で、すべてあなたのしたいようにする、そういう形の式で納得していただくのは？

パティが式を挙げたくなかった小さからぬ理由として、リチャードが新郎ウォルターの付き添い役になるのは避けられないだろうというのがあった。この点でパティが何を思っていたかは半ば自明だが、残り半分はリチャードが上の妹と会ったらどうなるかという不安に根ざしていた。（筆者もそろそろ観念してこの妹の名前を言おうと思う。アビゲイルである。）リチャードがイライザのものだったというだけでも耐えがたいのに、そのうえ仮に一晩でもアビゲイルとデートなんてことになったらパティはもはや廃人同然である。このことはもちろんドロシーには言わなかった。式とかそういうのが体質的に苦手なんだと思います、とだけ言っておいた。

妥協案として、その春、結婚する前にウォルターを連れて家族に会いにいった。そして、つらいけどこのことは認めねばなるまい。実は彼を家族に引き合わせるのがパティは少々恥ずかしかったのだ。それどころか、そもそも式を挙げたくなかった理由の一つはそれだったのかもしれない。パティが愛していた（そして愛している、いまも愛している）ウォルターのいいところは、二人だけの私的な世界の中では疑いようもなく明らかだったのだけれど、それがそのまま妹たちの男を品定めする目に、とりわけアビゲイルの目にも見えるかというと、そうとは言い切れなかった。あのおどおどしたクスクス笑い、すぐに赤面するところ、そしてあの彼独特の人のよさ。それらはパティがウォルターという男を全体として眺めたとき、かけがえのない資質となった。パティの誇りだったと言ってもいい。ところがパティの中のやさしくない部分、これが家族の前に出ると決まって頭をもたげるのだが、その心の一部ではついつい、身長六フィート四インチでばりばりにクールな男だったらよかったのにと思ってしまうのだ。

ジョイスとレイはなかなか立派だった。パティが異性愛者だとわかって密かにほっとしていた（なぜ密かにかというと、少なくともジョイスは常に多様性の擁護者たらんと無理していたから）のかもしれないが、両親ともいつになく愛想がよかった。ウォルターがニューヨークは初めてだと聞くや、二人していそいそと街の親善大使役を買って出て、ジョイスがオールバニーでの議員活動にかかりきりで見られなかった美術展に二人で行くようパティにしきりに勧め、夕食時にはみなで落ち合って、当時はまだ怪しげで刺激的な界隈だったソーホーの名店をはじめ、『ニューヨーク・タイムズ』紙お薦めのレストランにあちこち連れていってくれたりもした。両親がウォルターを笑いものにするんじゃないかというパティの心配は、逆にウォルターが両親の肩を持つようになるんじゃないか、この親がどうにも我慢ならない理由が彼にはわからないんじゃないかという心配に取って代わられた。実は問題はパティのほうにあるのかもしれないなどと思い始めて、とにかくパティは善人だという、あの絶対的な信念が揺らいだりしたらどうしよう。付き合って一年足らず、パティはすでにそんなウォルターの思いこみにどうしようもなく頼るようになっていたのである。

その意味では、高級レストラン大好きのアビゲイルが、五人という数の収まりの悪さをものともせず何度もディナーに割りこんできたのはありがたかった。おまけに持ち前の感じの悪さが絶好調。自分の話を聞く以外の目的で人が集まることなど想像もできないこの妹は、ニューヨークの演劇界（あの華々しい代役デビュー以来なんの進展もなかったから当然ながら不公平な世界）のことや、どこまでも「芸術観」の合わないイエール大の「とことん下司な」教授のことをひたすら喋りまくった。さらには友だちのタミーが自費で『ヘッダ・ガブラー』を上演して見事主役を演じきったとか、二日酔いがどうだとか家賃統制がこうだとか、しまいには他人事でしかないセックスがらみの不穏な事件の数々まで持ち出し、するとにわかにレイが興味津々、グラスにワインを注ぎ足し注ぎ足し、スケベ心まるだしで微細にわたって説明を求めるという次第。ソーホーでの最後のディナーも半ばに差し掛かると、さすがにパティも我慢できなくなった。本来ならウォルターに注がれるべき一座の注目を（ウォルター本人はアビゲイルの話にいちいち丁重に付き合っていた）強奪してばかりのアビゲイルに、いい加減黙って他の人にも話させてあげなさいよとぴしゃりと言ってやった。その場は当然気まずい沈黙、みんな無言で食器の相手をし始める。そこでパティは、冗談めかして井戸から水を汲み上げる仕草をしながら、ウォルターに自分の話をするよう促した。が、これが結果的には大間違い、というのもウォルターは公共政策とやらに一家言あるうえ、本物の政治家がどんなふうかを知らないものだから、州議会議員先生はきっと自分の考えに興味を持つだろうと思いこんでいたのだ。

　彼はジョイスに、ローマクラブというのをご存じですかと訊ねた。ジョイスが知らないと白状すると、ウォルターはローマクラブのなんたるかを説明し始めた（二年ほど前、彼はそのメンバーの一人をマカレスター大に招聘《しょうへい》し、講演してもらったこともあった）。それは成長というものの限度について考える研究団体なのだ、と。主流になっている経済理論は、マルクス主義であれ自由市場であれ、経済成長は常によいものだという前提に立っている。GDPなら一、二パーセントの増加、人口も一パーセント程度の増加率が望ましいとされているが、とはいえこの増加率を百年のスパンで掛け合わせていくと途方もない数字になってしまう。世界人口は百八十億、エネルギー消費は現在の十倍にまで跳ね上がる。さらにそこから百年、着実な成長が続いたとしたら、もはやまったくありえないような数字に直面することになる。そこでローマクラブは、この地球が破壊し尽くされ、人類が飢餓や殺し合いで絶滅してしまう前に成長に歯止めをかけるべく、合理的かつ人道的な方法を模索し始めたのだ。

「ローマクラブ」アビゲイルが言った。「それってイタリア版プレイボーイクラブみたいなもの？」

「じゃなくて」ウォルターは静かに言った。「この成長ってやつに取りつかれた世界に挑戦しようとしてるグループなんです。つまりね、みんな成長が大好きなわけですけど、でもよくよく考えれば、成体に達した生物にとっては成長《グロウス》って要するに癌でしょう？　口の中とか、結腸なんかで細胞増殖《グロウス》が起こったら、それは悪い知らせですよね。だから知識人や慈善家がこの小さなグループを作って、なんとか我々の狭い視野の外に立とうとしてる。ヨーロッパと西半球の両方で、政府のトップレベルに働きかけて政策を動かそうとしてるんです」

「ローマのバニーちゃん」アビゲイルが言った。

「ノー・フォッカ・ヴァージニア！（Norfolk, Virginia〔ヴァージニア州ノーフォーク〕をイタリア訛り風に発音して、イタリア人をダシにした卑猥な意味〔「処女とはやらない」〕を持たせたもの）」レイがどぎついイタリア訛りでおどける。

ジョイスがえへんと咳払いをした。家族水入らず《アン・ファミーユ》のときなら、レイが馬鹿な下ネタを口にしてもジョイス的空想の世界に逃げこんでしまえばよかったが、未来の娘婿の前ではさすがに恥じ入るほかなかったのだろう。「いまのウォルターの話だけど、すごくおもしろいわ」とジョイスは言った。「私自身、あまりよくは知らないんだけど、そういう考え方のこととか、あとその……クラブのことも。でもすごく刺激的な視点よね、いま私たちが置かれてる状況を考えるうえで」

ウォルターはパティが小さく首をちょん切る仕草をしているのに気づかない。「そもそもローマクラブみたいなものが必要になるのは」と勢いこんで先を続けた。「成長の問題について理性的な対話を始めようにも、通常の政治プロセスの枠内では不可能だからなんです。ねえジョイス、あなたもこのことはよくご存じのはずですよ。選挙で当選したければ、成長率を抑えるとか、いわんやマイナス成長なんてことは死んでも口にできない。へたをすれば政治生命に関わりますからね」

「それはまあそうね」ジョイスが乾いた笑いをもらす。

「でも誰かが語る必要がある。政策を誘導する必要がある。さもないと我々人間は地球を滅ぼしてしまう。増殖しすぎておのれの首を絞めることになる」

「そうそう、絞めるって言えば、パパ」アビゲイルが口を挟む。「そのボトル、なんで独り占めしてるの？　こっちももらっていい？」

「もう一本頼もう」とレイ。

「もう十分だと思いますけど」ジョイスがいさめる。

レイがさっと片手を上げる。ジョイスを黙らせるいつもの仕草だ。「ジョイス――頼む――頼むから――落ち着いてくれ。かりかりしなくたっていいだろう」

パティは微笑みに凍りついた顔で、レストランの洒落た抑えめの照明の下、他のテーブルを囲んでいる魅力的で羽振りのよさそうな人々を眺めやった。もちろん世界中どこを探したってニューヨークに勝る場所はないのだ。この事実こそ、パティの家族の自己満足の土台であり、その高みにいるかぎりは他のあらゆる人を嘲弄していられるし、大人の洗練を担保に思う存分子供みたいにふるまえるわけだ。パティの立場でそのソーホーのレストランに座っているのは、これすなわち敵意を燃やしたところで勝ち目のない力を前にしているのも同然だった。ニューヨークは彼らのもの、一ミリだって譲る気はないのだから。とにかく二度とここには来ないこと――そしてこんなレストランの情景が存在することと自体を忘れてしまうこと――それしかできることはなかった。

「ワインは好きじゃないようだね」レイがウォルターに言う。

「ええ、飲めば好きになるのかもしれませんが」とウォルター。

「このアマローネは秀逸だよ、味見してみる気があるなら」

「いえ、けっこうです」

「本当にいらない？」そう言ってウォルターに向けてボトルをちらつかせる。

「いらないって言ってるでしょ！」パティは叫んだ。「この四日間、毎晩同じ答えを聞いてるのに！もしもし？　レイ？　聞こえてる？　この世には酔って醜態をさらすのが好きじゃない人もいるの。二時間ぶっ続けでセックスジョークを飛ばすんじゃなくて、大人の会話を楽しみたい人もいるの」

レイは冗談だと思っているみたいににやついている。ジョイスは老眼鏡を取り出してデザートメニューをにらみ、ウォルター本人は真っ赤な顔、そしてアビゲイルはわざとらしく首をひねって不快げに眉をひそめ、「レイ？　レイ？　いつから父親を〝レイ〟って呼ぶことになったの？」

翌朝、ジョイスは震え声でパティに打ち明けた。「ウォルターって意外にその——保守的っていうのかしら、いや、保守的っていうのともちょっと違うんだけど、ただ実際、民主政治のプロセスっていう、草の根の力が政治を動かすとか、誰もが繁栄に与《あずか》れるとか、そういう見地からすると、エリート主義的とは言わないまでも、それでもある意味、やっぱりうん、保守的みたいなところがあるのね——思ってたよりずっと」

その二カ月後、パティの卒業式に出席したレイは、こみあげる嘲笑を抑えられない様子でパティに言った。「あのウォルターの興奮ぶり、成長がどうこうって顔を真っ赤にして、いやほんと卒中でも起こすんじゃないかと思ったよ」

そのさらに六カ月後、あとにも先にもこのときだけだが、パティとウォルターが愚かにも感謝祭にウェストチェスターに帰省した際、アビゲイルはパティに言った。「ローマクラブの調子はどう？お二人はもう会員？　合言葉とか、教えてもらった？　椅子はあれ？　やっぱり革張り？」

ラガーディア空港で、パティは泣きながらウォルターに言った。「あんな家族、大嫌い！」

するとウォルターは勇ましくもこう答えたのだった。「ぼくらはぼくらの家族を作ろう！」

哀れなウォルター。両親を経済的に助けねばという義務感から俳優や映画作家になる夢をあきらめたうえに、父親が死んでやっと解放されるや、今度はパティを相棒にしたせいで地球を救うという大志も投げ出し、パティがすてきな古い家で赤ちゃんを育てられるようスリーエムなんぞに勤めることになったのだ。まともな話し合いもなく、気づけばそうなっていた。パティが夢中の計画に彼自身も夢中になって、新居の改修に身を投じ、肉親と戦うパティを守ることに心血を注いだのだった。その彼がエマソン家の面々に多少とも寛容になったのは、その後何年も経ってから――パティが彼をがっかりさせるようになってから――のこと。きみは運がよかったんだ、ただ一人難破を生き延びて、そのいきさつを語れるのがきみなんだよ、などと言うようになる。アビゲイルなんて漂流して、何もない島（マンハッタン島！）で心の滋養をかき集めてるわけだから、せめてもの糧《かて》として会話を独り占めすることくらい許してやらないと。弟さんや妹さんを責めちゃいけない、だってかわいそうじゃないか、逃げ出すだけの運も力もなかったんだからね、飢えた人間を責めちゃいけない、云々。でもそうなるのはずいぶん先のこと。結婚当初はとにかくパティに夢中で、パティが間違いを犯すなんて思いもつかなかったのだ。そしてそう、あれは実に素敵な日々だった。

ウォルター本人の競争相手は家の中にはいなかった。パティと出会うまでに、もうその勝負には勝っていたのだ。バーグランドの名を賭けたポーカーテーブルで、エースはことごとく彼の手の内に転がりこんでいた。例外はルックスと女あしらいのうまさくらい（このエースの持ち主は彼の兄――いまは三度目の結婚をして、せっせと働き養ってくれる若き新妻に夢中である）。ローマクラブの動向を熟知し、難しい小説を読み、イゴール・ストラヴィンスキーのよさもわかる男。銅管の継ぎ目のはんだ付けも、大工仕事の仕上げもお任せ、鳴き声で鳥を識別することだってできるし、厄介な女の面倒だって上手に見てくれる。どこをどうとっても一家の勝者、しげしげと実家に帰って家族に手を貸す余裕もあるわけである。

「こうなったら、ぼくが育った場所を見てもらうしかなさそうだな」ヒビングのバスステーションの外で、彼はパティにそう言った。リチャードとの旅が挫折した直後のことだ。お父さんのクラウン・ヴィクトリアの車内、二人の熱く激しい呼吸で窓は真っ白だった。

「あなたの部屋、見てみたい」パティは言った。「何もかもぜんぶ見てみたい。あなたって最高！」

　これを聞いてウォルターはまたひとしきりキスせずにいられなかったけれど、すぐに不安が再燃した。「それはそれとして」と言うのだ。「きみにうちを見せるのはやっぱり恥ずかしい」

「そんな、大丈夫だって。あたしのうちなんてすごいわよ。もうフリークショー」

「まあでも、その、うちの場合、そういうおもしろさすらないからね。ミネソタど田舎《アイアン・レインジ》のみすぼらしさしかない」

「いいから行きましょ。あたしは見たいの。あなたと寝たいの」

「そいつはうれしいね」とウォルター。「ただどうかな、そういうのはうちの母がちょっと気にするかもしれない」

「あなたのそばで寝たいの。それから一緒に朝ごはんを食べたい」

「それならなんとかなる」

　正直に言えば、そうして実際に目にした〈松葉の囁き〉《ウィスパリング・パインズ》にパティはいささか我に返ってしまい、こんなふうにヒビングまで来たのは間違いだったんじゃないかとしばし疑いに苛まれたのだった。肉体的魅力では親友に及ばない男のもとに駆けつけたときの、あの満ち足りた気持ちが揺らいでしまったのである。モーテルの外観自体はそれほど悪くなかったし、駐車してある車の数も気が滅入るほど少なくはなかったけれど、オフィスの裏手にある居住スペースはなるほどウェストチェスターとは大違い。それまで意識したこともなかった恵まれた世界が、郊外族たる我が家の恵みが、頭の中にくっきりと浮かび上がったのだった。まさかまさかのホームシックに胸がうずいた。床にはふにゃふにゃのカーペット、しかも裏手の小川に向かって傾いているのがわかる。リビング兼ダイニングにはホイールキャップ大のセラミックの灰皿、城壁みたいにくぼみだらけの代物で、ソファベッドのそばに寄せてあるところを見ると、ここでジーン・バーグランドが釣り雑誌や狩猟雑誌を読み、ツインシティやダルースの局からモーテルのアンテナ（これは汚水処理場の裏手の斬首された松の木に取り付けてあるのを翌朝発見した）に引っかかる番組を何くれとなく見ていたのだろう。ウォルターの狭い寝室は弟との相部屋で、傾斜のどん詰まりにあり、小川の湿気で年中じめじめしていそう。カーペットの中央をまっすぐ伸びている粘着テープのねばつく跡は、子供ながらにプライバシーを確保しようとしたものらしい。少年時代の奮闘をしのばせるあれこれの品がいまも奥の壁沿いに並べてある。ボーイスカウトのハンドブックや表彰メダル、歴代大統領の縮約版伝記セットが全巻、ワールドブック百科事典が数巻、小動物の骨格標本、空っぽの水槽、切手とコインのコレクション、窓の外に線を伸ばした本格的な温度気圧計。部屋の歪んだドアには黄ばんだ手作りの禁煙サイン、赤のクレヨンで印されたNo SmokingのNとSは、おぼつかない筆跡ながらも高く大きく挑戦の気概を湛えている。

「初めての反抗だったんだ」ウォルターは言った。

「いくつだったの？」と訊ねてみた。

「さあね。十歳くらいかな。弟は喘息がひどかったから」

外は激しい雨が降っていた。ドロシーは自室で眠っていたが、ウォルターもパティも欲望でうずうずして眠るどころではなかった。ウォルターは父親の仕事場だったラウンジに案内してくれ、壁に飾られた見事なウォールアイの剝製や、父と二人で樺材の合板で造ったバーを見せてくれた。先日入院するまで、ジーンは夕方になるとこのバーの中に立ち、煙草を吸い酒を飲みながら仕事帰りの仲間が立ち寄ってくれるのを待っていたのだ。

「で、いまのぼくがいる」ウォルターが言った。「生い立ちは以上」

「大好き、あなたの生い立ち」

「どういう意味かよくわからないけど、とりあえずありがとう」

「とにかくあなたのこと尊敬してるって言いたかったの」

「そう、なら喜んでよさそうだな」彼はフロントデスクのところに行き、ずらりと並んだ鍵を眺めた。

「二十一号室なんてどう？」

「それ、いいお部屋？」

「まあ正直、どの部屋もそんなに変わらないんだけど」

「あたしいま二十一歳。だから申し分なし」

二十一号室は表面という表面が色あせ擦り切れた部屋で、改装する代わりに何十年もせっせとこすり磨いてきた歴史がありありと見て取れた。小川の湿気も感じられるが、耐えがたいほどではない。二つあるベッドは低く、クイーンではなくスタンダードサイズだった。

「無理に泊まってくれなくてもいいんだよ」ウォルターはそう言ってパティの鞄を下ろした。「朝にはバスステーションまで送ってあげられるし」

「やめてよ！　これで十分。バカンスに来たわけじゃないんだし。あなたに会いに来たんだから、少しでも役に立ちたくて」

「まあね。ただちょっと心配なんだ、きみが求めてるのはほんとにぼくなのかなって」

「あら、じゃあ心配しないで」

「まあでも、やっぱり心配だ」

パティは彼をベッドに寝かせ、体の温もりで安心させようとした。が、すぐにまた心配になってきた様子。ウォルターは体を起こすと、なぜリチャードと旅に出たりしたのかと訊ねてきた。その質問はしないでくれるんじゃないかとパティは虫のいい望みを抱いていたのだが。

「さあ」と言った。「車の旅ってどんな感じか、興味があったんだと思う」

「ふむ」

「一つ確かめたいことがあったの。そうとしか説明できない。自分の中ではっきりさせたいことがあったの。で、それがはっきりして、いまここにいる」

「何がはっきりしたの？」

「自分がどこにいたいか、誰と一緒にいたいか」

「そんなにすぐにわかるものかな」

「馬鹿な勘違いだったのよ」パティは言った。「あの人って目つきがこう、独特なの、こっちを見るときの。あなたならわかるはずよ。それでこっちは自分が何を求めてるのか一時的に混乱しちゃうわけ。お願いだからそのことであたしを責めないで」

「感心してるだけだよ、混乱が収まるのがずいぶん早いなって」

パティは泣きだしたい衝動に駆られ、泣きだした。するとウォルターはしばしいつもの慰め上手なウォルターに戻ってくれた。

「彼、やさしくなくて」パティは涙ながらに訴えた。「でもあなたはその正反対。その正反対が、いまのあたしにはほんとにほんとに必要なの。お願いだからやさしくしてくれる？」

「もちろん、できるよ」そう言って頭をなでてくれた。

「ぜったい後悔はさせないから」

パティが確かにそう言ったことを、悲しいことに筆者はいまでもよく憶えている。

そしてもう一つ、その直後に起こったことも鮮明に憶えている。だしぬけにウォルターは乱暴に肩を掴んでパティを仰向けにすると、ぐっとのしかかって脚のあいだに激しく体を押しつけてきたのだ。

顔には見たこともない表情が浮かんでいた。怒りの表情、そしてそれはウォルターによく似合っていた。急にカーテンが開いて、その向こうに何か美しいもの、男らしいものが見えた、そんな感じだった。

「問題はきみじゃないんだ」彼は言った。「それはわかるか？　きみのことは何から何まで愛してる。頭のてっぺんからつま先まで。一ミリ残さず。ひと目見たときから。それはわかるかい？」

「うん」パティは言った。「ていうか、ありがとう。なんかそんな気はしてたんだけど、実際そう聞くとやっぱりうれしい」

ところがまだ終わりじゃなかったのだ。

「わかるかな、ぼくはその……その……」言葉を探す。「問題を抱えてる。リチャードとのことで。問題を抱えてるんだ」

「どんな問題？」

「あいつを信用できない。好きだけど、信用はできない」

「そんな」パティは言った。「ぜったい信用して大丈夫よ。あの人、どう見たってあなたのこと、すごく大事に思ってる。あなたを守るためならなんでもするわよ」

「そうじゃないときもある」

「まあでも、あたしの前ではそう。あの人がどんなにあなたのこと尊敬してるか、わかってるの？」

ウォルターは猛り狂った顔でパティを見下ろした。「じゃあなんであいつと行ったんだよ？　なんであいつがきみとシカゴにいたんだ？　なんだよそれ《ホワット・ザ・ファック》？　ぼくにはわからない！」

彼らしからぬファックという言葉、そしてそんな激昂ぶりに彼自らも怯えている様子を見てパティはまた泣きだした。「やめて、やめて、やめて」と懇願する。「いまはここにいるでしょ？　あなたのために来たの！　シカゴでは何もなかった。ほんとに何も」

そう言って彼を、彼の腰をぐっと強く引き寄せた。が、ウォルターは胸に手を触れようとも、ジーンズを脱がそうともしない。リチャードならそうしたに違いないのに。そうせずに、立ち上がって二十一号室をせかせかと歩き回ったのだった。

「これが正しいことだとは思えないんだ」と言う。「さすがにぼくも馬鹿じゃないからね。目も耳もある。そこまで馬鹿じゃない。いまは正直、どうしていいかわからないよ」

リチャードのことで彼が馬鹿じゃないとわかってほっとする一方で、その彼を安心させてやる方法はもはやなさそうだという気もした。そこでパティはじっとベッドに横になり、屋根を打つ雨の音に耳を傾けていた。そもそもリチャードの車に乗らなければこんなごたごたは避けられたのだ、罰を受けて当然だと頭ではわかっていた。ただそれでも、これよりましな展開もあったんじゃないかと想像せずにはいられなかった。こうした何もかもは後年、深夜の諍いというかたちで何度も繰り返されることになる。そしてそのたびにウォルターの美しい怒りは無駄になったのだった。パティは泣き、ウォルターはパティを罰してはそのことを詫び、やがておたがいにもうくたくたただし夜も遅いからと言いだす頃には実際夜も更けきって、夜更けというより明け方になっている。

「お風呂に入ってくる」ようやくパティは口を開いた。

ウォルターはもう一つのベッドに腰かけて両手に顔を埋めている。「ごめんよ」と言った。「ほんとのところ、問題はきみじゃないんだ」

「ねえ正直に言っていい？　それ何度も聞かされるの、実はあんまりうれしくないんだけど」

「ごめん。そうは思えないかもしれないけど慰めのつもりなんだ」

「そのごめんっていうのも、いまはあんまり聞きたくないんだけどな」

彼は両手に顔を埋めたまま、風呂は一人で大丈夫かと訊いてきた。

「大丈夫」パティは言った。とはいえ実際には、固定して包帯を巻いた膝をバスタブの縁に上げたまま入浴するのはなかなかの大仕事だった。半時間後、パジャマ姿でバスルームから出てきたときにも、ウォルターは先ほどの姿勢のまま微動だにしていない様子だった。パティはその彼の前に立ち、金色の巻き毛とほっそりした肩を見下ろした。「ねえいい、ウォルター」と言う。「なんなら朝には出ていくわ、もしそうしてほしければ。でもいまは少し寝たいの。あなたも寝たほうがいいと思う」

彼はうなずいた。

「リチャードとシカゴに行ったりしてごめんなさい。あれはあたしが言い出したことなの、彼じゃなくて。だから責めるんならあたしを責めて、彼じゃなく。でもいまはもういいでしょ？　あなたのそういう姿を見てると、なんだかすごく惨めな気分」

彼はうなずき、立ち上がった。

「おやすみのキス、してくれる？」パティは言った。

キスしてくれた。けんかなんかよりこっちのほうがずっといい。あまりにいいので、二人はすぐにシーツの中に入ってランプを消した。明け方の光がカーテンの縁から漏れてくる——北国の五月、夜明けは早い。

「セックスのことは、実は何も知らないんだ」とウォルターは打ち明けてきた。

「ああ、まあでも」パティは言った。「そんなにややこしいものじゃないから」

かくして二人の最も幸せな日々が始まったのだった。とりわけウォルターにとっては、それは目のくらむような日々だった。ほしかった女を手に入れたのだ。リチャードのもとに走ることもできたのに、そうすることなく彼を選んだ女を。そして三日後、ルーテル病院で父親が亡くなり、長年続いた父子の闘争にも幕が下りた。（死んだ父親をそれ以上打ち負かすことはできない。）その朝、ウォルター、ドロシーとともに病院に居合わせたパティは、二人の涙に少々もらい泣きしたせいか、言葉少なにモーテルに引き返す車の中ではなんだかもう結婚したような気分になっていた。

モーテルの駐車場に着くと、ドロシーは横になりたいと言ってひと足先に中に入ったのだが、そこでパティはウォルターの奇行を目にすることになった。駐車場の端から端までジャンプを織り交ぜながら全力疾走、向こう端に着くとつま先で軽やかに跳躍し、それからまた走り出す。見事に晴れ上がった朝で、絶え間なく吹きつける北寄りの強風に小川沿いの松の木が文字通り囁いていた。そうして何往復かしたのち、その場でぴょんぴょん跳ねていたかと思うと、だしぬけにパティを置き去りにしてルート七三を駆け出していき、はるか先のカーブの向こうに姿を消して一時間ほど戻ってこなかった。

翌日の真っ昼間、開け放った窓の色あせたカーテンが風にうねる中、二人はただもう笑って泣いてセックスをして、いまとなっては振り返るのがつらすぎるほどの真剣な無邪気な喜びに浸り、それからまた泣いて、またセックスして、汗まみれの体とはちきれそうな心で仲良く寄り添い、松葉の囁きにじっと耳を傾けた。そのときのパティの気分は、いつまでも酔いの消えない強力な麻薬をやっているような、いつまでも目の覚めない異様にリアルな夢を見ているような感じ、ただしそうして過ぎゆく一瞬一瞬も頭は完全に覚醒していて、それがドラッグでも夢でもなく、そこで起こっているのは人生にすぎない、現在だけで過去のない人生、それまで想像していたどんなロマンスとも違うロマンスなのだと気づいている。だって二十一号室である！　この二十一号室を想像できるわけがないじゃないか？　こんなに清潔で古風で素敵な部屋を、こんなに清潔で古風で素敵なウォルターを。そしてパティは二十一歳、二十一歳であることの意味を、清潔で若々しいカナダからの強風の中にも感じることができた。要は、ささやかながらも永遠を味わったのだ。

ウォルターの父親ジーンのお葬式には四百人以上の人がやってきた。結局ジーンとは知り合う機会もなかったけれど、これだけ参列者がいればきっと喜んでいるだろうとパティまでうれしくなった。（お葬式が盛大になるのは若死にの効用である。）ジーンは付き合いも気前もよかったし、釣りや狩りを好み、大半は戦友である仲間たちとつるむのも大好き、その身の不幸はアルコール中毒と教育のなさ、それに結婚相手が希望も夢も、愛情の大部分をもジーンじゃなく真ん中の息子に注いだことにあった。ジーンがモーテルの仕事にドロシーをこき使ったことをウォルターは決して許さなかったけれど、筆者の率直な意見を言うなら、なるほどドロシーはとびきりやさしい人ではあったが、同時に俗に言う殉教者タイプだったのも間違いないと思う。ルーテル教会の公会堂で行われた葬儀のあとの宴は、パティにとってはまさにウォルターの親類縁者に関する集中特訓コース、ブントケーキと断固たる楽観主義の饗宴となった。ドロシーの存命の兄弟姉妹は五人とも来ていたし、出所したばかりのウォルターの兄も、はすっぱでかわいい（最初の）奥さんと二人の幼児を連れてきていた。軍の礼装に身を包んだ無口な弟の姿もあった。その場にいないただ一人の重要人物、それはリチャードだった。

ウォルターはもちろん電話で知らせたのだけれど、実はそれさえなかなか簡単ではなかった。まずはミネアポリスにいるヘレーラを、あの神出鬼没のベーシストを捕まえる必要があったからだ。そのリチャード自身はニュージャージー州ホーボーケンにたどり着いたばかりだったのである。そのリチャードだが、電話でお悔やみを述べてから、いまは財布がすっからかんで、申し訳ないが葬儀には出られそうもないと言った。これに対し、ウォルターはぜんぜん気にしなくていいと言い聞かせたのだったが、その実、以後数年にわたって、リチャードもせめて努力はするべきだったんじゃないかと根に持つことになる。ただ、これは必ずしもフェアじゃないと言うべきで、それというのもウォルターは内心すでにリチャードを恨んでおり、彼が葬儀に来ることを望んでさえいなかったからだ。けれどもパティも馬鹿じゃないので、そのことを自ら指摘してやろうとは思わなかった。

一年後にウォルターとニューヨークを旅行したとき、パティは半日ほどリチャードのところに行ってきたらどうかと勧めてみたのだけれど、ウォルターは聞かなかった。自分はここ数カ月で二度リチャードに電話したが、向こうからは一度もかけてきていないと言うのだ。「でもいちばんの友だちじゃないの」とパティが言うと、「いや、ぼくのいちばんの友だちはきみだ」。「まあでも、男友だちの中ではいちばんなんだし、行かなきゃだめよ」とも言ってみたが、無駄だった。昔からずっとこうだと言うのだ――いつだって追いかけるのは自分、向こうから追いかけてくることはないみたいだし、あの男とのあいだには何か瀬戸際政策みたいな、どっちが先にまばたきするか、こらえきれなくなるかを競っているようなところがあって――そういうのにはもううんざりなのだ、と。あいつがどろんと姿を消すのは何もこれが初めてじゃない。もしまだ友だちでいたいんなら、そう思うんならせめて今回くらいは自分で受話器をとって電話してくればいい、云々。パティは内心、リチャードはいまでもあのシカゴでの一件のことを気にしていて、ウォルターの至福の家庭に踏み入るまいと遠慮しているんじゃないか、だからウォルターのほうからはっきり歓迎の意を伝えてやったほうがいいんじゃないかと思っていたが、ここでももちろん無理強いするような馬鹿な真似はしなかった。

ウォルターとリチャードのあいだにゲイめいた関係を想像したのはイライザだったが、そこにあるのはむしろ兄弟めいたものではないかというのが筆者の見方である。ウォルターの場合、お兄さんに押さえつけられぶん殴られ、弟を押さえつけてぶん殴るという関係は幼い頃だけのもので、ある程度の年になるともう家の中に歯ごたえのある競争相手はいなくなった。彼にはもう一人、愛し、憎み、競い合える兄弟が必要だったのだ。そして筆者の見るかぎり、ウォルターを苛む永遠の問題とは、はたしてリチャードが弟なのか兄なのか、ダメ人間なのかヒーローなのか、だらしないけれど愛すべき友なのか、それとも危険なライバルなのかという点にあった。

パティのときと同様、リチャードのこともひと目で好きになったというのがウォルターの言い分だった。マカレスター大に着いて最初の晩、車で大学まで送ってくれた父親が、ラウンジのカナディアンクラブの呼び声に抗えずにそそくさとヒビングに引き返したあとのことである。入学前の夏、ウォルターは寮事務部から聞いたリチャードの住所宛に丁寧な挨拶状を送ったのだが、返事はなかった。

寮室の片方のベッドにはギターケースと段ボール箱とダッフルバッグが転がっていた。この必要最小限の荷物の持ち主の姿をウォルターが見かけたのは、その晩の夕食後、寮のミーティングでのこと。そのときの話はパティものちに何度となく聞かされた。他の連中から一人離れて隅に立っている若者に思わず目が釘付けになったというのだが、これが長身で顔はにきびだらけ、ボブ・ディラン風のもさもさ頭にイギー・ポップのTシャツという恰好で、他の新入生とは似ても似つかず、寮監のウケ狙いのオリエンテーション・スピーチにも笑うどころか表情一つ変えない。ウォルター自身は笑ってほしそうな人にはつい同情して、努力に報いるべく大声で笑ってやるのが常だったが、それでもなぜか、即座にその背の高い笑わない男と友だちになりたいと思ったのだった。あいつがルームメートだったたらいいのに、そう思っていたらなんと期待通り。

　意外や意外、リチャードも彼のことを気に入った。きっかけはウォルターがたまたまボブ・ディランが育った町の出身だったこと。ミーティング後に戻った寮室で、リチャードはヒビングのことを根掘り葉掘り訊きたがった。町の風景はどんな感じか、ジマーマン（ボブ・ディランの本名はロバート・ジマーマン）という姓の知り合いはいるか。うちのモーテルは町から何マイルも外れたところにあるからとウォルターが説明すると、今度は実家がモーテルだという事実にすっかり感心し、しかも完全奨学生で、父親がアル中だと聞いてますます感銘を深めたのだった。手紙に返事を出せなかったのは五週間前に親父が肺癌で死んだからなんだ、とリチャードは説明した。ボブ・ディランってのはとんだ馬鹿野郎だから、若いミュージシャンにも馬鹿野郎になりたいと思わせるような、めちゃくちゃ純粋な馬鹿野郎だから、ヒビングって町はきっと馬鹿野郎だらけなんじゃないかと思ってた、などとも言った。そんなルームメートの話に熱心に耳を傾け、自分もなんとか相手を感心させようとがんばっているウォルター、顔にはまだあどけなさの残っているそのウォルターこそ、リチャードのヒビング像に対する鮮やかな反証だった。

早くもその最初の晩、リチャードは女の子のことで、ウォルターには忘れがたい幾多のコメントを残した。マカレスターはデブ女率が高くて正直驚いたよ。午後はずっとそのへんの通りを歩きまわって、地元のねえちゃん《チック》のたまり場を探してたんだ。いや驚いたね、あんなに誰も彼も笑って挨拶してくるとは。きれいなねえちゃん《チック》までにっこりして、ハーイだって。ヒビングもそんな感じなの？　実は親父の葬式ですげえホットな従妹と仲良くなってね、残念なことにまだ十三なんだけど、書いてよこす手紙の中身があれもやったこれもやったってオナニーの話ばっかりなんだよ、などなど。もともとウォルターは女性にやさしい気配りの人だし、放っておいてもその資質に磨きをかけていただろうとは思うけれども、そこにはまた兄弟間のライバル意識からくる得意分野の住み分けもあったんじゃないか、憑《つ》かれたように千人切りに邁進するリチャードの姿を見るにつけ、せめてその点では張り合うまいとウォルターもあらためて思ったんじゃないか、そんなことを勘ぐってしまう筆者である。

　ここで重要な事実を一つ。リチャードは母親とのあいだに関係と呼べるほどの関係がなかった。この母親は父親の葬式にも来なかったらしい。リチャード自身が（ずっとあとになって）パティに語ったところによれば、もともと情緒不安定な人で、それで結局宗教に走ったのだけれど、そうなる前にも十九の自分を妊娠させた男に地獄の生活を味わわせていたとのこと。リチャードの父はサックス奏者で、グリニッジヴィレッジでボヘミアンな暮らしをしていた。母親はワスプの良家の娘で、背が高くて反抗心旺盛、自制心がまるでなかった。酒に溺れてはよそに男を作るという荒れた四年間ののち、息子の養育（初めはヴィレッジで、のちにはヨンカーズで育つことになる）をカッツ氏に押しつけて自分はカリフォルニアに逃げ、そこで神を見出してさらに四人の子供をもうけた。一方のカッツ氏は音楽の道は諦めたものの、悲しいかな酒のほうは諦められなかった。郵便局勤めに落ち着いてからも再婚はせず、酒で体を壊すまで取っ換え引っ換え若い恋人と付き合っていたが、そんな暮らしが幼きリチャードに必要だった安定した母親的存在をもたらしてくれるわけもない。女たちの一人はアパートの金目のものを盗んで姿を消し、別の一人は父親の留守にいたいけなリチャード少年の童貞を奪った。その一件から間もなく、カッツ氏はリチャードをひと夏母親の再婚先の一家に預けようとしたが、それも結局一週間ともたなかった。カリフォルニアに着いたその日、いきなり一家全員手を繋いでリチャードを囲み、到着の無事を神に感謝し始めたとかで、しかもこれなどはまだ序の口だったようである。

　ウォルターの両親は形ばかりの信仰しか持ち合わせていなかったけれど、この長身の孤児を喜んで我が家に迎え入れた。とりわけドロシーはリチャードが気に入って――例によってドロシー風に、お上品に、心ひそかにリチャードにのぼせていたのかもしれない――ヒビングで休暇を過ごすようしきりに勧めた。他に行き場のないリチャードとしても渡りに船である。この若者は銃にも興味を示すし、何よりウォルターがややもすれば付き合いそうな「気取った野郎《ホイティ・トイティ》」じゃないというのでジーンも大喜び、そのうえ家事もいそいそと手伝うものだからドロシーも感心することしきりだった。先述のとおり、リチャードは善い人間になりたいという（かなりむらはあるにせよ）強い願望を持っていたから、ドロシーをはじめ、善人だと思える人に対しては実に真面目に丁重に接した。ドロシーが作ったありきたりのキャセロール料理に興味を示し、どこで作り方を覚えたのか、そういうバランスのとれた食生活のことはどこで学ぶのかなど、さかんに質問するリチャードの態度は、ウォルターの目には何やら嘘臭く、小馬鹿にしているようにさえ映った。だいたいリチャードが自分で食材を買ってキャセロール料理を作る可能性なんてゼロだし、ドロシーがいなくなったとたん、いつもの気難しい彼に戻るじゃないか。でもそう言うウォルターはリチャードとライバル関係にあったわけで、町の娘を引っかける腕ではかなわないにせよ、女性の話に懇切丁寧に耳を傾けるというのは断然彼自身の領分だったから、そこは一歩も譲れなかったのだろう。そんなわけで、ことリチャードが善良さに寄せる敬意に関しては、ウォルターの見方より筆者の見解のほうが正しいはずだと思っている。

リチャードが文句なしに立派だったのは、あくまでおのれを高めようと、親の不在によって生じた空白を埋めようとがんばっていたところである。音楽に打ちこみ、独自の趣味で選んだ本を読みふけることで子供時代を生き延びた彼にとって、ウォルターの魅力の少なからぬ部分はその知性と努力をいとわぬ姿勢にあった。リチャード自身、ある種の分野については（フランス実存主義、ラテンアメリカ文学）かなりの読書家だったが、その知識にはいっさい体系らしきものがなかったから、ウォルターのくっきりと焦点の絞れた知性には深い畏敬の念を抱いていた。善人と思った人に向けるあの超丁重な態度でウォルターを遇するような真似はしなかったけれど、ウォルターの考えを聞くのは好きだったし、その一風変わった政治信条を開陳するようしきりに求めたりもした。

これに加えて、北国の野暮ったい若者と仲良くなることには、リチャードを取り巻く競合関係においてもある種逆説的な利点があったはずだと筆者は思う。つまり、自分より恵まれた境遇で育ったマカレスターのヒップな連中とのあいだに一線を画す手段でもあったんじゃないかと。その手のヒップな連中にリチャードが向ける軽蔑は（ちなみにこの軽蔑は女にも向けられるが、女の場合はチャンスがあればものにするのはかまわない）、彼らがウォルターみたいなタイプに向ける軽蔑に負けず劣らず激しかった。ボブ・ディランを撮ったドキュメンタリーで『ドント・ルック・バック』というのがある。これがリチャードにとってもウォルターにとっても基本中の基本、しまいにパティもレンタルで借りて、ある晩、まだ幼い子供たちを寝かしつけたあとでウォルターと一緒に見たのだが、あの映画の有名な場面に、ロンドンのクールな連中を集めたパーティーで、ディランがただただ馬鹿野郎になりきる快感のために、おのれの力を誇示して歌手のドノヴァンを辱めるというくだりがある。ウォルターはドノヴァンに同情していたけれど――さらに言えば、ドノヴァンじゃなくもっとディランみたいになりたいと思えない自分にうんざりしていたけれど――パティはその場面にぞくぞくとした興奮を覚えた。思わず息をのむほどの、あのディランのむき出しの競争心！　パティの感想はこうだ。

なんだかんだと言ってもこれが真実、勝つことほど甘美なものはない。この場面を見て、リチャードがなぜヒップな連中を避け、音楽をやらないウォルターとつるんでいるのかよくわかるようになった。

知性の面ではウォルターは間違いなく兄、リチャードはあとを追いかける弟だった。ただそれでいて、頭のよさも善良さと同様、リチャードにとっては競争の要ではなく、あくまでおまけにすぎなかった。ウォルターが親友への不信を口にしたとき、頭の中にあったのはこのことだ。彼はリチャードが隠し事をしているという感覚を振り払うことができなかった。リチャードには影の部分があり、それが夜な夜な解き放たれて、口では決して認めようとしない目的に打ちこんでいるんじゃないか、友だちでいたがるのも自身が勝者でいられるかぎりの話なんじゃないか、そう疑わずにいられなかった。女が絡んだときのリチャードはとりわけあてにならなかったし、一過性とはいえそうした女たちが自分より大事な存在になるというのがウォルターには我慢ならなかった。リチャード本人はそんなふうに考えたことは一度もなかった。女にはどうせすぐに飽きるし、遅かれ早かれ放り出すことになる。それで結局はいつもウォルターのもとに、飽きのこない親友のもとに戻ってくる。でもウォルターにしてみれば、好きでもない人間にそれほどのエネルギーを注ぐなんて、友情への裏切りとしか思えなかった。リチャードが戻ってくるのをいつも待っている、そんな都合のいい自分が弱くつまらない人間に思えてくるのだ。こちらが愛しているほど向こうは愛してくれていないんじゃないか、友情を保つために自分はリチャード以上に犠牲を払っているんじゃないか、そんな疑念が彼を苦しめた。

最初の危機が訪れたのは大学四年のときのこと、つまりパティが二人に出会う二年ほど前だが、ウォルターが二学年下のノミという名の悪女に夢中になったときのことだ。リチャードの話を聞くかぎりでは（この話をパティが聞いたのは先述のとおり）状況は実に単純。色恋のことではナイーブなウォルターが、本当は彼に興味などないクズ女にいいように利用され、見かねたリチャードがおせっかいにもその女のクズっぷりを証明してやったというあの一件である。リチャードいわく、あんな女は奪い合う価値もない、だから蚊よろしく叩き潰してやったんだとのこと。ところがウォルターの見方はまったく違った。リチャードのしたことに激怒し、その後何週間も口をきかなかったらしい。二人の部屋は四年生だけが入れる二部屋の特別室だったから、リチャードは晩に帰寮した際、自分の個室に入る前にウォルターの部屋を通過することになり、そこで毎度足を止めて一方通行の対話を繰り広げたというのだが、これが傍目にはなかなか愉快な場面だったのではと想像される。たとえばこんな具合。

リチャード「相変わらずだんまりか。いやたいしたもんだね。いつまで続くの、これ？」
ウォルター　無言。
リチャード「座るよ。本読んでるとこ、じっと見られてるのがいやだったらそう言えよ」
ウォルター　無言。
リチャード「その本おもしろい？　さっきからぜんぜん進んでないみたいだけど」
ウォルター　無言。
リチャード「なあ恥ずかしくないのか？　女々しいぞ。そのへんの小娘じゃあるまいし。いい加減にしろよ、ウォルター。しまいにはおれも怒るぞ」
ウォルター　無言。
リチャード「そのうちおれが謝ると思ってるんなら待っても無駄だぜ。そいつはあらかじめ言っといてやる。傷ついたんなら同情はするが、こっちもやましいところはいっさいないからな」
ウォルター　無言。
リチャード「なあ、おまえもわかってるだろう、おれがいまだにここにいる唯一の理由はおまえなんだよ。仮に四年前、ちゃんと大学を出る見込みはどのくらいって訊かれてたら、かぎりなくゼロに近いって答えたと思うよ」

ウォルター　無言。
リチャード　「いやほんと、おまえにはちょっとがっかりだな」
ウォルター　無言。
リチャード　「オーケー。勝手にしろ。女々しくやってろ。おれの知ったことじゃない」
ウォルター　無言。
リチャード　「なあいいか。仮におれがドラッグにはまってて、おまえにそのドラッグを捨てられたら、そりゃ頭にはくるだろうけど、それでもおれのためを思ってやったってことはちゃんとわかる」
ウォルター　無言。
リチャード　「わかった、認めるよ、たしかにぴったりの譬えじゃない。おれはそのドラッグをただ捨てるんじゃなく、いわば自分で使ったわけだからな。でもほら、おまえは質《たち》の悪い中毒になりかけてたわけでね、かたやおれの場合はたんなる気晴らし、せっかくのいいドラッグを捨てるのはもったいないってことで……」
ウォルター　無言。
リチャード　「わかったよ、アホな譬えだった」
ウォルター　無言。
リチャード　「いまのおもしろかったろ？　笑えよ、おもしろいんだから」
ウォルター　無言。

とまあこんな感じだったのだろうと、のちの両者の証言から筆者は想像している。ウォルターのだんまりは復活祭の休暇まで続いたとのこと、その折に一人帰省した彼を見てドロシーが不審に思い、リチャードを連れてこなかった理由をやっとのことで聞き出したのだった。「人それぞれよ、あるがままに受け容れてあげなきゃ」とドロシーは忠告した。「リチャードは大事なお友だち、友情の絆は大事になさい」。（ドロシーは絆にうるさい人で——その幸せとは言いがたい人生に意味を与えてくれるのが絆なのだろう——ウォルターものちにたびたびパティの前でこの忠告を繰り返した。まるで聖書の文句を引用するみたいに。）友情を裏切ったのはリチャードのほうだ、こちらが思いを寄せている女の子を横取りしたのだから、ウォルターがそう指摘しても、あるいはドロシーもあのカッツ的魔力に惑わされていたのか、とにかくリチャードに悪気があったとは思えない、きっと傷つけるつもりはなかったのよという答えが返ってきた。「友情のない人生なんてつまらないわよ」とドロシーは言った。「お友だちをなくしたくなければ、完璧な人なんていないってことを忘れちゃだめ」

　さらに、この女がらみの問題にはもう一つ厄介な点があった。リチャードに惹かれる女はほぼ例外なく大の音楽ファンであり*、ゆえにリチャードの最古にして最大のファンであるウォルターとのあいだに激しいライバル関係が生じてしまうのだ。恋人の親友なのだから、普通なら愛想よく、でなくともせめて寛容に接してもらえそうなものだが、ウォルターが相手だと女たちは露骨に冷たい態度をとらずにいられなかった。真剣なファンというやつは、常に自分とあこがれの対象とのあいだに特別な繋がりを感じていたいものなのだ。だから自分は特別だという思いの根拠となるような接点があれば、それがどんなにちっぽけなものでも、たとえ思いこみでも決して手放すまいと用心する。当然ながら女たちは、性交で結ばれ体液を交えることこそリチャードと繋がる究極の方法だと考えた。彼女たちにしてみれば、ウォルターなどうっとうしいだけの無意味な虫けらだった。リチャードの目をアントン・フォン・ヴェーベルンやベンジャミン・ブリテンに向けたのも、リチャード初期の怒りに満ちた歌に政治的枠組を与えたのも、何よりリチャードが唯一本当に有意義な愛を注いでいたのも、そのウォルターだったにもかかわらず。そして、そんなふうにセクシーな女たちにひたすら冷たくあしらわれるだけでも相当きついのに、最悪なのはウォルター自身——おたがい隠し事はいっさいしなかったあの日々にパティに打ち明けたように——確信を持てないことだった。根っこの部分では自分もあの女たちと変わらないんじゃないか。リチャードに寄生し、リチャードと特別な関係にあることで自分までクールで偉くなったと錯覚したいだけなんじゃないか。そして何より、リチャードもそのことを知っていて、それで余計に孤独を感じ、心を開こうとしないんじゃないか。

中でも質《たち》が悪かったのがイライザとの一件。ウォルターはウォルターを無視するだけでは飽き足らず、ことさら不快な態度をとってきたからである。イライザはウォルターは不思議でならなかった。いったいリチャードという男は、親友にわざと意地悪く接するような女とどうして平気で寝ていられるのか？　さすがにもう大人なので口をきかないなどという真似はしなかったが、それでもリチャードのために食事を作るのはやめたし、リチャードのライブに顔を出す目的も、もっぱらイライザのことが気に食わないのを表明するため、のちにはリチャードの羞恥心に訴えて、イライザがせっせと持ちこむコカインをやめさせるためになった。とはいえもちろんリチャードのこと、恥を知れなどと言っても無意味である。これは当時もいまも変わらない。

二人がパティについてどんな会話を交わしていたのか、残念ながらその詳細はわからないけれど、筆者としてはせめてノミやイライザの場合とはぜんぜん違ったはずだと思いたい。リチャードはウォルターにもっと強気で押せと勧め、それに対してウォルターはレイプ経験がどうの松葉杖がこうのと言い訳をする、だいたいそんなところかもしれないが、何せ他人が自分について交わす会話ほど想像

＊　バスでシカゴからヒビングへと向かう途中、パティはふと、リチャードがあんなに冷たかったのはもしや自分が彼の音楽のファンじゃないからだろうか、それで彼はいらだっていたのではと疑ってみたりもした。仮にそうでもパティにはどうしようもなかったとは思うけれど。

しづらいものはない。リチャードが内心パティをどう思っていたかは、のちのちパティの知るところとなる――筆者の話はのろのろとではあるが、そこに向かおうとしている。いまはただこう言っておこう。リチャードはニューヨークに移ってその近辺に住みつき、一方のウォルターは以後何年もパティと家庭を築くのに大忙しで、親友のことを懐かしむ暇さえなさそうだったと。

要は、リチャードはますますリチャードに、ウォルターはますますウォルターになっていったのがこの時期だった。ジャージーシティに居を定めたリチャードはついに意を決して、付き合いで飲む程度なら大丈夫だろうと酒をたしなむようになったが、のちの本人談では「相当自堕落な」一時期を経て、いやだめだ、やっぱり大丈夫じゃないと思い直すことになった。ウォルターと同居しているうちは、父親をだめにした酒には手を出さなかったし、コカインも他人の金でしかやらず、音楽の道を着々と進んでいた。ところが一人になってしばらくはひどい有様だった。ヘレーラとともにようやくトラウマティックスを再結成したのはかれこれ三年後のことで、共同ボーカルにモリー・トレメインというだらしないブロンド美人を迎え、極小レーベルから最初のLP『坑道の底からの挨拶《グリーティング・フロム・ザ・ボトム・オヴ・ザ・マイン・シャフト》』をリリースした。バンドがツアーでミネアポリスに来ると、ウォルターは〈エントリー〉でのライブを聴きに行ったけれど、晩の十時半にはLP六枚を抱えてパティと生まれたばかりのジェシカのもとに戻っていた。リチャードは昼間の仕事として、街なかのビルの屋上デッキの建設を請け負うようになり、この仕事にはそこそこ需要もあった。顧客はローワーマンハッタンの裕福な連中、アーティストやミュージシャンと付き合うことで自分たちもクールになったと錯覚したがるような手合いだから、午後の二時に作業を始めてほんの数時間で切り上げても、五日で終わる仕事に三週間かけても文句は言われなかった。バンドのセカンドアルバム『ご存じでしょうが《イン・ケイス・ユー・ハドント・ノウティスト》』もファースト同様注目されなかったが、サードアルバム『反動の輝き《リアクショナリー・スプレンダー》』はそれまでより多少メジャーなレーベルからリリースされ、いくつかの年間ベストテンリストに名前が挙がった。すると今度はリチャードもツアーでミネソタに寄る前に電話をよこし、恋人なのかどうなのか、礼儀正しいが退屈顔でほとんど口をきかないモリーと二人、パティとウォルターの家で半日を過ごしたのだった。

その午後は――このときのことは驚くほど記憶にないのだが、筆者の憶えているかぎりでは――ウォルターにとってとりわけ甘美なひとときだった。子供の世話で忙しいうえ、無口なモリーから相槌以上の反応を引き出すのに汲々としているパティをよそに、ウォルターは家の改修の成果を逐一披露し、パティとのあいだにできた元気でかわいい子供たちを自慢し、リチャードとモリーがツアーに出て以来最高の食事に舌鼓を打つさまを眺めてすっかりご満悦、そこにリチャードの口からオルタナティブな音楽シーンの情報をたっぷり仕入れるという貴重なおまけもついて、以後数カ月、ウォルターはこのデータをせっせと活用し、リチャードが話題にしたすべてのアーティストのレコードを買い集めては家の改修作業のかたわらで流し、最新の音楽に通じているつもりのご近所さんや職場の同僚をうならせて、要は自分は二つの世界のいいとこ取りをしていると感じることができたのだった。その日のウォルターにとって、親友とのライバル関係はまさに申し分のない状態にあった。リチャードは貧乏で遠慮がちでやつれ気味、連れてきた女も変わり者で不幸そうだった。いまやウォルターは間違いなく兄であり、リチャードの成功もむしろちょっとした刺激として、自分のヒップさを高めてくれるアクセサリーとして楽な気分で享受できたのである。

この時点で、仮にウォルターが大学時代のあのいやな気分に、愛すればこそ負けたくない相手に自分は負けているんじゃないかというあの感覚に再び突き落とされるとすれば、それはなんとも奇怪で病的な一連の出来事の結果でしかありえなかっただろう。たとえば家庭内の状況が悪夢的な変化を遂げるといったような。たとえば息子のジョーイと激しく対立し、その気持ちを理解してやることも尊敬を勝ち取ることもできず、ふと気づけば自身の父親との関係とそっくりなことになっていて、おまけにリチャードのキャリアがその後半を迎えて思いがけない好転を果たし、さらにはパティがそのリチャードと激しい恋に落ちるといったような。こうしたすべてが実際に起こる可能性など、いったいどのくらいあっただろう?

悲しいかな、ゼロではなかった。

原因をセックスに求めすぎるのは正直気が進まないのだけれど、いくら気まずいとはいえその点をひとくだり語らなければ、筆者は怠慢の謗《そし》りを免れないだろう。残念な告白をすると、ほどなくパティにはセックスが退屈で無意味な行為に——毎度同じことの繰り返しに——思えてきて、もっぱらウォルターのためだけにするようになったのだ。それにそう、あまりうまくできていなかったのも間違いないと思う。たいていはただもう、これをするくらいなら何か別のことをしていたいと思ってしまうのだった。寝てしまいたいことがいちばん多かった。眠くなくても、どちらかの子供部屋から気が散るような、あるいはちょっと心配になるような物音が聞こえてきたり。それか西海岸の大学バスケのテレビ中継を見ている途中だったら、ことが終わって再びテレビをつけられる雰囲気になったとき、試合はまだ盛り上がっているだろうか、あと何分くらい残っているだろうかと頭の中で計算していたり。さらにはガーデニングや掃除や買い物といった普通の家事さえセックスに比べればまだ快適な、必要なことに思えてきて、ならばさっさとリラックスして満たされてしまおう、それで下に降りてプラスチックの箱の中でしおれかけているホウセンカを花壇に移さなきゃなどと考えるようになったらもうどうしようもない。近道すべく、先手を打ってウォルターだけ口で処理しようともしてみたし、もう眠いからこっちのことは気にせず好きにして、自分がいいようにしてと言い聞かせようともした。でも哀れなウォルターは体質的にどうしても自分よりパティの満足が気になるというか、少なくともパティの満足なくして自分の満足はないと思っているようで、そうなるともうパティは困ってしまうわけだが、困っていることを説明しようにも感じのいいやり方を思いつけず、というのもまともにその問題と向き合うなら、彼がパティを求めているようにはパティは彼を求めていないこと、つまり夫婦間のセックスへの渇望は、彼と人生をともにすることで得られたさまざまな幸せと引き換えにパティがあきらめた物事の一つ（白状しよう、その最たるもの）であることに触れずにはすまない。そして実際、自分が愛している男にそんな告白をするのは容易ではない。ウォルターはパティの喜ぶようなセックスをしようと思いつくかぎりのことを試したけれど、実際うまくいったかもしれないただ一つの手にはついに思い至らなかった。すなわち、どうすればパティが喜ぶだろうなどと悩むのはやめて、ある晩いきなりパティをキッチンテーブルに這いつくばらせてうしろから犯すこと。でもウォルターにそれができたとしたら、もはやウォルターではない。ウォルターはやはりウォルターであり、そのありのままのウォルターを彼はパティに求めてほしかったのだ。何事も持ちつ持たれつ、思いやりが基本、それがウォルターなのだ。だから口でやってあげることにも難点があって、そうすると彼は決まってパティにも同じことをしようとするわけで、これがもうひたすらくすぐったいのだ。長年の抵抗の果てにようやくあきらめてもらえたものの、心中にはひどく申し訳ない気持ちと同時に、なぜ自分がこれほどうしろめたい思いをさせられるのかという不満や怒りもあった。リチャードとモリーがうちに立ち寄ったときの疲れた様子を見て、パティはふと、一晩中やりまくっていたせいじゃないかと思ったりもしたが、さりとて特にうらやましいとも思わなかったという事実は、当時のパティの精神状態、セックスの魅力の減退ぶり、ジェシカとジョーイの母親という役目への没頭ぶりを如実に物語っているように思う。セックスなんて、暇を持て余した若者の気晴らしとしか思えなかった。それが精神の高揚に繋がらないことは、リチャードとモリーを見れば一目瞭然じゃないか。

　そうしてトラウマティックスは去っていった——次のライブ地マディソンへ、そしてレコーディングとライブの日々へ、ある種の批評家と世界でおよそ五千人のファンだけが聴きたがる皮肉なタイトルのレコードをせっせとリリースし、全国の小さな会場をめぐって、恰好は小汚いが高学歴の、もはやそれほど若くもない白人男性のオーディエンスを相手にライブをこなす、そんな日々へ——一方パティとウォルターは全体として平凡ながらも興味の尽きない生活を続け、そんな中で週に一度、三十分のセックスは慢性的なストレスではあったけれど、それもささやかな不快にすぎず、いわばフロリダで湿度の高さが気になる程度のもの。とはいえ筆者はこの小さな不快が、当時パティが母親として犯しつつあった大きな過ちとあるいは関わっていた可能性も認めざるをえない。かつてイライザの両親は、おたがいに夢中すぎて娘を十分に愛せないという間違いを犯したけれど、それと正反対の間違いをパティはジョーイに対して犯したと言えるのかもしれない。ただ、本稿では親としての過ち以外にも語るべき過ちが山ほどあるので、そのうえジョーイとの関係で犯した過ちまで詳述するとなると、筆者にはもはやつらすぎて耐えられそうにない。そんなことをしたら、このまま床にばったり倒れて二度と起き上がれないんじゃないかと思う。

まず起こったのは、ウォルターとリチャードがまた親友に戻ったことだった。ウォルターは知り合いならたくさんいたけれど、帰宅したとき、留守番電話から聞こえてきていちばんうれしいのはやはりリチャードの声だった。「よう、こちらジャージーシティ。クウェートの状況のせいで気が滅入ってるんだが、おまえと話せばちっとは元気が出るかと思ってね。電話くれよ」といった調子である。リチャードはしょっちゅう電話してきたし、電話での口調も以前より気を許した感じになっていて——おまえやパティほどわかり合える相手は他にいない、おまえらはおれにとって、正気と希望の世界に繋がる命綱みたいなもんだ、などと言っていた——ウォルターもようやく、リチャードの好意は本物であり、たんに調子を合わせて友だちでいてくれているのではない、本当に自分のことを必要としているのだと納得したのだった。(ウォルターがあの絆云々という母親の助言をうれしそうに引用したのはこの文脈においてである。)トラウマティックスがツアーで近くを通過するたび、リチャードは時間を作ってたいていは一人で我が家に立ち寄った。とりわけジェシカのことがお気に入りで、祖母のドロシーと同じタイプの「正真正銘の善人」だと主張し、お気に入りの作家のこと、地元の無料《スープ》給食施設《・キッチン》でのボランティアのことなどを飽きもせず熱心に訊ねていた。パティとしては、もう少し自分に似た娘、つまり過ちの宝庫たる我が人生経験を多少とも慰めにしてくれそうな娘がほしかったという気がしないでもなかったけれど、何せ賢い娘だし、世の中の仕組みもしっかり心得ているしで、我が娘として自慢に思う気持ちがやはり強かった。そんなジェシカをリチャードの賞賛の目を通して眺めるのも楽しく、またリチャードとウォルターが二人で出かけようと車に乗りこむ姿を見て妙な安心感に満たされたりもした。自分が結婚した立派な男と、結婚しなかったセクシーな男。リチャードがウォルターに向ける愛情は、パティ自身のウォルターへの気持ちにも好影響を与えた。さすがはカリスマ、触れるものすべての価値を保証するようなところがあるのだ。

　そんな中、唯一目につく暗い影は、リチャードのモリー・トレメインとの関係をウォルターが気に入らなかったこと。モリーは美しい声の持ち主だったが、鬱病もしくは躁鬱病の傾向があり、ほとんどの時間をローワーイーストサイドのアパートにこもって一人きりで過ごし、夜はフリーランスの原稿整理、昼間はもっぱら眠っていた。気が向くとぶらりとやってくるリチャードをモリーはいつでも受け容れ、リチャードいわく、臨時の恋人という立場にも納得しているということだったが、ウォルターのほうは、二人の関係は誤解に基づいているという疑念を振り払うことができなかった。そのウォルターの口から、パティはかねてよりリチャードが内々に口にしたらしいあれこれの不穏なつぶやきを聞きこんでいた。たとえば、「ときどき思うんだ、おれの人生の目的はこのペニスをできるだけたくさんの女のヴァギナに突っこむことなんじゃないかって」とか、「同じ人間と一生セックスし続けるなんて、おれにしてみりゃ死んだも同然だよ」などなど。モリーは内心、リチャードもそのうち大人になってこの手の考えを捨てるはずだと信じているんじゃないか、そんなウォルターの疑いは見事的中した。リチャードより二歳年上のモリーが、手遅れになる前に子供を産みたいと急に言い出したのだ。リチャードにはそんなつもりはさらさらなかったから、その理由をあらためて説明するはめになった。そこから関係は急速に悪化、結局リチャードはモリーを棄て、モリーはモリーでバンドをやめたのだった。

偶然ながら、モリーの母親は長年『ニューヨーク・タイムズ』のアート部門の編集に携わっていた。レコード売上は四桁前半、ライブの集客も二桁後半に低迷しているトラウマティックスなのに、なぜか『タイムズ』で何度か好意的な特集記事が組まれ（「どこまでも独創的、変わることなき新しさ」、「無名でけっこう、トラウマティックスは我が道を行く」）、『ご存じでしょうが《イン・ケイス・ユー・ハドント・ノウティスト》』以降はアルバムを出すたびに短評が載っていたのも、もしかしたらそのせいかもしれない。『幸せで狂いそう《インセインリー・ハッピー》』――モリー脱退後の彼らの最初のアルバムにして、結果的には最後のアルバムとなった――が『タイムズ』のみならず、長年トラウマティックスの根強い支持基盤だったニューヨークの週刊フリーペーパーにまで無視されたのも、はたして偶然だったのかどうか。失意のバンドがまたまたツインシティを通りかかった際、ウォルター、パティと早めの夕食のテーブルを囲んだリチャードの仮説によれば、これまでは知らぬ間にメディアの注目をツケで買っていたようなもので、それがようやくメディアも、トラウマティックスを知っていても最新の文化やストリートファッションに通じていることにはならない、ゆえにこれ以上ツケを利かせる必要はないとの結論に至ったのだろうという話だった。

パティは耳栓持参でウォルターと連れ立ってその晩のライブを聴きにいった。トラウマティックスの前座を務めたのはシック・チェルシーズ、これがジェシカと大差ない年の、似たような名前の地元の女の子四人組で、パティはついついリチャードが楽屋で口説いていたのはどの子だろうと勘ぐってしまった。といっても若い娘たちに嫉妬したわけじゃなく、なんだかリチャードが哀れに思えてきたのだ。パティにもウォルターにもようやくわかってきたのだった。なかなかのミュージシャンであり作詞家であるにもかかわらず、リチャードは恵まれた人生を送っているとは言えず、しょっちゅう口にする自嘲的な台詞、パティとウォルターを褒めたりうらやんだりする言葉もあながち冗談ではないということが。シック・チェルシーズの演奏が終わると、十代後半と思しき友人たちがぞろぞろとクラブを出ていき、あとに残ったせいぜい三十人ほどのコアなトラウマティックス・ファン——小汚い恰好の白人男性ばかりで、年齢層も年々上がる一方——に向かって、リチャードが真顔《デッド・パン》でジョークを飛ばし（「まずはこの〈四〇〇バー〉に来てくれたみなさんにお礼を言おう、つまりその、あっちの人気店の〈四〇〇バー〉じゃなくて、こっちのほうに……ま、おれたちも間違えて来ちまったようなんだが」）、それからいきなりのハイテンションでニューアルバムのタイトル曲——


　　でっぷり太ったＳＵＶ車に、なんてちっちゃなその頭！

　　ハンドル握ってうれしそう、もう幸せで狂いそう！

　　サーキットシティ（家電量販店）は笑顔でいっぱい、どっち向いてもキャシー・リー！

　　壁にはずらっとリージス・フィルビン（キャシー・リー・ギフォードとリージス・フィルビンは朝のトークショー『ライブ・ウィズ・リージス＆キャシー・リー』の司会者コンビ）！

　　冗談抜きで、なんだかおれまで
　　もう幸せで狂いそう！　幸せで狂いそう！


しばらくあとには、よりこのバンドらしくとっつきにくい、「ＴＣＢＹ」（フローズンヨーグルトのチェーン店。店名は、The Country's Best Yogurt〔この国いちばんのヨーグルト〕の略。ただしもともとはThis Can't Be Yogurt〔これがヨーグルトだなんて〕の略だった）なる異様に長い曲、剃刀の刃かガラスの破片を思わせるギターノイズの洪水にのせてリチャードが鬱々と詩を唱える——

　　They can buy you（やつらはあんたを買うこともできる）
　　They can butcher you（やつらはあんたを屠ることもできる）

Tritely, cutely branded yogurt（陳腐なキュートなブランド・ヨーグルト）
The cat barfed yesterday（昨日、猫がもどしていた）

Techno cream, beige yellow（テクノ・クリーム、ベージュ・イエロー）
Treat created by yes-men（イエスマンどもの作ったごちそう）

They can bully you（やつらはあんたをいじめることもできる）
They can bury you（やつらはあんたを埋めることもできる）

Trampled choked benighted youth（踏みつけられ窒息した無知蒙昧《もうまい》の若者）
Taught consumerism by yahoos（獣人どもに消費文明を教えこまれて）

This can't be the country's best（これがこの国いちばんだなんて）
This can't be the country's best（これがこの国いちばんだなんて）

そして最後はスローなカントリー調の一曲、「バーの暗い端《ダーク・サイド・オヴ・ザ・バー》」、聴いているパティはリチャードへの悲しみについ目が潤んでしまった——

バーの暗い端に印のないドアがある
どこでもない場所へ通じるドアが
おれが望んだことはただ一つ

おまえと二人宇宙をさまようこと
おれたちの消滅の知らせが
はるかな虚空を追ってくる
公衆電話の先で迷ったんだ
あれから姿を見た者はない

演奏はすごくよかったのだけれど――何せリチャードとヘレーラはかれこれ二十年近く一緒にやっているのだ――客の少ない会場のわびしさに打ち勝つほどの演奏ができるバンドなんて、まずどこにもいないんじゃないかと思う。アンコールで一曲だけ「太陽は嫌いだ」をやると、リチャードはステージ脇に姿を消すでもなく、その場でギターをスタンドに立てて煙草に火をつけ、フロアに飛び降りてきた。


「悪いな、最後までいてくれるとは」とバーグランド夫妻に声をかける。「明日の朝は早いんだろ」

「よかったわ！　最高だった！」パティは言った。

「お世辞ぬきで、今回のアルバムはこれまでの最高傑作だと思う」ウォルターが言う。「どの曲もすごくいい。また大きく一歩前進ってとこだな」

「まあな」リチャードは心ここにあらずといった顔、フロアの奥に目を走らせて、シック・チェルシーズの誰かが残っていないか確かめている。案の定、一人いた。が、賭けるならこの子とパティが思っていた、よくいる美人タイプのベーシストではなく、背が高くて不満顔のひねくれた感じのドラマーで、よくよく考えれば、そう、やはりこっちかとパティも納得したのだった。「おれと話したいってやつがいてね」リチャードは言った。「おたくらはまっすぐ帰りたいんじゃないかと思うんだが、もしなんだったら一緒に出かけるかい？」

「いや、やめとくよ」ウォルターが言う。

「ほんと、すてきなライブだったわ、リチャード」パティはそう言って親しく腕に触れてから、ひねくれたドラマーのほうに歩いていく彼の後ろ姿を見守った。

家族用のボルボでラムジーヒルへ引き返すあいだも、ウォルターは『幸せで狂いそう《インセインリー・ハッピー》』のすばらしさとアメリカ大衆の鑑賞レベルの低さについて夢中で喋っていた。デイヴ・マシューズ・バンドのライブには何百万と押し寄せるのに、リチャード・カッツの存在すら知らないなんて。

「なになに」パティは言った。「どういうこと？　デイヴ・マシューズの何が悪いの？」

「何ってまあ、ぜんぶさ。演奏テクニックを除いて」ウォルターが言う。

「ふうん」

「あえて一つってことなら歌詞の陳腐さかな。〝自由になろう、どこまでも自由に、イェイ、イェイ、イェイ、自由なしじゃ生きられない、イェイ、イェイ〟ってそればっかりだろ、どの曲も」

パティは笑った。「ねえどう思う、リチャード、あの子と寝るつもりかな？」

「あわよくばと思ってるのは間違いないね」ウォルターが言う。「で、たぶん失敗はない」

「演奏はそんなによくなかったと思うんだけど。あの子たちのバンド」

「うん、だめだった。リチャードがあの娘と寝たとしても、それすなわち彼女らの才能に一票ってわけじゃない」

帰宅して子供たちの様子を確認すると、パティはタンクトップと小さなコットンのショーツに着替え、ベッドでウォルターに迫った。かなり珍しいことだったが、幸い前代未聞というほどではなかったから、特にコメントや質問を招くこともなく、説得の必要もないままにウォルターはいそいそと応じてくれた。夜更けのささやかなサプライズ、特段騒ぎ立てるほどの出来事ではない。でもこうして振り返っている筆者の目には、まるで二人の幸せの頂点のようにも見える。いやそれとも、終点と言ったほうが正確だろうか。結婚生活が安全だった、そこに安心を感じることができた最後の瞬間だったような気がする。ウォルターと心一つだったあの〈四〇〇バー〉での夜、そこで蘇った出会いの瞬間の記憶、リチャードと一緒にいるやすらぎ、自分たち夫婦のやさしい温もり、これほど付き合いの長い親友がいるという純粋な喜び、そんなあれこれのあとに、どちらもうれしいあの特別なご褒美、いますぐウォルターを体の中に感じたいという激しい欲望。そう、結婚生活はうまくいっていたのだ。そしてそのままずっとうまくいく、それどころかますますよくなっていくんじゃないか、そんな予感を否定するに足る理由なんかどこにもなさそうに思えた。

　数週間後、ドロシーがグランドラピッズの婦人服店で倒れた。パティはかつてのジョイスよろしく、病院の治療の質についてウォルターに懸念を表明したのだが、この心配が悲しいことに的中し、ドロシーは多臓器不全で亡くなった。ウォルターはもちろん悲しんでいたが、その悲しみはどこか漠然として、母の死のみならず、あまりにもささやかだったドロシーの人生そのものを悼《いた》んでいるかのようであり、同時にまた、その死が安堵と解放でもあるという——もう母親のことを心配しなくてもすむし、ミネソタの地にことさら縛られる必要もないという——彼自身の事情によって薄められてもいた。逆にパティは自身の悲しみの深さに驚くことになった。ウォルター同様、ドロシーも常にパティの最良の姿を信じてくれたし、そんな心やさしいドロシーでも、死ぬときはみな独りぼっちという原則に例外はないのかとかわいそうでならなかった。あの疑うことを知らないドロシーが、あんなにいい人が、誰の付き添いもなく死の恐ろしいドアをくぐらないといけなかったなんて、そう思うとたまらなかった。

　もちろんパティは自分を憐れんでもいた。他人の孤独な死を憐れむ気持ちには常に自己憐憫が混じる。あれこれと葬儀の手配をしているあいだも精神的にかなり参っていて、おそらくはそのせいもあったと筆者は思いたいのだが、ジョーイが前々からお隣の年上娘コニー・モナハンに慰み者にされていたと気づかされた際にはすっかり対応を誤ったのだった。この発見に端を発してパティが犯すことになった一連の過ちをくどくど語っていたら、すでにして十分長い本稿がこの倍の長さになってもまだ終わらないだろう。筆者はジョーイに対する自分の行いがいまでも恥ずかしくてたまらないし、その件をまともに読める物語にすることなど到底できそうにない。ふと気づけば夜中の三時に隣家の裏路地にいて、手にはカッターナイフ、そのナイフで隣人のピックアップトラックのタイヤをせっせと切り裂いている、そんな人間も法廷でなら心神喪失を訴えるという手はある。が、道義的に見て酌量の余地はあるだろうか？

弁護側　パティは出会ってすぐに、自分がどんな人間かをウォルターに警告しようとした。自分にはどこかおかしいところがあるとちゃんと言ったはずだ。

検察側　だからウォルターはしかるべく用心していた。その彼をヒビングまで追いかけていって誘惑したのはパティだ。

弁護側　でもパティは善い人間であろうと、立派な人生を歩もうとがんばっていたのだ！　そのうえすべてをなげうって立派なママに、主婦の鑑《かがみ》になろうと懸命に努力した。

検察側　動機が悪かった。パティは母親や妹たちに負けたくないと思っていた。家族へのあてつけに自分の子供たちを利用したのだ。

弁護側　でもパティは子供たちを愛していた！

検察側　ジェシカについては適度な愛し方だったが、ジョーイのほうは溺愛しすぎ、ちやほやしすぎもいいところだ。それは自分でもわかっていたくせにやめようとしなかった。理由の一つはウォルターへの不満、本当に求めていた男じゃないからといって彼を恨んでいた。もう一つは性格の問題、かつてはライバルを蹴散らすスターだったのにいまや主婦の生活に閉じこめられて、何か埋め合わせがあってしかるべきだと思っていたのだ。

弁護側　でも愛に理由なんてない。ジョーイのすることなすことすべてにうれしくなったからといって、それはパティのせいじゃない。
検察側　いいやパティのせいだ。クッキーやアイスクリームを愛しすぎて体重三百ポンドになった者が、こうなったのは自分のせいじゃないなどと言えるわけがない。
弁護側　でもパティにはそんなことわからなかった！　てっきり正しいことをしていると思っていたのだ。自分の親が与えてくれなかった思いやりや愛情を我が子たちに与えてるだけだと。
検察側　いいやわかっていた。ウォルターに何度もそう聞かされたはずだ。何度も何度も。
弁護側　でもウォルターの言うことはあてにならなかった。ウォルターが厳しすぎる分、こっちはやさしくならなきゃ、ジョーイの味方になってやらなきゃと思ったのだ。
検察側　問題はウォルターとジョーイの関係じゃなかった。問題はパティとウォルターの関係で、パティにもそれはわかっていた。
弁護側　でもパティはウォルターを愛している！
検察側　証拠を見るかぎりそうは思えない。
弁護側　ほう、でもそれを言うなら、ウォルターだってパティを愛してはいないのだ。彼が愛しているのは本当のパティじゃない。パティだと勝手に思いこんだ虚像を愛しているだけ。
検察側　それが本当ならそっちには好都合だろうが、実際は違う。あいにくだが、彼は本当のパティを知らずに結婚したわけじゃない。本当のパティを知っていたからこそ結婚したのだ。いい人だからと言って、必ずしもいい人と恋に落ちるとはかぎらない。
弁護側　パティが彼を愛していないなんて、そんなの本当じゃない！
検察側　実際の行動があれでは、たとえ愛しているとしても意味はない。
あのおぞましい隣人のおぞましいトラックのタイヤを切ったのがパティだということをウォルター

は知っていた。二人でその話をしたことはなかったけれど、もちろん知っていた。決して話題にならないからこそ、知っているのだとパティにはわかった。件《くだん》の隣人ブレイクというのはコニー・モナハンのおぞましい母親のおぞましい愛人で、この男が家の裏手におぞましい建屋をせっせと増設していたのだった。一方、その冬のパティは毎晩ワインを一本かそれ以上飲まずにはおれず、不安と怒りで深夜にいらいらと目を覚ましては、心臓をばくばくさせながら発狂寸前で家の一階を徘徊するという日々だった。ブレイクの態度にはどこか人を小馬鹿にしたような、偽善者めいたアホ臭さがあって、それが睡眠不足のパティの頭の中では、モニカ・ルインスキーのことでビル・クリントンに嘘をつかせたあのアホな特別検察官の偽善者面《づら》や、先頃そのクリントンを弾劾訴追したアホな下院議員たちの偽善者面とばっちり結びついていた。パティにとってビル・クリントンは、政治家でありながら殊勝ぶったところのない——清廉潔白《ミスター・クリーン》みたいな顔をしない——珍しい人物であり、他の何百万のアメリカ女性と同様、彼に誘われたら一も二もなくベッドに直行しただろうと思う。だからおぞましいブレイクのタイヤをへこますくらいは屁の河童《かっぱ》、我が大統領のためならやらいでかという気分だったのだ。これはもちろんパティに罪はないと言っているわけではなく、当時の精神状態を説明しているだけである。

もっと直接的ないらだちのもととしては、その冬のジョーイがブレイクへの心酔を装っていたという事情があった。ジョーイほど頭のいい子が本気でブレイクに心酔するわけはないのだが、その頃はちょうど反抗期で、パティの最も憎むものを好むことでパティを追い払う必要があったのだ。ジョーイへの過剰な愛からパティが犯した無数の過ちに鑑みれば、これもおそらく自業自得と言うべきだろうが、当時はとてもそうは思えなかった。生皮の鞭で顔を打たれているような気分だった。そしてジョーイの挑発に乗って自制心を失い、こちらもつい鞭をふるい返すという失敗を重ねた結果、自分がジョーイに対して恐ろしく意地の悪いことを口にしかねないとわかっていたので、せめてブレイクやウォルターといった安全な第三者を苦痛と怒りの捌《は》け口にしようとパティなりに努力していたのである。

パティは自分がアル中だとは思っていなかった。アル中ではなかった。父に似てきただけのこと。ときに深酒をすることで家族から逃れようとしていた父に。かつてはウォルターも、子供たちを寝かせたあとでパティがワインをグラスに一、二杯飲むのはぜんぜんいやじゃないと言っていた。子供の頃から酒の匂いは大嫌いだったけれど、パティの息からアルコールの匂いがしても許せるし、むしろ大好きだと言うのだった。だってぼくはきみの息が大好きだから、息はきみの体の奥から出てくるものだし、ぼくは体の奥まできみのことが大好きだから。この種の言葉を彼はよくかけてくれた――同じことをパティは言ってあげられなかったけれど、それでもつい酔いしれてしまうような台詞を。でも一、二杯が七、八杯になれば話は別だった。ウォルターとしては、パティに素面でいてもらい、息子はかくかくしかじかで道徳的におかしいという話をちゃんと聞いてもらう必要があったのだが、逆にパティは酔っ払ってしまえば聞かずにすむと思っていた。アル中ではなく、一種の自己防衛だったのだ。

そして問題はここ。ここにこそウォルター個人の重大な失敗がある。彼はジョーイが自分に似ていないという事実を受け容れられなかったのだ。仮にジョーイが内気で恋に不器用な子だったら、子供という役を喜んで演じられる子だったら、パパはなんでも教えてくれると喜ぶような子だったら、どうしようもないほど正直な子だったら、弱者の味方で自然が大好きでお金に興味のない子だったら、二人はそれこそ近所でも評判の仲良し親子になっていたかもしれない。ところがジョーイは幼い頃から、どちらかと言うとリチャード・カッツ型の人間――努力せずともクール、骨太で自信たっぷり、ほしいものは何が何でも手に入れ、お説教には耳を貸さず、女の子なんて平気へっちゃら――だったし、そんな息子に失望し不満を覚えるたびにウォルターはいちいちパティに報告し、パティのせいだと言わんばかりに感想を求めてくるのだった。ウォルターにはかれこれ十五年も、ジョーイを叱るときに味方になってくれ、テレビゲームや無用なテレビ番組、女性を貶《おとし》めるような音楽は禁止という一家のルールを守らせるのに協力してくれと言われ続けていたのだが、パティとしてはあるがままのジョーイを愛さずにいられなかった。あの手この手でルールを逃れるジョーイの才覚に感心し、おもしろがらずにいられなかった。こんな子供っているかしら、と思ってしまうのだ。優等生で努力家で、学校でも人気者、おまけに企業家精神まで持ち合わせている。仮にパティがシングルマザーだったら、あるいはもう少し躾《しつけ》の心配をしたかもしれない。でもその仕事はウォルターが引き受けてくれていたので、パティはただ息子と大の仲良しであることに満足していればよかった。ジョーイが厭味たっぷりに嫌いな先生の物真似をするのを夢中で見守り、ご近所のお下劣な噂話を無修正のまま聞かせてやり、息子のベッドで膝を抱えて、笑ってもらえそうなことならなんだって話した。ウォルターのことさえ笑いの種にした。その変わり者ぶり——酒を一滴も飲まない、猛吹雪の中でも自転車通勤にこだわる、退屈な連中にもいちいち付き合う、猫が大嫌い、ペーパータオルに反対、難しい芝居が大好き——を笑い話に仕立てても、別にウォルターを裏切っているという気はしなかった。なぜならウォルターのそういうところをパティ自身は愛せるように、というか少なくとも変てこでかわいいと思えるようになっていたし、ジョーイにも同じような目でウォルターを見てほしかったのだ。と、そんな理屈で自分を納得させていたのだけれど、実際そのときの正直な気持ちは、とにかくジョーイにおもしろい母だと思われたかったのだと思う。

ジョーイがお隣の娘を心底愛し大事に思っているなどとは到底信じられなかった。コニー・モナハンなんて所詮は姑息なライバル、何か汚らわしい手を使ってジョーイを首尾よく手なずけたようだが、それも一時のことだろうと高をくくっていた。だからようやくモナハン家の脅威の深刻さに気づいたときにはもう手遅れ、そうしてジョーイの気持ちを見くびっていた数カ月のあいだに——コニーを家から締め出して、あとは下品な母親とその間抜けな愛人を適当に笑い者にしてやれば、ジョーイもそのうち一緒になって笑っているだろうなどと思いこんでいるうちに――いいママになろうとがんばってきた十五年の努力をあっさり台無しにしてしまったのだった。我ながらあきれるしかない大失態、しかもこの件でパティはすっかり動転してしまった。ウォルターと何度もひどいけんかをし、きみがジョーイをつけあがらせたせいだとなじられてもまともに反論できなかった。胸のうちには決して口に出せないいくやしさ、そっちこそ我が息子との仲をぶち壊したんじゃないかという思いがあった。同じベッドで眠ることで、パティの夫であることで、パティを大人の側に引っ張りこむことで、パティが敵方の人間だとジョーイに信じこませたんじゃないか。そう思ってパティはウォルターを憎み、結婚を恨み、そうこうするうちにジョーイは家を出てモナハン一家と同居を始め、みなに苦い涙で過ちの代償を払わせたのだった。

この程度の説明ではおよそ事態の上っ面を引っ掻いたことにもならないのだけれど、この時期についてはもう言うつもりだった以上のことを言ってしまったから、ここは思い切って先に進みたいと思う。

家で一人きりになったことの小さな恩恵として、いまや聴きたい音楽、とりわけカントリーを好きなだけ聴けるようになった。以前はカントリーなどをかけようものなら、とたんにジョーイが苦痛と嫌悪でわめきだすし、カレッジチャート趣味のウォルターも、ごくごくかぎられたヴィンテージもの、パッツィ・クライン、ハンク・ウィリアムズ、ロイ・オービソン、ジョニー・キャッシュあたりしか認めてくれなかった。そのあたりの歌手はもちろんパティも大好きだったけれど、ガース・ブルックスやディクシー・チックスも負けず劣らず好きだった。毎朝ウォルターが出勤するや、頭の働きが停止するレベルまでボリュームを上げて、慰めになる程度に共感でき、かつ笑える程度に他人事の傷心にどっぷり浸かった。パティは根っからの歌詞派、お話派で――かつてはウォルターもリゲティやらヨ・ラ・テンゴやらに興味を持たせようとしたが、もうずいぶん前にあきらめていた——浮気な男と強い女と不屈の魂の世界にまったく飽きることがなかった。

　ちょうどその頃、リチャードは三人足しても自分の年とさほど変わらないくらいの若者たちを従えて、ウォルナット・サプライズなるオルタナ・カントリーの新バンドを結成しようとしていた。何もなければトラウマティックスのままがんばって、レコードを次々虚空に打ち上げることになっていたかもしれないのだが、親友でベーシストのヘレーラの身に奇妙な事故が、それこそ彼にしか起こりえないような事故が起こったのだった。このヘレーラという男、恰好も生活も乱れに乱れたものすごい有様で、その横に並ぶとリチャードもほとんど会社の重役に見えた。ジャージーシティはブルジョワすぎる（！）、景気がよすぎると見切りをつけて、ヘレーラはコネティカット州ブリッジポートに引っ越し、そこのスラムに落ち着いていた。その彼がある日、ラルフ・ネーダーら緑の党の候補者の集会のためにハートフォードに出かけ、そこでドップラーパスなる見世物を披露したのだが、これがレンタルのお祭り用オクトパスライドの八本の足に七人の仲間と分かれて座り、携帯アンプで葬送曲を演奏しながらぐるぐる回転して音を愉快に歪ませるというもの。のちにヘレーラの彼女がリチャードに語ったところによれば、このドップラーパスは「大成功」で、集会に参加していた「百人以上」の見物客に「大ウケ」だったらしい。ところが集会が終わって帰り支度をしているところにバンが勝手に坂道を下り始め、あわてて追いかけたヘレーラは窓から手を突っこんでハンドルを摑んだはいいが、はずみでバンの針路が変わってレンガの壁とのあいだでぺしゃんこにされてしまった。それでもなんとか帰り支度を終え、血を吐きながらブリッジポートまで車を走らせたものの、脾臓は破裂、肋骨五本に鎖骨も骨折、肺には穴が開いており、ガールフレンドが病院に運ぶ前にあわや死にかけたのだった。『幸せで狂いそう《インセインリー・ハッピー》』の失敗に続いて今度はこの事故、さすがのリチャードも天のお告げかと悩んだけれど、とにかく音楽をやらずには生きていけないので、ある若いファンが凄腕のペダルスティール奏者だと知るに及んでコンビを組むことにし、かくしてウォルナット・サプライズが誕生した。

私生活では、リチャードもウォルターとパティに劣らずひどい状況にあった。トラウマティックスの最後のツアーで数千ドルの損失を出したうえ、保険未加入で医療費に困っていたヘレーラにも数千ドルを「貸し付けて」いるらしく、ウォルターに電話で打ち明けたところでは、いまや家計は破綻寸前ということだった。そもそもこれまで二十年近く曲がりなりにも食ってこられたのは、名ばかりとも言えるわずかな賃料でジャージーシティのアパート一階の広い部屋に住まわせてもらっていたおかげだった。リチャードはとにかく物を捨てられない性分なのだが、そんなことを言っていられるのもその広いアパートがあってこそ。ウォルターは一度ニューヨーク出張の折に立ち寄ったことがあって、そのときの様子をあとで聞くと、リチャードの部屋の外の廊下は廃品同然のステレオ装置やマットレス、ピックアップトラックの余分な部品で埋まっていて、裏手の中庭もデッキ製作の仕事の材料や余った部材で埋まりつつあるということだった。中でも幸運だったのは、部屋の真下にある地下室をトラウマティックスの練習用に（のちにはレコーディング用にも）使えたことで、そこなら他の住人に著しく迷惑をかける心配もなかった。リチャード自身、アパートの隣人たちとの関係には常に気を配っていたのだが、モリーとの破局の余波で、さらに一歩進んで住人の一人と関係を持つという途方もない過ちを犯してしまった。

初めのうち、それが過ちだと気づいていたのはウォルターだけだった。ウォルターには、親友が女がらみでときおり口にするたわごとを見抜けるのは自分だけという自負があった。リチャードが電話で、そろそろ子供じみたお遊びはやめるよ、大人の女と本物の長続きする関係を築くつもりだと言ったとき、頭の中でたちまち警報ベルが鳴り出したのだという。問題の相手はエリー・ポサーダというエクアドル系の女だった。年の頃三十代後半で二人の子連れ、子供たちの父親はリムジンの運転手だったのだが、プラスキ・スカイウェイで故障の具合を見ようとした際、車にはねられて亡くなっていた。（パティももちろん気づいていたが、遊びでは年若い娘を山ほどものにしているリチャードも、長期的な関係を持つ相手は決まって同い年か年上だった。）エリーは保険会社勤めで、リチャードの向かいの部屋に住んでいた。初めの一年ほどはウォルターのもとに届く報告もいいことずくめ、意外にも子供たちがなついて大の仲良しになった、エリーの待つ家に帰るのは最高だ、エリー以外の女には興味がわかなくなった、こんなにちゃんと食べて健康なのはウォルターと同居していたとき以来だ、それに（ここでウォルターの頭の警報ベルはひときわ大きく鳴り響いた）保険の仕事というのも案外おもしろいことがわかった、などなど。この自称幸せな一年間のリチャードの話しぶりには、どこか気の抜けた感じ、他人事を語るような理屈っぽさがあって、これはよくない徴候だとウォルターは常々言ってたし、その後リチャードの本性がついに逆襲に転じたと知っても特に驚いている様子はなかった。ウォルナット・サプライズとしての音楽活動が保険業務に劣らず案外おもしろいとわかり、バンドの若きメンバーを取り巻くやせたねえちゃん《チック》たちのことも案外気になりだし、一方のエリーはこと浮気に関するかぎり案外厳しいことが判明し、そんなこんなでリチャードはエリーの待ち伏せが怖くて夜アパートに帰れなくなってしまった。その後まもなく、エリーは他の住人も巻きこんでリチャードが共有スペースを不当に私物化しているとの苦情を申し立て、するとこれまではいないも同然だった家主も配達証明郵便で断固たる通知を送りつけてきて、とうとうリチャードは四十四にして真冬の路頭に迷うことになったのだった。手元には限度額を超えたクレジットカードと、ためこんだがらくたの保管費用として月三百ドルの請求書。

　こうなるとウォルターの出番、リチャードの兄としてふるまえる絶好機が訪れたわけだ。家賃なしで生活でき、一人きりで曲作りに集中でき、そこそこ金も稼ぎながら今後の身の振り方を考えられる、そんな方法をリチャードに提案したのだった。ウォルターは亡くなったドロシーから、グランドラピッズ近郊の湖の畔にあるすてきなコテージを遺されていた。そしてこれを機に内装外観ともに大幅に手を入れようと計画を立てたものの、スリーエムをやめて自然保護協会《ネイチャー・コンサーヴァンシー》で働きだしてからは、とても自分でやる暇はないとあきらめていた。そこでリチャードに、こっちに来てその家に住みこみ、まずはキッチンから改装を始めて、雪が融けたら裏手に湖を望める大きなデッキを造り付けてくれないかと持ちかけたのだ。報酬は時給三十ドル、プラス電気も暖房も無料、仕事も好きなペースで進めてくれてかまわない。話を聞いたリチャードは、何せいまやどん底の状態だし、また（のちにこの素直な告白を聞いてパティはついほろりときたのだが）自分に家族に似たものがあるとすればそれはバーグランド一家だと思っていたので、一晩考えてすぐ引き受けることにした。この返事にウォルターは大喜び、リチャードの愛はやはり本物だといっそう確信を深めたのだった。ただしパティにとっては、そう、いささか危険なタイミングだった。

リチャードはおんぼろのトヨタのピックアップに荷物山積みでやってきて、北の別荘に向かう前にセントポールで一泊した。着いたのは昼間の三時、ところがパティは早くもほろ酔い加減でまともに接客をこなすどころではなく、料理もウォルターに任せきりで、一人で三人分の酒をせっせと飲んでいた。おまけに夫婦どちらもこの旧友との再会はお待ちかね、ジョーイが夕食の席にも着かずにお隣のアホな右翼とエアホッケーをしている理由をめぐって、ここぞとばかりに自分側の言い分を吐き出そうとする始末。リチャードはすっかりうろたえた様子で、たびたび外に出て煙草を吸っては、際限なくふるまわれるバーグランド的鬱憤の次なる一杯に備えて気合いを入れなおしていた。

「大丈夫、心配いらないって」室内に戻ると彼は言った。「おまえらはちゃんとした親なんだから。要はほら、器のでかい子供の場合、自立するときに派手なドラマが起こりうるってことさ。この手のことは解決するのに時間がかかるもんだよ」

「うわあ」パティは言った。「いつからそんなに賢い人になったの？」

「リチャードは変人なのさ、いまだに本も読むし、まともにものを考えようとしてる」ウォルターが言った。

「そう、あたしと違ってってわけね」そう言ってリチャードを見る。「たまになんだけど、あたし、この人が薦めてくる本を読まなかったりするわけ。ときどきもう――いいやってなっちゃうの。いまの話の裏にあるのはそのこと。あたしの知性が平均以下だっていう」

リチャードはパティに鋭い目を向けた。「酒はやめたほうがいいんじゃないか」と言った。

いっそ胸にパンチでも食らったほうがましだった。ウォルターに叱られても逆にどんどん悪さをしたくなるのに、リチャードに言われると、まるで幼稚な考えを見破られたような、醜さを白日の下にさらされたような気分だった。

「パティもなかなかつらいんだ」ウォルターが静かに言った。どんなに不可解に思えようと、自分はまだパティの味方だ、そうリチャードに警告するみたいに。

「あんたがどんだけ飲もうがおれの知ったことじゃない」リチャードは続けた。「ただ、息子に戻ってきてほしいんだったら、家の中をちゃんとしといたほうがいいんじゃないかってことさ」

「正直、いますぐ戻ってきてほしいって気はしないんだけどな」ウォルターが言う。「あいつに馬鹿にされずにすんで、ほっとしてるみたいなとこもあってね」

「てことは、どうなのよ」パティは言った。「ジョーイには自立のチャンス、ウォルターにはひと時の安らぎ、でもパティには？　パティには何があるの？　せいぜいワイン。でしょ？　パティにはワインしかない」

「うわ」とリチャード。「それってちょっと、かわいそうなアタシって感じじゃないか？」

「よせよ、おい」ウォルターが言った。

そうやってリチャードの目を通して、自分がどんな姿に成り果てようとしているかを見せられるのはたまらなかった。千二百マイルの彼方からならリチャードのことを笑うのも簡単、恋のトラブル、終わらぬ青春、子供じみたお遊びは卒業だなどというはかない決意にあきれ顔をして、ここラムジーヒルにはそれとは別種の大人の生活があるのだと思ってもいられる。でもこうしてキッチンで面と向かうや――その長身にはいつもながらはっとさせられるし、カダフィ似の顔立ちも苦労の年月を経て深みが増し、もっさりとした黒髪に混じる白髪もさまになっている――たちまち思い知らされた。そういう自分こそ、このきれいな家の壁に守られていたおかげで、幼稚で身勝手な子供のまま年をとってきたのだと。大人げない親きょうだいのもとを逃げ出しながら、結局は自分も同じ図体のでかい赤ん坊になってしまったのだ。仕事もしてないし、我が子たちのほうがよっぽど大人だし、セックスさえご無沙汰。そんな姿をリチャードに見られるのが恥ずかしかった。長年パティはあのささやかな自動車旅行の思い出を宝物にし、心のどこか奥深くにしまいこんで鍵をかけ、ワインのように熟成させてきたのだった。そうすれば何か象徴的な意味で、二人のあいだに起こりえたことが生き続け、二人とともに年をとっていけるんじゃないかと思って。その可能性は、密封された瓶の中で年を重ねるうちにいくらか変質したものの、腐ってはいないから潜在的にはまだ飲めるままで、一種自信の源にもなっていた。かつて色男のリチャード・カッツに一緒にニューヨークに住もうと誘われながらも、ノーと言った女、という。それがいまようやく、物事はそんなふうには進んでいないと気づいたのだった。現実の自分は四十二歳で、赤鼻の酔っ払いになりかけている。

パティはふらつかないよう気をつけながらそっと立ち上がり、半分ほど空いたボトルの残りを流しに捨てた。そして空のグラスをシンクに置くと、二階で少し横になるから晩ごはんは二人で食べてと言った。

「パティ」ウォルターが声をかけてくる。

「大丈夫。ほんとに大丈夫。ちょっと飲みすぎただけ。あとでまた降りてくるかも。ごめんね、リチャード。会えてすごくうれしかった。みっともないとこ見せちゃったわね」

その湖畔の家はパティも大好きで、一度に何週間も一人引きこもったりしていたのだけれど、リチャードが改修作業をしていたその春は一度も行かなかった。ウォルターは連休の週末など時間を見つけて何度か手伝いに行っていたが、パティは恥ずかしくて顔を見せられなかった。代わりに自宅でコンディション回復に勤《いそ》しんだ。リチャードの助言に従って酒をやめ、ランニングを始め、食事もしっかりとるようになり、やつれてしわが刻まれつつあった顔がいくらか張りを取り戻す程度まで体重を増やし、空想に逃れることで目を背けていた現実の自分の姿をおおむね認められるようになった。パティがイメチェンめいたことは絶対にしたくないと思っていた理由の一つは、憎き隣人キャロル・モナハンが憎きブレイクという若いツバメの登場とともにイメチェンを果たしたからだった。キャロルのすることはなんでも無条件に呪いたくなるパティだったが、ここはひとまず身を低くしてキャロルの範に従うことにした。ポニーテールをやめ、スタイリストと髪の色を相談し、髪形も年相応のものにした。かつてのバスケ仲間と努めて頻繁に会うようになり、すると彼女たちもうれしいことに、ずいぶん健康そうになったと言ってくれた。

当初リチャードは五月末には東部に戻るつもりだったようだが、何せあのリチャードのこと、六月半ば、パティが何週間か田舎暮らしを楽しもうと出かけていったときにも相変わらずデッキ造りと格闘していた。初めの四日はウォルターも一緒で、その後は彼だけ、金のなる木を揺するべく、VIPご招待の釣り旅行に出かけることになっていた。行き先は自然保護協会《ネイチャー・コンサーヴァンシー》の大口寄贈者がサスカチュワンに持っている豪勢な「キャンプ」。湖畔の家に到着したパティは、その冬の失態を埋め合わせるべくおもてなしに大忙し、裏庭でハンマーや鋸の音を響かせるウォルターとリチャードのためにすばらしい料理を作った。それも自慢じゃないがずっと素面で。晩も、ジョーイと一緒だったときと違ってテレビを見たいとは思わなかった。ドロシーお気に入りの肘掛椅子に座り、ウォルターがかねてから薦めていた『戦争と平和』を読んだ。男二人はチェスに興じていた。関係者一同にとって幸いなことに、チェスではウォルターが一枚上手、勝つのはいつもウォルターだったが、リチャードは負けるたびにもう一番と粘り、これがウォルターには少々応えているのがパティにはわかった——ああ見えてウォルターも毎回勝とうと必死なのであり、あれだけ長く神経を張りつめていたら、寝つくのにきっと何時間もかかるはず。

「またほら、そうやって真ん中を固める」リチャードが言う。「おまえはいつだって真ん中をふさいじまう。気に入らないね」

「真ん中を固める主義なのさ」そう認めるウォルターの声は、勝負のスリルを押し殺そうと必死で息が切れている。

「頭にくるんだよ、それ」

「まあでも、効くからな」ウォルターが言う。

「効くのはこっちに我慢が足りないからさ、我慢できりゃ後悔させてやるのに」

「きみの指し方はおもしろいね。次にどうくるか予想がつかない」

「ああ、でも負けてばっかり」

昼間は明るく日が長く、夜は驚くほど涼しかった。パティは北国の初夏が大好きだった。ウォルターとヒビングで過ごしたあの最初の日々を思い出すからだ。清々しい空気、湿った大地、針葉樹の匂い、パティの人生の夜明け。あの二十一歳のときほど自分が若かったことはないという気がした。時間軸上は前に位置するはずのウェストチェスターで過ごした子供時代も、それよりあと、下り坂の先で起こったことのように思えるのだ。家の中にはかすかにかび臭いような、ドロシーを思い出すなつかしい匂い。外にはジョーイとパティが名無しと名づけた湖、やっと氷が融けたばかり、樹皮と針葉が織りなす暗がりの向こうで明るい晴天の雲を映している。夏には落葉樹が茂り、近隣に一軒だけの、ランドナーという一家が週末と八月に遊びにくる家も見えなくなる。バーグランドの家と湖のあいだには、立派な樺の木が何本か生えた小さく盛り上がった草地があり、日差しやそよ風のおかげで蚊がいないときには、パティは本を手に何時間も草むらに寝そべり、まれに頭上を飛んでいく飛行機と、もっとまれに未舗装の田舎道を通る車を気にしなければ、世界から完全に隔絶された気分を味わうことができた。

ウォルターがサスカチュワンへ出発する前日になって、パティの胸の鼓動がやけに早まってきた。心臓が勝手に暴れている、そうとしか言いようがない感じ。翌朝、グランドラピッズの小さな飛行場までウォルターを車で送り、家に戻ったときには心臓はさらにばくばくしていて、パンケーキの生地を作ろうとして卵を床に落っことした。カウンターに両手をつき、何度か深く息を吸いこんでから、床に跪いて汚れを拭きとる。キッチン改装の仕上げは後日ウォルターがすることになりそうだが、床に張りなおしたタイルの隙間を埋めるくらいはリチャードにだってできたはず、これもまだやり残している。一方で得るものもあったようで、本人いわく、独学でバンジョーを弾けるようになったとのこと。

日の出からはや四時間、それでも朝もまだかなり早いうちにリチャードは寝室から出てきた。下はジーンズ、上はマルコス副司令官とチアパス解放への支持を表明するTシャツという恰好だ。

「そば粉のパンケーキはいかが？」パティは明るく声をかけた。

「いいね」

「卵も焼けるわよ、そっちのほうがよければ」

「パンケーキのほうがいいな」

「ベーコンも別に手間じゃないけど」

「よければベーコンはもらおうかな」

「了解！　じゃあパンケーキとベーコンってことで」

仮にリチャードもどきどきしていたとしても、そんな様子はおくびにも出さなかった。パティはじっと立ったまま、二枚のパンケーキを平らげる様子を見守った。そのマナー通りのフォークの握り方は、たまたま聞いた話によれば、大学一年のときにウォルターに教わったもの。

「そっちの今日の予定は？」と訊いてきた。この質問の関心レベルは低から中といったところ。

「予定かあ。ぜんぜん考えてなかったな。うん、予定なし！　休暇中だし。午前中は何もしない。それからあなたにランチを作る」

リチャードはうなずいて食事を続け、パティはふと、現実とはいっさい無関係な空想にふけるのは自分の得意技であることを思い出した。バスルームに行き、トイレのふたに座って心臓をばくばくさせているうちに、リチャードが外に出て大工仕事を始める音が聞こえてきた。朝起きて誰かが仕事を始める、その最初の物音には何やら危険な種類の淋しさがある。まるで破られた静けさが痛みを感じているみたいな、そんな感じ。仕事の一日の始まりのひとときは、一日を構成する他のあらゆるひときを想起させるし、そうして時間を細切れに、それぞれ独立したものとして考えるのは決していいことではない。むきだしで孤独な最初のひととき、そこに他のいろんなひとときが加わって初めて、一日はしかるべく安全に統合され、一日らしい様相を帯びるのだ。パティはこれが起こるのを待ち、それからバスルームを出た。

『戦争と平和』を手に草の生えた斜面に出ていった。頭の中にはぼんやりと、読書のポーズでリチャードを感心させたいという昔ながらの動機。ところが軍隊がらみのセクションに足をとられて、気づけば繰り返し同じページを読んでいる。鳴き声のきれいな鳥、ビリーチャツグミ《ヴィーリー》だかモズモドキ《ヴィリオー》だったか、ウォルターが正式な名前を教えてくれようとして結局あきらめたあの鳥が、パティの存在にもすっかり慣れて、すぐ頭上の木で歌い始めた。ひたすら同じ歌の繰り返し、まるでその小さな頭からどうしても追い出せない固定観念《イデ・フィクス》みたい。

このときのパティの気持ちは言うなればこんな感じ。冷酷無比でよく組織されたレジスタンス部隊が心の闇夜にまぎれて集結中、だから良心のスポットライトにその近辺を照らさせては絶対にだめ、たとえ一秒でも。ウォルターへの愛や夫婦の絆、善い人間でありたいという思い、リチャードはウォルター生涯のライバルだという事実、冷静な目で見たリチャードの人柄、そして何はともあれ夫の親友と寝るという行為の全面的なおぞましさ、そんな諸々の高等な配慮が、見つけしだいレジスタンスの闘士たちを殲滅《せんめつ》しようとスタンバイしている。そんなわけで、パティは良心軍の注意を絶えずよそに向けておく必要があった。服装を気にかけることさえ許されなかった――リチャードの十時のおやつにクッキーとコーヒーを持っていく際にも、特別よく似合うノースリーブにしようかという、ふと頭に浮かびかけた考えを即座にかわし、すぐさま遠くに弾き飛ばさねばならなかった――というのも、月並みな下心のほんのかすかな気配すらサーチライトを引き寄せかねず、その光のもとにさらされるだろう光景のおぞましさ、恥ずかしさ、失笑ものの哀れさには耐えられそうになかったからだ。たとえリチャードがげんなりしなくても自分がうんざりするのは間違いないし、仮にリチャードが感づいて、酒の一件と同じようにアウトの宣告をしようものなら――もう大失態、屈辱、最悪である。

とはいえ胸の動悸は知っていた――そしてその暴走によってパティに伝えようとしていた――そう、おそらくこんなチャンスは二度とないと。仮にあったとしても、その頃には肉体的な峠をはるか彼方まで転げ落ちているだろう。胸の動悸はまた、潜伏しつつパティを駆り立てる現状認識も探知していた。すなわち、サスカチュワンの釣り用キャンプと連絡をとるには複葉機か無線か衛星電話が必要なはずだということ、そしてウォルターは緊急事態でもないかぎり今後五日は連絡してこないだろうということ。

パティはリチャードのランチをテーブルに残して、近隣のとても小さな町、フェンシティまで車を走らせた。交通事故に遭うなんて簡単、ふとそんな考えが頭をよぎり、事故死した自分、そのぐちゃぐちゃの遺体にかがみこんで泣くウォルター、気丈にもそのウォルターを慰めるリチャードなどなどと空想にふけるうち、フェンシティにたった一つの一時停止標識を無視しそうになった。ブレーキの悲鳴が耳にぼんやりと届く。

ぜんぶ妄想、ぜんぶ妄想だ！　唯一希望が持てる根拠になりそうなのは、パティ自身、どうやら内なる動揺をかなりうまく隠せているということだけ。過去四日間、少しばかりうわの空で神経質なところはあったかもしれないが、あの二月のときに比べればはるかにまともにふるまえているはず。そしてパティが内なる暗い力をうまく隠しおおせているとすれば、リチャードも身の内に同種の暗い力を抱えていながら、それを同じくらい巧妙に押し隠していると考えても理不尽ではない。しかしこれほどちっぽけな、薄っぺらな希望もない。正気を失った者が空想に溺れるとこうなるという見本みたいな理屈じゃないか。

パティはフェンシティ・コープの淋しい国産ビール売り場に立っていた。ミラー、クアーズ、バドワイザー、どれにしようかと考える。シックスパックを手に取ってみた。飲んだらどんな気分になるか、缶のアルミを通して事前にわかるんじゃないかと期待しているみたいに。リチャードは酒はやめたほうがいいと言った。酔っ払った自分は醜かったのだ。シックスパックを棚に戻し、後ろ髪引かれる思いで店内のもっと魅力の薄い売り場に移動したものの、いまにも吐きそうな気分のときに夕食の献立を考えるのは難しい。同じ歌を繰り返す鳥よろしく、ビール売り場に戻ってきた。缶ビールのデザインはさまざまだが、中身はどれも同じ、アルコール度の低い安物のビール。ふと、グランドラピッズまで足を伸ばして本物のワインでも買おうかと思う。何も買わずに家に引き返そうかとも思う。でも帰ったとして、どこにいればいい？　その場で迷っているうちに虚脱感に襲われる。その正体は、間近に迫った結末がどっちにどう転ぼうとも、心拍かまびすしい現在のこの惨めさを贖うだけの安堵も快楽も得られないだろうという予感。要するに、不幸の泥沼にはまりこむというのがどういうことかパティにはわかったのだった。ただそれでいて、これを書いている筆者は当時のまだ比較的若かったパティに羨望と憐れみを覚えずにはいられない。そうしてフェンシティ・コープに立ち尽くし、いまや落ちるところまで落ちたのだと、この危機も今後五日のうちになんらかの解決を見るだろうと無邪気に思いこんでいたあのときのパティに。

レジにいるのは十代の太った娘で、これが凍りついているパティを不審げに見つめていた。パティは気がふれたような笑みを返すと、てきぱきと売り場をめぐり、ラップにくるまれたチキンと醜いジャガイモを五つ、それにぐにゃりと頭を垂れたネギをかごに入れた。どのみち不安から逃れられないのなら、せめて酔っ払うより素面でいよう、そう心に決めた。

「晩ごはんはローストチキンにしようと思って」家に帰りつくとリチャードに言った。

おがくずが髪や眉をまだらにし、汗をかいた広い額にもくっついている。「そいつはうれしいね」

「なかなかすてきなデッキじゃない」パティは言った。「ずいぶん形になってきたみたい。あとどのくらいかかりそう？」

「二日かそこらかな」

「なんなら仕上げはウォルターとあたしでもできるわよ、もしニューヨークに戻りたいんだったら。いまごろはもう戻ってるはずだったんでしょ」

「途中で放り出すのはいやなんだ」と言う。「あと二日もあれば終わるから。ただ、ひょっとして一人になりたい？」

「一人になりたい？」

「つまりほら、うるさいだろ」

「ああ、ううん、大工仕事の音は好きだから。聞いててなんだかほっとするっていうか」

「隣から聞こえる場合を除いて」

「それはまあ、ああいうお隣さんだから、そのへんは違うわけ」

「なるほど」

「まあじゃ、そろそろチキンの支度にかかるわね」

この言い方に何か妙なところがあったに違いない。リチャードは少し眉をひそめて訊いてきた。

「なあ、ほんとに大丈夫？」

「もちろんもちろん」パティは言った。「ここ、大好きだし。お気に入りなの。世界でいちばん好きな場所。だからって何かが解決するわけじゃないけど、とか言ってもわかんないよね。まあでも、朝、目が覚めるのも気持ちいいし。空気もいい匂いだし」

「おれがここにいても大丈夫かって意味だったんだけど」

「ああ、ぜんぜん。そりゃあもう。ぜんぜん。うん！　だってほら、ウォルターの親友でしょ。あなたとはもうずいぶん長い知り合いみたいな気がするけど、でも、あなたとちゃんと話したことって、あたしはほとんどないし。ちょうどいい機会。ただほんと、遠慮しないでね、無理にここにいてくれなくていいのよ、ニューヨークに帰りたければ。ここで一人でいるの、あたし慣れっこだから。大丈夫」

この台詞の最後までくるのにずいぶん長い時間がかかったような気がした。ようやく言い終えると、しばし沈黙が続いた。

「さっきから話を聞いてて、どうもほんとのところがわからないんだが」リチャードが言う。「おれはほんとにここにいていいのかどうか」

「だからほら」パティは言った。「何度も言ってるでしょ？　たったいま言ったじゃない？」

これにはさすがに、まったく女ってやつはと我慢も尽きた様子だった。あきらめ顔で角材を手に取る。「そろそろこいつは切り上げて泳ぎに行くことにするよ」

「水、冷たいわよ」

「日に日にちょっとずつましになってる」

家の中に戻りながら、ウォルターを羨む気持ちで胸が苦しくなった。ウォルターならリチャードへの愛も平気で口に出せるし、関係を揺るがすような厄介な見返りを求める必要もなく、ただ自分も同じように愛されていればそれで満足していられる。男同士なら話は簡単なのだ！　それに比べてこの自分はぶよぶよのクモみたいなもの、年々歳々干からびた網を紡ぎだし、獲物がかかるのをじっと待ち構えている。ふと、かつてのあの女の子たちの気持ちがわかる気がした。リチャードといつでもフリーパスのウォルターを恨み、その存在をうっとうしがっていた大学時代のあの子たち。その一瞬、パティはイライザと同じ目でウォルターを見ていたのだった。

やっちゃうかも、やっちゃうかも、ほんとにやっちゃうかも、そう独り言を言いながらパティはチキンを洗い、いやいや本気じゃないと自分に言い聞かせた。湖から水のはねる音が聞こえ、リチャードが木陰から夕暮れの残光で金色に染まった湖面へと泳ぎ出ていくのが見えた。あの昔の歌で歌っていたように本当に太陽が嫌いだとしたら、六月のミネソタ北部はいたたまれない場所に違いない。とにかく日が長くて、ようやく沈む頃にはよくもまあ燃料が持つものだなとあきれてしまう。とにかくひたすら燃え続けている。ふと衝動に駆られ、股のあいだに手をやった。なんとなく様子を見たくて、どきりとしたくて。泳ぎに行くわけにもいかないし。あたし、生きてる？　体はちゃんとある？

切り終えたジャガイモにはとても不思議な角度がついている。まるで幾何学パズルか何かみたい。シャワーを浴びたリチャードがキッチンに入ってきた。メッセージ抜きのＴシャツ、色は数十年前には鮮やかな赤だったに違いない。いまは髪の毛もひとまずおとなしく、若々しいつややかな黒だ。

「冬のあいだにイメージを変えたんだな」彼はパティに言った。

「別に」

「なんだそれ、〝別に〟って？　髪形が変わっただろ、なかなかいいよ」

「そんなに変わってないわ。ほんのちょっと変えただけ」

「それに――少し体重も増えたかな？」

「別に。まあ。ちょっと」

「いまのほうがいい。やせすぎてないほうがいい」

「それ、デブになったってことを感じよく言おうとしてるわけ？」

リチャードは目を閉じ、顔をしかめた。じっとこらえている様子。やがて目を開けてこう言った。

「そのどうもインチキ臭い態度だが、原因はどこにあるんだ？」

「え？」

「おれに出てってほしいのか？　そういうことか？　なんなんだその変な嘘臭さは。見てるとどうも、おれと一緒だと落ち着かないんじゃないかって気がしてくる」

焼けていくチキンの匂い、昔よく食べていたような、それらしい匂いがしている。パティは手を洗ってタオルで拭くと、完成前の棚の奥をごそごそ探し、改装作業の埃をかぶった料理用シェリーの瓶を見つけた。ジュースグラスになみなみと注いでから、テーブルの前に腰をおろす。「じゃあ正直に言うわね？　あなたの前だとちょっと緊張しちゃうの」

「しなくていい」

「どうしようもないのよ」

「緊張する理由なんてないだろ」

パティが聞きたくないと思っていた台詞だった。「一杯だけ飲ませてもらうわ」

「勘違いしないでくれよな、おれはあんたがどんだけ飲もうが気にしちゃいないよ」

パティはうなずいた。「オーケー。うん。それ聞いて安心したわ」

「ずっと飲みたいのを我慢してたのか？　やれやれ。遠慮なく飲んでくれよ」

「飲んでるとこ」

「なあ、あんたやっぱりだいぶ変わってるよな。これ、ほめてるつもりなんだけど」

「ありがと」

「ウォルターめ、ほんとに運がいいやつだ」

「あはは、まあ、そこがちょっと困ったとこよね。あの人、もうそういうふうには思ってないんじゃないかな」

「いや、思ってるさ。嘘じゃないよ、おれは知ってる」

パティは首を振った。「あたしが言いたかったのはね、あの人の場合はたぶん、あたしの変わったとこが好きなわけじゃないってこと。いい意味で変わったとこはまあ好きかもしれないけど、悪い意味で変わったとこにはうんざりしてて、しかも最近はもう悪いほうばっかりだし。だから皮肉よね、って言いたかったの、そういう悪い意味で変わったとこも、あなたは気にしないと思うんだけど、あたしが結婚してる相手はあなたじゃない」

「おれと結婚してたいとは思わないだろ」

「まあね、きっとひどいことになってそう。噂はいろいろ聞いてるし」

「そうかい、そりゃ残念。ま、驚きはしないがね」

「ウォルターはなんでも教えてくれるから」

「そうだろうな」

湖のほうで鴨がガアガアわめきたてている。向こう岸の葦の茂った一角にマガモの巣があるのだ。

「あたしがブレイクのスノータイヤを切ったって話、ウォルターに聞いた？」パティは言った。

リチャードが驚いて眉を上げる。パティはその話をしてやった。

「それって相当いかれてるよな」話が終わると彼は感心したように言った。

「うん。でしょ?」

「ウォルターは知ってるのか?」

「うーん。いい質問」

「あんたのほうじゃ、あいつになんでも話すってわけでもなさそうだな」

「やめてよリチャード、なんでもどころか、なんにも話せないわ」

「話せばいいのに、話せるやつだよ。きっとあいつ、あんたが思ってる以上にいろいろ知ってるんじゃないかな」

パティは大きく息を吸って、ではウォルターは自分のどんな秘密を知っているのかと訊ねた。

「あんたが幸せじゃないってこと」リチャードは言った。

「まあ正直、それは普通に見てればわかるんじゃないかと思うけど。他には?」

「ジョーイが家を出たことであんたに恨まれてること」

「ああ、それね」と言う。「それはなんていうか、直接本人に言ったみたいなものだし。数に入らないわ」

「オーケー。じゃあそっちが教えてくれよ。タイヤ切り魔だってこと以外に、あいつが知らないどんな秘密がある?」

この質問に答えようとしてみてパティの頭に浮かんだのは、ただもう自分の人生がとことん空っぽだということ、せっせと築いた家庭も空っぽ、子供が巣立ったいまとなっては生きる目的もないということ、それだけだった。シェリーのせいで悲しい気分になっていた。「晩ごはん並べるあいだに一曲歌ってよ。どう、いいでしょ?」

「どうかなあ」とリチャード。「なんか気持ち悪いな」

「なんで？」

「なんでかな。とにかくなんか気持ち悪い」

「歌手でしょ。歌うのが仕事じゃないの。歌って」

「なんだかなあ、前々から思ってたんだが、あんた、おれの歌そんなに好きじゃないだろ」

「あれ歌ってよ、〝バーの暗い端《ダーク・サイド・オヴ・ザ・バー》〟。あの歌大好き」

彼はため息をついて下を向き、じっと腕を組んだ。そのまま眠りこんでしまいそうな様子。

「何？」とパティ。

「やっぱり明日出てくことにするよ、そっちがかまわなければ」

「わかった」

「残りの作業は二日もあれば十分できる。デッキはいまのままでも使える」

「わかった」立ち上がってシェリーのグラスをシンクに置く。「ただ、理由を訊いてもいい？　つまり、いてくれてもぜんぜんかまわないわけだし」

「行ったほうがよさそうだってだけさ」

「わかった。そう言うんならそれで。チキンはあと十分ってとこ。なんならテーブルをセットしてくれてもいいわよ」

椅子からじっと動かない。

「モリーなんだ、あの曲書いたの」彼は言った。「ほんとのとこ、あれはレコーディングすべきじゃなかった。まったくケチな真似をしちまったよ。それもわざと、計算ずくでやったケチな真似だ」

「あんなに悲しいすてきな曲だもん。どうすればよかったっていうの？　使わずに腐らせとくの？」

「まあそうだな。使わないほうがよかった。そのほうがまともだ」

「モリーとのこと、残念ね。ずいぶん長いあいだ一緒だったし」

「そうともいえるし、そうじゃないとも言える」

「うん、まあそうだけど、それでも」

そうしてリチャードがじっと考えこんでいるあいだに、テーブルをセットし、サラダを和《あ》え、チキンを切り分けた。食欲など湧かないだろうと思っていたのだが、チキンを一口食べたとたん、前の晩から何も食べていないこと、その日は朝の五時に始まった長い一日だったことを思い出した。リチャードも黙々と食べていた。しばらくすると、二人とも黙っていることが気になり始めてスリルめいたものが漂い、またしばらくすると、今度はだんだんくたびれて気が滅入ってきた。テーブルの食器と残り物を片付け皿洗いをしているあいだに、リチャードは網戸つきポーチのほうに移動して煙草を吸っていた。日もようやく暮れたけれど、空はまだ明るい。そう、と思う。やっぱり行ってもらったほうがいい。そのほうがいい、そのほうがいい、そのほうが。

網戸つきポーチに出ていく。「そろそろベッドに入って本でも読むわ」と声をかける。

リチャードはうなずいた。「いいね。じゃあまた、明日の朝」

「夕方がほんとに長いの」パティは言った。「光がなかなか消えようとしなくて」

「ここにいられて楽しかったよ。おたくらにはほんとに世話になった」

「ああ、それはぜんぶウォルターー。あなたに来てもらおうなんて、あたしは思いもつかなかったし」

「あいつはあんたを信頼してるよ」リチャードが言う。「あんたも信頼してやれば何もかもうまくいく」

「うん、まあ、そうかもしれないし、そうじゃないかもしれない」

「あいつと一緒にいたくないのか？」

いい質問だった。

「あの人を失いたくはない」パティは言った。「いまの質問がそういう意味ならね。別れようかとか、そんなことばかり考えてるわけじゃないの。まあなんか、ジョーイがモナハン一家に飽きてくれる日を指折り数えてる感じかな。高校もまだ丸一年残ってるし」

「話のポイントがよくわからないんだが」

「いまでも家族は大事だってこと」

「なるほど。いい家族だもんな」

「そうね、まあじゃあ、おやすみなさい」

「なあパティ」リチャードはそう言うと、灰皿に使っているドロシーお気に入りのデンマークのクリスマス記念ボウルで煙草を消した。「おれは親友の結婚生活をぶち壊す人間にはなりたくない」

「そんな！　やめてよ！　当たり前じゃないの！」落胆でほとんど泣きそうだった。「ちょっと待ってよリチャード、悪いけど、あたし何か言った？　そろそろ寝るわ、おやすみなさいってそれだけでしょ！　それと家族が好きだって。そう言ったでしょ」

じれったそうな、疑わしげな目でこっちを見ている。

「冗談やめてよ！」

「オーケー、わかった」彼は言った。「変に勘ぐるつもりはなかったんだ。なんかこうピリピリしてるし、その正体を突き止めたかっただけさ。憶えてるだろ、前に一度、こういう話をしたことあったよな」

「憶えてるわ、ええ」

「だから言わないより言っちまったほうがいいと思ったんだ」

「そう、いいわ。よくわかった。あなたってほんとに友だち思いなのね。だけどあたしのせいで明日出ていかなきゃなんて思わないで。心配することなんてないから。逃げ出す理由もないわよ」

「ありがとう。まあでも、とにかく行くよ」

「それならそれで」

そう言って家に入り、ドロシーのベッドに向かった。パティとウォルターが来て追い出されるまではリチャードが使っていたベッドだ。長い昼間には身を潜めていた涼しい空気があちこちから感じられるけれど、薄暮の青さは窓という窓に居残っている。夢の夜、狂気の夜、明るさはどうしても立ち去ろうとしない。薄れさせるためにランプをつける。ついにレジスタンス部隊発見！　万事休す！　フランネルのパジャマ姿で横になり、過去数時間に口にしたすべての台詞を再演してみて、そのほとんどに我ながらぞっとした。トイレのほうから、リチャードが膀胱の中身を空けている心地よい旋律が響き、それから水を流す音、パイプを流れる水の歌声、ポンプが働く短く一段低い声。自分の悩みから逃れたい一心で『戦争と平和』を手に取り、ずいぶん長いあいだ読んでいた。

筆者は思うのだが、そうして読むうち、どう見たってあの間抜けな善人ピエールとくっつきそうなナターシャ・ロストワが、ピエールのすばらしくクールな友、アンドレイ公爵と恋に落ちる、あのくだりにパティが到達していなかったとしたら、あるいはその後の事態の成り行きも変わっていただろうか。パティはこの展開をまったく予想していなかった。読み進めるにつれ、ピエールの喪失はまるでスローモーションの破局といった感じで明らかになっていった。さすがに事の成り行きが実際に変わることはなかったかもしれないが、それでもこのくだりがパティに及ぼした効果、その現実との重なり具合には、何かサイケデリックな幻覚体験めいたものさえあった。こうなるともう軍隊がらみの話にもすっかり夢中、パティは真夜中過ぎまで読み続け、ようやくランプを消したときには、ありがたいことに薄暮の色も消えていた。

その後、眠りの中で、いつとは知れないまだ暗い時刻にパティはベッドから起き出し、廊下を通ってリチャードの寝室に入り、彼のベッドにもぐりこんだ。部屋は冷たく、パティはリチャードにぴったりと体を押しつけた。

「パティ」と彼は言った。

でもパティは眠ったまま首を振って目覚めるのを拒み、いっさいの抵抗を寄せつけなかった。眠っているパティは意志が固いのだ。全身を広げて彼を包みこみ、接触を最大にしようと試み、彼をすっぽり包んでしまえる大きさになった気分で顔を彼の頭に押しつけた。

「パティ」

「んん」

「眠ってるんなら目を覚まさないと」

「ううん、眠ってるから……眠ってるの。起こさないで」

彼のペニスがパンツから出ようともがいている。下腹をこすりつけてやる。

「悪いけど」下で身をよじりながら彼は言った。「目を覚ましてくれ」

「いや、起こさないで。やって」

「やれやれ」そううめいて彼は逃れようとしたが、パティはアメーバのようにまとわりつく。なんとか押しとどめようと、彼は手首を摑んだ。「意識がないやつとはやらない。嘘じゃないよ、そこはちゃんと線引きしてる」

「んん」とパジャマのボタンを外す。「二人とも眠ってるの。二人ともすごく楽しい夢を見てるの」

「うん、でも人間、朝には目が覚めるし、見た夢は憶えてる」

「でもただの夢なら……これも夢。眠りに戻るわよ。あなたも寝て。眠って。二人とも眠るの……そのあとで、あたしは消えるわ」

こんな台詞を口にでき、しかも口にした台詞をあとになってもはっきり憶えていたという事実に鑑みれば、はたしてパティは本当に眠っていたのかとの疑問が生じるのは当然だろう。が、それでも筆者は、ウォルターを裏切り、その親友に貫かれるのを感じていたあのとき、パティは目覚めてはいなかったと断固主張したい。パティが名高きダチョウの習性を真似てひたすら固く目を閉じていたこと、それに事後的に明確な快楽の記憶がなく、ただことがなされたという漠とした意識しか残らなかったことなどもあるが、それよりも仮に思考実験として、ことの最中に電話が鳴っていたらと想像してみると、その音にはっとなったパティがどういう状態に至ったと想像されるかといえば、それは目覚めた状態なのであって、だとすれば論理的に、電話が鳴らなかった場合のパティの置かれていた状態は眠っている状態と見做せるはずである。

ことが終わったあとでようやくパティは目を覚まし、いささかうろたえ、どうしたものかと考えこみ、それから急いで自分のベッドに戻った。やがてふと気づけば窓に光が差していた。リチャードが起き出して、バスルームで小用を足している音が聞こえた。それに続いて彼が立てる音に耳を澄まし、出方を探る――トラックに荷物を積みこんでいるのか、それとも仕事に戻ろうとしているのか。仕事に戻るつもりらしい！　勇気を奮い起こしてついに隠れ家を出ると、彼は家の裏手で地面に膝をついて材木の切れ端をより分けていた。日は昇っているが、太陽は薄雲の下のぼやけた円盤だ。荒天の兆しに湖面が波立っている。まぶしい光とまだらな影を失った森は、どこかすかすかして虚ろに見える。

「おはよう」パティは言った。

「ああ」リチャードは顔を上げない。

「朝ごはんはまだ？　朝ごはん、いらない？　卵でも焼きましょうか？」

「コーヒーをもらったから」

「卵を焼くわ」

リチャードは立ち上がって腰に手をあて、より分けた材木を眺めた。まだこちらを見ない。「ウォルターのために整理しとこうと思ってね、何がどこにあるかわかるように」

「そう」

「荷造りは二時間もあればできると思う。そっちはそっちで適当にやってくれ」

「わかった。何か手伝えること、ない?」

彼は首を振った。

「朝ごはん、ほんとにいらない?」

これにはいかなる反応も示さなかった。

ふとパティの脳裏にやけにくっきりと、何やらパワーポイント風の氏名リストが浮かんだ。善良さによる降順リストで、いちばん上はもちろんウォルター、次いで僅差でジェシカ、少し離れてジョーイとリチャード、そして大きく引き離された最下位に、ぽつんと一つ自分の醜い名前。

コーヒーを手に部屋に戻り、リチャードが物品整理を続けている音に耳を澄ました。じゃらじゃらと釘を箱に入れる音、ごとごとという道具箱の音。午前の中ほどには思い切って様子をのぞき、せめてお昼までいてランチを食べてから行けばと声をかけてみた。同意してくれたが、その態度に親しみはない。あまりに不安で泣く気にもなれず、キッチンで卵サラダのために卵を茹でた。頭の片隅には計画というか願望というか妄想というか、そんなものがあると意識するのも怖かったのだが、とにかくそれは、リチャードが今日出ていくのをやめ、自分はその晩もまた夢遊病にかかり、翌日はさわやかに何一つ口にされず、それからまた夢遊病体験、またまたさわやかな一日、しかるのちにリチャードはトラックに荷物を積みこんでニューヨークに帰り、パティはパティで何年もののち、その数日間に名無しの湖で見た恐ろしくくっきりとした夢を思い出し、あれは本当にあったことなのだろうかとぬくぬくと懐かしむというもの。この元の計画(もしくは願望、もしくは妄想)はいまやずたずた。新たな計画によれば、とにかくもう前の晩のことは忘れて、そんなことはなかったかのようにふるまうことが必須だった。

この新たな計画には絶対に含まれていなかったと断言してもいい。食べかけのランチをテーブルに残し、気づけばジーンズは床の上、水着の股を痛いほどきつく片側に寄せて、なつかしきドロシーの居間のしみ一つない壁紙を背に激しいファックで恍惚となるなんてことは。それも真っ昼間、これ以上ないほどばっちり目の覚めた状態で。壁に目に見える跡は残らなかったけれど、その場所は以後永遠にくっきりとして、いつ見てもわかった。歴史の負荷を帯びて不可逆的に変質した、宇宙のささやかな座標。のちにウォルターと二人きりで過ごした週末にも、その場所は物言わぬ第三者として部屋に存在していた。とにかくパティにとっては、まともにセックスをしたのはこれが初めてじゃないかと思うような体験だった。目から鱗とはまさにこのこと。これでパティはすっかりいかれてしまった。そのことに気づくのにはしばらく時間がかかったけれど。

「オーケー」パティは座った姿勢で言った。さっきまでお尻があった場所に頭をもたせかけて。「さてと、いまの、おもしろかったわ」

リチャードはもうズボンをはいて、あてもなく部屋を歩き回っている。「こうなったら遠慮なく中で煙草を吸わせてもらうからな」

「現状では許可せざるをえないわね、特例ってことで」

外はいつの間にかどんよりと曇り、網戸やスクリーンドアから冷たい風が吹きこんできた。鳥の鳴き声もすっかりやんで、湖もどこかうら淋しく見える。自然は冷気が過ぎ去るのをじっと待っている。

「なんでまた水着なんか着てるんだ?」リチャードが煙草に火をつけながら言う。

パティは笑った。「あなたがいなくなったら泳ぎに行こうと思ってたの」

「この寒さでか」

「まあ、ちょっとだけね」

「肉欲を鎮める苦行ってわけだな」

「そのとおり」

冷たい風とリチャードのキャメルの煙が、ちょうどうれしさとうしろめたさの混ざり具合。パティはまたわけもなく笑いだし、それからくだらないことを思いついた。

「あなたって、チェスはヘタクソかもしれないけど」と言う。「あっちのゲームじゃ断然勝ってる」

「黙れよ、バカ」

冗談なのかどうか迷ったが、本当に怒っているのかもと思ってなんとか笑いをかみ殺した。

リチャードはコーヒーテーブルの脇に座り、決意をにじませた顔で煙草を吸っている。「こんなこと、二度としちゃいけない」と言った。

パティはまたクスクス笑いだした。我慢できないんだからしょうがない。「それかあと二回だけやって、あとはもうやめるとか」

「そうかい、そんなことして何になる?」

「思うに、かゆいところを掻いてすっきりってことになるかも」

「それはないな、おれの経験では」

「ま、そっちの経験に従うしかないわね、でしょ? こっちは経験ないんだし」

「選択肢は二つ」リチャードが言う。「いますぐやめるか、きみがウォルターと別れるか。で、二つ目のほうはどう考えても無理だから、いますぐやめる」

「それか三つ目の可能性、やめたくてもやめられず、ウォルターに言おうにも言えず」

「おれはそういう生き方はしたくない。したくないだろ?」

「まあたしかに、あの人がこの世で誰より愛してる三人のうち二人は、あたしとあなただから」

「もう一人はジェシカ」

「せめてもの慰めは」パティは言った。「ジェシカはあたしを死ぬまで憎むだろうから、完全にあの人の味方になるってこと。それは一生あの人のもの」

「あいつはそんなこと望んじゃいないし、おれはあいつにそんな真似をするつもりはない」

パティはジェシカのことを思ってまた笑った。とにかく善良で、痛々しいほど真面目で、大人であろうと懸命な若い娘、パティのことにしろジョーイのことにしろ――情けないママ、情のない弟――腹が立って仕方がないのに、それを必死で抑えている様がつい滑稽に見えてしまう。そんな娘のことがパティは大好きだったし、現実問題としてジェシカに悪く思われることになればどうしようもなく傷つくだろう。ただそれでも、ジェシカの憤慨を思うとつい笑いたくなってしまうのだ。それは二人が仲良くやっていく秘訣のようなものだった。だいたいジェシカは自分の真面目な世界に夢中だから、笑われたって気にしない。

「ねえ」とリチャードに言う。「あなたが同性愛者だってこと、ありうると思う?」

「それ、いま訊くか?」

「ま、そうなんだけど。ただほら、千人切りみたいなことをやる男って、実は何かを証明したがってるって言うじゃない。否定したがってるっていうか。それになんだか、あなたの話を聞いてると、あたしの幸せよりウォルターの幸せのほうが大事みたいだし」

「こいつは信じてくれ。ウォルターにキスする趣味はない」

「うん、わかる。それはわかってる。まあでも、そういうことだけじゃないの。つまりね、あなたはそのうちきっとあたしに飽きる。四十五になったあたしの裸を見て、うーんってなるわけ。おまえ、まだこれがほしいかって。そりゃほしかないわよね! でもウォルターには飽きなくてすむ、そもそもキスしたいとは思わないから。だからいつまでもそばにいたいと思っていられる」

「D・H・ロレンスの世界か」リチャードがいらいらと言う。「また読まなきゃいけない作家が一人」

「読まなくていい」

パティは疲れた目をこすり、ひりひりする口をこすった。全体として、ことの展開にはとても満足だった。

「あなたってほんと、道具扱いはお手のものよね」そう言ってまたクスクス笑う。

リチャードはまたせかせか歩きだした。「ちっとは真面目になれよ、な？　真面目に考えろ」

「いまは二人の時間よ、リチャード。言いたいのはそれだけ。二、三日は二人でいられるってこと。だからそれを使うか、使わないか。どのみちすぐに終わるんだから」

「とんだ過ちだった」彼は言った。「頭の整理がついてなかった。昨日の朝出ていきゃよかったんだ」

「それはこっちも望むところだったと思う、九割がた。残りの一割がけっこう大事な部分だっていうのは否定できないけど」

「あんたのことは好きだよ」彼は言った。「そばにいるのが好きだ。ウォルターがあんたと一緒だって思うと幸せな気分になれる——あんたはそういうタイプなんだ。それで何日か余計に泊まってもいいだろうって思った。が、とんだ過ちだった」

「パティの世界へようこそ。過ちの世界へ」

「夢遊病だなんて思いもしなかった」

パティは笑った。「あれ、なかなかよかったでしょ？」

「まったく。いい加減にしろよな。なんか腹立ってきた」

「あらそう、でも傑作なのはさ、それももうどうでもいいってこと。だってこれ以上悪くなりようがないもん。あたしに腹が立てば出てってくれるだろうし」

すると彼はパティを見てにやりと笑い、たちまち部屋に（比喩的な意味で）陽光があふれた。実に絵になる男である、パティに言わせれば。

「あんたが好きだ」彼は言った。「すごく好きだ。昔からずっと好きだった」

「こちらも同感」

「あんたには幸せになってほしかったんだ。わかってるか？　あんたは本当にウォルターにふさわしい人だって思ってたから」

「じゃあそれが理由なの、シカゴでのあの晩、出てったきり戻ってこなかったのは？」

「ニューヨークの話はうまくいきっこなかったからな。きっとひどい終わり方をしてたはずだ」

「そうかしら」

「ぜったいそうさ」

パティはうなずいた。「じゃあほんとはあの晩、あたしと寝たかったんだ」

「ああ。そりゃもう。でも寝たかっただけじゃない。話したかった。話を聞きたかった。そこがいつもと違った」

「ふうん、それ、聞いといてよかった。悩み事が一つ減ったわ、二十年来の」

リチャードはまた煙草に火をつけ、二人はしばらく、年季の入ったドロシーの安物のオリエンタル絨毯を挟んで座っていた。木立を抜ける風のため息が聞こえる。ミネソタ北部では常に遠からぬ秋の声。

「これってじゃあ、相当きつい状況にもなりうるってことよね」ようやくパティは口を開いた。

「ああ」

「あたしが思ってたよりずっときついのかも」

「ああ」

「もしかしてあたし、夢遊病になっちゃいけなかったのかも」

「ああ」

パティは泣きだした。ウォルターのことを思って。長年、別々に夜を過ごすこともめったになかったし、それゆえに彼の不在を、その存在のありがたみを感じる機会もろくになかったのだけれど、いまやそれを痛感していた。そしてここからひどい心の混乱が始まったのだ。その混乱はいまも筆者を苦しめている。あのときすでに、あの名無しの湖で、変化のないどんよりとした光の中で、問題はとてもはっきりと見えていた。自分が惚れてしまったこの男は、この世でたった一人、自分と同じくらいウォルターのことを大事に思い、守ってやりたいと思っている人間なのだ。他の人間ならウォルターのことを嫌いになるよう仕向けてくれたかもしれないが、この男にそれはできない。そしてある意味でそれ以上に厄介なのが、リチャード本人の苦境にも責任を感じずにはいられないことだった。彼の人生においてウォルターはまさにかけがえのない存在であり、おそらくは彼自身、自分のような人間に音楽の他に救いがあるとすれば、その数少ない一つがウォルターとの絆だと考えていたはずなのだ。そのすべてをパティは身勝手にも眠ったまま危険にさらしてしまった。だらしがなくて誘惑に弱いけれど、それでも懸命にある種のモラルに従って生きようとしている、そんな男の弱みにつけこんだのだ。だからパティの涙はリチャードのためでもあり、でもいちばんはやはりウォルターのためで、さらには不運にも道を誤ってばかりの自分のためでもあった。

「泣くのはいいことだよ」リチャードは言った。「自分で試したことはないけどな」

「底なし沼みたいな感じなの、いったんはまっちゃうと」パティは洟《はな》をすすった。水着姿でいるのが急に寒くなってきた。体の具合もなんだかよくない。そこでリチャードのそばに行き、温かくがっしりした背中に腕をまわして、そのまま一緒にオリエンタル絨毯に倒れこみ、そうして長く明るい灰色の午後は過ぎていった。

ぜんぶで三回。一、二、三。一度は眠ったまま、一度は激しく、そして最後はフルオーケストラで。三――なんともわびしいささやかな数。それを飽きもせず指折り数えて四十代半ばを過ごしてきた筆者であるが、何度数えなおしたところで三より多くなることはない。

他にはそれほど語るべきこともないし、残りの話も大方はさらなる過ちの積み重ねである。その一つ目は、まだ絨毯に横になっているうちにリチャードと共同で犯したもの。相談のうえ――両者同意のもと――リチャードは立ち去るべきだと決めたのだった。身も心も倦《う》んでいるうちにという素早い決断、これ以上深入りする前にいますぐ立ち去ること、そしてそれぞれが事態を慎重に検討して冷静な判断を下すこと。だめだという結論になるかもしれないし、だったら長居してもその分だけつらくなるだけだから。

そう決断を下してからパティは起き上がり、木々もデッキもずぶ濡れなのを見てびっくりした。あまりに細かなやさしい雨で屋根を打つ音も聞こえず、雨樋を水が流れる音さえしなかったのだ。パティはリチャードの色あせた赤いTシャツをかぶり、そのままもらっておいてもいいかと訊ねた。

「なんでまたTシャツなんかほしがる？」

「あなたの匂いがするから」

「それ、普通に考えればマイナス材料なんだけど」

「一つぐらいあなたのものがほしいってだけ」

「まあいいか。それ一つだけであることを願おう」

「もう四十二なのよ」と言う。「妊娠したかったら二万ドルはいるわ。ご期待に添えなくて申し訳ないけど」

「打率ゼロはおれの誇りなんだ。できれば記録をつぶさないでくれよな？」

「そっちこそどうなのよ」とやり返した。「我が家に何か病気を持ちこんだかって心配したほうがいい？」

「すべて手は尽くしてる、ってことで答えになるかな。普段から気をつけてるから、潔癖症並みに」

「女の子にはみんなそう言うんでしょ」

などなど。気の置けない仲間同士の愉快なお喋り、そんな和んだ雰囲気に乗じて、こうなればもう問答無用、行く前にぜひ一曲歌ってくれなきゃとパティはせがんだ。リチャードがケースから取り出したバンジョーを無造作にかき鳴らすのを聞きながら、サンドイッチを作ってホイルに包む。

「なんなら今夜は泊まって、明日の朝いちばんに出発すれば」と声をかけてみた。

リチャードがにやりと笑う。答えるのもアホらしいといった顔だ。

「ほんとに」パティは言った。「雨も降ってるし、ぼちぼち暗くなりそうだし」

「その手には乗らない」とリチャード。「悪いね。あんたのことは金輪際信用できない。この点についちゃあ、もうあきらめてもらうしかないな」

「ははは」と笑う。「じゃあさっさと歌ってよ。あなたの声が聞きたいんだから」

仕方なくパティのために、「薄暗い森《シェイディ・グローヴ》」を歌ってくれた。年を経るにつれ、当初の予想を裏切ってリチャードは自在にニュアンスを操る技巧派のボーカリストになっていた。それに胸板も厚いから、その気になれば家が吹き飛ばんばかりの声量も出せる。

「オーケー、やっぱりあなたの言うとおりかも」歌が終わるとパティは言った。「これって精神衛生上あんまりよくないみたい」

ところがミュージシャンというやつは、いったん調子が出るとやめたがらないものなのだ。リチャードはギターのチューニングにかかり、のちにウォルナット・サプライズ名義でアルバム『名無しの湖』に収録することになるカントリーソングを三曲ほど歌った。歌詞の一部はスキャット同然で、これは後々はるかにいい歌詞に置き換えられることになるのだが、それでもパティは、おなじみの大好きなカントリーモードで歌うリチャードにぞくぞくするやら心を揺さぶられるやら、とうとう三曲目の途中で「**やめて！ わかった！ もういい！ やめて！ もういい！ わかったから！**」などとわめきだしたのだった。が、リチャードはなおもやめようとせず、その音楽への没頭ぶりを見ているうちに、パティは一人打ち棄てられたような気分になって耳障りな泣き声をたて始め、挙句にはもう完全にヒステリー状態、こうなるとさすがにリチャードもやめるほかなく——それでもやっぱり途中で邪魔されてむかついているのが顔に出ていた！——パティを慰めにかかったものの、これがどうもうまくない。

「ほらサンドイッチ」そう言ってパティはサンドイッチをどんと押しつけた。「で、ドアはあっち。あなたは行くって決めたんだから、行くの。いますぐ行って！　ほんとに！　いま、いますぐ。歌ってなんて言うんじゃなかった、またまたあたしのせい、でも少しは過ちから学ばないと、そうでしょ？」

するとリチャードはぐっと息を吸いこみ、何か重大発表でもするみたいに姿勢を正した。が、すぐに肩の力が抜けて、その重大発表は言葉にならずに肺からもれた。

「そのとおり」と不機嫌そうに言う。「こんなことしてても仕方がない」

「あたしたち、正しい決断をしたのよね？」

「たぶんな、ああ」

「じゃあ行って」

そうして彼は出ていった。

そうしてパティは読書家になった。初めはただもう現実を逃れたい一心で、のちには救いを求めて。ウォルターがサスカチュワンから帰ってきたときには、三日連続のマラソン読書を経て『戦争と平和』の残りを読み終えていた。ナターシャはアンドレイに身を捧げる約束をしていたのに、邪悪なアナトールに誘惑され、すると絶望したアンドレイは戦場に赴いて致命的な傷を負い、わずかな余命をナターシャに看取られ、その彼女を許して死んでいくのだが、そこに登場するのがあのご立派なピエール、いまや捕虜の経験を通じていくらか成長し思索を深めたこの男がナターシャの残念賞となり、最後には赤ん坊が山ほど生まれておしまい。パティはその三日で人の一生の凝縮版を生きたみたいな気分になっていて、やがて彼女自身のピエールが、念入りに厚塗りした最強力の日焼け止めにもかかわらず赤焼けした姿で荒野から帰還したときには、その彼を再び愛そうと努める覚悟ができていた。ダルースの空港で夫を拾い、さっそく旅行の首尾をあれこれ訊ねてみたところ、自然をこよなく愛する大富豪たちはどうやら財布の紐を十分に弛めてくれた様子である。

「信じられないな」帰宅して完成一歩手前のデッキを見るなりウォルターは言った。「四カ月もここにいながら、あと八時間ってとこでやめちまうなんて」

「森の生活にうんざりだったみたい」パティは言った。「だからニューヨークに帰ればって言ってやったの。いくつかいい曲も書けてたし。帰りたくてうずうずしてたのよ」

ウォルターは眉をひそめた。「曲を聞かせてくれたってこと?」

「三つだけ」そう答えて背を向けた。

「で、いい曲だった?」

「すごくよかった」パティが湖のほうに向かうと、ウォルターもあとからついてきた。距離を保つのは特に難しくない。帰宅のたびに抱き合って長々とキス、なんていうカップルだったのは最初の頃だけだ。

「二人でいて特に問題はなかった?」ウォルターは訊いてきた。

「ちょっと気まずかったかな。行ってくれてほっとしたわ。ここにいたのはひと晩だけだったけど、シェリーを一杯飲んじゃった、大きなグラスで」

「それくらいならまあ。一杯なら」

ウォルターに嘘はつくまい、たとえ小さな嘘も、パティはひそかにそう決心していた。かろうじて、であれ真実と解釈できないようなことは言うまいと。

「ばりばり本を読んでたの」パティは言った。『戦争と平和』はこれまでに読んだ中で最高の本かも」

「嫉妬しちゃうなあ」ウォルターは言った。

「え？」

「あの本を初めて読めるってことがうらやましい。読むのにまる何日もかけられることも」

「最高だったわ。なんか自分が変わったみたいな気がする」

「実際、前とちょっと違って見えるね」

「悪いほうにじゃなきゃいいけど」

「まさか。ただ違うってだけ」

その晩、一緒にベッドに入ってパジャマを脱いだパティは、自分のしたことのせいで夫への欲望がどちらかと言うと増していることに気づいてほっとした。いいじゃないか、ウォルターとのセックスも。そんなに悪くない。

「あたしたち、もっとこれしなきゃ」と言った。

「いつでも歓迎だよ。文字通りいつでも」

そんなわけで、パティの悔恨と体のうずきにあおられ、その夏は第二のハネムーンになった。パティはよき妻になろうと、文句なしのよき夫たるウォルターに喜んでもらおうとがんばったわけだが、この点で説明責任を果たすには、そうした努力の成功の裏に別の事実もあったことを認めなければならない。すなわち、別れて数日のうちにリチャードとEメールのやりとりを始めたこと、そしてその数週間後には、ウォルターがまたもVIP接待旅行でバウンダリー・ウォーターズに出かける隙に、二人で名無しの湖を再訪すべくリチャードがミネアポリスに飛んでくるという計画につい同意してしまったこと。リチャードのフライト情報が記されたEメールはすぐさま削除したけれど、フライトナンバーと到着時間はしっかり頭に残っていた。

約束の日まであと一週間というところでパティは一人湖に赴き、おのれの惑乱にすっかり身を任せた。毎晩ふらふらになるまで酔っ払った挙句、夜中にはっと目覚めてパニックと後悔と優柔不断に苛まれ、やっと明け方に眠って目が覚めるのはお昼すぎ、午後は小説を読むことでなんとか偽りの平静を維持するものの、そのうち居ても立ってもいられなくなって電話の周囲をせかせかと歩きまわり、リチャードに来るなと連絡すべきだろうかと一時間余りも思い悩んだ末、せめて二、三時間でもすべてを忘れたくて酒瓶に手を伸ばすという毎日。

残り日数はじりじりチクタクとゼロに近づいていく。最後の晩は吐くほど酔っ払った挙句に居間で眠りこみ、夜明け前にがばっと覚醒した。リチャードの番号をまわそうにも手も腕も震えて仕方ないので、まだタイルの隙間が埋まっていないキッチンの床に寝そべらなければならなかった。

かけてみると留守番電話に繋がった。リチャードは以前のアパートの近くに前より小さなアパートを見つけていた。この新居を想像しようとしても、かつてウォルターとシェアしていたアパートの例の真っ黒な部屋、パティが入れ替わりに入ったあの部屋の拡大版しか思い浮かばない。かけなおしてもまた留守電。三度目にようやくリチャードが出た。

「来ないで」パティは言った。「やっぱり無理」

答えはないが、息遣いが聞こえる。

「ごめん」と言い足す。

「二時間後にかけなおしてくれないか。朝になったら気分も変わるかもしれないし」

「ずっと吐いてたの。ゲーって」

「そりゃお気の毒」

「お願い、来ないで。もう煩わさないって約束する。ぎりぎりまで自分を追い詰めてみないとわからなかったの、無理だってことが」

「わかるような気がするよ」

「そのほうが正しいでしょ？」

「たぶんな。ああ。たぶんそうだ」

「あの人にこんなことできない」

「じゃあいいよ。行かない」

「来てほしくないわけじゃないの。来ないでって頼んでるだけ」

「そう言うんならそうするよ」

「違うんだってば、よく聞いて。あたしの言うとおりにしないいでって頼んでるの」

　これにはジャージーシティのリチャードもやれやれという呆れ顔をしていたに違いない。でもパティにはわかっていたのだ。リチャードは自分に会いたがっているし、朝には飛行機に乗る気でいるに違いなく、ゆえに計画中止の合意を確実なものにしたければ、このまま話を引き延ばして二時間ばかりも堂々めぐりで解決不能な葛藤を演じ続け、しまいに二人とも汚れきった気分でくたくたになり、自分にうんざり、相手にもうんざりして、そんな二人が落ち合うという見通しが心底不快に思えてくるという、この一手しかないということが。

　ようやく電話を切ったときには当然ながら惨めな気分、その惨めさの成分表のかなり上位に、リチャードの愛を無駄遣いしたという思いがあった。女のたわごとが嫌いなことにかけては右に出る者のないリチャードが、なんと二時間ぶっ続けで、つまりは体質上許容できる範囲をおよそ百十九分超過して、延々と自分のたわごとを我慢してくれたことを思うと感謝と悲しみで胸がいっぱいになった。なんという無駄、無駄。なんたる愛の無駄遣い。

　そんな思いからつい——もはや言うまでもないという感じだが——二十分後にまた受話器をとって、

最初の電話よりいくぶん短いがもっと惨めな会話にずるずると付き合わせてしまった。それは、のちにワシントンでウォルター相手に繰り広げる事態のささやかな予告篇だった。パティがあの手この手で我慢の限界まで追いやるたびにウォルターはさらなる忍耐を示し、そうしてウォルターが忍耐を示せば示すほどそんな彼に余計にすがってしまう。幸いにもリチャードは、ウォルターと違って無限の忍耐とは縁遠いタイプ。だから最後は一方的に電話を切り、一時間後、そろそろニューアーク空港に出発しないとフライトに間に合わない頃合にまたかけなおしたときにも電話に出なかった。

ほとんど寝ていないうえ、前日わずかにお腹に入れたものさえもどしてしまっていたのに、パティはたちまちすっきり爽やかな気分になり、俄然元気が出てきた。家を掃除し、ウォルターが薦めてくれたジョゼフ・コンラッドの小説を半分ほど読み、ワインを買い足すのも控えた。そしてバウンダリー・ウォーターズから戻った夫を立派なディナーで迎え、首っ玉に抱きつくという派手な歓迎ぶり、これにはさすがのウォルターも——めったにないことだが——何もそこまでと身をよじっていた。

この時点でパティは仕事を見つけるなり、学校に戻って勉強しなおすなり、ボランティアを始めるなりすべきだった。が、いつもなんやかやと邪魔が入る感じだったのだ。ジョーイが強情を張るのをやめて、残り一年を家で過ごしてくれるんじゃないかという期待もあった。ここ一年は酒と鬱に溺れて手入れを怠っていた家や庭のこともあった。好きなときに名無しの湖を訪れ、一度に何週間も滞在できる自由も捨てがたかった。それに何やらもっと漠然とした自由もあった。自分を蝕《むしば》んでいるのはわかっているのに、どうしても手放せない、そんな自由が。さらにはフィラデルフィアにあるジェシカの大学の保護者訪問《ペアレンツ・ウィークエンド》の件もあった。ウォルター本人は行けそうにないということだったが、日頃から妻と娘の仲を心配していたのもあって、パティが参加に興味を示すと大喜び。以後、保護者訪問までの数週間は、リチャードとたびたびEメールを交わし、一日一晩でもレーダー探知圏外で過ごせるなんてとフィラデルフィアのホテルの部屋を思い描く日々。そして保護者訪問が終わったあとは、数カ月にわたる重度の鬱。

フィラデルフィアに飛んだのは木曜で、念のためウォルターには、一日たっぷり観光したいからと言い訳をしておいた。その後、タクシーで市街地に向かいながら、パティは思いがけず後悔に襲われた。なぜ自分は観光をしないのだろう。自立した大人の女として街を歩き、自立した人生の見聞を広め、好奇心と分別をもって観光を楽しむ、なぜそれができないのだろう。こんなふうに恋に狂って男の尻を追いかける代わりに。

信じられないような話だが、パティはあの二十一号室以来、一人でホテルに泊まったことがなく、ソフィテルの豪華でモダンな部屋にすっかり感心してしまった。アメニティを一つ一つ念入りにチェックしながらリチャードの到着を待ち、さらにもう一度チェックするあいだに約束の時間が来て去っていった。テレビを見ようともしてみたけれど、集中できない。ようやく電話が鳴ったときには擦り切れずるむけた神経の塊と化していた。

「思わぬことが持ち上がってね」リチャードは言った。

「なるほど。そう。思わぬことが持ち上がった。そう」窓のそばに行ってフィラデルフィアの街を眺める。「何が持ち上がったの？　誰かのスカート？」

「笑えるね」とリチャード。

「ふん、お望みなら」パティは言った。「陳腐な台詞なんていくらでも吐けるわよ。嫉妬の修羅場はまだまだ序の口。こんなの嫉妬のレッスン・ワンよ」

「女はいないよ」

「いない？　ぜんぜん浮気してないってこと？　なんと、あたしだってもうちょっと悪さしてるわよ。ま、ささやかな結婚生活を送るうえでってことだけど」

「一度も浮気してないとは言ってない。いまはいないって言ったんだ」

パティは窓に頭を押しつけた。「ごめん」とつぶやく。「こんなこと言って、ほんと最悪の気分、いい年してみっともない、嫉妬まるだしのバカ女。我ながら聞くに堪えない台詞ばっかり」

「あいつが電話してきたんだ」リチャードは言った。

「あいつ？」

「ウォルター。出なきゃよかったんだが、出ちまった。早起きしてあんたを空港まで送ってきたって、一人で淋しいって言ってた。最近は夫婦の関係もすごくうまくいってるって。〝何年ぶりかな、こんなに幸せなのは〟、たしかそう言ってた」

パティは黙っていた。

「いろいろ聞かされたよ、あんたがジェシカに会いにいくってこと、ジェシカがそれを内心すごく喜んでること、でもまたヘンなことを言いだして恥かかされるんじゃないかとか、新しい彼氏が気に入らないんじゃないかとか心配してるってことも。そんなこんなはあるけど、あんたがジェシカのために行ってくれたのがウォルターのやつは何よりうれしいって」

パティは窓辺でそわそわしながら、いやがる耳になんとか話を聞かせようとした。

「それと、こないだの冬、おれに余計なことまで喋っちまったのを後悔してるって。おれにあんたのことを誤解してほしくないって、そう言ってた。あの頃はジョーイのことでとにかくひどかったけど、いまはずいぶんよくなったし、〝何年ぶりかな、こんなに幸せなのは〟。そう、たしかにそう言ってたよ」

息を殺す努力と嗚咽《おえつ》とが変な具合に合わさって、パティの喉から滑稽な苦しいげっぷがもれた。

「なんだいまの？」

「なんでもない。ごめん」

「ま、そういうことでね」

「なるほど」

「行くのはやめようって」

「うん。わかる。もちろん」

「ならいい」

「まあでも、せっかくだから来れば。つまり、いまはあたし、ここにいるんだし。あとでまた戻ればいいわけでしょ、その幸せいっぱいの生活に。あなたもニュージャージーに戻れば」

「おれの話、聞いてる？　あいつの言ったこと」

「あたしの幸せいっぱい、文句なしの結婚生活」

ああ、自己憐憫の誘惑。なんとも甘美な、つい言葉にせずにいられない、かわいそうなアタシという この思い。もちろんリチャードには耐えがたいはず。受話器越しに、一線を越えてしまった瞬間がはっきりわかった。仮に冷静なままでいられたら、なんとかうまく言いくるめてリチャードをフィラデルフィアまで誘い出せたかもしれない。いやひょっとしたら、二度と我が家に戻ることもなかったかもしれない。ところが自己憐憫で何もかもだいなしにしてしまった。彼が冷たくよそよそしくなっていくのがわかり、そうなると余計に自分がかわいそうになってという悪循環、しまいにはあきらめて電話を切り、別の甘美な誘惑に心ゆくまで溺れることになった。

この自己憐憫というやつはどこから来たのか？　その汲めども尽きぬ源泉はどこに？　パティの暮らしが恵まれていたことにはまず異論の余地がない。毎日朝から晩まで、まっとうで満足できる生き方を模索する時間はたっぷりあったのだ。が、それほど選択の余地が、自由がありながら、どうやらパティはますます惨めになるしかなかった。そうなると筆者としては、こんなにも自由だったからこそパティは自分を憐れんだのだと結論するほかないようにも思う。

あのフィラデルフィアでの晩には、こんな気の滅入る小エピソードもあった。パティは誰か引っかけてやろうと思って、下のホテルのバーに行ってみたのだ。そこですぐさまわかったのは、この世には二種類の人間がいる、バーに一人座ってくつろげる人間と、そうじゃない人間がいるということだった。おまけに男という男がみな間抜け面をして見え、久々にあの酔ってレイプされたときの感覚まで蘇ってきて、結局モダンな自室に引き返してさらなる自己憐憫の発作に身を任せたのだった。

翌朝、ローカル線でジェシカの大学へ向かったときにはもうすっかり切羽詰まった気分で、ろくなことにならないのは目に見えていた。過去十九年、自分が母親にしてもらえなかったことをすべてジェシカにしてやろうと努めてきたけれど——試合には欠かさず顔を出し、ことあるごとにほめてやり、込み入った友人関係も熟知し、傷つき落ちこんでいるときには必ず味方になってやり、進学先をめぐるドラマにもとことん付き合ったのだけれど——すでに述べたように、娘との関係にはどこかよそよそしさがあった。もともとジェシカが自立した性格だったせいもあるし、パティがジョーイにかまいすぎたせいもある。あふれる思いを抱えてパティが向かう先は、いつもジェシカではなくジョーイだった。ところが自らの過ちのせいでジョーイのドアは閉ざされ鍵がかけられて、それでこうして美しいクエーカー・キャンパスにやってきたわけだった。保護者訪問など内心どうでもよかった。娘と水入らずのひとときを過ごしたかったのだ。

残念ながら、ジェシカの新しい彼氏のウィリアムはそんな空気が読めなかった。カリフォルニア出身の、人のよさそうなブロンドのサッカー青年で、自分の両親は来訪の予定がないとのこと。だからパティとジェシカにずっと付きっ切りで、ランチにも、ジェシカの午後の美術史の講義にも、ジェシカの寮室にまでついてきた。パティが街でディナーを一緒にとジェシカだけを誘ってみても、ジェシカの返事は、近所の店に三人分の予約を入れてあるからというもの。そのレストランでは、ジェシカにせっつかれてウィリアムが高校時代に自ら立ち上げた慈善組織のことを——これがまた気味が悪いほどご立派なプログラムで、マラウィの少女たちの教育をサンフランシスコのサッカークラブが支援するというものらしい——延々説明し、パティはじっとストイックに耳を傾けていた。こうなるともう、ワインを飲み続ける以外に選択肢はない。四杯目を半分ほど空けたところで、実は自分も大学スポーツ界で活躍していたのだとウィリアムに教えてやりたくなってきた。全米代表Bチームにも選ばれたのよ、とジェシカが口添えしてくれるかと思いきや、どうやらそのつもりはないらしく、仕方なく自分の口から言ってみたものの、どうも自慢がましい気がするので、埋め合わせに今度はグルーピーがいたという話を持ち出し、すると当然イライザのドラッグ中毒や嘘の白血病のことも黙っておれず、最後には膝の故障の話まですることになった。我ながら声が大きすぎると思いながらもユーモアたっぷりのつもりで話していたのだが、ウィリアムは笑うでもなくそわそわとジェシカのほうに目をやってばかり、そのジェシカはといえばじっと腕を組んで陰気な顔である。

「で、結局何が言いたかったわけ？」ようやくジェシカが口を開いた。

「別に」とパティ。「ママの大学時代はどんな感じだったかっていう、それだけの話。ごめんなさい、おもしろくなかったみたいね」

「おもしろいですよ」ウィリアムがやさしい嘘をつく。

「私がおもしろかったのは」ジェシカは言った。「いまの、ぜんぶ初耳だってこと」

「イライザの話、したことなかった？」

「うん。ジョーイにしたんじゃないの」

「あなたにもしたと思うんだけど」

「いいえ、ママ。悪いけど。初耳」

「ま、とにかく、いまこうやって話してるわけだし、って言ってももうだいたい終わりなんだけど」

「だいたいって！」

みっともないのは自覚していたが、どうしようもなかったのだ。たがいをいたわるジェシカとウィリアムの姿を見ていると、自分が十九だった頃のこと、平凡な大学のことや、カーター、イライザらとの病んだ人間関係のことをつい思い出してしまう。我が人生を悔やみ、自分を憐れんでしまう。そうして始まった鬱は、翌日また大学を訪れ、贅を凝らしたキャンパスのツアーや学長邸の庭でのランチョン、保護者数十人が出席した午後のセミナー（「価値多様化社会におけるアイデンティティの演じ方」）に我慢して付き合ううちにぐんぐん深まっていった。まわりを見れば誰もがにこやか、その場にしっくりとなじんで、自分だけ除け者のような気がしてくるのだ。快活でなんでもこなせそうな学生たち、こんなふうならきっとバーでも居心地よく過ごせるに違いない。親たちは親たちで、そんな自慢の我が子と大の仲良しであることに興奮を隠せない様子。大学そのものがおのれの豊かさと利他的な使命をこれでもかと誇示している。パティだって本当は立派な親だったのだ。自分より幸せな、楽な暮らしを娘に与えてやれたのだから。でも他の家族の何気ない仕草や態度を眺めるにつけ、自分はいちばん肝心な点で立派なママになり損ねたのだと思い知らされた。よその母親と娘は仲良く肩を並べ、笑ったり携帯電話を見比べたりしながら石敷きの小径を歩いていくのに、我が娘は芝生の一歩二歩先をすたすたと歩いていく。ジェシカがその週末のパティに望んでいたのは、夢のような学校にひたすら感心するという役柄だったのだ。だからパティも全力でその役柄を演じようとしたのだけれど、とうとう鬱の力に負けてしまい、中央広場の芝生に点在する木製肘掛椅子《アディロンダック・チェア》にどさりと座りこんで、お願いだからウィリアム抜きで街での夕食に付き合ってほしいと頼みこんだ。ありがたいことにウィリアムはその午後は試合に出かけていた。

　ジェシカは少し離れたところに立ち、よそよそしい目でこちらを見ている。「夜はウィリアムと一緒に勉強しなきゃいけないの」と言う。「普段だったら、昨日も今日も一日中勉強してたはずなのよ」

「そう、邪魔してごめんね」これは嫌味ではなかった。何しろパティは落ちこんでいたのだ。

「ううん、いいの」ジェシカが言う。「ほんとにママに来てほしかったし。私が人生の四年間を過ごす場所をちゃんと見といてほしかったの。ただ実際、勉強がかなり大変なのよ」

「ええ、もちろん。立派だわ。それがちゃんとこなせるっていうのは立派。ママもうれしい。ほんとよ、ジェシカ。あなたのことがほんとに自慢なの」

「そう、ありがと」

「ただその——ねえどう、ママのホテルの部屋に遊びに来ない？　なかなか楽しい部屋なのよ。ルームサービスを頼んで、映画を見て、ミニバーのお酒を飲んで。つまり飲むのはあなたよ、ママは今夜は飲まないから。とにかく女同士で水入らず、二人きりで一晩だけ。勉強ならこの先、秋の夜長に好きなだけできるでしょ」

そう言ってじっと地面に目を伏せ、ジェシカの判決を待った。これがまったく前例のない誘いであることをひりひりと意識しながら。

「ほんとに勉強しなきゃいけないの」ジェシカは言った。「ウィリアムにも約束しちゃったし」

「でもそこをなんとか、ね、ジェシー。一晩さぼっても死ぬわけじゃないでしょ。ママにとってはすごく大事なことなのよ」

ジェシカが返事をしないので、パティは仕方なく顔を上げた。娘はやるせない表情で、必死に自分を抑えようとしながら大学の本館のほうをじっとにらんでいる。その外壁にはめこまれた一九二〇年度卒業記念の石版に先ほどパティはふと目を惹かれたのだが、そこにはこんな金言が刻まれていた。

汝の自由《フリーダム》を正しく用いよ。

「ねえだめ？」

「だめ」ジェシカは彼方を見つめたまま言った。「だめ！　そんな気になれない」

「昨日の晩のことは悪かったわ、飲みすぎていろいろ馬鹿なこと言ったりして。できればその埋め合わせをさせてもらいたいんだけど」

「別にそのことを恨んでるわけじゃないの」ジェシカは言った。「ただほら、見てればわかるし、私の学校が気に入らないのも、彼氏が気に入らないのも――」

「まさか、いい子じゃない、やさしそうだし。気に入らないなんてとんでもない。ただね、ママはあなたに会いに来たの、あの子じゃなくて、それだけのこと」

「ねえママ、私、手のかからない子供で楽でしょ。どんなに楽かわかる？　ドラッグもやらない、ジョーイみたいな馬鹿な真似もいっさいしない、恥をかかせたりも、うるさく騒いだりもしない、そういうのはいっさい――」

「わかってるって！　そのことではほんとに感謝してるわ」

「そう、でもだったら文句は言えないはずよ、私にも私の生活があるんだし、友だちもいるんだし、それを急にぜんぶママの都合に合わせろなんて無理。私が自分一人でちゃんとやってて、それで助かってる部分もいっぱいあるんだから、せめてそのことでうしろめたい気持ちにさせないで」

「でもジェシー、たった一晩のことなのよ。そこまでムキにならなくてもいいでしょ」

「じゃあそっちもムキにならないで」

自分を抑えてあくまでクールなジェシカの態度は、十九の頃のパティ自身が母親に対してあくまで原則通りに冷たく接していたことへの当然の罰なのだという気がした。いや実際、どんな罰だって当然と思えるくらい自分がいやでいやでたまらなかったのだ。涙はあとにとっておくことにして――泣くことで、もしくはすねた様子で駅へ走り去ることでどの程度同情を買うことができるにせよ、自分はそれに値しないという気がした――娘に倣《なら》って自分を抑え、学食でジェシカのルームメートも交えて三人で早めの夕食をとった。本当の大人はジェシカのほうだと思いながらも、大人のようにふるまったのだった。

セントポールに戻っても精神状態の垂直落下は止まらず、リチャードからのEメールもぱたりと途絶えた。パティのほうからも二度とメールは送らなかった、そうここで報告できたらどんなにいいかと思う。が、間違いを犯してはもだえ苦しみ、苦しんでは醜態をさらすというパティの能力が無限大であることはもはや説明不要だろう。ただ、送ったことを悔やんでいないメールが一つだけあって、それはウォルターの口から、モリー・トレメインがローワーイーストサイドのアパートで睡眠薬を飲んで自殺したと聞かされた直後にしたためたものだ。そのメールにはパティも自分のいいところを目一杯注ぎこんだので、リチャードの記憶にあるのがこのときの自分であってくれたらと思う。

その冬から翌春にかけてのリチャードの動向については報道にもあるとおり、とりわけ『ピープル』、『スピン』、『エンターテイメント・ウィークリー』あたりに詳しい。何しろ『名無しの湖』のリリースを境に、リチャード・カッツは「カルト」と化しているのだから。マイケル・スタイプ、ジェフ・トゥイーディといったビッグネームがこぞってウォルナット・サプライズを絶賛し、実は昔からトラウマティックスの隠れファンだったと告白したりもした。一方、高学歴で小汚い白人男性からなるリチャードのコアなファン層も、年齢的にはもうそれほど若くはないにせよ、少なからぬ数の者がアート欄の編集主任として影響力を持つに至っていた。

ウォルターはといえば、お気に入りの無名バンドが突如みんなのプレイリストにのったときに感じる憤りを千倍にも味わっている様子。新譜のタイトルがドロシーの湖に名を借りていること、しかも収録曲の多くがあの家で書かれたことにはもちろん鼻高々だった。リチャードの作詞はなかなか秀逸で、曲それぞれに出てくる「おまえ」は実はパティなのだが、それがモリーともとれるよう巧みに言葉を操っていた。インタビューでもあえて話をそっちの方向に誘導していたのは、ウォルターが記事という記事に目を通しスクラップしているのを見越してのことだろう。が、そのウォルターは実のところ、リチャードが脚光を浴びたことでむしろ落胆し、傷ついていた。リチャードが電話してこなくなったのも無理はない、きっとやることが山ほどあるんだろう、よくわかるなどと言っていたけれど、それは本心ではなかった。二人の友情の真の姿について、ウォルターが昔から抱いていた恐れが現実のものになろうとしていた。リチャードという男は、とことん落ちぶれているように見えたときも実は落ちぶれてなんかいなかったのだ。常にひそかな音楽的野心を胸に抱き、ウォルターとは関係のないところで計画を進め、語るべきことも最後には常に直接ファンに語りかけ、そうして目標から一度も目を離さなかったのだ。無名の音楽ジャーナリストが二人ばかり、律儀にもウォルターに電話インタビューを求めてきた。たいていはネット上だが、あまり人目につかないところには実名がのったりもした。でもウォルターが読んだインタビューでは、リチャードは彼のことを「大学時代にすごく仲がよかった男」としか言っておらず、ゆえにメジャーな雑誌に名前がのることは一度もなかった。ウォルターとしては、モラルの面でも知識の面でも、さらにはお金の面でもリチャードを支えてきた自分にもう少し感謝があってもいいんじゃないかと不満だったかもしれない。しかし何より彼を傷つけたのは、自分にとってリチャードの存在がこれほどの意味を持っているのに、リチャードにしてみれば自分の存在なんてどうでもいいんじゃないかという思いだった。もちろんパティはそうじゃないことを身にしみて知っていたわけだけれど、その確かな根拠をウォルターに教えてやれるわけもない。だからたまにリチャードが時間を見つけて電話をかけてきても、ウォルターの心の傷のせいで会話は毒されてしまい、そうなるとリチャードも余計に電話するのがいやになるという悪循環だった。

そんなわけで、ウォルターは負けるわけにはいかなくなったのだ。自分が兄だといい気になっていたところに、リチャードがまたもや現実を突きつけてきたわけである。私生活でのリチャードは、チェスもへただし、女性関係も長く続かないし、よき市民とも言えないかもしれないが、一歩外に出れば、その不屈の精神、純粋な目的、かっこいい新曲で世間の愛、尊敬、賞賛を集めている。この現実がウォルターを変えた。突然、我が家が、我が庭が、ミネソタでのささやかな生活がいやになった。

人生の大半を費やし、多大なエネルギーを注いで築き上げたその暮らしがいやでたまらなくなった。これまでの立派な努力を痛烈に蔑んでみせるウォルターの姿に、パティはショックを受けた。『名無しの湖』のリリースから数週間のうちに、ウォルターはヴィン・ヘイヴンなる大富豪との最初の面談のためにヒューストンに飛び、そのひと月後には平日をワシントンDCで過ごすようになった。ワシントンに移ってセルリアン・マウンテン・トラストを立ち上げ、より野心的な、世界を股にかけた勝負師になる、そんなウォルターの決意を煽ったのが親友へのライバル意識であることは、本人はさておきパティの目には明らかだった。十二月、ウォルナット・サプライズが金曜の晩の〈オーフィアム〉でウィルコと競演したときも、ウォルターはその公演に間に合う便でセントポールに戻ろうとさえしなかった。

パティ自身もそのライブは遠慮したのだった。何しろ件の新譜を聴いているだけでも耐えがたいつらさ――二曲目の過去形が鬼門でその先はもうとても無理――

おまえは誰とも違ったから
だからおまえだけ
誰とも暮らさない。誰も
愛さない。誰とも違った体
だからおまえだった
誰とも違った体
おれのための体
おまえは誰とも違ったから

なので、とにかくリチャードのお手本に倣って、過去を過去へと追いやるべく全力を尽くした。新たな活力を得たウォルターには何やら刺激的な、それこそ〝アテネの悪魔〟を思わせるようなところがあり、ひょっとしてワシントンで二人、新たに人生をやり直せるんじゃないかとほのかな希望を持つこともできた。大好きな〈名無しの湖〉の家を離れるのは淋しかったけれど、バリア街の家のほうに未練はなかった。ジョーイを引き止めることさえできなかった家だ。そうして秋のある土曜日の午後、ミネソタでは木々が強風にもんどりうっている季節に、パティは美しく晴れ渡ったジョージタウンを訪れ、うん、オーケー、これならなんとかなりそう、と言ったのだった。(あるいはパティの頭には、ジョーイが入学したばかりのヴァージニア大学にもほど近いという下心もあっただろうか? 地理はさっぱりだと長年信じこんでいたけれど、実はそれほどでもなかったのか?)信じられないような話だが、二度と戻らぬつもりでワシントンに到着して初めて——スーツケースを二つ積んだタクシーでロック・クリークを渡っているときに——昔から自分がどれほど政治と政治家が嫌いだったかを思い出した。そして二十九丁目の新居に足を踏み入れたその瞬間、またまた過ちを犯したことを悟った。

二〇〇四

山頂除去

もはや逃げ場なし、若きバンドメンバーはやる気満々だし、さしものリチャード・カッツもそろそろスタジオに戻ってウォルナット・サプライズのセカンドアルバムのレコーディングにかからざるをえない雲行き――実際、よくもここまでぐずぐずと逃げを打ってきたもので、初《しょ》っ端《ぱな》は国内の受け容れてもらえそうな街を一つ残らずまわった全米ツアー、続く海外ツアーではますます辺鄙《へんぴ》な外国にまで足を延ばし、トルコ遠征にキプロスまで加えようとするに及んでさすがに他のメンバーが反旗を翻したものの、そんな折にリチャード本人は左手人差し指を骨折、これはアンカラのホテルでの出来事で、ドラマーのティムがびゅんと放り投げたサマンサ・パワーの話題の一冊、世界の集団虐殺を論じたあの画期的研究書のペーパーバック版をキャッチし損ねたのだったが、これをきっかけにリチャードは独りアディロンダック山地の山小屋に隠遁し、そこでデンマークのアート映画のサントラをソロで手がけてみたものの、たちまちうんざりしてプラッツバーグでコカインの売人を見つけ出し、デンマーク政府の芸術支援金五千ユーロをすっかり鼻から吸いこんだ挙句、無断逃亡《AWOL》してニューヨークとフロリダで豪勢な放蕩の日々、その締めくくりにマイアミで飲酒運転と麻薬所持で逮捕され、まずはタラハシーのガブサー・クリニックで六週間、快復の教えにこそこそ抵抗しつつ解毒治療を受け、さらにガブサーで水疱が流行った際に不注意でもらった帯状疱疹が治まるのにしばらくかかり、それからようやくデイド郡のとある公園で脳味噌無用の快適な地域奉仕活動を二百五十時間、その後はただもう電話にも出ずEメールもチェックせず、女とドラッグへの抵抗力強化という、どちらも適度に楽しむ術を知っているらしい他のメンバーには理解しがたい口実のもとでアパートで本を読みふけっていたのだったが、さすがにもう万策尽きてこれ以上は逃げられそうもない――そんな雲行きを察知したリチャードはティムに葉書を送り、いまや一文無しの身だし、ここは昔取った杵柄《きねづか》で屋上デッキ造りにフルタイムで専念したい、他の連中にもよろしくと伝えたのだった。散々待たされた挙句にこの始末、ウォルナット・サプライズの残りの面々がおのれの愚かさを呪い始めたのは言うまでもない。

どうでもいいことだが、リチャードは本当に文無しだった。バンドがツアーに出ていた一年半にかぎれば、収支はおおむねとんとんだった。黒字に転じそうな気配になると、決まってホテルのランクを上げたり、ファンや他人でいっぱいのバーで全員に酒をおごったりした。『名無しの湖』に加えてトラウマティックスの旧譜にまで消費者の興味がかきたてられた結果、リチャードの懐には過去二十年分の収入をも凌ぐ大金が転がりこんできたが、それもどうにかこうにか一銭残らず使い果たした。どこかに置き忘れた自分を取り戻すために。長年トラウマティックスのフロントマンだった男の身に起こった何よりトラウマ的な出来事とは、（1）グラミー賞にノミネートされたこと、（2）自分の曲がナショナル《N》・パブリック《P》・ラジオ《R》でかかっていたこと、そして（3）十二月の売上から判断するに、いまや『名無しの湖』は全国数十万のNPR愛聴世帯で品よく飾られたツリーの足元に添える恰好のクリスマスプレゼントに成り果てたことの三点。中でもグラミー賞ノミネートの知らせは困惑のきわみで、もう何がなんだかわからなかった。

カッツは大衆向けの社会生物学本も手広く読んでおり、そうして理解したところによれば、抑鬱性人格なるものが一見不可解にも人間の遺伝子プールに残存してきた理由は、鬱というものが苦痛と困難に適応するすぐれた方法であるからにほかならない。悲観主義、自分は無価値で生きる資格もないという感覚、快楽から満足を得られないこと、この世界は概してろくでもない場所だという暗澹たる思い。カッツの父方の祖先はユダヤ人、苛酷な反ユダヤ主義に追い立てられユダヤ人村を転々としてきた人々であり、母方はアングル人だかサクソン人だか、こちらも夏の短い北ヨーロッパのやせた土地で必死にライ麦や大麦を育てていた人々、どちらにとっても、常に最低の気分でいること、最悪を予期することは、そのひどい境遇と折り合いをつけていく自然な方法だった。鬱タイプの人間にとっては、本当にひどい知らせも満足のもととなる。これが最も望ましい生き方だなどとは言えるわけもないが、進化の上ではそれなりの利点があったのだ。かくして鬱な人間は厳しい環境に絶望しながらも遺伝子を後世に伝えてきた。向上心のある連中みたいにキリスト教に目覚めたり、日当たりのいい場所に移り住んだりはしない。そして厳しい環境こそカッツの生存適所《ニッチ》なのだった。鯉が濁った水でしか生きていけないのと同じ。トラウマティックスの絶頂期は、図らずもレーガンの一期目と二期目、およびブッシュの一期目と重なっていた。ビル・クリントン（少なくともルインスキー以前）は彼にはちょっとした試練だった。そうしていま再びブッシュ、かつてない最悪の治世が到来したのだから、また音楽作りに精を出していてしかるべきなのに、その前になんと売れてしまったのである。こうなるともう、地面に転がる鯉よろしくどたどたのたうちまわり、豊かさと賞賛に満ちた空気から暗い滋養を搾り取ろうと心のえらを無益にぱくぱくさせるほかはない。思春期以来これほど自由になったことは一度もなかったが、同時にこれほど自殺に近づいたことも一度もなかった。そんなわけで、二〇〇三年の暮れ、リチャード・カッツはデッキ造りの仕事に戻ったのだった。

初っ端の二人の客には恵まれた。どちらも若い個人投資家の男で、レッチリ大好き、リチャード・カッツとルートヴィヒ・ヴァン・ベートーヴェンの違いもわからないような連中である。だから屋上で鋸やらネイルガンやらを使うあいだも、比較的平和な気分でいられた。ところが二月から始めた三つ目の仕事で、不運にも、あんた誰だか知ってるよ、という手合いに行き当たった。建物はホワイト

・ストリートのチャーチとブロードウェイのあいだ、客はアート本の個人出版で儲けた金持ちで、トラウマティックスの全作品をレコードで揃えているうえ、過去に何度もホーボーケンの〈マクスウェルズ〉に足を運んだとかで、毎回まばらな観客の中にいた自分の顔をカッツが憶えていないことに傷ついている様子である。

「さすがに無理だって」カッツは言った。「顔を憶えるの、苦手だし」

「ほら、モリーがステージから落ちたときがあったろ、あのあとみんなで飲んだじゃないか。いまでもどっかにあるよ、モリーの血がついたナプキン。まだ思い出せない？」

「さっぱり。悪いね」

「ま、とにかく、うれしいよ、あんたもやっとそれなりに評価され始めたみたいだし」

「その話はしたくないな」カッツは言った。「それより屋根の話をしよう」

「とにかくクリエイティブにやってくれたらそれでいい、金はちゃんと払う」客が言う。「リチャード・カッツ作のデッキってのがほしくてね。こんな仕事、もうそのうちやめるだろ。まったく信じられなかったよ、あんたがこれやってるって聞いたときは」

「まあでも、だいたいのとこでいいから、何平方フィートとか、材質はこれがいいとか、言ってもらったほうが助かるんだがな」

「ほんとになんでもいいんだって。とにかくクリエイティブに頼む。正直、どうでもいいんだから」

「まあそう言わずに、どうでもよくないってふりぐらいはしてくれよ」カッツは粘った。「だってほんとにどうでもいいんだったら、こっちとしても――」

「じゃあ屋上いっぱいに。これでいい？　でっかいやつにして」客はややむっとしている様子。「ルーシーのやつ、屋上でパーティーやりたいらしくて。ここを買った理由の一つはそれだから」

この客にはザカリーという息子がいて、スタイ校の最上級生で未来のヒップスター候補、どうやらギタリストの卵でもあるらしく、カッツが仕事にかかったその日にさっそく屋上を覗きにきて、鎖でつながれたライオンとでも思っているのか、安全な距離からあれこれ質問を浴びせてきたのだが、これがまたことごとくヴィンテージ・ギターに詳しいところをひけらかすような質問ばかり。そんなものはくだらない商品フェティシズムの典型だと思っているカッツがはっきりそう言ってやると、若造はむっとして去っていった。

二日目、カッツが材木とトレックス板を屋上に運んでいると、三階の踊り場で待ち伏せていたのはザカリーの母親ルーシーで、この女がまた訊かれもしないのにトラウマティックスについて私見を述べてきた――正直、ああいう不良っぽいポーズで青春の苦悩を売りにする幼稚な男バンドには興味が持てないの。そう言うと唇を半開きにし、みだらな挑むような目つきで、自分の存在に――こんなアタシというドラマに――どう反応するかしらと待っている。この手のねえちゃん《チック》はみんなそうだが、自分の挑発がオリジナルなものだと信じて疑わない。ところがカッツはそれこそ一字一句まで同じ挑発を百回くらい経験していたから、もはや挑発にいきりたつふりさえする気になれず、そんな自分がなんだか申し訳ないという、しかもルーシーのちっぽけなエゴの勇猛さが、老いゆく女の不安の海に沈むまいとするがんばりがなんだか切ないという、なんとも馬鹿馬鹿しい立場に立たされてしまった。相手がこの女では、たとえその気になれたとしてもどうにかなるとは思えなかったが、せめて形だけでもやり合う努力をしないと女のプライドが傷つくだろう。

「だろうな」トレックス板を壁に立てかけながら言う。「だからこそ、おれにとっちゃこないだのやつがブレイクスルーだったのさ、アダルト気分満載のアルバム、これなら女にもわかる」

「あたしが『名無しの湖』を気に入ってると思うの？」

「あんたの意見をおれが気にしてると思うか？」カッツは果敢に反撃した。午前中ずっと階段を上り下りしていたのだが、本当に疲れるのはむしろこうやって自分を演じなければならないことだった。

「ま、正直嫌いじゃないわ」女が言う。「でもちょっと過大評価されてる気がする」

「参った、いやおっしゃるとおり」とカッツ。

女はむっとして去っていった。

八〇年代、九〇年代には、請負業者としての最大のセールスポイント——経済援助を受けてしかるべき売れない音楽を作っていること——を維持するため、リチャードも半ば必要に迫られてプロらしからぬふるまいに徹していた。顧客の中核はトライベッカのアーティストや映画関係者、食べ物や、ときにはドラッグまで恵んでくれるような連中で、うっかり三時より前に出勤したり、手を出してはいけない女に手を出そうとしなかったり、スケジュール通りに予算内で仕事を終えたりしようものなら、お前はそれでもアーティストかと疑われかねなかった。そんなトライベッカもいまではすっかり金融業界の傘下、ルーシーはDUXのベッドで昼までごろごろして、タンクトップに透け透けビキニで足を組んで『タイムズ』を読んだり電話をしたり、おまけにこちらが天窓を通り過ぎるたびに手を振ってくるから、はみ出しそうな茂みとすごい太腿がいやでも目についてしまう。そんなこんなでリチャードもいまやプロ根性とプロテスタント的美徳の鬼、きっかり九時に出勤しては日没の数時間後まで働き通し、一日でも早く仕事を片付けてとっととここから逃げ出そうと必死だった。

フロリダから戻って以来、セックスにも音楽にもすっかり嫌気がさしていた。こんな気持ちになるのはまったく初めてのことで、合理的に考えればすべては精神状態のせい、外的現実とは関係がないのは明らかだった。基本構造はどれも同じはずの女の体に果てしない多様性があるように、ポップミュージックも、長調短調のパワーコード、ツービートとフォービート、A－B－A－B－Cなどなど、基本ユニットがいつも同じだからといって絶望する合理的理由はない。いまこの瞬間にも、このニューヨーク周辺のどこかでエネルギッシュな若者が、少なくとも初めの二、三回は——いや、うまくいけば二十回、三十回くらいは——天地創造の夜明けのごとく新鮮に響く曲を作っているはずなのだ。

フロリダでの保護観察が明け、公園管理課の巨乳上司マルタ・モリーナに別れを告げて以来、カッツはステレオの電源にも楽器にも手を触れることができず、誰かをベッドに連れこむなんて金輪際想像したくもないという心境だった。一日一度は必ず、どこかの地下の練習室から、いやそれこそ〈バナナ・リパブリック〉や〈ギャップ〉の店先なんぞからも気になるサウンドが耳に飛びこんで来たし、ローワーマンハッタンの通りを歩けば、誰かの人生を変えそうな若いねえちゃん《チック》を見かけもした。が、その誰かが自分であるとはもはや思えなくなっていたのだ。

そうして迎えた寒さ厳しい木曜の午後、灰色一色の空から舞い落ちる粉雪が普段はさえないダウンタウン上空の眺めにも多少の趣を添え、ウールワースビルのおとぎ話めいた小塔《タレット》をかすませながら、斜めに斜めに、気象のベクトルに操られてハドソン川の河口へ、その先の暗い大西洋へと舞っていき、そんな雪のせいかカッツにも四階下の歩行者と車の喧騒が遠い世界のことみたいに感じられた。雪が街路を湿らせてくれたおかげで、行き交う車のタイヤの音の高音域《トレブル》にいい具合に強調がかかり、耳鳴りもほとんど気にならない。雪と肉体労働で外界から二重に守られている気分で、三つの煙突が形作る入り組んだ隙間に合うようトレックス板を切り、はめこんでいった。昼時から一度も煙草を吸いたくならないまま気づけばもう黄昏時、最近はもっぱら煙草を吸う間隔によって一日を一口サイズに切り分けていたので、ランチにサンドイッチを食べてからまだ十五分しか経っていないような錯覚のもと、迷惑にも突如ぬっと現れたザカリーを見上げたのだった。

若造はパーカにローライズの細身のパンツという恰好、少し前にロンドンで初めて見たスタイルだ。「ツチ・ピクニック、どう思います?」と訊いてきた。「好きっすか?」

「知らんな」カッツは言った。

「嘘でしょ！　そんなわけないって」

「いいや本当だ」とカッツ。

「フレイグランツは？　最高でしょ？　あの三十七分の曲とか？」

「聴いたことないな」

「じゃあほら」ザカリーはなかなかしつこい。「昔ヒューストンにサイケなバンドがいろいろいたでしょ、六〇年代後半にピンク・ピローズから出してたやつら。あなたの初期の音にちょっと似てますよね」

「おまえが踏んでるそれ、使いたいんだけどな」カッツは言った。

「あのへんには影響受けたのかなって思ってたんだけど。特にペシャワール・リックショー」

「その左足、ちょっとどけてくれないか」

「ねえ、もう一ついいですか？」

「この電鋸はけっこううるさいぜ」

「もう一つだけ」

「なんだよ」

「つまり、これも音楽作りの一部なのかなって。昔からやってるこういう賃仕事に戻るのも」

「正直、考えたこともなかったな」

「学校のやつらが訊いてくるんですよ。おれは音楽作りの一部なんじゃないのって言ったんだけど。つまりほら、労働者との共感を取り戻す必要があるとか、次のアルバムの材料集めるうえで」

「頼んでいいか」カッツは言った。「お友だちに伝えてくれ、もしご両親がデッキを造ってほしそうだったら、電話するように言ってくれって。十四丁目より南、ブロードウェイの西ならどこでも行く」

「いやマジで、これやってる理由、そういうことなんですか？」

「この鋸はうるさいぞ」

「オーケー、でもあと一つだけ、ね？　ほんとにこれが最後。あのね、インタビューさせてもらえません？」

カッツは鋸を空ぶかしした。

「だめ？」ザカリーが言った。「クラスに『名無しの湖』にはまってる子がいるんですよ。その子の気を惹くって意味で、ほんと助かるんだけどな、短いのでいいからインタビューを一つ、デジタル録音でネットに上げられたら」

カッツは鋸を置き、真顔でザカリーを凝視した。「ちょっと待て、おまえギターやってるくせに女の気も惹けないっていうのか？」

「ま、この子に関しちゃ、そうかな。メインストリームな趣味の持ち主なんで。実際かなり苦戦中」

「で、どうしてもその女がいい、そいつなしじゃ生きていけないってわけか」

「まあね」

「同級生なんだな」カッツは思わず口走った。身に染み付いた反射的計算、理性で抑える暇もない。

「飛び級とか、してないよな」

「してないはずです」

「名前は？」

「ケイトリン」

「明日の放課後、ここに連れて来い」

「でもぜったい信じてくれないって、あなたがうちにいるの。だからインタビューさせてほしいんですよ、ほんとだって証明するために。そうすりゃ会いに来たがるに決まってるから」

カッツが女を絶ってから、あと二日で八週間になる。過去七週間、セックスを控えるのはドラッグやアルコールに手を出さないことと分かちがたく結びついているような――禁欲同士で補強し合っているような――気がしていた。つい五時間前、天窓からザカリーの露出趣味の母親がちらりと目に入ったときも、興味が持てないどころかかすかな吐き気さえ覚えた。ところがいま、一瞬のうちに、予言のごとき明晰さで彼は悟った。記録は八週間まであと一日というところで途絶えるだろうと。おれはこのケイトリンをものにすべく緻密な計画をめぐらせるだろう。いまから明日の晩まで、想像のかぎりを尽くして実物の娘が持ちうる顔と体の無数の微妙なバリエーションで一刻一刻の意識を埋め、しかるのちに持てる技を存分に発揮して相応の成果を味わうことになるだろう。それもこれも、このザカリーというガキをひねりつぶし、「メインストリームな趣味」を持つ十八歳のファンを幻滅させるという、そんなことをして何になるのかよくわからない目的のために。どうやらおれは悪徳に飽きたのを美徳と勘違いしていただけらしい。

「こうしよう」カッツは言った。「おまえはいまからセッティングして、くだらん質問でも考えとけ。二時間ほどしたら行く。ただし条件がある。明日、成果を見せろ。こいつがおまえのでっちあげじゃないってことを確認したい」

「すげえや」とザカリー。

「おれの話、ちゃんと聞いてるな？　インタビューは原則お断りってことにしてるんだ。こいつは例外だし、やる以上はそれなりの成果がいる」

「そりゃもう、ぜったい来たがりますって。会いたがるに決まってる」

「よし、じゃあ行け。こいつがどんなにありがたいことか、一人でじっくり考えてろ。七時頃に行く」

すっかり暗くなっていた。雪ははらはらと風に舞う程度まで弱まり、ホランドトンネルの毎夜の悪夢、渋滞が始まっている。ニューヨークの地下鉄線でここを通らないのは二本だけ、通勤に欠かせぬPATH線も含め、カッツの立っている場所から三百ヤード内に多くの路線が集中している。この界隈は依然、世界の急所なのだ。ここには投光照明を浴びるワールドトレードセンターの傷痕もあれば、連邦準備銀行の金蔵もある。市拘置所《トゥームズ》も証券取引所も市庁舎も、モルガン・スタンレーもアメリカン・エキスプレスもヴェリゾンの窓のないモノリスもある。港の向こうには酸化物で肌を緑に染めた自由の女神の刺激的な姿も見える。太った女、やせた男、この街を動かす官僚たちが色鮮やかな小さな傘でチェンバーズ・ストリートを埋め尽くし、クイーンズやブルックリンへと家路を急ぐ。その一瞬、作業用ライトのスイッチに手を伸ばしながら、カッツは幸せな気分になりかけていた。長年親しんだ自分に戻れそうな気さえした。が、二時間後に工具を片付け始めたときには、自分がすでにいろんな意味でケイトリンを憎んでいることがわかっていた。なんとも奇妙で残酷な世界、憎いからこそやりたくなるなんて。過去の無数の例に漏れず、この一件も後味の悪い終わり方をするだろう。せっかくここまで手を汚さずに来たのに、これですべては無駄になる。その無駄を思うと余計にケイトリンが憎い。

とはいえやはり、ザカリーはひねりつぶしてやる必要があった。あのガキは専用の練習室まで持っている。防音スポンジを張ったその立方体の部屋には、三十年やってきたカッツも持ったことがないほどのギターが取っ散らかしてある。通りすがりに聞いただけだが、テクニックだけを取ればザカリーはすでに相当なレベル、昔はおろか現在のカッツも、いや今後どんなにがんばってもかなわないようなソロを弾く。が、その程度の腕を持つ高校生ギタリストならアメリカ国内に何十万といる。じゃあ問題はなんだ？　そう、挫折したロックスターの夢を押しつけてくる親父に反発し、昆虫学を究めるなり、金融派生商品《デリバティブ》に興味を持つなりすればいいものを、このザカリーは親の言いなり、ジミヘンの物真似に精を出している。これが想像力の欠如じゃなくてなんだと言うのか。

練習室にはアップルのラップトップとプリントアウトした質問リスト、準備万端でお待ちかねのところにカッツのお出ましである。鼻水は出るし、凍えた手が室内の暖かさにじんじん痛む。ザカリーが指差した折りたたみ椅子に腰をおろす。「もしよかったら」と言ってきた。「初めに一曲演《や》ってもらえません？　それと終わったあとにもう一曲」

「いやだね、お断りだ」とカッツ。

「一曲だけ。一曲演ってくれたら、ほんとクールなんだけどなあ」

「いいからさっさと質問しろ。ここに座ってるだけでも相当みじめな気分なんだぞ」

Q　さてさてリチャード・カッツさん、『名無しの湖』から三年、ウォルナット・サプライズがグラミーにノミネートされてからちょうど二年ですね。その間、人生がどんなふうに変わったか教えてもらえます？

A　そんな質問には答えられんな。もうちょっとましな質問をしろ。

Q　じゃあ、肉体労働に戻ろうと決心したわけを話してもらいましょうか。アーティストとして行き詰まりを感じてるんですか？

A　どうも質問の方向が間違ってる気がするな。

Q　オーケー。じゃあMP3革命についてはどう思います？

A　はは、革命だって。うれしいね、「革命」なんて言葉がまた聞けて。いいじゃないか、いまじゃ一曲の値段がガム一個と同じ、味も同じくらいの時間でなくなるし、そうなりゃもう一ドル払えってわけだろ。やっと一つの時代が終わったんだ、いつ終わったんだか、昨日かな――ほら、ロックが体制お抱えの小間使いじゃなく、体制順応やら消費主義やらをぶっ潰すなんてふりをしてた時代さ――あの時代はほんと癪に障ったな。ロックンロールが正直になるって意味でも、この国全体のためにもいいんじゃないかと思うね、ボブ・ディランやらイギー・ポップやらの正体がちゃんと見えるようになったのは。つまりグリーンガムの製造者ってこと。

Q　ロックは反体制的な力を失ったと、そう言いたい？

A　反体制的な力なんてもともとなかったって言ってるのさ。昔からずっとグリーンガムだったんだ。そうじゃないってふりが気持ちよかっただけでね。

Q　ディランがエレキに持ち替えたときのことは？

A　大昔の話をしたいんなら、いっそフランス革命まで戻ろうじゃないか。ほらあいつ、名前は忘れたけど、「ラ・マルセイエーズ」を書いたロッカーがいたろ、ジャン・ジャックなんとかだっけな――一七九二年、あいつの曲がやたらオンエアされ始めて、それで百姓どもが立ち上がって貴族社会をひっくり返したろ？　あれなんかは間違いなく世界を変えた歌だ。百姓たちに足りなかったのは反逆のポーズだった。他はぜんぶ揃ってた――隷属の屈辱、貧困の苦しみ、返せない借金、最悪の労働環境。でもそれだけあっても、歌がなけりゃなんにもならなかったんだよ。サンキュロット・スタイルこそが世界を変えたんだ。

Q　じゃあリチャード・カッツの次のステップは？

A　共和党政治に関わっていくつもりだ。

Q　あはは。

A　本気だぜ。グラミーにノミネートされるなんてびっくりだったが、実に光栄な話だし、そいつをこの大事な選挙の年に活用しなきゃって義務感に駆られてるんだ。せっかくもらった機会だからな、こうしてポップミュージックのメインストリームの一員になって、ガム製造者になって、十四、五のこれからって若者を説得する力になりたいんだよ、あのアップル製品の見た目や手触りこそ、この世界をよりよい場所にしようっていうアップルコンピュータ社の信念の表れだとね。だってさ、この世をよりよい場所にしようなんてクールだろ？　それに、よりよい世界をって信念にかけちゃあアップルはダントツだからな。そんなの他のMP3プレーヤーを見りゃわかる、iPodのほうがずっとクールだもんな。だからこそiPodは値段もずっと高いし、他社のソフトと互換性もない。なぜかと言えば——いや、実はこのへんはちょっと謎なんだが、よりよい世界ってとこでは、とにかくいちばんクールな製品が、そのよりよい世界のほんの一握りの住人に不埒なまでの利益をもたらすことになってるらしいんだな。ま、こういうときは一歩引いて大局的にものを見たほうがいい。みんなが自分のiPodを手に入れること、それこそが世界をよりよい場所にしてくれる、そう理解しとこう。でね、おれが共和党に清々しさを覚えるのはそこなんだよ。連中に言わせりゃ、よりよい世界ってのがどんな世界か、それを決めるのも個人なんだ。だってほら、自由の党だろ？　それだけによくわからないんだが、なんでキリスト教のモラリストがあんなに共和党に影響力を持ってるんだ？ あの連中は中絶にも大反対、選択の自由を認めない。中には拝金主義、物質主義までダメだってのもいる。おれに言わせりゃiPodこそ共和党政治のほんとの顔だし、この件では音楽業界ももっと前面に出て、政治活動に力を入れて、堂々と立ち上がってこう宣言すべきなんだ。我々ガム製造業者の目指すところは社会正義ではありません、正確な、客観的に正しい情報の伝達でもありません、有意義な労働でも、矛盾のない国家的理念でも、良識を広めることでもありません。我々の目指すところは、自分が聴きたいものを選んでそれ以外は無視する自由です。行儀の悪い連中、我々みたいにクールになりたがらない連中を馬鹿にする自由です。脳味噌無用でいい気分になれる曲に五分おきにありつく権利です。我々の知的財産権を徹底的に強化し、そこから利潤を搾り取ることです。十歳の子供を説得して、アップル社に認可された子会社が三十九セントのコストで生産するクールなシリコン製iPodケースを二十五ドルで買わせることです。

Q まあ冗談はそのくらいにして。ところで去年のグラミー賞授賞式は反戦ムード一色でしたよね。ノミネートされたアーティストの多くがその立場を明確にした。そこで質問ですけど、成功したミュージシャンは人々のお手本になるべきだと思いますか？

A 自分自分自分、買って買って買って、パーティーパーティーパーティー。自分だけの小さな世界に座って、目をつぶって体を揺らして。さっきからおれが言おうとしてるのは、おれたちはもうすでに共和党お望みの完璧なお手本になってるってことだよ。

Q　だとすれば、去年の授賞式で検閲めいたことがあったのはなぜ？　戦争批判を口にしないようにって圧力がかかったでしょう？　まさかシェリル・クロウは共和党支持だとでも？

A　だといいな。彼女、すごくいい人みたいだから。民主党支持だなんて思いたくない。

Q　彼女は戦争反対をはっきり主張してる。

A　ジョージ・ブッシュがほんとにゲイを憎んでると思うか？　一個人として、中絶はぜったい駄目だなんて考えてると思うか？　サダム・フセインが九・一一の黒幕だなんて、ディック・チェイニーが本気で信じてると思うか？　シェリル・クロウはチューインガムを作ってるんだ。長年チューインガムを作ってきたおれが言うんだから間違いない。シェリル・クロウがイラク戦争をどう思ってるかを気にかけてるのは、ボノ・ヴォックスが宣伝してるってだけで馬鹿高いMP3プレーヤーを買うのと同じ連中なんだよ。

Q　でも社会には指導者の果たす役割というものもありますよね？　あのグラミーで企業国家アメリカが抑圧しようとしてたのはそれなんじゃないでしょうか？　つまり、反戦運動の潜在的指導者たちの声。

A　ガム会社のCEOに虫歯撲滅運動の指導者を任せたいか？　ガムを売るのと同じ宣伝ルートでガムは歯に悪いですよって世間に知らせるのか？　さっき嚙みついたばかりでこう言うのもなんだが、ボノってやつは、音楽界を残りぜんぶ合わせたより立派なやつだと思うね。ガムを売ってひと財産稼ぐんなら、いっそ高級iPodも売っちまえばいい。そうしてもっと金持ちになって、その金とステータスを使ってホワイトハウスと仲良くなって、それでアフリカで実地に役に立つことをやりゃあいい。要は男らしく認めろってことさ。支配階級の一員でいたいんだろ、支配階級ってやつを信じてるんだろ、そこでの自分の立場を固めるためならなんでもやるんだろ、じゃあ潔く認めちまえってこと。

Q　つまり個人的に、イラク侵攻には賛成だったと？

A　おれが言ってるのは、仮にイラク侵攻ってのがおれみたいな人間が賛成するようなことだったら、ほんとに起こりやしなかっただろうってことだよ。

Q　じゃあ、リチャード・カッツ本人の話にちょっと戻りましょうか。

A　いや、それよりそのスイッチを切っちまおう。インタビューはこれで終わり。

「すごかったな」ザカリーはポインタを動かしクリックしている。「言うことなしです。いますぐネットに上げて、ケイトリンにリンクを送っときます」

「メールアドレス、知ってるのか？」

「いや、でも知ってるやつを知ってるんで」

「じゃあ明日の放課後、二人で来い」

カッツはインタビュー後につきものの悔恨を感じながら、チャーチ・ストリートをＰＡＴＨ線の駅に向かった。侮辱的な物言いを悔やんでいるわけではなかった。他人を侮辱するのは本職みたいなものだ。心配なのは、自分の言葉が惨めに聞こえたんじゃないかということ——自分よりすぐれた連中をけなすことしかできない落ちぶれた才能、そんな姿が見え見えなんじゃないかということだった。たったいまあらためて明かした自分の残念な正体がいやでたまらなかったのだ。そしてこれこそ、カッツの知るかぎりでは最も簡単な鬱の定義にほかならない。つまり、自分がいやでたまらないこと。

ジャージーシティに戻ると、週に三、四度は夕食でお世話になっているジャイロ店に立ち寄り、安い肉とピタパンの臭いがぷんぷんする重い紙袋を手に店を出て、アパートへの階段を上がっていった。ここ二年半は家を空けてばかりだったせいで、その間にアパートが寝返ったというか、いまや彼の家でいるのをいやがっているみたいに感じられる。ちょいとコカインでもあれば気分も変わるはずだが——アパートの失われた輝きと温もりを取り戻してくれるだろうが——それも数時間かせいぜい数日のこと、そのあとは何もかも余計にひどくなるに決まっている。いまでも多少好感を持てる唯一の場所はキッチンで、そのぎすぎすした蛍光灯の光はそれなりに気分に合っている。古いエナメル張りのテーブルの前に座り、最近お気に入りの作家、トーマス・ベルンハルトを読んで食事の味から気をそらそうとする。

背中のほう、汚れた皿が山積みのカウンターで電話が鳴った。ディスプレイをのぞくと、**ウォルター・バーグランド**とある。

「ウォルター、おれの良心か」とつぶやく。「やめてくれよ、こんなときに」

それでも一瞬受話器をとりたくなったのは、このところふとウォルターがなつかしくなることがあったからだが、間一髪のところで思いとどまった。パティが自宅の電話でかけてきたのかもしれない。モリー・トレメインとの一件から、溺れる女を救うには自分も溺れる覚悟がいると学んでいたカッツは、パティがもがき助けを求めても頑として桟橋を離れなかった。いまパティがどんな気分でいるにせよ、そんな話は聞きたくない。ツアーでさんざん『名無しの湖』をこき使ったおかげで――ツアー終盤には演奏の傍ら長々と考え事に耽ったりもできるようになり、バンドの財政状況を見直し、新しいドラッグに手を出したものかと悩み、最新のインタビューを鬱々と悔やみながらもビートは寸分の狂いも見せず、歌詞を飛ばすこともなかった――いまやそれらの歌からは意味がすっかり抜け落ち、それを書いたときの（モリーへの、パティへの）悲しみとは永遠に切り離されていた。ツアーとともに悲しみそのものも消えたんじゃないかという気さえしていた。とはいえ、電話が鳴っているあいだに受話器を取る気は毛頭ない。

ただし、録音メッセージはチェックした。

やあリチャード。ウォルターだ――ウォルター・バーグランド。そこにいるのかな、ひょっとして国外に出てるのかもしれないけど、実は明日ちょっと会えないかと思ってね。出張でニューヨークに行くんだが、きみにちょっと頼みたい仕事があるんだ。急な話ですまない。まあ、どのみち電話しようと思ってたんだけどね、元気かって。パティもよろしくって言ってる。そっちが何もかも順調なのを祈るよ、じゃあ！

このメッセージを削除するには3を押してください。

ウォルターからの連絡はかれこれ二年ぶりだった。沈黙が長引くにつれ、ひょっとしてパティが愚かにも、あるいは惨めさのあまり、うっかり名無しの湖での一件を白状したんじゃないかとカッツは思い始めていた。ウォルターのあのフェミニズム、あの頭にくる逆男女差別を考えれば、パティのことはさっさと許して、裏切りの責任をカッツ一人に負わせることも十分ありうる。それにしても、ウォルターが相手だとなんでこうなのだろう。毎度謀ったみたいにこの手の状況が出来し、他の誰をも恐れぬカッツなのに、ウォルターの前では力なく怖気づく破目になる。パティをあきらめることで――おのれの快楽を犠牲にし、パティ本人の期待に冷たく背いてまでその結婚生活を救うことで――束の間とはいえウォルターの立派さに肩を並べたと思ったのに、それだけ苦心して何が手に入ったかといえば、ありがたみも知らずにパティを我がものとしている親友への羨望だけ。連絡を絶ったのもあの二人のためを思えばこそだと信じこもうとしてきたけれど、本当の理由はむしろ、二人が幸せで結婚が安泰だと聞かされたくないというだけのことだった。

なぜウォルターがそれほど大事なのかと問われても、カッツには答えられなかっただろう。もちろん、三つ子の魂百までというやつで、まだ感じやすい年頃に、自分という人間の輪郭が完全に定まる前に絆を結んだせいはあるだろう。ウォルターが人生にもぐりこんできたのは、カッツが社会のはみ出し者や落ちこぼれと運命をともにすべく、普通の人々の世界にドアを閉ざす前のことだったのだ。とはいえウォルターがまったく普通かと言えば、実はそうでもない。絶望的にナイーブでありながら、抜け目のなさも根性もあるし、何かにつけ事情通でもある。そこにパティが加わると話は余計にややこしくて、そもそもパティという女は、昔から本人は必死で普通みたいなふりをしているけれど、実際にはウォルター以上に普通じゃないし、そのうえまたややこしいことに、そんなパティに惹かれているという点ではカッツもウォルターといい勝負、しかもウォルターに惹かれているという点ではひょっとしてパティ以上かもしれない。そしてここがいちばんの怪なのだ。他の男ではありえないのだが、長らくご無沙汰したあとにウォルターの姿を見ると、カッツは股ぐらに何やら熱いものを感じてしまう。この股間の発熱が現実のセックス、ホモ云々と関係がないのは、長らく待ちわびたコカインをひと吸いしたときの勃起と同じこと、ただ間違いなくそこには体内奥深くで起こる何かがある。愛と呼べと主張してやまない何かが。そんなカッツにとって、バーグランド一家の成長を見守るのは何よりの楽しみだった。彼らの親しい友であること、遠く中西部にはいつも彼らがいて、気の滅入ったときにはそのまともな暮らしを覗きに行くこともできる、そう思っていられることはかけがえのない喜びだった。だがそれも、夏の別荘で一晩パティと二人きりで過ごしたせいでぶち壊しになった。何せ相手は元バスケットボール選手、わずかなチャンスに賭けて狭いエリアを突破するのはお手のものなのだ。家庭の温もりの行き渡った安全な避難所は一夜にして崩壊し、パティのあそこという熱く飢えた小宇宙に取って代わられた。しかもそこに入れたのはほんの束の間、いまだに現実とは信じられないくらいなのだから残酷と言うほかない。

　パティもよろしくって言ってる。

「そうかい、クソったれ」カッツはジャイロを貪り食った。それでも、ひとまず食欲が満たされ、その満たされ方に胃が深刻な不安を覚え始めたところでウォルターに電話をかけてみた。ありがたいことに出たのは本人だった。

「元気か？」カッツは言った。

「元気かって、そっちこそどうなんだよ？」多少浮かれながらもウォルターらしい気遣いで返してくる。「世界中をまわってたみたいじゃないか」

「ああ、いやほんと、電熱の肉体を歌《シンギング・ザ・ボディ・エレクトリック》うって感じかな（ホイットマンの詩句より）。毎日刺激的だよ」

「軽やかなステップを踏んで《トリッピング・ザ・ライト・ファンタスティック》（ミルトン、「快活なる人「ラレグロ」」の詩句に由来）」

「そのとおり。デイド郡刑務所でね」

「ああ、それも読んだ。なんでまたフロリダなんかにいたんだ？」

「ラテンのねえちゃん《チック》さ、うっかり人間だと思いこんじまって」

「有名人もつらいんだろうなって思ってた」ウォルターが言う。「〝名声はあらゆる種類の過剰を要求する〟（ドン・デリーロ、『グレート・ジョーンズ・ストリート』の出だしの一文）。思い出したよ、その手のこと、昔よく話してたの」

「ま、ありがたいことに名声との付き合いは卒業したよ。もうバスを降りた」

「どういう意味だ？」

「デッキ造りに励んでるのさ」

「デッキ？　冗談だろ？　いかれてるぞ！　ホテルの部屋をめちゃめちゃにするとか、キャリア最悪の暴言《ファック・ユー》ソングを録音するとか、やることがあるだろ」

「おまえも古いよな。こっちは思いつく中で唯一人間の名に恥じない道を選んだってのに」

「でももったいなさすぎる！」

「口には気をつけろよ。逆鱗に触れるぞ」

「いや冗談抜きで、リチャード、きみには立派な才能があるんだ。そんなふうにあっさりやめちまうわけにはいかない、アルバムが一枚たまたま世間に気に入られたからって」

「〝立派な才能〟か。なんかもう、三目並べ《マルペケ》の天才とか、ほとんどそういうレベルだよな。ポップミュージックの話だぜ、いましてんのは」

「いやいやいや」とウォルターー。「まさかこんな話を聞かされるとは。いまごろはもう新譜を録り終えて、次のツアーの準備でもしてるんだと思ってたよ。デッキ造りに戻ったなんて知ってたら、もっと早く電話したのに。邪魔しちゃまずいって気を遣ってたんだけどな」

「気を遣うなんてよせよ」

「まあでも、そっちも電話してこなかったろ。忙しいんだろうと思ったのさ」

「面目ない《メア・クルパ》」とカッツ。「そっちはどうだ？　何もかも順調か？」

「うん、まあね。ワシントンに引っ越したのは知ってるよな？」

カッツは目を閉じ、ニューロンに鞭打ってこの点に関する確かな記憶を探った。「ああ」と答える。

「聞いたと思う」

「それで、こっちじゃいろいろ面倒なことになってきててね。実を言うと、電話したのもそのためなんだ。きみに頼みたい仕事がある。明日の午後、時間を取ってもらえないかな？　夕方とか？」

「夕方はだめだな。午前中はどうだ？」

ウォルターが言うには、正午にロバート・ケネディ・ジュニアと会う約束があり、晩にはまたワシントンに戻って土曜の朝の便でテキサスに飛ぶとのこと。「いま電話で話してもいいんだが」と言う。「アシスタントがどうしてもきみに会いたいらしくて。引き受けてくれる場合は、彼女と一緒に事に当たってもらうことになる。彼女のアイデアだし、できれば本人の口から聞いてやってほしい」

「アシスタント」

「名前はラリーサ。すごく若くて頭がいい。実を言うと、ここの上の階に住んでもらってるんだ。きみもぜったい気に入ると思うね」

そう言うウォルターの声の明るさと興奮ぶり、「実を言うと」のひと言に漂うかすかなうしろめたさ、あるいはスリル、それをカッツが聞き逃すわけもない。

「ラリーサ」と言ってみる。「珍しい名前だな」

「インド系だよ。ベンガル人。育ったのはミズーリ。実を言うとかなりの美人でね」

「なるほど。で、その仕事とやらの目的は？」

「地球を救うこと」

「なるほど」

ふと、ウォルターは計算ずくでラリーサを餌としてぶら下げているのではという考えがカッツの頭をよぎり、そう簡単に操られてたまるかと軽く腹が立った。にもかかわらず――ウォルターが女を美人と呼ぶときにはそれなりの根拠があるとわかっているだけに――やはり操られないわけにはいかなかった。好奇心を抑えきれない。

「明日の午後の予定を調整できるかどうか、やってみよう」と言う。

「恩に着るよ」ウォルターは言った。

うまくいくときはいくし、だめなときはだめなものだ。カッツの経験では、ねえちゃん《チック》を待たせてもまず損はない。ホワイト・ストリートに電話して、ケイトリンと会うのは延期だとザカリーに伝えた。

　翌日の三時十五分、カッツが十五分だけ時間に遅れて〈ウォーカーズ〉に入ったとき、ウォルターとそのインド系のねえちゃん《チック》は隅のテーブルで待っていた。そのテーブルにたどり着くよりも前にカッツにはわかった。こいつはノーチャンスだと。女があなたのものよと意思表示するのに使うボディランゲージは十八種類、そのうち優に十二種類をラリーサはまとめてウォルターにふるまっている。上司の言葉に熱心に聞き入るその姿は、「かじりつくようにして聞く」という表現の生きた見本さながら。しかもウォルターがカッツを迎えようと席を立っても、その目は相変わらずウォルターに釘付けだ。なんとも不思議な世界、まさかこんな日が来ようとは。男性的魅力を放つウォルター、美人を振り向かせるウォルターなど、カッツは見たこともなかった。仕立てのいいダークスーツをまとった体には中年らしい恰幅のよさがある。肩幅がひとまわり広くなり、胸のあたりも以前より分厚い。

「リチャードだ、こちらはラリーサ」

「初めまして」ラリーサはそう言ってカッツの手をゆるく握った。光栄だとも夢みたいだとも、大ファンだとも言わなかった。

　カッツは手痛い認識に不意打ちを食らって椅子に沈みこんだ。これまでずっとそうじゃないと自分に言い聞かせてきたものの、実のところ、ウォルターの女がついほしくなるのは、親友の女なのに、ではなく、親友の女だからこそ、だったのだ。ここ二年はずっと、ファンだなどと言われるのがうっとうしくて仕方がなかったのに、いまこうしてラリーサがそれを言ってくれないとがっかりしてしまう。理由は簡単、ウォルターをあんな目で見ているから。そのラリーサだが、褐色の肌に、丸みと細さが複雑に混じった容姿である。目はまん丸で顔も丸顔、乳房も丸く、首筋や腕はほっそりしている。文句なしのBプラス、追加の課題を出してきたらAマイナスといったところ。カッツは軽く髪をかき上げ、手についたトレックスのくずを眺めた。旧友にしてなじみの敵、ウォルターは久々の再会に混じり気なしのうれしそうな笑顔だ。

「で、話ってのは?」カッツは言った。

「ま、山ほどあるんだ」ウォルターが言う。「どこから始めよう?」

「関係ないけど、それいいスーツだな。似合ってるよ」

「ああ、そう思う?」ウォルターは自分の姿を見下ろした。「ラリーサに買わされたんだ」

「ワードローブがひどすぎるってうるさく言ってやったの」娘が言う。「スーツを買ったの、十年ぶりですって!」

言葉にかすかなインド訛りがある。打楽器的なリズム、無駄を省いた発音。ウォルターは自分のものとでも言うような口調だ。その体がせっせとアピールを続けていなかったら、実際すでにものにしたんじゃないかと思いこんでいたかもしれない。

「そっちもなかなかかっこいい」ウォルターが言った。

「嘘でもうれしいよ」

「いやほんとだって、なんかこう、キース・リチャーズっぽいね」

「おっと、本音が出たな。キース・リチャーズって、要はおばあちゃんのボンネットかぶった狼だろ。あのヘッドバンドのせいかな?」

ウォルターがラリーサに意見を求める。「リチャード、おばあちゃんに見えると思う?」

「ノー」とラリーサ。0の音が短くて丸い。

「で、ワシントンはどうだい?」

「ああ、これがなんだか妙な状況でね」ウォルターが言う。「ぼくの雇い主はヒューストンを拠点にしてるヴィン・ヘイヴンって男なんだが、石油とかガスとか、そっち方面の大物。その嫁さんの親父が共和党の保守派、ニクソン、フォード、レーガンの下で働いてたって人物で、その親父さんが娘に遺したジョージタウンの豪邸が、ずっと使われないままになってたんだ。で、ヴィンがトラストを立ち上げたとき、その一階をオフィスにして、二階と三階を市場価格よりだいぶ安くぼくらに売ってくれた。プラス、最上階はメイドが住みこめるようになってて、そこがラリーサのアパート」

「ワシントンで三番目の通勤環境」ラリーサが言う。「ウォルターなんて大統領より便利よ。キッチンは一つで共用なの」

「居心地よさそうだな」カッツはそう言いながら、ウォルターに意味深な視線を投げたが反応はない。

「で、そのトラストってのは？」

「前に話したとき、そのあたりは説明しなかったっけ」

「あのときはちょうどドラッグ漬けだったからな、すまんが、どんな話も最低二回はしてもらわないと頭に入らない」

「セルリアン・マウンテン・トラストって言うの」ラリーサが説明する。「思いきり斬新な環境保護へのアプローチ。ウォルターのアイデアなの」

「いやまあ、ヴィンのアイデアだよ、少なくとも最初はね」

「でもほんとにオリジナルな部分はウォルターのお手柄」ラリーサがカッツに請け合う。

ウェイトレス（特記事項なし、すでにカッツは顔見知りで、考慮外の判が押してある）が来たのでコーヒーを頼むと、ウォルターはセルリアン・マウンテン・トラストの詳細を語り始めた。いわく、ヴィン・ヘイヴンというのは実に並外れた男である。妻のキキともども熱心な野鳥愛好家で、たまたまジョージとローラのブッシュ夫妻、ディックとリンのチェイニー夫妻の個人的友人でもある。ヴィンはテキサスとオクラホマの油井やガス井に一見無益とも思える投資をすることで億単位の財産を築いた。それがいまや老境にさしかかり、キキとのあいだに子供もない身、ここは一つと思い立って、有り金の半分以上をただ一種類の野鳥の保護に注ぎこむことにした。その鳥の名がミズイロアメリカムシクイ《セルリアン・ウォーブラー》、ウォルターいわく実に美しい鳥で、かつ北米で最も絶滅ペースの速い鳴鳥なのだという。

「これがうちのマスコット」ラリーサがブリーフケースからパンフレットを取り出す。

表紙の鳥は、カッツの目にはこれといった特徴もなさそうに見える。青っぽくて、小さくて、頭が悪そうだ。「ま、鳥だよな」と言っておく。

「話はこれからよ」ラリーサが言う。「鳥は重要じゃないの。それよりずっと大きな話。まずはウォルターの夢を聞いてくれなきゃ」

夢だって！　だんだんカッツはわからなくなってきた。ウォルターがこうして会いたいと言ってきたのも、本当のところは、なかなかかわいい二十五歳にべた惚れされているところを見せつけるためだったんじゃないのか？

そのミズイロアメリカムシクイ《セルリアン・ウォーブラー》だが、とウォルターは続けた。これが成熟した温帯硬木林でしか繁殖せず、拠点はアパラチア山脈中部一帯。中でも健全な個体群を保持しているのがウェストヴァージニア南部で、非再生エネルギー業界にコネを持つヴィン・ヘイヴンは、ここは一つ石炭会社と手を組めば、アメリカムシクイや、その他硬木林に生息する絶滅危惧種を守る広大な恒久私設保護区を作れるんじゃないかと考えた。石炭会社としても、遅かれ早かれアメリカムシクイは絶滅危惧種保護法の対象になりそうだし、そうなれば森を切り山を吹き飛ばす自由に支障が出かねないと気が気じゃないはずだ。だからうまく働きかければ、アメリカムシクイの保護に協力するだろう、というのがヴィンの思惑だった。絶滅危惧種リストのこともあるし、念願の企業イメージ改善にももってこい、石炭の採掘さえ続けられれば文句はないはずだ。そうして立ち上げられたトラストの専務取締役の座を射止めたのがウォルターというわけだった。ミネソタで自然保護協会の仕事をしながら採鉱業者と良好な関係を築いていただけあって、石炭業界との建設的な付き合いにも珍しくいやな顔をしなかったからだ。

「ヘイヴンさんが面談をしたのはウォルターで七人目くらいだったの」ラリーサが言う。「話の途中で帰っちゃった人もいたんですって。ほんと、みんな了見が狭いっていうか、批判を怖がっちゃって！　ちゃんと見えてたのはウォルターだけよ、リスクは大きいけど、世間的な常識に囚われない勇気があれば、すごく可能性のある話だって」

ほめられたウォルターは顔をしかめたが、内心うれしいのは見え見えである。「みんなぼくよりいい職に就いてたからね。失うものが大きかったのさ」

「でも環境保護のプロでしょ、自然より自分の職のほうが大事ってどういうこと？」

「まあでも、よくある話だよ、残念ながら。彼らにだって家族もいれば責任もあるからね」

「それはあなたも同じでしょ！」

「認めちまえ、おまえは立派すぎるんだよ」カッツは冷たく言った。まだ望みを捨てきれなかった。いざ帰る段になって立ち上がれば、実は尻がでかいとか、太腿が太いとか、ラリーサの欠点が見つかるかもしれない。

ウォルターの話は続く。ミズイロアメリカムシクイを救うために、トラストはウェストヴァージニア州ワイオミング郡に百平方マイルの道なき森を創出し──〝ヘイヴンズ・ハンドレッド〟というのが目下の通称案──さらに周囲にはそれより広い、ただしこちらは狩猟もドライブも可能な「緩衝地帯」を設けたいと考えている。これだけの土地をまとめて確保するには地上権と採掘権を合わせて膨大なコストがかかるため、トラストはまず、取得予定地の三分の一近くで山頂除去による石炭採掘を許可しなければならない。この見通しに、他の応募者たちはみな怖気づいたのだった。現行のやり方での山頂除去は、生態学的にけしからんとされている──山頂の岩盤を爆破して炭層を露出させるため、周辺の谷は砕石で埋まり、豊かな生態系を持つ小川が跡形もなく消えてしまう。しかしながらウォルターの了見では、正しい計画のもとで土地の再生を進めれば、一般に信じられている以上にダメージを小さく抑えられるはずだった。おまけに採掘済みの土地なら、以後は誰も掘り返そうとしないという利点もある。

カッツはなつかしさを覚えていた。そう、ウォルターと会いたくなった理由の一つは、こうやって世の中の問題をまともに議論したかったからなのだ。「でも石炭は地下に埋めといたほうがよかないか？」と言う。「くたばれ石炭って話だったろ、昔は」

「その件は話しだすと長くなるから、また今度」ウォルターは言った。

「ウォルターにはすごく独創的なアイデアがあるの、化石燃料か、原子力、風力かっていう点についても」ラリーサが言う。

「とりあえず、石炭については現実的に考えてるとだけ言っておこう」

もっとおもしろい話があってね、とウォルターは先を続けた。トラストは南米にも金を注ぎこんでいる。北米の多くの鳴鳥と同じく、ミズイロアメリカムシクイも冬は南米に渡る。ところがアンデスの森は壊滅的なスピードで消えつつあるから、ここ二年、ウォルターは毎月コロンビアに出張して広大な土地を買い上げ、地元のNGOと協力して、エコツーリズムの奨励や、農村の薪ストーブを太陽光や電気の暖房に切り替える作業を進めてきた。同じ一ドルでも南半球でならまだかなりのことができる。そんなわけで、アメリカ大陸縦断セルリアン・パークの南半分はすでに形になっている。

「もともとヘイヴンさんの計画に南米は含まれてなかったの」ラリーサが言う。「そっちの話は完全に抜け落ちてたから、ウォルターが指摘してやったわけ」

「ま、何はなくとも」ウォルターが言う。「ある種の教育的価値はあるんじゃないかと思ってね、大陸をまたぐ形で自然公園を作れば。すべては繋がってるってことをわかってもらえるかなと。最終的には、アメリカムシクイの渡りルートに沿って、テキサスとかメキシコあたりに小さな保護区を作る手助けもできればと思ってるんだ」

「なるほど」カッツは退屈そうに言った。「いいアイデアだな」

「ほんと、すばらしいアイデア」ラリーサがそう言ってウォルターを見つめる。

「要はね」ウォルターが言う。「これだけのスピードで森が消えていく現状では、政府の保護を待ってるわけにはいかないんだよ。困ったことに、政府ってのは大衆の好みで選ばれる。その大衆は生物の多様性なんて気にかけちゃいない。ところが大金持ちは往々にして気にかけてる。連中にとっては、この地球が滅茶苦茶になるかどうかは他人事じゃない。自分には、自分の子孫には、地球で暮らすのを楽しむだけの金があるってわかってるからね。ヴィン・ヘイヴンがテキサスの自分とこの牧場の自然を守ろうと思ったのも、大きい鳥を撃ちたい、小さい鳥を観たいって気持ちからだ。そう、私利私欲、でも文句なしの両得《ウィンウィン》だよ。生息地に鍵をかけて開発から守るって意味じゃ、億万長者を二、三人動かすほうが、アメリカの有権者を教育するよりずっと簡単なのさ。何せケーブルテレビとXボックスとブロードバンドがありゃ言うことないって国民なんだから」

「それに正直、三億のアメリカ人におたくの自然保護区《ウィルダネス・エリア》をうろちょろしてほしくない」カッツは言った。

「そのとおり。そうなりゃもう自然《ウィルダネス》とは呼べないからね」

「つまり簡単に言えば、おまえは暗黒面《ダーク・サイド》に堕ちたってわけだ」

ウォルターは笑った。「そういうこと」

「ヘイヴンさんにぜひ会ってみて」ラリーサがカッツに言う。「ほんとにおもしろい人なの」

「ジョージとディックのマブダチだろ、あとは推《お》して知るべしだな、おれに言わせりゃ」

「いいえ《ノー》リチャード、決めつけちゃだめ」とラリーサ。「それでぜんぶわかると思わないで」

ラリーサの「ノー」のOの発音にすっかり魅せられて、リチャードはとことん反対してやりたくなってきた。「しかも狩猟好きときてる」と言う。「おおかたディックと仲良くハンティングってとこだろ？」

「まあ実際、ディックとはときどき狩りに行くらしい」ウォルターが言う。「ただ、ヴィンのとこでは仕留めた獲物は食べるし、土地も野生動物のためにちゃんと管理してる。狩猟自体は問題じゃない。それを言うならブッシュ夫妻もね。ヴィンはワシントンに来るたびに、ホワイトハウスに行ってロングホーンズ（テキサス大学のチーム名。ちなみにテキサス大はローラ・ブッシュの母校）の試合を見る。で、ハーフタイムにローラに働きかける。ハワイの海鳥に興味を持ってもらえたってさ。そのあたりのことでは近々動きがあるはずだよ。ブッシュとのコネ自体は特に問題じゃない」

「じゃあ何が問題なんだ？」カッツは訊ねた。

ウォルターとラリーサが不安げに目を交わす。

「まあ、いくつかあるんだ」ウォルターが言う。「金もその一つ。南米にあれだけ注ぎこんでるし、ウェストヴァージニアのほうで公的資金の援助があったらずいぶん助かったと思う。ところが蓋を開けてみれば、山頂除去の件が相当厄介でね。地元の草の根グループのおかげで石炭産業は諸悪の根源みたいになってるし、中でもMTRはもう悪魔の所業」

「MTRっていうのは山頂除去《マウンテントップ・リムーヴァル》のこと」ラリーサが説明する。

「『ニューヨーク・タイムズ』も、ブッシュ＝チェイニーのイラク政策に関しちゃフリーパスのくせに、MTRの弊害は社説でさんざん喧伝してやがってね」ウォルターが言う。「州レベルでも政府レベルでも、はたまた個人でも、山頂を引っぺがして貧しい家族を先祖代々の家から追い立てるなんていうプロジェクトにはいっさい関わりたがらない。森の再生とか、持続可能な環境保護とか、そっちの話は誰も聞いちゃくれないんだ。ワイオミング郡ってのは実際すかすかのところで――ぼくらの計画に直接影響を受ける家族がいくつあるって、せいぜい二百にも満たない。それなのにもうすっかり、邪悪な企業と無力な庶民の対決みたいな話になっちまって」

「ほんと、バカみたいに理不尽なの」ラリーサが言う。「ウォルターの言い分を聞こうとさえしない。こと再生に関してはすごくいいニュースなのに、私たちが出てきただけでみんな耳をふさいじゃうの」

「この、アパラチア地方森林再生イニシアチブってのがあるんだがね」ウォルターが言う。「そういう細かい話は聞きたくないかな？」

「中身はともかく、おたくら二人が話してるのを眺めてるだけでけっこうおもしろいね」とカッツ。

「まあじゃ、手短に。MTRの評判が悪くなったのも、ひとえに地上権を持ってる連中が正しい種類の再生を要求しなかったせいなんだ。石炭会社が採掘権を行使して山を切り崩すときには、あらかじめ保証金を積む必要があって、こいつはその土地が再生されるまで戻ってこない。で、問題は、土地の所有者連中がすぐ妥協しちまうこと、すかすかで木もろくにない、いまにも地盤沈下しそうな草地を返してもらって満足しちまうことなんだ。あんな山奥の何もないとこなのに、どっかの開発業者が高級コンドでも建ててくれるんじゃないかと思ってるんだな。本当のところは、再生をちゃんとやりさえすれば、みずみずしい森が、豊かな生態系が取り戻せるんだよ。通常の十八インチじゃなく、四フィートの表土と風化砂岩を使う。土壌を固めすぎないように気をつける。そこに成長の早い木と遅い木を適切に混ぜて、適切な季節に植える。実際、そうやって作った森のほうが、それ以前にあった再生林よりアメリカムシクイ科の鳥にはやさしい可能性だって、そのことを示す証拠だってちゃんとあるんだ。だからぼくらの計画には、たんにアメリカムシクイの保護だけじゃなく、この種の作業の正しいやり方を世に知らしめるっていう狙いもある。ところが環境保護の主流派の連中は正しいやり方の話をしたがらない。そういうやり方があるなんて話になれば、石炭会社がこれまでほど悪役に見えなくなるし、MTR反対の気運もしぼみかねないからね。そんなわけで、ぼくらは外的資金ももらえないし、世論に敵視されやすい立場になっちまってる」

「でも、だからって単独で事にあたろうとすると」ラリーサが言う。「結果は二つに一つ、予定よりずっと小さな、アメリカムシクイの繁殖拠点にするには小さすぎる保護区になっちゃうか、それか石炭会社に妥協しすぎちゃうか」

「で、そうなるともう、ほんとの弊害が出かねない」とウォルター。

「だからヘイヴンさんのお金についてもあれこれ詮索できないってわけ」

「聞いてるだけでも大変そうだ」カッツは言った。「おれが億万長者だったら、いますぐ小切手帳を出すとこなんだがな」

「まだ序の口よ、もっとひどい話もあるの」ラリーサの目は奇妙な輝きを帯びている。

「さすがにそろそろ飽きてきたかな？」とウォルター。

「どういたしまして」カッツは言う。「正直、知的刺激に飢えてるんでね」

「じゃあ言うけど、問題はね、残念なことに、ヴィンにはどうも別の動機があったようなんだ」

「お金持ちってほんと、子供みたいなの」ラリーサが言う。「あんたら赤ちゃん《ファッキン・リトル・ベイビーズ》かって」

「もう一回」カッツは言った。

「もう一回？」

「ファッキンってやつさ。その言い方がたまらない」

ラリーサは顔を赤らめた。カッツ氏もやっと意識してもらえたらしい。

「ファッキン、ファッキン、ファッキン」楽しそうに言ってくれた。「自然保護協会で働いてた頃、毎年の大会にお金持ちがやってきて、テーブル一つを二万ドルで買ってくれたりするんだけど、それも帰りしなにプレゼント袋がもらえるからなの。プレゼント袋って言っても、別の誰かが寄付したがらくたが詰まってるだけなんだけど。でもそのプレゼント袋がもらえなかったら、次の年はもうぜったい二万ドル寄付してくれないの」

「約束できるかい」ウォルターがカッツに言う。「この話はひと言も外に漏らさないって」

「仰せのとおりに」

ウォルターの話によれば、セルリアン・マウンテン・トラストのアイデアが生まれたのは二〇〇一年の春、ヴィン・ヘイヴンがワシントンに赴き、副大統領のあの悪名高きエネルギー政策委員会に出席したときのことだった。その招待者リストを情報公開法から守るべくディック・チェイニーがいまだに税金を使っている、例のあの委員会である。ある晩、委員会の長い一日を終えてカクテルを飲みながら、ヴィンはナードン・エナジーとブラスコの会長を相手にミズイロアメリカムシクイの件をそれとなく打診してみた。それが冗談ではないこと――狩猟対象にもならない鳥を本気で救いたいと思っていること――を納得させるのはひと苦労だったが、ひとたびそれがわかると基本的な合意はすぐに得られた。ヴィンが広大な森林地を買い上げ、MTRで中身を空にしたのち、土地を再生して恒久的に自然として残す。この合意のことは、トラストの専務理事を引き受けた時点でウォルターも知っていた。知らなかったのは――つい先日やっと掴んだ情報なのだが――その二〇〇一年の同じ週、副大統領がヴィン・ヘイヴンに内々にある情報を漏らしていたこと。すなわち、大統領はアパラチアでの天然ガス採取が経済的に引き合うよう規制や税法を改めるつもりだと。この話を聞いたヴィンは、ワイオミング郡のみならずウェストヴァージニア各地の採掘権を大量にまとめ買いした。しかも手を出したのは石炭のない土地や採掘済みの土地ばかり。この一見無用な土地権利の大量購入にはウォルターも危険を察知してしかるべきだったのだが、あいにくヴィンの側には恰好の言い訳があった。トラストのために未来の保護区候補を押さえておきたい、そう言っていたのだ。

「手短に言えば」とラリーサ。「私たちを隠れ蓑にしてたってわけ」

「ただしもちろん」ウォルターが言う。「ヴィンは本物の愛鳥家だし、ミズイロアメリカムシクイのために立派なことをしようとしてる、それは忘れちゃいけない」

「プレゼント袋もほしかったってだけなの」

「ささやかとは言いがたいプレゼント袋だけどね、開けてみれば」ウォルターは言った。「この件はまだほとんど表沙汰になってないから、たぶん聞いたこともなかったと思うけど、近々ウェストヴァージニアは採掘ラッシュで穴だらけになる。誰もが永遠に保護されると思いこんでた何十万エーカーもの土地が、いまこの瞬間にも破壊されようとしてるんだ。自然の断片化、分断って意味じゃあ、石炭産業がやってきた悪事に一歩も引けをとらない。採掘権さえあれば、たとえ公有地だろうが権利ずくでやりたい放題やれるからね。あっちこっちに新しい道路、何千もの坑口装置、昼も夜もなく騒音を撒き散らして、ひと晩中照明がぎらぎらして」

「そうこうするうちにもおたくのボスの採掘権の価値はぐんと跳ね上がる」カッツは言った。

「そのとおり」

「で、おたくらのためだってふりして買った土地も、いまじゃどんどん売っ払ってるってわけか?」

「一部はね、そう」

「すげえな」

「ま、相変わらず金はどんどん出してくれるよ。それにまだ権利を持ってる土地については、採掘の影響を小さく抑えるべく手は打つと思う。ただ、予想外のでかい出費なんかもあって、そいつをカバーするために権利をずいぶん売らなきゃならなかったんだ。世論が味方になってくれたら必要なかったはずの出費なんだが。まあ要するに、ヴィンとしては、ぼくが当初考えていたほどの額をトラストに投資するつもりはそもそもなかったってことだな」

「言い換えれば、おまえはカモられた」

「カモられた、まあちょっとね。だからってセルリアン・パークがなくなるわけじゃないが、まあやっぱりカモられたかな。それはともかく、頼むからこの件はぜったい外に漏らさないでくれよ」

「で、この話のポイントは？」カッツは言った。「つまり、ブッシュの友だちは悪いやつっていうおれの持論が証明されたのはいいとして、それだけじゃないんだろ？」

「ポイントは、ウォルターと私がならず者《ローグ》社員になったってこと」ラリーサが妙にぎらついた目つきで言う。

「いや、ならず者じゃない」ウォルターがあわてて訂正する。「ならず者なんて言っちゃだめだ。ぼくらはならず者じゃない」

「まあでも実際、かなりのならず者《ローグ》」

「その〝ならず者《ローグ》〟の言い方もたまらないな」カッツがコメントを挟む。

「ヴィンのことはいまでもほんとに好きなんだ」ウォルターが言う。「まったくユニークな男だからね。ただ、向こうも完全に腹を割ってるわけじゃなさそうだし、だったらこっちもそうする必要はないだろうってだけでね」

「ちょっとここにある地図とグラフを見てほしいの」ラリーサがブリーフケースに手を突っこむ。

〈ウォーカーズ〉は早くも混み合ってきている。バンの運転手やら近所の分署の警官やらがテーブルを埋め、バーを包囲しつつある。外は晩冬二月の長い夕暮れ、金曜恒例のトンネルの混雑のせいで渋滞が始まっている。カッツはふとパラレルワールドにいる自分を思い浮かべた。そのぼんやりとリアリティのない世界では、自分はまだホワイト・ストリートの屋上にいて、下心たっぷり、ピチピチのケイトリンと戯れている。そんなことに手間暇を費やすなんて、いまではもう考えられなかった。自然保護なんぞ知ったことかと思いつつも、ウォルターの立場をうらやまずにはいられなかった。何せブッシュのダチどもと対決し、相手の土俵でやっつけようというのだ。ガム作りだの、くだらん連中のためのデッキ造りだのよりおもしろそうじゃないか。

「そもそもぼくがこの仕事を引き受けたのは」ウォルターが言う。「夜、眠れなくなったからなんだ。この国に起こっていることに耐えられなかった。こと環境に関しちゃクリントンの貢献はゼロ以下だ。正味、マイナス。さあみんなパーティーだってフリートウッド・マックをかけただけ。〝明日のことを考えよう《ドント・ストップ・シンキング・アバウト・トゥモロー》〟ってね。たわごとだよ。明日のことを考えないってのが、ずばりクリントンが環境面でやったことなんだからな。それからゴアだ、環境に関心があるくせに声を大にする勇気がなくて、おまけにフロリダで汚く勝つには人がよすぎた。それでもセントポールにこもってるあいだはなんとか我慢できたけど、自然保護協会の仕事で州内をあちこちドライブするようになって、そうなるともう市街地を出るたびに顔に酸をぶっかけられるような気分でね。農園の工業化ってだけじゃない、あのでたらめな開発《スプロール》だよ。低密度の宅地造成がまず最悪。しかもいたるところにSUV車、スノーモービル、ジェットスキー、四輪バギー《ATV》、それに二エーカーもある庭。単一の芝で薬品漬けの、緑鮮やかな庭」

「これが地図」とラリーサ。

「そう、こいつで見れば断片化がひと目でわかる」ウォルターはラミネート加工した二枚の地図をカッツに手渡した。「これが一九〇〇年の時点での手つかずの生息地、こっちが二〇〇〇年のだ」

「豊かさの代償ってやつだろ」カッツは言った。

「でも土地開発の仕方があまりに愚かだ」ウォルターが言う。「ここまで断片化してなけりゃ、他の生物が生き残れるだけの土地はあったかもしれない」

「そう思ってたい気持ちはわかるがね」カッツは言った。いまにして思えば、ウォルターがこの手の地図だのグラフだのを持ち歩く類の変人になるのも必然だったかという気はする。が、それにしても、過去二年でこうまで怒れる変人になっていようとは。

「こいつのせいで眠れなくなっちまったんだ」ウォルターが続ける。「この断片化のせいでね。どっちを向いてもこの問題ばかりだからな。インターネットもそう、ケーブルテレビも——とにかく中心が、合意を共有できるポイントがどこにもなくて、ただもう気まぐれなノイズの断片が無数に飛び交ってるだけ。なんであれ腰を落ち着けてじっくり話し合うなんてできっこないし、すべては安っぽいクズと、クソみたいな開発だ。リアルな何か、本物の何か、まっとうな何か、そういうのはぜんぶ消えていく。知的にも文化的にも、いまやぼくらはビリヤード玉同然、最新のランダムな刺激に反応してランダムに跳ねまわるだけ」

「インターネットにゃなかなかいいポルノもあるぜ」カッツが言う。「聞いた話だけどな」

「ミネソタでの仕事にまとまった成果は望めなかった。ばらばらになった美しい自然をかき集めてただけでね。北米で繁殖する鳥はおよそ六百種類、そのたぶん三分の一が断片化に手ひどくやられてる。で、ヴィンの発想はこうだった。ほんとの大金持ちが二百人、各々一種類の鳥を選んでその繁殖拠点の断片化を止めようとすれば、すべての鳥を救えるんじゃないか」

「このミズイロアメリカムシクイがまた、なかなか好みのうるさい小鳥ちゃんなの」ラリーサが言う。「繁殖場所は成熟した落葉樹林のてっぺん近く」とウォルター。「その後ひな鳥が飛べるようになると、一家で安全な下層に引っ越す。ところが原生林は材木や木炭目当てに一通り伐採されちまってるし、再生林にはちょうどいいタイプの下層がない。そのうえ道路や農場、分譲地、採炭場なんかで森がすっかり断片化してるから、猫やらアライグマやらカラスやらの餌食になりやすい」

「で、気づけばいつの間にかミズイロアメリカムシクイは絶滅してるってわけ」とラリーサ。

「たしかにつらいよな」カッツは言った。「ただ、所詮は一種類の鳥とも言える」

「あらゆる種には存在し続ける権利がある、奪うことのできない権利がね」ウォルターが言う。

「まあな。そりゃそうだ。おれはただ、この話の出所を突き止めようとしてるのさ。おまえ、大学の頃は別に鳥の心配なんかしてなかったよな。おれの記憶が正しければ、あの頃は人口過剰だの成長の限界だのって話だったはずだぜ」

ウォルターとラリーサが再び視線を交わす。

「その人口過剰の問題なの、あなたの力を借りたいのは」ラリーサが言う。

カッツは笑った。「その点ではもうできるだけのことはやってるよ」

ウォルターはラミネート加工されたグラフ類をぱらぱらめくっている。「おおもとまでたどってみたんだ」と言う。「相変わらず眠れなかったからね。アリストテレスの原因の種類の話、憶えてるか？　動力因、形相因、目的因ってやつ？　それで言うなら、カラスや野良猫による巣荒らしがアメリカムシクイ減少の動力因だ。生息地の断片化がその形相因。でも目的因はなんだ？　それは我々が抱えてるほとんどすべての問題の根っこにあるもの。つまり地球上に人が多すぎるってこと。南米に行くとそれが特によくわかる。なるほど一人当たりの消費は増えている。なるほど中国じゃあ不法なまでに資源を吸い上げてる。でも本当の問題は人口の圧力なんだ。一家に子供六人か、一・五人かってこと。みんな子供たちを養うのに必死なんだよ、いとも賢きローマ法王が産め産めという子供をね。それで環境をめちゃくちゃにするのさ」

「一緒に南米に行ってみたらわかるわ」ラリーサが言う。「車で細道を走ってると、あたりはおんぼろエンジンと激安ガソリンでひどい排気ガス、山腹はすっかり禿げて、どこの家にも八人だか十人だかの子供、もうほんと気分が悪くなるわよ。一度私たちと一緒に来て、あの光景を見てほしい。だって他人事じゃないのよ、あれが最寄りの劇場でも近日上映って話」

いかれてる、とカッツは思う。かわいい顔していかれてる。

ウォルターがラミネート加工した棒グラフを渡してよこす。「アメリカだけでも、今後四十年で人口は五十パーセント増える。想像してくれ、いまでも準郊外は人でいっぱい、交通量もすごいし、開発は行き当たりばったり、環境は劣化の一途、頼みの綱は輸入石油。こいつの五割増しだぞ。しかもこれはアメリカだけの話、アメリカにかぎれば、理論的にはもっと多くの人口を支えることもできる。じゃあ世界はどうだ、地球全体の炭素排出、アフリカでは集団虐殺や飢饉、アラブ世界には未来のなさから過激化する下層階級、海では魚の乱獲、イスラエル人の不法占拠、漢民族によるチベットの蹂《じゅう》躙《りん》、核保有国パキスタンには一億の貧民。ほとんどの問題が、人の数が減れば解決されるとは言わないまでも、大幅にましになるのは間違いない。それなのに」――別のグラフをカッツによこす――「二〇五〇年までに人口はプラス三十億。三十億ってのは、ぼくらがなけなしの金をユニセフの募金箱に入れてた、あの頃の全世界人口と同じ数だぜ。少しでも自然を救おう、暮らしの質を維持しよう、いまぼくらがそう思ってささやかな努力をしたところで、遅かれ早かれこの数字に飲みこまれちまう。だってそうだろ、消費の習慣を変えることならできるけど――そりゃ時間もかかるし大仕事だが、不可能じゃない――でも人口の増加が止まらなければ、他に何をやろうが効果はないんだ。なのに誰一人、公的な場でこの問題を語ろうとしない。部屋の中の象ってやつさ、放っとけば命に関わるっていうのに」

「やっと聞き覚えのある話になってきたな」カッツは言った。「延々と議論したのを思い出すよ」

「大学時代はとことんのめりこんでたからな。ただほら、その後は自分でもちょっと繁殖しちまったから」

カッツは眉を上げた。繁殖とはまたおもしろい言い方をする。自分の嫁さんと子供のことなのに。

「ぼくもぼくなりに」ウォルターが続ける。「八〇年代、九〇年代に起こってた文化の大転換に巻きこまれてたんだと思う。七〇年代には間違いなく、人口過剰も公的に論じられるトピックだった。ポール・エーリック（生物学者・人口学者。一九六八年、人口増加に警鐘を鳴らす『人口爆弾「人口が爆発する！」』を世に問うて議論を巻き起こした）、ローマクラブ、人口ゼロ成長《ZPG》とかね。それが突然消えた。口に出せなくなっちまった。原因の一つは緑の革命《グリーン・レヴォリューション》だ――つまり、飢餓はまだあちこちで起こってるけど、この世の終わりみたいなのはなくなった。それから人口抑制の政治的な評判が悪くなった。全体主義中国の一人っ子政策、インディラ・ガンディーによる避妊の強制、アメリカでも人口ゼロ成長《ZPG》が移民排斥だの人種差別だのって言われてね。リベラルな連中はみんな怖気づいて黙っちまった。シエラクラブ（アメリカ有数の歴史、規模、影響力を持つ環境保護団体）さえ怖気づいた。保守派はと言えば、もちろん最初から興味はない。連中のイデオロギーなんて、目先の私利私欲と神様の計画と、そんなとこだからな。てなわけで、この問題は癌になった。体内で増殖してるのはわかってるけど、考えないことにしようってわけさ」

「で、そういうのが、おたくのミズイロアメリカムシクイとどう関係するんだ？」カッツは言った。

「それが関係するなんてものじゃないの」とラリーサ。

「さっきも言ったけど」ウォルターが言う。「ぼくらはぼくらでトラストの使命を少々勝手に解釈することにした。アメリカムシクイの生存を確かなものにするって使命をね。その問題をとことんおおもとまでたどってみた。で、目的因だか不動の動者だかを探して、この二〇〇四年に最終的に行き当たったのが、人口を減らそうって話が忌み嫌われるようになったこと、クールじゃなくなっちまったこと、これなんだ」

「それでウォルターに訊いたの」ラリーサが言う。「あなたの知ってる中でいちばんクールな人は誰？」

　カッツは笑いながら首を振った。「いやいやちょっと、勘弁してくれ」

「まあ聞けよ、リチャード」ウォルターが言う。「保守派が勝ったんだ。いまじゃ民主党も中道右派の政党になっちまった。メジャーリーグの試合のたびに、アメリカ中が〝ゴッド・ブレス・アメリカ〟を歌ってる。〝神《ゴッド》〟に強調を置いてね。とにかくもう全面勝利、だが特に文化の面、赤ん坊の件に関しちゃ圧勝だ。一九七〇年には、地球の未来を思って子供を作らないのがクールだった。いまはどうだ？　右も左も関係ない、誰も彼もが口を揃えて、赤ん坊をたくさん産むのはすばらしいって言う。それも多けりゃ多いほどいい。ケイト・ウィンスレットが妊娠、バンザイ。アイオワかどっかのぼんくらが八つ子ちゃんを産んだ、バンザイ。SUV車の愚かしさも、あれを買うのは大事な赤ちゃんを守るためだって話になったとたんにうやむやになった」

「赤ん坊を死なせるなんて、そりゃやなもんだぜ」カッツは言った。「おたくらもまさか間引き賛成ってわけじゃないんだろ」

「当たり前だよ」ウォルターが言う。「ぼくらはただ、子供を産むのはちょいと恥ずかしいってな風潮を作りたいのさ。煙草を吸うのが恥ずかしいのと同じ。太ってるのが恥ずかしいとか。キャデラック・エスカレードに乗ってるのも恥ずかしいはずなんだがね、子供云々の議論さえなければ。二エーカーの土地に四千平方フィートの家を建てて暮らすのもほんとなら恥ずかしいと思ってほしい」

「〝産みたければご自由に〟」ラリーサが言う。「〝ただしみんなに喜んでもらえるとは思わないで〟ってこと。このメッセージを広めたいの」

カッツは娘のいかれた目を見つめた。「あんたは子供、ほしくないのか?」

「いらない」目をそらすことなく答える。

「あんたいくつだ、二十五ってとこか?」

「二十七」

「あと五年もしたら気が変わるんじゃないかな。たいてい三十前後でオーブンタイマーが鳴り出すんだ。少なくともおれの経験ではね」

「私は違う」そう言って、もともと丸々とした目を強調のためにさらに見開く。

「子供ってのはすばらしい」ウォルターが言った。「昔からずっと、子供の存在は人生の意味だった。恋に落ちる。生殖する。やがてその子供が大きくなって、恋に落ちて生殖する。それが生きることの目的だった。子を宿すこと。生命を増やすこと。ただ、いまは事情が違う。生命を増やすことは、個人レベルではいまでも意味のあるすばらしいことなんだが、世界全体で考えると死を増やすことでしかない。それも気持ちのいい死じゃないよ。目下の見通しでは、今後百年のあいだに世界に存在する種の半数が死滅する。我々が直面しているのは、少なくとも白亜紀・第三期境界以来の大量絶滅の危機なんだ。まずは世界の生態系が全壊、続いて大量餓死、病気、殺し合いのどれかまたはぜんぶ。個人レベルでは〝普通〟のことも、地球レベルでは史上空前の暴挙になる」

「カッツの問題と同じ」ラリーサがそう言った気がした。

「おれ《モワ》？」

「猫ちゃん《キティ・キャッツ》よ」と言いなおす。「C・A・T・S。みんな自分の猫ちゃんがかわいくて、外で放し飼いにする。たった一匹の猫――鳥を殺すったって知れてると思う。でも、毎年アメリカで飼い猫、野良猫に殺される鳴鳥の数はおよそ十億。北アメリカの鳴鳥減少の主な原因の一つがこれ。でも誰もそんなこと気にしない。なんたってうちの猫ちゃんはかわいいから」

「みんな考えたくないのさ」とウォルター。「ただ普通の生活をしていたいんだ」

「あなたの力で、みんなが考えるようにしてほしいの」ラリーサが言う。「人口過剰のことを。海外で家族計画とか女性の教育をやれるほどの予算はないの。だいたい種の保存が目的の自然保護団体なわけだし。そんな私たちにじゃあ、どういう手段があるか？　どうしたら政府やＮＧＯの人口抑制策の予算を五倍にできるか？」

　カッツはにやりとしてウォルターを見た。「ちゃんとこの子に言ったのか、これと同じことは前にもあったって？　昔、うるさかったよな、こういう曲を書け、ああいう曲を書けってさ。あの話、したか？」

「いや」とウォルター。「まあでもそっちこそ、昔なんて言ってたか憶えてるかい？　おれなんかが曲を書いても有名じゃないから影響力はないって、そう言ってたよな」

「あなたの名前でネット検索してみたの」ラリーサが言う。「相当な顔ぶれよね、あなたとトラウマティックスのファンだっていう有名ミュージシャン」

「トラウマティックスは死んだよ、ハニー。ウォルナット・サプライズも死んだ」

「で、頼みっていうのはこれ」ウォルターが言う。「いまデッキ造りでどれくらい稼いでるか知らないが、報酬はたっぷりその数倍、やめたくなったらいつでもやめてくれていい。いま考えてるのは、音楽と政治のサマーフェスティバルみたいなもの、場所はまあウェストヴァージニアかな。クールなミュージシャンを山ほど目玉に連れてきて、人口問題への意識を高めたい。ターゲットは若い連中に絞る」

「宣伝を打つ準備はできてるの、夏のインターンシップに参加しませんかって、国内の大学生に呼びかける予定」とラリーサ。「あと、カナダと南米もね。二、三十人のインターンシップならウォルターの裁量経費で十分まかなえる。でもその前に、インターンシップをすごくクールなイメージにしたいの。この夏、クールな子がやるのはこれっていう感じに」

「ヴィンが裁量経費の使途に口出ししてくることはない」とウォルター。「パンフにミズイロアメリカムシクイの文字さえあれば、なんでもやりたい放題だ」

「ただ、のんびりしてはいられないの」とラリーサ。「子供たちはもうこの夏の計画を立て始めてる。数週間以内に話を広めないと」

「最低、きみの名前とイメージがほしい」とウォルター。「ビデオでも作ってくれたらなお助かる。何曲か書いてくれたりしたらもっと助かる。ジェフ・トゥイーディ、ベン・ギバード、ジャック・ホワイトあたりに声をかけて、ボランティアでフェスティバルを手伝ってくれそうな連中、それかスポンサーになってくれる連中を見つけてくれたら何より助かる」

「あと、インターンの子たちに、あなたと一緒に働くことになるって宣伝させてもらえたら大助かり」とラリーサ。

「ほんの少しでいいから、コンタクトがあるって確約してもらえたら文句なしだな」とウォルター。

「ポスターに〝あのロック・レジェンド、リチャード・カッツがこの夏ワシントンであなたを待っている〟とかなんとか入れられたら」とラリーサ。

「クールなイメージで爆発的に広めたい」とウォルター。

この怒濤の攻撃に耐えながら、カッツは淋しい、冷めた気分になっていた。ウォルターもこの娘も重圧でキレちまってる。世界のいかれっぷりを隅々まで考えすぎたせいだろう。妄念にとりつかれ、それを二人で話し合ううちに信じこんでしまったのだ。膨らませたシャボン玉に乗って現実を離れ、飛んでいってしまったのだ。自分たちが人口二人の世界に生きていることに気づいてさえいならしい。

「なんて言っていいのか」

「イエスって言って!」ラリーサの目はぎらついている。

「これから二、三日ヒューストンに行くことになるけど」ウォルターが言う。「いくつかリンクを送っとくし、火曜にでもまた話そう」

「それか、いますぐイエスでもいいのよ」とラリーサ。

期待に満ちた二人の顔は、耐えがたいほどまぶしい電球みたいだった。カッツはそこから目を背けて言った。「考えてみるよ」

〈ウォーカーズ〉を出て歩道でラリーサに別れを告げながら、その下半身にもぜんぜん欠陥がないことを確認する破目になったが、いまではそれもどうでもよく、むしろウォルターへの悲しみが募るばかりだった。ラリーサは大学時代の友だちに会いにブルックリンに行くとのこと。カッツ自身はペン・ステーションからPATH線に乗っても別にかまわないので、ウォルターと一緒にカナル・ストリートのほうに歩いていった。行く手には、夕闇が濃くなっていく中、世界一人口過剰な島の窓々がにこやかに輝いている。

「いやあ、やっぱりニューヨークはいいよなあ」ウォルターが言う。「ワシントンって街はどこか根本的におかしいんだよ」

「おかしいところならここにもたくさんあるぜ」ママとベビーカーの高速コンボをひらりとかわしながらカッツは言った。

「でもここは少なくともリアルな場所だ。ワシントンは抽象ばっかり。権力へのアクセスがすべてだからな。つまりね、サインフェルドとかトム・ウルフとか、マイク・ブルームバーグなんかの隣に住んでれば、それはそれでおもしろいだろうけど、でもそういう連中のお隣さんであることはニューヨークで暮らすことの意義そのものじゃない。ところがワシントンじゃあ誰も彼も、自宅がジョン・ケリーの家から何フィートの距離とか、大真面目にそんな話をしてる。ご近所なんて名ばかりなのにな、権力の近くにいることでしかいい気持ちになれないのさ。フェティッシュ文化以外の何物でもない。会議でポール・ウォルフォウィッツの隣に座ったとか、グローヴァー・ノーキストに朝食に招待されたとか、その手の話をするときはもうぞくぞくしてイキそうな顔。頭の中は四六時中妄想だらけ、権力を基準に自分の立ち位置を探ろうとみんな躍起になってる。黒人たちの様子までなんだかおかしいんだ。ワシントンで金のない黒人でいるのは、この国のどこにいるより気が滅入るんじゃないかな。おっかながられることさえないんだから。あれ、いたの、ってなもんさ」

「念のために言っとくが、バッド・ブレインズとイアン・マッケイはDCの出身だぜ」

「まあね、歴史の奇怪な偶然ってやつだろ」

「とはいえ、若い頃はファンだったよな、おれもおまえも」

「いやあ、ニューヨークの地下鉄はいいなあ!」カッツのあとから小便臭いアップタウン方面のホームに降りながらウォルターが言った。「人間ってのはこういうふうに生きなきゃだめだよ。高密度で！　効率よく！」そう言って、地下鉄を待つくたびれた人々に祝福の笑みを投げかける。

カッツはふとパティのことを訊いてみようかと思ったが、その名を口に出す勇気が出なかった。

「ところでさっきのねえちゃん《チック》、男はいるのか？」

「さっきのって、ラリーサ？　いるよ。大学時代の彼氏とずっと付き合ってる」

「その彼氏もおまえのとこに住んでるのか？」

「いや、ナッシュヴィルにいる。ボルティモアのメディカルスクールにいたんだが、いまはインターン中」

「なのに彼女はワシントンに残った」

「このプロジェクトに打ちこんでるから」ウォルターが言う。「それに正直、あの彼氏とはそのうち切れるんじゃないかな。ずいぶん保守的なインド人でね。彼女が一緒にナッシュヴィルに来ないっていうんで、すごいかんしゃくを起こしたらしい」

「おまえはなんてアドバイスしたの？」

「自分のことを第一に考えるようにって。男のほうだってほんとにその気があれば、ワシントンのどこかに勤めることもできたはずなんだ。だから彼氏のキャリアのためにすべてを犠牲にする必要はないって言ってやった。あの子とはなんだか父と娘みたいな感じでね。本当に自分のことを信じてくれる人間の下で働けてうれしいんだと思う。誰かの未来の妻としか思われないのがいやなんだ」

「いちおう確認しとくが」カッツは言った。「わかってるんだろ、おまえに惚れてるってことは？」

ウォルターは顔を赤らめた。「どうかな。まあちょっとはあるかな。実を言うと、むしろ知的な意味での尊敬みたいなものかと思ってるんだが。むしろ父と娘って感じの」

「ふん、勝手に夢見てろ。まさか想像したことないなんて言うなよ、うっとり上目遣いでこっちを見ながら、かわいい頭が膝の上でひょこひょこしてるとこを」

「おい、よせよ。その手のことは想像しないようにしてるんだ。相手が部下ならなおさらね」

「でもたまにはうっかり想像しちまうこともある」

ウォルターはホームに聞き耳を立てている人間がいないかとあたりを見まわし、それから声を落とした。「他のことはともかく」と言う。「女性を跪かせるっていうのがね、なんていうか、客観的に見ても恥ずかしいことだと思う」

「一度やってみて、当の女の意見を訊いてみたらどうだ？」

「でもな、リチャード」まだ顔は赤いものの、言葉には不快な笑いが混じっている。「女ってのは体質からして男とは違うからな、それはたまたまぼくも知ってる」

「おっと、男女平等はどうなった？　たしか相当のめりこんでなかったっけな」

「まあ思うに、きみだって娘がいたら、女の側にもう少し同情できるんじゃないかな」

「それそれ、そいつこそおれが娘を持ちたくないいちばんの理由なんだ」

「ま、娘を持ってみれば、きみも認めざるをえないと思うね、実際そんなにわかりにくい話じゃないんだから。若い女性ってのはときどき、男への欲望、尊敬、愛、そういうのがごっちゃになっちまって、それで――」

「それでなんだ？」

「その男にとって自分はモノでしかないってことがわからなかったりする。男のほうはただ、若くてきれいな女に、その、つまり」――囁き声になって――「ナニをしゃぶってほしいだけかもしれないってことがね。それだけが目的かもしれないってことが」

「悪いがさっぱりわからん」カッツは言った。「尊敬されることの何が問題なんだ？　話の筋がさっぱりわからん」

「正直、この話はしたくないな」

そこにA列車がやってきたので、ぞろぞろと乗りこむ。乗りこむとほぼ同時に、反対側のドアのそばに立っている大学生くらいの若者が「あっ」と目を輝かせるのが見えてしまった。カッツは下を向いて顔を背けたが、若者は豪胆にも肩に手をかけてきた。「あのう、すいません」と言う。「ミュージシャンの方っすよね。リチャード・カッツさんでしょ」

「すまないと思うんなら放っといてくれよ」

「お邪魔はしませんので。ただ、あなたの音楽が大好きだって言いたくて」

「そうかい、そりゃどうも」床に目を落としたままで言う。

「特に昔のやつ、最近になってハマったんすけど。『反動の輝き《リアクショナリー・スプレンダー》』とか？　ぶっ飛びました。ほんと、すげえなって。ほら、このiPodに入ってるんすけど。ちょっと待って」

「見せなくていい。信じる」

「あ、そうっすか、そりゃそうっすよね。そりゃ。邪魔してすいません。大ファンなんで」

「気にするな」

このやりとりをじっと聞いていたウォルターの表情は大昔からおなじみのもの、自虐的にもカッツと一緒に大学のパーティーに出たときのそれで、驚嘆と誇りと愛と怒りと透明人間の孤独が入り混じったその顔つきにカッツは居心地の悪さを覚えずにいられなかった。大学時代もそうだったが、いまは余計にそうだ。

「不思議な気分なんだろうな、そういう立場って」三十四丁目で降りながらウォルターが言う。

「他の立場を知らない以上、なんとも言えんな」

「でも悪い気はしないはずだよ。うれしいだろ、少なくともあるレベルでは」

カッツはこの件を正直に考えてみた。「というより、なかったらいやだろうけど、それ自体は別にうれしくもないって感じかな」

「ぼくならうれしいけどな」ウォルターが言う。

「おまえならそうだろうな」

さりとてウォルターに名声を譲ってやれるわけもないので、せめてこれくらいはとカッツはアムトラックの発着案内板の前まで付き合った。南行きの特急アセラは四十五分の遅れと出ている。

「ぼくは断然電車主義者でね」ウォルターが言う。「で、しょっちゅうその代償を払わされる」

「付き合うよ」

「いやいや、いいって」

「いいから、コーラでもおごるよ。それともDCに行ってついに酒飲みになったか？」

「いや、相変わらずの絶対禁酒派《ティートータリング》。これ、間抜けな言葉だよな」

カッツはこの電車の遅れを、パティの話題を持ち出すべしという運命のお告げと受け取ったのだった。ところが実際駅のバーで、アラニス・モリセットの曲に神経を逆なでされながらパティの名前を口にしてみたところ、たちまちウォルターの目が冷たくよそよそしくなった。ぐっと息を吸って何か言いかけたようだが、言葉は出てこなかった。

「なんだか不思議な生活だよな」カッツはつついてみた。「上の階にはあの娘、下はおまえのオフィスだろ」

「なんて言っていいかわからないよ、リチャード。正直、どう説明したらいいのか」

「うまくいってるのか？　パティも何かおもしろいことしてる？」

「ジョージタウンのジムで働いてるよ。これっておもしろいことに入るか？」そう言って陰気な顔で首を振る。「ぼくはもうずいぶん長いこと、鬱な人間と一緒に暮らしてるんだ。彼女がなんで不幸なのか、なんで不幸から抜け出せないのかわからない。ワシントンに引っ越した当初は、短期間だけど調子のよさそうなときもあった。セントポールではセラピストにかかってて、その勧めで執筆プロジェクトみたいなのを始めてた。自分史だか人生の記録だか、その手のやつさ、ひた隠しにしてぜんぜん教えてくれないんだがね。そいつに励んでるあいだはそんなに悪くなかった。ただ、ここ二年はもう、ほとんど最悪の状態が続いててね。予定ではワシントンに越したらすぐ仕事を見つけて、第二の人生を始めるって話だったんだが、あの年齢で売りになるスキルもないとなかなか大変なんだ。頭もいいしプライドも高いから、拒絶には耐えられないし、見習いみたいなのも我慢できない。ボランティアもやってみた。DCの学校で放課後にスポーツを教えたり、でもこれもうまくいかなかった。それで仕方なく説得して抗鬱剤を試させた。しばらく続けてたら効果はあったかもしれないんだけど、どうも変な気分になるってんで本人もいやがるし、まあたしかに薬をやってるあいだは相当ひどかった。なんかこう、人格がおかしくなるみたいな感じでね、それで調剤がうまくいく前にやめちまった。で、結局、去年の秋かな、半ば無理やり職に就かせた。ぼくの都合じゃないよ――給料はもらいすぎるぐらいもらってるし、ジェシカも卒業したし、ジョーイはもう扶養しなくていいんだから。問題は彼女自身なんだ、何せ自由な時間がありすぎて、明らかにそのせいで蝕まれてる。それで本人の選んだ仕事がジムの受付ってわけだ。断っとくけど、立派なジムなんだ――うちの役員会のメンバーも一人通ってるし、大口寄付者の中にも知ってるだけで一人は会員がいる。ただね、あの彼女がだよ、ぼくの妻が、あれだけ頭のいい人間が、連中の会員証をスキャンして、トレーニングがんばって、なんて声をかけてるんだ。それに本人もかなり重症のエクササイズ中毒になっちまってね。一日最低一時間はトレーニングしてる――だから見た目は健康そのもの。で、十一時ごろにテイクアウトを買って帰ってきて、ぼくも出張じゃないときは一緒に食べるんだが、その最中に、なんでまだあのアシスタントと寝てないの、なんて訊いてくる。さっききみが言ったのとだいたい同じようなことさ、あんなにどぎつくはないけどね。あれほど露骨じゃないけど」

「すまん。知らなかった」

「そりゃそうさ。想像もできない、だろ？　こっちは毎回同じことを言い聞かせる。ぼくが愛してるのはきみだ、ぼくが求めてるのはきみなんだってね。するとそこで話題を変える。で、なんの話かって言えば、ここ二週間はずっと――たぶんぼくをかっかさせたいんだろうな――豊胸手術を受けたいって話。ほんと、泣きたくなるよ、リチャード。だって彼女、どこもおかしいとこなんてないのに。見た目は何も問題ないんだ。もう狂気の沙汰だよ。でも彼女が言うには、どのみちもうすぐ死ぬんだから、死ぬ前に胸があるってのがどんな感じか経験してみるのもおもしろいんじゃないかって。金を貯めるにしても何か目標がないとって言うんだ、何か新しい――」ウォルターは首を振った。

「新しい？」

「なんでもない。前は貯めた金を別のことに使ってたのさ、ぼくに言わせればけしからん目的にね」

「彼女、具合が悪いのか？　病気とか？」

「いや。体はどこも。もうすぐ死ぬってのは、今後四十年のうちにってことだと思う。人間どのみちいつかは死ぬってこと」

「そりゃまったく気の毒だな。まさかそんなことになってるとは」

カッツのブラック・リーヴァイスの中の航路誘導装置、より高度な文明の陰で長らく眠っていたその通信装置に再び電気が通り始めていた。うしろめたさを感じてしかるべきところで、彼は勃起していた。ああイチモツよ、なんたる千里眼。一瞬にして未来を見通し、そこに後追いしてきた脳が、視界の悪い現在からすでに定まった結末へ至る道筋を探すのだ。カッツには手に取るようにわかった。一見でたらめに見えるパティの人生の蛇行ぶり、たったいまウォルターが語り聞かせてくれたそのさまよい具合は、実のところ、計画ずくで麦畑を踏み歩いて記号を描いているようなもので、そのメッセージは地上にいるウォルターには読めないものの、はるか高みのリチャードには一目瞭然なのだ。

まだ終わってない、まだ終わってない、と。実際、パティと彼自身、二人の人生の符合は何やら気味が悪いほどだ。創作意欲旺盛なひとときのあとに大きな変化がやってきて、これが蓋を開けてみれば失望と混乱のもと、その後はドラッグと絶望の日々を経て、しまいに間抜けな職を手に入れる。これまでカッツは成功が自分をだめにしたとしか思っていなかったのだが、いま思えば、自分のソングライターとしてのどん底の年月は、バーグランド家と疎遠だった時期と見事に重なっている。それにそう、ここ二年ほどはパティのことをあまり考えずにいたものの、こうしてズボンの中にひしひしと感じられるように、それも結局、二人の物語は終わったと思いこんでいたせいだったのだ。

「パティとあの娘の仲は？」

「口もきかない」ウォルターは言った。

「仲良しじゃないと」

「いやもう、文字通りひと言も口もきかないってことさ。おたがい、相手がキッチンにいそうな時間はだいたいわかってるしね。死んでも顔を合わせたくないって感じ」

「始めたのはどっち？」

「その話はしたくない」

「わかった」

駅のバーの音響システムでは「あんたのそこが好き《ザッツ・ホワット・アイ・ライク・アバウト・ユー》」（トリーシャ・イヤウッドの一九九二年のヒット曲）が流れている。ここにはぴったりのサウンドトラックだとカッツは思う。バド・ライトのネオン、鉛ガラスもどきのランプシェード、ポリウレタンで耐久性を高めたガラクタ家具には通勤客の垢がべっとり染みついている。いまのところ、この手の店で自分の曲を聴かされる心配はまずなさそうだったが、それもカテゴリーの違いというより程度の差にすぎないのはわかっていた。

「パティのやつ、三十歳未満の人間は断じて好きになれないって言い張るんだ」ウォルターが言う。

「世代そのものに偏見を持っちまっててね。で、パティのことだから、その話をさせるとまたおもしろいんだよな。でもちょっと毒がありすぎるし、抑えがきかなくなってる」

「かたやおまえは若い世代のこと、けっこう好きみたいだよな」カッツは言った。

「一般原則を否定するには反例が一つあれば足りる。ぼくには立派なのが二つあるからね、ジェシカとラリーサと」

「ジョーイは違うと？」

「それに二人いるってことは」息子の名前が聞こえもしなかったみたいにそう続けた。「実際はもっとたくさんいるはずなんだ。というのがこの夏ぼくがやりたいと思ってることの前提でね。若い連中にだってちゃんと頭も社会的良心もあると信じて、それを発揮できる場を与えてやりたい」

「まあでも、おまえとおれとはずいぶん違う」カッツは言った。「おれは夢なんて苦手だ。信念も苦手。ガキどもには我慢できない。おれがそういう人間だってのは憶えてるだろ？」

「きみの自己評価が往々にしてあてにならないってことも憶えてるぜ。あれもこれも信じないなんて言うけど、ほんとはまだ多くの物事を信じてるはずだ。きみがカルト的な人気を集めてるのも、その純粋さのせいなんだから」

「純粋さってのは中立的な美徳だよ。ハイエナだって純粋だ。ハイエナ以外の何者でもないからな」

「じゃあ何かい、その、電話しなかったほうがよかったかい？」そう言うウォルターの声はかすかに震えている。「頭の一部じゃ煩わせるなって思ってたんだが、ラリーサに説得されちまってね」

「いや、電話してくれてよかったよ。ずいぶんご無沙汰だったしな」

「なんだかきみが手の届かない存在になっちまったような気がしてね。つまりほら、ぼくはクールな人間じゃないからさ。ぼくらみたいなのはもういいんだろうって」

「悪かったよ。忙しかっただけなんだ」

だがウォルターはすっかり気が高ぶっていまにも泣きそうな顔である。「きみはぼくのことが恥ずかしいんじゃないかって、そんな気にさえなってね。それはそれでわかるんだけど、まあいい気分じゃないよな。友だちだと思ってたから」

「だから悪かったって」カッツは言った。ウォルターの泣きべそにも腹が立ったが、親友のためによかれと思ってとった行動のせいで謝らされる、それも二度謝らされるという皮肉にもやりきれない怒りを感じた。カッツの場合、通常は何があっても謝らないのがポリシーなのだ。

「自分でも何を期待してたのかよくわからないんだが」ウォルターが言う。「まあたとえば、パティとぼくには世話になったって、ひと言あるとかさ。あのアルバムの曲はうちの母の家で書いたってことでも。ぼくらは昔からの友だちだとか。もうこれ以上は言わないけど、こう、風通しをよくしておきたくてね、わだかまりをなくすっていうか、言っちまえばこっちもすっきりするし」

　カッツの血をたぎらせている怒りは、イチモツの予言と分かちがたく結びついていた。じゃあ今度は別のやり方で友情を見せてやるよ、ウォルター。まだケリのついてない件にケリをつけてやる。おまえもあの娘もありがたく思うはずだぜ。

「風通しをよくするってのはいいもんだ」と言った。

女の国《ウーマンランド》

　セントポールで過ごした少年時代、ジョーイ・バーグランドはことあるごとに、自分は幸運に恵まれた人生を送るのだと確信することになった。一流のハーフバックが語る見事なオープンフィールド・ランの、あのスローモーションで動くディフェンスのあいだをフルスピードで切り裂いていく感覚、ルーキーレベルのテレビゲームよろしくグラウンド全体を視界に収め、一瞬ですべてを把握できるあの感覚こそ、誕生以来十八の年まで、人生のあらゆる局面で彼が感じていたものだった。世界は彼に与え給う。じゃあもらえばいいじゃないか。新入生としてシャーロッツヴィル（ヴァージニア大学の所在地）に到着したときも、服装は完璧、髪形も完璧、おまけに大学が決めた寮のルームメートはＮｏＶａ（地元の連中はＤＣのヴァージニア側の郊外をこう呼んでいた）出身とこれまた文句なし。その後二週間半ばかりは大学生活もそれまで知っていた世界の延長になりそうな気配、しかもこっちのほうが楽しそうだった。そんなこんなで、おのれの幸ある未来をすっかり確信していた――当然だと思いこんでいた――彼は、あの九月十一日の朝も、燃えるワールドトレードセンターとペンタゴンの監視はルームメートのジョナサンにお任せし、自身は経済二〇一の講義へと急いだのだった。ところが大講義室はほとんど空っぽ、そこでやっと、何やら本当に深刻な変調が生じたらしいと悟ることになった。

　その後は何週間、何カ月と、どんなに思い出そうとしても、あのとき人影まばらなキャンパスを歩きながら自分は何を考えていたのか、いっこうに思い出せなかった。かくも五里霧中になるとはまったく彼らしくなかったし、そうして化学棟の入口の階段で感じた深い無念は、テロ攻撃に対する極度に個人的な恨みを彼の中に胚胎させることになった。のちのちトラブルがかさんでくると、子供時代の経験を通じて生得権と見なすに至ったあの持ち前の幸運も、より高次の不運、もはや現実とも思えないほど不当な運命の前には歯が立たなかったのかと、そんなふうにも思えた。その不当が、インチキが暴かれるのを、世界のありようが再び正されるのを彼はじっと待ち続けた。そうなれば期待通りの大学生活が手に入るはずだと信じて。やがて待っても無駄だとわかると、今度は怒りに囚われた。ただ、それが何に向けられた怒りなのかはどうもはっきりしなかった。あとから思えば、犯人はほとんどビン・ラディンのように思えたが、何か違う。真犯人はもっと見えにくい、政治とは無関係な、構造的に悪意ある何かだった。歩道の出っ張りみたいなもの、無邪気に歩いている人間を不意打ちしてばったり倒れこませる、そんな何か。

九・一一を境に、ジョーイには何もかもが突然アホらしく思えるようになった。実際何かの役に立つとも思えないのに「懸念集会《ヴィジル・オヴ・コンサーン》」を開くなんてアホらしい。みんながあの惨劇の同じ映像を繰り返し見ているのもアホらしい。〈カイ・ファイ〉（フラタニティ〔＝選ばれた学生のみが入れる特権的クラブ組織〕の一つ）の連中が寮の建物に「がんばろう《サポート》」のバナーを掲げているのもアホらしい。ペン州立大とのフットボールの試合が中止になったのもアホらしい。学生の多くが〝構内《グラウンズ》〟を離れて実家に戻っているのもアホらしい（ついでに言えば、ヴァージニアでは誰もが「キャンパス」と言わずに「構内《グラウンズ》」と言うのもアホらしい）。ジョーイの寮では四人のリベラルな学生が二十人の保守派の学生と延々アホらしい議論を続けている。十八歳のガキどもが中東問題をどう思うかなんていったい誰が気にする？　テロで親戚や家族の友人を亡くした学生がいれば、アホみたいに大騒ぎする。この世界で日々起こっているそれ以外の悲惨な死はどうでもいいとでも？　グラウンド・ゼロ作業員への援軍として、沈痛顔の上級生たちをバンでニューヨークに送り出す際にもアホみたいな拍手喝采。ニューヨークほどの大都市で人手が足りないとでも思っているのか？　ジョーイの望みは一刻も早く普通の生活に戻ること、それだけだった。なんだかまるで、あのなつかしのディスクマンをうっかり壁にぶつけて音飛びが起こり、せっかくいい気分で聴いていた曲から、聞き覚えもなければ好きでもない曲の只中に放りこまれたみたい、しかも停止ボタンがきかないときている。そうこうするうちに孤独が募り、なじみのある世界が恋しくなって、それでつい深刻なミスを犯してしまった。コニー・モナハンに、グレイハウンドでシャーロッツヴィルまで遊びに来いなどとうっかり言ってしまったのだ。おかげでせっかくひと夏かけて避けがたい別れに向けた地ならしをしてきたのも水の泡である。

夏中せっせとコニーに言い聞かせて、おたがいの気持ちを確かめるためにも最低九カ月は会わないほうがいいという話になっていたのだ。まずはそれぞれ一個の人間として自立して、そのうえでなお相性がいいかどうか見てみよう、というわけだったが、その実、これがジョーイにとって「テスト」でもなんでもないのは、高校の化学の「実験」が本式の研究でないのと同じことだった。コニーは一生ミネソタで暮らすことになるだろうし、かたや自分はビジネスの道を究め、もっとエキゾチックで進歩的でコネのある女と出会うことになるだろう。そう思い描いていたところに九・一一である。

コニー来訪のタイミングには十分注意した。ルームメートのジョナサンがユダヤの祝日でＮｏＶａの実家に帰っている隙を狙ったのである。その週末をまるごとコニーはジョーイのベッドで過ごし、傍らの床には一泊用のバッグ、用の済んだものはすぐさまその中に戻した。なるべく足跡を残さないよう気をつけているみたいに。ジョーイが月曜の授業のためにプラトンを読んでいるあいだは、一年生のアルバムに並んだ顔を眺め、変な顔つきやおもしろい名前を見つけて笑っていた。ベイリー・ボッズワース、クランプトン・オット、テイラー・タトル。ジョーイの確かな勘定によれば、二人はコニーが持ってきた水耕栽培のマリファナを繰り返し吸いながら、四十時間で八回セックスをした。やがてコニーをバス停まで送るときには、ミネソタまでの懲罰的な二十時間の旅に備えて、MP3プレーヤーに山ほど曲を入れてやった。惨めな真相はこうだ。彼はコニーに責任を感じてもいて、別れなければと思いながらも、どうしていいかわからなかったのである。

バス停で彼は勉強の話を持ち出してみた。前に続けると約束させたのに、コニーはコニーで何やら頑固なところがあって、説明もなしになんとなくやめてしまっていたのだ。

「一月からは学校に通わなきゃだめだぞ」と言う。「インヴァー・ヒルズ短大から始めて、なんなら来年はミネソタ大に移ればいい」

「うん」

「頭はいいんだからさ」ジョーイは言った。「いつまでもウェイトレスなんかしてちゃだめだって」

「うん」そう言って目をそらし、バスの前にできてきた行列を鬱々と見やる。「がんばる、ジョーイのために」

「おれのためじゃない。自分のためにだよ。約束しただろ」

コニーは首を振った。「要は忘れてほしいんでしょ、ジョーイのこと」

「そんなことない、そんなわけないだろ」ジョーイは言った。おおむね図星だったのだが。

「学校には行く」コニーは言った。「でも行ってもジョーイのことは忘れられない。何があっても忘れられない」

「もちろん」とジョーイ。「まあでも、おれもきみも自分探しは必要だろ。人間、成長しないと」

「あたしは自分のこと、わかってるし」

「そう思いこんでるだけかもしれないよ。きみだってもしかしたらまだ――」

「ううん」とコニー。「思いこみじゃないの。あたしの望みはジョーイと一緒にいたいってこと、それだけ。人生に望むのはそれだけなの。ジョーイは世界一の人。なんでもしたいことをしてくれていいの、あたしはその力になりたい。会社をいっぱい持つんなら、ジョーイのために働く。大統領に立候補するんなら、選挙運動を手伝う。誰もしてくれないようなことでもあたしはしてあげる。ジョーイのために誰か法を犯すことが必要だったら、それもやってあげる。子供がほしくなったら育ててあげる」

このいささかぎょっとするような発言には、ジョーイもここはよくよく考えて返事をしなければと思ったものの、不幸にもまだマリファナの酔いが残っていた。

「じゃあおれがしてほしいことを言うよ。きみには大学教育を受けてほしい。だってほら」と愚かにも付け加えた。「おれのために働いてくれるつもりなら、いろんなことを知っといてもらわないと」

「だから言ったのよ、ジョーイ、ジョーイのために学校に行くって」コニーが言う。「聞いてなかったの？」

セントポール時代にはわからなかったことが、いまや彼にもわかり始めていた。物事がどれほど高くつくかは、一見しただけでは必ずしもわからない。高校時代の快楽の利子が本当に膨れ上がるのはまだまだこの先なのかもしれない。

「そろそろ並んだほうがいい」ジョーイは言った。「いい席を取りたいだろ」

「うん」

「それと」と言い足す。「最低一週間は電話もなしにしたほうがいいと思う。節度ある生活に戻らないとな」

「うん」コニーはおとなしくバスのほうに歩いていった。一泊用の鞄を手にジョーイも続く。コニーの場合、何はともあれ見苦しい場面を演じる心配はない。ジョーイに恥をかかせたことは一度もないし、歩道で手を繋いでと言い張ることもなく、しがみついたり口を尖らせたり恨み言を言ったりすることもない。情熱はすべて二人きりのときのためにとっておく、そういう意味ではプロだった。バスのドアが開くと、ちらりと燃えるような目で彼を一瞥してから、運転手に鞄を渡して乗りこんだ。窓から手を振る、キス顔をするといった茶番もなし。イヤホンを耳に突っこんで座席に沈みこみ、見えなくなった。

その後数週間も茶番はいっさいなかった。コニーは言いつけどおり電話を控え、やがて国内の熱に浮かされたような騒ぎもひと息ついて、ブルーリッジ山脈に秋が深まり、干草色の陽光、暖まった芝生の濃密な匂い、紅葉の色とともに長居しているあいだに、ジョーイはキャヴァリアーズ（ヴァージニア大学のチーム名）がフットボールで連戦連敗するのをスタンドで眺め、ジムで体を鍛え、ビールのせいで何ポンドも体重を増やした。付き合いの面では、寮生の中でも家が裕福で、イスラム世界がいい子になるまで絨毯爆撃すべきだと信じているような連中に惹かれていった。ジョーイ自身は右派ではなかったが、右寄りの連中と一緒にいるほうが居心地がよかった。アフガニスタンをとっちめることは、必ずしも彼自身の心の混乱が求める特効薬ではなかったけれど、さりとて当たらずとも遠からずで、多少はましな気分になれた。

しかるべき量のビールが消費され、一座の話題がセックスに及んだときにだけジョーイは孤独を覚えた。コニーとのあいだのことは濃密すぎて、奇妙すぎて——愛が混じっているという意味で真面目すぎて——自慢話のネタとしては使い物にならなかった。寮の仲間たちが虚勢を張り合いながら、名簿で見つけたお気に入りの子にアレをしてみたいだの、私立学校《アカデミー》だか進学校《プレップ・スクール》だかで一夜かぎり、酔いに任せて酔った子にコレをやっただのとポルノばりの告白をしているのを聞いていると、馬鹿にしたいような、それでいてうらやましいような気持ちになった。目下のところ、寮の連中のあこがれはフェラチオに集中していて、そんなものはせいぜいオナニーの豪華版、ランチアワーの駐車場での娯楽にすぎないなどと思っているのはどうやらジョーイだけらしかった。

オナニー自体はどうかと言えば、なるほど屈辱的な精力の浪費ではあるけれども、コニーと手を切ろうとするうえではそれなりに使えることもわかってきた。その用にジョーイが好んで使ったのは科学図書館の障害者用トイレ、そこのリザーブデスクで時給七ドル六十五セントのアルバイトをしていたのだが、仕事と言っても授業のテキストや『ウォール・ストリート・ジャーナル』を読むかたわら、たまに科学オタクのために文献を取ってくる程度。このリザーブデスクでの学内アルバイトを手に入れた折にも、やはり自分は幸運な人生を運命づけられているとあらためて確信したものだった。驚いたことに、図書館にはいまも希少かつ広く名の知られた書物、館外持ち出し禁止で特別な書架に置かれた書物が山ほどあった。数年後にはすべてデジタル化されているに違いない。リザーブ書庫に眠る本の多くはかつて人気のあった外国語で書かれ、豪華なカラー図版で飾られていた。とりわけ十九世紀のドイツ人は人知の分類目録化に熱心だったようだ。一世紀前のドイツの性器解剖図版集をアテにすれば、自慰にも多少の威厳がついた。遅かれ早かれコニーに電話しないといけないのはわかっていたが、毎晩勤務後に障害者用のパドル式取っ手のついた蛇口で精子と前立腺液を洗い流しながら、もう一日だけ待ってみようと先延ばしにするうちに、ついにある晩、さすがに昨日電話すべきだったかと後悔したまさにその日、リザーブデスクで勤務中にコニーの母親から電話がかかってきた。

「やあキャロル」と愛想よく答える。「久しぶり」

「久しぶりね、ジョーイ。なんで電話したかはわかってるでしょ」

「いや、正直、わからないな」

「そう、あんたのせいで、うちのあの子の心はずたずた、だからよ」

胃がぐらぐらするのを感じながら、人のいない書庫に退避する。「今夜電話するつもりだったんだ」とキャロルに言う。

「今夜。へえ。今夜電話するつもりだったの」

「そう」

「なんで嘘だと思っちゃうのかしら」

「さあ、なんでかな」

「とにかく、あの子、寝ちゃったし、電話してくれなくてよかったわ。ご飯も食べずに寝ちゃったの。七時に寝ちゃったの」

「じゃあ電話しなくてよかった」

「笑い事じゃないわよ、ジョーイ。すっかり鬱になってるの。あんたが鬱にしたんだし、いい加減バカな真似はやめてくれないと。言ってることわかる？　うちの娘はそのへんの犬じゃないんだから、パーキングメーターにくくりつけて、あとは放ったらかしじゃあ済まないの」

「抗鬱剤を買ってやったほうがいいんじゃないかな」

「あの子はあんたのペットじゃないのよ、後部座席に窓を閉めたまま放っとくわけにはいかないの」キャロルが続ける。さっきの譬えが気に入ったらしい。「あたしたち、あんたの家族みたいなものなのよ、ジョーイ。もうちょっと気を遣ってくれたっていいんじゃないかと思うけど。この秋はあんなことがあって、ほんとに怖い思いをしてたのよ、関係者全員。なのにあんたは顔も見せない」

「でもほら、こっちも授業やら何やらあるから」

「たったの五分、電話する時間もないってわけ。三週間半も連絡なしで」

「ほんとに今晩電話するつもりだったんだって」

「コニーのことだけじゃないのよ」キャロルが言う。「コニーのことはちょっと措《お》いといて。あんたとは二年近くも家族同然に暮らしてたのよ。こんなこと言う日が来るなんて自分でも思わなかったけど、おたくのママがどんな目に遭ったか、いまならわかるような気がする。ほんと、あんたがここまで冷たい人だとは知らなかったわ、この秋になるまで」

ジョーイは純粋な息苦しさから天井に笑みを向けた。キャロルとの付き合いには昔から何か少しまともでないところがあった。キャロルはいかにも、寮の進学《プレップ・スクール》校出身の連中や、うるさく勧誘してくる学生クラブ《フラタニティ》の連中がミルフ《MILF》（“to”を表すTが抜けているこの略称はいかにも間抜けだとジョーイは思っていた）と呼びそうな女だった。概して眠りは深いジョーイだったが、モナハン家に住んでいた頃には、ときおり自身の先行きに胸騒ぎを覚えて夜中にコニーのベッドで目を覚ますことがあった。妙な夢を見るのだ。知らずに姉のベッドにもぐりこんでいてぞっとしたり、うっかりブレイクの額にネイルガンで釘を撃ちこんでしまったり、中でも奇怪なのは、なぜか五大湖の主要ドックのクレーンになって、水平に伸びたイチモツで母船のデッキから重いコンテナを持ち上げ、より小さく平たい艀《はしけ》にそっと降ろしている夢。この手の幻が訪れるのはたいてい、キャロルとのあいだに何かちょっと不穏な交流があった直後——彼女とブレイクの寝室のドアの隙間に裸の尻がちらりと覗いたとか、夕食中に平気でげっぷをするブレイクを見てこっそり親しげなウィンクを送ってきたとか、露骨な言い方で長々と（自身の気ままな青春時代の生々しいエピソードを例にとりつつ）コニーにピルを飲ませたほうがいい理由を力説してきたとか、何かそんなことがあった直後だった。コニー本人は体質的にジョーイに腹を立てることができなかったので、おのずと母親が娘に成り代わって不満を表明することになった。キャロルはいわばコニーの発話器官、歯に衣着せぬ代弁者であり、だからブレイクが仲間と出かけている週末などには、ジョーイはときおり自分が擬似3Pで二人の女に挟まれているみたいな気分にもなった。一方にはひたすら口を動かしてコニーが言おうとしないことを言い続けるキャロル、他方にはじっと無言でジョーイ相手にキャロルがしたくてもできないことをやっているコニー、そして挟まれ役のジョーイは深夜にはっと目を覚まし、自分は何かまともでない関係に囚われていると思う。やってみたいママ《MILF》（Mom I'd Like Fuck）というやつだ。

「じゃあどうすりゃいいの？」と言った。

「そうね、まず手始めに、彼氏として責任感を持って」

「彼氏じゃないよ。いまは休止期間《ハイエイタス》だから」

「休止期間《ハイエイタス》って何？　それどういう意味？」

「試しに別れてるって意味だよ」

「コニーが言ってることと違うわ。コニーはあんたに学校に行けって言われたって。経営スキルを身につけて、事業のアシスタントになるんだって言ってたわよ」

「あのさ、キャロル」ジョーイは言った。「それは酔っ払って言っちまったことでね。コニーのやつ、めちゃくちゃ強いマリファナを買ってて、そいつに酔っ払ってうっかり言っちゃったんだよ」

「あの子がマリファナやってるって、あたしが知らないとでも思ってるの？　ブレイクとあたしにも鼻はあるのよ。そんなこと聞いたって驚きゃしないわ。そうやってあの子のこと告げ口しても、あんたがどんなにひどい彼氏かばれるだけよ」

「言いたかったのは、あんなこと言うべきじゃなかったってことだよ。それに誤解を解くチャンスがなかったんだ、しばらくは電話もやめようって話になってたから」

「でもそうなったのは誰の責任？　わかってるんでしょ、あの子にとってあんたはほとんど神様なのよ、ジョーイ。あの子に息を止めろって言ってみなさいよ、きっと気を失うまで止めてるわよ。その隅に座ってろって言ったら、お腹が空いて倒れるまで座ってるわよ」

「ふうん、でもそうなったのは誰のせいかな？」ジョーイは言った。

「あんたよ」

「違うね、キャロル。あんたのせいだ。あんた親だろ。コニーが住んでるのはあんたの家だろ。おれはあとからそこに来ただけ」

「へえ、だからおれはおれの道を行くってわけ、責任も取らずに。夫婦同然に暮らしておいて。うちの家族の一員みたいな顔しといて」

「おいおい。ちょっと待ってよキャロル。こっちは大学一年だぜ。それ、わかってる？　こんな話をしてること自体、相当異常だと思わない？」

「ぜんぜん。あたしはね、いまのあんたより一つ上のときにはもう娘だっていたし、自力でこの世を渡ってかなきゃならなかったんだから」

「でもそれ、いま思えばどうなの、いいことだった？」

「あら、よかったと思うわよ、ほんとに。ついでにね、この話はもうちょっと先でと思ってたんだけど、ブレイクとあたし、赤ちゃんを授かったの。うちのささやかな家族がちょっと大きくなるの」

それがキャロルが妊娠しているという意味だとわかるまでに少し時間がかかった。

「あのさ」と言う。「いまバイト中なんだ。おめでとうとか、いろいろ言いたいんだけど。いまはちょっと手が放せない」

「忙しいの。あらそう」

「約束するよ。コニーには明日の午後電話するから」

「だめよ、悪いけど」キャロルは言う。「そんなんじゃだめ。いますぐこっちに来て、あの子の相手をしてあげて」

「そいつは無理だ」

「じゃあ感謝祭のときに一週間ここにいて。家族で楽しくお祝いするの、四人揃って。それならあの子にも楽しみができるし、あんたもあの子の鬱っぷりをその目で確かめられるわ」

感謝祭の休日はルームメートのジョナサンのワシントンの実家に遊びに行く計画を立てていた。ジョナサンにはデューク大三年の姉がいて、これが犯罪的に写真写りがいいのでなければ、直接会える機会を逃す手はないすごい美人。そのジェナという名前に、ジョーイはたちまちブッシュ家の双子や、ブッシュの名が連想させるパーティー三昧、緩んだモラルなどなどを思い浮かべたのだった。

「飛行機代がない」と言ってみる。

かって?」


「バスで来れば、コニーみたいに。それともジョーイ・バーグランドたるもの、バスなんかに乗れる
「それに他にも計画がある」

「そう、じゃあ計画を変えたほうがいいわよ」とキャロル。「四年も付き合ってる彼女が重い鬱になってるの。何時間も泣き通しで、ご飯も食べないの。〈フロスト〉の仕事だって、あたしが上司と話さなかったらクビになってたわ。注文も憶えられないし、しょっちゅういろいろ間違えるし、にこりともしないんですって。職場でもハイになってるとか、おおかたそんなところでしょ。それで帰ってくるとまっすぐベッドに行って、ずっとそのまま。午後のシフトのときは、あたしがお昼休みにわざわざ車で家に戻って、ちゃんと起きて着替えてるか確認しなくちゃいけない。電話しても出ないから。で、〈フロスト〉まで車で送って、ちゃんと店に入るのを見届ける。ブレイクに代わってもらおうかとも思ったんだけど、あの子、彼とはもう口きかないし、言うこともぜんぜん聞かないの。ときどき思うのよね、あの子、彼とあたしの仲を壊したいんじゃないかって、たんなる嫌がらせで、あんたがいなくなっちゃったせいで。医者に診てもらえって言っても、医者なんか役に立たないって言うし。そんなことしてて何になるの、この先どうするのって訊いたら、あんたのそばにいたいだけだって。あの子の計画はそれだけ。だからあんたの感謝祭の計画がどうだか知らないけど、とにかく変えたほうがいいわ」

「だから明日電話するってば」

「うちの娘を四年間も慰みものにしといて、それで気が向いたらさよならできるなんて本気で思ってんの? あんたが思ってるのはそういうこと? あんたとそういう関係になったとき、あの子まだほんの子供だったのよ」

ジョーイはふと、木の上の秘密基地で忘れられない経験をしたあの日のことを思い浮かべた。コニ

ーがカットオフショーツの股をこすり、それから自分の手よりいくぶん小さな彼の手を取って、どこを触ればいいか教えてくれたのだった。それ以上の説得は必要なかった。「おれもまだ子供だったんだけど」とつぶやく。

「あんたが子供だったことなんて一度もないわ」キャロルが言う。「昔からほんとクールで落ち着いてた。そうよ、赤ちゃんのときから知ってるんだから。泣きもしない赤ちゃん！　いままで生きてきて、あんなの一度も見たことないわ。つま先をぶつけても泣かなかった。顔はくしゃくしゃになるんだけど、うんとも言わない」

「いや、泣いたよ。泣いたのははっきり憶えてる」

「あんたはあの子のことを利用したのよ、あたしのことも、ブレイクのことも。利用しといて、いまさらぷいって立ち去れるとでも思ってんの？　世界がそんなふうに回ってるとでも？　みんなあんた一人の快楽のためだけに存在してるとでも？」

「とにかく医者にかかって薬をもらえって説得してみるよ。ただそれにしてもね、キャロル、これって相当おかしな会話だと思うけどな。あまりいいもんじゃないよ」

「そう、でも慣れといたほうがいいわよ。明日も明後日もその次も、何度でもやるから、あんたが感謝祭に帰ってくるって約束するまで」

「感謝祭には帰れない」

「あらそう、じゃあせいぜい慣れとくことね、毎日電話するわよ」

閉館時間を過ぎるとひんやりとした夜気の中に出て、寮の前のベンチに腰をおろした。携帯をなでながら電話で話せる人間を探す。コニーとのことは、セントポール時代の友だち付き合いでも話題にすべからずと徹底してきたし、ヴァージニアではひた隠しにしてきたのだった。寮の連中の多くは毎日どころか毎時間という勢いで親と連絡をとっていて、そんな様子を見るにつけ、隣家で暮らしているあいだはわからなかったものの、自分の親ははるかにクールだし、こちらの希望を尊重してくれていたのだと思いがけない感謝の念を覚えたりもしたが、その一方で、ふとパニックめいたものに襲われることもあった。自由を求めて自由をもらった以上、いまさら引き返すことはできない。九・一一直後には一時的に家族間通話がどっと増えたりもしたけれど、話の中身はたいてい個人的なことではなく、母親は例によってべらべらと、CNNの見すぎはよくないとわかってるのに朝から晩まで見てるなどと自分を茶化し、一方の父親はそれ見たことかと組織宗教への積年の敵意を全開にし、ジェシカはジェシカで非西洋文化の知識をひけらかしては、そうした地域にくすぶるアメリカ帝国主義への不満がもっともである所以《ゆえん》を力説するといった具合である。そのジェシカはジョーイにとって、困ったときの電話先リストの最下位に位置していた。他の知り合いが全員死に絶えて、そのうえ北朝鮮あたりで拘束されでもした暁には、厳しい説教にも甘んじる覚悟で電話する気になるかもしれない。そこまで行ったら、ひょっとしたら。

キャロルの言い分は間違っていると自分に言い聞かせるみたいに、暗闇の中、ベンチに座ってしばらく泣いた。不幸なコニーのために泣き、そのコニーをキャロルの手に引き渡してしまったことのために——コニーを救ってやれない自分のために泣いた。それから涙を拭い、母親に電話をかけた。その電話の呼び出し音は、窓辺で耳を澄ましていたならキャロルの耳にも聞こえたかもしれない。

「ジョゼフ・バーグランド」母は言った。「どっかで聞いたことのあるような名前ね」

「やあ、母さん」

いきなりの無言。

「長いこと電話できなくてごめん」と言う。

「ああ、まあでも」母が言う。「こっちはたいしたニュースもないから。せいぜい炭疽菌騒ぎとか、やたらと楽観的な不動産屋がこの家を売ろうとがんばってるとか、パパは飛行機でワシントンに行ったり来たりとか、その程度。ねえ知ってる？　飛行機でワシントンに行こうとすると、着陸の一時間前から座席に釘づけなんだって。なんかヘンな規則よねえ。ほんと、何考えてんのかしら？　シートベルトサインが点いてるからってテロリストが悪巧みを中止するとでも？　パパの話じゃ、離陸したとたんにスチュワーデスがもう注意を始めるんだって、いまのうちにトイレに行くようにって。で、それから山ほど缶ジュースやらを配るわけ」

声だけ聞いているとまるで愚痴っぽい老婆で、いまでもふとした隙につい頭に浮かぶ、あの活力の塊みたいな母とは思えない。再び涙がこみあげてきて、ぎゅっと目を閉じなければならなかった。この三年というもの、彼が母に対してとった行動はすべて、もっと小さかった頃に二人でよく交わした異常に親密な種類の会話を未然に防ぐべく計算されたものだった。母が黙るよう、思いを胸に留める術を学ぶよう、感情過多にして検閲抜きの自分語りで悩ませてくるのをやめるよう仕向けてきたのだった。その訓練がやっと実を結び、母がおとなしく与太話に甘んじているいまになって、こんなふうに母親を失ったみたいな気分に、これまでの努力をだいなしにしたい気分になるなんて。

「そっちはすべて順調なの、って訊いてもいいかしら？」母が言う。

「こっちはすべて順調だよ」

「旧奴隷州の生活も悪くない？」

「悪くないね。気候もすごくいいし」

「そうね、ミネソタ育ちの恩恵の一つはそれ。どこに行っても気候がよく思えるってこと」

「うん」

「友だちたくさん作ってる？　いろんな人に会った？」

「うん」

「そう、めでたしめでたし。めでたしめでたし。電話してくれてうれしいわ、ジョーイ。だってほら、いやならしなくてもいいんだし、だからしてくれてうれしい。こっちにも何人かあんたの本物のファンがいるのよ」

一年の男子の群れが寮からどやどやと芝生に出てきた。ビールで増幅された声が騒がしい。「ジョウ・イィィ、ジョウ・イィィ」と親しげなうなり声が響く。ジョーイはクールにうなずき返した。

「そっちにもファンがいるみたいね」母が言う。

「うん」

「人気者のジョーイ」

「うん」

再び沈黙。飲みなおせる場所を求めて集団が去っていく。その後ろ姿を眺めていて、ふと悩み事がジョーイの胸を刺した。秋学期の予算はすでに一カ月先の分まで使ってしまっているのだ。みんながビールを六杯飲むところを一杯しか飲まない貧乏学生にはなりたくないけれど、かと言ってたかり屋だと思われるのもいやだった。仲間の中心でいたかったし、気前よくしたかった。それには資金がかかる。

「父さんは新しい仕事、気に入ってそう？」我慢してそう訊いてみた。

「まずまず気に入ってるみたいよ。なんかもう、頭おかしくなっちゃうんじゃないかって感じだけど。つまりほら、急に他人のお金を山ほど使えるようになって、これでこの世界の間違ってると思うところを直せってわけでしょ。前は誰も直そうとしないって文句だけ言ってればよかったのに。いまじゃもう、自分で直そうとがんばらなきゃいけないわけよ、どうせ無理なのにね、どんどんだめになるに決まってるんだし。朝の三時にEメールをよこしたりするの。あまり寝てないんじゃないかと思うわ」

「それで母さん自身は？　元気にやってる？」

「あらまあ、やさしいのね、そんなこと訊いてくれて。ほんとは興味ないのに」

「あるって」

「いやいやほんと、ないんだって。大丈夫。意地悪で言ってるんじゃないの。責めてるんじゃないのよ。あんたにはあんたの生活があるし、ママにはママの生活がある。それでオーケー、めでたしめでたし」

「そんなわけないだろ、まあでもほら、たとえば一日中何してるの？」

「その前に、ご参考までに」母が言う。「それってさすがにちょっと気の利かない質問よねえ。子供のいないカップルになんで子供を作らないのって訊くとか、結婚してない人になんで結婚しないのって訊くとかと大差ないわよ。あんたに悪気はないとしても、その手の質問にはちょっと気をつけたほうがいいわ」

「ふうん」

「で、いまはちょっと身動きがとれない感じ」と言う。「もうすぐ引っ越しってわかってるのに、大きな決断を下すわけにもいかないでしょ。ちょっとした執筆プロジェクトみたいなのは始めてみたけど。自分の楽しみのためにね。あとはそう、この家の中をペンションみたいな感じにしとかなきゃいけないし、いつ不動産屋がカモを連れてくるかわからないから。雑誌をびしっと扇形に並べたりとか、けっこう時間がかかるのよ」

先ほどの喪失感はいらだちに変わりつつあった。口でどんなに否定したって、結局は恨みがましいことを言わずにいられないみたいじゃないか。まったくこの母親と言うやつは、どこまで我が子をなじれば気が済むのだろう。ささやかな支えがほしくて電話したのに、ふと気づけば、そっちこそ支えをちょうだいよという話になっている。

「それで、お金のほうはどうなの？」彼のいらだちを察したみたいにそう言ってきた。「ちゃんと足りてる?」

「ちょっときついね」と認める。

「やっぱり!」

「こっちの住民になれば授業料もぐっと下がるんだ。だからほんとにきついのは最初の一年でね」

「いくらか送ってほしい?」

闇の中で微笑む。なんだかんだと言っても、やっぱり母だ。これだから憎めない。「父さんはたしか仕送りはしないって言ってたけど」

「あの人はいちいち細かいことまで知らなくてもいいの」

「ふうん、でも親から金をもらってたら、学校は州の住民として認めてくれないよ」

「学校もいちいち細かいことは知らなくていいの。小切手で送ったげるわ、あんたが換金できるようにして。もしそれで助かるんなら」

「そりゃあね、で?」

「で、何もなし。ほんとよ。条件はなし。つまりね、あんたの主張はもうパパにちゃんと伝わったわけでしょ。だからこれ以上無理して意地を張って、利子の高い借金を背負いこむ必要はないってこと」

「ちょっと考えさせてよ」

「じゃあ小切手、郵便で送っとくわね。その先、換金するかどうかはそっちで決めればいいでしょ。いちいちママに相談しなくても」

ジョーイは再び微笑んだ。「なんでそこまでしてくれるの?」

「それはまあねえ、ジョーイ、信じてもらえないかもしれないけど、あんたには望み通りの人生を送ってほしいのよ。暇を見つけてあれこれ自分に訊ねてみたの、コーヒーテーブルに雑誌を並べたりとか、なんやかやの合間に。たとえば、仮にあんたがママやパパにもう二度と会いたくないって言ったとして、それでもやっぱり息子には幸せになってほしいか？」

「そりゃまたえらく仮定的な問いだな。現実離れしすぎじゃないの」

「あらそう、うれしいわ、でもポイントはそこじゃないの。ポイントは、いまの問いへの答えは誰が知ってると思いこんでるってこと。親なら当然、子供にとって最善のことを望む。見返りがあろうとなかろうと。愛とはそういうものだ、って話になるでしょ？　ただ実際、よくよく考えてみれば、これって相当不思議な話よね。だってみんなちゃんとわかってるはずじゃない、人間が本当はどんなものか。身勝手で、目先のことしか考えなくて、エゴイストで要求ばっかり。それが親になったからって、そのことだけでなんで急に立派な人間になれるわけ？　どう考えても無理でしょ。うちの両親のことは前にも少し話したと思うけど――」

「聞いたっけな」ジョーイは言った。

「そう、じゃあいつかもっと教えてあげるわ、お行儀よく頼んでくれたら。それはともかく、言いたかったのはね、この愛って問題についてちょっと本気で考えてみたの、あんたのことで。それでわかったの――」

「ねえ母さん、よければ別の話をしない？」

「やっとわかったの――」

「それか、また今度にしてくれない？　なんなら来週とかさ？　寝る前にまだいろいろやることがあるんだけど」

セントポールに傷心の沈黙が降りる。

「悪いね」と言う。「ただ実際もう遅いし、こっちも疲れてるし、いろいろやることもあるからさ」

「説明してただけじゃない」先ほどよりずっと低い声だ。「なんで小切手を送るのか」

「うん、悪いね。恩に着るよ。ほんと」

母はさらに小さな傷ついた声で電話のお礼を言い、すぐに電話を切った。

ジョーイはあたりを見回した。通りすがりの仲間たちに見られずに泣くことのできる、適当な茂みか建物のくぼみを探す。なさそうなので大急ぎで寮の建物に入り、吐き気に襲われたみたいに最初に目についたトイレに飛びこむと、その見慣れぬ便所の個室に鍵をかけ、母親への憎悪にむせび泣いた。誰かがデオドラント石鹸と白カビの雲の中でシャワーを浴びている。錆でまだらな個室のドアにはマジックの落書き、にこやかな顔の勃起したペニスがスーパーマンのように飛びながら小滴をほとばしらせている。その下には誰が書いたのか、*いますぐやれなきゃクソしてろ*。

母親の非難がましさには込み入った事情がある。それに比べればキャロル・モナハンの嫌味など単純そのものだ。キャロルは娘と違い、たいして頭もよくない。コニーには皮肉たっぷりのコンパクトな知性があり、その洞察力と感受性の固く小さな陰核を、部屋で二人きりになったときにだけジョーイに開いてくる。キャロル、ブレイク、ジョーイと四人で暮らしていた頃、食事中のコニーはいつも伏目がちで、一人不思議な物思いに沈んでいる様子なのに、寝室でジョーイと二人きりになったとたん、キャロルとブレイクの食卓での嘆かわしいふるまいをすべて事細かに再現してみせたりした。一度などはこんなことを言ってきた。ねえわかるでしょ、ブレイクは何を喋ってても結局言いたいことは一つだけ、他人がどれほどアホで、自分がどんなに偉くてどんなに割りを食ってるか、そればっかりなの。ブレイクに言わせれば、KSTPの朝の天気予報もアホだし、ポールセンさんたちのリサイクル箱の置き場所もアホ、トラックのシートベルト警告ブザーが六十秒で鳴り止まないのもアホ、サミット・アヴェニューで制限速度を守る通勤カーもアホ、サミットとレキシントンの交差点の信号が変わるタイミングもアホ、職場の上司も街の建築条例もアホ——傍らでジョーイが笑いだしたのにもかまわず、コニーは容赦ない記憶力で次々に実例を挙げていく——新しいテレビのリモコンのデザインもアホ、NBCのゴールデンタイムの番組再編もアホ、ナショナルリーグが指名打者制を導入しないのもアホ、ヴァイキングスがブラッド・ジョンソンとジェフ・ジョージを放出したのもアホ、二度目の公開討論の司会者がアル・ゴアの嘘つきぶりを追及しなかったのもアホ、ミネソタが州民の血税を使って不法入国のメキシコ人やら生活保護の税金泥棒に最新式の医療をタダで受けさせているのもアホ、最新医療を、しかもタダで——

「でね、いいこと知りたい?」茶化し終わるとコニーは言った。

「何?」

「そんなこと、ジョーイはぜったいしないってこと。ジョーイは本当にみんなより頭がいいから、人をアホ呼ばわりする必要なんてない」

せっかくのほめ言葉だが、ジョーイはどうも落ち着かなかった。一つには、そうやってブレイクとじかに比べられることに競争の匂いを嗅ぎとったため——何やら複雑な母娘の争いの道具だか景品だかになったような気がして居心地が悪かったのだ。それに、実は彼自身も、なるほどモナハン家に移り住むと同時に諸々の独断を棚上げにはしたものの、それ以前はあれやこれやの物事を、とりわけ愚かさの尽きせぬ源泉のごとく神経に障ってやまない母親のことを、平気でアホ呼ばわりしてきたのだった。ところがコニーのいまの話だと、そうやって他人のアホさを愚痴るのは本人がアホである証拠らしい。

実のところ、母親が唯一本当にアホだったのは、ジョーイ自身への接し方という一点だけだった。なるほど、ジョーイに言わせれば文句なしに天才レベルの傑作を残してきたトゥパックをしつこく馬鹿にするとか、アホはアホでも計算された極端なアホっぷりでお見事としか言いようのない『結婚《マリード》してます子供もいます《・ウィズ・チルドレン》』(一九八七年から一九九七年にかけてFOX系列で放映された人気シットコム)をこきおろすとかいったところもアホかと言いたくはなる。が、母があれほど『結婚してます子供もいます』をけなしたのも、おそらくはその再放送にジョーイがすっかり夢中だったからであり、あの見ていてこっちが恥ずかしくなるようなトゥパックの下手な物真似さえ辞さなかったのも、ジョーイが大ファンだったからこそなのだ。つまり母のアホさの根本にあったのは、ジョーイにいつまでも仲良しのボクでいてほしい、よくできたテレビ番組や正真正銘の天才ラッパーよりも母親のことをおもしろいと思い、母親に夢中でいてほしいという願いだった。これが母の愚かさの病んだ本質――要は負けたくなかったのだ。

しまいにはジョーイもやけくそになって、もうこれ以上仲良しのボクではいたくないという決意を母の頭に叩きこむことになった。が、それも実は意識的にやったわけではなく、どちらかと言えば、いい子ぶった姉への積もり積もったいらだちの副産物みたいなもの。姉を怒らせぞっとさせるにはこれがいちばんと思いついたのが、両親が病気の祖母をグランドラピッズに訪ねている隙に、友だち連中をごっそり家に呼んでジム・ビームでしこたま酔っ払い、翌晩にはコニーを呼んで、姉の寝室側の壁際で普段以上に騒々しくやりまくること、するとジェシカはあの耐えがたいベル・アンド・セバスチャンの音量をクラブレベルまで上げて対抗し、さらに真夜中を過ぎると、鍵のかかった彼の寝室のドアを清純な怒りに白んだ拳でがんがん叩きまくって――

「いい加減にして、ジョーイ！　いますぐやめなさい。い、い、いますぐに、聞いてる？」

「おいおい、なんだよ、せっかくの好意を」

「はあ？」

「おれのこと、チクらずに我慢してんのにもいい加減うんざりだろ？　だからサービスだよ！　チャンスをやってんのさ！」

「だったらいいまチクるわよ。い、い、いますぐパパに電話するわよ」

「どうぞどうぞ！　さっきの聞こえたろ？　こいつはサービスだって言っただろ」

「くそったれ。かっこつけんじゃないわよ。い、い、いますぐパパに電話してやる――」と、そんなやりとりのあいだもコニーは素っ裸のまま唇と乳首を真っ赤に充血させ、じっと息を殺してジョーイを見つめていたのだが、その顔には恐れと驚きと興奮と忠誠と喜びとが入り混じっており、ジョーイはあとにも先にもこのときほど強く確信したことはなかった。コニーにとってはどんな規則、礼儀、道徳律よりも、彼に選ばれた恋人であること、彼の共犯者であることのほうが千倍も大事なのだと。

その週のうちに祖母が亡くなったのはまったくの想定外――早すぎる死だった。その死の前日にトラブルを撒き散らしたことで、ジョーイは最悪の立場に追いこまれてしまった。最悪も最悪、何せ怒鳴られることさえなかったのだから。ヒビングでの葬儀のあいだ、両親は彼を完全に無視した。家族揃って一つの悲しみを分かち合っているその傍らで、本来ならそこに加わるべきジョーイはぽつんと一人、鬱々と罪悪感に苛まれることになった。ドロシーは彼にとって唯一祖父母と呼べる存在だったし、まだ幼い頃のある出来事のせいで、その人柄に大いに感銘を受けてもいた。あるとき祖母はその不自由な手をジョーイに差し出し、触ってごらん、こう見えても人間の手だし、何も怖がることはないのよ、と教えてくれたのだった。以来、家に遊びに来た祖母のために何かしてやってくれと両親に頼まれて、首を横に振ったことは一度もなかった。祖母の前ではジョーイも百パーセントのいい子でいられたし、そんな相手はおそらく祖母だけ。それが突然死んでしまったのだ。

葬儀のあとの数週間は母の攻撃もひと休み、冷やかな態度がむしろありがたいくらいだったが、そのうちにまた攻勢を強めてきた。彼がコニーとの関係をおおっぴらにしたことに恰好の口実を得て、じゃあお返しとばかりに心のうちを露骨にさらけ出してきたのだ。母はおのれのよき理解者として彼を指名してきたのだった。そして蓋を開けてみれば、これは仲良しのボクでいるのよりさらに厄介だった。母のやり口は実に巧妙で、抵抗しようにもできなかった。始まりは打ち明け話。ある日の午後、母は彼のベッドに腰かけると、実は大学時代にヤク中で病的な嘘つきの娘に付きまとわれた経験があって、それでもその子のことは好きだったのだけれど、父が毛嫌いしていて、云々と話しだした。

「とにかく誰かに聞いてほしくて」と言うのだ。「でもパパには言いたくないし。実は昨日、新しい免許証をもらいに行って、列に並んでてはっと気づいたのよ、前のほうにその彼女がいるのに。膝を怪我したあの晩以来、一度も会ってなかった。だから二十年ぶりとか、そのくらい？ ずいぶん太ってたけど、間違いなく彼女。でね、すごく怖くなったの、彼女を見て。罪悪感だと思う」

「なんで怖くなったんだろう？」ジョーイはつい訊いてしまった。トニー・ソプラノ（テレビドラマ『ザ・ソプラノズ 哀愁のマフィア』の主人公）の精神科医みたいに。「なんで罪悪感があるのかな？」

「なんでだろう。とにかく、彼女がこっちを振り返る前に逃げ出しちゃったの。だから免許証もまだもらってないのよね。なんかもう、振り向くんじゃないかって怖くて。目が合ったらどうなっちゃうんだろうって。だってほら、ママはレズビアンとか、そっちの気《け》はぜんぜんないんだし。これは信じてほしいんだけど、もしその気《け》があったらちゃんと自分で気づいてるはず——昔の仲間の半数はゲイだったんだから。でもママは絶対に違う」

「安心したよ」内心落ち着かない気分で作り笑いを浮かべて見せた。

「でもわかったのよ、昨日、彼女を見て。本当はあの子を愛してたんだって。なのにそのことをきちんと認められなかったんだって。で、その彼女がいまじゃ、あんなふうにリチウム太りみたいな——

——」

「リチウムって？」

「躁鬱病の薬。双極性障害の」

「なるほど」

「なのにママは彼女を見捨てたの。パパがあの子のこと、大嫌いだったから。苦しんでたのに電話もしなかったし、手紙をくれても開けずに捨てた」

「でも彼女、嘘ついてたんだろ。それってやっぱり気味が悪いよ」

「そうよ、それはそうなの。それでもね、罪悪感は消えない」

以後数カ月にわたり、母は他にも多くの秘密を打ち明けてきた。効果からすれば、さしずめ砒素入りキャンディのような秘密を。初めのうちは、こんなにクールな、なんでも遠慮なく話せる母親がいて、自分は恵まれているとさえ思った。お返しに彼も、クラスメートの異常な性癖やちょっとした悪さをあれこれ教えてやった。七〇年代の若者に比べて、自分たちの世代がどれほどスレているか、どれほど堕落しているかを思い知らせてやろうと思って。そんなある日のこと、たまたまデートレイプのことが話題にのぼり、だったらこれは言っとかなきゃと、母は自らの体験を打ち明けてきたのだった。実はママも十代の頃に同じ目に遭ったの、ジェシカには絶対に言っちゃだめよ、あんたみたいにはママのことをわかってくれないから――本当にわかってくれるのはあんただけ。その話を聞いてからというもの、ジョーイは夜も眠れず、母親をレイプした男を殺してやりたいほど憎み、この世に正義はないのかと憤り、これまで母のことを悪く言ったり思ったりしたことを振り返っては罪悪感を覚え、同時にこんなふうに大人の秘密の世界に触れさせてもらえる特権を誇らしく思った。そうして何日かが経ち、ある朝ふと目覚めると、母のことが無性に憎くなっていた。同じ部屋にいるだけでぞっと身の毛立ち、胃がむかついてくるほどに。まさに化学変化としか言いようがない。まるで体内器官や骨髄から砒素が染み出してくるかのようだった。

そうして今夜、電話で母の声を聞いていて何より驚いたのは、母がちっともアホっぽくないということだった。実際、そこにこそ母のあの非難がましさの本質がある。なるほど母は、その生き方においてまったく不器用ではあるが、それはアホだからではない。むしろどういうわけか逆だった。母は自分のことをよくわかっているし、そんな自分に苦笑したり絶望したり、何より自分がそういう人間であることを心底申し訳なく思っているようなのだ。それでいて結局、聞こえてくるのはジョーイへの恨み節。まるで高度に洗練された、消えゆく土語か何かを喋っているみたいに。その言語を伝えていくか、消滅に任せるかは、若い世代（すなわちジョーイ）にかかっている。それかなんなら、父がかかずらっている絶滅寸前の鳥たちに譬えてもいい。森の中でその廃《すた》れかけた歌を歌いながら、たまたま通りかかった同類がふと耳を傾けてくれるんじゃないかと万に一つの希望にすがっているのだ。一方に母がいて、他方に母以外の世界がある。あえてああいう話し方で語りかけてくることで、母は母以外の世界の味方になった息子を非難しているのだろう。でも世界のほうを選んだからと言って非難されるいわれはない。こっちにはこっちの人生があるんだし、それを精一杯生きるしかないじゃないか！　問題は、ジョーイがまだ幼かった頃、いまほど強くなれなかった頃に、自分には母の言葉がわかる、母の歌に聞き覚えがあるとうっかり知らせてしまったことなのだろう。だからいまでも母はちくちくと思い出させずにいられないのだ。その能力はいまでもあんたの中にあるし、その気になればいつでも使えるのよ、と。

　寮のバスルームでシャワーを浴びていた誰かは水を止めてタオルで体を拭いている。廊下に通じるドアが開き、閉まる。歯磨きのミントの匂いが洗面台からジョーイの個室に漂ってくる。泣いたせいで勃起したペニスをチノパンとボクサーショーツの中から引っ張り出し、命綱よろしく握り締めた。根元のあたりを思い切りきつく握ると、頭の部分が巨大に膨れておどろおどろしい顔になり、静脈血でぐっと黒ずむ。その様子を眺めているのが彼は好きだった。その不快な美しさがもたらす安心感、まるで一人前になったような感覚が心地よかった。だからすぐに始末してその硬さを失うのはいやだった。ただしもちろん、日がな一日硬いままで暮らしたのでは、世に言う男根野郎《プリック》というやつだ。つまりはブレイク。ブレイクみたいにはなりたくないが、でも母のよき理解者になるのはもっといやだった。おのれの硬さに見入ったまま、音もなく痙攣的に手を動かして、ぽかんと口を開けた便器に射精しすぐに水を流した。

　階段を上がって角部屋の自室に戻ると、ジョナサンがジョン・スチュアート・ミルを読みながら九回に入ったワールドシリーズの試合を見ていた。「まったくわけのわからん話になってるぞ」と声をかけてくる。「まさかヤンキースへの同情に胸を痛めることになるなんて」

ジョーイの場合、野球は一人ではまず見ないが、人と一緒に見るのはかまわないという程度。ベッドに腰をおろし、ランディ・ジョンソンがあきらめ顔のヤンキース打者に剛速球を投げこんでいるのを眺める。スコアは四－〇。「まだチャンスはあるかも」

「ないない、ないって」ジョナサンが言う。「しかしねえ、新規参入チームが四シーズン目にワールドシリーズ進出なんて、いつからそんなことになったんだ？　アリゾナなんぞにチームがあること自体、いまだに信じられないってのに」

「いやいやよかった、やっとおまえにも理性の光が訪れたか」

「勘違いすんなよ。いまでもヤンキースが負けると何よりうれしいんだ、それもできれば一点差で、できればアゴなき名捕手ホルヘ・ポサーダの痛恨のパスボールで。でも今年だけは、とりあえず連中に勝たせてやってもいいかなって。愛国的犠牲としてそれくらいはね、ニューヨークのために」

「おれは毎年ヤンキースに勝ってほしいな」ジョーイはそう言ったが、内心それほどこだわりはない。

「ふうん、でもそれも変だよな？　普通に考えりゃツインズファンだろ？」

「まあたぶん、いちばんの理由は親がヤンキース嫌いだってことかな。親父はツインズファン、年俸総額が低いからって理由でね。で、年俸って話になれば当然敵はヤンキース。あと、うちの母ちゃんはとにかく反ニューヨークだから、何につけても」

ジョナサンは興味津々の顔である。これまでのところ、ジョーイが両親の話をするのはごく稀で、せいぜい隠し立てしていると思われない程度にしか口に出さなかったからだ。「なんでまたニューヨークが嫌いなの？」

「さあね。自分の育った場所だからじゃないかな」

ジョナサンのテレビでは、デレク・ジーターがセカンドライナーに打ち取られて試合終了。

「そりゃまた複雑そうな話だな」ジョナサンはテレビを消した。

「母方のじいさんばあさんのこともろくに知らないって話、したろ？」ジョーイは言った。「うちの母ちゃん、親のこととなると相当異常でね。実の親なのに、おれが子供の頃、こっちに遊びに来てくれたのは一度きりだし、それもせいぜい四十八時間ってとこ。その間ずっと母ちゃんはぴりぴりしてて、なんかこう嘘臭い感じでさ。あと一回だけ、休みにニューヨークに行ったときに向こうの家に寄らせてもらったんだけど、あれもひどかったな。誕生日カードなんかも三週間遅れで送ってきたりすると母ちゃんはもう悪態ついてさ、なんでこんなに遅いのよって。向こうのせいじゃないと思うんだけど。だってさ、ろくに会えない孫の誕生日を憶えとけったってそりゃ無理だろ？」

ジョナサンは眉をひそめて考えこんでいる。「ニューヨークのどのへん？」

「さあね。郊外のほうだったかな。ばあさんは政治家でね、州議会かなんかの。これがまた上品な、エレガントな感じのユダヤ系の人なんだけど、母ちゃんからすりゃ、もうとにかく同じ部屋にもいたくないっていう」

「おうおう、いまなんて言った？」ベッドの上のジョナサンが背筋を伸ばす。「おまえの母ちゃん、ユダヤ系なの？」

「ま、そうらしいよ、理屈では」

「じゃあおまえもユダヤ系かよ！　知らなかった！」

「まあでも、四分の一とかだよ」とジョーイ。「相当薄まってる」

「なんならいますぐにでもイスラエルに移住できるぜ、無条件で」

「そりゃまた、長年の夢が叶うね」

「その気になればって話さ。デザートイーグル（セミオートマチック・ピストル）を持ち歩いたり、ジェット戦闘機を乗りまわしたり。本物のイスラエル女とデートもできる」

証拠を見せようとでも言うように、ジョナサンはラップトップを開き、ユダヤ娘満載のサイトに進む。大口径の弾薬帯を裸のDカップの胸にたすき掛けしたブロンズ色の女神たち。

「おれの好みじゃないね」ジョーイは言った。

「おれもそれほどじゃないけどさ」そう言うジョナサンはたぶん少し嘘をついている。「どうかなと思っただけだよ、ひょっとして好みかなって」

「それに不法占拠とか、パレスチナ人の権利のこととか、そういう問題もあるんじゃないの?」

「そりゃ問題はあるとも! 問題はあそこが民主主義と親西側政府の離れ小島だってことさ、まわりはイスラムの狂信者や敵対的独裁者ばっかりで」

「まあね、でもそれって結局、そういう場所に島を作ったのがアホだったってことだろ」ジョーイは言った。「そもそもユダヤ人が中東に行かなきゃこっちも延々支援する必要はなかったわけだし、アラブ諸国もあそこまで反米にならなかったはずだぜ」

「おまえなあ。ホロコーストってやつを知らないのか?」

「知ってるさ。でもなんで中東じゃなくニューヨークに来なかったんだ? アメリカは受け容れたはずだよ。こっちにはシナゴーグでもなんでもあるわけだし、おれたちはおれたちでアラブ諸国とそこそこ正常な関係を築けただろうし」

「でもホロコーストはヨーロッパで起こったんだぞ、文明化されてるはずの国で。全世界にいる同胞の半数を大量殺戮で失ってみろ、そりゃ自分の身は自分で守るしかないって思うようにもなるさ」

ジョーイは居心地の悪さを感じていた。いまこうして述べている意見は自分のというより親の意見だとわかっているからだ。しかもそのせいで、特に勝ちたいとも思わない議論で負けそうになっている。「なるほどね」と、それでも粘った。「でもなんでその問題におれたちがかかずらう必要がある？」

「なぜなら世界中で民主主義と自由市場を支援するのがおれたちの義務だからだ」ジョナサンが言う。「サウジアラビアの問題がまさにそれ――豊かになれる見込みがなくて、怒りをためこんでる連中が山ほどいる。だからビン・ラディンはあそこで勢力を拡大できる。パレスチナ問題についちゃあおれもまったく同意見だよ。ありゃまさにクソでかいテロリストの温床だ。だからこそおれたちはすべてのアラブ諸国に自由をもたらさなきゃならないんだ。ただしそいつを始めるのに、あの一帯で唯一機能してる民主主義国を売っちまうわけにはいかない」

　そんなジョナサンの話しぶりのクールさはもちろんのこと、クールでいるためにアホなふりをしないでいられるその自信にもジョーイはすっかり感心してしまった。頭がいいことをクールに見せるという困難な芸当をやりおおせている。「なあ、ところで」ジョーイはそう言って話題を変えた。「感謝祭の話だけど、ほんとに行っていいの？」

「行っていいかって？　こうなりゃぜったい来てもらうぜ。うちの家族はユダヤの血を恥じるようなタイプじゃない。親なんてもう大、大、大のユダヤ好きでね。おまえが来りゃあレッドカーペットで大歓迎さ」

　翌日の午後、部屋で一人になると、コニーに医者にかかれ云々という約束の電話をまだしていないという事実に圧迫感を覚えて、ついついジョナサンのコンピュータを開け、姉のジェナの写真を探してしまった。寄り道せずに家族写真を見るだけならのぞきにはならないだろう。前に見せてもらったこともあるし。ジョーイがユダヤ系であることを知ったルームメートの喜びようは、ジェナにも同種の熱烈な歓迎を受ける可能性を予感させた。中でも魅力的な写真を二枚選ぶと、自分のハードディスクにコピーし、ファイルの拡張子をいじって自分にしか見つけられないようにした。コニーに気の進まぬ電話をかける前に、代わりになりうる女を具体的に思い描いておきたかったのだ。

大学の女事情はこれまでのところ満足のいくものとは言いがたかった。ヴァージニアにも魅力十分の女の子はいたけれど、コニーに比べるとみんなテフロン加工というか、こちらの動機への猜疑心に覆われている感じがあった。とびきりの美人でもメイクが濃すぎたり、服装がやけにフォーマルだったりするし、キャヴァリアーズの試合ごときにまるでケンタッキーダービーに行くみたいにめかしこむ。Bクラスまで範囲を広げれば、パーティーで飲みすぎたときなど、あんたなら付き合ってもいいわよとサインを送ってくる子もちょくちょくいた。なのに意気地がないからか、うるさい音楽に負けじと声を張り上げるのが面倒だからか、プライドが高すぎるからか、飲みすぎた女の子のアホでうっとうしい言動が気になって仕方がないからか、理由はともかく、その手のパーティーやら合コンやらには早々に嫌気がさして、男子連中とつるんでいるほうがよっぽどいいと思ってしまったのだった。

電話を手にずいぶん長いあいだ、たぶん三十分くらいはためらっていただろうか、窓の外の空は灰色に変わり、雨の気配がした。それだけ長く、気の進まなさに麻痺したみたいにじっとしていたので、ついに親指が勝手にコニーの番号の短縮を押したときには何やら弓道めいた無心の境地、鳴り出した発信音に引きずられるように慌てて現実に立ち戻った。

「ジョーイ！」電話に出たのはいつものコニーの明るい声で、とたんに彼はこの声が無性に聞きたかったのを痛感した。「いまどこ？」

「自分の部屋」

「そっちはどう？」

「どうかな。なんか灰色だな」

「こっちはなんと雪が降ってたの、今朝方。もう冬みたい」

「そうか。なあコニー」と切り出す。「大丈夫かい？」

「あたし？」質問に驚いているようだ。「もちろん。そりゃ会えなくて一日中淋しいけど、それにも慣れてきたし」

「こんなに長いこと電話しなくてごめん」

「いいのよ。ジョーイと話せたらそれはうれしいけど、我慢しなきゃいけない理由もわかってるし。いまちょうどインヴァー・ヒルズの願書を書いてたとこ。十二月の大学進学適性試験《SAT》の登録もしといた。こないだ勧めてくれたとおり」

「勧めたっけ？」

「ジョーイのお勧めどおりに秋からちゃんとした学校に行くとしても、それはあたしに必要なことだから。試験対策の本も買ったの。毎日三時間勉強する」

「じゃあほんとに大丈夫なんだ」

「もちろん！　ジョーイは？」

ジョーイはキャロルが語っていたコニーの姿と、この晴れやかで落ち着いた声とのギャップをなんとか埋めようとした。「昨日の晩、おたくのお母さんと話したんだけど」と言う。

「知ってる。聞いた」

「お母さん、妊娠してるんだって？」

「そう、近々おめでたい話になりそう。きっと双子じゃないかな」

「ほんと？　なんで？」

「さあ。そんな気がするだけ。なんだか恥の上塗りみたいなことになりそうっていう」

「それ以外の話もなんか異常だったな」

「あたしからちゃんと言っといたから」コニーは言う。「もう電話したりしないわ。もし電話があったらあたしに教えて。やめさせるから」

「きみがすっかり鬱になってるって」ジョーイはつい口走った。

このひと言が突然の沈黙をもたらした。ブラックホールみたいに完璧な沈黙、コニーにしかできない芸当だ。

「一日中寝てばかりで、食欲もないって」ジョーイは言った。「すごく心配そうだったな」

また沈黙が続き、やがてコニーが言った。「しばらくはちょっとだけ鬱だったの。でもキャロルにつべこべ言われたくないわ。それにいまはよくなってるし」

「でも抗鬱剤とか、飲んだほうがいいんじゃないの?」

「ううん。もうずいぶんよくなったから」

「そうか、よかった」ジョーイは言ったが、その実、ぜんぜんよくないんじゃないかと思っていた——コニーの病的な弱さや依存体質、このあたりはうまい逃げ道として使えたかもしれないのに。

「で、そっちはどう、いろいろ他の人と寝てみた?」コニーが言う。「電話がないのもそのせいかと思ってたんだけど」

「まさか! ない。ぜんぜんない」

「あたしは別にかまわないのよ。先月、言おうと思ってたんだけど。ジョーイは男なんだし、男の人ってそういうの、あるでしょ。修道士みたいに暮らしてほしいなんて思ってないから。ただのセックス、たいしたことじゃないわ」

「まあじゃあ、きみのほうもね」内心しめしめと思う。これもまたうまくすれば逃げ道になるかもしれない。

「そうね、でもあたしはそれ、ないと思う」コニーが言う。「ジョーイみたいな目であたしを見てくれる人っていないから。男の人の目には留まらないみたい」

「そりゃ嘘だ、信じられない」

「ううん、ほんと。ときどき愛想よくしたり、ちょっと気のあるそぶりとかもしてみるの、レストランで。でも目に留まらないみたい。まあ正直、どうでもいいんだけど。あたしがほしいのはジョーイだけ。たぶんみんなそれがわかるのよ」

「おれもきみがほしい」思わずそうつぶやいてしまった。身の安全のために自ら定めた指針にあっさり背いて。

「わかってる」とコニー。「でも男の人は違うでしょ、っていうそれだけの話。自由でいてほしいの」

「実を言うと、しょっちゅうマスかいてる」

「うん、あたしも自分でしてる。何時間もずっと。それしかしたくないっていう日もあるし。きっとそのせいね、鬱だなんてキャロルが思うのは」

「でも実際、鬱は鬱なのかも」

「ううん、ただいっぱいイキたいだけ。ジョーイのこと考えて、イッて。またジョーイのこと考えて、またイッて。それだけのこと」

そうして会話はあっという間にテレフォンセックスと化した。付き合い始めた頃、人前では会えず、それぞれの寝室から電話で囁き合っていたあの頃以来だった。いまでは二人ともどんなことを言えばいいかわかっていたので、昔よりはるかにおもしろい。それでいてまるでセックス未体験みたいな気分――その意味ではまさに目から鱗の新鮮さだった。

「指についたの、なめてあげたい」揃って果てるとコニーが言った。

「代わりになめてやる」

「そうして。代わりになめて。おいしい?」

「うん」

「ほんとに自分でなめてるみたい、味がする」

「きみの味もする」

「ああベイビー」

そうして間を置かずにまたテレフォンセックス、そろそろジョナサンが午後の授業を終えて帰ってきそうな頃合なので、今度は前より落ち着きのないバージョンになった。

「ベイビー」コニーの声が聞こえる。「ああベイビー。ベイビー、ベイビー」

ジョーイは再び射精しながら、まるでバリア街のあのコニーのベッドに一緒にいるみたいに、反らした背はそのままコニーの反らした背中で、小さな胸もコニーの小さな胸そのものみたいに感じていた。二人一つになって受話器越しに息を切らす。前の晩にキャロルに言ったこと、コニーがこんなふうなのは自分じゃなくキャロルのせいだというあれは、間違いだった。二人がこういう人間になったのはおたがいのせいなのだ、そのことをいま彼は体で感じることができた。

「きみのママだけど、おれに感謝祭に戻って来てほしいって」しばらくして彼は言った。

「そんなことしなくていいのよ」コニーは言った。「九カ月待ってみるって二人で決めたんだし」

「まあでも、相当きついこと言われたよ」

「あの人はいつもそう。きつい人なの。でもちゃんと言っといたから大丈夫、もう二度とないわ」

「じゃあきみはどっちでもいいの?」

「あたしの望みは知ってるでしょ。感謝祭なんてなんの関係もないわ」

ジョーイはいくつかの矛盾した理由から、コニーもキャロルと同じく休暇に戻ってきてほしいと言い張ることを期待していたのだった。単純にコニーと会って寝たいという気持ちもあったが、その一方で、コニーのあらを見つけておきたい、いざというときに反発し未練を断つ助けになるものを手に入れておきたいという思惑もあった。ところが現実のコニーはクールにして明晰、ここしばらく、数週間かけて彼がなんとか半ばまで身をもぎ離しかけていた鉤針《フック》をしっかり掛け直したのだった。それも、これまで以上に深く。

「もう切ったほうがよさそうだな」彼は言った。「ジョナサンが戻ってくる」

「わかった」そう言ってコニーはあっさり彼を解放した。

会話がここまで派手に予想とかけ離れたものになったいま、そもそも自分が何を予想していたのかも思い出せなかった。ベッドから立ち上がるのも、いわば現実という織物に開いた虫食い穴から浮上するみたいな気分、心臓はばくばく、変わり果てた世界の様相に戸惑いながら、トゥパックとナタリー・ポートマンの共同凝視のもとで部屋をせかせかと歩きまわった。コニーのことは昔から大好きだった。昔からずっと。なのになぜ、いま、よりにもよってこの最悪のタイミングで、初恋よろしくこの好きでたまらないという猛烈な底流に足を取られているのだろう？　何年もセックスを重ね、やさしい気持ちを、守ってやりたいという思いを持ち続けたあとで、なぜいまになってこんな愛情の荒波に飲みこまれるのだろう？　怖いくらいに大事な絆で結ばれていると感じるのだろう？　なぜいまさら？

おかしい、おかしい、こんなの絶対に間違っている。コンピュータの前に座る。ジョナサンの姉の写真でも眺めて、しかるべき秩序を再建しなければ。幸運にも、ファイルの拡張子をJPGに戻す前にジョナサンが部屋に入ってきたので、現行犯逮捕は免れた。

「我が友、ユダヤの兄弟」そう言うなり銃で撃たれたみたいにベッドにどさりと倒れこむ。「何してた？」

「何も」ジョーイは急いでグラフィックウィンドウを閉じた。

「わわ、この部屋、なんか塩素の臭いしてない？　プールにでも行ったか？」

ジョーイは一瞬、その場で何もかも、現在に至るまでのコニーとの関係をすべてルームメートに打ち明けようかと思った。が、先ほどまでの夢の世界、二人の性が一つに溶け合ったあの地下世界は、ジョナサンという男の存在を前にして急速に遠ざかっていった。

「なんのことかさっぱり」と言って笑う。「せめて窓ぐらい開けろよ。そりゃまあ、おまえのことは嫌いじゃないけどさ、さすがにまだそこまで行く気にはなれねえよ」

このジョナサンの苦情を受けて、その後はちゃんと窓を開けることにした。翌日もコニーに電話をかけ、その二日後にもかけた。電話しすぎるのはよくないというあの強固な主張はどこへやら、科学図書館での孤独なマスかきの代用として、渡りに船とばかりにテレフォンセックスにはまってしまった。こうなればもう、オナニーなんておぞましい変態行為、思い出すのも恥ずかしかった。近況報告みたいな普通のお喋りは避け、話題をセックスに限定しているかぎりは、他の点では厳守している接触禁止令の小さな抜け穴ということで許容範囲内、そんな理屈をつけてまんまと自分を納得させたのだった。ところがその抜け穴を使い続けて十月が十一月になり、日が短くなっていくにつれ、彼は意外な事実に気づくことになった。こうしてコニーがついに二人の関係を言葉にし、これまで一緒にしたこと、また将来するだろうと思い描いていることをあれこれ語るのを聞いているうちに、二人の繋がりがますます深まり、ますますリアルになっていくのである。この深まりは少々奇妙だった。やっていることはたがいの性欲処理にすぎないのだから。が、いまにして思えば、セントポールにいるコニーの沈黙は、これまで一種の防壁の役割を果たしていたのかもしれない。彼らの性交に、政治家の言う否認権というやつを付与していたのかもしれない。コニーの中でセックスが完全に言語として——声に出して語れる言葉として——認識されるようになったいま、ジョーイには彼女という人間がずっとリアルに感じられた。もはや二人とも、物言えぬ幼い獣が考えなしに悪さをしているだけというふりはできないのだ。言葉はあらゆるものを危険にさらす。言葉に限界はない。言葉が彼ら二人の世界を形作る。ある午後のコニーの話の中では、興奮したクリトリスが八インチの長さに突き出て敏感な鉛筆になり、それが彼のペニスの唇を開いて棹の根元まで突き通した。別の日には、ジョーイは求められるままに彼女の便が肛門から滑り出て自分の開いた口に落ちるところを思い描いてみせたが、むろん言葉だけのことだから絶品のダークチョコレートの味だった。コニーの言葉が耳に聞こえ、誘ってくるかぎりはどんなことも恥ずかしくなかった。週に三度、四度、五度までも虫食い穴を訪れ、二人して作り上げた世界に姿を消し、やがて現実に戻ると窓を閉めて、食堂なり寮のラウンジなりに行き、大学生活が要求する薄っぺらな愛想を苦もなく振り撒いた。

ただのセックス、コニーの言うとおりだ。他の女と寝てもいいという彼女の許可をばっちり頭に置いて、感謝祭、ジョーイはジョナサンとNoVaへ向かった。車はジョナサンのランドクルーザー、高校卒業のプレゼントにもらったらしく、一年生は車を持てないという規則もなんのその、おおっぴらにキャンパスの外に停めていた。これまで映画や本から得た印象では、大学生が感謝祭で羽目を外せばいろんなことが起こりうるはずだった。彼はその秋ずっと、ジョナサンに姉のジェナのことは訊ねないよう気をつけていた。早くから疑念を持たせても得はないと判断してのことである。が、ランドクルーザーの車内でジェナの話題を持ち出したとたん、いくら心配しても無駄だったと悟った。ジョナサンはやっぱりなという目で彼を見て、こう言ったのだった。「超本気の彼氏がいるよ」

「だろうな」

「いやすまん、いまのは正確じゃなかった。姉貴のほうは超本気なんだが、その彼氏ってのは実際笑っちまうような特Aクラスのアホ野郎でね。ま、おれは馬鹿じゃないから、いまの質問の動機を訊くなんて野暮な真似はしないよ」

「儀礼的な質問だって」とジョーイ。

「はは。おもしろかったぜ、やっと姉貴が大学に行ってくれたときは。誰がほんとの友だちかわかったからな。残りの連中は姉貴目当てにうちに来たがってただけ。だいたい半々だったな」

「おれも似たようなことがあったよ、姉貴じゃないけどな」ジェシカのことを思ってつい顔がにやつく。「おれのライバルはサッカーゲーム、エアホッケーにビール樽」そう言うと、旅の解放感に任せて、高校卒業までの二年間の暮らしぶりをジョナサンにすっかり打ち明けた。ジョナサンはそこそこ熱心に聞いていたが、興味を持ったのは話の一部だけ、ガールフレンドと同居していたという部分だけだった。

「で、その子、いまどこ？」と訊いてきた。

「セントポール。まだ実家に住んでる」

「マジかよ」ジョナサンはすっかり感心している。「いやちょっと待て。贖罪の日《ヨーム・キップール》に、ケイシーがおれたちの部屋に入るとこ見かけたっていう子——あれがそうか？」

「まあね」とジョーイ。「別れたんだけど、一回ちょっと戻りかかって」

「この嘘つきめ！　どっかで引っかけてきた女だって言ったじゃないか」

「言ってない。そのことは話したくないって言っただけだ」

「でも引っかけた女だって思わせといいただろ。信じられねえな、わざとおれがいないときに連れこむなんて」

「いま言ったろ、一回戻りかけただけなんだって。もう別れた」

「ほんとに？　電話で話もしてない？」

「ほんのちょっとだけ。すっかり鬱になっちまってるから」

「いや参ったね、おまえがそんなコソコソした嘘つき野郎だとはなあ」

「嘘つきじゃないって」ジョーイは言った。

「と嘘つきは言った。パソコンに写真とか入ってないの？」

「ないない」ジョーイは嘘をついた。

「隠れ絶倫ジョーイ」ジョナサンが言う。「家出人ジョーイ。すげえな。やっとおまえのことがわかってきたよ」

「だろ、まあでもユダヤ系には変わりないんだから、嫌いになるってわけにゃいかないぜ」

「嫌いになったなんて言ってない。わかってきたって言ったんだ。おまえに彼女がいたって別にどうでもいい——ジェナに言うつもりもないよ。ま、いまはとりあえず警告だけしとこう、おまえにゃ姉貴の心をこじ開ける鍵がないってね」

「つまり？」

「ゴールドマン・サックスの職。姉貴の彼氏にゃそれがある。三十までに一億稼ぐのが目標だって公言してる」

「その彼氏も来てる？」

「いや、いまはシンガポール。去年卒業したばっかなのに、早速シンガポールくんだりに飛ばされて、十億規模の取引だかなんだかに二十四時間てんてこまいだって。姉貴は一人実家で恋患いってとこだろうよ」

ジョナサンの父親はとあるシンクタンクの創設者にして花形の所長、そのシンクタンクの唱導する理念というのが、アメリカの軍事覇権の一方的行使によって世界をより自由に、安全にしよう、とりわけアメリカとイスラエルにとって自由で安全な世界を実現しようというもの。十月、十一月を通じて、ジョナサンが『タイムズ』や『ジャーナル』をめくりながら、イスラムの脅威を語る父親の論説記事をこれこれと指差さない週はなかった。『ニューズアワー』やフォックス・ニュースにもたびたび登場していた。口いっぱいに並んだ見事に白い歯を喋り始めるたびにきらりと光らせるのだが、年の頃はジョナサンの祖父と言ってもいいくらいに見える。ジョナサンとジェナの他に、前妻二人とのあいだにできた年長の子供が三人いるとのこと。

三度目の結婚と同時にヴァージニア州マクリーンに居を構えていたが、森の小道の突き当たりにあるその邸宅はまさに、金持ちになったらこんな家に住みたいというジョーイの夢そのものだった。一歩中に入れば、床板は木目細やかな樫材、どこまでもずらりと並んだ部屋が木々に覆われた峡谷を見晴らし、そのほとんど葉の落ちた木立のあちこちにキツツキの姿が見える。何はなくとも本好きで趣味のいい家に育ったと自負していたジョーイも、ここにある膨大な数のハードカバー本、そしてジョナサンの父親が在外で活躍するかたわら収集した、一見して高級品とわかる異文化のお宝の数々にはすっかり仰天した。ジョナサンがジョーイの高校時代の冒険を知って驚いていたのと同様、ジョーイもまた、あのむさくるしくて少々がさつなルームメートがかくもハイクラスな贅沢の中で育ってきたのかと驚いたのだった。ただ一つの玉に瑕《きず》は、華美にすぎて少々興ざめなユダヤ絡みの品々で、これがあちらこちらの隅や角に鎮座している。中でも一段と奇怪な大燭台《メノラー》を前にしてジョーイがにやついていると、そいつはものすごい年代物で、値段のつかないような珍品なのだとジョナサンが言った。

　ジョナサンの母親はタマラと言う名で、かつては間違いなくものすごい美人、いまでもなかなかの美人なのだが、そのタマラがジョーイ専用の豪奢な寝室とバスルームを案内してくれた。「ジョナサンに聞いたわ、あなたもユダヤ系なんですってね」と言ってきた。

「ええ、そうみたいです」とジョーイ。

「でも、しきたりに興味はない？」

「というか、そもそも意識もしてなかったので、つい一カ月前まで」

　タマラは首を振った。「なんでそうなるのかしら」と言う。「よくあることなのは知ってるけど、私には理解できないわ」

「まあでも、キリスト教徒とかそういうわけでもないんです」ジョーイは言い訳みたいに付け足した。

「そういうことにぜんぜん関心がなかっただけで」

「そう、ま、とにかくうちでは大歓迎だから。ユダヤの伝統のことを少し知ってみるのもおもしろいかもしれないわよ。すぐにわかると思うけど、ハワードも私もそんなに保守的じゃないの。ただ、意識しておくこと、常に忘れないことが大事だって思ってるだけ」

「びしっと調教、間違いなしだな」とジョナサン。

「心配しないでね、とってもやさしい調教だから」タマラがミルフ《MILF》な笑みを浮かべて見せる。

「楽しみだな」ジョーイは言った。「喜んで受けて立ちますよ」

最初の機会を捉えて若い二人は地下の娯楽室にしけこんだ。その設備の充実ぶりの前では、ブレイクとキャロルのワンルームリビングも形なしだった。マホガニーのビリヤード台の広々とした緑のフェルトの上では、その気になればテニスもできそうである。ジョナサンが「カウボーイ・プール」なるゲームを教えてくれた。これがまた複雑でなかなか終わらない、しまいにいらいらしてくるようなゲームで、玉を中央に集める仕組みのない台を使うのだった。エアホッケーなら絶大な自信のあるジョーイがそっちに切り替えようぜと言いかけたところに、階段を下りてきたのはなんと姉のジェナ。年齢差二年の高みからジョーイにぞんざいな会釈を送ると、すぐさま弟と家の急用を相談し始めた。

たちどころにジョーイの中で、「息を飲む」という表現の意味合いがかつてないほど腑に落ちた。ジェナの美しさには一種の衝撃があって、見ている者の基本的身体機能も含めた周囲の何もかもがいったん忘れ去られ、ああそう言えばとあとから思い出されるのだ。そのスタイル、肌の色、骨格を見ていると、これまで「かわいい」と目を奪われてきた女の子たちそれぞれにあった美点も、何か美しさの雑な真似事みたいに思えた。写真さえジェナの美しさを存分に映してはいない。たっぷりとした髪は輝くストロベリーブロンドで、デューク大学の大きすぎるトレーナーにフランネルのパジャマのズボンという恰好も、その肉体の完璧さを隠すどころか、どんなだぶだぶの服にも負けない圧倒的な力の証明になっている。その娯楽室でジョーイが目にした他のどんなものも、もはやジェナではないという以上の意味を持たなくなった――何もかも無用な二級品にすぎない。ただそれでいて、隙を見てそのご本人にこっそり視線を向けても、たちまち脳にがつんと衝撃が来てまともにその姿が拝めない。それは異常に疲れる経験だった。どんなに表情を整えようとがんばっても、嘘臭い、自意識過剰な顔しかできないのだ。そうして間抜けなにやけ顔でうつむいている自分を痛いほど意識しているジョーイを尻目に、ジェナは金曜に予定しているニューヨークへの買い物旅行の件で、なんでそんなに平気なんだというくらい平然とした弟とがみがみやり合っていた。

「カブリオレを置いてくなんて論外だ」ジョナサンが言う。「ジョーイとおれであれに乗ったら、本格ゲイカップルみたいに見えるに決まってる」

ジェナの唯一明らかな欠点はその声だった。きんきんした感じの少女っぽい声。「あっそう、へえ」と言う。「ジーンズ腰穿きで半ケツさらしたゲイカップルってわけ」

「ニューヨークに行くのに、なんでカブリオレじゃだめなんだよ」ジョナサンが言う。「前にもあれで行ったことあんだろ」

「なぜって、ママがだめだって言うからよ。こういう連休の週末はだめだって言うの。ランドクルーザーのほうが安全だって。いいでしょ、日曜には帰ってくるから」

「冗談だろ？　ランドクルーザーってのはしょっちゅうひっくり返るんだぜ。ぜんぜん安全じゃない」

「そう、じゃあママにそう言えば。大学一年のあんたの車はひっくり返りやすくて危ないって、だからあたしのニューヨーク行きに使わせるわけにはいかないって」

「なあおい」ジョナサンはジョーイに声をかけてきた。「週末、ニューヨークに行きたくない？」

「行きたい！」とジョーイ。

「いいからカブリオレで我慢してよ」ジェナが言う。「三日くらい、別にいいでしょ」

「いいや、名案がある」とジョナサン。「みんなでランドクルーザーでニューヨークに行って買い物をしよう。ついでにお眼鏡にかなうズボンでも見繕ってもらおうかな」

「その案がアウトなわけ、知りたい？」ジェナが言う。「その一、あんたたちは泊まる場所もない」

「おれたちも一緒にニックのとこにしけこむってのは？　あれだろ、いまシンガポールなんだろ？」

「そんなのニックがいやに決まってるわ、大学一年のガキどもにアパートを荒らされるなんて。それに彼、土曜の晩には帰ってくるかもしれないし」

「ガキどもったって二人だけだぜ。おれと、このありえないくらいきれい好きなルームメートのミネソタ青年」

「きれい好きです、自分で言うのもなんだけど」ジョーイも加勢する。

「そうなの」高みから興味ゼロの声がする。それでもジョーイがいるせいでジェナは断りにくくなっている様子――自分の弟なら邪険にできても、他人だとそうはいかない。「正直、どうでもいいのよね」と言った。「ニックに訊いてみるわ。でも彼がだめって言ったらだめよ」

ジェナが階段に消えるや、ジョナサンは片手を上げてジョーイとハイファイブ。「ニューヨーク、ニューヨーク」と口ずさむ。「万一ニックがいつもの調子でアホなこと言い出すなんてことになっても、きっとケイシーの実家に泊めてもらえるって。たしかアッパーイーストサイドのどっかだろ」

ジョーイはジェナの美貌にまだ茫然としていた。さっきまで彼女が立っていたあたりにふらふらと歩み寄る。かすかにパチョリの匂いがした。たまたまジョナサンのルームメートだというだけで、彼女のそばで週末をまるごと過ごせるなんてまるで奇跡だ。

「なるほど、おまえもか」ジョナサンが悲しげに首を振る。「これぞおれの青春のテーマソング」

ジョーイは自分の顔が赤くなるのがわかった。「なんでだ、なんでおまえはそんなに不細工になったんだ」

「へっ、年取った親の子はって話、知らねえのか？　おれが生まれたとき親父は五十一。その年で二年の差は決定的なんだよ、遺伝子劣化ってことじゃ。世の中、おまえみたいにかわいい男ばっかりじゃねえんだ」

「おまえにその気《け》があったとはな」

「その気ってどの気だ？　おれがかわいさを求めるのは女だけだよ。男だとキモい」

「ざけんな、このお坊ちゃん」

「かわいいボクちゃん、かわいいボクちゃん」

「くそったれ。エアホッケーでそのケツをぶっ飛ばす」

「どうぞ、でもぶっ飛ばすだけにしてくれよ」

あのタマラの脅しにもかかわらず、マクリーン滞在中は、ありがたいことに宗教教育もほとんどなければ、その他ご両親との交流に煩わされることもあまりなかった。ジョナサンと二人、リクライニングシートと八フィートの映写用スクリーンのある地下のホームシアターに陣取り、明け方四時まで夜更かしして悪趣味な深夜番組を見たり、おたがいをゲイ呼ばわりし合ったりした。感謝祭当日の朝、ようやく起き出してみると、親戚が続々と家に到着していた。ジョナサンはそのお相手をしないといけなかったので、ジョーイは一人、ヘリウム分子みたいに美しい部屋部屋をふらふら漂いながら、ジェナの通りかかる姿が、いや願わくば立ち止まる姿が拝めそうな立ち位置を探ることに専念した。ジェナの彼氏から驚くほどあっさりオーケーが出たおかげで、ニューヨークへの旅も実現間近。最低でも、往復の長い車の旅はアピールの絶好の機会になるはずだ。いまはただ目を慣らしておけば十分、見るのが多少平気になってくれたら。ジェナが着ているのは上品なハイネックのドレス、親善用ドレスだ。メイクが抜群にうまいのか、それともあまりメイクをしていないだけか、どっちだろう。そして実に行儀がいい。積もる話があるらしい禿頭の叔父たち、フェイスリフトで若作りした叔母たちに辛抱強く付き合っている。

ディナーの前に、セントポールに電話をかけようとこっそり部屋に戻った。目下の状況でコニーにかけるのはもちろん論外。あの電話での汚らわしい会話への恥ずかしさ、不思議にもその秋は一度も感じなかった羞恥心がいまになって忍び寄ってくる。が、両親なら話は別だ。すでにせっせと換金している母親の小切手のこともある。

セントポールで電話をとったのは父親だったが、二分と話さないうちに母親に代わろうとするので、何やら裏切られたような気分になった。実のところジョーイは父親のことをかなり尊敬しており――敵ながらその姿勢は一貫しているし、何より厳格な信条の持ち主である――あれほど母親の言いなりでなかったらもっと尊敬できたかもしれない。同じ男として力になってくれたら助かるのに、いつだって母親任せにして自分はさっさと手を引いてしまう。

「久しぶりじゃないの」いきなりのうれしそうな声に思わずたじろぐ。即座にそっけなくしようと心に決めたものの、毎度のことで、母のユーモアと滝のような笑い声に根負けしてしまう。気づけばこマクリーンがどんな様子かすっかり報告していた。もちろんジェナのことを除いて。

「ユダヤ人だらけのお屋敷！」と母。「なんとまあおもしろそうな」

「母さんもユダヤ系だろ」と指摘する。「てことはおれもユダヤ系。ジェシカもそう、ジェシカが子供を産めばその子たちも」

「ううん、それは信じてる人たちだけよ」東部で三カ月を過ごしたジョーイの耳には、母の言葉にかすかなミネソタ訛りが聞こえる。「つまりね」母は続けた。「宗教っていうのは、自分でこうだって言えばそうなるの。他の人が決めることじゃないの」

「でも母さん、無宗教じゃないか」

「それよ、そういうこと。その点だけは、うちの親とも意見が一致してたの、幸いにも。つまり宗教なんて馬鹿《ストゥーピッド》げてるってこと。まあでも妹はきっと反対するわね、最近の様子だと。妹とはほんと、昔から何一つ気が合わないんだけど、その記録は無傷のままってこと」

「妹ってどっちの？」

「アビゲイル叔母さん。どうもカバラやらユダヤのルーツ探しやらにはまってるらしいのよ、たいしたユダヤ系でもないくせに。なんでそんなこと知ってるかって？　それがねえ、あの人、なんかこの、不幸の手紙みたいなのをよこしてきたの、Ｅメールなんだけど、カバラがどうこうっていう。ほんと礼儀知らず、そう思ったからメールで返事を書いたの、お願いだからこれ以上不幸の手紙を送ってこないでって、そしたらまた返事が来て、今度は旅路がどうたらって」

「カバラってのがなんなのかも知らないんだけど」ジョーイは言った。

「あら、じゃあ訊いてみたら、きっと大喜びで教えてくれるわよ、連絡してみる勇気があるんなら。なんかもう、すごく神秘的で重大なものみたい――そうそう、たしかマドンナもはまってるとか。それ聞けばだいたいどんなものか見当はつくでしょ」

「マドンナもユダヤ系？」

「そりゃそうよジョーイ、あんな名前だもん」そう言ってあきれたように笑う。

「ま、とにかく」ジョーイは言った。「妙な偏見は持たないことにするよ。ろくに知りもしないではねつけるなんて、おれはいやだし」

「そうね。それにわからないわよ。ひょっとしてためになるかも」

「かもね」と冷やかに言った。

ディナーテーブルはものすごい長さで、彼の席はジェナと同じ側、すなわち彼女の姿を見なくて済んだので、禿揃いの叔父さんの一人との会話にもなんとか集中できたのだが、この人物がどうもジョーイのことをユダヤ系と決めこんでいるらしく、少し前に休暇と出張を兼ねて訪れたイスラエルの話をたらふく聞かせてくれた。なんの話かさっぱりだったが、精一杯わかるふり、感心しているふりをした。嘆きの壁とそのトンネル、ダヴィデの塔、マサダ、ヤドヴァシェム。時間差で湧き上がってきた母親への怒りに加え、この家の豪華さ、ジェナへの陶酔、これまであまり感じたことのなかった純粋な知的好奇心などもあいまって、自分ももっとユダヤ的になれたらと願わずにはいられなかった——こういう世界に居場所を見出せたらどんな感じなのだろう。

ジョナサンとジェナの父親はテーブルの向こう端で外交問題を論じている模様、さすがに詳しいその解説ぶりに、他のテーブルの会話が一つまた一つとやんでいく。生身で見ると、七面鳥を思わせる首の筋張った感じはテレビで見るよりずいぶん目立つし、あの白い白い歯があんなに目立つのも、ほとんど萎縮したみたいに頭が小さいせいだとわかる。かくもしなびた老人があの奇跡のジェナをこの世に送り出したのかと思うと、あらためてこの人物の傑出ぶりに感銘を受けずにいられなかった。目下の話題はアラブ世界で広まっている新たな「血の中傷」（中世から近代まで広くユダヤ人迫害の口実となった、ユダヤ人はその祭儀にキリスト教徒の子供の血を用いるという迷信）、九・一一の際ツインタワー内にユダヤ人は一人もいなかったというデマの件で、このような国家的緊急事態において邪悪な嘘に対抗するには、半分だけの真実を善意をもって活用するのもやむをえないというのが氏の見解だった。途中プラトンの名も出てきたが、これがまた自らそのアテナイ人の足下で教えを受けたかのような口ぶり。大統領以下の閣僚をファーストネームで呼びながら、「我々」がいかに大統領に「圧力」をかけつつ、このかつて例のない歴史的瞬間を活用し、厄介至極な地政学的膠着《こうちゃく》を解消して一気に自由主義圏を拡大すべく努力してきたかを力説する。いわく、通常の時代ならアメリカの世論は圧倒的に孤立主義と見て見ぬふりに傾くのだが、テロリスト攻撃のおかげで「我々」は絶好のチャンスを、冷戦終結後初めての絶好機を手に入れた。いまこそ「哲学ある者」（これが正確に誰のことなのかジョーイには不明で、あるいは最初の頃に名前が出たのを聞き逃したのかもしれない）が前面に出て国中を一つにまとめ、その哲学によって正しくまた必要であると証明された使命を果たさねばならない。「事実を多少拡大解釈するくらいは平気にならなきゃいかんのだよ」イラクの核兵器製造能力に疑問を呈した叔父にそう答え、あのお得意の笑顔を向ける。「現代のメディアってのは壁にぼんやり映った影みたいなものでね、だから哲学ある者には、そうした影をより大きな真実のために操るくらいの心構えが必要なんだ」

と、ジョーイの中でジェナにいいところを見せたいという衝動が頭をもたげ、まっしぐらに宙を落ちていくような一瞬の恐怖を経て、言葉となって噴出した。「でもそれが真実だとどうしてわかるんです?」と大声で呼びかけたのだった。

全員の顔が一斉にこちらを向き、心臓が激しく打ち始める。

「もちろん確実にはわからない」ジェナの父親はそう答え、また例の笑顔を見せた。「その点はきみの言うとおりだ。ただ、我々の世界観は、過去何十年にわたって最高の知性を結集した経験的研究に基づいているわけだし、その世界観が普遍的な人間の自由という帰納的原則と見事に一致するとき、我々の思考は少なくとも大筋では正道を行っていると想定していいんじゃないかな」

この言葉にジョーイは熱心にうなずき、心からの賛意を表しているつもりだったのだが、それでいてなおも粘ろうとする自分にすっかり驚いてしまった。「でももし我々がイラクのことで嘘をつき始めたら、九・一一のユダヤ人犠牲者はいないと嘘をつくアラブ人たちと同じですよね」

ジェナの父親は動揺のかけらも見せずに言った。「ほう、若いのにずいぶん頭が切れるね」

これが皮肉なのかどうか、ジョーイにはわからなかった。

「ジョナサンの話だと、勉強もよくできるそうじゃないか」親父さんは穏やかに続けた。「だからこそ訊くんだが、どうだろう、きみの場合も、自分ほど頭のよくない人間を相手にしていらいらした経験があるんじゃないかな。きみにとっては論理的に自明な真実なのに、それがわからないどころか、頑として認めようとしない、そんな連中のことだよ。勝手な屁理屈を振りまわして平気な連中。そういう手合いに困ったことはないかね?」

「でもそれは、その人たちが自由だからですよね」ジョーイは言った。「自由っていうのはそのためのものでしょう？　考えたいように考える権利ですよね？　そりゃ確かに、ときにはウザったくなったりもしますけど」

これにはテーブルのあちこちでクスクス笑いが起こった。

「そう、そのとおりだ」ジェナの父親が言った。「自由というのは実にウザったい。だからこそ、この秋にやってきたチャンスをなんとしても摑まねばならんのだよ。自由な人々からなるこの国に屁理屈を捨てさせ、よりよい理屈を信じさせるんだ、なんであれ必要な手段を使ってね」

これ以上注目にさらされるのに耐えられなくなって、ジョーイはいっそう熱心にうなずいた。「わかります」と言った。「ええ、よくわかります」

その後もジェナの父親は拡大解釈した事実と確たる持論を滔々と述べ続けたが、ほとんどジョーイの耳には入らなかった。発言した興奮で、ジェナも聞いていたはずだという思いで全身がどくどく脈打っていた。その秋ずっとどこかに置き忘れていた感覚、我は勝負師なりというあの感覚がよみがえりつつあった。やがてジョナサンが席を立つのが見えたので、ジョーイもふらふらと立ち上がり、あとを追ってキッチンに入った。飲み残しのワインを集めて十六オンス入りのタンブラー二つを満たす。「おまえなあ」とジョーイ。「赤と白、そんなふうに混ぜるやつがいるかよ」

「ロゼだよ、アホ」とジョナサン。「おまえ、いつから偉そうにワインを語れるようになったんだ？」

あふれそうなグラスを手に地下室に下りていき、ワインを飲みながらエアホッケーをした。ジョーイはまだ興奮が冷めやらず、まったく酔いを感じなかったが、結果的にはこれが幸運だった。まもなくジョナサンの父親も下りてきて二人に加わったからだ。「一つカウボーイ・プールでもどうだね？」両手をこすり合わせながら言う。「我が家のハウスゲームなんだが、やり方はもうジョナサンに教わったんじゃないかな？」

「ええ、ぜんぜんだめでした」ジョーイは言った。

「ビリヤードゲームの女王だよ、ビリヤードとポケットビリヤードの最良の点を組み合わせたものだ」親父さんはそう言って、一と三と五の玉を所定の位置に並べた。ジョナサンは父親のことが恥ずかしそうな様子で、これがジョーイにはおもしろかった。親のことを心底恥じているのは自分だけだと思いがちだったからだ。「我が家には一つ特別ルールがあってね、なんなら今夜も私はそのルールに従ってもいい。おいジョナサン？　どう思う？　腕のいいプレーヤーが五番の背後に玉を止めて一気に点を稼ぐのを防ぐためのルールなんだ。きみら二人はやってもかまわんよ、手玉にまっすぐドローをかける腕があるならの話だが。私のほうは、五番を落とすにはキャロムショットを決めるか、他の玉を落とすかしなきゃならない」

ジョナサンがおどけた顔をしてみせる。「それでいいんじゃないの、父さん」

「では早速行こうか《シャル・ウィー・シャグ》」（"Shall we shag?"は「いま〔セックス〕する？」の意味にもなる。映画『オースティン・パワーズ』シリーズでもおなじみの言い回し）父親がキューをチョークでこすりながら言った。

ジョーイとジョナサンは顔を見合わせてどっと吹き出した。親父さんは気づいた様子もない。

ジョーイは自分でもいやになるほどのひどいプレーぶりで、おまけにワインの酔いもまわってきたらしく、親父さんがせっかくヒントをくれても余計にひどくなるばかりだった。かたやジョナサンは完全に勝負にのめりこみ、ジョーイがこれまで見たこともないような大真面目な顔つきで奮闘している。息子の番が延々と続いているあいだに、父親のほうはジョーイをわきに連れていき、来年の夏はどういう予定かと訊いてきた。

「まあ、まだだいぶ先ですから」ジョーイは言った。

「いや、実際あっという間だよ。どんなことをやってみたいと思っているのかね？」

「まずはお金を稼がないと。夏中ずっとヴァージニアですね。学費も自分で払ってるので」

「それもジョナサンに聞いたよ。立派な志だ。ところで差し出がましい口をきくようだが、実は妻にちょっと吹きこまれてね。きみは信仰を知らずに育ったそうだが、我々の伝統に少し興味が出てきたところだとか。そのことが、自力で生きていこうというきみの決心に多少とも影響しているのかどうかは知らないが、もしそれもあるんだとすれば、私としては、そうやって自分の力でものを考える、そうするだけの勇気があるというのはすばらしいことだと思う。いずれはきみがご家族のもとに戻って、みなさんを同じような探求に導く、そんな日が来るかもしれないね」

「そういうことを学ぶ機会がなかったのはほんとに残念です」

親父さんは眉をひそめて首を振った。このあたりは夫婦そっくりである。「我々にはこの世で最もすばらしい、最も息の長い伝統がある」と言う。「今時の若い人にとっては特に魅力があるはずだよ、個人の選択に関わる問題だからね。ユダヤ人というのは、自分が何を信じるべきか、誰の指図も受けない。そういうことはすべて自分で決める。あれこれの機能からアプリケーションまで、ぜんぶ自分で選べるわけだよ、言うなれば」

「なるほど、おもしろいですね」ジョーイは言った。

「それで、他にやりたいことは？　きみもビジネスの世界で成功したいのかね？　最近はみんなそうみたいだが」

「ええ、そのとおりです。専攻は経済にしようかと思ってます」

「それはいい。金を稼ぎたいと思うのはちっとも悪いことじゃない。まあ私の場合、自力で稼ぐ必要はなかったわけだが、とはいえもらったものはなかなか上手に管理したよ、自分で言うのもなんだがね。こんなに恵まれているのもシンシナティにいた曾祖父のおかげでね。この国に来たときは一文無しだったそうだ。それがこの国でチャンスを与えられ、能力を最大限に発揮する自由を得たわけだ。

だからこそこの私もこういう人生を歩んできたんだと思う——その自由を讃え、二十一世紀のアメリカも同じように自由に恵まれた国にしたかったんだ。金を稼ぐのは悪いことじゃない、ちっともね。しかし人生には金以上の何かが必要だよ。きみもどちらの側につくかを決めなくちゃいかん、そして選んだ主義のために闘うんだ」

「おっしゃるとおりだと思います」ジョーイは言った。

「今度の夏だが、うちの研究所でも給料のいいアルバイトがあるかもしれんよ、もしきみが祖国の役に立ちたいと思っているのなら。テロ攻撃以来、うちは資金集めのほうもうなぎ上りだからな。実にうれしいことだよ。もしその気があるなら、きみも応募してみたらどうだろう」

「ぜひそうしたいです！」ジョーイは言った。さっきから同じような返事ばかり、まるでソクラテスの若き対話相手みたいだなと思いながら。いくらページをめくっても、台詞は「はい、そのとおりです」と「疑いなくそのとおりでしょう」のバリエーションしかない。「いいお話を聞けてよかった」と言い添えた。「絶対に応募します」

台のほうでは、手玉にドローをかけようとしすぎたらしく、なんとジョナサンはスクラッチ、この回に稼いだ得点がすべてゼロに帰してしまった。「くそっ！」と声を上げ、それからご丁寧にもう一度「くそっ！」キューを台の縁に叩きつける。気まずい沈黙。

「たくさん点を稼いだときは特に気をつけなくちゃいかん」父親が言う。

「わかってるよ、父さん。言われなくてもわかってる。ていうか、気をつけてたんだ。そっちの話にちょっと気が散ったのさ」

「ジョーイ、きみの番だ」

友だちが自制心を失うところを見て、つい抑えようもなくにやついてしまうのはどういうわけだろう？　このすばらしい解放感、ジョーイの場合、最近はもう父親との付き合いを強いられることもない。刻一刻と持ち前の幸運が戻ってきている気がした。自分の番でたちまちミスショットをしてしまったのも、ジョナサンの気持ちを思えばむしろよかったと思う。

が、そんなことはお構いなしで、ジョナサンはやっぱり機嫌が悪くなっていた。二勝した父親が上の階に戻ると、あまり笑えない感じでジョーイをオカマ呼ばわりし始め、しまいにはジェナとニューヨークに行くのはやっぱり気が進まないなどと言い出した。

「なんで？」ジョーイはがっかりである。

「別に。ただ行く気になれないってだけさ」

「ぜったいおもしろいって。グラウンド・ゼロにもぐりこんで、中がどんな感じか見られるかもしれないし」

「あの一帯は閉鎖されてるんだ。なんにも見えねえよ」

「『トゥデイ』（NBCの朝のニュース&トークショー）の収録現場も見たいなあ」

「アホみたいなもんさ。窓から覗くだけ」

「なあ頼むよ、ニューヨークだぜ。行かなきゃ損だって」

「そんなに行きたきゃジェナと行けよ。どうせお望みはそっちだろ？　姉貴とマンハッタンに行って、来年の夏は親父のとこで働きゃいいさ。ちなみにお袋の趣味は乗馬。なんなら仲良く馬に乗ってくりゃいい」

ジョーイの幸運の唯一困ったところは、ときに他の誰かがその犠牲になっているような気がしてしまうことだった。自身はねたみというものを感じたことがなかったので、他の人間がそれをあらわにすると不快で仕方なかった。高校時代にも一度ならず、こちらの友だちの多さをねたまずにいられないやつにうんざりして絶交したことがあった。くそガキが、とっとと大人になれよ、と思ってしまうのだ。とはいえジョナサンとはせめて今年度いっぱいは仲違いするわけにいかないし、そのふくれっつらにはうんざりしつつも、息子であることの苦しみというやつは痛いほどわかった。

「じゃあいいさ」と言う。「ここにいよう。DCを案内してくれよ。それならいいだろ？」

ジョナサンは肩をすくめた。

「いやマジで。DCをぶらぶらしよう」

ジョナサンはしばらくこの案を考えていた。それからこう言った。「おまえ、親父を追いつめたよな。あの気高い嘘とかってたわごとだよ。で、せっかく追い詰めたのに、急に卑屈ににたにたし始めた。このクソタレおべっか使いのオカマ野郎が」

「へえ、でもそう言うおまえは黙ってたよな」ジョーイは言った。

「おれはもう懲りたんだ」

「じゃあなんでおれが同じ目に遭わなきゃいけない？」

「おまえはまだ懲りてないからさ。痛い目に遭わずに懲りたなんて言う資格はない。苦労も知らないやつに資格なんてあるか」

「よく言うよな、ランドクルーザーに乗ってるお坊ちゃんが」

「いいか、もうこんな話はしたくない。上に行って本でも読むことにする」

「お好きに」

「ニューヨークには行ってやる。おまえが姉貴と寝ようがどうしようが知ったことじゃない。考えてみりゃお似合いかもな」

「どういう意味だ？」

「いまにわかるさ」

「なあおい、仲直りしようぜ、な？　ニューヨークはもう別にいいからさ」

「いや、行く」ジョナサンは言った。「情けない話、あのカブリオレに乗るのはほんとにいやなんだ」

上階のジョーイの寝室は七面鳥の匂いがした。ナイトスタンドには平積みの本と――エリ・ヴィーゼル、ハイム・ポトク、『出エジプト記』、『ユダヤ人の歴史』――ジョナサンの父親の置き手紙。手始めにどうぞ。もらってくれても、人にあげても、お好きなように。ハワード。ぱらぱらと読んでみたが、個人的にはどうも興味が持てず、それでいてこの種のことに興味を持っている人々への敬意は深まるばかり、そんな葛藤の中で母親への怒りがまたまた頭をもたげてきた。あの宗教を侮った態度も、母お得意の自分自分自分という、あれの一つの表れとしか思えない。何もかも自分という太陽を中心に回ってほしい、そんな負けず嫌いのコペルニクス的願望。眠る前に四一一をダイヤルし、マンハッタン在住アビゲイル・エマソンの番号を調べた。

翌朝、ジョナサンが起きてくる前にアビゲイルに電話をかけた。お姉さんの息子ですと自己紹介し、近々ニューヨークに行くことになったと告げる。返ってきたのはけらけらと奇怪な笑い声に、謎の質問。あなた配管に詳しい？

「失礼？」

「流れてはいくんだけど、下でじっとしててくれないのよ」アビゲイルは言った。「なんかちょっと、ブランデー飲みすぎたときのあたしみたい」。そこから話はグリニッジヴィレッジの海抜の低さと老朽化した下水のこと、管理人の休暇プランのこと、一階の中庭に面した部屋の利点と欠点を経て、感謝祭の思わぬ「贈り物」、真夜中に帰宅してみれば、お隣さんたちのまだ形の残った汚物がバスタブに浮かび、キッチンシンクにひたひたと打ち寄せていたという一件へと至る。「ほんとにもう、すっごくすてき」と言う。「管理人不在の連休に向けて文句なしのキックオフ」

「はあ。ま、それはともかく、せっかくだからどこかで会えないかなと思って」そう言いながら、やっぱりやめといたほうがよかったかと早くも疑念が頭をよぎったが、叔母のほうは俄然会話に乗り気になっている。先ほどの独白は、トイレよろしく胸のうちから流してしまいたかっただけらしい。

「そうそう」ときた。「あなたとお姉さんの写真、見たことあるわよ。すっごくびしっとした写真、すっごくすてきなお家で撮ったやつ。だから街で見かけたらわかるかも」

「へえ、そう」

「うちのアパート、残念だけどいまは少々美観に問題があるのよね。それとほのかな香りも！　まあでもお気に入りのカフェがあるの、ヴィレッジ一の陽気なウェイターがいるお店でね、実はその人、男の人の中ではいちばんの親友なんだけど、そのお店でってことでもよければぜひぜひ会いましょ。お母さんが知られたくないと思ってること、ぜんぶ教えてあげるわよ、あたしたち姉妹のこと」

これはおもしろそうだと思い、会う約束をした。

ニューヨーク旅行にジェナはベサニーという高校時代の友だちを連れてきた。一見平凡な容姿に見えるが、それもジェナの隣にいればこそ。二人一緒に後部座席に座ったので、ジョーイにはジェナの姿も見えなければ、ステレオからエンドレスでぐずるスリム・シェイディとその歌詞を口ずさむジョナサンに邪魔されて、二人がどんな話をしているのかもわからなかった。唯一前と後ろで交流が生じるのは、ジェナがジョナサンの運転に文句をつけるときだけ。前夜のあのジョーイへの敵意がハンドルを握る手に乗り移ったみたいに、ジョナサンは時速八十マイルで前の車をあおり、安全運転のドライバーを小声で罵っていた。概してそういう自分のアホっぷりに酔っているふうである。「ありがとね、殺さないでくれて」とジェナが言う。SUV車は卒倒するほど料金の高いミッドタウンの駐車場に停まったところ、やっとこさ音楽もやんでくれた。

その旅が失敗の要素をすべて兼ね備えていることはすぐにわかった。ジェナの彼氏、ニックのアパートというのは五十四丁目にある老朽化したいびつな代物で、シェアしているウォール街の新米仲間二人も週末は不在の模様。ジョーイは街を見てまわりたかったし、何よりジェナにエミネムなんぞを聴くちゃちなガキだと思われたくなかったのだが、リビングで待っていたのは巨大なプラズマテレビと最新型のXボックス、たちまちジョナサンがやろうぜとうるさくせがんできた。「じゃあね、子供は遊んでなさい」そう言ってジェナはベリニーと出かけていった。他の友人たちと合流するらしい。三時間後、ジョーイが日が暮れる前に出かけようぜと誘っても、ジョナサンはそんなカマっぽいこと言うなよなどとのたまう。

「おまえ、どうしちまったんだよ？」ジョーイは言った。

「いやいや、悪いがそいつはこっちの台詞だ。女の子のお遊びがしたけりゃ、ジェナの尻にくっついてけばよかっただろ」

その女の子のお遊びというやつに、ジョーイは実のところかなり心惹かれるものがあった。女の子が好きだったし、女の子と遊ぶのが、女の子のお喋りがなつかしかった。コニーに会えなくて淋しかった。「買い物に行きたいって言ってたのはおまえだぜ」

「おいおい、まさかおまえまでおれのズボンのケツがゆるすぎるって言うのか？」

「ついでに外で飯を食ってもいいし、な？」

「なるほど、どこかロマンチックな店で、二人きりでね」

「ニューヨーク・ピザとか？　世界一のピザって話じゃなかったっけ？」

「いや、そりゃニューヘイヴン」

「オーケー、じゃあデリにしよう。ニューヨークのデリ。腹減ったよ」

「冷蔵庫になんかあんだろ」

「じゃあおまえは冷蔵庫を覗いてろよ。おれは出かける」

「そうかい、どうぞ。そうしろよ」

「留守番しててくれよな？　じゃないと帰ってきたとき入れないし」

「いいともハニー」

悔しさで胸いっぱい、女の子みたいに目に涙をためてジョーイは夜の街に出ていった。クールさを失ったジョナサンの姿には心底がっかりだった。自分のほうがずっと大人だということが急にひしひしと感じられて、五番街を賑わす夜の買い物客のあいだをさまよいながら、どうすればその事実がジェナに伝わるかと思案した。露店でポーリッシュソーセージを二つ買い、通りの混雑に輪をかけたロックフェラーセンターの雑踏に混じってスケートリンクを眺めた。明かりのついていない巨大なクリスマスツリーに見とれ、投光照明を浴びてそそり立つNBCタワーに心を高ぶらせる。そう、おれは女の子のお遊びが好きだ、それの何が悪い？　だからって意気地なしだなんてことにはならない。ただ、ひどく淋しかった。スケートをする人々の姿にセントポールへの郷愁が募り、コニーに電話をかけた。〈フロスト〉の勤務時間中で、長話はできなかった。会えなくて淋しいよ。いまどこにいると思う？　きみにも見せてやりたいな。

「愛してるわ、ベイビー」とコニー。

「おれも愛してる」

翌朝、ジェナとのチャンスが訪れた。朝は早いタイプらしく、すでに朝食を買いに出て戻ってきたところに、同じく早起きしたジョーイがヴァージニア大《UVA》のTシャツにペイズリーのボクサーショーツという恰好でキッチンにさまよいこんだのだった。テーブルで本を読んでいる彼女に気づくと、ジョーイはほとんど素っ裸でいるみたいな気分に襲われた。

「ベーグル買っといたわよ、あんたの分も、あのろくでなしの弟の分も」

「ありがとう」と言って、ズボンを穿きに戻るかこのまま股間を見せびらかすかと悩む。ジェナはそれっきりこちらに興味を示さないので、あえて穿かないことにした。ところがベーグルが温まるのを待ちながら、ジェナの髪、肩、あらわな組んだ脚をこっそり盗み見ているうちに、なんと股間に変化が現れ始めた。これはリビングに避難せねばと思ったとたん、ジェナが顔を上げた。「何、この本？もう驚異的につまんないわよ、これ」

椅子の背後に身を隠す。「なんの本？」

「奴隷制の話かと思ってたんだけど。もうなんの話だかわかんなくなっちゃった」そう言ってびっしり字の詰まった見開き二ページを見せてくれる。「何がおかしいってね、これ読むの、二回目なの。デュークのシラバスの、いや複数形ならシラバイか、とにかくその半数くらいに載ってんのよ。なのにいまだにほんとはどういう話かわからなくて。ほら、登場人物の身に起こることとか、ほんとのところが」

「『ソロモンの歌』なら去年高校で読んだよ」ジョーイは言った。「けっこう感動したなあ。これまで読んだ小説ではいちばんかも」

反応は、彼への無関心と本へのいらだちがこんがらがったような顔。そこでジョーイはテーブルの向かいに座ると、ベーグルを一口かじってもぐもぐ咀嚼し、さらにもぐもぐやっているうちにやっと気づいたのだが、飲みこむのがなかなかの大仕事である。でも急ぐ必要はなかった。ジェナはまだ本を読もうとがんばっている。

「おたくの弟だけど、いったいどうしちまったのかな？」なんとか二口三口分を飲み下したところで言ってみた。

「どういう意味？」

「なんかこう、ひどいんだよ。大人げないっていうか。そう思わない？」

「知らないわよ。そっちの友だちでしょ」

それからまた本をにらむ。お高くとまって反応が薄いところはヴァージニアのトップクラスの女の子たちと同じ。唯一の違いは、彼の目にはジェナのほうがもっと魅力的で、しかもいまはシャンプーの匂いが嗅げるほど近くにいること。テーブルの下、ボクサーの中では、半分ほど勃起したペニスがジャガーのボンネット飾りみたいに彼女のほうを指している。

「ところで今日の予定は？」と訊いてみた。

ジェナがあきらめたように本を閉じる。消えてほしいのに、しょうがないわねという顔だ。「買い物」と言った。「あと、夜はブルックリンでパーティー。そっちは？」

「ま、たぶん予定ゼロだね、おたくの弟はアパートから一歩も出たくないみたいだし。四時に叔母さんと会うことになってるけど、それだけ」

「男っていろいろ大変みたいね」ジェナが言う。「家のこととか。うちはパパがああいう人だし、まああたしはいいのよ、有名人だったりしてもぜんぜん平気なんだけど。でもジョナサンはたぶん違う、始終何かを証明しなきゃって思ってる」

「十時間ぶっ続けでテレビにかじりつくことで？」

ジェナは眉をひそめ、まっすぐジョーイの顔を見た。初めてのことかもしれない。「あんた、ほんとに弟の友だちなの？」

「友だちやめたいよ。あいつマジでおかしいって、木曜の晩から。ほら、昨日の運転とかさ？　お姉さんなら何か知ってるかなって思ったんだけど」

「たぶんあの子の場合、いちばん大きいのは、自分自身として好かれたいってこと。わかるでしょ、パパが誰かとか関係なく」

「なるほど」とジョーイ。そしてひらめきで言い添えた。「それにお姉さんが誰かも関係なく」

赤くなった！　ちょっとだけ。それから首を振る。「あたしは何者でもないわ」

「はは、またまた」こっちまで赤面してどうする。

「ま、とにかくパパとはぜんぜん違うわ。立派な思想もないし、壮大な野心もない。正直、自分さえよければそれでいいって感じ、突き詰めて言えば。コネティカットに百エーカーの土地と、馬を何頭かと、フルタイムの馬番と、あとはなんなら自家用ジェット、それだけで満足」

　その美貌に軽くひと言触れるだけで、たちまちガードが緩んで自分のことを喋りだす。そうしていったんドアが一ミリでも開けば、隙間から中に忍びこめれば、あとはジョーイのお手の物だった。熱心に話を聞いて、わかるよ、と。しかも聞くのもわかるのも上っ面だけの演技ではない。女の国《ウーマンランド》のジョーイの真骨頂。まもなく、キッチンに差しこむ冬の汚れた光の中、ジェナにスモークサーモン、玉ねぎ、ケッパーを使ったベーグルサンドの正しい作り方を教わっていても、ほとんど居心地の悪さを感じなくなった。コニーと話すのと、あるいは母と、祖母と、コニーの母親と話すのとそんなには違わない。ジェナの美しさには相変わらず目がくらんだけれど、勃起はすっかり収まっていた。自分の家族のことでいくつかおもしろい話をしてやると、お返しにジェナも、実は家族の中では彼氏の評判がよくないのだと打ち明けてきた。

「ほんとバカみたい」と言う。「そもそもジョナサンがここに来たがったのも、アパートから出たがらないのも、一つにはそれがあるんだと思う。きっとあたしとニックの仲を邪魔してやろうと思ってるのよ。お邪魔虫でうろうろしてれば阻止できるんじゃないかって」

「なんでニックは好かれてないの？」

「それがねえ、一つには彼、カトリックなのよ。それに大学ではラクロスの選手だったの。超できる人なんだけど、うちでウケるタイプのでき方じゃないわけ」ジェナは笑った。「そうそう、彼に初めてうちのパパのシンクタンクの話をしたときのこと、学生クラブ《フラット》のパーティーに行ってみたら、ビール樽に〝シンクタンク〟って張り紙してた。あれ、相当笑えたわ。まあでも感じはだいたいわかるでしょ」

「酒はよく飲むの？」

「ううん、ちょびっとしか飲めないし。ニックもお酒やめたの、働きだしてから。最近はせいぜいジャック&コークを週に一杯ってとこ。とにかく出世したくて必死だから。彼の家って、四年制大学に行ったのは彼が初めてなの。うちとは正反対。うちの場合、博士号が一つだけじゃあできない部類だもん」

「彼、やさしい?」

ジェナは目をそらし、その顔を何かの影がかすめた。「彼といるとすごく安心できるの。そう、よく思うんだけど、仮に九・一一のときに一緒にタワーにいたとして、たとえ上のほうの階でも、彼なら抜け出す方法を見つけてくれたんじゃないかって。彼といれば無事だったんじゃないかって、とにかくそんな気がするの」

「キャンター・フィッツジェラルド（世界貿易センター北棟の一〇一階から一〇五階にオフィスを構えていた証券会社）にはそういうタイプがたくさんいたはずだよ」ジョーイは言った。「すこぶるタフなトレーダーたちがね。でも抜け出せなかった」

「だったらその人たち、ニックとは違ったのよ」

そんな頑なジェナを見るにつけ、彼女のような女が相手ではスタートラインに立つだけでも大仕事だと痛感する。どれほど自分を冷徹《ハード》に鍛え上げ、どれくらい金を稼がないといけないのだろう。ボクサーの中のイチモツが再び頭をもたげる。その挑戦、受けて立とうとでも言うみたいに。しかし彼の中のもっとやわらか《ソフト》な部分、心や脳は、途方もない困難を前に絶望の海を漂っていた。

「今日はウォール街でも見物に行こうかな」と言ってみた。

「土曜はどこも閉まってるわよ」

「どんな感じか見ときたいだけさ、いずれあのへんで働くかもしれないし」

「気を悪くしないでほしいんだけど」そう言ってジェナは読みかけの本を開いた。「あそこで働くには、あんたどう見ても人がよすぎるんじゃないかしら」

四週間後、ジョーイは再びマンハッタンにいた。叔母のアビゲイルのアパートの留守番である。その秋はずっと、クリスマス休暇をどこで過ごそうかと悩んでいたのだった。セントポールの二つの我が家は競合関係により両者失格、それに三週間の休暇ともなると、出会って数カ月の大学の友人の実家にお世話になるにはさすがに長すぎる。ならば残された行き先は高校時代に仲のよかった誰かのところ、これなら実家とモナハン家に別々に顔を出すこともできるし、などとぼんやり考えていたところに、アビゲイルがパントマイムの国際ワークショップに参加がてら休暇をアヴィニョンで過ごすという耳寄りな話、感謝祭の週末に対面した叔母は、チャールズ・ストリートのアパートの留守番および、愛猫ティガーとピグレットの何かとややこしい餌やりを頼める人間をちょうど探しているところだったのである。

その叔母との対面自体も、一方通行とはいえなかなかおもしろかった。母の妹なのだから母より年下のはずだが、そのティーン風のチープで派手な服装以外はどこをとってもかなり年上に見えた。全身から煙草の臭いをさせ、見ていて思わず胸が詰まるほど幸せそうに、それこそ今日という日のハイライトといった感じでちびちび掬《すく》ったチョコレートムースを一口一口味わい尽くす。たまに何か質問してきたかと思えば、ジョーイが口を開く間もなく自分で答えてしまう。たいていはもう独擅場、皮肉なコメントや自意識的ツッコミをちりばめた独白が延々と続き、聞いているほうはさながら行き先不明の列車にしばし便乗している気分で、自分なりに文脈を補いつつあれこれの名前に推理を働かせるしかない。その喋りっぷりはまるで母のお粗末な漫画版、気をつけていないと母もこうなるという警告みたいだった。

どうやらアビゲイルは、ジョーイがそこにいるだけで何かとがめられているような気分になってしまうらしかった。自分の生き方をくどくど釈明せずにはいられないようなのだ。いわく、あたしの場合、結婚・赤ちゃん・マイホームみたいな古臭い女の幸せはお断り。それに薄っぺらで紋切り型の商業演劇の世界もね。オーディションなんてもろに出来レース、配役担当者はいまが旬の新人にしか興味がなくて、オリジナリティのなんたるかがちっともわかってないし、それにスタンドアップ・コメディもねえ、なんとか食いこんでやろうとがんばってみたけど、もうすっごい時間の無駄、せっかく郊外育ちの赤裸々な真実みたいな絶好のネタを作ったのに、あれって結局お色気《テストステロン》とおバカな笑いだけの世界なのよね。と、そんな調子でティナ・フェイやサラ・シルヴァーマン（ともに人気女性コメディアン）をとことんけなし、それから一転、何人かの男性「アーティスト」の天才ぶりを激賞するのだが、これがどうやらパントマイマーだか道化だからしく、その彼らとの深まる交流、といってもまだワークショップで顔を合わせる程度だけれども、それが何よりうれしいのだと言う。延々そんな話を聞かされるうち、ジョーイはつい叔母の頑固さに感心してしまった。彼自身はまだまだ実現可能だと信じている、そういう類の成功とはいっさい無縁のまま生きていこうというのだ。おまけにどう見ても変人だし、自分のことにしか興味がない様子、だからこそかえって変なうしろめたさ抜きで素直に同情できる。どうやら叔母の目に映る彼は、彼自身の幸運のみならず母親のうらやむべき境遇をも代表しているようだし、ならば何よりの親切は、黙ってその生き方の弁明を聞いてやること、そして機会がありしだい叔母の公演を観に行くと約束してやること。その見返りとして降ってきたのが留守番のオファーというわけだ。

ニューヨークに着いて最初の数日、寮仲間のケイシーと店をあちこち覗いているあいだは、まるで夜通し見ていた都会の夢のリアルすぎる続きみたいだった。全方向から押し寄せる人間の営み。ユニオンスクエアで笛を吹き太鼓を叩くアンデスの楽団。消防署前の九・一一の霊廟に集った群集に重々しくうなずく消防士たち。〈ブルーミングデールズ〉の前でケイシーがタクシーを止めると、毛皮のコートのご婦人二人が平気な顔でさっさと乗りこんだ。地下鉄ではミニスカートの下にジーンズをはいた激《トレ》ホットな女子中学生が大股を広げてくつろいでいる。髪をコーンロウに編んだスラムの若者は不吉な特大パーカをまとい、最新兵器で武装した州兵の部隊がグランドセントラル駅を巡回する。劇場公開前の映画のＤＶＤを呼び売りする中国人の老婆、筋肉だか腱だかを痛めて地下鉄六番線の車内にへたりこみ、苦痛に体を揺するブレークダンサー、ライブ会場までの交通費がないと言い張るサックス奏者には、ペテンだというケイシーの忠告をよそに五ドルくれてやった。そうして目に映るすべてがまるで詩のようで、たちどころにそらで覚えてしまった。

ケイシーの両親のアパートというのがまた、エレベーターを降りればそこが即住居という驚きの代物で、いつの日かニューヨークで一旗あげたら絶対にこれにしようとジョーイは心に決めた。クリスマスイブもクリスマス当日もこのケイシー宅でディナーをご馳走になり、おかげで休暇の滞在先に関して両親についていた嘘のアリバイ工作も申し分なし。とはいえ翌朝にはケイシー一家はスキー旅行に出発する予定だったし、どのみちこれ以上お世話になるわけにいかないのもわかっていた。そこでアビゲイルのカビ臭く散らかったアパートに戻ったところ、飼い主の長い留守への猫流の抗議か、ピグレットおよび／またはティガーがあっちこっちと五、六箇所に吐いているのを発見し、そこに至ってようやくジョーイも、まる二週間を一人きりで過ごすという計画がどれほど奇妙で間抜けなものかに気づかされたのだった。

しかも余計にまずかったのが、直後に母親と電話で話した際に、休暇の計画がいくつか「ポシャった」せいで「仕方なく」アビゲイル叔母さんの留守番をしていると白状してしまったこと。

「留守番を頼まれた？」母は言った。「一人きりで？　こっちにはひと言もなく？　ニューヨークに？　一人きりで？」

「うん」とジョーイ。

「悪いけど」母が言う。「そんなの問題外だって言ってやって。すぐにこっちに電話するようにって。

今夜中に。すぐに。ただちに。つべこべ言わずに」

「とっくに手遅れだよ。いま頃はフランス。まあでも大丈夫だって。すごく安全な界隈だし」

が、母は聞いていない。何やら父親と言い合っている様子、言葉の中身まではわからないが、ややヒステリックな調子なのはわかる。それから父が電話に出た。

「ジョーイか？ よく聞け。おい、そこにいるのか？」

「ここにいなくてどこにいるんだよ？」

「いいか。おまえに少しでも人間らしい心があるなら、母さんのためにせめて二、三日でも帰ってきて、母さんにとって何より大事な我が家で過ごしてもよさそうなもんだが、それができないって言うんなら、もうこの家に用はないって言うんならそれはそれでかまわん。おまえの勝手だ、おいおい暇なときに後悔すりゃいいさ、最低な真似をしちまったってな。それとおまえの部屋にある持ち物のこと、自分で始末してくれたらと思ってたんだが――もうこっちでグッドウィルに寄付するか、ゴミ収集車に持ってってもらうぞ。これも困るのはおまえ、こっちの知ったことじゃない。だがな、いまおまえが一人でいる街は、その年で一人でいていい街じゃない、テロリストに繰り返し攻撃されている街なんだ、しかも一泊や二泊じゃなく何週間もだなんて、まったく立派な思いつきだよ、そのあいだ中おまえの母さんは心配し通しだ」

「なあ父さん、このへんは安全なんだよ。グリニッジヴィレッジなんだから」

「そうかい、でもおまえのせいで母さんの休暇はだいなしだ。それに母さんがこの家で過ごす残りわずかな日々もだいなしだろうな。いまさらおまえに期待したって無駄なのはわかってるが、とにかくおまえのやってることは自分勝手どころじゃない、残酷だよ、おまえには見当もつかんぐらいおまえを愛してる人間に対して」

「だったらそれ、母さんが自分で言えばいいだろ？」ジョーイは言った。「なんで父さんが代わりに言うんだよ？　それが嘘じゃないってなんでわかる？」

「おまえに想像力のかけらでもあれば、嘘じゃないのはわかるはずだがね」

「本人が言わないのにわかるもんか！　父さんもそうだ、おれに何か言いたいことがあるんならはっきり言えばいいだろ？　なのに口を開けば母さんがどうだって話ばっかり」

「まあ正直、私は母さんほど心配してないからな」父は言った。「つまり、おまえが自分で思ってるほど頭がいいとは思わんし、この世のいろんな危険をぜんぶわかってるとも思ってない。が、そこそこは頭もいいし、自分の面倒は自分で見られるだろうとは思ってる。それでも万一トラブルに遭うようなことがあったら、真っ先にうちに電話してくれることを祈るよ。あとはもう、おまえが自分で選んだ人生なんだし、私にできることは何もない」

「へえ——ありがたいね」ジョーイは言った。皮肉もあるが、おおむね本心から。

「礼なんか言うな。おまえのやってることが感心だとはまったく思ってないからな。ただ、十八にもなりゃやりたいことを自由にやっていいって認めてるだけだ。だからさっきからの話は私自身ががっかりしたってことだよ、うちの子なのに、せめてもうちょっと母親にやさしくしようと思えないのかって」

「なんでそうなったか本人に訊いてみろよ！」ジョーイはかっとなってやり返した。「心当たりがないか！　くそったれ、母さんはわかってるんだ。そんなに母さんの幸せが後生大事なんだったら直接本人に訊いてみろよ、おれにぐちぐち言ってないで」

「父親にそんな口の利き方はやめろ」

「だったらそっちもそういう話はやめてくれ」

「じゃあいいさ。やめよう」

父はその話が終わってほっとしているようだったし、それはジョーイ自身も同じだった。普段のクールな自分、おのれの生を制御している自分に満足していただけに、この内なる異質なもの、溜めこんだ怒り、家族をめぐる感情のコンプレックス、それが突如爆発して自制心が吹っ飛びかねないという事実を思い知らされて不安になったのだった。いましがた父親にぶつけた怒りに満ちた言葉、あれはあたかも事前に考えてあったかのようだった。まるで身のうちに悩み傷ついた第二の自己が潜んでいて、それは普段は見えないにせよ常に完全に覚醒しており、隙あらば憤懣をぶちまけようと、彼自身の意志とは無関係な台詞を吐き出そうと狙っている、そんな感じだった。本当の自分とは誰なのかと疑いたくもなる。そしてこれは実に不安だった。

「もし気が変わったら」クリスマスがらみの雑談の種も早々に尽きて、最後に父が言った。「飛行機代ぐらいは喜んで出すから、二、三日でもこっちに戻ってこい。母さんにとっちゃすごく大きなことなんだ。私にとってもな。これは私の希望でもある」

「気持ちはうれしいよ」ジョーイは言った。「ただほら、無理なんだ。猫もいるし」

「ペット預かり所に入れりゃいいだろう、叔母さんにはわかりゃしないさ。その分の金もこっちで出すぞ」

「うん、ま、どうかな。たぶん無理だと思うけど、もしかしたら」

「まあいいさ、じゃあメリー・クリスマス」父は言った。「母さんからもメリー・クリスマスって」

電話の向こうで小さくその声が聞こえる。でもなぜだ、なぜもう一度電話に出て直接言おうとしない？　これが有罪の証拠じゃなくてなんだ？　例によって無意味な罪悪感の告白。

アビゲイルのアパートはそれほど狭くもないのだが、とにかく一平方インチも残さずアビゲイルの人柄が染みついていた。全権大使気取りの猫たちが部屋部屋を隈なく巡回し、いたるところに毛を残していた。寝室のクローゼットは衣服でぎゅう詰め、無造作に積まれたパンツやセーターが上から吊るしてあるコートやドレスを圧迫し、ひきだしは満杯で開けるのも一苦労。ＣＤはどれも聴くに堪えない女性シャンソン《シャントゥーズ》か癒し系ニューエイジ、二列で棚に突っこまれて、隙間という隙間にも横向きに差しこんである。本さえもアビゲイル臭たっぷりで、テーマはフロー（いわゆる「ゾーン」と似たようなもので、異常に集中力の高まったトランス状態のようなもの）だの創造的視覚化だの、自信喪失の克服法だのといったところ。そこに加えて多種多様なオカルト的アクセサリー、ユダヤ教の文物のみならず東洋風の香炉や象の頭をした小像などもある。そんな中、ただ一つ不足気味なのは食料だった。キッチンを物色するうちにようやくわかってきたのだが、毎日三食ピザがいやなら、スーパーで買い物して自分で料理するしかなさそうだ。アビゲイル本人の貯蔵品は、餅、チョコとココアがざっと四十七種類、それにインスタントラーメンだけで、どれも食べた十分後には余計に激しい空腹に苛まれること請け合いである。

バリア街の広々とした家のこと、母の絶品手料理のことが頭に浮かび、降参しようか、父親の飛行機代の申し出を受けようかと思ったりもしたが、あの隠れた自己に鬱憤晴らしの機会を与えまいという決意は固く、そうなるともうセントポールを忘れるためにできることはただ一つ、アビゲイルの真鍮のベッドに直行してマスをかき、さらに寝室のドアの向こうで恨みがましくうなる猫を無視してもう一発、それでもまだ飽き足らず、自分のパソコンがネットに繋がらないので叔母のパソコンを起動して、さらに何発か抜こうとポルノサイトを探した。この種のものの常で、行き着く無料サイトはどれもさらにエロくて心惹かれるサイトにリンクしている。やがてそうした上級サイトの一つが〝魔法使いの弟子〟（もとはゲーテの詩で、魔法使いの留守中に魔法を使った弟子がトラブルを雪だるま的に悪化させる話）の悪夢よろしくポップアップウィンドウを増殖させ始め、しまいに手がつけられなくなってパソコンをシャットダウンせざるをえなかった。いらいらと再起動したものの、酷使されたべとつくイチモツは手の中で見る見る萎えていくし、おまけにシステムに問題発生、ハードディスクに負荷をかけてキーボードをフリーズさせるウィルスソフトに感染したらしい。叔母のパソコンがどうなろうがこの際どうでもいい。それよりいま問題なのは、この世で唯一必要なものが手に入らないこと、つまりもう一人だけでもきれいな女の恍惚にはちきれそうな顔を拝み、それでなんとか五発目を抜いて少しでも眠りたいのにそれができない。目を閉じ息子をさすりながら、記憶からイメージを呼び覚ましてなんとか事を運ぼうとがんばってみたが、猫の鳴き声のせいでどうにも気が散ってしまう。そこで諦めてキッチンに赴き、ブランデーのコルクを抜いた。あとで補充できる程度の値段のものであることを祈りながら。

翌朝遅く、二日酔いで目を覚ますと悪臭がした。猫の糞だけであってくれと願いながら、狭いのに強力暖房で地獄の暑さのバスルームに思い切って足を踏み入れたところ、案の定、下水汚物である。管理人のヒメネス氏を呼ぶ。二時間後、配管工具でいっぱいの車輪つき買い物かごを引っさげて氏が到着した。

「このビル古いし、もう問題だらけ」ヒメネス氏は諦め顔で首を振る。ジョーイへの助言は、必ずバスタブの栓を閉めておくこと、シンクも使っていないときはしっかりふさいでおくことの二つ。実はこれらの注意点は、猫の餌やりに関する複雑きわまりない指示書きと一緒にアビゲイルのリストにも記されていたのだが、前日ケイシー宅へ出かける際、早くここから逃げ出したい一心でうっかり忘れていたのだった。

「問題だらけよ、やんなるね」ヒメネス氏はそう言いながら、ラバーカップを使ってウェストヴィレッジの汚物を下水管の奥へと押しこんでいる。

やがて再び一人になると、眼前にはあらためてブランデーおよび／もしくはオナニー漬けの孤独な二週間のおぞましい幻、そこですぐさまコニーに電話をかけ、こっちに泊まりに来てくれるならバス代は払うと持ちかけた。コニーは二つ返事でオーケーしつつもバス代は固辞し、かくしてジョーイの休暇はなんとか救われたのだった。

叔母のパソコンの修理と自分のパソコンの設定変更のためにやむなく機械オタクを雇い、〈ディーン＆デルーカ〉のデリでも六十ドルの散財。ポート・オーソリティのゲートでコニーを出迎えたときには、彼女に会えてこんなにうれしかったことはいまだかつてないとさえ思った。前の月、頭の中でコニーをあの比類なきジェナと比べていたときには、コニー本人のよさを、そのほっそりとして無駄がない中に熱を宿したような魅力を見失っていたようだ。見覚えのないピーコート姿でまっすぐ歩いてきて、こちらの顔に顔を、目に大きく見開いた目をぐっと近寄せる。まるで鏡の中に押し入るみたいに。ふと、体中の器官がとろけるような強烈な感覚に襲われた。いまから四十回はセックスすることになりそうだが、それだけの話じゃない。なんだかまるで、バスターミナルにも、周囲を流れていく低所得旅行者たち一人一人にも色調コントロール機能がついていて、大昔から知っているこの娘がここにいるというだけで「輝度」も「彩度」もぐんと下がったような感じだった。そうして何もかもを遠くかすかに感じながら、コニーの手を引いて通路やホールを進んでいく。ほんの三十分足らず前には鮮やかなカラーで見ていた風景の中を。

その後数時間のうちに、コニーはいささか不穏な事実をいくつか明かした。その第一弾は、チャールズ・ストリートへ向かう地下鉄の中、ジョーイがふと、レストランのアルバイトをこれだけまとめて休むのは大変だっただろうと――誰か勤務を代わってくれる人がいたのかと――訊ねたときのこと。

「ううん、辞めたの」コニーは言った。

「辞めた？　この時期に辞めたら店は大変なんじゃないの？」

コニーは肩をすくめた。「ジョーイが必要としてくれたから。言ったでしょ、呼んでくれたらいつでも来るって」

この告白の衝撃に、地下鉄車内の輝度と彩度がすっと元に戻った。マリファナをやったあとみたいだ。ハイな空想にどっぷり浸かっていた脳が現実にぐいと引き戻されるあの感覚。車内を見回しては、はたと我に返る。そう、みんな各々の人生を送り、各々の目標を追い求めているのだ。自分もそういうものを見失わないように気をつけないと。自分でも制御できない何かに深入りしすぎるのは危険だ。

これまでテレフォンセックスで交わした中でもかなりいかれた部類の空想に、コニーの陰唇がとんでもなく大きく開いて彼の顔全体を包みこみ、彼の舌がぐんぐん伸びてコニーのヴァギナの測りがたい最奥の端まで届くというのがあったが、ポート・オーソリティに出かける直前、念入りにひげを剃りながらジョーイが思い浮かべていたのはこのエピソードだった。しかしいま、こうして生身で対面してみると、そうした空想はいかにも馬鹿馬鹿しく思え、考えるだに不快だった。アパートに着くと、週末ヴァージニアに呼んだときみたいにコニーをまっすぐベッドに連れこむのはやめて、まずはテレビをつけ、実はどうでもいい大学フットボールの試合結果をチェックした。それが済んだらメールチェック、過去三時間にEメールをよこした知り合いがいないか、至急確認する必要があるような気がしたのだった。コニーは猫たちと一緒にソファに座り、彼のパソコンが起動するのを辛抱強く待っている。

「そう言えば」コニーがふと口を開く。「おたくのママがよろしくって」

「なんだって？」

「いい、おたくのママがよろしくって。ちょうど家を出るとき、表で氷を砕いてたの。それであたしの鞄見て、どこに行くのって」

「で、まさか教えたのか？」

コニーの驚きぶりは無邪気そのもの。「教えちゃいけなかった？　楽しんでらっしゃい、よろしくねって言われたんだけど」

「嫌味な感じで？」

「どうかな。そうだったかも、いま思えば。あたし、話しかけてもらえただけでうれしくって。嫌われてるのわかってるし。ひょっとして、嫌いなりに少しは慣れてきてくれたかなって」

「ないと思うな」

「ごめん、余計なこと言っちゃったかな。言っちゃいけないってわかってたら言わなかったんだけど。悪気はなかったの、それはわかるでしょ？」

ジョーイは立ち上がってパソコンを離れた。怒りを抑える。「いいんだ」と言った。「きみが悪いんじゃない。ていうか、悪いとしてもちょっとだけだ」

「ねえジョーイ、あたしのこと、恥ずかしい？」

「まさか」

「電話でああいうこと話したの、恥ずかしいと思ってる？　それで怒ってるの？」

「違うよ」

「あたしは正直、ちょっと恥ずかしいの。あんまりまともじゃない話もあったし。ああいうの、もうしないほうがいいのかも」

「始めたのはそっちだろ！」

「そう。そうよ、そう。でもぜんぶあたしのせいにしないで。もちろん半分はあたしのせいだけど、半分だけ」

これが本当であることを認めるみたいに、ジョーイは彼女が座っているソファに駆け寄り、その足元に跪いて頭を垂れ、太腿に両手をのせた。彼女のジーンズ、そのとっておきのタイトジーンズがすぐ目の前にある。そう、自分が二流の大学フットボールを眺め、電話で友だちと喋っているあいだもずっと、この娘は何時間もおとなしくグレイハウンドバスに乗っていたのだ。どうすればいいんだろう。まともな世界に開いた思いがけない裂け目、そこに自分は落ちこもうとしている。顔を上げられなかった。目が合うのに耐えられそうにない。コニーはそんな彼の頭にそっと手を置いたまま、やがて彼がにじり寄ってデニムに包まれたジッパーのあたりに顔を押しつけても、抵抗のそぶりをまったく見せなかった。「大丈夫」と言って髪を撫でてくれる。すべてわかっているみたいに。「きっと大丈夫よ。何もかも大丈夫」

そのありがたみを感じながら、ジョーイはコニーのジーンズを脱がせて閉じた目をパンティにじっとあてがい、それからそのパンティも引き下ろして、ひげを剃った口もとあごをちくちくする陰毛に押しつけた。彼のためにきれいに整えてくれている。片方の猫が気を惹こうと足をよじ登ってくるのがわかる。よしよし、猫ちゃん《プッシー》。

「ただじっとここにいたいよ、三時間くらい」ジョーイはコニーの匂いを吸いこんだ。

「一晩中いてもいいのよ」とコニー。「予定もないし」

が、そこにズボンのポケットの電話が鳴った。黙らせようと取り出したところ、セントポールの自宅の番号がちらりと目に入り、母親への怒りで電話を叩きつけたくなった。コニーの脚を押し広げ、舌で攻撃にかかる。奥へ奥へと進み、全身を彼女で満たそうとする。

三つ目の、いちばん不穏な知らせを聞いたのはそのしばらくあと、夜の何時か、性交を終えてひと息ついているときだった。それまで留守だったらしいアパートの住人たちの足音がベッドの頭上から響いていた。ドアの外では腹立たしげな猫たちの鳴き声。そのときコニーが話していたのは大学進学《S》適性試験《AT》のことで、これを彼女が受けること自体ジョーイはすっかり忘れていたのだが、コニーが言うには、本番の試験が問題集でやっていた練習問題に比べて簡単すぎて驚いたとのこと。それで少し自信が出たから、いまはシャーロッツヴィルから数時間の距離にある大学に出願しようかと検討中、中でもモートン・カレッジは出身地の多様性云々で中西部の学生をほしがっているし、受けたら入れそうな気がすると言うのだった。

この案はジョーイにはまったくよろしくないように思われた。「てっきりミネソタ大を目指すんだと思ってた」と探りを入れる。

「まだ決めたわけじゃないの」コニーは言う。「ただ、もし近くにいられるんだったらそのほうがずっといいかなって気がしてきて。週末に会ったりもできるし。もちろんいろんなことがうまくいって、おたがいまだ会いたかったらってことだけど。そうなるといいと思わない？」

ジョーイはもつれた二人の脚をほどき、頭をはっきりさせようとした。「そりゃまあね、たぶん」と言う。「ただほら、私立大ってめちゃくちゃ金がかかるだろ」

それはそうだとコニーは認めた。でもモートン大なら学資援助もあるし、キャロルに教育費の信託資金のことを訊いてみたところ、まだ相当の額が残っていると白状したのだという。

「相当ってどのくらい？」ジョーイは訊ねた。

「たくさん。七万五千ドルぐらいかな。援助が受けられたら三年は持つと思う。それに貯金も一万二千ドルはあるし、夏はアルバイトもできるし」

「そりゃすばらしい」と無理やり絞りだす。

「もともとは二十一になるまで待って現金で受け取ろうと思ってたの。でもジョーイの言ってたことを思い出して、うん、やっぱりちゃんと教育を受けたほうがいいかなって」

「まあでも、もしミネソタ大に行けば」ジョーイは言った。「教育も受けたうえで卒業後に金も残る」

上の階でテレビがうるさく吠え始めた。足音も相変わらずだ。

「なんだかあたしにそばにいてほしくないみたいね」コニーが静かに言った。非難がましい感じではなく、たんに事実を述べるような口調。

「いやいや」と否定する。「そんなわけないだろ。可能性としてはいい話だと思う。おれはただ現実的に考えてるだけでね」

「いまでも相当きついの、あの家に住んでて。しかもキャロルに赤ちゃんもできるし、そうなったらもっとひどくなる。これ以上あそこにはいられないわ」

これまでも何度かあったことだが、ジョーイはコニーの父親に対して何やら得体の知れない恨めしさを感じた。何年も前に死んだ男だし、娘とのあいだには関係らしい関係もなく、コニーの口から父親の話が出ることもまずなかったのだけれど、なぜかそのせいで余計に同じ男としてライバル意識を抱いてしまう。そもそもの初めにいた人物なのだ。娘を棄て、安手の家をあてがってキャロルを追い払ったわけだが、以後も男の金は流れこみ続け、コニーをあのカトリック学校に通わせた。そうしてコニーの人生に居座りながらもジョーイとはいっさい関わりのない男。ジョーイ以外にもコニーには頼れるあてがある――すなわちコニーに対する責任を自分一人で負わなくてもいい――という意味では感謝してもいいくらいだったが、それでいてついつい道義的反感を覚えてしまう。コニーのあの妙に道徳観念のないところは、もしやこの父親のせいじゃないかという気がするのだ。規則や慣行への不思議なほどの無関心、偶像崇拝じみた愛を際限なく注ぐ能力、それにあの抗いがたい一途さ。かてて加えて、いまやコニーは父親のおかげで自分よりはるかに金回りがいいというのだから、恨めしさもひとしおだった。コニー本人は金のことなど彼自身の百分の一も気にしていないとわかっていても、かえって腹が立つばかりだ。

「まだやったことないこと、して」コニーが耳元で囁いてきた。

「あのテレビの音、ほんと気に触るよな」

「前に二人で話したあれ、しましょ。二人で同じ音楽を聴くの。ジョーイをお尻で感じたい」

テレビの音が消えた。頭に上った血がかき消したのだ。コニーの要求どおりにことを運ぶ。なんとかうまく抵抗を処理し、その独特の快感を知り、そうして新たな敷居をまたいでしまうと、彼はアビゲイルのバスルームで自身を洗い、猫に餌をやり、それから居間をぶらつきながら、はかないものにせよ、手遅れにせよ、とにかくなんとか距離を保たなければと思った。パソコンをスリープから叩き起こしてみたものの、新着メールは一通だけ。見覚えのないアドレスで、末尾はduke.edu、件名は、来てるの？　開封して読み始めるまで、それがジェナからのメールだという事実がまともに頭に入ってこなかった。一文字一文字、あのジェナのありがたき指で打ちこまれたものだということが。

バーグランドさま　ジョナサンに聞いたけどニューヨークにいるんでしょ。私もいまこっち。フットボールの試合があんなにたくさんあるなんて、しかもその試合に若手銀行マンがあんな大金を賭けるなんて知るわけないし。ひょっとしてまだブロンドでプロテスタントのご先祖とクリスマス中なのかもしれないけど、ニックがウォール街のことを知りたきゃおいでだって、なんでも質問に答えるそうよ。気が大きいのも（それに休暇も！）いまのうち、ただちに行動すべし、というのが私のアドバイス。さすがのゴールドマンもこの時期は休業みたい、びっくりでしょ。

お友だちのジェナ

五回ほど読み直したところでやっと味が薄れてきた。なんと清潔で爽やかなメッセージ、対する自分はとことん不潔で目も真っ赤。ジェナはとびきりやさしい気分になっているのか、それともニックとの仲を見せつけようという魂胆なら、とびきり意地の悪い気分なのか。どっちにしろ、それなりにアピールが成功したのは間違いなさそうだ。

寝室からマリファナの煙が漂ってくる。そのあとを追うようにしてコニー本人、真っ裸で足音がしないのは猫たちと同じだ。ジョーイはパソコンを閉じて、コニーが目の前に差し出してきたマリファナを吸った。それからまた一口吸い、さらにもう一口、もう一口、もう一口、もう一口。

いい人の怒り

三月の陰鬱な午後遅く、じっとりと冷たい小糠雨の中、ウォルターはアシスタントのラリーサと二人、車でチャールストンを出発してウェストヴァージニア南部の山岳地帯に向かっていた。ラリーサはスピード出しすぎの少々無謀なドライバーなのだが、それでもウォルターが彼女に運転を任せようと思うのは、自分でハンドルを握れば必ず独善的な怒りに苛まれるとわかっているから――交通規則をがちがちに遵守するでも危険なほど無視するでもなく、その中間あたりでバランスをとって、ちょうどいいスピードで走っているのは道行くあまたのドライバーの中で自分だけ、そんな気にならずにはいられないようなのだ。ここ二年ほど、ウェストヴァージニアの道路ではさんざん腹立たしい時を過ごしてきた。のろ臭い車の尻をせっつせと煽り、かと思えば後ろから煽ってくる無礼なドライバーを減速して懲らしめ、州間高速では追越車線を断固死守してアホどもに右からの追い越しを強い、逆にどこかのバカだか携帯お喋りドライバーだか速度制限信者だかが追越車線を詰まらせていれば強引に右から追い抜き、方向指示器を使おうとしない連中の人物像特定や精神分析に妄執的に精を出し（十中八九若めの男で、ウィンカーを使うことで男らしさに傷がつくとでも思っているようだが、そもそもピックアップやSUVといったバカでかい車の威を借りている時点ですでに男らしさに自信がないのは明らかだ）、車線をはみ出してばかりで、ここウェストヴァージニアでほぼ毎週のように死亡事故を起こしている石炭トラック運転手に殺人的な憎しみを覚え、それだけ惨事の証拠がたっぷりあるのにその石炭トラックの積載制限を十一万ポンド以下に引き下げようとしない腐敗した州議会議員どもを甲斐もなく罵り、青信号で減速、黄色で加速してこちらを赤信号に置き去りにする前方の車に「信じられん！　信じられん！」とつぶやき、何マイルも先まで人影一つない交差点でまる一分待たされてぐつぐつといらだち、右折は信号が赤になってからでもオーケーという常識をあくまで拒否するドライバーに前進を阻まれて、思わず「もしもし？　何考えてんだよ？　あんた一人の世界じゃないんだぞ！　こっちにも生活があるんだ！　運転を学べよ！　もしもし！」などと罵倒したくなるのをぐっとこらえるのもひとえに隣にいるラリーサのため。そんなわけで、山道をふらふら登るトラックをラリーサがアクセル全開で追い越していく際のアドレナリン噴出のほうがまだしも、自分でハンドルを握ってそのトラックの背後をじりじり走り、脳血管にストレスをかけるよりはましだと思ったのだった。助手席にいれば、灰色のマッチ棒じみたアパラチアの木々や採掘で破壊された尾根を窓越しに眺めながら、それなりに怒り甲斐のある問題に怒りを向けていられる。

ラリーサはうきうきした様子でレンタカーのハンドルを握り、州間高速六四号線の延々十五マイル続く登坂道路をすっ飛ばしていく。バード上院議員が地元に持ち帰った公共事業、べらぼうに高価なお土産である。「いますぐ祝杯をあげたい気分」ラリーサが言う。「今夜はお祝いに連れてって、ね？」

「ベックリーにまともなレストランがあるかどうかだな」とウォルター。「見込み薄のような気もするけど」

「酔っ払いましょ！　町いちばんのお店に行ってマティーニを飲むの」

「いいとも。でっかいマティーニを一杯おごろう。ていうか、何杯でも」

「一杯でいい、でもあなたも飲んでね」ラリーサが言う。「今回だけ。特例として。お祝いなんだし」

「この年になってマティーニなんか飲んだら冗談抜きであの世行きだよ」

「じゃあライトビールを一杯。私はマティーニ三杯飲むから、部屋まで運んでね」

ラリーサがこの手のことを口にするのがウォルターはどうも気に入らなかった。自分でも何を言っているかわかっていないのだろう、とにかく若くて元気いっぱいで――いや実際、ここ最近の彼の生活の中では唯一無二のまばゆい陽光といった存在なのだが――上司と部下の肉体接触が冗談ではすまないことがわかっていないのだ。

「マティーニを三杯も飲んだら、明日の〝解体用鉄球《ヘッドエイク・ボール》〟が新たな意味を帯びること請け合いだな」。このさえない冗談は、明朝ワイオミング郡まで見学に出かける予定の取り壊し作業を踏まえたもの。

「最後にお酒飲んだのっていつ？」ラリーサが言う。

「最後も何も。一度も飲んだことがないんだ」

「高校でも？」

「うん」

「信じられない！　一度は試してみなきゃ！　お酒飲むのって楽しいわよ、たまには。大丈夫、ビール一杯ぐらいじゃアル中にはならないから」

「そんなことを心配してるわけじゃない」ウォルターはそう言ったが、内心、本当にそうだろうかと思う。若き日の悩みの種だった父と兄はどちらもアル中だったし、中年を迎えて急速に悩みの種になりつつある妻もやはりアル中の気《け》がある。一滴も酒を飲まないという自分の信念には、常に彼らに対抗する意味合いがあった――昔からとにかく親父や兄貴とは違う人間になりたいと思っていたし、最近では、酔えば決まって意地悪くなるパティに対して、こちらは逆に非の打ち所なくやさしくありたいと思っていた。それはパティと二人でうまくやっていくために学んだ決め事の一つだった。彼は常に素面、彼女はときどき酔っ払う。どちらも相手に変われとは言わない。

「じゃあ何を心配してるの?」ラリーサが訊いてきた。

「まあ、これまで四十七年間ばっちり機能してきたやり方を変えたくないってとこかな。故障してもないのに、なんで直さなきゃいけない?」

「なぜって楽しいからよ!」そう言ってぐいとハンドルを切り、自ら巻き上げた水しぶきの中を蛇行するセミトレーラーを追い越した。「私がビール頼んであげる。ぜったい一口は飲んでもらうわよ、お祝いに」

チャールストンの南に広がる北部硬木林は、春分直前のこの季節になっても、いまだ灰色と黒の陰気なタペストリーをなしている。あと一、二週間もすれば南から暖かな空気が流れこんでこの森を緑に染め、その一カ月後には鳴鳥の中でも剛毅な連中が熱帯から渡ってきて、森中に歌声を響かせるはずだ。それでもウォルターは、この灰色の冬こそが北部森林の本来の姿なのだという気がした。夏はたんに、毎年降ってくる偶然の恵みにすぎない。

その日の午前中、チャールストンで、ウォルターとラリーサは現地の弁護士団とともに、セルリアン・マウンテン・トラストの企業パートナーであるナードン社とブラスコ社に、フォースター渓谷一帯の取り壊しおよび、将来的にはアメリカムシクイの保護区になる一万四千エーカーの土地の山頂除去採掘を許可する書類を正式に手渡したのだった。それを受けてナードンとブラスコの代表者が、トラストの弁護士団が二年がかりで準備した山なす書類に署名し、かくして石炭会社は公式に、土地再生および権利譲渡の包括協定に同意した。要は採掘後の土地を永久に「自然のまま」残すことを保証する取り決めである。トラストの理事長であるヴィン・ヘイヴンもテレビ会議の形で「同席」し、事が終わると御自らウォルターの携帯にねぎらいの電話をよこした。ところがウォルター本人はお祝いとは正反対の気分だった。こうしてついに成し遂げたことが何かと言えば、美しい木々の茂る何十という山頂、そしてその倍はありそうな生態系豊かな三級、四級、五級の清流を消滅させる手助けである。しかもこれを実現するために、ヴィン・ヘイヴンは州内の別の地域の採掘権を、土地を汚そうと待ち構えているガス会社に二千万ドル相当も売り払い、そうして得た収入をさらにあっちこっちと、ウォルターとしてはまったく気に入らない方面にばらまかねばならなかった。それもこれもなんのため？ウェストヴァージニアのロードマップ上でなら切手一枚で隠れてしまう、そんな絶滅危惧種の「繁殖拠点」のためだ。

つまりウォルター自身は世の中への怒りと失望から、それこそ北部森林のごとき灰色の気分だったのである。そこに来てラリーサは暖かな南アジアの生まれ、彼の魂に束の間の夏をもたらしてくれる太陽というわけだった。今夜のウォルターに祝えるのはせいぜい、ウェストヴァージニアでの「成功」のおかげで今後は人口過剰対策のほうをどんどん進められるという、そのことくらいだった。とはいえ若いラリーサの気持ちもよくわかるし、せっかくの士気に水を差したくはない。

「わかった」彼は言った。「ビールを飲んでみよう、今夜だけ。きみに敬意を表して」

「いいえウォルター、敬意はあなたのもの。ぜんぶあなたが成し遂げたことなんだから」

彼は首を振った。それは絶対に違うとわかっていた。ラリーサの温もりと魅力と勇気がなかったら、ナードン、ブラスコとの協定はおそらく完全に瓦解していただろう。なるほど大枠のアイデアを提供したのは彼だった。が、どうやら彼には大枠のアイデアしかないらしい。それ以外の点では、いまやハンドルを握っているのはラリーサだ。ナイロンのシェルパーカを羽織り、その背に垂らしたフードは艶やかな黒髪でいっぱいのバスケットのように見える。中に着ているピンストライプのスーツは、その朝の公式手続き用のもの。両手はハンドルの十時と二時の位置に置かれ、あらわな手首から銀のブレスレットがシェルパーカの袖口へ滑り落ちている。一般に現代社会、中でも車社会に関してウォルターが憎んでいる物事は数多いが、若き女性ドライバーの醸し出す自信、過去百年で彼女らが勝ち得た自立はその中に含まれていなかった。アクセルを踏みこむラリーサの整った足に象徴される男女平等を思うにつけ、この二十一世紀に生きていてよかったとつくづく実感する。

ウォルターがトラストのために解決しなければならなかった最大の難問は、セルリアン・パーク予定地の境界内に小さな土地を持ち、家なりトレーラーなりで暮らしている、たいていは貧しい二百かそこらの家族をどうするかという点だった。住民男性の一部はいまも炭坑労働者かトラック運転手として石炭業界で働いていたが、大多数は失業中で、もっぱら銃と内燃機関を相手に日々を過ごし、山奥で撃った獲物を四輪バギー《ATV》で持ち帰って一家の食事の足しにしていた。ウォルターは迅速に行動を起こし、トラストがマスコミの注目を集める前になるべく多くの土地を買い上げようとした。一エーカーわずか二百五十ドルで手に入った山腹の土地もあった。ところが地元の環境保護コミュニティを口説こうとしたのが裏目に出て、ジョスリン・ゾーンという名の気味が悪いほど熱心な活動家が反トラストのキャンペーンを展開し始めた。その時点ではまだ立ち退きに応じてくれない世帯が百以上、うち大多数はフォースター渓谷への入口に位置するナイン・マイル・クリークの谷あいに住んでいた。

フォースター渓谷の問題をさておけば、ヴィン・ヘイヴンが見つけてきた六万五千エーカーの土地は中核《コア》保護区として申し分のないものだった。地上権の九八パーセントがわずか三つの会社の手中にあり、うち二つは経営合理化のための無名の持株会社、残りの一つはフォースターという名の一族が所有する会社で、この一家は一世紀以上も前に州を離れ、いまでは東部沿岸で快適な道楽生活を送っていた。三社とも許可制の林業を営んでいるだけだったから、相場に見合った値段でなら、トラストに土地を売り渋る理由はなかった。しかもヘイヴンズ・ハンドレッドの中心近く、どことなく砂時計に似た形の広大な一帯には、きわめて豊かな炭層が集中している。この一万四千エーカーに及ぶ炭層がこれまで放置されてきたのは、ワイオミング郡がウェストヴァージニアの基準で言ってもかなり辺鄙な山奥にあるからだった。石炭トラックも通れない狭い悪路がナイン・マイル・クリークに沿ってうねうねと山奥に伸びている。その谷の突き当たり、ちょうど砂時計の細くなったあたりに位置するのがフォースター渓谷で、そこにコイル・マシスの一族とその仲間たちが住んでいた。

これまでナードン、ブラスコ両社は各々マシスに取引を持ちかけては失敗し、そうして手間をかけた分だけ逆に根深い反感を持たれるに至っていた。実際、ヴィン・ヘイヴンが石炭会社との当初の交渉の中で用いた小さからぬ餌の一つが、このマシスの件をこちらで片付けてやるというものだった。「これまたこの計画の魔法の相乗効果の一部でね」ヘイヴンはウォルターにそう説明した。「何せこっちは新顔だから、マシスも反感を持つ理由はないってわけだ。特にナードンのほうは、マシスの件は任せろと請け合ったことで、森林再生方面でもずいぶん有利に交渉できたよ。たなぼたってやつだな、私がナードンの人間じゃないという、ただそれだけでお役に立てると言うんで引き受けてみたら、なんと二百万ドルの節約になった」

だがそんなに甘い話じゃなかったのだ！

コイル・マシスはウェストヴァージニア僻地のネガティブな精神性のエッセンスみたいな男だった。とにかくあらゆる人間を嫌っていて、この点は見事に一貫していた。マシスにあっては敵の敵もまた一人の敵、味方とはならない。石炭業界、炭坑労働者組合、環境保護活動家、ありとあらゆる行政機関、黒人、おせっかいな北部の白人、いずれも等しく憎んでいた。その人生哲学をひと言で言えば、とっとと失せねえと後悔させてやる。そしてそんなマシスの祖先、仏頂面のマシス一族が六代にわたって眠る小川沿いの切り立った斜面こそ、石炭会社がこの地に入れば真っ先に吹き飛ばされそうな場所の一つだった。（ウェストヴァージニアの墓地事情については、トラストの仕事を引き受けた時点でウォルターは何一つ聞いておらず、当然ながら大急ぎで学習することになった。）

どちらを向いても腹が立つという気持ちはわからなくもないウォルターだったから、うまくすればマシスを説得できたかもしれないのだが、厄介なことに、このマシスを見ているとつい自分の父親を思い出してしまう。父のあの頑迷で自己破壊的な怨嗟のことを。何通も送った友好的な手紙をことごとく無視されたのち、ウォルターとラリーサは魅力的な申し出をたっぷり用意して、七月の晴れた暑い朝、招かれぬままにナイン・マイル・クリークへ至る土埃舞う道に車を乗り入れた。マシスと隣人たちには、一エーカー千二百ドルという破格の買値を提示するつもりだった。加えて保護区の南端にあるまずまず感じのよい渓谷に無料の土地を用意し、転居費用も、マシス家代々の遺骨の最新技術による埋め換え費用もこちらで負担するという好条件だ。ところがコイル・マシスはそうした説明に耳を貸そうともしなかった。いきなり「断る、お断りだ」と突っぱねると、自身もご先祖の墓所に納まるつもりだし、誰にも邪魔はさせぬの一点張り。これを聞いたウォルターはたちまち十六の頃に逆戻りして、激しい怒りに目の前が真っ暗になった。マシスへの怒り、そのマナーの悪さと良識のなさへの怒りだけではなかった。この男の損得無視の不条理さには、ウォルター自身、実は心のどこかで納得し、敬意すら覚えてしまうところがあって、そんな男と敵対する立場に自分を追いこんだヴィン・ヘイヴンへの何やらあべこべな怒りもあった。「失礼ながら」とウォルターは言った。焼けつく日差しの下、轍《わだち》のついた山道でだらだら汗をかきながら。そばにはガラクタだらけの庭、マシスはその庭に入れてくれようとさえしなかった。「そんなのどう考えてもバカですよ」

その嘆かわしいひと言に激しい遺憾の意を示すべく、隣のラリーサが派手な咳払いをもらした。手には書類の詰まったブリーフケース、マシスもきっと署名してくれるはずと思いこんでいた書類である。

マシスは痩せ型の、思いのほかハンサムな五十代後半の男だったが、周囲にそびえる、虫の羽音の響く緑の木々をにやにやとうれしそうに見上げている。飼い犬の一匹、狂犬めいた顔にもさもさと毛を生やした雑種犬がうなり始めた。「バカだと！」マシスが言う。「こりゃまたおかしな言葉を使いなさるお方だ。危うく吹き出すとこだったよ。バカ呼ばわりされるなんてこたそうそうねえからな。

ま、このへんの連中はあんたよりゃものがわかっとると、そういうことだがな」

「いやね、あなたが頭のいい方だというのはよくわかってるんです」ウォルターは言った。「私が言いたかったのは――」

「そう、頭がいいから、十までならなんとか数えられる」とマシス。「そっちはどうだ？　あんた教育があるんだろ。どうだ、十まで数えられるか？」

「十どころか、千二百まで数えられますよ」ウォルターは言った。「それに千二百に四百八十をかけて、その積に二十万を足した答えもわかる。だから一分だけでも話を聞いて――」

「わしが言っとるのは」マシスが言う。「逆に数えられるかってことさ。さあさあ、出だしだけ手伝ってやる、十、九……」

「いやその、バカなんて言葉を使って申し訳なかった。ここはちょっと日差しがきつくて、そのせいです。別に悪気が――」

「八、七……」

「出直したほうがよさそうね」ラリーサが言う。「よければ資料をお渡ししておきますので、お暇なときにご覧になって」

「ほう、バカでも字は読めるとお思いかね？」マシスがにこやかに笑いかけてくる。いまや犬は三匹ともうなり声をあげている。「六まで来たかな。いや、五だったかな。バカだからなあ、忘れちまったよ」

「ねえ」とウォルター。「さっきのは本当に謝ります、もし――」

「四三二！」

犬たちも意外に賢いらしく、耳を寝かせてじわじわ迫ってくる。

「また来ます」ウォルターはそう言うと、ラリーサと大急ぎで撤退した。

「来たらその車にぶっ放すからな！」マシスの愉快そうな声が背後で響く。

ひどい悪路を州道まで引き返すあいだ、ウォルターはつい怒りに身を任せてしまったおのれのバカさ加減をずっと大声で罵っていた。普段は賞賛激励の尽きせぬ泉であるラリーサも、このときばかりは助手席でじっとふさぎこみ、次に打つべき手に頭を悩ませていた。仮にもマシスの協力が得られなければ、ヘイヴンズ・ハンドレッドの用地確保に積み重ねてきた努力がすべて水の泡と言っても過言ではない。埃っぽい谷の出口に着いたところで、ラリーサが見解を述べた。「あの人は重要人物みたいに扱ってあげなきゃだめ」

「ケチなはみ出し者だぜ」ウォルターが言う。

「だとしても《ビー・ザット・アズ・イット・メイ》」とラリーサ――このお気に入りのフレーズを彼女が口にするときのインド風の発音にはなんとも言えない魅力があって、その耳に妙《たえ》なる歯切れのよさにウォルターは決して飽きることがなかった――「ああいう人は、重要人物みたいな気分にさせてあげる必要があるってこと。救世主なんだって思わせてあげるの、金の亡者じゃなく」

「ああ、でも残念ながら、あいつには金の亡者になってもらうしかない」

「私が戻って、女の人たちと話してみたらどうかな」

「あそこはどう考えたって男尊女卑だぞ」とウォルター。「見りゃわかるだろ？」

「いいえ、ウォルター、女性ってすごく強いのよ。ねえどう、私に女の人たちと話させてくれない？」

「まったく悪夢だな。悪夢そのもの」

「だとしても」再びラリーサが言った。「私だけこっちに残って、みなさんと話してみたらどうかと思うの」

「あいつの答えはもう聞いたぜ、ノーって。問答無用でノー」

「だったらもっと条件をよくする必要があるわ。ヘイヴンさんに条件を見直せないか訊いてみないと。ねえ、ワシントンに戻って相談してみて。あなたはもうあそこには行かないほうがよさそうだし。でも私一人ならそんなに警戒されないかも」

「きみにそんなことさせるわけにはいかないよ」

「犬なら怖くないわよ。あなただったらけしかけられるかもしれないけど、私は大丈夫だと思う」

「こいつはもう望みなしだよ」

「かもしれないけど、わからないわよ」ラリーサは言った。

褐色の肌の女性、それも華奢な体つきで容姿端麗な女性がただ一人、すでに一度は肉体的危害を加えられそうになった南部貧乏白人《プア・ホワイト》の住処に乗りこもうというのだから、その勇気にはただ驚くほかないが、それはさておいても、ウォルターは以後数カ月にわたり、フォースター渓谷に奇跡を起こしたのが電気技師の娘で郊外育ちのラリーサであって、酒浸りの怒れる男の息子として田舎町に育った自分ではなかったという事実にたびたび考えこむことになった。それも、たんに自分には庶民的な親しみやすさが欠けているというだけの話ではない。彼の全人格が、田舎育ちという生い立ちのアンチとして形作られてきたのだ。マシスのプア・ホワイト的な理不尽と憤懣は、いわばウォルターの存在そのものへの攻撃だった。だからこそ怒りで我を失ってしまった。逆にラリーサは、マシスみたいな手合いとこれまで付き合いがなかったがために、偏見抜きで、共感をもって再び話し合うことができたのだ。貧しいけれど誇り高い田舎の連中に接する際も、車を運転するときと同じで、こんなに明るく善意に満ちた人間に悪いことなど起こるはずがないというあの態度なのだろう。そしてそんな彼女に、あの誇り高き田舎者たちは、怒れるウォルターには与えようとしなかった敬意を払ったのだ。このラリーサの活躍によってウォルターはいささかの劣等感を覚え、自分が彼女の賞賛に値するとは思えないからこそ余計に彼女の存在のありがたみを感じるようになった。さらにはラリーサに限らず今時の若者全般に、若者たちがこの世界で善をなす力に熱い期待を寄せるようになった。そして——むろん頭では認めようとしなかったものの——望ましい範囲を超えてラリーサを愛するようになった。

ラリーサがフォースター渓谷を再訪して集めてきた情報を元に、ウォルターとヴィン・ヘイヴンは桁外れに金のかかった住民向け新提案を作成した。ラリーサの話では、たんに金を積んでもうまくいきっこないという。マシスの面子《メンツ》を立てるには、一族郎党を新たな約束の地へ引き連れていくモーセの役をあてがってやる必要があるというのだ。残念なことに、ウォルターの調べたかぎり、フォースター渓谷の人々にはこれといった職業スキルもなく、せいぜいが狩りにエンジン修理、野菜栽培に香草集め、あとはもちろん生活保護小切手の換金といった程度。それでもヴィン・ヘイヴンはいやな顔もせず、広い財界のコネを駆使して方々にあたってくれ、一つだけ興味深い可能性を持ち帰ってきた。防護服である。

二〇〇一年の夏、ヒューストンに飛んでヴィン・ヘイヴンと出会うまで、ウォルターはよきテキサス人という存在を想像できずにいた。何せ国内ニュースがよからぬテキサス人一色だった頃である。ヘイヴンは丘陵地帯に大牧場を所有し、コーパスクリスティの南にはさらに大きな牧場を持っていて、そのどちらも猟鳥の生息を促すべく丹念に管理されていた。ヘイヴンはテキサス流の自然愛好家だった。空翔《かけ》るアカシマアジを平然と撃ち落とす一方で、敷地内の巣箱で育つ赤ちゃんメンフクロウを閉回路スパイカムで何時間もうっとりとモーターし、ベアードクサシギの冬羽の鱗模様について玄人はだしの熱弁をふるうこともできる。小柄な体、どら声、弾丸頭のこの人物に、ウォルターは面談で初めて会った瞬間から好感を抱いた。「スズメ目の一種に一億ドルですか」とウォルターは言ったのだった。「ずいぶんとおもしろい配分の仕方ですね」

ヘイヴンはその弾丸頭を片側に小さく傾けた。「賛成できないかね?」

「いえ、必ずしもそういうことでは。ただ、その鳥はまだ政府のリストにも載っていないわけですし、あなたの本当のお考えはなんなのかと」

「私の考えはこう、私の一億なんだから私の好きなように使っていいはずだ、と」

「一理ありますね」

「ミズイロアメリカムシクイに関する最もすぐれた研究によれば、過去四十年、個体数が年に三パーセントずつ減少している。たとえ政府が絶滅危惧種に指定してなくても、その線をたどれば間違いなくゼロに行き着く。行き先はそこだよ、ゼロだ」

「たしかに。ただそうは言っても――」

「そうは言っても、もっとゼロに近づいている種もある。それは知ってるよ。私としては、そいつらの心配をしてくれる人間がいることを願うばかりだ。よくこんなことを考えるんだ、仮に私がこの喉を掻っ切ることで一つの種を救うことができるとしたら、私はやるだろうか？　むろん人間一人の命は鳥一羽の命より尊い、それは誰にでもわかる。だがこのちっぽけな命と、まるごと一つの種を比べたら？」

「そんな選択を強いられることはありませんよ、ありがたいことにね」

「ある意味ではそうだ」ヘイヴンは言った。「だがもっと大きな意味では、その選択は現に誰もが行っているとも言える。実は二月にオーデュボン協会の会長から電話があってね、就任直後のことだ。名前はマーティン・ジェイ、すごいだろう。これほど仕事にぴったりの名前もないよ（ジェイ［jay］はカケスの意）。そのマーティン・ジェイが、ホワイトハウスでカール・ローヴに会えるよう手配してくれないかと言うんだ。一時間でいい、一時間あれば、自然保護を優先課題にすることが、政治的にも新政府のプラスになると説得してみせる、とね。だから言ったのさ、ローヴに一時間会わせてやることはできるが、その前に一つやってもらいたいことがある。信頼できる無党派の世論調査会社に頼んで、浮動票層が環境問題をどの程度重視しているかデータをとってくれ。それでローヴによさそうな数字を見せることができれば、きっと興味津々で話を聞いてくれるよってね。するとマーティン・ジェイはもう大喜びで、いや助かるよ、申し分なしだ、調査は任せとけ、ときた。だから私は、まあそう言わずにもう一つだけ聞いておけと言ったんだ。その調査を依頼してローヴに見せる前に、結果がどうなるか、ある程度はわかっておいたほうがいいぞってね。これが六カ月前のこと。以来、彼から連絡はない」

「そのへんの政治的現実に関しては、あなたとはかなり馬が合いそうだ」ウォルターは言った。

「キキと私も、機会を見つけてローラにちょっとずつ働きかけてるところでね」ヘイヴンが言う。

「そっち方面のほうが可能性はあるかもしれない」

「そりゃすごい、すばらしいじゃないですか」

「ま、そんなに期待しないほうがいい。実際ときどきわからなくなるよ、Wの伴侶はローラとローヴとどっちなのかって。いまのはここだけの話だよ」

「それはともかく、なぜまたミズイロアメリカムシクイなんです？」

「好きなんだ。かわいらしい鳥だからな。体重はこの親指の第一関節くらいしかないのに、毎年南米まで飛んで行って、また戻ってくる。そう、そこがいいところなんだ。一人一種ってところがね。どうだ、十分だろう？　あと六百二十人集められたら、北米で繁殖するすべての鳥をカバーできるよ。運よくコマドリに当たったやつは、保護も必要ないし、一銭も出さなくていいってわけだ。ただし私はでかいことに挑戦したい。そしてアパラチアの石炭地帯とくれば、こいつはもう途轍もないチャレンジだ。そこのところは、もしきみがこのチームを動かす気があるんなら、とにかく受け容れてもらうしかない。つまり山頂除去による採炭への偏見を捨ててもらわなきゃならん」

燃料業界に四十年、ペリカン・オイル社の経営者でもあったヴィン・ヘイヴンは、ケン・レイ（二〇〇一年に破綻したエンロンのCEO、ブッシュと親交が深かった）、ラスティ・ローズ（テキサスの投資家、こちらもテキサス・レンジャーズを共同経営するなどブッシュの古くからの友人）からアン・リチャーズ（民主党の政治家、一九九四年の選挙でブッシュに敗れ、テキサス州知事の座を譲った）、そしてリオグランデ下流の「鳥司祭」ことトム・ピンチェリ神父（カトリックの司祭で、野鳥観察の振興や自然保護に尽力）に至るまで、テキサスの重要人物とは軒並み知り合いだった。とりわけ親密な関係にあったのが油田開発大手LBIの上層部で、この会社は最大の競争相手であるハリバートンと同じく、レーガンおよびブッシュ父の政権下で軍需業者としても急成長し、国内有数のシェアを占めるに至っていた。そしてヴィン・ヘイヴンがコイル・マシスの件を解決する手助けを求めたのが、このLBIだった。元CEO（ディック・チェイニーのこと）が国を動かす立場に収まっているハリバートンと違い、LBIはいまなお新政権内部に必死にもぐりこもうとしているところ、ゆえにジョージとローラの親しい友人の頼み事とあらば聞かない手はなかった。

LBIにはアールディー・エンタープライズという子会社があり、この会社がつい最近、高品質の防護服を米軍に供給する契約をものにしていた。イラクのあちこちで即席爆弾の被害が相次ぐ現状に、遅ればせながら軍部も手を打つ必要を感じたわけである。ウェストヴァージニアは労働力が安いうえに諸々の規制もゆるく、しかも二〇〇〇年の選挙ではブッシュ＝チェイニー陣営にぎりぎりの勝利をもたらした――共和党候補が選ばれたのは、一九七二年にニクソンが圧勝したとき以来――とあって、ヴィン・ヘイヴンと付き合いのある連中のあいだで工場建設予定地にうってつけだと思われていた。アールディーはホイットマン郡に急ピッチで防護服工場を建設することになり、ヘイヴンはアールディーが工員の雇用を始める前にうまく話を通して、フォースター渓谷の住民のために百二十の終身職を確保した。むろんあれこれの見返りはあるから、アールディーの側でも実質無料で労働力を得られるという仕組みである。ラリーサを通じて、ヘイヴンはコイル・マシスに、マシス本人はもちろんフォースター渓谷の他の家族にも高品質の住宅と職業訓練を無料で提供することを約束し、その取引にいっそうの旨みを持たせるべく、工員の健康保険と退職後年金を今後二十年は賄える程度の大金をアールディーに一括で支払った。雇用の安定についても心配はない。ブッシュ政権のメンバーが口を揃えて宣言しているように、アメリカは今後幾世代にもわたって中東での国益を守り続けるのだから。

テロとの戦いは当面終わりそうにないし、ゆえに防護服の需要も尽きることはないというわけである。ウォルター本人はかねがねブッシュ＝チェイニーのイラク政策を疑問視していたし、軍需産業の倫理的健全さについてはもっと疑っていたので、ＬＢＩと協力し、ここウェストヴァージニアで対立している左翼的な環境保護活動家にさらなる非難の口実を与えるのはどうも気乗りがしなかった。ところがラリーサは大賛成、「完璧だわ」と言う。「これがうまくいけば、私たち、科学的根拠に基づく森林再生のモデルってだけじゃないわよ。絶滅危惧種保護のために住む場所を失った人たちの移転とか雇用維持の面でもモデルになれる」

「ただしもちろん、早くに土地を売った連中にはずいぶんかわいそうな話だよな」ウォルターは言った。

「いまでも困ってるようなら、その人たちにも職をあげればいいわ」

「そうなりゃ出費がさらに何百万、いやもっとかな」

「それに愛国心に訴えるってとこも完璧！」とラリーサ。「あの人たちも祖国防衛の役に立つ仕事ができるわけだから」

「あの連中、祖国の苦境に夜も眠れぬってふうには見えんがね」

「いいえウォルター、それは違うわ。ルーアン・コフィのところなんて、息子さんが二人もイラクにいるのよ。政府を憎んでるのも、我が子を守るために手を尽くしてくれないから。実はあの人と話したのはそのことなの。政府も憎いけど、テロリストはもっと憎いって。だから完璧」

そんなわけで十二月、ヴィン・ヘイヴンは自家用ジェットでチャールストンに飛び、御自らラリーサとともにフォースター渓谷を訪問したのだった。その間ウォルターはベックリーのモーテルの部屋に一人残され、怒りと屈辱で悶々としていた。コイル・マシスはいまでもしょっちゅう、あの態度はでかいがケツの穴は小さいバカ上司はどうしたなどとぐちぐち言っているらしいが、その話をラリーサから聞かされても特に驚きはなかった。ラリーサ自身はどうやら徹底してやさしい警官の役を演じているらしく、ヴィン・ヘイヴンも（ジョージ・Wとの仲の良さからもわかるように）庶民受けする親しみやすさを持ち合わせているから、フォースター渓谷でのウケはまずまずだったらしい。集会が開かれた小さな小学校の外では、ナイン・マイル谷の外からやってきた小規模なデモ隊が、あのいかれたジョスリン・ゾーンを先頭にプラカード（**トラストを信用《トラスト》するな**）を持って行進したそうだが、住民のほうは八十家族すべてが権利放棄の書類に署名し、ワシントンにあるトラストの口座から振り出された大枚の支払保証小切手をその場で受け取った。

　以来九十日が過ぎて、フォースター渓谷もいまではトラスト所有のゴーストタウン、明朝六時に取り壊しの予定というわけだった。取り壊し初日の見学にわざわざ出かける理由などウォルターには見当たらなかったし、逆に行かないほうがいい理由ならいくつも思いついたけれども、ラリーサのほうは、セルリアン・パークからようやく最後の常設建造物が除去されるという期待にわくわくしているようだった。思えばウォルターは彼女を雇うにあたり、百平方マイルもの手付かずの自然という夢でさんざん誘惑したのだった。その話に彼女は文字通り夢中になったのだ。そして夢を実現間際までこぎつけたのもまた彼女自身であってみれば、いまさらフォースター渓谷に行くのはやめようなどとウォルターが言い出せるはずもない。愛だけは与えてやれない代わりに、ラリーサには他の何もかもを与えてやりたいと思っていた。娘のジェシカをつい甘やかしたくなるのと同じ感覚でラリーサを甘やかしたのだ。ジェシカの場合は親としての責任感からたいていは自制していたのだが。

　ラリーサは期待に身を乗り出すようにしてレンタカーをベックリーの町に乗り入れた。雨脚はいっそう強まっている。

「あの道、明日はひどいことになってそうだな」外の雨を眺めながらウォルターは言った。年寄りじみた気難しい声色に自己嫌悪を覚えながら。

「四時に起きてゆっくり行けばいいわ」とラリーサ。

「へえ、そいつは珍しい。きみがゆっくり運転なんて、見たことあったっけな？」

「いまは気が高ぶってるのよ、ウォルター！」

「そもそもこんなとこにいるのがおかしいんだ」ぶつぶつと続ける。「明日の朝、例の記者会見をやるはずだったのに」

「でもシンシアの話じゃ、発表のタイミングとしては月曜のほうがいいって」シンシアというのはマスコミ対応の責任者なのだが、これまではもっぱらマスコミとの接触を避ける方法に腐心していたのだった。

「どっちを心配すべきだろうな」ウォルターが言う。「がらがらの記者会見か、記者ですし詰めの会見場か」

「そりゃもう、ぜったいすし詰めでなくちゃ。ほんとにすばらしいニュースなんだから、きちんと説明すれば」

「とにかく心配だよ、ぼくにわかるのはそれだけ」

ラリーサとホテルで過ごす時間は、二人で仕事をするうえでおそらくは最も厄介な問題になっていた。ワシントンにいるあいだは少なくとも住んでいる階が違ったし、パティもうろうろしているから怪しい雰囲気にはならずにすむ。ところがベックリーのデイズ・インでは、わずか十五フィート離れたそっくりなドアにそっくりなカードキーを差しこみ、中に入ればそっくり同じとことんさえない部屋、この侘しさに打ち勝つには不義密通の火遊びしかないんじゃないかと思いたくもなる。これとそっくり同じ部屋で、ラリーサはどんなに淋しい思いをしているだろうとついつい想像してしまうのだ。心を苛む劣等感の、その正体の一つは混じり気なしの羨望——ラリーサの若さへの羨望、その汚れなき理想主義への羨望、どうにもならない自分の境遇に比べれば至極単純そうな境遇への羨望——であり、ゆえに彼女の部屋は、たとえ見かけはそっくりでも豊かなる部屋、美しく罪もない憧れの部屋、一方こちらは空っぽで不毛な禁止抑圧の部屋なのだった。静けさに耐えきれずにCNNをつけ、イラクで起こった最新の殺戮のニュースを眺めながら、一人淋しくシャワーを浴びようと服を脱ぐ。

前の日の朝、空港に出発する前のこと、パティは寝室の戸口に現れてこう言ったのだった。「できるだけわかりやすく言うわよ。許可したげる」

「許可？　何の？」

「何のかわかるでしょ。その許可をあげるって言ってるの」

思わず本気かと信じそうになったが、何せ顔はやつれきっているし、喋りながらも何かをこらえるように両手をもみ合わせている姿はなんとも哀れだった。

「なんの話かさっぱりだが」彼は言った。「とにかく許可なんていらないよ」

パティは懇願するように、そして絶望したように彼を見つめてから立ち去った。半時間後、家を出がけに彼女の部屋のドアをノックしてみた。いつも物書きやEメールをしている小さな部屋だが、最近はそこでそのまま眠ることも増えている。「ダーリン」ドア越しに声をかける。「木曜の晩には戻るからね」。返事がないので、もう一度ノックしてからドアを開けた。パティは折りたたみソファに座り、片手の指を反対の手できつく握り締めている。酔っ払ったような赤い顔で、頬に涙の跡がある。彼はその足元に屈みこんで手を握った。全身に先駆けて老い始めている手、骨ばっていて皮が薄い。

「愛してるよ」彼は言った。「それはわかってるね？」

パティは素早くうなずき、唇を噛んだ。感謝はしても納得はしていないのだ。「オーケー」甲高いかすれ声。「もう行って」

あと何千回、と、トラストのオフィスへ階段を下りながら彼は思った。あと何千回、ぼくはこの女に、こんなふうに心臓をぐさりとやられるはめになるんだろう？

哀れなパティ、負けず嫌いの迷えるパティは、自身がここワシントンで露ほどの勇敢さも立派さも発揮していないとわかっているからこそ、ラリーサへの彼の感心ぶりに気付かずにいられなかったのだ。生身のラリーサを愛することはおろか、そんな可能性を心に抱くことすらウォルターが自分に禁じている理由はむろんパティだった。それもたんに婚姻の掟を遵守するといった問題ではなく、自身の評価においてパティに勝る女性がいるなどとパティ本人に知られるのに耐えられなかったのだ。なるほどラリーサはパティより善良だ。それは紛れもない事実だろう。それでもウォルターは、その明白な事実をパティの前で認めるくらいなら死んだほうがましだと思っていた。なぜなら、心の奥底でラリーサをどれほど愛しているにせよ、またパティとの暮らしがすでにどれほど行き詰まっているにせよ、そんなこととはまったく別の次元で彼はパティを愛していたし、それはより大きな、抽象的な、それでいて本質的な愛、生涯をきちんと全うすること、善き人間であることに関わる愛だったからだ。ラリーサの場合は、仮に彼が文字通りおよび／または比喩的な意味でクビにしたとしても、何カ月か泣いたのちに再び自分の人生を歩みだし、別の誰かと善き行いを続けていくだろう。ラリーサはまだ若いし、明晰さに恵まれている。一方のパティは、なるほどこちらにつらく当たってくることもしょっちゅうだし、しかも最近はとみに愛撫を避けるようになってきているけれど、それでもやはり彼の愛と敬意を必要としている。この点は確かだ。でなければ、どうしていまなお一緒に暮らしているのか？　そう、この点は間違いない、絶対に。パティの心の真ん中には空白があって、その空白を愛で埋めるべく全力を尽くすのが彼の運命なのだ。彼女の中でか細く揺らめく希望の炎を守れるのは彼だけなのだ。そう思うと、すでにしてどうにもならない状況を抱え、それが日に日に悪化していくのを感じながらも、とにかくがんばり続ける以外に道はなかった。

　モーテルのシャワーを出て、正視に耐えない生白い中年の体を鏡に見ないよう気をつけながら、ブラックベリーをチェックする。リチャード・カッツからメールが来ていた。

よう相棒、こっちは済んだぜ。早速ワシントンで合流といくか？　ホテルに泊まるか、それともおたくのソファかな？　それなりの役得は期待したいね。

そちらのぺっぴんさんたちに幸あらんことを。ＲＫ

ウォルターはそのメッセージを仔細に眺めながら、出所のよくわからない不安を覚えた。打ち間違いが目についたせい、それでリチャードの根本的ないい加減さを思い出しただけかもしれない。それかひょっとして、二週間前のマンハッタンでの再会が残した後味のせいもあるのだろうか。ああやって旧友に再会できたこと自体は実にうれしかった。ただ、あれ以来、頭にこびりついて離れないことがいくつかあって、それはたとえばリチャードがレストランでラリーサにしつこく「ファッキン」という言葉を口にさせたことや、そのあとでラリーサはオーラルセックスに興味があるんじゃないかとほのめかしてきたこと、さらにはウォルター自身、ペン・ステーションのバーで、パティの陰口を叩くという、他の人間が相手なら絶対にやらないことをしてしまったこと。四十七にもなって、大学時代のルームメートの同情を買おうと妻をけなし、漏らす必要のない秘密まで漏らしてしまうとは、情けないにもほどがある。一方、リチャードのほうも再会を喜んでいるふうではあったが、それでもウォルターはあのおなじみの感覚を、つまりリチャードは例のカッツ的世界観を押しつけようとしている、そうすることで自分を打ち負かそうとしているという、あの感覚を振り払えなかった。別れ際、意外にもリチャードがアンチ人口過剰運動に名前とイメージを貸そうと言ってくれたとき、ウォルターはすぐさま電話でラリーサに朗報を届けたのだった。が、その知らせに百パーセント感激できたのはラリーサだけ。ウォルターのほうはワシントン行きの列車に乗りこむあいだも、はたしてこれでよかったのかと思い迷っていた。

それにリチャードはなぜ、メールの中で、わざわざラリーサとパティの美しさに触れているのか？　なぜあの二人の幸福だけ願って、この自分は蚊帳《かや》の外なのか？　例によってうっかりしただけだろうか？　ウォルターはそうは思えなかった。

デイズ・インから少し行ったところに、内装はとことん安っぽいが本格的なバーの付いたステーキハウスがあった。ともに牛肉を食べないウォルターとラリーサがそんな店に行くのは馬鹿げていたが、モーテルの従業員に訊いても他にお薦めはないらしい。座面がビニールのテーブル席につくと、ウォルターはビアグラスの縁をラリーサのジン・マティーニのグラスと触れ合わせた。ラリーサが手早く飲み干したのを見てウェイトレスにお代わりを合図し、それから拷問さながらの料理選びに取り掛かった。牛の排出する大量のメタン、養豚養鶏場が垂れ流す汚物による流域の荒廃、外洋魚の破滅的な乱獲、養殖エビだの養殖サケだのという生態学的悪夢、抗生物質まみれの酪農工場、農産物のグローバル化がもたらす輸送燃料の無駄遣い、そんなあれこれにすっかり包囲されて、良心に恥じることなく頼めるものといえばポテトに豆に淡水養殖のティラピアくらいしかない。

「くそったれ」彼はメニューを閉じた。「こうなったらもうリブ・アイを頼んでやる」

「いいじゃない、最高のお祝いだわ」そう言うラリーサの顔は早くも火照っている。「私はお子様メニューの絶品グリルチーズ・サンドイッチにしようかな」

ビールはなんだか不思議だった。想像以上に酸味がきつくてまずく、飲めるパン生地といった感じだ。三口か四口すすっただけなのに、普段は音沙汰のない脳血管が不穏な脈動を伝えてくる。

「リチャードからメールが来てたよ」彼は言った。「すっかりその気でね、作戦会議にも合流してくれるって。週末泊まりがけで来るように言っといたんだ」

「ほら！　どうよこれ？　頼んでも無駄だなんて言ってたの、誰？」

「いやいや。きみの言うとおりだった」

そう言う彼の表情にラリーサは何かを嗅ぎ取った。「ねえ、うれしくないの？」

「いや、もちろんうれしい」と答える。「理屈のうえではね。ただ何かこう……信用できなくて。要はあいつがやる気になってる理由がわからないんだと思う」

「私たちの話にめちゃくちゃ説得力があったんだって！」

「かもしれない。それか、きみがめちゃくちゃ美人だからか」

これを聞いたラリーサはうれしそうでもあり、戸惑っているふうでもあった。「あの人、親友なんでしょ？」

「昔のね。でもいまじゃ有名人だからな。あいつの信用できないとこばかり目についちまう」

「どのへんが信用できないの？」

ウォルターは首を振った。答えたくない。

「私に手を出すんじゃないかって心配なの？」

「いや、そんなバカな話はない、だろ？　だってほら、そいつはきみの問題であって、ぼくには関係ない。大人なんだし、自分で気をつければいいことだ」

これを聞いてラリーサは笑った。今度はうれしそうなだけ、戸惑っている様子はない。

「すごく変わった人だし、カリスマっていうのもわかる」と言う。「でも何より思ったのは、かわいそうな人だってこと。言ってる意味わかる？　よくいるタイプよ、年がら年中恰好つけてなきゃいけないみたいな。それも本当は弱いから。あなたみたいに中身がないの。会って話してみて私が思ったのは、とにかくあなたをすごく尊敬してるんだなってこと。露骨に出さないようにがんばってたけど。どう見たってそう、でしょ？」

この話にウォルターは感激しつつも、いや、こんなに喜びすぎるのは危険だと思い直した。信じたいけれど、やはり信用できない。リチャードはリチャードなりに容赦のない男だと知っているだけに。

「嘘じゃないわよ、ウォルター。ああいうタイプの男ってほんとに原始的。威厳、クールさ、いい恰好、それしかないの。あの人にあるのはそれだけ、あなたにはそれ以外のすべてがある」

「でもあいつにあるものこそ、世の中の求めてるものなんだよ」ウォルターは言った。「ネクシスで山ほど読んだだろ、あいつの話。だから言ってる意味はわかるはずだよ。世間ってのは、思想だの感情だのにご褒美はくれない。純粋さ、クールさ、これなんだ。だからこそぼくはあの男が信用できない。最初からゲームは仕組まれてるんだ、常にあいつが勝てるように。内心ではぼくらのやってることを立派だと思うかもしれないけど、それを公に認めることは決してない。なぜって恰好つけてなきゃいけないから、それが世間の求めてることだから。あいつにはそれがわかってる」

「そう、でもそれだからこそ、あの人が協力してくれて大助かりなのよ。あなたにクールになってほしいなんて思わない、クールな男は好きじゃないの。私が好きなのはあなたみたいな人。でもリチャードの力で、私たちの考えが伝わりやすくなる」

そこにウェイトレスが注文を取りに来たのでウォルターはほっとした。ラリーサの口から彼を好きな理由を聞く快感にひとまず歯止めがかかったからだ。しかしラリーサが二杯目のマティーニに突入すると、危険はさらに深まった。

「プライベートな相談、していい？」と言う。

「ああ――どうぞ」

「じゃあ訊くけど、私、不妊手術を受けたほうがいいと思う？」

その声がまた他のテーブルの客にも十分聞こえそうなほどの大声で、ウォルターは反射的に唇に指を押し当てた。ただでさえ目立っているのだ。見るからに都会的な二人で、しかも女のほうは人種が違う。まわりはみんなウェストヴァージニアの田舎の住人、でっぷり太ったタイプかがりがりにやせたタイプのどちらかである。

「そうするのが当然かなって」先ほどよりは抑え気味の声で言う。「子供がほしくないのははっきりしてるし」

「そうだな」彼は言った。「ただまあ……ぼくはむしろ……」長年の彼氏であるジャイラムともめっきりご無沙汰の現状では、妊娠は火急の心配事でもないだろうし、仮にうっかり妊娠しても堕胎はいつでもできる、そう言いたかった。が、そもそもこんなふうにアシスタントの不妊手術の話をしていること自体、何か途方もなく不適切だという気がした。ラリーサは許可がほしいのか、反対を恐れているのか、とろんとした目でおずおずと微笑みかけてくる。「まあ基本的には」と言った。「ぼくもリチャードに賛成だな。憶えてるかい、あいつが言ってたこと？　人間、その手のことでは気が変わるもんだって。選択肢は残しておいたほうがいいんじゃないかな」

「でも、いまの自分が正しいってわかってたら？　未来の自分のほうがむしろ信用できないってこともあるでしょ？」

「まあでも、そうなればもうかつてのきみじゃないわけだろ、そのときには。もう新しいきみだ。そして新しいきみはいまとは別のものを求めてるかもしれない」

「だったら未来の自分なんてクソくらえよ」ラリーサは身を乗り出した。「それが子供を産みたい自分なら、もうとっくに敬意なんて持てないわ」

ウォルターは努めて他のテーブルに目をやらないようにした。「だいたいなんでいまこの話が出てくるんだ？　最近はジャイラムとも会ってないわけだろ」

「ジャイラムは子供をほしがってるの、だからよ。私が子供はほしくないって言っても、本気じゃないと思ってる。はっきり教えてやりたいのよ、これ以上煩わされたくないから。もうあの人の彼女ではいたくないの」

「いやまったく、きみとぼくがこういう話をするのはどうかと思うね」

「そう、でも、だったら誰に話せばいいの？　あなただけよ、私のことわかってくれるの」

「いやラリーサ、参ったな」頭がビールで朦朧としている。「すまない。ほんとにすまない。どうやらきみをまずいことに巻きこんじまったみたいだ、そんなつもりはなかったのに。人生まだまだこれからのきみを、ぼくは……どうもまずいことに巻きこんじまったらしい」

　いや、こいつはよくない。もっと具体的な、世界人口の問題に限ったことを言おうと思ったのに、これじゃまるで二人の関係全般を語っているみたいに聞こえる。内心は自分も未練を禁じえないある漠然とした可能性を、ばっさり断ち切ろうとしているみたいに。いやもちろん、それが可能性ですらないことはよくわかっているのだけれど。

「これは私個人の考えなの、あなたのせいとかじゃなく」ラリーサが言う。「あなたの影響でそう思うようになったわけじゃないの。ただ助言がほしかっただけ」

「なるほど、じゃあぼくの助言は、やめとけってことだな」

「そう。じゃあもう一杯飲むことにするわ。それともそれもやめとけって言う？」

「やめといたほうがいいと思うけど」

「いいからもう一杯頼んで」

　ウォルターの目の前に亀裂がぱっくりと口を開ける。いますぐ飛びこむことのできる穴。こんなものが、こんなにあっという間に目の前に出現するなんて。恋をしたことは前にも一度あるが――前にも一度？　いやいやいや、前に一度、あのときだけだ――あのときは実際ことに至るまでにたっぷり一年近くはかかったし、しかもいざそうなったとき、大仕事のほとんどはパティがやってくれたのだった。ところがいまや、その手のことはほんの数分でなんとかなりそうな気配である。不注意な言葉をあと二言三言、それにもう一杯ビールを飲んだりしたら、その先はもう……

「ぼくが言いたかったのは」と弁解する。「きみをこの人口過剰の件に巻きこみすぎたんじゃないかってことなんだ。夢中にさせちまったっていうか。ぼく個人のバカな怒りで、ぼく個人の問題なのに。言いたかったのはそれだけのこと、他意はない」

ラリーサはうなずいた。涙が小さな真珠のように睫毛にしがみついている。

「きみのことはまるで娘みたいに思えてね」意味もなくつい口走る。

「わかってる」

でもこの娘みたいというのもよろしくない――あまりに身も蓋もないというか、この愛なりなんなりが自分には決して許されないと認めるのは、いまはまだちょっとつらすぎる。

「そりゃどう見ても」と言葉を継いだ。「きみの父親にしてはぼくは若すぎる、というかまあ、まだいい、いい、それほどの年でもないし、なんにせよきみにはきみのお父さんがいる。つまりさっきのあれは、きみが父親に求めるような助言を求めてきたからっていう、そういう話でね。こっちも上司として、そして言うなれば人生の先輩として、なんていうか……つい心配にもなるし。〝娘みたい〟っていうのはそういう意味だよ。別にそのタブーがどうとか、そんな話じゃなくて」

そう言いながらも、なんたるナンセンスと笑いたくなった。いま自分が抱えている問題、これがタブーじゃなくてなんなんだ？　ラリーサもそれはお見通しのようで、その美しい目を上げてまともに見つめてきた。「愛してくれなくてもいいの、ウォルター。片思いでいいの。ね、いいでしょ？　あなたがなんて言おうと、好きなのは変えられないわ」

目の前の亀裂がぐんと広がり、めまいがした。

「ぼくだって好きだ！」彼は言った。「つまりその――ある意味でね。とても確かな意味で。確かに好きだ。すごく。というか、ものすごく。わかるね？　ただ、だからと言って何がどうなるというものでもない。つまり、この先も一緒に仕事するんだったら、こんな話をしてちゃ絶対にだめだ。すでにして、とても、とてもまずいことになってる」

「うん、わかる」ラリーサが目を落とす。「それにあなたは結婚してるし」

「そう、そのとおり！　そうなんだ。だからまあ、そういうこと」

「そういうことね、うん」

「飲み物を頼んでくるよ」

かく愛を告白し、惨事も回避したうえで、彼はウェイトレスを探し出して三杯目のマティーニを頼んだ。ヴェルモット多めで。顔がすぐ真っ赤になるのは昔からのことだし、それ自体はもう慣れっこだが、いまは赤くなったきり戻らなくなっている。火照った顔でふらふらと男子便所に足を踏み入れ、小便をしようと試みた。頭ではすごく小便をしたいのに、体がどうも言うことを聞かない。小便器の前で深呼吸を繰り返し、ようやく出そうだと思ったそのとき、ドアがさっと開いて誰かが入ってきた。その人物が手を洗い、乾かしている音を聞きながら、ウォルターは頬を真っ赤にして膀胱がその内気さを克服するのを待った。やがてついに来たかというところで、またもや手洗い場の男のせいで気が散ってしまった。どうやらわざと長居しているらしい。そこで小便をあきらめ、意味なく水を無駄にしてからズボンのジッパーを上げた。

「あんた医者にかかったほうがいいんじゃねえか、小便、出ねえんだろ」手洗い場の男が南部訛りでいやらしく声をかけてきた。白人で三十前後、顔に貧しさが染みついている。ウォルターの思い描く、ウィンカーを使いたがらないドライバーの人物像にぴったりの男だ。肩口に迫る男の気配を感じながら、ウォルターは急いで手を洗い乾かした。

「黒い女がお好みか？」

「なんだって？」

「とぼけんな、あのニガー女とよろしくやってたじゃねえか」

「彼女はアジア系だ」そう言って、立ちはだかる男を迂回する。「失礼するよ――」

「飴《あめ》ちゃんは甘《あめ》えが酒のが早《はえ》えってわけか、え？」

その憎悪みなぎる声に暴力の気配を感じたウォルターは、言い返すのはやめてさっさとドアから逃れた。殴ったり殴られたりとはここ三十五年ほど無縁だったし、四十七になったいま、殴り合いは十二のときよりはるかに気分が悪いに違いない。ためこんだ暴力に全身を震わせ、出来事の不当さにめまいを覚えながら、テーブルに届いたアイスバーグ・レタスのサラダの前に腰をおろす。

「ビールはどう？」ラリーサが訊いてきた。

「不思議な感じだね」そう言ってグラスに残った分を一気に飲む。いまにも頭が首から外れ、パーティー用の風船よろしくふらふら天井に昇っていきそうな感じ。

「ごめんなさい、いろいろ余計なこと言っちゃったみたいね」

「気にしなくていい」と答える。「ぼくも——」きみを愛してるんだ。きみを死ぬほど愛してる。

「ぼくもなかなかつらい立場でね、ハニー」彼は言った。「いやその、〝ハニー〟じゃない。〝ハニー〟はなし。ラリーサ。ハニー。ぼくもなかなかつらいんだよ」

「ビール、もう一杯飲んでみたら？」そう言う顔はいたずらっぽく笑っている。

「つまりほら、あれだ、ぼくは妻のことも愛してるし」

「ええ、もちろん」ラリーサは言った。が、助け舟を出す気はさらさらないらしい。猫のように背を丸めてテーブルに身を乗り出し、その美しく若々しい両手を伸ばして、彼のサラダの両脇に十個の白っぽい爪をこれ見よがしに並べた。触っていいのよ、と言わんばかりに。「酔っ払っちゃった！」とひと声あげて、よこしまな笑顔で彼を見上げる。

こんなところを例のトイレの拷問者に見られてはと、彼はちゃらちゃら安っぽいダイニングルームをひそかに見回した。どうやらその姿はなさそうで、他に露骨にじろじろ見ている客もいない。ラリーサを見下ろす。プラスチックのテーブルが極上の枕ででもあるかのように頬をすり寄せているその姿に、彼は思わずリチャードの予言を思い出した。跪いて、頭がひょこひょこ、上目遣いに微笑んでいるというあれだ。ああ、リチャード・カッツの世界観のなんと安っぽい明快さ。憤怒の波が頭の中のうなりを切り裂き、彼は落ち着きを取り戻した。酔った娘をものにするなんてまさにリチャード式、ぼくのやり方じゃない。

「起きなさい」と厳しい声で言う。

「もうちょっとだけ」ラリーサはもごもごとつぶやき、伸ばした指先をのたくらせた。

「だめだ、いますぐ起きろ。ぼくらはトラストの表看板なんだ。それを忘れちゃいけない」

「一人じゃ帰れそうもないわ、ウォルター」

「その前にきみのお腹に何か入れないと」

「んん」目を閉じたまま微笑む。

ウォルターは席を立ってウェイトレスを探し出し、メインの料理はテイクアウト用に箱に詰めてほしいと頼んだ。テーブルに戻ってもラリーサはまだうつ伏したまま、肘のわきには三杯目のマティーニが飲みかけで置いてある。その彼女を揺さぶり起こし、二の腕を摑んでしっかり体を支えると、外に連れ出して車の助手席に乗せた。そしてテイクアウトを受け取りに店に戻ろうとしたところ、ガラス張りのホールで例のトイレの拷問者に出くわした。

「この黒んぼ好きのクソ野郎が」男は言った。「恥ずかしくねえのか。このへんになんの用だ?」

ウォルターは男のわきをすり抜けようとしたが、男は道をふさいだ。「質問に答えろよ」

「興味ないね」そう言って無理やり通ろうとしたものの、逆に激しく突き飛ばされて板ガラスにぶつかり、ホール全体がみしみし揺れた。これはただで済みそうにないと思ったそのとき、店内に通じるドアが開き、いかにも百戦錬磨といった感じのレストランの女将がなんの騒ぎかと声をかけてきた。

「この人がからんできたんですよ」ウォルターは息を切らせて説明した。

「この変態野郎が」

「やるんなら店の外でやっとくれ」女将が言う。

「おれはどこにも行かねえぞ。この変態を追い出しゃいいんだ」

「だったらさっさと席に戻って座っとくれ、それにあたしの前でそんな口をきくんじゃないよ」

「食ってられるかよ、こいつのせいでむかむかして吐きそうだぜ」

その先の解決は二人に任せてウォルターは店内に入ったが、とたんに殺人的な憎悪の視線に射すくめられることになった。出所はドアに近いテーブル席に一人でいる大柄な若いブロンド女、あの拷問者の連れに違いない。テイクアウトの準備ができるのを待ちながら、ウォルターはつい考えこんでしまった。なぜよりによって今夜、彼とラリーサはこの種の憎悪を招き寄せることになったのか？　これまでも何度か、特に小さな町ではじろじろ見られることはあったけれど、さすがにこんなことは初めてだった。いや実際、チャールストンには黒人と白人のカップルもかなりいたし、諸々の病弊を抱えるこの州にあって、人種差別はさほど優先度の高い問題ではなさそうだとむしろうれしい驚きを感じていたのである。そもそもウェストヴァージニアは白人が住民の大部分を占める地域が多いから、人種問題が目立つことはあまりない。そう思うと、今夜あの若いカップルの注意を惹いてしまった原因は、自分たちのテーブルに漂っていた罪悪感、彼自身の汚らわしい罪悪感なのだと結論せざるをえなかった。あの二人の憎悪を招いたのはラリーサではなく、彼自身なのだ。それもまったくの自業自得。ようやくテイクアウトの準備ができたときには、両手がぶるぶる震えてクレジットカードの署名もままならないほどだった。

デイズ・インに帰り着くと、雨の中、ラリーサを抱っこで運んでやり、部屋のドアの外に降ろした。その気になれば歩けるのはわかっていたが、部屋まで運んでほしいという、先ほど口にしていた望みを叶えてやりたかったのだ。それに実際、そうして子供みたいに腕に抱くことには、自分の立場を思い出させてくれるという効果もあった。ベッドに腰をおろすなりばったりと倒れこんだラリーサに掛け布団をかけてやる。かつてジェシカやジョーイにしてやったように。

「ぼくは隣で晩ごはんを食べてるよ」そう言って、額にかかった髪をそっとかき分けてやる。「きみの分はここに置いとくから」

「行かないで」ラリーサが言う。「ここでテレビでも見てて。じきに酔いも醒めるし、一緒に食べましょ」

この願いも叶えてやることにして、ケーブルテレビでPBSを探し、『ニュースアワー』のおしまいのところを見た——ジョン・ケリーの軍での経歴がどうこうという話、そんなのどうでもいいじゃないかといらいらしてきて中身はほとんど頭に入らなかった。最近はもう、どんなニュースもまともに見ていられない。速すぎるのだ、何もかもが速すぎる。ふとケリー陣営への同情が胸を刺す。この国の気分を変えようにも、過去三年のハイテクな嘘と人心操作を暴こうにも、もう七カ月もないのだから。

彼自身も、なんとか期限までにナードン、ブラスコ両社との契約を実現せねばと途方もないプレッシャーにさらされていたのだった。ヴィン・ヘイヴンが取り付けた当初合意の失効日は六月三十日、それを過ぎれば交渉はやり直しという話だった。期限内にコイル・マシスの件を片付けるには、莫大な出費に目をつぶり、嫌悪感を押し殺してLBIと防護服がらみの協定を結ぶしか手はなかった。そうしていま、事態が再考されぬうちにと、石炭会社は大急ぎでナイン・マイル谷を破壊にかかり、山中深くまで掘削機《ドラグライン》を持ちこもうとしている。これを可能にしたことこそ何を隠そうウォルターのお手柄、ここウェストヴァージニアで彼が成し遂げた数少ない確かな功績の一つが、MTR採掘の認可手続きを早め、アパラチア環境保護法センターに働きかけて、遅々として進まぬ訴訟の対象区域からナイン・マイル地区を外させたことだったのだ。ともあれ契約が済んだいま、ウォルターにとって急務なのは、ウェストヴァージニアのことはさっさと忘れてアンチ人口過剰運動に本腰を入れること――我が国の大学生の中でもリベラルな連中が夏休みの計画を定め、ケリー陣営の選挙運動に駆り出されてしまう前に、早急にインターンプログラムを立ち上げることだった。

　マンハッタンでリチャードと会ってからの二週間半で、世界人口は七百万人増加している。正味七百万の人間増――ニューヨークシティの人口とほぼ同じ――それがこぞって森を丸裸にし、川を汚染し、草地を舗装し、プラスチックごみを太平洋に捨て、ガソリンや石炭を燃やし、他の種を絶滅させ、忌々しい教皇の言いつけに従って十二人の子供を産む。ウォルターの考えでは、カトリック教会こそがこの世の諸悪の根源であり、人類に、そして人類に与えられたこの奇跡の星に絶望せざるをえない何よりの理由なのだった。もっとも最近では、ブッシュとビン・ラディンの双子の原理主義が僅差の二位につけていることは認めざるをえなかったが。教会を見ても、車についたREAL MEN LOVE JESUS（「本物の男はイエスを愛す」）のステッカーや魚のマークを見ても、とたんに怒りに胸が苦しくなる。ウェストヴァージニアみたいなところでは、それすなわち日の光の下に出るたびに怒りに苛まれるということ、これが例のいらいら運転の一因であるのは言うまでもない。しかも問題は宗教だけではない。世のアメリカ人がアメリカ人の特権だと思いこんでいるジャンボサイズのあれこれ、ウォルマート、バケツ入りのコーンシロップ、車高無制限の巨大オフロード車だけでもない。問題は、この限られた地表に毎月千三百万の大型霊長類を新たに詰めこんでいるというのがどういうことか、この国では誰一人、ただの五秒も考えていないんじゃないか、そんな気がしてしまうことだった。このいかにもうららかな同国人たちの無関心を思うと、つい怒りに我を忘れてしまう。

　最近パティが言ってきたことに、運転時のいらいら対策としてラジオで気を紛らしたらどうかというのがあったが、ウォルターに言わせれば、ラジオをどの局に合わせたところで、聞こえてくるのはただ、この国に地球の荒廃について考えている人間はいないというメッセージばかりだった。宗教、カントリー、リンボー（ラッシュ・リンボーは全米で人気を誇るラジオ・トークショーのホスト、政治的には反リベラル）の局は当然ながらどれも荒廃万歳の大合唱。クラシックロックやニュースネットワークの局は年がら年中から騒ぎ。そしてナ《N》ショナル・パ《P》ブリック・ラ《R》ジオはもっと質《たち》が悪い。『マウンテン・ステージ』に『プレーリー・ホーム・コンパニオン』、燃える地球を尻目にまさしくのらくら《フィドル》三昧！　中でも最悪なのが『モーニング・エディション』と『オール・シングズ・コンシダード』。昔々はかなりリベラルだったNPRのニュース部門も、いまやよくある中道右派の自由市場主義イデオロギーの発信源、国内の経済成長速度がわずかに鈍ったただけで「悪いニュース」として喧伝し、毎朝毎晩の貴重な放送時間を――人口過剰と大規模絶滅への危機意識を高めるのに使えるはずの時間を――文芸作品の書評だの、ウォルナット・サプライズみたいな曲者《くせもの》バンドの論評だのという真面目腐った茶番で無駄にしている。

　それにテレビ。テレビもラジオと同じだが、ひどさは十倍だ。炎上する世界には目もくれず、『アメリカン・アイドル』のインチキ臭い新展開をいちいち追いかけているような国は、この先いかなる悪夢的な未来を迎えようとも自業自得だという気がした。

　このような気分でいるのがよくないのはもちろんわかっていた――他の理由はともかく、少なくともセントポールにいた二十年ほどはこうではなかったのだから。怒りと鬱とが密に関わっているのもわかっていたし、こんなふうに黙示録的なシナリオばかりを思い描いているのが不健全なのもわかっていた。しかも自分の場合は、妻への不満や息子への失望がそうした強迫観念を助長しているという自覚もあった。仮に一緒になって怒ってくれる人がいなかったとしたら、それこそ自分の怒りに押しつぶされていたかもしれない。

　でもいつもラリーサという味方がいた。彼の考えを正しいと認め、危機感を共有してくれる相手がいた。初めて面談をしたとき、ラリーサは一家で郷里の西ベンガルへ旅したときの話をしてくれた。当時彼女は十四歳、カルカッタの人口過密ぶり、住民の生活の苦しさ不潔さに悲しみと恐怖のみならず嫌悪を覚える、まさにそういう年頃だった。その嫌悪感に突き動かされて、アメリカに帰国後は菜食主義と環境保護に傾き、大学では発展途上国の女性問題を重点的に学んだ。卒業後はたまたま自然保護協会に悪くない職を見つけたものの、心は常に——若き日のウォルターと同じく——人口問題、持続可能性の問題にあった。

なるほどラリーサにはまったく別の面も、古風なタイプの強い男に惹かれる面もあるのだろう。彼氏のジャイラムというのはがっしりした男で、顔立ちは少々不細工だが傲慢で野心的なタイプ、心臓外科医になるべく研修中の身だった。魅力的な若い女性が行く先々で男に声をかけられるのを嫌い、その魅力をいったんジャイラムタイプの男に預けるというのはよく聞く話、何もラリーサが初めてではない。が、かれこれ六年もひどくなる一方のジャイラムのたわごとに付き合わされて、ラリーサもついに愛想が尽きたようだ。今夜持ちかけてきた相談、あの不妊手術の件にしても、わざわざ相談してきたというのがむしろ驚きである。

いや実際、どうして相談してきたのだろう？

きちんと考えてみようとテレビを消し、ラリーサの部屋をうろつく。答えはすぐにやってきた。彼女はこの自分に訊いていたのだ。あなたと私の子供がほしいか、と。いや、より正確にはおそらく、もし子供がほしくなっても産めないかもしれないと釘を刺していたのだ。

しかも最悪なのは、彼自身——自分に正直になるなら——彼女とのあいだに子供がほしいと思っていることだった。もちろんジェシカのことは最高の娘だと思っていたし、それに比べるとやや抽象的な意味でだが、ジョーイのことも愛していた。ただ、二人の母親、パティの存在が急に遠く感じられるようになっていたのだ。そもそもパティの場合、当初はそれほど彼と結婚したいとも思っていなかったのだろうし、その名を初めて聞いたのもあのリチャードの口からだった。はるか昔のミネアポリスの夏の晩、最近相手してるねえちゃん《チック》がバスケのスターと同居してるんだが、これがまた体育会系女子のイメージにぜんぜん合わない女でね、云々と。パティがそのリチャードと危うくくっつきかけて、それでいて結局くっつかなかったという――代わりにウォルターの愛を選んだという――喜ばしい事実から、二人のその後の人生が、結婚と家と子供たちが育まれてきたのだ。ずっと夫婦仲はよかったが、似た者同士とは言いがたかった。最近はとみに相性の悪さばかりが目につくようになっている。かたやラリーサのほうは正真正銘の魂の同類、心の底から彼のことを愛し尊敬してくれる。彼女とのあいだに息子ができたら、きっと自分に似た息子になるに違いない。

すっかり動転してなおも部屋を歩き回る。酒と南部白人《レッドネック》に気を取られているあいだに、足元の亀裂はますます広がっていたようだ。よりにもよってアシスタントとの子作りのことを考えているなんて！　せめて考えてないふりでもしたらどうだ！　しかもすべてはこの一時間で起こったことなのだ。さっきまでは違った。さっき不妊手術に反対したときには、自分のことなんか頭になかった、それは確かだ。

「ウォルター？」ラリーサがベッドから声をかけてきた。

「ああ、気分はどうだい？」そう言ってそばに急ぐ。

「吐いちゃいそうだったんだけど、吐かなくてすみそう」

「よかった！」

ラリーサはやさしい笑みを浮かべて彼を見上げ、しきりにまばたきをしている。「一緒にいてくれてありがとう」

「そりゃあもう」

「ビールの酔いはどう？」

「すっかり忘れてたよ」

ラリーサの唇が目の前にある。口が目の前にある。心臓がばくばくしていまにも胸郭にひびが入りそうだ。キスしろ、キスしろ、キスしろ、そう言っている。

と、そのとき彼のブラックベリーが鳴った。着信音はミズイロアメリカムシクイの鳴き声だ。

「出て」ラリーサが言う。

「まあでも……」

「だめよ、出て。私は大丈夫、ここで寝てれば」

かけてきたのはジェシカ。毎日電話で話しているし、急ぎの用ではないはずだ。が、ディスプレイに映った娘の名は、それだけでウォルターを崖っぷちから引き戻すのに十分だった。もう一つのベッドに腰をおろし、電話に出た。

「歩きながら話してるみたい」ジェシカが言う。「もしかして急いでる？」

「いや」と答える。「お祝いをしてるところでね、実は」

「ジムで走ってるのかと思っちゃうわ、そんなにハアハア言って」

腕に力が入らず、耳元にあてがった電話が重い。横向きにベッドに倒れこみ、午前中の出来事と諸々の心配事を語り聞かせたところ、ジェシカは精一杯慰めてくれた。娘と毎日交わす電話のリズムをウォルターはありがたく思うようになっていた。彼のほうから近況をあれこれ訊ねる前に、真っ先にこちらの調子を訊いてくることを許している相手はこの世でジェシカだけ。その意味で、娘はいわば彼の面倒を見てくれていた。彼自身のきちんとしたところを受け継いでいるのだ。物書きになる夢を捨てきれぬまま、目下はマンハッタンで薄給の編集助手として働いているけれど、もともと自然への関心が深く、いずれは環境問題を中心に執筆したいと言っていた。その娘にウォルターはリチャードがワシントンに来ることを伝え、週末の会議に加わってくれる予定に変わりはないかと訊ねた。若い世代の貴重な知恵を借りたいのだと。もちろん行くわ、と言ってくれた。

「それで、そっちは今日は？」彼は訊ねた。

「うーん」と言う。「出勤してるあいだに魔法か何かでルームメートがいい人たちに変身してたりとか、そういうことはなかったわね。とりあえずドアのまわりに服を積んである、煙を締め出すために」

「中では煙草を吸わせないようにしないと。はっきり言わなきゃだめだよ」

「もちろん、ところが多数決ってやつなのよ、実は。二人とも吸い始めたばっかりでね。だからまだ可能性はあるかも、馬鹿だって気づいてやめるとか。そうなるのを期待して、文字通り息を詰めて見守ってるわけ」

「で、仕事のほうは？」

「平常どおり。サイモンのやつ、もうキモくなる一方。アブラ製造機よ、あれ。デスクのまわりをうろつかれると、あとでぜんぶきれいに拭かなきゃいけないの。今日はエミリーのデスクで一時間とかぶらぶらしてた、ニックスの試合に行かないかって、しつこいの。上の編集者になるといろいろタダ券がもらえるのよ、スポーツの試合とかも、ほとんど意味不明だけど。きっとニックスも相当困ってんのね、この時期、特別席を埋めるのに。でね、エミリーはもう、あれこれ言い方変えてさんざん断って、これ以上ノーって言う方法ある？って感じなわけ。それで見かねて加勢に行ったの、サイモンにね、奥さんはお元気ですかって。もしもし――奥さんいるんでしょ？　ティーネックのお宅には子供も三人？　アタマ大丈夫？　エミリーのブラウスの胸元覗きこむのやめたら？　みたいな」

ウォルターは目を閉じた。言葉が出てこない。

「パパ？　聞いてる？」

「聞いてるよ、ああ。いくつだい、その。サイモンは？」

「さあねえ。年齢不詳。エミリーの二倍までは行かないかな。よくみんなで言ってるの、あの髪、染めてんのかなあって。ときどき髪の色がちょっと変わって見えるのよね、週明けなんかに、でもたんにアブラ分泌量の問題かも。ま、ありがたいことに直属の上司じゃないんだけど」

娘の前で泣き出してしまうんじゃないかとウォルターは急に心配になってきた。

「パパ？　聞いてる？」

「ああ、ああ」

「よかった、パパの携帯、すごくしーんとなるのよ、喋ってないとき」

「ああ、ま、とにかく」と言う。「週末、来てくれるのがすごく楽しみだよ。リチャードをゲストルームに泊めることになるかな。土曜にみっちりミーティングして、日曜にも短めのやつをやるつもりだ。具体的なプランを練っておきたい。ラリーサはすでにいくつかいいアイデアがあるみたいだよ」

「でしょうね」とジェシカ。

「よし、じゃあそういうことで。明日また話そう」

「オーケー、愛してるわ、パパ」

「こっちもね」

彼は電話が手から滑り落ちるに任せ、そのまましばらく音をたてずに泣いていた。安っぽいベッドがぎしぎしと揺れる。どうしていいのか、どう生きればいいのかわからなかった。人生で新たな何かにぶつかるたびに、絶対に正しいと思える方向に進んできたはずなのに、そこにまた新たな何かが出現して、今度は逆の、こっちもまた正しいと思える方向へ背を押される。一貫した物語というものがないのだ。生きていることそれ自体が唯一の目的と化したゲームの中で、ひたすらあっちこっちと跳ね回るだけのピンボール、それが自分だという気がした。こうなったら結婚生活を捨ててラリーサを追いかけるしかない、そんな気がしていた矢先、ジェシカの年上の同僚の姿におのれ自身を見出してしまう。あれもほしい、これもほしいと消費三昧、よくいるアメリカ白人男性にすぎないじゃないか、と。家庭内《ドメスティック》／国内資源が尽きたとたんにぴちぴちのアジア人に夢中になるなんて、まるで恋愛の帝国主義じゃないか、と。過去二年半、トラストとともにたどってきた道にしてもそうだ。自分の主張は正しい、これは正義の使命だとあれほど確信があったのに、今朝になってチャールストンで、自分のしてきたことはすべてひどい間違いだったんじゃないかと疑い始めるなんて。それに人口過剰対策の件だって同じ。現代世界の最重要課題に真正面から取り組む、これ以上に立派な生き方があるだろうか？　なのにそんな取り組みも、ラリーサが子供を産めなくなると想像しただけで、いかにも大げさで不毛なものに思えてくる。いったいどう生きればいい？

涙を拭い、落ち着きを取り戻そうとしているところに、ラリーサが近づいてきてそっと肩に手を置いた。吐く息に甘いマティーニが香る。「私のボス」肩を撫でながら囁く。「あなたは世界一の上司よ。最高にすてきな人。一晩寝たら何もかもきっと大丈夫」

彼はうなずき、洟をすすって小さくあえいだ。「頼むから不妊手術は受けないでくれ」

「ええ」やさしく撫でながら言う。「今夜はやめとく」

「何も急ぐ必要なんてないんだ。何もかももっとゆっくりでいい」

「ゆっくり、ええ、ゆっくりね。何もかもゆっくりになるわ」

キスなら彼もキスを返していたに違いないのだが、ラリーサはただやさしく肩を撫で続け、おかげで彼もようやく上司としての体裁をいくらか取り戻すことができた。ラリーサはやはり多少物足りなさそうだったが、さほどがっかりしているふうでもない。眠たい子供みたいにあくびをし、両腕で伸びをする。そんな彼女のもとにサンドイッチを残して、ウォルターはステーキを手に隣室に移動し、罪の意識から来る野蛮さでステーキをがつがつ貪り食った。両手でわし摑みにし、口まわりが脂まみれになるのも構わず一口一口食いちぎる。それでまたジェシカの脂ぎった上司、乙女の敵サイモンのことを思い出した。

これにはさすがに我に返り、部屋のもの淋しく不毛な感じに頭も冷めて、彼は顔を洗うと、二時間ほどEメールの処理にあたった。隣の純潔なる部屋ではラリーサが眠っている。夢を見ているだろうか――どんな夢を？　想像もつかない。それでも、こんなふうに崖っぷちまで行ってどたばたと引き返したことで、どちらにとっても、再び崖っぷちに近づく危険の予防にはなるはずだという気はした。そしていまではそれでいいと思えた。それが彼の知っている生き方なのだ。規律と禁欲。次に二人で旅するのはだいぶ先だろうと思うと、いくらか気も休まる。

　マスコミ対応係のシンシアから、正式なプレスリリースと、明日正午、フォースター渓谷の爆破開始と同時に出す仮発表の最終稿がメールで送られてきていた。トラストのコロンビア駐在員であるエドゥアルド・ソーケルからの簡潔で悲しげな短信には、日曜の長女の十五歳のお祝い《キンセアニエラ》に出られないのは残念だが、もちろんワシントンに飛ぶとあった。ウォルターとしては、セルリアン・パークの汎アメリカ的性質を際立たせ、トラストの南米での成果を強調するためにも、月曜の記者会見でぜひともソーケルに脇を固めてもらう必要があった。

　自然保護がらみの大規模土地取引では最終決定まで秘密裏に事が運ばれるのはよくある話だが、それでも一万四千エーカーの森林を山頂除去《MTR》にさらすという、これほどの規模の爆弾を抱えた取引はなかなかない。二〇〇二年の暮れだったか、ウォルターが地元の環境保護コミュニティに対し、トラストがアメリカムシクイ保護区のMTRを許すかもしれないと軽くほのめかしただけで、たちまちジョスリン・ゾーンはウェストヴァージニア中のアンチ石炭業界の記者に注意喚起してまわったのだった。結果は束の間とはいえ批判記事の嵐、これにはさしものウォルターも、実情をすべて世間に公表するのは危険すぎると判断せざるをえなかった。時計は刻々と進んでいる。大衆の教育、世論の誘導といった時間のかかる作業をしている暇はない。ならばナードン、ブラスコとの交渉は内密にしておき、ラリーサの説得でコイル・マシスと隣人たちから秘密厳守の誓約を取り付け、すべての事実が既成《フエアコンプリ》になるのを待ったほうがいい。が、いまやもう時間切れ、重機類が続々と山に入っている。記事にされる前に先手を打って、こちらの見立てで、科学的根拠に基づく森林再生、立ち退き住民の寛大な取り扱いといった「成功話」に仕立てなければならない、それはよくわかっていた。ところが考えれば考えるほど、このMTRの件ではマスコミにつるし上げられるに違いないとの確信が深まる。へたをすればその火消しで何週間も身動きがとれないかもしれない。そしてその間にも時計は進み、人口過剰対策に取り組む時間が奪われていく。いまや唯一の関心事はそれなのに。

深まる不安の中、プレスリリースに再度目を通してから、念のためEメールの受信リストをもう一度確認したところ、新着が一件、送信元は caperville@nytimes.com とある。

バーグランド様

初めまして、ダン・ケイパーヴィルと申します。アパラチアの土地保全を取材している者です。話によれば、セルリアン・マウンテン・トラストは、ウェストヴァージニア州ワイオミング郡の広大な森林地の保存のための土地取引を完了したそうですね。その件につき、できるだけ早い機会にお話を伺えればと……

なんだこりゃ《ホワット・ザ・ファック》？　なんで『ニューヨーク・タイムズ』が今朝の契約のことをもう知ってるんだ？　まさに不意打ち、目下の状況ではこのEメールの意味を熟考する気にもなれない。ウォルターはただちに返信を作成し、あれこれ気になりだす前にと送信ボタンを押した。

ケイパーヴィル様

お問い合わせ、ありがとうございます！　こちらとしても、当トラストが進めております刺激的なプロジェクトに関して、ぜひお話できればと思っております。実を申しますと、週明け月曜日の朝、ワシントンで記者会見を開くことになっており、そこで斬新かつ刺激的な環境保護対策の新機軸を発表する予定ですので、よろしければぜひご出席ください。貴紙のステータスに鑑みまして、日曜の晩に、事前に当方のプレスリリースをお送りすることも可能です。また、月曜の朝早く、会見前にお時間がおありでしたら、取材のほうにも対応できるかと思います。

では、お目にかかるのを楽しみに——

セルリアン・マウンテン・トラスト専務取締役
ウォルター・E・バーグランド

そのうえですべてをコピーし、なんだこりゃ《WTF》とコメントを添えてシンシアとラリーサのアドレスに送ってから、いらいらと部屋の中を歩きまわった。いまなら二杯目のビールも大歓迎だ。（四十七年生きてきて初めてのビール、なのに早くもアル中みたいな気分だった。）いまなすべきことはおそらく、寝ているラリーサを起こして車でチャールストンに引き返し、朝一番の飛行機でこちらを発って、記者会見を金曜に前倒ししてこちらから先手を打つことだろう。ただそれでいて、やりきれない思いも募る。まるで世界中が、発狂しそうな速度で動く全世界が結託して、この世に二つしかない彼の望みを、彼が心底求めているものを奪い去ろうとしているみたいじゃないか。ラリーサにキスする機会は奪われたのだから、せめて週末は彼女とジェシカとリチャードと四人で人口過剰対策のプランを練って過ごしたい。このウェストヴァージニアの悪夢を処理するのはそのあとでいいじゃないか。

十時半になってもまだ室内を歩きまわっていた。被害者意識と不安と自己憐憫に苛まれ、たまらずパティのいる自宅に電話をかけた。浮気を思いとどまったことをほめてもらいたかったのか、それともただ、愛する人間に怒りのいくばくかをぶつけたかったのか。

「あらまあ」パティは言った。「電話してくれるなんてびっくり。そっちはどう？」

「最悪だよ」

「そりゃそうよね！　ほんとはイエスって言いたいのにノーしか言えないんだもの、そりゃつらいわよね」

「おい、頼むからやめてくれ」彼は言った。「お願いだから、今夜はその話はやめてくれ」

「あらごめん。気持ちはわかるって言いたかったんだけど」

「冗談抜きで、こっちは仕事上の問題を抱えてるんだよ、パティ。私情がらみのしょうもない悩みじゃなくてね、ほんとの話。それもかなり深刻でね、仕事上の大問題、で、ちょっとばかり元気になりたくて電話したんだ。今朝の会合にいた誰かが、マスコミに何か漏らしたらしくてね、それでぼくは記事になる前に先手を打っていろいろ説明しなきゃならないんだが、これがどうも気が進まない、というのがなぜかと言うと、こっちの件は何もかもとんだヘマだったんじゃないかって、どうもそんな気がし始めてね。つまりぼくがやったことといえば、一万四千エーカーを吹っ飛ばして月面みたくする権利を取り付けたっていう、それだけのことなんじゃないかって、しかもこれから世間にそのことを知らせなきゃいけないって言うのに、ぼく自身はもうこのプロジェクトに興味を持てないでいる」

「そう、ま、正直」パティが言う。「月面云々ってあたりは確かにちょっとぞっとするわね」

「うれしいね！　まったく、元気が出ること言ってくれるよなあ！」

「実は今朝の『ニューヨーク・タイムズ』でそういう記事を読んだとこなの」

「今朝の？」

「そうそう、おたくのアメリカムシクイの話も出てきてたわよ、その鳥にとっても山頂除去がどんなによくないかって話」

「冗談だろ！　それ、ほんとに今日？」

「そう、今日」

「くそっ！　つまり誰だか知らんが、今朝の新聞でその記事を見て、それで記者にリークしたってわけか。その記者からつい三十分前に連絡があったよ」

「ま、とにかく」パティが言う。「そっちは事情をよく知ってるんでしょ。ただ読んだかぎりじゃ、山頂除去ってかなり最悪な感じよね」

ウォルターは額に強く手を押し当てた。再び目に涙がこみあげてくる。自分の妻にこんな仕打ちを受けるなんて。しかもよりにもよってこんなときに、今日にかぎって。「いつからきみは『タイムズ』の大ファンになったんだ？」

「ずいぶんよくないことみたいに書いてあったって言ってるだけよ。よくないことは誰でも知ってる、議論の余地なしみたいな感じで」

「『タイムズ』で読んだことはなんでも信じるって、あれだけお母さんを馬鹿にしてたきみがね」

「ははは！　うちの母と同じじってわけ？　山頂除去が気に入らないから、それでジョイスってことになるの？」

「他にも考慮すべき面があるって言ってるだけだ」

「もっと石炭を燃やせばいいって思うわけ？　石炭を燃やしやすい状況を作ったほうがいいと。地球温暖化には目をつぶって」

額にあてた手を目の上まで滑らせ、目が痛くなるまで圧迫する。「なぜだか説明してほしいか？　説明しなきゃいけないのか？」

「したければどうぞ」

「ぼくらは破局に向かってるんだよ、パティ。このままだとぜったい破綻する」

「ふうん、まあ正直、そっちはどうか知らないけど、あたしはこの際、なんだかむしろほっとするかも」

「ぼくら夫婦の話じゃない！」

「ははは！　いまの、わざとじゃないのよ。ほんとに勘違いしてた、あなたの言ってること」

「ぼくが言ってるのは、世界人口とエネルギー消費がどこかの時点で激減せざるをえないってことだよ。現時点ですでに持続可能なレベルをはるかに超えてるんだ。いったん破局に至っちまえば、生態系には一定期間、回復のチャンスが与えられる。ただしそれも、自然が多少とも残っていればの話だ。だから破局以前に地球がどの程度だめになっているか、これが大問題になる。完全に使い切ってから、すべての木を切り倒し、すべての海を空っぽにしてから破局に至るのか？　それとも、だめになってない拠点を何箇所か残せるのか？」

「どっちにしろ、あなたもあたしもその頃にはとっくに死んでるわ」パティが言う。

「そう、だから死ぬ前に拠点を作ろうとしてるのさ。避難所をね。二箇所の生態系が歴史の隘路《あいろ》をくぐり抜ける、そのようすがになる自然を。それがぼくらのプロジェクトのやろうとしてること」

「それってなんだか」パティも粘る。「世界中に疫病が蔓延して、タミフルだかシプロだかにものすごい行列ができて、でもあなたのおかげであたしたち二人はぎりぎりセーフっていう、そういう話よね。〝いや残念、申し訳ない、たったいま、なくなりました〟って。感じよく、礼儀正しくにっこりして、どのみちみんな死ぬのに」

「そりゃ地球温暖化は途方もない脅威だけど」ウォルターは挑発を受け流した。「それでも放射性廃棄物よりはましなんだよ。生物種が環境に適応するスピードは従来考えられていたよりずっと速いことがわかってきてる。気候の変化も百年かけて少しずつということになれば、脆弱な生態系にもささやかな勝機はある。ところが原子炉が吹っ飛んだら、たちまち何もかもだいいなしになって、その後五千年は元に戻らない」

「だから石炭万歳。じゃんじゃん燃やそう。レッツゴーってわけ」

「そんなに単純な話じゃないんだよ、パティ。いろいろややこしいんだ、他の選択肢を考慮に入れるとね。原子力ってのは突発的に惨事を引き起こしかねない。その突発的惨事から生態系が回復する見込みはゼロだ。それでみんな風力、風力って言うけど、風力も問題がないわけじゃない。ジョスリン・ゾーンってバカがいるんだが、そいつが作ったパンフにね、こう、選択肢が二つ並んでる――選択肢は二つだけってつもりらしい。写真AにはMTR後の荒廃した不毛地帯の図、写真Bには原始のままの山に風車が十機。さて、この絵のおかしいところは？　それは風車が十機しかないってとこだ。実際には一万機必要なのにね。ウェストヴァージニア中の山をタービンで覆いつくさなきゃいけないんだよ。そんなところを飛ぶ渡り鳥の気持ちになってみろ。それに州一面が風車だらけで、観光客が集まると思うかい？　さらにだ、石炭と張り合おうと思えば、その無数の風車を半永久的に稼動させなきゃならない。いまから百年後も同じ風景、目障りな醜い機械が残されたわずかな野生生物をなぎ倒してるってわけだ。ところが山頂除去なら、百年かけて再生をきっちりやれば、完璧とまではいかないけど、それなりに貴重な成熟林に戻る」

「で、そのことをあなたは知ってて、新聞は知らない」パティが言った。

「そのとおり」

「そしてあなたが間違ってるってことはありえない」

「石炭か、風力、原子力かっていう点についてはね」

「じゃあそれぜんぶ、いましてくれたみたいにちゃんと説明すれば、みんな信じてくれるだろうし、何も問題なさそうじゃない」

「きみは信じてくれるかい？」

「詳しい事情がわからないから」

「でもぼくはわかってるし、そのぼくが言ってるんだぜ！　なんで信じてくれないんだ？　なんで元気づけてくれないんだ？」

「それってあのカワイコちゃんの仕事じゃなかった？　すっかりお任せだったから、なんだか腕が鈍ってるみたい。ま、どうせあの子のほうがずっとうまいでしょ」

話がさらに不穏な方向に行く前にと、ウォルターはそこで会話を切り上げた。部屋の明かりをすべて消し、窓を照らす駐車場の明かりの中で寝支度をする。このぼろぼろに惨めな気分から逃れるには、暗闇に身を沈めるしかない。遮光カーテンを閉めても下から光が漏れ入ってくるので、スペアのベッドの寝具を剝がし、枕だのシーツだので目一杯ふさいでみた。アイマスクをつけ、顔に枕をのせる。が、どんなにマスクを調節しても、固く閉じたまぶた越しに光子《フォトン》が迷いこむかすかな気配、完全な闇にはならない。

愛し合っていながら日々苦痛を与え合うパティとの暮らし。それ以外に彼がしていることは何もかも、それこそラリーサへの渇望も含めて、つまるところこの状況からの逃避にほかならない。これ以上一緒に暮らすのは無理なのに、離れて暮らすなんて想像もできない。耐えられない、限界だと思うたびに、いや、まだ大丈夫、まだがんばれる、となるのだ。

去年の夏、雷雨がワシントンを襲った夜のこと、たまりにたまった用事のリストから何か一つでも減らそうと、彼はオンラインの銀行口座の開設に取り掛かったのだった。数年来延ばし延ばしにしていた件だ。ワシントンに越してきて以来、パティの主婦業はおろそかになる一方で、もはやスーパーに買い物にも行かなくなっていたのだが、それでも支払いの類と一家の小切手帳の管理はまだこなしていた。ウォルター自身はいちいち小切手帳をチェックしていなかったから、いらいらと銀行ソフトと格闘すること四十五分、ようやくコンピュータの画面に浮かび上がった数字を見て、初めて事情を知ることになった。これといって心当たりのない毎月五百ドルの引き出し、真っ先に頭をよぎったのは、ナイジェリアだかモスクワだかのハッカーに盗まれているんじゃないかということだった。が、パティが気づいてないなんてことがあるだろうか？

二階のパティの小室を覗いてみたところ、昔のバスケ仲間と楽しいお喋りの真っ最中——いまでもウォルター以外の知り合いには笑いとウィットを振りまいているのだ——そこで電話が終わるまでその場で待つと意思表示をした。

「現金よ」入出金明細のプリントアウトを見せるとパティは言った。「手元に現金が必要で小切手を切ったの」

「毎月五百ドル？　それも決まって月末あたりに？」

「現金を引き出すのがだいたいその時期なの」

「いや、きみは二週間おきに二百ドル引き出してる。見てれば引き出しのパターンはわかるよ。それにほら、ここに支払保証小切手の手数料ってのがある。五月十五日のとこ」

「ほんと」

「てことは、支払保証小切手だろう、現金じゃなく」

はるか海軍天文台の方角、ディック・チェイニーが住んでいるあたりで雷鳴が轟く。夜空はポトマック川の水の色だ。パティは小さなソファに座ったまま、居直るように腕を組んだ。「オーケー！」と言う。「見つかっちゃった！　ジョーイがね、夏の家賃を全額前払いしなきゃいけなかったの。ちゃんと稼いで返すそうよ、そのときはたまたま手元に現金がなかったってだけで」

前年の夏に引き続き、ジョーイはワシントンで働いていながらこの家に住もうとしないのだった。こっちは大歓迎だし力になりたいのに、それをはねつけたというだけでもウォルターは腹が立ったが、さらに胸糞悪いのがその夏季アルバイトの勤め先。これがいかにも胡散臭い新設企業で——資金の出所は（このときはまだウォルターも特に気にしていなかったけれど）ヴィン・ヘイヴンと仲良しのL

BIの連中――解放直後のイラクの製パン民営化事業を入札なしで手に入れたという小さな会社だった。この件ではすでに数週間前、独立記念日のピクニックにジョーイがやってきて、遅まきながら夏の予定を明かした際に派手な親子喧嘩が勃発していた。例によってウォルターはブチ切れ、パティは自室に逃亡潜伏、そしてジョーイはあの小馬鹿にしたような薄笑い。共和党の笑い、ウォール街の笑いだ。一つ大目に見てやれ、間抜けな青臭い父親も、その時代遅れのモラルも、ただしおれはそんなに馬鹿じゃない、そんな顔だ。

「この家には文句なしに立派な寝室がある」ウォルターはパティに言った。「が、そんなものはジョーイ様には似合わない。大人なおれ様には。クールなおれ様には。しかもひょっとしてバス通勤！ 庶民どもに混じって！」

「あの子、住所がヴァージニアじゃなきゃまずいのよ、ウォルター。それに返すって言ってるわけでしょ？ あなたに相談したらどうせこうなるってわかってたし、それで黙って勝手にやったの。あたしが自分で決めるのが気に入らないんなら、小切手帳を没収すればいいじゃない。キャッシュカードも取りあげちゃえば。お金が必要になるたびにお願いって頭下げにくるから」

「毎月だぞ！ 毎月金を送ってたなんて！ とんだ自立だよな！」

「あたしはお金を貸してあげてるの。わかる？ まわりのお友だちはほとんど仕送りもらい放題なわけ。あの子、すごく節約してるけど、付き合いだっていろいろあるし、ああいう世界でやってくには――」

「ご立派な学生《フラッツ》クラブの世界か、エリート学生が一堂に会した――」

「あの子には目標があるの。目標があって、いつかあなたに認めてもらいたいと――」

「初耳だな！」

「服とお付き合いのお金だけよ」パティが言う。「学費も自分で払ってるし、家賃も食費も自分で稼いでるし、だからそう、いつの日かあなたが、まあ無理かもしれないけど、何から何まで自分そっくりな息子じゃなくてもいいって思えたら、そのときにはわかるかもね、あなたたち親子がどんなに似てるか。あの子ぐらいの年で、あなたも同じように自活してたわけでしょ」

「そうさ、ただしぼくは大学四年間を三本のコーデュロイで通したし、週に五日も飲みには行かなかったし、それに間違いなくお袋から仕送りなんて一銭ももらわなかった」

「でもいまは時代が違うのよ、ウォルター。それにどうかしら、もしかして、ひょっとしてだけど、いまの時代どうすれば出世できるか、あなたよりあの子のほうがわかってたりするかも」

「軍需業者でアルバイト。夜な夜な学生クラブ《フラット》の共和党員と泥酔。出世の道はほんとにそれしかないのか？　他に選びしろはないのか？」

「あなたにはわからないのよ、あの子たちがどんなに怯えてるか。ものすごいプレッシャーを感じてるの。だから思い切り羽目を外したい――それが悪い？」

　古い屋敷のエアコンでは、外から押し寄せてくる湿気にはとても敵わない。雷鳴は徐々に間隔を狭めつつ四方八方から聞こえてくる。窓から見える観賞用の洋梨の木が、まるで誰かがよじ登ろうとしているみたいにゆさゆさと枝を揺らす。ウォルターの体の服とじかに接していない部分は、どこもかしこも汗がたらたらと流れている。

「おもしろいね、きみが急に若者をかばいだすなんて」とやり返す。「いつもはあんなに――」

「あたしがかばってるのはあなたの息子よ」パティが言う。「念のため言っとくけど、あの子はそのへんのアホガキみたいにゴム草履《フリップ・フロップ》でぺたぺた歩き回ったりしないわよ。どう見たってずっと中身もあるし、おたくのあの――」

「とにかく信じられんよ、飲み代を送ってやってたなんて！　それこそあの、あれにそっくりじゃないか。企業福祉制度ってやつに。自由市場万歳とやらの企業がこぞって連邦政府のおっぱいにむしゃぶりつく。〝政府は小さくすべきだ、規制なんてないほうがいい、税金もお断り、まあしかし、それはそれとして——〟」

「なんなのよそれ、おっぱいって」声に憎悪がにじむ。

「比喩を使っちゃいけないのか？」

「あら、じゃあ言うけど、おもしろい比喩を選んだわね」

「ああ、それも考えなしに選んだわけじゃない。あの手の企業ってやつはね、やれ自由市場だ競争だって大人みたいな顔をしてるが、その実、政府の予算を貪るでっかい赤ん坊にすぎないんだよ、みんなが飢えてるその最中にね。魚類野生動物庁なんて毎年五パーセントずつ予算を減らされてる。出先のオフィスを覗いてみろ、中はがらんどう、廃墟だよ。スタッフもいない、土地取得の金もない、おまけに——」

「出た出た、貴重な魚類。かけがえのない野生動物」

「**ぼくにとっちゃあ大事なことなんだ**。なぜそれをわかってくれない？　なぜそれを馬鹿にする？　そんなふうに馬鹿にしながら、この期に及んでなぜ一緒に暮らしていられる？　なんでとっとと別れない？」

「なぜって、別れても解決にならないからよ。そういうこと、あたしが考えたことないとでも思ってるの？　この立派なスキルと職歴と、この鍛えぬいた中年の体を武器に自由市場に飛びこめって？　あたしもね、あなたがアメリカムシクイのためにやってることはほんとに立派だって——」

「嘘だ」

「ま、そうね、正直、個人的には興味ないけど、でも——」

「じゃあきみは何に興味があるんだ？　何もないじゃないか。毎日毎日、日がな一日、何も、何も、何もしない。見ててたまらないんだよ、それが。外に出て仕事を見つけてちゃんと給料を稼いでみるとか、何か人のためになることをするとか、四六時中部屋にこもって自分を憐れんでないでさ、そうすりゃ少しは自分に自信が持てるようになるんじゃないかっていう、そういう話だよ」

「なるほど、でもねえハニー、あたしの場合、年に十八万ドルやるからアメリカムシクイを救えなんて、誰も言ってくれないの。すてきな仕事よね、手に入れば。でも手に入らないの、あたしは。スターバックスでフラペチーノ作れって言うの？　スタバで週八時間働いたら、自分に自信が出てくると思う？」

「わからないだろ！　やってみなきゃわからないだろ！　なのにきみはやってみたこともない、生まれてこの方一度も！」

「おっと、ついに出たわね！　やっと本音で話し合えそう」

「そもそも専業主婦ってのがまずかったんだ。あれが間違いだった。きみのご両親はなんできみに仕事を経験させなかったのか、そのへんはわからないが――」

「仕事の経験くらいあるわよ！　馬鹿にしないで、ウォルター」そう言って膝を目がけてキックを飛ばす。当たらなかったのは偶然だ。「夏中パパのオフィスでいやーな仕事をしたり。あとミネソタ大でも、あのときはあなたも見てたでしょ、わかってるはずよ、あたしがちゃんと働けること。二年みっちり働いたわよ。妊娠八カ月になっても出勤してた」

「トレッドウェルとつるんで、コーヒー飲みながら試合のビデオを見てただけだろ。そいつは仕事じゃないよ、パティ。きみを好いてる人たちの温情だ。最初の雇い主はきみのパパ、その次は体育科の仲間」

「じゃあ一日十六時間、二十年やってきた家のことは？　しかも無給よ？　あれは仕事に入らないの？　あれもただの〝温情〟？　あなたの子供を育てることが？　あなたの家をきれいにすることが？」

「それはきみが望んだことだろ」

「そっちはどうなの？」

「きみのためだ。ぼくがそれを望んだのはきみのためだ」

「はっ、嘘、嘘、大嘘よ。あなただって望んでたくせに。あなたはずっとリチャードと張り合ってたの、それはわかってるんでしょ。いまじゃもう忘れたいんでしょうけど、それもただ作戦がうまくいかなかったから。もうあなたの勝ちじゃないみたいだし」

「勝ち負けなんて関係ない」

「嘘つき！　あなたも負けず嫌い、あたしといい勝負よ。あなたはほんとのことを認めようとしないってだけ。あたしを放っといてくれない理由もそれ。あたしがご立派な仕事を見つけなきゃいけない理由もね。あたしのせいで、あなたが負け犬になるから」

「悪いが聞くに堪えないね。現実の話とは思えない」

「そう、別にいいわよ、聞きたくなければ。でもあたしはいまでもあなたのチームよ。それに信じられないかもしれないけど、いまでもあなたに勝ってほしいと思ってる。ジョーイを助けるのもあの子がチームの仲間だからだし、あなたのことも助けてあげる。明日行ってみるわ、あなたのために、それで——」

「ぼくのためじゃない」

「**いいえあなたのため**。わからないの？　あたしのためっていうのはないの。あたしには何もない。大事なものも、信じることができるものも。チームがあるだけ。だからあなたのために何か仕事を見つけてくるし、そうなったらあなたもあたしのことは放っとけばいいし、あたしがなけなしのお給料をジョーイに送ろうが気にしなくていい。ま、どのみちそんなに顔も合わせなくなるでしょうし——うんざりしなくてすむでしょ」

「うんざりなんてしてない」

「へえ、だとするとあたしの理解を超えてるわ」

「それに、いやなら仕事を見つけなくてもいい」

「いいえ、そんなの嘘！　だって明白じゃない、でしょ？　あなたの話で明白になったでしょ？」

「いや。何もしなくていい。もう一度ぼくのパティになってくれたら、戻ってきてくれたら、それだけでいい」

　そこでパティはとめどなく泣き出し、彼はそばに身を横たえたのだった。喧嘩がセックスへの入口になっていた。もはやそれ以外の方法では、まずそこに至ることはない。雨が激しく叩きつけ、空に稲光が走る中、彼はなんとかパティを自信と欲望で満たそうとした。思いやりを注げる相手として、どんなに彼女が必要かを伝えようとした。あまりうまくいったためしはなかったが、それでも事が終わってしばらくのあいだは、長い結婚生活の静かな威厳に包まれて二人抱き合い、たがいを鞭打ったことへの悲しみと許しを分かち合ううちに我を忘れることができた。束の間の休息。

　翌朝、パティは仕事を探しに出かけた。そして二時間もしないうちに帰宅し、屋敷の窓の多い一角、通称「温室」にあるウォルターのオフィスに足どり軽やかにやってきて、近所の〈健康共和国《リパブリック・オヴ・ヘルス》〉が受付係として雇ってくれたと報告した。

「いや、それはどうかなあ」ウォルターは言った。

「何？　何が悪いの？」パティが言う。「このジョージタウンであたしが居心地悪くない場所、うんざりしなくてすむ場所って、文字通りあそこだけなの。しかも空きがあったのよ！　ほんとラッキー」

「受付係ってのはどうもこう、不適切な気がするね、きみの能力を思うと」

「不適切？」

「人目もあるしってことさ」

「その人目って誰の目のこと？」

「さあね。うちの資金提供者とか、支援を頼んだ議員とか、規制のことで助けてもらってる人とか」

「うわ、ちょっと。自分で何言ってるかわかってる？　たったいまなんて言ったか？」

「なあ、ここは一つ、正直に話そうとしてるんだ。正直になったからって責めないでくれ」

「あたしが責めてるのは言ったことの中身よ、ウォルター、正直さを責めてるわけじゃないわ。ほんと、冗談でしょ！　〝不適切〟だって。ひゃあ」

「まあ要は、きみみたいに頭のいい人間が単純なジムの仕事なんてもったいないってことだよ」

「違うわ、要はあたしが年だってこと。ジェシカがあそこで夏のアルバイトをするって言っても、あなた平気なはずよ」

「いやいや、仮にジェシカの夏の計画がそれだけだったらがっかりすると思うね」

「あらら、参った。それじゃこっちはお手上げだわ。〝どんな仕事でも仕事がないよりはまし、かな、いや、ごめん、ちょっと待って、そのきみがしたいっていう、きみにうってつけっていう仕事だけど、それだったらないほうがまし〟」

「わかった、わかったよ。やれよ。どうでもいいさ」

「どうでもいい！　うれしいわ、激励ありがとう」

「自分を安売りしすぎなんじゃないかって気がするだけさ」

「そう、まあでも、一時的なものかもしれないし」パティが言う。「そのうち公認不動産業者《リアルター》の資格でも取ろっかな、このへんの働けない奥さんってみんなそうだし、で、床の傾いたぼろっちいタウンハウスを二百万ドルで売るの。〝こちらが一九六二年、ヒューバート・ハンフリー（一九一一～七八、合衆国副大統領〔一九六五～六九〕、六八年の大統領選挙でニクソンに敗れた）が大いなる便意を催したバスルーム、その歴史的瞬間を記念して当物件は国家登録財に指定されておりまして、売主さんが十万ドルのプレミアをつけておられるのはそのためです。それにキッチンの窓の外には、小さめですけどお洒落なアザレアの茂みもございます〟。服装も変えなきゃ、ピンクやグリーンのスーツにバーバリーのレインコート、これよね。で、最初にどかんと入った仲介料でレクサスのSUVを買う。このほうがずっと適切でしょ」

「言っただろ、もうわかったって」

「ありがと、ハニー！　やりたい仕事をさせてくれて！」

そう言って大股で部屋を出ていき、ふとラリーサのデスクのわきで立ち止まる。「ハーイ、ラリーサ」と声をかける。「仕事が見つかったの。いつものジムで働くことになったの」

「いいですね」ラリーサが応じる。「お気に入りのジムですよね」

「そうなの、ただウォルターがねえ、不適切なんじゃないかって。どう思う？」

「まっとうな仕事なら、どんな仕事も人間に尊厳を与えてくれると思います」

「パティ」ウォルターは呼びかけた。「もうわかったって言ったぞ」

「聞いた？　もう気が変わったみたい」パティがラリーサに言う。「さっきまで不適切だって言ってたのに」

「ええ、聞こえました」

「あらそう、ははは、でしょうね。でもこういうときは聞こえなかったふりをしなきゃ、わかった？」

「聞かれたくないんだったらドアを開けっぱなしにしないでください」ラリーサが冷たく返す。

「みんなしっかり練習しなきゃね、ふりをする練習を」

〈健康共和国〉の受付の仕事を始めたことで、パティの精神にはウォルターが期待していた変化がことごとく表れた。そう、ことごとく、そしてまったく余計な変化までも。気のふさぎはたちまち取れたようだったが、その結果わかったのは、この「ふさぎが取れる」云々という言い方が実に不正確であること。なぜならウォルターの見たところ、パティの新たな生活を覆う明朗な薄皮の下には、相変わらずの不満、怒り、絶望がくすぶっているようなのだ。午前中は自室で過ごし、それからジムで午後の勤務をこなし、家に帰ってくるのは夜十時過ぎ。美容やフィットネスの雑誌を読むようになり、アイメイクの濃さが目立つようになった。ワシントンに移ってからはいつもスウェットパンツかゆったりしたジーンズ、それこそ精神病患者の普段着みたいな恰好ばかりだったのに、いまや少々値の張るタイトなジーンズを愛用している。

「洒落てるね」ウォルターはある晩、努めて感じよく声をかけてみた。

「まあね、せっかくの収入だし」パティは言う。「何か使い道がないと、でしょ？」

「寄付はいつでも大歓迎だよ、セルリアン・マウンテン・トラストとしては」

「あはは！」

「いや実際、資金に困っててね」

「あたしも少しは楽しみたいのよ、ウォルター。ほんのささやかなお楽しみ」

でも本当に楽しんでいるようには見えなかった。むしろ、彼を傷つけたい、困らせたい、あるいは何かを証明したい、そんなふうに見えた。パティが山ほどタダ券をくれるので、ウォルター自身も〈健康共和国〉でフィットネスに励むようになったが、会員証をスキャンしているパティの様子、その異様な愛想のよさを目にしてすっかり動転することになった。挑発的なロゴの入った（PUSH, SWEAT, LIFT（「ふんばれ、汗かけ、持ち上げろ」））袖の小さなTシャツ姿、きれいに焼けた二の腕が引き立っている。目には覚醒剤常用者《スピード・フリーク》を思わせるぎらつきがあり、昔からウォルターを魅了してやまないあの笑い声も、〈共和国〉のロビーにこだまするのを背中で聞いていると、何やら嘘臭く不吉に響く。いまや誰にでも見境なく、意味もなく、ウィスコンシン・アヴェニューから会員がぶらりと入ってくるたびに笑いかけている。そしてそんなある日、自宅の彼女の机の上に豊胸手術のパンフレットを見つけたのだった。

「なんだこれ」彼は手にとって眺めてみた。「卑猥だな」

「でもそれ、お医者さんのパンフレットよ」

「こいつは精神病のパンフレットだよ、パティ。いまよりもっと精神を病みたいあなた、ってなもんさ」

「あらそう、残念、実はあたしね、比較的若くいられるのもあと少しだし、せっかくだからもうちょっとこう、ちゃんとした胸があったらいいなって思ってたとこなの。どんな感じなのかなって」

「もうちゃんとあるじゃないか。その胸、ぼくは大好きだよ」

「あら、うれしいこと言ってくれるわね、でも悪いけど、決めるのはあなたじゃないわ、あなたの体じゃないんだから。あたしの体よ。これってあなたがいつも言ってたことよね？　我が家のフェミニストとして」

「こんなことして何になる？　自分をどうしたいんだ？　ぼくには理解できないよ」

「そう、いやなら別れたらいいじゃない。それは考えてみた？　問題は一挙に解決するわよ、ぱっと」

「でも、それは現実的に起こりえないわけだし――」

「**そりゃそうよね、起こりっこないわよね**」

「ああ！　ああ！　ああ！」

「だからここはもう、一つおっぱいでも買ってやろうと思ったのよ、退屈しのぎにもなるし、小銭を貯める目標もできるし、ってそういう話。別にものすごい巨乳とか、そういうんじゃないの。あなただって意外に気に入るかも。どう、考えてみたことある？」

こうした喧嘩の積み重ねが長期的に生成する毒を思うと、ウォルターは怖くなった。ちょうどアパラチアの谷に泥滓《スラッジ》が溜まるみたいに、結婚生活に毒が溜まっていくのがわかるのだ。ワイオミング郡のように石炭の埋蔵量が膨大なところでは、石炭会社は炭坑のすぐ隣に加工処理場を建て、近くの川から水を引いて洗炭作業を行う。汚水は有毒な泥滓もろとも大きな溜池に集められるのだが、ウォルターはセルリアン・パークのど真ん中に泥滓溜めが残るというのが心配でたまらず、なんとかこの心配を和らげる方法はないかとラリーサを頼ったのだった。簡単にはいかなかった。石炭を掘り出せば、砒素やらカドミウムやら、何百万年も安全に地中に埋まっていた厄介な化学物質も同時に掘り出すことになるというのは逃れようのない事実なのだ。採炭後の地下坑に有毒物を再廃棄するという手もあるが、それだと地下水面に滲みこんで飲用水に混入しかねない。実際、夫婦喧嘩が厄介事を掘り返すのにいやになるほどよく似ているのだ。いったん口にされたことを再び忘れるにはどうすればいい？ラリーサは調査に調査を重ねた末、どうにかウォルターを安心させてくれた。泥滓を入念に隔離し適切に封じこめたうえで、やがて完全に乾いたところを砕石と表土で覆ってやれば、事実上なかったことにできるというのだ。まさしく泥滓溜めをめぐる福音、ウォルターはこの話をウェストヴァージニア中に広めてやろうと決心したのだった。生態学的拠点、科学に裏づけられた土地再生、そうしたものと同じようにこの説を信じたのである。信じないわけにはいかなかったのだ。パティのために。ところがいま、デイズ・インの冷たいマットレスに身を横たえ、デイズ・インのちくちくするシーツのあいだでなんとか眠ろうとしながら、すべてはでたらめなんじゃないかと疑わずにいられない……

いつしか眠っていたのだろう、三時四十分にアラームが鳴ると、忘却の恵みから容赦なく引き剝がされる感覚があった。これでまた十八時間、恐れと怒りに満ちた時間をやり過ごさねばならない。ラリーサが四時きっかりに部屋のドアをノックした。カジュアルなジーンズとハイキングシューズに着替え、爽やかな顔である。「ひどい気分！」と言う。「あなたは？」

「同じくひどい。ただ、きみの場合はそうは見えないね、ぼくと違って」

雨は夜のあいだに上がっていたが、南国の香りを含んだ濃い霧のせいで、外に出るとたちまちびしょ濡れだ。道向かいのドライブインで朝食をとりながら、『タイムズ』のダン・ケイパーヴィルがよこしたEメールのことを話した。

「いまからワシントンに戻る?」ラリーサが言う。「記者会見、明日の朝にやっちゃう?」

「ケイパーヴィルには月曜だって言っといた」

「なんなら予定が変わったって言えばいいわ。さっさと片付けちゃえば週末はのんびりできるし」

だがウォルターはうんざり、ぐったりだった。明日の朝に記者会見だなんて考えたくもない。無言で悶々としている彼を尻目に、ラリーサがブラックベリーで『タイムズ』の記事に目を通す。昨晩の彼にはとてもその勇気がなかったのだった。「たったの十二段落」ラリーサが言う。「そんなに心配することないわ」

「どうりで誰も気づかなかったわけだ。よりによって妻から聞かされるなんて」

「そう。昨日の晩、電話したのね」

何やら意味ありげな言い方だったが、その意味するところを考える気力もない。「誰が漏らしたのかな、それが気になる」彼は言った。「あと、どれだけ漏らしたか」

「奥さんが漏らしたのかも」

「なるほど」彼は笑ったが、そこでラリーサのこわばった顔が目に入った。「まさか、そんなことはしないよ」と言う。「そもそもそこまで興味がないって」

「ふうん」ラリーサはパンケーキをひと口食べると、依然こわばった不満げな顔で食堂を見まわした。無理もない、今朝のラリーサにはパティに、彼に腹を立てる理由が十分あるのだ。打ち棄てられた孤独を感じる理由が。とはいえラリーサとの付き合いの中で、およそ冷たい態度らしきものに出くわしたのは初めてのことだったし、これが実のところかなり応えた。いまの自分みたいな境遇は本や映画ではおなじみのもので、これまでさんざん目にしてきたけれど、それでいてこのことはわかっていなかったのだ。つまり、一途な愛を求め続けるには、どこかの時点で報いる必要があるということ。たんにいい人でいるだけでは不合格なのだ。

「とにかくこの週末の会議をやりたい、ぼくの望みはそれだけだ」彼は言った。「二日みっちり人口過剰の件を話し合えたら、月曜にはなんだってやるよ」

ラリーサは無言のままパンケーキを食べ終えた。ウォルターも食べられるだけの朝食を飲み下し、二人は店を出た。外は光に汚染された早朝の闇だ。ラリーサが、昨晩彼が動かしたレンタカーのシートとミラーを調節する。そしてシートベルトを締めようと身をよじったとき、彼はその首にぎこちなく手をまわしてぐっと引き寄せ、路傍の終夜灯の光の中、目と目を合わせて真剣に彼女を見つめた。「きみがそばにいてくれないとぼくは五分ともたない」彼は言った。「たったの五分も。それはわかってるね？」

一瞬考えたのち、彼女はうなずいた。それからシートベルトを手放し、両手を彼の肩に置くと、真顔で彼にキスをした。そこでいったん離れて効果を窺う。彼のほうは、すでにやれるだけのことはやった、これ以上自力では進めないとでも言うように、ただじっと待っていた。ラリーサは子供が考えこむみたいに眉根を寄せると、そっと彼の眼鏡を外してダッシュボードに置き、両手で彼の頭を抱えこんで、小さな鼻を彼の鼻にすりつけてきた。そうして極限までクローズアップになった彼女の顔はやけにパティに似ていて、彼は一瞬うろたえたが、目を閉じてキスしてみればラリーサそのもの、唇はふわりとやわらかく、口には桃の甘みが漂い、絹のように滑らかな髪の下、血の上った頭は温かい。こんなに若い娘にキスしていいはずがないという感覚に必死に抗う。彼女の若さがまるで手の中の壊れ物のように感じられ、やがて再び離れてくれたときにはほっとした。きらきらした目でこちらを見つめている。ここは何か言わなければと思いつつも、ただじっと見つめ返すことしかできず、これがどうやら誘いと受け取られたようで、彼女はギアシフトを乗り越えて助手席の彼の膝にぎこちなくまたがり、彼の腕にすっぽりと抱かれる恰好になった。そして今度は攻撃的なキス、その飢えたような奔放さがもたらす激しい喜びに、ウォルターの足元の地面は吹っ飛んだ。いまや自由落下《フリー・フォール》、これまで大事にしてきたものすべてが闇の中に遠ざかっていく。彼は泣きだした。

「ねえ、どうしたの?」ラリーサが言った。

「ぼくはもっとゆっくりがいい」

「ゆっくり、ゆっくり、そうね」そう言って彼の涙に唇をつけ、滑らかな親指で拭う。「ウォルター、悲しいの?」

「いやハニー、その反対だ」

「じゃあ私に愛させて」

「いいよ。そうしたければ」

「ほんとにいいの?」

「ああ」彼は泣きながら言った。「でも出発したほうがよさそうだ」

「もう少しだけ」

そう言って押し当ててきた舌を、彼は唇を開いて受け入れた。ラリーサの口は彼を求めていた。そこにはパティの全身を探しても見つからないほどの熱があった。ナイロンのシェルパーカ越しに感じられる肩は、骨と幼い脂肪ばかりで筋肉がなく、しなやかな欲望の塊のようだ。その彼女が背筋を伸ばしてぐっと迫り、腰を彼の胸に押しつける。が、ウォルターにはまだ早すぎた。二人の距離は近づいたが、それでもまだ彼は完全にそこにはいなかった。昨夜の抵抗はたんにタブーやモラルの問題ではなかったのだ。涙も喜びだけの涙ではなかったのだ。

ラリーサはこれを察し、いったん離れてじっと彼の顔を見つめた。そこに何が見えたにせよ、それへの反応として、どっこいしょと運転席に戻り、さらに距離を置いて様子を窺う。一方のウォルターは、そうして彼女を追い払ったとたんにまたまた激しい欲望を覚えたが、そこでふと、かつて同じような立場の男について聞いたり読んだりした話がぼんやり記憶に蘇ってきた。そう、こういうのがいちばんまずいのだ。中途半端に気を持たすというやつじゃないか。街灯ののっぺりと紫がかった光の中にしばらくじっと座り、州間高速のトラックの音に耳を澄ました。

「すまない」やっと口を開く。「自分の中でまだはっきりしないんだ、どう生きていけばいいのか」

「いいのよ。もう少し時間をあげる」

彼はうなずき、もう少しという言葉を心に留めた。

「ただ、一つ訊いていい？」ラリーサが言う。

「いいとも、一つと言わず百でも千でも」

「うん、いまのところは一つだけ。ねえどう、私を愛せる可能性、ありそう？」

彼は微笑んだ。「もちろん、可能性があるのは間違いない」

「だったらそれで十分」そう言ってエンジンをかける。

霧の彼方で空が青みを帯び始めている。ラリーサは違法どころではないスピードで裏道を飛ばしてベックリーの町をあとにし、ウォルターはただぼんやりと窓の外を眺めていた。自分の身に起こっていることの意味など考えず、ひたすら自由落下《フリー・フォール》に身を任せて。アパラチアの硬木林は世界有数の生物多様性を誇る温帯生態系であり、各種の木々、蘭、淡水性無脊椎動物を初め、高原やら砂浜やらには及びもつかないほど多様な生物に恵まれているのだが、こうして車で走っていてもそんなことはまずわからない。この土地はいわばおのれを裏切ったのだ。ごつごつとした地形、そして抽出可能な資源の豊富さのせいで、ジェファソン的な独立自営農民による平等主義は根づかず、逆に地上権、採掘権ともに州外の金持ちに一手に握られた結果、土地の貧民たち、外からやってきた労働者たちは社会の周縁に追いやられた。森林伐採、炭坑労働、産業化以前から脱工業化時代に至るまで、残り物の土地から生計をこそげとるような暮らしを強いられた彼らは、その土地をたちまち、いまやウォルターとラリーサをも捉えたあの同じ生殖衝動に駆られて、びっしり世代の詰まった巨大家族で埋め尽くした。ウェストヴァージニアはこの国のバナナ共和国、内なるコンゴ、ガイアナ、ホンジュラスなのだ。道沿いの景色も夏ならそこそこ絵になるが、葉が落ちたままのこの時期には何もかもが丸見えである。かさぶためいた岩肌が方々に覗く草地、未熟な再生林のひょろりとした林冠、えぐれた山肌、採掘で傷んだ小川、おんぼろの納屋、ペンキのはげた家、プラスチックや金属のゴミに腰まで埋もれたトレーラーハウス、行き先のない荒れ果てた泥道。

さらに田舎に入ると、景色の陰気さもいくらかましになった。辺鄙な土地には、人がいないというせめてもの慰めがある。人がいなければ、人以外のあらゆるものが増える。ラリーサが急ハンドルを切って、路上に出迎えに参じたライチョウをよける。ワイオミング郡のよりたくましい植生、より無傷な山、より澄んだ小川の魅力へといざなってくれる、羽のある親善大使だ。空模様まで二人を歓迎して晴れ間を見せている。

「きみがほしい」ウォルターは言った。

ラリーサは首を振った。「それ以上言わないで、いい？　まだ仕事があるんだし。まずは仕事をして、様子を見ましょ」

ブラック・ジュエル・クリーク（ナイン・マイル・クリークはこの川の支流の一つである）沿いにぽつぽつとある小さな鄙びたピクニックエリアで車を停めさせようかとも思ったが、ちゃんと心の準備ができる前にまた彼女に手を触れたのでは無責任だろうと思い直した。充足が保証されていれば遅延にも耐えられる。そしてこのあたりの風景の美しさ、胞子をたっぷり含んだ初春の甘く湿った空気が、それを保証してくれるような気がした。

フォースター渓谷に入るわき道まで来たときには、もう六時を回っていた。ナイン・マイルの道は大型トラックや土木機械で大混雑だろうと思っていたのに、あたりには車両一台見えない。代わりに見つけたのは、泥についた大小のタイヤの深い嚙み跡だった。森が迫っているあたりでは、折れたばかりと思しき枝が地面に散らばり、頭上にアーチをなす木々からも力なくぶら下がっている。

「どうやら先を越されたらしいな」ウォルターは言った。

ラリーサは断続的にアクセルをふかして泥道で車を左右に滑らせ、大きめの折れ枝をよけようと道端ぎりぎりまでハンドルを切っている。

「ひょっとして昨日のうちに来たのか」ウォルターが続ける。「こっちの話を勘違いして一日早く機械を持ちこんだのかも、早朝から始めるつもりで」

「法的な権利は発生してたから、正午の時点で」

「でもそれだと約束が違う。連中、今朝六時って言ってたぜ」

「ええ、でも相手は石炭会社よ、ウォルター」

やがて道幅が極端に狭まっているところまで来ると、あたりにブルドーザーとチェーンソーが暴れた跡が見え、木々が何本もまるごと谷へと押し倒されていた。ラリーサはエンジンをふかし、やっつけ仕事でならしてある泥やら石やら切り株やらの道をぶるぶるがたがたと進んでいく。「レンタカーでよかった!」とひと息ついて、気合いも新たにその先のましな道へとアクセルを踏みこんだ。

さらに二マイルほど行くと、いまやトラストのものとなった土地との境界あたりで、二台の乗用車が道をふさいでいた。そのすぐ先では、オレンジのベストをつけた作業員が金網のゲートを組み立てている。ジョスリン・ゾーンと仲間の女たちが、ヘルメット姿でクリップボードを手にした現場監督と何やら話し合っているのが見えた。世が世なら、とウォルターは思う。いや、たとえ似たような世の中でも、状況が違えばジョスリン・ゾーンとは友だちになれたかもしれない。どことなくファン・アイクの有名な祭壇画のイヴを思わせる容姿で、青ざめた顔に曇った目、生え際が高いせいか頭が異常に大きく見える。それでいて常に恬然《てんぜん》として、こちらがつい不安になるほどのクールな物腰、そこにかすかな皮肉がにじんでいるあたりは、通常ならウォルター好みの、苦味のある青菜みたいな味わいがある。その本人が道をこちらにやってきて、泥道に出た彼とラリーサに声をかけてきた。

「おはよう、ウォルター。ここで何が起こってるのか説明してくれない？」

「道の改修みたいだね」ウォルターはとぼけた。

「泥がじゃんじゃん川に入ってる。この先、ブラック・ジュエルに合流する、その半分ぐらいのところまで濁ってるわ。土砂流出の防止措置とか、その手のことはほとんどやってないみたい。ていうか、ぜんぜん」

「その件は文句を言っとくよ」

「環境保護課《DEP》に見に来てって言っといた。ま、六月までにたどり着いてくれたら御の字ね。おたく、あそこも買収したの？」

後ろ側の車のバンパーには、茶色くはねた泥の下に、BEEN DONE BY NARDONE（「ナードンにやられた」）なるメッセージが読み取れた。

「ちょいと話を巻き戻してみようじゃないか、ジョスリン」ウォルターは言った。「一歩引いて、大局的に物事を眺めてみるってのはどうだい？」

「だめ」ときた。「そういうのには興味ないの。興味があるのは川の泥のこと。それとフェンスの向こうで何が起きてるか」

「何が起きてるって、六万五千エーカーの道一本ない森を永久に保全しようとしてるのさ。断片化されてない繁殖地を確保するんだ、二千つがいものミズイロアメリカムシクイのために」

ゾーンが足元の泥にその曇った目を落とす。「なるほど。おたくのお気に入りの小鳥。かわいいわよね」

「よければ場所を移さない？」ラリーサが明るく口を挟む。「どこかに座って話し合いましょうよ、大局的な見地で。私たち、あなたたちの味方よ」

「だめ」とゾーン。「私はしばらくここにいるわ。『ガゼット』の知り合いにも連絡したし、見に来いって」

「『ニューヨーク・タイムズ』に教えたのもきみか？」ウォルターはふと思いついて訊ねた。

「ええ。ずいぶん興味ありそうだったわよ。ＭＴＲは魔法の言葉だから、ここ最近。あの先でやってるんでしょ？」

「月曜に記者会見を開く」と答えた。「そこで全体のプランを説明するつもりだ。詳しい話を聞いたら、きみもきっと喜んでくれると思うね。出席したければ飛行機のチケットを手配するよ。ぜひ来てほしいな。なんならちょいと公開討論みたいなことをやってもいい、この件について懸念を表明したければ」

「ワシントンで？」

「そう」

「数字の話ね」

「数字の裏づけがあるから」

「でしょうね。何もかも数字の裏づけ」

「なあジョスリン、この五万エーカーはこの先ずっと手つかずで残るんだ。当面はばたばたするけど、それも二、三年のうちに片付いちまう。ぼくらの決断は間違ってないと思うよ」

「そう、だったらそこは反対って言っとくわ」

「いやほんと、月曜にぜひワシントンに来てほしいね。それとその『ガゼット』の知り合いにも、今日中に電話をくれるように伝えてほしい」そう言って財布から名刺を出し、ゾーンに手渡す。「その人もぜひワシントンにご招待したい、もし興味があれば」

山のずっと奥のほうでかすかな轟きが響いた。爆破の音みたいだ。おそらくはフォースター渓谷あたり。ゾーンはレインパーカのポケットに名刺を突っこんだ。「そうそう」と言う。「実はコイル・マシスにいろいろ話を聞いてたの。おたくのやってることはこっちもお見通しよ」

「コイル・マシスは法律上、この件については語れないことになってる」ウォルターは言った。「ただしこのぼくでよければ喜んで話相手になるよ」

「あの人がホイットマンヴィルに引っ越して、ベッドルーム五つのまっさらなランチハウスに住んでるって時点で、もはや何の説明も必要ないわ」

「すてきなお家でしょ？」ラリーサが言う。「前に住んでたとこよりずっとずっとすてき」

「それ、なんなら行って本人に訊いてみたほうがいいわよ、そう思ってるかどうか」

「ま、とにかく」ウォルターが言う。「きみらの車を動かしてもらおうか、邪魔で通れないから」

「ふうん」いっさい興味なしという顔だ。「だったらレッカーでも呼べば、携帯の電波が届くといいわね。無理だけど」

「おいおい、勘弁してくれよジョスリン」バリケードで押し止めていたウォルターの怒りが側面突破を狙っている。「おたがいこの件では大人になろうじゃないか。根っこのとこでは味方同士だって認めようよ、たとえやり方については意見が一致しなくても」

「悪いけどお断りよ」というのが返事。「道をふさぐってのが私のやり方」

これ以上口を開けばとんだ失言もしかねないという気がして、ウォルターはさっさと斜面を登っていった。ラリーサが急いであとに続く。だいなしだ、午前中がすっかりだいなしになろうとしている。

ジェシカよりも若そうなヘルメット姿の現場監督が、あきれるほどの丁重さで、車を動かしてもらわないといけない理由を残りの女たちに説明している。「無線はあるか？」ウォルターはぶしつけに声をかけた。

「失礼。どなたですか？」

「セルリアン・マウンテン・トラストの取締役だよ。この道の先まで行かなきゃならない、六時の約束だったんだ」

「そうですか。申し訳ないんですが、ちょっと難しそうです、こちらのご婦人方が車を動かしてくれないかぎり」

「なるほど、じゃあ無線で向こうに連絡して、誰か迎えによこすように言ってくれないか？」

「あいにく電波が届きません。あそこらの谷《ホラー》は死角になってるんで」

「オーケー」ウォルターは深く息をついた。ゲートの向こうにピックアップが停めてあるのが見える。「じゃあきみのトラックで送ってもらえるかね」

「申し訳ないんですが、命令でゲートの周辺を離れることはできません」

「そうか、じゃあトラックを貸してくれ」

「それもできません。お貸しして現場で事故があっても保険が利きませんので。ただ、こちらのご婦人方がちょっとだけ車をどけてくれたら、ご自身のお車で通っていただくのはもちろんかまいませんが」

そこで仕方なく、全員六十歳以上に見える女たちのほうに、なんとなくお願い風の笑顔を向けた。「どうですか？」と言う。「ぼくらは石炭会社の仲間じゃありませんよ。環境保護の味方です」

「味方だって、笑わせないで！」いちばん年長の女が吐き捨てる。

「違うの、本当の話よ」ラリーサがなだめるように言う。「私たちを通してくれたらみんなのためになるんです。作業を監視しに来たんだから、きちんとやってるか確かめるために。みなさんの立場には大いに賛成だし、私たちも同じように環境のことを心配しているの。なんだったらみなさんの中から一人か二人、私たちと一緒に――」

「それは命令違反です」現場監督が口を挟む。

「命令なんてクソ食らえだ！」ウォルターはどなった。「我々はここを通らなきゃならないんだ！私はこの土地の所有者だぞ、クソったれめ！　それがわかってるのか？　きみらが見てるこれはぜんぶ私のものなんだ」

「どうよ、いまの気分は？」最年長の女が言ってきた。「あんまりいい気分じゃないでしょ？　フェンスのこっち側に締め出されて」

「もちろん通っていただくのはなんの問題もありません」現場監督が言う。「ただ、歩くとずいぶん遠いですよ。道もぬかるんでるし、まあ二時間ってとこですかね」

「とにかくあのトラックを貸せ、いいな？　何かあったら弁償する、それか、なんなら盗まれたとでも言っとけ。なんでもいいからあのクソたれトラックを貸せ」

腕にラリーサの手が触れた。「ウォルター？　ちょっと車に戻って相談しましょ」そう言って女たちのほうを向く。「みなさんの立場はよくわかりますし、こうやってわざわざ出向いてまで、このすばらしい森のことを心配してくれて感謝してるの。私たちが全力で守ろうとしてるこの森を」

「まったく、おもしろい言い方もあるもんだね」最年長の女が言った。

ラリーサに連れられて引き返している最中に、レンタカーの向こうから重機が山道を登ってくる低い音が聞こえてきた。音はしだいに轟音となり、やがて道からはみ出しそうな二台の巨大な掘削機《バックホー》が姿を現わした。車体には泥がべっとりこびりついている。ごほごほと煙を吐き出すエンジンをかけっぱなしにしたまま、前を行く重機から運転手が飛び降りてウォルターに声をかけてきた。

「車を動かしてもらえませんかね、もうちょっと先の追い越せるところまで」

「そんなことができそうに見えるか？」乱暴に答える。「見りゃわかるだろ、どこに目がついてんだよ？」

「そんなこと言われても。とにかくこっちはバックできませんよ。バックしても、すれ違えそうなところまで一マイルはあるんだから」

さらに激昂しかけたウォルターをラリーサが両腕を摑んで抑え、熱のこもった目でじっと顔を覗きこむ。「ここは私に任せて。あなたはかっかしすぎてるわ」

「かっかするだけの理由はあるだろ！」

「ウォルター。車に乗って。いますぐ」

言われたとおりにした。そうして一時間以上、電波の届かないブラックベリーをいじくり、背後でエンジンかけっぱなしの掘削機が化石燃料を馬鹿みたいに浪費している音を聞いていた。運転手がやっと気づいてエンジンを切ったかと思えば、今度はその向こうからアイドリングのコーラスが聞こえてくる――大型トラックやら土木機械やらが新たに四台、五台と足止めを食っているのだ。誰か州警察を呼んで、ゾーンと仲間の狂信者たちをどうにかしないと。それまでは、あろうことか、このワイオミング郡奥地で交通渋滞、前にも後ろにも動けない。ラリーサは駆け足で行ったり来たり、当事者間の調整に精を出し、全力で親善に努めている。暇つぶしにウォルターは、デイズ・インで目覚めてからの数時間で世界がどれだけひどくなったか、その数字を暗算ではじき出してみた。正味の人口増、六万。無秩序開発《スプロール》の餌食になったアメリカ国土、千エーカー。国内で飼い猫、野良猫に殺された鳥、五十万羽。世界中で燃やされた石油、千二百万バレル。大気中に放出された炭酸ガス、千百万メートルトン。フカヒレ目当てに殺され、ヒレなしで海に放置されたサメ、十五万匹……そうして計算するうちにも時間は刻々と過ぎ、その過ぎた時間も加えて再計算するうち、何やら奇妙な苦々しい満足感が彼の胸を満たした。あまりにひどい一日、それゆえもっと徹底的にひどくなる以外に、ひどさの饗宴と化す以外に救いようのない一日というのが確かにあるのだ。

九時近くになってラリーサがようやく戻ってきた。運転手の一人によると、二百ヤードほど道を戻ったところに、乗用車をわきに寄せて重機類を通せそうな場所があったという。最後尾の運転手ははるか幹線道路までトラックをバックさせ、警察に電話することになった。

「なんならフォースター渓谷まで歩いてみるかい？」ウォルターは訊いてみた。

「ううん」ラリーサは首を振る。「いますぐここを離れたほうがいいわ。ジョスリンはカメラを持ってるし。警察が治安活動やってるそばで写真に撮られたりしたら大変」

その後は三十分ほど、ギアがぎしぎし、ブレーキがきいきい、ディーゼルエンジンの黒い煙がもくもくという大混乱、それからさらに四十五分ばかり、谷をじりじりバックで下っていく後方のトラックの排気ガスを吸わされた。ようやく幹線道路に出ると、空いた道の解放感からかラリーサのスピード狂にも拍車がかかり、わずかの直線でもアクセルをいっぱいまで踏みこむ始末、カーブにタイヤのゴム跡を残しながらベックリーへと引き返したのだった。

車が町外れの荒れた界隈に差し掛かったとき、ウォルターのブラックベリーがアメリカムシクイの鳴き声をたて、正式に文明世界への帰還を告げた。電話はツインシティの番号からで、なんとなく見覚えがあるような、ないような。

「父さん？」

ウォルターは驚きに眉根を寄せた。「ジョーイか？　おい！　久しぶりだな」

「うん、まあね。久しぶり」

「そっちはどうだ、順調か？　番号を見てもわからなかったよ、ずいぶん久しぶりだから」

電話がしんと静まり返る。まるで切れたみたいだ。それとも何かまずいことでも言ったか。が、そこでまたジョーイの声が、ただし別人のような声が聞こえた。怖《おじ》けた子供みたいな震え声。「うん、まあ、でね、父さん、その——いま大丈夫？」

「ああ、なんだ？」

「うん、まあ、つまり、なんていうか、実はちょっと困ってるんだ」

「なんだって？」

「ちょっと困ってるんだよ」

それは親なら誰でも、こんな電話がかかってきたらと恐れるような電話だった。が、その一瞬、ウォルターは自分がジョーイの親であることを忘れていた。そこでこう言った。「おいおい、困ってるのはこっちも同じさ！　世界中みんな困ってるんだ！」

もうたくさん

ザカリー少年が例のインタビューをブログに上げてから数日のうちに、カッツの携帯ボイスメールのボックスは満杯になり始めた。初っ端はマティアス・ドレーナーなるうるさいドイツ人、カッツのぼんやりした記憶によれば、ウォルナット・サプライズの駆け足ドイツツアーの際、追い払うのにさんざん苦労した男である。「またインタビューを受け始めたようだね」というのがドレーナーのメッセージ。「ならばこちらにもぜひ一本頼むよ、リチャード。男の約束、忘れちゃいないだろうね！」カッツの携帯番号をいったいどうやって手に入れたのか、そこのところの説明はなかったものの、おおかたブログ界経由、リーク元はツアー中に引っかけたねえちゃん《チック》のバー・ナプキンと見て間違いない。いまやEメールでも、おそらくはボイスメールをはるかに超える規模でインタビューの申し込みが殺到しているに違いなかったが、なにぶんカッツのほうは去年の夏以来ネット接続する勇気が出ないでいる。ドレーナー氏のメッセージに続くは、ユーフロサニーという名のオレゴンねえちゃん《チック》、哄笑喧《かまびす》しいメルボルンの陽気な音楽ジャーナリスト、声だけ聞くと十歳かというアイオワシティのカレッジラジオのDJ。みんな望みはただ一つ。ザカリー相手に言ったのとそっくり同じことを――ただし各人名義でアップなり公表なりできるよう、少しだけ言葉遣いを変えて――カッツにもう一度言ってほしいのだ。

「いやあんた《デユード》、ありゃ最高だったね」インタビューの一週間後、ホワイト・ストリートの屋上でお目当てのケイトリンを待ちながら、ザカリーがそう声をかけてくる。あんた《デユード》なんぞと呼ばれるのは初めてのカッツはむかっときたが、経験から言ってインタビュアーというのはまさしくこういうものである。受けてやったとたんになれなれしくなって、畏れ入ったふりさえしなくなる。

「あんた《デユード》だと、ふざけるな」と、それでも言ってやった。

「はいはい、ごめん」ザカリーが言う。長いトレックス板を平均台に見立て、がりがりの腕を左右に広げて歩いていく。爽やかで風の強い午後である。「いやね、アクセス数がすごいことになってて。世界中にホットリンクが張られてるんだな。ファンサイトは見たことあります？」

「ない」

「おれのブログ、いちばんでかいファンサイトでトップですよ、トップ。パソコン持ってきて見せますよ」

「いやいや、気持ちだけでいい」

「権力相手に真実を語ってくれるっていう、そういうのにみんな飢えてるんだと思うなあ。ていうかまあ、ごく一部には、あんなのはアホだ、負け犬だなんて言ってる連中もいるんですけどね。でもそれってよくいるやつですよ、とにかく人気者が気に食わないっていう。おれなら気にしません」

「ご親切にどうも、安心したよ」とカッツ。

件のケイトリンが女の相方を二人引き連れて屋上に現れても、わざわざ紹介なんてクールじゃないのだろう、ザカリーは平均台にふらふら立ったまま。やむなくカッツはネイルガンを置き、客人たちのもの珍しそうな視線に身をさらしたのだった。見ればケイトリンはヒッピー風の出で立ち、ブロケードのベストにコーデュロイのコートという、往年のキャロル・キングやローラ・ニーロを思わせる恰好で、なるほどこいつはぜひものにせねばと普段なら即決するかわいさだったが、いかんせんカッツの頭の中は、一週間前にウォルター・バーグランドと再会して以来、再びパティ一色なのだった。いまなら十代の上物を見ても、腹ペコでステーキが食べたいところにイチゴの匂いがするようなもの。

「何かご用かな？」と声をかける。

「あたしたち、バナナケーキを焼いてきたんです」小太りのほうの相方がそう言って、ホイルに包んだ塊を振りまわす。

残りの二人はおやおやという呆れ顔だ。「こ、この子が焼いてきたの」ケイトリンが訂正する。「あたしたちは無関係」

「くるみ《ウォルナット》が好きかと思って」ケーキ娘が言う。

「ああ、なるほどね」とカッツ。

気まずい沈黙。ヘリコプターの回転翼がローワーマンハッタンの上空をばたばたと叩いている。風のせいか、音が変な具合に聞こえる。

「三人とも『名無しの湖』の大ファンなんです」ケイトリンが言った。「あなたがここでデッキを造ってるっていうから」

「ああ、わかっただろう、お友だちのザカリーは嘘は言わない男だよ」

そのザカリーはオレンジのスニーカーでトレックス板をぐらぐらさせながら、さっさとカッツと二人きりに戻りたそうな様子を装っている。どうやら女の気を惹く基本テクニックは心得ているらしい。

「ザカリーはなかなか有望な若手ミュージシャンでね」カッツが言う。「自信を持ってお薦めできる。いまから注目しといたほうがいい」

娘三人がザカリーに顔を向ける。憐れむような、興味のなさそうな顔。

「いやほんと」カッツは続けた。「彼に頼んで、下で演奏を聴かしてもらったらどうかな」

「ていうかあたしたち、オルタナ・カントリーのファンなの」ケイトリンが言う。「ボーイロックはあんまり」

「カントリーを弾かせてもなかなかだよ、こいつは」カッツは粘った。

ケイトリンはすっと胸を張ってダンサーみたいに背筋を伸ばし、じっと見つめてきた。興味を示さないカッツに埋め合わせの機会を与えるみたいに。男にちやほやされるのに慣れているのだ。「なんでデッキを造ってるの？」

「外の空気を吸えるし、運動になる」

「あなたに運動が必要？　けっこういい体に見えるけど」

カッツはどうしようもなく疲労を感じた。ケイトリンが興味津々で仕掛けてくるこのゲームに、ただの十秒も付き合ってやる気になれないなんて、もはや死の誘惑を認めるに等しい。この重荷で仕方がないもの——娘が抱いているリチャード・カッツという観念——ときれいさっぱり手を切るには、死ぬのがいちばんなんじゃないか。いまいるここから南西を望めば、アイゼンハワー時代に建てられた実用一辺倒の巨大ビルが見える。トライベッカのロフトで暮らす大多数の人々にとって、十九世紀建築で統一された眺望を汚す目障りなビルだ。昔々、そのビルはカッツの都会的美意識を苛む棘だった。だがいまでは、この界隈を乗っ取った大金持ちどもの都会的美意識を苛む棘であるがゆえに、むしろ見ていて心地よい。それは死のように、このあたりの人々の何不自由ない暮らしをぬっと見下ろしている。カッツにとっては仲間みたいな存在だった。

「バナナケーキを見せてもらおうかな」と小太りの娘に声をかける。

「実はグリーンガムも持ってきたの」

「パッケージにサインしてあげるから、持って帰りなよ」

「ほんとに、すごい！」

道具箱からマジックを取り出す。「名前は？」

「サラ」

「会えてうれしいよ、サラ。きみのバナナケーキは持って帰って今夜のデザートにしよう」

ケイトリンは一瞬、ほとんど道義的に許せないといった顔で、かわいい自分をないがしろにすることの暴挙を見守っていた。それからふと気づいたように、もう一人の娘を引き連れてザカリーのほうへ歩いていく。そう、これだ、とカッツは思う。いいじゃないか。内心憎んでいる女をものにしようとするくらいなら、いっそ思い切り冷たくあしらってやったらどうだ？ ケイトリンの引力に抗してサラに注意を向けておくために、煙草から肺を休めようと買っておいたスコールの缶を取り出し、たっぷり一つまみを歯茎と頬のあいだに入れた。

「それ、ちょっと試してみたい、だめ？」調子に乗ってサラが言う。

「気分が悪くなるよ」

「でもほんのちょびっと、だめ？」

カッツは首を振り、缶をポケットに戻した。と、たちまちサラが、今度はネイルガンを撃ってみたいと言いだした。受けてきた最新式子育ての歩く広告塔みたいな娘である。ほしいものがあったらなんでも口に出してみなさい！ 顔がかわいくないからって、だめだってことにはならないんだから！自分らしく勇気を持って飛びこんでいけば、世界はきっと喜んで受け入れてくれる！ これはこれでケイトリンに劣らず辟易させられる。十八の頃のおれはこんなにつまらない人間だっただろうか、とカッツは思う。それとも、いまふと思ったのだが、世の中への怒りのおかげで——世界を敵だと、怒りをぶつけるに足る相手だと信じていたおかげで——こういううぬぼれの塊みたいな若者たちよりはおもしろい人間でいられたのだろうか。

サラにネイルガンを撃たせてやり（反動にきゃっと驚き、あわや取り落としそうになった）、それでようやく追い払うことができた。ケイトリンはさすがに邪険な扱いが効いたのか、さよならも言わずにザカリーのあとから階段を下りていく。カッツはなんとなくザカリーの母親の艶姿を拝みたくなって、主寝室の天窓を覗いてみたが、見えるのはＤＵＸのベッドと薄型テレビとエリック・フィッシュルの油彩画だけ。

　三十五を過ぎた女に弱いだなんて、やはり我ながら少々恥ずかしい。家出した狂信者の母親といういかにもそれらしい背景があるだけに、何やら哀れだし、いささか病気じみている気もするが、それでも脳の基本配線は変えようがない。なるほど小娘にはいつだってそそられるけれども、それでいて決して満たされないところはコカインと同じ。やっていないとつい、あんなにすばらしいものはないという気がしてほしくなるのだが、やるとたちまちすばらしくもなんともなかったと思い出す。不毛なだけ、空虚なだけ。たんなる神経作用、死の味がする。最近は特にそう、いまどきの若いねえちゃん《チック》ときたら、やっている最中もやたら落ち着きがなくて、あれやってこれやってと世に知られるあらゆる体位を大急ぎでこなし、しかも幼いアソコは無味無臭、きれいさっぱり剃り上げてあって、もはや人体の一部という気さえしない。過去十年分の小娘を合わせたより、パティ・バーグランドとの数時間のほうがよほどあれこれ記憶に残っている。むろんパティはずっと昔からの知り合いだし、ずっと昔から惹かれていた女だ。それが念願かなって、という部分も大きかったのだろう。ただそれでも、パティにはどこか本質的に、いまの若い連中に比べて人間臭いところがある。厄介で、ややこしくて、だからこそ手に入れ甲斐がある、そんなところが。そうしていま、この予言者たるイチモツ、この占い棒が再び彼女のもとに向かえと命じているいまとなっては、あのせっかくめぐってきた機会をどうしてもっと活用しなかったのか、もはやさっぱり思い出せない。まったく意味不明、いい人になろうなどと見当違いのことを考えて、フィラデルフィアのホテルに足を延ばしてパティを堪能するチャンスをみすみす逃すとは。冷え冷えとした北国の深夜、ああしていったんウォルターを裏切った以上は、いっそ百回でも同じことをしてぜんぶ出し切ってしまうべきだったのだ。事実自分がそうしたかったのは一目瞭然、『名無しの湖』のために書いた曲の中に証拠として残っている。満たされぬ欲望を芸術に昇華させたわけだ。が、その芸術とやらも、それが稼いだ胡散臭いご褒美も過去のものとなり、かたや欲望はいまなお健在であってみれば、もはや禁欲を続ける理由などない。結果として、ウォルターはウォルターで心置きなくインドねえちゃん《チック》のもとに走り、あのうざったい説教臭さがなくなるなんてことになれば、これはもう関係者全員万々歳だ。

カッツは金曜の晩の電車でニューアークからワシントンに向かった。相変わらず音楽を聴く気にはなれなかったが、非アップル社製MP3にはピンクノイズのトラックを入れてあり――これはホワイトノイズの周波数を低音方向に偏移させたもので、周囲の世界がぶつけてくる音をすべて消してくれる――クッションの大きなヘッドホンをつけ、窓に体を向け、顔のすぐ前にベルンハルトの小説を構えることで、完全なプライバシーを実現することができた。列車がフィラデルフィアに着くまでは。乗ってきたのは二十代前半の白人カップル、どちらも白いTシャツを着て、つやつやの紙カップに入った白いアイスクリームを食べながら、空いたばかりの一つ前の座席に腰をおろした。Tシャツのどぎつい白さがブッシュ政権の色に見える。座ると同時にねえちゃん《チック》のほうが座席をぐいと倒し、彼のスペースを侵食してきた。そして数分後、アイスクリームを食べ終えると、カップとスプーンを座席の下に放りこんだ。これがカッツの足に命中。

カッツは深いため息をつき、ヘッドホンを外して立ち上がると、カップを女の膝の上に落とした。

「ちょっと！」女が叫ぶ。焼けつくような嫌悪の声。

「おいあんた、なんなんだよ？」白さまぶしい連れ合いが言う。

「そいつをおれの足の上に落としやがった」カッツは言った。

「だからって膝の上に落とすか？」

「まったくご立派だな、恐れ入るよ」カッツは言った。「連れの女が人の足の上にべとべとのアイスのカップを落としたってのに、正義漢面《づら》か」

「ここは公共交通機関の中なのよ」女が言う。「まわりの人と仲良くできないんだったら、自家用ジェットにでも乗ればいいでしょ」

「なるほど、次は忘れずにそうしよう」

ワシントンまでの残りの道中、前のカップルはひっきりなしに座席の背をどすどすやって、いっぱいまで倒した座席をもっとこちらに倒そうと試みていた。どうやらカッツのことは知らなかったようだが、仮に気づいていたら、リチャード・カッツって最低云々と早速ブログに書きこむのだろう。

DCは過去に何度もツアーで来たことがあったが、街の感じがいやにのっぺりしているし、斜めに走る道も神経に障るしで、落ち着けたためしがない。政治機構の迷路に放りこまれたネズミみたいな気分になるのだ。タクシーの後部座席にいても、向かっている先はジョージタウンじゃなくイスラエル大使館で、例の強度の尋問《エンハンスト・インテロゲーション》とやらを食らうんじゃないかなどと思えてくる。どの界隈でも道行く人は、薬でも飲まされたみたいに一様にさえない恰好をしている。個々人のスタイルという揮発性物質が、DCの歩道やばかでかい広場の虚ろな空間ではたちまち蒸発してしまう、まるでそんな感じなのだ。ぼろぼろのライダース姿のカッツにとっては、いわば街全体が単音節の命令文。いわく、死《ダイ》ね。

ところがジョージタウンの屋敷にはそれなりの顔があった。聞いた話ではたしかウォルターとパティが自ら見つけた家ではなかったはずだが、それでいていかにもこの二人らしい都市中流層風の趣味のよさを色濃く反映している。スレート葺きの屋根にはいくつもの屋根窓が覗き、一階に並んだ背の高い窓の外にはちょっとした庭のような空間もある。ドアベルの上の真鍮のプレートが、〝**セルリアン・マウンテン・トラスト**〟の本拠である旨を遠慮がちに告げている。

ドアを開けたのはジェシカ・バーグランド。最後に会ったときは高校生だったから、すっかり大人の女性らしくなったその姿にうれしくなって、思わずカッツは頬を緩めた。ところがジェシカは何やら不機嫌そうで、心ここにあらずといった様子、まともな挨拶もない。「ハーイ、えっと」と言う。

「とりあえず入って、奥のキッチンにどうぞ」

そう言いながら、肩越しにちらりと寄せ木張りの長いホールを見やる。例のインド娘がその先に立っていた。こちらは「ハーイ、リチャード」とそわそわ手を振ってきた。

「ちょっとタイム」ジェシカはラリーサにそう声をかけて、さっさとホールを歩いていく。カッツは一泊用の旅行鞄を手にそのあとを追った。デスクやファイルキャビネットでいっぱいの大きな部屋、そして一回り小さな、会議用のテーブルのある部屋。あたり中に、温まった半導体とまっさらな紙類の匂いがする。キッチンには大きなフランス農家風のテーブル、これはたしかセントポール時代からあったものだ。「ちょっとごめんね」ジェシカはそう言うと、ラリーサを追いかけて家の奥の重役室風の続きの間に入っていった。

「若い人っていうのは私のこと」と言っているのが聞こえた。「いい？　この中で若いのは私なの。わかる？」

するとラリーサは、「そのとおり！　もちろん。だからこそあなたが来てくれて助かるのよ。ただほら、私だってそんなに年じゃないって言ってるだけ」

「二十七でしょ！」

「それって若くないの？」

「じゃあ訊くけど、初めて携帯持ったの、いくつのとき？　ネットを始めたのは？」

「大学のときよ。でもね、ジェシカ――」

「大学と高校じゃあ大違いなの。いまじゃコミュニケーションの方法がすっかり変わってるの。それをうちらの世代はおたくの世代よりずっと早く身につけてるわけ」

「それはわかってるわ。そうじゃないなんてひと言も言ってないでしょ。なのになんでそんなに私に怒ってるの?」

「なんで怒ってるかって? それはね、パパはもうすっかり、あなたが若い人のことならなんでも知ってるって思いこまされてるみたいだけど、ほんとはそんなに知らないからよ、たったいま証明されたように」

「ねえジェシカ、私も携帯メール《テクスト》とEメールの違いはわかるわ。さっきは疲れてて言い間違えただけ。今週はほとんど寝てないのよ。それをここまであげつらうなんてフェアじゃないわ」

「じゃあ携帯メール、送ったことある?」

「必要がないから。私たちのはブラックベリーだし、同じことができるの、高機能なだけで」

「同じじゃないんだってば! ああもう。そこなの、私が言ってるのは! 高校のときから携帯持ってないと、携帯がEメールとはぜーんぜん違うものだってことがわからないのよ。もう完全に違うんだから、人との繋がり方が。友だちの中には、Eメールはもうほとんどチェックしてないって子もいっぱいいるし。でね、あなたもパパも、大学生をターゲットにしようっていうんなら、まずそこがわかってないと話にならないの」

「わかったわ、もう。どうぞ怒って。好きなだけ怒ればいいじゃない。でもこっちは今夜も仕事があるの。だから悪いけどこれ以上邪魔しないで」

ジェシカがキッチンに戻ってくる。口を固く結び、首を振りながら。「ごめんなさいね」と言う。「シャワーを浴びて、それから夕食ってことでいいかしら。ちゃんとしたダイニングが二階にあるの、たまには使ったらいいと思うんだけど。で、何があるかっていうと、えっと」放心状態であたりを見まわす。「ディナーサラダはたっぷり作っといたし、あとパスタは温めなおすわ。それとおいしそうなパンも買っといた。うちの母、いわゆるパンの一つも買っとけないみたいなのよ、週末、家がお客でいっぱいになるっていうのに」

「おれのことは気にしてくれなくていい」カッツは言った。

「鞄の中にサンドイッチの残りもあるし」

「だめよ、私も上で一緒に食べるわ。大丈夫、ただいろいろちょっと混乱してるだけ。この家ってなんだかもう……もう……もう……」両手を拳にして振り回す。「ああもう！　なんなのこの家は！」

「まあまあ」とカッツ。「久しぶりに会えてうれしいよ」

「あの人たち普段はどうやって生きてるの？　私がいないとき。それがわからないのよ。ゴミ出しとか、そういう基本レベルの家事も含めて」そこでキッチンのドアを閉め、声を落とす。「あの人なんて、何食べて生きてるかわかったもんじゃないわよ。ママが言うには、どうもチェリオスと牛乳とチーズサンドイッチだけらしいの。それとバナナ。でもそれだってどこにあるの？　冷蔵庫の中に牛乳一本ないのよ」

　カッツは両手で曖昧な仕草をした。おれのせいじゃないよ、と。

「それにね、まあたまたまなんだけど」ジェシカは言う。「私、インドの郷土料理にはわりに詳しいの。つまりほら、大学時代にインド系の友だちがいっぱいいたし？　でね、何年も前、初めてここに来たとき、あの人に頼んでみたのよ、郷土料理の作り方を教えてもらえないかって、ベンガル料理とか、あの人の生まれ故郷の。そういう伝統ってすごく大事だと思うし、なんなら一緒においしいご馳走かなんか作って、あの人と私でね、それで家族みたいにダイニングのテーブルを囲むなんてどうかなと。なかなかいいじゃんって思ったわけ、あっちはインド系だし、こっちは食べ物に興味あるし。するとあの人、けらけら笑って、でも私、卵も焼けないのよって。どうもね、ご両親が二人とも技師で、生涯一度もまともな食事を作ったことがないらしいのよ。そんなわけで、せっかくの計画もボツ」

カッツはにやにやしながら話を聞いていた。このいかにもコンパクトにまとまった娘の中に、両親それぞれの性格が継ぎ目なく一つに溶け合っているのがおもしろかったのだ。喋り方はパティみたいだし、腹の立て方はウォルターそっくり、それでいてジェシカはジェシカ以外の何者でもない。ブロンドの髪をきつくひっつめ束ねているせいか、眉がぴんと上がったまま固定された感じで、あきれ驚いているような皮肉な表情が余計に際立っている。男として惹かれる部分はいっさいないが、そのことで余計に好もしく思える。

「で、みんなはどこだい？」

「ママはジムで〝お仕事中〟。で、パパは、実はよく知らないの。ヴァージニアで会議か何か。そう、会うのは朝になるって言っといてくれって──今夜戻るはずだったんだけど、何かあったみたい」

「ママのお帰りは？」

「遅いわよ、きっと。まったくねえ、いまじゃ見る影もないけど、私が子供の頃にはなかなか立派なママだったのよ。つまりほら、料理とか？　お客を上手にもてなしたり？　寝室の花瓶にはちゃんと花が生けてあったり？　どうやらもうぜんぶ過去のことみたいだけど」

臨時のホストとして、ジェシカはカッツの先に立って狭い裏階段を上がり、二階にずらりと並んだ、いまはリビングやらダイニングやら家族各自の部屋やらに転用されている広い寝室、それにパティのパソコンと折りたたみソファのある小さな部屋などを案内したのち、三階の同じくらい小さな部屋、カッツの寝室に連れていってくれた。「ここ、表向きは弟の部屋なんだけど」と言う。「本人はたぶん十泊もしてないと思う、うちの親がここに越してから」

実際ジョーイの痕跡はいっさい見当たらず、この部屋もただただウォルターとパティの趣味のいい家具が並んでいる。

「そう言えばジョーイはどうしてる？」

ジェシカは肩をすくめた。「私に訊かれても」

「話もしないのかい？」

おもしろいものでも見るように、ぱっちり開いて少々飛び出た目でカッツを見上げる。「ときどきは喋るわ、たまには」

「で、どう？　どんな感じ？」

「そうねえ、あの子、共和党支持になっちゃったし、だからあんまり愉快な話にはならないわね」

「なるほど」

「タオル、出しといたから。体洗うやつもいる？」

「体洗うやつは使わないんだ」

半時間後、シャワーを浴び、きれいなTシャツに着替えてから再び下に行くと、ダイニングテーブルに夕食が用意してあった。ジェシカはテーブルの遠い端に座り、ぎゅっと固く腕を組んで——全体としてぎゅっと締まった感じの娘なのだ——カッツが食べるのを見守っている。「そうそう、おめでとう」と言ってきた。「すごいことになったわね。なんかヘンな感じだったわ、あなたの歌が急にあちこちで聞こえるようになって、誰のプレイリストにも入ってるし」

「きみは？　どんなのを聴くんだい？」

「むしろワールドミュージックかな、好きなのは。アフリカとか南米の音楽。でもあのアルバム、よかったわ。どこの湖かもわかったし」

いまのひと言、何か裏があるような気もするし、他意はないのかもしれない。パティが湖での出来事を打ち明けた可能性はあるだろうか？　ウォルターじゃなく、娘に？

「ところでどうなってるんだい？」と訊いてみた。「どうもラリーサとうまくいってないみたいだったけど」

またまたあの愉快げに目を見開いた、皮肉な顔。

「なんだ?」とカッツ。

「ううん、なんでもないの。最近ちょっとうちの家族にいらいらしてるだけ」

「気のせいかな、彼女のことでおたくのご両親は何やら問題を抱えていそうな」

「んん」

「できる女って感じだよな。頭もいいし、バイタリティもあるし、仕事熱心だし」

「んん」

「何かおれに話したいこと、ある?」

「ないってば！ ただなんとなくあの人、うちのパパに目をつけてるみたいな気がして。で、そのせいでママはこう、相当参ってるわけ。そういうの見てると考えちゃうわけよ、つまり相手が結婚してたら、普通はちょっかい出さないでしょ? 既婚者は手出し禁止っていうか。でしょ?」

カッツは咳払いをした。どうも先の展開が読めない。「理屈のうえではそうだ」と言う。「ただ、年をとるといろいろややこしくなるんだよ」

「まあでも、私があの人のこと好きになれないのはしょうがないでしょ。私は認めない、それはしょうがないじゃない。念のため教えとくけど、あの人、ここの上の階で暮らしてるのよ? つまりしょっちゅうここにいるわけ。ママよりもしょっちゅう。それってやっぱりよくないと思うの。私はね、あの人はここを出て、自分の家を見つけるべきだと思う。でもたぶんパパは反対する」

「反対って、なんでまた?」

ジェシカはとても不幸そうな、ぎゅっと引きつった笑みを浮かべた。「うちの親、いろいろ問題を抱えてるの。問題だらけの結婚生活なの。まあ見りゃわかるわよね、千里眼じゃなくても。たとえばほら、ママはすごい鬱だし。もう何年も。抜け出せないの。ただそれでもあの二人は愛し合ってる、間違いなく愛し合ってるの。だからもう、ここで起こってることがほんと、見てられなくて。出ていってくれさえしたら——つまりラリーサがね——あの人が出ていってくれたら、ママにもまだやり直すチャンスが……」

「ママとは仲良し？」

「ううん。あんまりかな」

　カッツは口をつぐんで食事に戻り、話の続きを待った。幸いにも目下のジェシカは、そばに誰かいれば打ち明け話をしたい気分らしい。

「つまりね、ママも努力してるのはわかるの」と続ける。「でもほんと、余計なこと言うのにかけては天才なのよ、あの人。私のことはちっとも信用してくれないし。だってほら、私も大人だし、馬鹿じゃないし、自分のことは自分で考えられるわけでしょ？　大学で彼氏ができたときなんて、これがすごくやさしい人だったんだけど、もうひどかったわよ、ママは。結婚するつもりじゃないかって気が気じゃないみたいで、それでひっきりなしに彼をからかうの。初めてのちゃんとした彼氏だったし、私はそういうのをただ楽しみたかっただけ、なのにそっとしといてくれない。そのウィリアムと一度、週末こっちに来たことがあったの、美術館めぐりと、あと同性結婚権《ゲイ・マリッジ》の行進に参加しようと思って。それでここに泊めてもらったんだけど、そしたらママがね、いきなりこう、彼に訊くわけよ、学生クラブ《フラット》のパーティーで女の子がおっぱい見せるのをどう思うかって。どうも新聞でそういうバカな記事を読んだらしくて、男子学生が女の子におっぱい見せろってわいわい叫ぶとかっていう。それで私、もう仕方なく、いいえお母さん、って。私は誰かさんと違ってヴァージニア大じゃないのよ、うちの大学には学生クラブ《フラット》なんてないし、いまどきそんな石器時代みたいな風習にうつつを抜かしてるのは南部の子だけ、こっちは春休みだからってフロリダに繰り出したりもしないし、そのバカな記事に出てくるような学生とはぜんぜん違うのよ、って。でもママはそれじゃあ気がすまない。しつこくウィリアムに、他の子のおっぱいをどう思うかって、そればっかり訊いてるの。で、彼が興味ないって言うたびに、驚いたみたいなふりをするわけ。わかってるのよ、内心では、彼が嘘なんかついてないことも、ガールフレンドの母親のおっぱい話で滅茶苦茶気まずい思いをしてることもね、なのに信じられないみたいなふりをするの。あの人にしてみればぜんぶジョークなのよ。一緒にウィリアムのことを笑ってほしいわけ、この私にも。まあたしかに彼、ときどきね、ちょっとどうかなって人ではあったんだけど。でもほら、それだって教えてもらうんじゃなく、自分で気づきたいじゃない？」

「要はきみのことが心配なんだよ。間違った相手と結婚してほしくないんだ」

「結婚する気なんてなかったんだって！　そこなのよ問題は！」

つい目がジェシカの胸のあたりに行ってしまった。ぎゅっと組んだ腕にほとんど隠れている。胸が小さいのは母親と同じ、ただ母親ほどのプロポーションはない。いま感じているこの気持ちは、パティへの愛をその娘に延長したもの、マイナス、やりたいという願い。上の世代の人間に未来への希望を抱かせてくれる若者云々という、あのウォルターの話の意味がよくわかる。理性の光がぱっちり灯っている、そんな娘だ。

「きみはきっと立派な人生を送れる」と言った。

「ありがとう」

「きみは頭がいい。また会えてうれしいよ」

「うん、こっちも」と言う。「最後に会ったのがいつかもよく憶えてないんだけど。高校のときかな？」

「たしか無料給食施設《スープ・キッチン》で働いてたな。おたくのパパに連れられて会いに行った」

「そうそう、履歴書作りの真っ最中。課外活動、十七くらいやってたから。覚醒剤《スピード》打ったマザー・テレサってとこ」

カッツはパスタのお代わりをした。オリーブと、何かサラダ野菜が入っている。そう、ルッコラ。再び中流階級のぬくぬくとした懐に迎え入れられたわけだ。彼はジェシカに、仮に両親が別れたらどうするのかと訊ねてみた。

「わあ、さあねえ」と言う。「そんなことにならないといいけど。そうなると思う？　それ、パパに聞いたの？」

「おれなら可能性は排除しないね」

「まあ、そうなったらみんなの仲間入りってことよね。友だちの半数は家庭崩壊してるし。うちはそんなことにはならないだろうって思ってたんだけど。ラリーサが来るまでは」

「でもほら、そういうのは相手あっての話だから。彼女ばかり責めるのもどうかな」

「あらとんでもない、私、パパも悪いと思ってるわよ。そりゃぜったい悪いって。もうそういうの、声に出ちゃってるし、あれってほんと……わけわかんないわ。とにかくおかしいのよ。つまりね、これまでずっと、パパのことはよくわかってるつもりだったの。ところがそうじゃなかったみたい」

「で、ママのほうは？」

「そりゃうれしくないに決まってるわよ、もちろん」

「そうじゃなくて、出ていくのがママだったら？　そうなったらどう思う？」

この問いに困惑しているところを見ると、パティがジェシカに打ち明けた可能性はなさそうだ。

「それはまずないと思う」と言う。「パパが出て行けって言わないかぎり」

「いまもそこそこ幸せだってことと？」

「うーん、ジョーイによるとノーね。あの人、ジョーイには私に言わないこともいろいろ言ってると思うの。ジョーイが私へのいやがらせででっちあげてるって可能性もあるけど。ただねえ、ママはしょっちゅうパパを馬鹿にするんだけど、それって特に意味はないの。みんなのこと馬鹿にしてる人だから――もちろん私のことも、いないところではいろいろ言ってるはずよ。あの人にとっては誰も彼もお笑い種《ぐさ》なのよ、ほんとむかつくんだけど。ただその実、家族ひと筋なの。何かを変えようなんて思いもよらないんじゃないかな」

本当だろうか、とカッツは思う。たしかにパティ自身、四年前のことだが、ウォルターと別れようとは思っていないと言っていた。が、カッツのパンツの中の予言者は、そんなのは嘘だと執拗に言い張っているし、こと母親の幸福に関しては、ジョーイのほうが姉より信頼できそうな気もする。

「おたくのママは変わってるよな」

「かわいそうな人よね」ジェシカは言った。「まあ腹が立つことばっかりなんだけど、やっぱりかわいそう。あんなに頭がいいのに、それで何になれたかっていうと、いいママってだけだもん。とにかく一つはっきりしてるのは、私は絶対にいやだってこと、フルタイムで育児に専念するなんて」

「てことは子供はほしいんだな。世界人口の危機はさておいて」

例によって大きな目をして顔を赤らめる。「まあ一人か二人はね。ちゃんとした相手に出会えたら。あまり見込みはなさそうだけど、ニューヨークでは」

「ニューヨークってのはきついとこだからな」

「あら、ありがとう。それ言ってくれて。これまで生きてきて、こんなに自分がちっぽけに思えたのって、ほんと透明人間みたいに素通りされたのって、この八カ月が初めて。ニューヨークなんて、それこそ最高の出会いの場所だろうって思ってたのよ。なのに男はみんな負け犬か、やなやつか、じゃなきゃ結婚してる。ぞっとするわよ。そりゃね、道行く男が振り返るとか、自分がそんな女じゃないのはわかってるわよ、でもせめて五分、五分でいいから気の利いた会話に付き合ってもらえるとか、それくらいはあってもいいと思うのよ。で、かれこれ八カ月になるけど、まだその五分はやってこない。

最近はもう出かける気もなくなっちゃったわ、ほんと気が滅入るんだもん」

「きみが悪いんじゃない。きみはきれいだよ。ただ、ニューヨークには品がよすぎるのかもな。何せ身も蓋もないとこだから、あそこは」

「だったらでも、なんで私みたいな子があんなにたくさんいるの？　男はいなくて？　ちゃんとした男はみんなよそに行っちゃってるわけ？」

ウォルナット・サプライズ時代の仲間も含めて、ニューヨーク周辺にいる若い男の知り合いを片っ端から思い浮かべてみたが、ジェシカとデートさせてもよさそうな男は一人も思いつけなかった。

「女の子はみんな出版、芸術、非営利が目的でやってくる」と言った。「かたや男はみんな音楽と金目当て。統計で言う選択バイアスってやつだよ。女の子はちゃんとしたおもしろい子が多くて、男はおれみたいなクズばっかり。だからきみのせいじゃない」

「一度ぐらいすてきなデートをしてみたいってだけよ」

きれいだなどと言ったのはまずかったかもしれない。やや誘いっぽく聞こえただろうし、そんなふうに受け取ってくれるなよと願う。が、どうやら不安は的中したようだ。

「ねえ、ほんとにクズなの？」と言ってきた。「それとも口でそう言ってるだけ？」

いちゃつくような挑発的な口ぶりは危険信号、蕾のうちに摘んでしまわなければ。「おれはおたくのパパのためにここに来たんだ、友情のよしみで」と言った。

「それってクズじゃないみたいに聞こえるけど」思わせぶりな口調だ。

「いいやクズさ。間違いなくね」そう言って、できうるかぎりの怖い目つきでじっと見据える。少し怖気づいたらしい。

「どういうこと？」

「インド戦線では、おれはきみの味方じゃない。敵なんだ」

「え？　なんで？　あなたになんの関係があるの？」

「言っただろ。おれはクズなんだ」

「やだ。いいわ、じゃあ」眉をいっそう吊り上げてテーブルを見つめている。混乱、怯え、腹立ちが混ざり合っているのだろう。

「ところでこのパスタ、すごくおいしいよ。ありがとう、作ってくれて」

「そんな、いいのよ。サラダも食べてね」そう言って席を立つ。「上に行って本でも読むことにするわ。何かいるものがあったら言ってね」

うなずくと、ジェシカは部屋を出ていった。かわいそうなことをしたとは思うが、このワシントンの件は所詮汚れ仕事なのだから、砂糖をまぶしたって仕方がない。食べ終わると、ウォルターの膨大な蔵書と、さらに膨大なCD・LPのコレクションにざっと目を通してから、上のジョーイの部屋に退散した。パティが部屋に入ってくるのを待つより、こちらからパティのいる部屋に入っていきたい。待つ側というのは立場が弱すぎる。カッツ的じゃないのだ。耳栓をすると耳鳴りがシンフォニー級にひどくなるため、普段はまず使わないのだが、足音や声にこそ耳を澄ますのもいやなので今夜は使うことにした。

翌朝は九時近くまで部屋でぐずぐずしてから、朝食を求めて裏階段を下りていった。キッチンは空だったが、誰かが、たぶんジェシカだろう、コーヒーを淹れ、フルーツを刻み、マフィンを出しておいてくれた。細かな春の雨が狭い裏庭のラッパズイセンやキズイセンを濡らし、密に建てこんだ周囲のタウンハウスの肩を濡らす。屋敷の表のほうから声が聞こえたので、コーヒーとマフィンを手にホールをぶらぶら行ってみると、ウォルター、ジェシカ、ラリーサがすでに会議室に勢揃い、三人ともきれいさっぱりした朝の顔にシャワー済みの髪で、カッツが来るのを待っていたらしい。

「やっと来たな」ウォルターが言う。「始めようか」

「こんな朝早くからやるなんて知らなかった」

「もう九時だろ」とウォルター。「今日は休日じゃないからね、ぼくらにとっては」

そのウォルターはラリーサと並んで大きなテーブルの真ん中あたりに座っている。ジェシカはずっと離れた端のほうで腕を組み、ぴりぴりと不信を発散しつつ身構えている。カッツはテーブルを挟んでみんなの反対側に座った。

「ゆっくり眠れたかい?」ウォルターが訊いてきた。

「よく寝たよ。パティは?」

ウォルターが肩をすくめる。「彼女はこの会議には参加しないよ、それを訊いてるんなら」

「私たちは目標達成のためにここにいるの」ラリーサが言った。「一日中、目標達成なんて所詮無理だなんてへらへら笑ってるつもりはないの」

ひえー!

ジェシカはあっちこっちと素早く視線を走らせ、見物を決めこんでいる。よくよく見ればウォルターの目の下にはひどい隈があり、テーブルを小刻みに叩いている指もたんに震えているだけなのかもしれない。ラリーサも少々参っている様子、黒っぽい肌から血の気が失せて顔が青みがかって見える。二人の体の相互関係、そのわざと背を向け合っている感じを観察しながら、カッツはふと、恋の魔法はすでにしかるべく仕事を果たしたのだろうかと考えた。両者ともむっつりうしろめたそうな顔で、人前に出ることを余儀なくされた愛人同士のようでもある。それか逆に、まだ関係が定まっておらず、たがいに不満を抱えているみたいにも見える。どちらの場合も状況を注意して見守る必要がありそうだ。

「じゃあ、まずは問題を確認しておこう」ウォルターが言った。「問題は、人口過剰の問題を国内で議論しようという人間がいないこと。それはなぜか? 気の滅入る話題だから。いまさらなニュースに思えるから。地球温暖化と同じで、最終結果が否定できなくなる地点に達しているとまでは言えないから。それに貧しい人々、教育のない人々に赤ん坊を産むななんて言おうものなら、エリート主義だと思われかねないから。子供の多さは経済的ステータスに反比例する。この点は女性の初産の年齢も同じで、これまた数の視点からすれば恐ろしく影響が大きい。初産の平均年齢を倍に、十八歳から三十五歳にするだけで、増加率を半分に抑えられるからね。ネズミがヒョウより繁殖する理由の一つがこれだ――性的な成熟がそれだけ早いってこと」

「すでにその譬えに問題ありだよな、もちろん」カッツは言った。

「そのとおり」とウォルター。「これまたエリート主義ってやつだ。ヒョウはネズミやウサちゃんより〝高等〟な種だって話になっちまう。だから問題のもう一つはこれ。貧困層の出生率の高さと初産年齢の低さに注意を促すことで、貧しい人たちを齧歯《げっし》類にしてしまうってこと」

「煙草の譬えはけっこう的を射てると思うわ」テーブルの向こうからジェシカが意見を挟む。金のかかる大学に行って、ゼミで意見を述べる訓練を受けてきたというのがよくわかる。「お金のある人はゾロフトとかザナックス（いずれも抗鬱剤）を買える。だから煙草に税金をかければ、アルコールでもそうだけど、いちばん打撃を受けるのは貧困層。安いドラッグを高くしてるわけよね」

「そう」ウォルターがうなずく。「すごくいいことを言ってくれた。それにいまの話は宗教にもあてはまる。宗教ってのは、経済的な機会に恵まれない人たちにとってはもう一つの強力ドラッグだからな。この宗教こそぼくらのほんとの敵なんだが、こいつに嚙みつけば、これすなわち経済的に苦しい人たちに嚙みつくことになる」

「それに銃も」とジェシカ。「狩猟もずいぶん下のほうの娯楽だし」

「はは、いまのヘイヴンさんに聞かせてあげたいわ」ラリーサが独特の歯切れのよさで口を挟む。

「ディック・チェイニーはなんて言うかしら」

「いや、実際ジェシカの言うとおりだ」ウォルターが言う。

ラリーサがさっと向き直る。「ほんとに？　わからないわ。狩猟と人口となんの関係があるの？」

ジェシカはいらだち混じりのあきれ顔。

こりゃ長い一日になりそうだ、とカッツは思った。

「同じ問題のまわりをぐるぐる回ってるんだよ、個人の自由っていう問題のね」ウォルターが続ける。「この国にやってきた人々のお目当ては、金か自由かどっちかなんだ。金がなければ、その分余計に鬱憤をためて自由にしがみつく。たとえ煙草が寿命を縮めるとしても。たとえ我が子が家で腹を空かせ、外ではいかれた連中に軍用ライフルで撃ち殺されかねないとしても。どんなに貧しかろうと、ただ一つ誰にも奪えないもの、それが好き勝手な方法で人生を滅茶苦茶にする自由ってわけだ。そのことにビル・クリントンは気づいた――個人の自由に楯突いたんじゃ選挙は勝てないってね。中でもそう、銃だな」

ラリーサがふてくされるでもなく、この話におとなしくうなずいているところを見ると、おのずから状況は明らかだ。相変わらず彼女のほうがお願い中、ウォルターはだめだめを通しているらしい。そのウォルターはいまや水を得た魚、こういう抽象的な話をさせれば独擅場だ。マカレスター大にいた頃からぜんぜん変わっていない。

「ただし本当の問題は」カッツは言った。「自由市場資本主義だ。そうだろ？　生殖を違法にしようってんなら話は別だが、そうでもないかぎり、問題は市民の自由じゃない。人口過剰の議論が文化的に魅力を持てないほんとの理由は、赤ん坊を減らせってのが、つまるところ成長に歯止めをかけろって言ってるのと同じだからだ。だろ？　しかも成長ってのは、自由市場イデオロギーにしてみりゃたんなる問題どころじゃない。本質そのものなんだ。だろ？　自由市場経済の理論じゃ、環境みたいなものはそもそも度外視せざるをえない。なんだっけ、昔よくおまえが言ってたあれ？　外部性《エクスターナリティ》？」

「それだ、そう」とウォルター。

「理屈の部分は、おれたちが学生だった頃からたいして変わってないんじゃないかな。その理屈ってのはつまり、理屈なんかありゃしないってこと。だろ？　資本主義の世界じゃ歯止めなんて話はできない。なぜなら資本主義にとっちゃあ資本の不断の成長がすべてだからだ。資本主義のメディアに声を届けたい、資本主義文化の中で何かを伝えたい、そう思っても、人口過剰なんてものはそもそも意味をなさない。文字通り無意味《ナンセンス》なんだ。で、これがおたくらのほんとの問題」

「だったらもうお開きにすれば」ジェシカは辛口である。「できることは何もないんだし」

「昔からある問題だよ」カッツは彼女に言った。「おれはただ指摘してるだけ」

「問題があるのはわかってる」ラリーサが言う。「でも私たちは実際的な組織なの。何もシステムをまるごと転覆させようって言うんじゃない。いくらかでもましにしようってだけ。手遅れになる前に、世論をこの危機に追いつかせようっていう。要はゴアが気候変動に関してやってることを、人口過剰についてやりたいわけ。手元には使えるお金が百万ドル、いますぐできる実際的なことがいくつかあるはずよ」

「個人的には、システムまるごと転覆でもぜんぜんかまわんがね」とカッツ。「そういう話ならおれは喜んでひと口乗るぜ」

「この国でシステムをひっくり返せない理由というのも」ウォルターが言う。「結局、自由ってやつなんだよ。ヨーロッパじゃ自由市場も社会主義の影響でほどほどに抑えられてるわけでね、これがなぜかと言えば、向こうの連中は個人の自由にそこまでこだわってないからだ。それに所得レベルは大差ないのに、あっちは出生率も低い。ヨーロッパの連中のほうが総じて理性的なんだな、要するに。かたやこの国では権利をめぐる議論に理性なんてない。感情レベルで、格差からみの鬱憤のレベルでやり合ってる。だから右派にいいように利用されるんだ。というわけで、ジェシカのさっきの煙草の話に戻りたい」

ジェシカが手招きをする。どうぞどうぞ！と言うみたいに。

ホールから物音が聞こえた。パティだ。キッチンを硬いヒールで歩きまわる足音。カッツは煙草が吸いたかったが、諦めてウォルターの空のマグを拝借し、嚙み煙草を一つまみ口に入れた。

「ポジティブな社会的変化はトップダウンで起こる」ウォルターが続けた。「軍医総監が報告書を出し、教育のある人々がそれを読み、頭のいい子が煙草を吸うなんてバカだ、クールじゃないと思うようになり、それで国内の喫煙率が低下する。あるいはローザ・パークスがバスで席を立つのを拒み、大学生がその話を聞きつけ、ワシントンで行進し、バスで南部に向かい、そうして突如国中で公民権運動が高まる。ぼくらはいま、そこそこ教育のある人間なら誰でも、人口増加がはらむ問題を理解できる地点まで来ている。だから次のステップは、この問題に関心を持つことはクールだって感じを大学生のあいだに広めること」

そうしてウォルターが大学生について熱弁をふるっているあいだ、カッツのほうは、パティは台所で何をしているのだろうと懸命に耳を澄ましていた。自分の立場の情けなさがいよいよ身にしみてくる。彼が求めているパティはウォルターなんかいらないパティ、もう主婦ではいたくない主婦、ロック歌手とやりたがっている主婦なのだ。それなのに、さっさと電話しておまえがほしいと言う代わりに、こうして青臭い大学生か何かみたいに旧友のインテリな夢想に付き合っている。いったいウォルターの何がこう自分の調子を狂わせるのか？　自由気ままに飛んでいた虫が、ねばつく家族の蜘蛛の巣に引っかかった、そんな気分だ。ウォルターが相手だと、ついいい人になろうとせずにいられない。ウォルターのことが好きだからだ。これほどウォルターが好きじゃなかったら、そもそもパティがほしいなんて思わなかっただろう。そしてパティがほしいなんて思わなければ、こんなところで青春ごっこなんかやっていないはず。なんだこのぐちゃぐちゃは。

そうこうするうちに足音がホールを近づいてきた。ウォルターが話すのをやめ、深呼吸する。見るからに身構えている様子。カッツが椅子をぐるりと回して戸口を向くと、そこに彼女がいた。爽やかな顔の下に暗い秘密を抱えたママ。黒いブーツに、体によく合った赤と黒のシルクブロケードのスカート、シックな短めのレインコート、お似合いだが同時に彼女らしくない。カッツはふと、ジーンズ以外の恰好のところを見たことがあっただろうかと思う。

「ハーイ、リチャード」そう言ってちらりとこちらの方角を見やる。「ハーイ、みなさん。調子はどう？」

「いま始めたばかりだよ」ウォルターが言う。

「じゃあお邪魔はしないわ」

「ずいぶんお洒落してるね」とウォルター。

「買い物に行くの」とパティ。「なんならあとでゆっくり、夜までいてくれるんなら」

「晩ごはんは作ってくれるの？」ジェシカが言った。

「無理ね、九時まで仕事だから。まあ、もしお望みなら帰りに何か買ってくるけど」

「そうしてくれると大助かり」ジェシカが言う。「まる一日かかりそうだし、この会議」

「そうねえ、晩ごはんぐらい喜んで作るんだけど、一日八時間働かないでよければ」

「ああ、やっぱりいいわ」ジェシカは言った。「さっきのは忘れて。外でなんか食べるから」

「ま、実際それがいちばん簡単かも」パティがうなずく。

「じゃ、そういうことで」とウォルター。

「うん、それじゃ」パティは言った。「みなさん楽しい一日を」

こうしててきぱきと四人それぞれをいらだたせ、無視し、がっかりさせたうえで、パティはホールの先にある表玄関から出ていった。ラリーサはパティが現れた瞬間からブラックベリーをカチカチやっていたが、当然ながらその場の誰よりも目に見えて不幸そうな様子。

「なんなのあれ、一週間休みなしで働くようになったわけ？」ジェシカが言う。

「いや、普段は違う」ウォルターが答えた。「何がどうなってるんだか」

「でもいつだって何かがどうかなってるのよね」ラリーサが端末をいじりながらつぶやく。

このひと言にジェシカがはっと顔を向け、即座にいらだちの矛先を変えた。「そのEメール、済んだら教えてもらえる？　私たち、ここで待ってるし」

ラリーサは口をきっと結んだまま操作をやめない。

「あとでもできるだろう、それは？」ウォルターがやさしく声をかける。

そこでやっと、ブラックベリーをばんとテーブルに置いた。「オーケー」と言う。「お待たせ！」

ニコチンがまわるにつれ、カッツの気分もましになってきた。パティは何やら反抗的な感じだったが、これはいい徴候だ。それにお洒落していたという事実も見逃せない。なんのためのお洒落か？　カッツに見せるためだ。そして金曜の晩も土曜の晩も仕事するのは？　カッツを避けるためだ。そう、二人でやってきたかくれんぼの、あの続きなのだ。いなくなったいまだからこそパティがよく見えるし、さほど雑音もなくシグナルを受信できる。あの品のいいスカートに手をかけるところも想像できるし、ミネソタで彼女がどれほど自分を求めていたかもありありと思い出せる。

が、その前に、繁殖しすぎの問題。具体的な課題としてまず、我らが人口過剰対策に名前をつけなければならない。そう言うウォルター自身がつけた仮称は〝狂った世界に抗う若者《ユース・アゲンスト・インサニティ》〟、これは「ユース・アゲンスト・ファシズム」という、彼いわく（これにはカッツも同意したが）ソニック・ユースが過去に残した名曲の一つへの個人的なオマージュだとのこと。ところがジェシカは、ノーよりイエスを主張する名前にするべきだと言って譲らない。何かに反対じゃなく、賛成がいいと言うのだ。

「私たちの世代の子って、パパなんかの世代より他人の自由にずっと敏感なの」と説明する。「エリート主義とか、他者の視点を尊重しないとか、そういう匂いにはかなりアレルギーがあるのよ。このキャンペーンも、他の人たちにこれをするなって押しつける感じじゃだめ。むしろ、私たちみんなで、このクールで前向きな決断をしようっていう、そういうものにしなきゃ」

ラリーサの口から出た案は〝生きてる人優先《ザ・リヴィング・ファースト》〟、カッツがイテテと思う間もなくジェシカの容赦ない嘲笑にあえなく撃墜された。そんな調子で午前中は延々とブレインストーミング。こういうのはプロの広報コンサルタントの意見を入れなきゃだめだとカッツは思う。出てきた案は実にさまざま、〝この星をひっそりと《ロンリアー・プラネット》〟、〝空気さわやか《フレッシャー・エアー》〟、〝コンドー無限会社《ラバーズ・アンリミテイッド》〟、〝既存者連合《コアリシヨン・オヴ・ザ・オールレディ・ボーン》〟、〝自《フリ》由空間《ー・スペース》〟、〝上質生活《ライフ・クオリテイ》〟、〝テントを小さく《スモーラー・テント》〟、それに〝もうたくさん！《イナフ・オールレディ》〟（これがカッツはわりに気に入ったのだが、まだまだネガティブすぎると他の面々に反対されて、いずれ曲名かアルバムタイトルにでもしようと記憶にメモしておいた）。他にも、〝いまいる人に食糧を《フィード・ザ・リヴィング》〟、〝わきまえよう《ビー・リーズナブル》〟、〝クールな頭で《クーラー・ヘッズ》〟、〝よりよい道を《ア・ベター・ウエイ》〟、〝少数は力なり《ストレンクス・イン・スモーラー・ナンバーズ》〟、〝少は多に通ず《レス・イズ・モア》〟、〝ゆとりある《エンプティアー》巣《・ネスツ》を〟、〝ゼロの喜び《ジョイ・オヴ・ナン》〟、〝きみだけといつまでも《キッドフリー・フォーエヴァー》〟、〝赤ちゃん乗ってません《ノー・ベイビーズ・オン・ボード》〟、〝自分の分から《フィード・ユアセルフ》〟、〝産むな殖やすな《デア・ノット・トウ・ベア》〟、〝減らしちゃえ！《ディポピュレイト》〟、〝人類繁栄に冷めた拍手を《トウー・チアーズ・フォー・ピープル》〟、〝産まなくていいかも《メイビー・ナン》〟、〝ゼロ未満《レス・ザン・ゼロ》〟、〝ブレーキを踏みこめ《ストンプ・ザ・ブレイクス》〟、〝家族解体《スマッシユ・ザ・ファミリー》〟、〝落ち着けよ《クール・オフ》〟、〝狭すぎです《エルボー・ルーム》〟、〝私に《モア・フ》もっと《オー・ミー》〟、〝一人っ子でも《ブレッド・アローン》〟、〝息つくゆとり《ブリーザー》〟、〝広々空間《モアスペース》〟、〝あるものを愛そう《ラヴ・ホワッツ・ヒア》〟、〝産まない選《バレン・バイ・チヨイ》択《ス》〟、〝コドモ期の終わり《チャイルドフッズ・エンド》〟、〝コドモなんて卒業《オール・チルドレン・レフト・ビハインド》〟、〝基本は二《ニユークリアス・オヴ・トウー》〟、〝きっとなくても《メイビー・ネヴァー》〟、〝ゆっくり行こうよ《ホワッツ・ザ・ラッシュ》〟などなどと出たもののすべて却下。そんな難産ぶりもカッツの目には、この企て全体のありえなさ、そして作られたクールさは鼻につくという端的な事実の確たる証拠としか映らなかったが、ウォルターはと言えば、長年NGOの浮世離れした世界で過ごしてきただけあって、ノリノリの気の利いた司会ぶりで議論を進めていく。しかも信じがたい話、使おうとしている金自体は本物なのだ。

「〝自由空間《フリー・スペース》〟で行こう」ウォルターがようやく心を決めた。「悪くないよ、〝自由〟ってのを敵方から拝借して、はるかなる西部みたいなレトリックを横取りしてるとことか。こいつが盛り上がってくれたら、ぼくらのグループを超えて大きな運動全体を指す名になるかもしれない。フリー・スペース運動、なんてね」

「私だけかしら、なんか〝空車あり《フリー・パーキング・スペース》〟みたいに聞こえちゃうのは？」ジェシカが言った。

「その連想はそんなに悪くないよ」ウォルターが言う。「駐車スペースがなくて困ったって経験なら誰にでもあるからね。地球に人が少なくなれば駐車場所だって探しやすい、だろ？　むしろ日常レベルでの恰好の例じゃないか、人口過剰がなぜ悪いかってことの」

「〝フリー・スペース〟が商標登録されてないか確かめなきゃ」とラリーサ。

「商標なんてクソ食らえさ」カッツは言った。「どうせ登録済みじゃないフレーズなんてありゃしないんだから」

「あいだにスペースを一つ余計に挟めばいい」ウォルターが言う。「要は〝アースファースト！〟の逆だな、感嘆符もなしで。商標がらみで訴えられても、余分なスペースを根拠に反論できる。どう、うまいだろ？　論拠《ケース》はスペース」

「ま、訴えられないのが何よりよね、やっぱり」とラリーサ。

午後になると、昼食にサンドイッチを注文して食べ、帰宅したパティが顔も見せずに再び外出したのち（ジムの受付用のブラックジーンズをはいた脚がホールを遠ざかっていくのがちらりとカッツの目に入った）、四名からなるフリー・スペース諮問委員会は、すでにラリーサが募集と雇用を始めている二十五人の夏のインターンのための計画を練り上げた。ラリーサが思い描いていたのは、夏の終わり頃を目処《めど》に、アメリカムシクイ保護区の南端に位置するセルリアン・マウンテン・トラスト所有の二十エーカーのヤギ牧場で、意識向上を目的とした音楽フェスティバルを開催するという計画——

ところがこれにたちまちジェシカがケチをつけた。いまの若い人たちの音楽との関わり方がぜんぜんわかってないんじゃないの、ときたわけだ。大物タレントを連れてくればオーケーなんて思っているなら大間違い！　それよりも、二十人のインターンを全国二十都市に派遣して各地でローカルフェスティバルを開催させる――「バンドバトルか」カッツは助け舟を出した。「そう、それよ、二十都市それぞれでローカルのバンドバトル」とジェシカ。（朝からずっとカッツには冷たかったのに、いまや一転、ラリーサつぶしに加勢してくれてありがとうという顔である。）賞金を餌に各二十都市で評判のバンドを五つずつ集めて地元音楽シーンの代表権を争わせ、勝者がフリー・スペース後援のもとウェストヴァージニアで週末をまたいで開催されるバンドバトルに出場、そこに大物ミュージシャンを集めて決勝のジャッジを務めてもらい、彼らのオーラで、世界人口をマイナス成長に転じさせよう、子供を持つなんてクールじゃないよという大義に箔をつける。

　カッツは普段にも増して大量のカフェインとニコチンを摂取した結果、いまやほとんど躁状態で、頼まれたことはなんでもはいはいと引き受けてしまった。すなわち、フリー・スペースのために特別に曲を書くこと、五月には再びワシントンに来てフリー・スペースのインターンと顔合わせをし、彼らの教化にも協力すること、ニューヨーク開催のバンドバトルにサプライズ出演すること、ウェストヴァージニアのフェスティバルでは司会を務めること、できればウォルナット・サプライズを再結成してその場で演奏も披露すること、そして一緒に出演し決勝のジャッジに加わってくれるよう、ビッグネームに頼んでまわること。ただし内心では残高ゼロの口座から小切手を切りまくっているだけのつもり、というのも、実際山ほど刺激物を摂取したにもかかわらず、いまのこの気分の真の成分は、なんとしてもウォルターのもとからパティを連れ去ってやるという、このどくどく脈打つひたむきな決意にほかならないからだ。それこそがリズムトラック、他は何もかもハイエンドの付け足しにすぎない。家族解体《スマッシュ・ザ・ファミリー》、悪くない曲名だ。そしていったんそいつを解体しちまえば、約束なんてぜんぶ反故《ほご》にできるはず。

そんな思いにすっかり舞い上がっていたせいか、五時前にやっと会議が終わり、ラリーサは計画実行にかかるべくオフィスに戻り、ジェシカも上階に姿を消すと、カッツはウォルターに誘われるままに二人で出かけることにした。一緒に出かけるのもこれが最後だろうと思ったのだ。たまたまだが、コナー・オバーストという才能豊かな若者率いる人気急上昇中のバンド、ブライト・アイズが、その晩、DCの馴染みの会場でライブをすることになっていた。チケットは完売だったが、ウォルターはなんとしてもオバーストの楽屋にもぐりこんでフリー・スペースの話を売りこみたいという。すっかりハイになっていたカッツは、何やらみっともないと思いつつも方々に電話をかけて、二人で会場に入れるよう手配してやった。パティの帰宅を待ちわびて屋敷内をうろつくぐらいなら、というわけだ。

「信じられないよ、こんなに何から何まで協力してくれるなんて」ウォルターが言う。デュポンサークル近くのタイ料理の店、まずは夕食をと立ち寄った先だ。

「お安い御用さ」カッツはサテの串を手に取り、こいつを食っても大丈夫だろうかと思案の末、皿に戻した。これ以上の煙草は自殺行為だが、それでもとりあえず缶を取り出す。

「いよいよって感じだよな、学生時代に話してたことをついにやれるっていう」ウォルターが言う。

「それがほんとにうれしくてね、ぼくは」

カッツの視線は落ち着きなく店内をさまよっている。目の前の友以外の行き場を求めて。まるで勢い余って崖から飛び出したみたいな気分、足はまだ空中でばたばたしているが、墜落は時間の問題だ。

「おい、大丈夫か?」ウォルターが訊いてきた。「やけにそわそわしてるな」

「ああ、平気平気」

「平気そうには見えないぜ。そいつ、一缶空けちまったんじゃないのか、今日だけで」

「おまえのいるとこでは吸えないからな」

「だよな、悪いね、気を遣わせて」

　ウォルターがサテをぜんぶ平らげているあいだ、カッツは水のグラスにぽたぽた唾を垂らしていた。ニコチンの錯覚で一時的に気分が落ち着く。

「あの娘とはどうなんだ？」と訊いてみる。「なんか変な空気だったな、おまえら二人並んでるあの感じ」

　ウォルターの顔が赤くなる。返事はない。

「もう寝たのか？」

「よせよリチャード！　きみの知ったことじゃない」

「うわ、それってイエス？」

「違う、余計なお世話だって言ってるんだよ」

「あの子に惚れてるのか？」

「よせって！　もうたくさんだ《イナフ・オールレディ》」

「ほら言ったろ、その名前のほうがいいって。もうたくさん《イナフ・オールレディ》！　感嘆符もつけてさ。フリー・スペースって、なんかレーナード・スキナードの曲みたいだし（「フリー・バード」のこと）」

「なんでそんなに知りたがるんだよ、ぼくが彼女と寝てるかどうか？　なんでそんなにこだわる？」

「見たままを言ってるだけさ」

「でもな、ぼくはきみとは違うんだよ。わかるか？　この世にはセックスより大事な物事だって存在しうる、それがわかるか？」

「ああ、わかるよ。理屈のうえではね」

「そう、じゃあもう何も言わないでくれ、いいな？」

　カッツはいらいらとウェイターを探した。どうも意地の悪い気分で、ウォルターの言うことすることすべてが癪に障る。ラリーサを口説く勇気もないんなら、そうやっていつまでも高潔ぶっていたいんならもう勝手にしやがれだ。「そろそろ出ようぜ」と言った。

「まだメインも来てないのに？　そっちは食欲ないんだろうけど、こっちは腹ペコなんだぜ」

「そうだった。すまん。悪かった」

一時間後、〈九：三〇クラブ〉の入口で若者の群れに混じると、カッツの気分は墜落し始めた。客としてライブに行くことなどここ何年もなかったし、ガキのアイドルを聴きに行くなんてそれこそ自分がガキの頃以来、トラウマティックスやウォルナット・サプライズのライブの年寄りオーディエンスに慣れきっていたから、ガキどもの生きる世界がどれほど違うか、すっかり忘れていたのだった。

この一体感、真剣さ、ほとんど宗教である。ウォルターは何せ文化に貪欲だから、ブライト・アイズのアルバムも全部持っているし、先ほどのタイ料理店でもいやと言うほど絶賛していたが、カッツのほうは勝手に聞こえてくる評判で知っている程度。クラブに来ている連中は全員、どう見ても彼ら二人の半分以下の年齢である。髪のつんつんしていない若者たちと、その連れの、がりがりにやせていない今風の娘たち。休憩時間で人のまばらなフロアを歩くあいだも、カッツはあちこちから視線を感じた。気づかれているらしい。まったく馬鹿な真似をしたもんだと我ながらあきれてしまった。こんな形で人前に出れば、ただここにいるというだけで、ろくに知りもしないバンドを認めているように思われかねない。正体がばれてちやほやされても、ただのおっさんとしてぽつんと立っていても、この状況ではどちらも拷問、実に甲乙つけがたい。

「楽屋に入れるかやってみないか？」ウォルターが言う。

「無理だよ。耐えられん」

「紹介してくれるだけでいいんだ。一分ですむ。本格的な売り込みはあとでやるから」

「とても耐えられんよ。知り合いでもないんだし」

休憩時間に流す音楽の選曲はメイン出演者の特権のはずだが、これがまたケチのつけようのない曲者ぶり。（カッツ自身はこの手の曲選びにつきもののてらい、駆け引き、趣味の押しつけが昔から大嫌い、聴くほうの趣味もイケてるところを見せようというプレッシャーにもうんざりだったので、メインで出るときもバンド仲間に任せきりにしていた。）裏方さんが大量のマイクと楽器をセッティングしているあいだ、ウォルターはコナー・オバーストをめぐる逸話を夢中で喋っていた。十二歳でレコーディングを始めたこと。いまでもオマハに拠点を置いていること。そのバンドが普通のロックバンドというより、共同体もしくは家族みたいな集団であること、などなど。方々の入口からガキどもがどんどん流れこんでくる。純な目《ブライト・アイズ》をした（なんなんだこのクソ頭にくる青春礼賛的バンド名は、とカッツは思う）アソコに毛のないガキんちょども。この墜落した気分の中身はどうやら嫉妬とは少し違うし、長生きしすぎたという感覚だけでもない。むしろ、この世界の砕け散り具合への絶望とでもいうのか。アメリカは二つの国で醜い地上戦を展開中、地球全体がオーブントースターみたいに熱くなっていくさなか、ここ〈九：三〇〉では四方八方にバナナケーキ自慢のサラと同型のガキどもが何百人、それがみな甘酸っぱい憧れを抱え、無邪気に権利を主張する——何の権利を？　感情に身を任せる権利を。超スペシャルなバンドに混じり気なしの崇拝を捧げる権利を。自分たちだけの世界にこもり、土曜の夜に一、二時間でも、上の世代のシニシズムや怒りを儀式的に拒絶する権利を。昼間の会議でジェシカが発言したとおり、この連中は何者にも敵意を抱いていないように見える。それは服装を見てもわかる。そこには若き日のカッツもその一員だった集団にくすぶっていた憤怒も不満も見当たらない。彼らは怒りのもとに集っているのではなく、一つの世代として、よりやさしく、より立派な生き方を見出したことを祝福すべく集っているのだ。その生き方が、消費社会とより相性のいいものであるのは偶然ではない。だからカッツに語りかけてくる。死ね、と。

オバーストが一人ステージに登場し、パウダーブルーのタキシードにアコースティック・ギターを抱えて、抑えた声で長いソロ・ナンバーを二曲ほど歌った。なるほどこいつは本物、若き天才に違いなく、だからこそ余計にカッツには耐えがたい。いかにもソウルフルなアーティストという苦悩ぶりも板についているし、気の向くままにやりたい放題、普通なら持たない長さまで曲を引っ張り、あの手この手でポップの慣習を巧みに破ってみせる。真摯さを演じ、演技が真摯さを嘘と化しそうになると、今度は一転、真摯たることとの困難への真摯な苦悩を演じるのだ。やがてそこに残りのバンドメンバーも加わり、バックコーラスはセクシードレスを身にまとった三人の若き美の女神《カリス》たち、実際、全体を通して実にすばらしいライブだった——カッツもそれを否定するほど愚かではない。ただ、酔っ払いだらけの部屋で自分だけ素面も素面、あるいは信仰復興集会《リヴァイヴァル》に迷いこんだただ一人の不信心者、そんな気分になっただけだ。ジャージーシティ、あの何かを信じることなど許されない街への郷愁が胸を刺す。どうやらおれにはあそこでなすべき仕事があるらしい。砕け散った世界の自分の居場所《ニッチ》で、世界がすっかり終わってしまう前に。

「どうだった？」帰りのタクシーの中、ウォルターが興奮冷めやらぬ様子で訊いてきた。

「おれももう年だなって」と答える。

「連中、なかなかよかっただろ」

「思春期メロドラマの歌がちょっと多すぎるがね」

「どれも信じることについての歌だよ」ウォルターが言う。「新譜が出たんだけど、これがまた一種、汎神論的努力というか、死に満ちた世界で何かを信じ続けようっていうアルバムでね。オバーストはすべての曲に〝上げる《リフト》〟って言葉をねじこんでる。アルバムのタイトルも『リフティッド』。言ってみれば、教義だの何だのがない宗教みたいな感じだな」

「まったく、おまえの感心する力《キャパ》には感心するよ」カッツは言った。渋滞の中、タクシーは道が斜めに走る複雑な交差点をじりじり進んでいる。ふとこう言い足した。「悪いがおまえの役には立てそうもないよ、ウォルター。正直、恥ずかしくてたまらん」

「やれるだけやってくれればいい。どこまでってのは自分で決めてくれ。五月に一日二日だけインターンに会いに来て、なんならその中の誰かと寝て、それで限界だってことでもこっちは文句はないよ。それだけでも大助かりだ」

「そろそろまた曲でも書こうかと思ってね」

「そりゃすばらしい！　最高のニュースだ。ぼくらのことはいいからそっちをやってくれって言いたいくらいだよ。頼むからもうデッキ造りはやめてくれよな」

「そいつをやめる自信はないな。これぱっかりはしょうがない」

帰り着いたとき、屋敷は暗く静かで、キッチンにだけぽつんと明かりがついていた。ウォルターはまっすぐ寝室に上がったが、カッツはしばらくキッチンをうろついていた。パティが物音を聞いて下りてくるんじゃないかと期待して。他の事情はさておき、いまはとにかくひねくれたところのある人間と話したかった。冷めたパスタを食べ、裏庭で煙草を吸った。それから二階に上がり、あのパティの小さな部屋まで行ってみた。前の晩に見たときには、折りたたみソファに枕やら毛布やらがあったし、ここで眠っているのに違いない。ドアは閉まっていて、隙間から明かりも漏れていない。

「パティ」小声で呼びかけてみた。眠っていなければ聞こえたはずだ。

じっと耳を澄ます。耳鳴りがひどい。

「パティ」もう一度言う。

カッツのイチモツは一瞬たりともパティが眠っているなどとは信じなかったが、ドアの向こうは空の部屋という可能性はあるし、妙な話、どうも開けて確かめてみる気にはなれなかった。ほんのちょっとでいい、何か衝動を後押ししてくれるものが、見込みの正しさの証拠がほしかった。そこでまたキッチンに引き返し、パスタを食べ終え、『ポスト』と『タイムズ』を読んだ。二時になっても依然ニコチンのせいで目は冴えたまま、しまいにパティにも腹が立ってきたので、再び例の二階の部屋に舞い戻り、軽くノックしてからドアを開けた。

　パティは闇の中、ソファに座っていた。ジムの黒い制服姿のまま、じっと正面を見つめ、膝の上で両手を固く握っている。

「ごめん」カッツは言った。「いまちょっと、いいか？」

「ええ」こちらを見ずに答える。「でも下に行ったほうがいいかも」

　またまた裏階段を下りながら、カッツは常にない胸苦しさを覚えた。濃密な性的期待、高校時代以来だろうか。あとからキッチンに入ってきたパティは、後ろ手に階段に通じるドアを閉めた。足元はふわふわした靴下だけ、もはやそれほど若くはない、肉の落ちた足にはく靴下だ。靴のプラス分がなくても、その背の高さは相変わらず心地よい驚きだ。昔からずっとそうだったように。ふと自分の歌の歌詞が思い浮かんだ。この女の体こそ自分のための体、云々というやつだ。カッツめ、焼きが回ったな。自分で書いた歌詞にほろりとなるなんて。その特別な体はいまもぜんぜん悪くない。気に障るようなところは一つもない。きっとジムで何時間も汗を流してきた賜物なのだろう。黒いＴシャツの胸には白いブロック体でＬＩＦＴ《リフト》の文字がある。

「カモミール茶を飲むけど」パティが言った。「あなたもどう？」

「もらおうかな。カモミール茶なんて飲んだことないし」

「へえ、あなたったらほんと、世間知らずなのね」

　そう言い残してオフィスに行き、やがて瞬間湯沸かし器のお湯からティーバッグのラベルが垂れた二つのマグを手に戻ってきた。

「最初に呼んだとき、なんで返事しなかったんだ？」と訊いてみた。「二時間もここに座ってたんだぜ」

「考え事してたみたい」

「おれがまっすぐ寝床につくと思ったのか？」

「さあ。なんていうか、考えるともなく考えてたの、って言ってもわかんないか。まあでも、あなたがあたしと話したいのはわかってたし、話さなきゃいけないのもわかってた。だから来たわけ」

「しなきゃいけないことなんてないよ」

「ううん、いいことだし、話したほうがいいわ」そう言って農家風テーブルの反対側に腰をおろす。

「お出かけはどうだった？　ジェシーが二人でコンサートに行ったたって」

「おれたちと、あとは成人したてが八百人」

「あはは！　かわいそうに」

「ウォルターは楽しそうだった」

「ああ、そりゃきっとそうよ。最近はもう若い世代にすっかり夢中だから」

その不満の調子に力を得てカッツは訊ねた。「でもあんたは違う、だろ？」

「あたし？　ま、ノーで間違いないわね。つまりうちの子供は別にして。うちの子はいまでも好きよ。でもそれ以外？　あはは！」

ぞくぞくと高揚《リフト》させてくれる笑い声も変わっていない。ただ、新しい髪形の下、アイメイクの下には加齢の影も見える。進む方向は一つ、老いるしかないのだ。胸の奥に潜む自己防衛本能はそれを察して、逃げられるうちに逃げろと命じている。内なる衝動に従ってここにやってきたわけだが、衝動と計画は大違いであることがだんだん身にしみてくる。

「気に入らないのはどういうとこ？」

「あら、そうね、どっから始めたらいい？」パティは言った。「ゴム草履《フリップ・フロップ》なんてどう？　あれについてはいろいろ言いたいことがあるのよ。なんか世界中が自分の寝室だと思ってるみたい。しかも本人たちはあのペッタラペッタラが聞こえないの、みんな耳にあれ突っこんでるから、ほらあのイヤホンってやつ。このへんもいやなご近所さんばっかりなんだけど、それでうんざりするたびに歩道でジョ《G》ージタウン大《U》の学生に出くわして、すると急にご近所さんのことは許してあげなきゃって気になるの、少なくとも大人だから。少なくとも草履でぺたぺた走りまわったりしないから。あれきっと、自分たちがどんなに自然体で合理的かアピールしたいのね、あたしたち大人と比べて。このあたしみたいなのは頭固いわけ、できれば地下鉄で人の素足は見たくないとか、そういうのは。だってほんと、あんなにきれいな足の指、見るのいやだなんて人いる？　爪もばっちりきれいなのに？　そんなこと思うのって哀れな中年でしょ、世間様に足指なんかとても見せられないような」

「ゴム草履《フリップ・フロップ》なんて気にしたことなかったな」

「だとしたら、世間知らずにも程があるわ」

　その言い方はどこか機械的で生気が通っておらず、なんとか取っ掛かりにできそうな思わせぶりな響きもない。この取りつく島もない態度には、カッツの期待感もさすがに萎えてくる。こっちが思い描いていた状態でいてくれなかったことで、だんだんパティが憎らしくなってきた。

「あと、クレジットカードとか？」かまわずパティは続ける。「ホットドッグ一つ、ガム一つ買うのにもカードを使うとか？　だってほら、現金なんてもう古いもん。でしょ？　現金だと足し算引き算しなくちゃいけない。お釣りをくれる人に注意を向けなくちゃいけない。つまり、ほんの一瞬だけど、完璧にクールじゃいられないわけ、自分の世界にこもって。でもカードなら心配無用。しらっと渡して、しらっと受け取って、それで終わり」

「それってたしかに今日のライブの客みたいだな」カッツは言った。「いい子ちゃん、ただちょっと自分自分って感じ」

「まあでも、慣れといたほうがいいんじゃない？　ジェシカに聞いたけど、夏中若い人たちにどっぷりなんでしょ」

「ああ、たぶんな」

「聞いた話じゃ、ぜったいって感じだったけど」

「うん、でも抜けちまおうかって思案中でね。実を言うと、ウォルターにもちょっと言っといた」

パティは立ち上がってティーバッグを流しに捨て、そのままこちらに背を向けて立っている。「じゃあ、ここに来るのは今回かぎりになるかも」

「そうだな」

「ふうん、じゃああたし、後悔したほうがいいのかな、もっと早く下りてくればよかったって」

「こっちに来てくれりゃいつでも会えるぜ、ニューヨークで」

「そうね。誘ってもらったことないけど」

「たったいま誘ったよ」

くるりと振り向き、目を細める。「いい加減なこと言わないで。いい？　あなたのそういうとこ、見たくないの。冗談抜きで、そういうのにはうんざりなの。わかった？」

目をそらさずに見つめ返し、本気だとわからせようと——自分でも本気だと信じようと——したが、パティのいらだちは増すばかりの様子。首を振りながらキッチンの遠い隅のほうにあとずさっていく。

「ウォルターとはうまく行ってるのか？」意地の悪い質問を向ける。

「余計なお世話よ」

「さっきもそう言われたよ。どういうことなんだ？」

顔が赤らむ。「どうもこうも、余計なお世話だってこと」

「ウォルターはいまいちだって」

「ま、嘘じゃないわね。だいたいは」また顔が赤くなる。「でも心配するならウォルターだけにして、わかった？　親友を心配してあげることね。あなたはもう選んだのよ。あたしたち夫婦、どっちの幸せが大事か、あなたの答えはもうはっきり伝わったわ。あたしを取ることもできたけど、あなたはあの人を取った」

カッツには自分がクールさを失いかけているのがわかった。実にいやな気分だ。頭のネジが飛びそうな感じ、こみあげてくる怒り、言い負かしたいという欲求。突然ウォルターになったみたいだ。

「そっちが追い払ったんだろ」と言う。

「あはは！　〝すまん、フィラデルフィアには行けない、たった一日でもだめ、ウォルターがかわいそうで〟って誰？」

「それ言ったのは一分だぞ。三十秒だ。そこからそっちが延々一時間喋りまくって――」

「だめにした。わかってるわよ。はいはいわかってます。何もかもだめにしたのは誰か。それはこのあたしです！　でもねリチャード、あなたもわかってたはずよ、あたしのほうがつらい立場だって。命綱ぐらい投げてくれたってよかったじゃない！　たとえばほら、その一分よ、その一分、かわいそうなウォルターじゃなくて、傷つきやすいウォルターの気持ちじゃなくて、このあたしを思いやってくれるとか！　それで言ってるの、あなたはもう選んだんだって。自分じゃ気づいてもなかったのかもしれないけど、とにかく選んだの。だからいまさらもう遅いの」

「パティ」

「あたしはダメ人間かもしれないけど、何はなくともここ数年、考える時間はそれなりにあったの。それでいくつかわかったわけ。あなたがどんな人か、どんなふうにできてるかも前よりはよくわかってる。うちのかわいいベンガル娘に知らんぷりされて、どんなにつらいかも想像がつく。それでものすごーく不安になるのもね。こんなのまるであべこべな世界じゃないか！　悪い夢に違いない！って。あと口説けるチャンスがあるのはジェシカくらいかな、ま、せいぜいがんばってみれば。いよいよほんとに困ったら、いちばん見込みがありそうなのは企画開発部のエミリーちゃんかも。ただ、ウォルターが入れこんでる相手でもないし、あなたはあんまり興味持てないんじゃないかしら」

カッツはすっかり頭に血が上り、神経のぴりぴりも極限状態。コカインに粗悪なヒロポンがたっぷり混ぜてあったとか、そんな感じだ。

「おれがここに来たのはあんたのためだ」と言う。

「あはは! 信じないわよ。自分でも信じてないくせに。ほんと、ひどい嘘つき」

「他にどんな理由がある?」

「さあね。生物多様性と持続可能な人口レベルへの懸念とか?」

電話でパティとやり合ったとき、どれほど不快だったかを思い出した。不快も不快、堪忍袋が破裂寸前だったことを。ただ、なぜそれに我慢できたのかがいまとなっては思い出せない。パティが自分を求めてくる、ひたむきに迫ってくるあの特別な感じ。それがいまはない。

「あなたに腹を立てるのにどんだけ時間を使ってきたか」パティは続けた。「想像つく? あれだけEメールを送って返事は一度もなし、みっともない一方通行の会話を延々続けて。あなた読んでもないんでしょ、あたしのメール?」

「たいていは読んだ」

「はは。喜んでいいのか悲しんでいいのか。ま、どうでもいいわよね、どうせあたしの独り相撲だったんだから。三年間、ずっとあなたを求めてきたの、ぜったい幸せになれないってわかっていながら。わかってても求めずにはいられなかった。質《たち》の悪いドラッグみたいに、どうしても我慢できなかった。人生まるごとそんな感じ、何かよくないドラッグが、自分でも悪いってわかってるものが手に入らないのを嘆くっていう。それが文字通りつい昨日になって、あなたの姿を見た瞬間、わかったのよ、なあんだ、ドラッグ、いらないんだって。なんかこう急にね、〝ほんと、何考えてたのかしら? あの人が来たのはウォルターのためじゃないの〟って」

「違う」カッツは言った。「あんたのためだ」

パティは聞いてさえいない。「なんか年とった気がするわ、リチャード。人生って、ちゃんとした使い道に使ってなくても勝手に過ぎてくものなのね。ていうか、そのほうが余計に早く過ぎていく」

「年寄りには見えないぜ。相変わらず悪くないよ」

「まあね、それに大事なのはそこよね、でしょ？　見た目を保つのに死ぬほど労力を注いでる、そういう女の仲間入り。この調子でがんばってきれいな死体になれたら、それこそもう万事解決」

「一緒に暮らそう」

パティは首を振った。

「いいから来いよ。二人でどこかに行こう、そうすりゃウォルターも自由になれるんだから」

「だめよ」パティは言った。「ま、うれしいのはうれしいけどね、やっとそれ聞けて。いまのひと言、この三年にさかのぼって適用すれば、こうなってたかもしれないっていう妄想が余計に盛り上がるし。すでにして相当豊かな空想世界がさらに豊かさを増すってわけ。いろいろ想像できるもんね、あなたがワールドツアーに出て十九の小娘とやってるあいだ、アパートで一人留守番してるとことか、逆にツアーに同行して悪ガキ所帯の肝っ玉母さんやってるとことか——ほら、午前三時にミルクとクッキーとか、そういう——それかあなたのヨーコになって、みんなに悪口言われたりとか、ほらあの女、あいつもあれで終わったな、すっかり丸くなっちまったよなあ、なんてね、で、しまいには泣いたりわめいたりで醜態さらして、あなたもだんだんわかってくるわけ、じわじわと、あたしと一緒になったのは大失敗だったって。これだけあれば妄想ネタには何カ月も困らないわ」

「あんたが求めてるのがなんなのかわからない」

「そりゃそうよ、自分でもわからないんだから、わかってたらここでこんな話、してないわよ。わかってると思ってたのよ、何がほしいか。それがよくないのもわかってたけど、でも、ほしいのはこれだって。で、そのあなたが目の前にいるのに、なんだか振り出しに戻ったみたい」

「ただ、いまやウォルターはあの娘に惚れかけてる」

パティはうなずいた。「そうよ。でね、いいこと知りたい？　いざそうなってみると、これがなんと思いのほかつらいのよ。もうずたずたにつらいの、あたし」目に涙があふれてきて、見られまいと素早く背を向ける。

昔から女の涙にはさんざん付き合わされてきたカッツだが、別の男への愛のために女が泣くところを見るのは初めてだった。まったく気に入らない。

「それで、あの人がウェストヴァージニアから戻ってきたのが木曜の晩」パティは続ける。「これ、話してもいいわよね、だってもう付き合いも長いし、ね？　彼、木曜の晩にウェストヴァージニアから戻って、あたしの部屋に来て、それで何があったかって言うとね、リチャード、なんと、あたしがずっと望んでたこと。これまでずっと。大人になってこのかた。ほんと、顔つきまで別人みたいだった！　なんかもう、気がふれたみたいな感じなの。でもそうなった理由、やっとそれが手に入った理由はただ一つ、あの人の気持ちがもうあたしにはないってことなの。さよならの儀式みたいなものね。ささやかなお別れのプレゼント、もう二度と手に入らないものを見せつけられたわけ。自業自得よね、これまでさんざん惨めな思いをさせてきたんだから。そんなあの人にもやっといい思いをするチャンスがめぐってきた。でも相手はもちろんあたしじゃない、そりゃそうよね、あれだけ惨めな思いをさせてきたんだから」

この話が本当なら、どうやら到着が四十八時間遅かったらしい。四十八時間の差。信じられない。

「まだ取り戻せる」カッツは言った。「あいつを幸せにしてやれ、いい妻になって。あの娘のことは忘れるさ」

「かもね」手の甲をそっと目にあてる。「あたしが正気の、健全な人間だったら、そうなるように努力するはずよね。だってほら、昔はあたし、負けたくなかったの。昔は闘ってたの。でもね、いまじゃ良識アレルギーっていうか、普通に考えてこうしなきゃってことができなくなってる。そんな自分にうんざりして、じたばたもがいてばっかり」

「あんたのそういうとこなんだよ、おれが愛してるのは」

「あら、愛だって。愛ねえ。リチャード・カッツ、愛を語る。これってどう見てもお告げよね、もう寝たほうがいいっていう」

それは退場の台詞だった。カッツも引き止めようとはしなかった。とはいえ、おのれの本能への信頼はそう簡単には揺らがず、十分後、自分も階段を上がっていったときには、あるいはパティがベッドで待っているんじゃないかと想像していた。が、代わりに枕の上に見つけたのは、分厚い、綴じていない原稿の束、最初のページにパティの名が記されている。そして「過ちは起こった」というタイトル。

カッツは思わずにやりとした。そして嚙み煙草をたっぷり一つまみ頰に詰めると、そのまま原稿を読み始め、ときおりナイトスタンドの花瓶に唾を吐きながら、窓の外が明るくなるまで読み続けた。読んでいて一つわかったのは、自分のことを書いてあるくだりがそれ以外の部分よりはるかにおもしろいこと。かねがね思っていたとおりだ。人間なんだかんだと言って、読みたがるのは自分のことだけなのだ。しかもうれしいことに、そんな自分にパティは心底魅力を感じてくれていたらしい。おかげでパティのことが好きな理由もいまならよくわかる。ただそれでいて、最後のページを読み終え、いまやすっかり水っぽくなった嚙み煙草をぽちゃんと花瓶に吐き出したとき、何より胸にくっきりと残ったのは敗北感だった。パティに負けたわけではない。なるほど物書きとしての腕には感心させられたが、こと自己表現にかけてはこちらも本職である。そうではなく、ウォルターに負けたのだ。なぜなら、この原稿は明らかにウォルターのために書かれたもの、悲嘆のどん底で口にしえない弁明を記したものに違いないからだ。パティのドラマのスターはあくまでウォルターであり、カッツはたんにおもしろい助演男優にすぎなかったのだ。

一瞬、カッツの中のいわゆる魂と思しき場所でドアが開き、その先に傷ついたプライドの哀れな姿がちらりと見えたが、カッツはそのドアをすぐさまばたんと閉めて、我ながらなんたる馬鹿っぷり、よりによってあんな女をほしがるなんてと考えた。そう、あの女の話し方が好きだったし、そう、ああいうある種、頭がよくて鬱気味のねえちゃん《チック》にどうも弱いってのがおれの困ったところなんだが、その手の女との付き合い方なんておれの知るかぎりじゃただ一つ、一発やって立ち去り、戻ってきてまたやり、また立ち去り、また憎み、それからまたやるっていう繰り返し。できることなら時をさかのぼって、あのときの自分を、シカゴはリウスサイドのあの汚い不法占拠アパートで、パティみたいな女にお似合いなのはウォルターみたいな男、何かとアホではあるにせよ、忍耐と想像力を兼ね備えたああいうやつじゃなきゃあの女は扱えないと見切った、あの二十四歳の自分をほめてやりたい。その後の過ちがなんだったかといえば、そういう、敗北感を味わわざるをえない場に戻り続けたこと。パティのこの原稿がいい証拠じゃないか。そういう場がどんなに疲れるか、そこでは「善い」こととそうじゃないことの判断がどんなにややこしいか、これを読めば一目瞭然。自分に何がいいかの判断には自信があるし、通常生きていくうえではそれで何もかも事足りる。足りないような気がし始めるのは、バーグランド家に近寄ったときだけ。そしてそんな気にさせられるのにはうんざりだ。いい加減手を切る潮時だろう。

「てなわけさ、ウォルター」と口に出して言う。「長い付き合いだったな。この勝負はお前の勝ち」

窓の外の明るさが増していく。バスルームに行き、唾と煙草のかすをトイレに流してから、花瓶を元あった場所に戻す。クロックラジオの表示は五：五七。荷物をまとめて原稿を手に取り、階下のウォルターのオフィスに直行して、デスクのど真ん中に置いておく。ささやかなお別れのプレゼントだ。この家の風通しをよくしてやる。たわごとに終止符を打ってやる。誰かがやらなきゃいけないんだが、パティにはどうやら無理らしい。それでこのおれに汚れ仕事を？　なるほど、けっこう。このチームで意気地があるのはおれだけだってところを見せてやる。もともと汚い真実を語るのが生業だ。嫌わ《ディ》れ者《ック》役は慣れている。メインホールを通り抜け、オートロックの表玄関から外に出る。背後で閉めたドアがカチリと、取り返しのつかない音をたてる。さよならバーグランド家。

夜のうちに湿った空気が流れこんだらしく、ジョージタウン中の車は夜露にぬれ、ジョージタウン中の歩道の歪んだ敷石が湿っている。芽吹き始めた木々の中では鳥たちが目覚めている。早朝発のジェット機が薄青い春の空をパリパリと飛んでいく。カッツの耳鳴りさえ、朝の静けさにミュートがかかっている。死ぬにはいい日だ！　誰の言葉だったか思い出そうとする。クレイジー・ホース？　ニール・ヤング？

バッグを肩に担ぎ、道行く車のため息が聞こえる方角に進むと、しまいに長い橋に出た。向こう岸はアメリカによる世界支配の中心地だ。橋の真ん中あたりで立ち止まり、はるか下方、川岸の小道を行くジョギング中の女を見下ろしながら、女の尻と自分の網膜のあいだの光子《フォトン》の相互作用の度合いから、実際どれくらい死ぬのにいい日かを見極めようとする。この高さなら飛び降りれば十分死ねるし、やるなら絶対に飛び降りだ。男らしく、頭から。イエス。カッツのイチモツは何かにイエスを告げている。その何かが、遠ざかっていくジョギング女の大きめの尻でないことは確かだ。

実はこの死ねというのが、自分をここワシントンに送りこんだイチモツのメッセージだったのだろうか？　その予言をこっちが勝手に勘違いしていただけ？　自分が死んでもさほど悲しむ人間はいない、それは確かだ。パティとウォルターを厄介者から解放してやれるし、厄介者であるという厄介から自分も解放される。どこであれモリーが行った場所に行けばいい。モリーの前には親父が行った場所に。落下しそうな地点に目を凝らしてみれば、そこは踏み散らされて土の覗いた砂利敷きの一角、このぱっとしない地面がおれの死に場所にふさわしいかと自問してみる。このおれに、この偉大なリチャード・カッツに！　ふさわしいのか？

カッツはその問いを笑い飛ばし、再び橋を歩きだした。

ジャージーシティに戻るや、アパートを埋め尽くす大量のがらくたに宣戦布告。窓を開けて暖かな風を入れ、春の大掃除にかかった。山積みの皿をぜんぶ洗って乾かし、不要な紙類を何箱分もゴミに出し、コンピュータに溜まった何千の迷惑メールを手動で削除した。たびたび掃除の手を止めては、沼地と港とゴミの臭いを、ジャージーシティの暖かな季節の臭いをぐっと吸いこむ。暗くなったところでビールを二本、それからバンジョーとギターをケースから出し、愛用のストラトのネックのトルクが数カ月の放置を経て奇跡的に直ったりしていないのを確認する。三本目のビールを飲みながら、ウォルナット・サプライズのドラマーに電話をかけた。

「よう、アホジジイ」というのがティムの返事だ。「やっと声が聞けてうれしい――わけねーだろ」

「どう言い訳しようかな？」とカッツ。

「どうってそりゃ、〝黙って姿をくらましたり、ああだのこうだの五十種類も嘘ついたり、こんな最低のダメ人間でホントにごめんね〟だろ。アホジジイ」

「そうだな、ま、遺憾ながら所用にかかりきりで、ってとこかな」

「だろうな、アホジジイでいんの、マジ時間食うからなあ。ていうか何この電話、なんの用だよ？」

「どうしてるかと思ってね」

「そりゃつまり、完璧ダメ人間のあんたにああだこうだと五十通りのやり方でコケにされて、さんざん嘘つかれてっていう、それ以外の面での話？」

カッツはにやりとした。「なんなら苦情はぜんぶ書き出してくれよ、書面提出ってことでさ、そうすりゃいまは別の話もできるし」

「もうやったよ、アホたれ。メール、チェックしてんのか、ここ一年？」

「まあじゃ、電話したくなったら電話くれよ、また。うちの電話、復旧したから」

「電話が復旧！　それケッサクだな、リチャード。パソコンは？　パソコンも復旧か？」

「その気になったら電話くれって言ってるだけさ」

「こっちもくたばっちまえって言ってるだけさ」


　このやりとりに気をよくしてカッツは受話器をかけた。ああやって罵声を浴びせてくるところを見ると、ティムのやつもウォルナット・サプライズ以外に目ぼしい計画はないらしい。一本だけ残ったビールを飲み、ベルリンの処方中毒の医者がくれたミルタザピン（抗鬱剤の一種）を一錠食らって十三時間眠った。

　目覚めると日差しまぶしい午後、近所の散歩に出かけ、今年流行のぴちっとした服の女たちを観察し、ちゃんとした食料品を買いこむ——ピーナッツバター、バナナ、パン。その後、車でホーボーケンまで出向いてなじみのギター屋にストラトを預け、ふと衝動に負けて、晩飯がてらライブでも聴こうかと〈マクスウェルズ〉に立ち寄った。〈マクスウェルズ〉のスタッフの態度《チック》は、それこそ恥辱のうちにも傲然とした朝鮮帰りのマッカーサー将軍のお出迎えさながら。ねえちゃんたちは小さなトップスからおっぱいをこぼさんばかりにしなだれかかってくるし、初対面だかとっくに忘れた昔の知り合いだかの男がひっきりなしにビールをおごってくれるし、演奏中の地元バンド、ツチ・ピクニックもなかなか悪くない。総じて、あのワシントンの橋から飛び降りなかった自分の決断は正しかったような気がする。バーグランド家抜きの人生はどうやら、穏やかでぜんぜん不快ではない類の死というか、痛みを伴わない死、ごく部分的な生の欠落みたいなものらしく、これといった支障もないまま、ツチ・ピクニックの演奏中に近づいてきた四十がらみの書籍編集者（「大、大ファンなの」）のアパートにしけこみ、女の中でイチモツを何度か濡らし、やがて朝にはワシントン・ストリートを戻りがてらクルーラーを買いこみ、パーキングメーターが動きだす前にトラックを動かしたのだった。

家の電話にはティムからのメッセージが一件、バーグランド家からは何もない。よしよしと自分へのご褒美に四時間ギターを弾いた。奇跡的なまでに暑い日で、長い冬の眠りから覚めたストリートライフの喧騒が聞こえる。すっかりギターだこの消えた左手の指先はいまにも出血しそうだが、皮膚の下、何十年も前に死んだ神経はありがたいことにまだ死んでいる。ビールを飲んで、角を曲がった先にあるお気に入りのジャイロ店に向かう。軽く腹に入れてからもう少し弾くつもりで。肉の袋を手にアパートに戻ると、表の階段にパティが座っていた。

麻のスカートにノースリーブの青のブラウス、汗じみが腰のあたりまで広がっている。傍らには大きなスーツケースと、アウター類の小さな山。

「おやおや、なんと」カッツは言った。

「追い出されたの」悲しげにおずおずと笑う。「あなたのおかげで」

他の部分はともかく、カッツのイチモツは喜んでいる様子。占いの正しさが実証されたのだから。

バッド・ニュース

発端は、ジョナサンとジェナの母親タマラがアスペンで怪我をしたこと。目立ちたがりのティーンエージャーとの衝突を避けようとしてスキーがクロスし、左足の骨がブーツの上あたりでポキポキと二本折れてしまったため、ジェナが一月に計画していた乗馬目当てのパタゴニア旅行に同行できなくなってしまったのである。タマラの転倒を目撃したジェナは、倒れた母の介抱はジョナサンに任せて件の若者を追い詰め通報したのだったが、そのジェナにしてみれば、この事故もまた一つ、春にデューク大を卒業したとたんに狂い始めた人生の長大な災厄リストに新項目が加わっただけ。一方、ここ数週間は日に二度三度とジェナと話していたジョーイにとっては、この事故こそまさに喉から手が出るほどほしかった神々の贈り物——二年余りも待ち望んできた突破口にほかならない。卒業後、ジェナはマンハッタンに引っ越し、著名なパーティープランナーの下で働きながら、事実上の婚約者ニックとの同居を試みたのだったが、結局九月には一人暮らしのアパートを借り、さらに十一月には、あからさまかつ容赦ない家族の圧力に屈し、また、よき理解者なる役目に収まっていたジョーイのより隠微な破壊工作も功を奏して、ついにニックとの関係に失効、無効、再生不能の判を押したのだった。その時点でジェナはレクサプロ（抗鬱剤の一種）を過剰服用気味、ニックが繰り返し約束しながら、そのたびにゴールドマン・サックスでの激務を口実に延期してきたパタゴニアでの乗馬が文字通り唯一の先の楽しみという状態だった。たまたまだが、ジョーイは高校時代、モンタナで夏を過ごした際に、へたくそながら何度か馬に乗った経験があった。携帯へのジェナからの電話やメールの着信頻度から見ても、本命になれる可能性はともかくつなぎの彼氏の地位にはすでに昇格済みかと、そんな期待を抱いていたところに、タマラが事故以前に押さえておいたアルゼンチンの豪勢なリゾートルームをよければシェアしないかというジェナからの誘い、これで期待は確信に変わった。これまた偶然ながら、ジョーイはお隣のパラグアイに仕事の用事もあって、これがどうやら行きたい行きたくないに関わらず行かざるをえない雲行き、そこでジェナには躊躇なくイエスと伝えた。実際、ジェナとのアルゼンチン旅行を控える理由があるとすればただ一つ、すなわち五カ月前、弱冠二十歳にして、ニューヨークでの狂乱の刹那、ローワーマンハッタンの裁判所に赴きコニー・モナハンと結婚してしまったことが、心配事なら他にも大きなのが山ほどあるし、当面その件は考えないことにした。

ジェナはひと足先にマイアミの祖母宅を訪問中で、二人は当地の空港で落ち合う段取りになっていた。そのマイアミに飛ぶ前の晩、ジョーイはセントポールのコニーに電話をかけて、目前に迫った旅行のことを伝えた。コニー相手に隠し事をするのはやはり心苦しかったけれど、その実この南米旅行は、コニーが東部に引っ越してきて、このアレクサンドリアのぱっとしない一画に借りている幹線道路沿いのアパートで同居を始める時期をさらに遅らせる恰好の口実にもなった。つい数週間前まで口実は大学だったのだが、いまやジョーイは仕事に専念すべく半期休学するつもりになっていて、そうなるとコニーとしては、キャロル、ブレイク、父親違いの幼い双子との同居が楽しいはずもないし、なぜさっさと夫と暮らせないのかと理解に苦しむわけである。

「それにブエノスアイレスに行く意味もわからない」とコニー。「業者はパラグアイなんでしょ」

「少しスペイン語の練習をしときたいんだ」ジョーイは言った。「実際仕事で使う前に。ブエノスアイレスは最高の街だってみんな言うしさ。どのみち乗り換えで降りるわけだし」

「ふうん、じゃあいっそたっぷり一週間とって、ハネムーンにするっていうのは？」

ハネムーンがまだなのは触れたくない話題の一つだった。ジョーイは表向きの理由を繰り返した。いまは仕事のことで頭がぐちゃぐちゃ、バカンスを楽しんでいる余裕はない。するとコニーは沈黙、最近は恨み言代わりによく黙りこむのだ。はっきり口に出してなじってくることはいまもない。

「世界中、どこへでも連れて行くよ」ジョーイは言った。「金さえ手に入ったら、どこでもきみが行きたいとこへ」

「ていうかあたし、一緒に暮らせたら、朝起きてジョーイが隣にいてくれたらそれだけでいいんだけど」

「うんうん、わかってるって」と言う。「そりゃいいに決まってる。ただ、いまはちょっとプレッシャーがすごくて、一緒にいてもいやな思いをさせちまいそうだから」

「いいのよ別に、それでも」

「その件はまた帰ってから話そう。な？　約束する」

電話の向こう、セントポールからかすかに一歳児の泣き声が聞こえる。コニーの子供ではないにしろ、どこか他人事とも思えずぎくりとする。八月以来コニーに会ったのは一度だけ、シャーロッツヴィルで感謝祭の連休を過ごしたときだけだ。クリスマス休暇（これも触れたくない話題）はシャーロッツヴィルからアレクサンドリアへの引っ越しと、あとはジョージタウンの実家に顔を出したぐらい。コニーには例の政府がらみの下請け仕事に精を出しているなどと言い訳しつつ、実のところは日々延々と暇つぶし、フットボールを見たり、電話でジェナの話を聞いたりしながら漫然と危機感を募らせていたのだった。コニーがとにかくそっちに行くと言い張っていたら、さすがに断れなかっただろうが、あいにくコニーは流感で寝こんでいた。その弱々しい声を聞き、病気の妻のそばに駆けつけないのもいかがなものかと思っているところに、仕事でポーランドに行く必要が持ち上がった。そうしてウォッチとワルシャワで三日間、筋金入りのスラブ系ビジネスマンと渡り合うにあたり、在外アメリカ人の自称「通訳」を雇ったはいいが、そのポーランド語というのがまた料理の注文はそつなくこなすもビジネスの場では電子翻訳に頼りきりという体たらくで、当然ながらいらいらはたまる一方、しかもその挙句に判明したのが身の毛もよだつ驚愕の事実ときたから、帰国してここ数週間というもの、仕事に意識を向けようにも一度に五分が限界という有様である。いまやすべてはパラグアイ次第。そしてパラグアイのことを考えるより、ジェナとシェアするベッドのことを想像するほうがずっと楽しいのは言うまでもない。

「結婚指輪、してる？」コニーが訊いてきた。

「ん――いや」そう言ってからしまったと思う。「ポケットに入ってる」

「ふうん」

「いまつけてるとこ」指輪が置きっぱなしのナイトスタンドのコイン皿のほうに移動する。ナイトスタンドと言ってもその正体は段ボール箱だ。「ぴったりだね、すごくいい」

「あたしはしてる」コニーが言う。「いつもつけていたいの。部屋を出るときは右手に付け替えなきゃって気をつけてるんだけど、ときどき忘れちゃう」

「忘れちゃだめだ。そいつはよくないな」

「大丈夫よ、ベイビー。キャロルはそういうこと、ぜんぜん気づかないし。あたしのことなんか見たくもないのよ。おたがい目障りだと思ってるの」

「でもほんと、気をつけてくれよ、な？」

「自信ないわ」

「もうちょっとの辛抱だ」と言う。「うちの親に話すまでの。そのあとはもう好きなだけつけてくれていい。いやつまり、もちろんきみだけじゃなくて、おれもね、ずっとつけていられる。つまりそういうこと」

沈黙の質を比べるのは至難の業だが、それでも今度の沈黙はとりわけ沈痛、悲しみの色が濃い。二人の結婚を秘密にしていることがコニーを苦しめているのはわかっていたから、ジョーイとしても、両親に話せばどうなるかという恐怖感が多少とも和らいでくれたらと願い続けていたのだが、ひと月ふた月と日が経つにつれ、怖さは逆に増す一方だった。手に持った結婚指輪を指にはめようとする。が、第二関節で引っかかってしまった。八月のニューヨーク、あのときずいぶん慌てて買ったせいで、わずかにサイズが小さい。そこでいったん口の中に入れ、舌でその輪郭を探りながら、コニーの下の穴だと想像してみる。少しばかり欲情した。コニーとの絆が感じられ、あの八月へ、二人でしたことの狂気へ引き戻される。唾液で滑りのよくなった指輪を指にはめた。

「いま何着てるの？」と訊ねる。

「服」

「でもほら、どんな服？」

「別に。服」

「なあコニー、金が手に入り次第、必ず親には話す。ただ、いまはちょっと何もかもってわけにはいかないんだ。この下請け仕事の件でもう頭がぐしゃぐしゃだし、いまは他のことは考えられない。だから頼むから何着てるのか教えてくれよ、な？　きみの姿を想像したいんだ」

「服よ」

「で？」

だがコニーは泣きだした。ほんのかすかなすすり泣き、抑えきれずに音となった百万分の一グラムの悲しみ。「ジョーイ」と囁く。「ベイビー。ほんとにごめん。あたし、もうこれ以上は無理みたい」

「あとほんの少しの辛抱だ」ジョーイは言った。「せめて旅行から帰るまで待ってくれよ」

「どうかな、だめかも。何かちょっとしたものがないと、いますぐに。ほんの小さな……手応えのある何か。ちっぽけでいいの、たしかなものなら。わかるでしょ、ジョーイを困らせたくはないのよ。でもたとえば、キャロルにだけは言っちゃだめ？　誰も知らないっていうのが耐えられないの。ぜったい人には言わないって約束させるから」

「近所に言い触らすに決まってる。知ってるだろ、あの口の軽さ」

「ううん、ちゃんと約束させる」

「で、たまたまご近所さんの誰かがクリスマスカードを送り忘れてて」カッとなってまくしたてた。ただし腹が立つのはコニー本人というより、自分を苦しめるべく結託した世界の悪意だ。「慌てて送った一筆でうちの親に漏らす。そうなりゃもう――そうなりゃ――！」

「じゃあ何がもらえるの、それがだめなら？　どんな小さなものがもらえるの？」

どうやらコニーの本能は、この南米旅行に何かうさんくさいものを嗅ぎつけたらしい。こうなるとさすがに罪悪感を禁じえないが、うしろめたさのもとは必ずしもジェナとの件ではない。ジョーイの道義的計算によれば、コニーとの結婚に踏み切ったからこそ、自分にはあと一度だけ、派手な女遊びが許されるはずなのだ。女遊びをする権利はずいぶん前にもらったはずだし、その後撤回という話も聞いてない。万一ジェナとの関係がドカンときたら、それはまたそのときに考えればいい。いま心の重荷になっているのはむしろ、自身はこれだけ多くを手にしていながら――パラグアイの件がうまくいけば正味六十万ドルの収入になる正式契約の下請け仕事、そしてこれまで出会った中でダントツの美人と海外で過ごす一週間――いまこの瞬間、コニーに与えてやれるものを何も思いつけないという不公平だった。そもそもコニーと結婚すべしという衝動の中には罪悪感という成分も少なからず含まれていたはずなのだが、五カ月経ってもいっこうにうしろめたさは消えない。薬指から引き抜いた結婚指輪をいらいらと口に戻し、門歯に挟んで舌でくるりと回す。十八金の硬さにはっとする。金なんてやわらかい金属だと思っていたのに。

「ねえ何か言って、これから起こりそうないいこと」コニーが言う。

「金がどっさり手に入る」そう言って、舌で指輪を臼歯のほうに転がす。「で、どっかに豪勢な旅に出て、ちゃんとした式も挙げて、目一杯楽しむ。一緒に卒業してビジネスを始める。いいことずくめだよ」

これを聞いたコニーの沈黙には不信の色があった。無理もない、ジョーイ本人だって信じられないのだ。結婚を親に打ち明けるのが病的なまでに怖いという――告白の場面は度重なる想像を経ていまやとんでもない大事《おおごと》と化していた――この一事を取っても、コニーと二人、八月に署名したあの書類は結婚証明書ならぬ心中の遺書だったかと思えてくるのだから、あとは推して知るべしのどん詰まりである。二人の関係が意味をなすのは現在においてだけ、一緒にいてじかに触れ合い、一心同体になって自分たちの世界を作れるときだけなのだ。

「いまきみがここにいたらな」と言う。

「あたしも同じ気持ち」

「やっぱりクリスマスに来てもらうんだったな。おれのせいだ」

「行ってもきっと流感がうつっただけよ」

「二、三週間だけ待ってほしい。ぜったい埋め合わせはするから」

「がんばれるかどうかわからないけど、やってみるわ」

「ほんとにすまない」

偽らざる本心だった。が、ようやく電話を切ることを許され、これでジェナのことを考えられると思うと、言いようもない安堵がこみ上げてきた。舌で結婚指輪を頬のくぼみから引き上げる。唾液を拭き取ってからしまっておこう。が、そこでなんの弾みか舌がうっかりダブルクラッチ、ごくりと飲みこんでしまった。

「くそっ！」

食道の底あたりだろうか、このいがいがとした硬さ、やわらかな体内組織の異議申し立て。わざと嘔吐《えず》いて押し上げようとしたが、これが逆効果でさらに奥へ飲みこんでしまい、感覚も消えた。夕食に食べたサブウェイの十二インチサンドの残骸に合流してしまったらしい。キチネットの流しに急行し、喉の奥に指を突っこむ。最後にもどしたのはまだ幼かった頃のこと、吐く前段階のあのウエッという感覚に、もどすことへの恐怖が以来どれほど深く神経に根づいているかを思い知らされる。その暴力性。それこそ自分の頭を撃ち抜けと言われているようなもの——どうしても恐怖が先に立つ。流しに前かがみになって口をだらりと開け、胃の中身がただ自然に、非暴力的に流れ出てきてくれないものかと願う。が、もちろんそんなことは起こらない。

「くそっ！　びびんなよ！」

十時二十分前。マイアミ行きのフライトは明朝十時ダレス発、腹の中に指輪が入ったまま搭乗なんて冗談じゃない。リビングのしみだらけのベージュのカーペットをせかせか歩きながら、ここは医者の力を借りようと心に決めた。手早くネットで検索したところ、最寄りの病院はセミナリー・ロード。早速コートを羽織ってヴァン・ドーレン・ストリートへ駆け下り、タクシーを停めようとあたりを見まわしたが、寒い夜でいつになく車が少ない。ビジネス用口座の資金を使えば、車ぐらいは、というか相当立派な車でも買えるのだが、その金の一部はコニーのもので、残りもやはりコニーの資産を抵当にした銀行ローンだったから、迂闊に使うわけにもいかなかったのだ。通りの中ほどまで進み出てみる。そうして自らを的よろしく差し出すことで、車がもっと集まるんじゃないか、そうなればタクシーも拾えるんじゃないかと思っているみたいに。が、今夜はタクシーは来そうもない。

仕方なく病院に足を向けながら携帯をチェックしたところ、ジェナからの新着メール、楽しみ？とある。すかさず、超楽しみ、と返した。ジェナとやりとりがあるたび、ジェナの名前やメールアドレスが目に入るたびに、決まって生殖腺にパヴロフ的条件反射が起こる。コニーがもたらす作用とはまったく違うけれど（最近のコニーはますます上のほうに、胃、呼吸筋、心臓あたりにぐっとくるようになっている）、抗いがたさも強度も引けを取らない。ジェナに感じる興奮は、たとえば巨額の金に感じる興奮とか、社会的責任を投げ出す快感、資源の過剰消費に耽る快感に近い。ジェナが危ない《バッド・ニュ》女《ース》なのはよくよくわかっていた。実際、そこがぞくぞくするところで、そんな彼女をモノにできるほど自分も危ない《バッド・ニュース》男になれるだろうかとつい考えてみたくなる。

病院に向かう途中、青い鏡張りのオフィスビルの真ん前を通ったが、このビルこそジョーイが前年の夏、昼間は毎日、夜もたいていは働いていた場所で、その勤務先というのがＲＩＳＥＮ（イラク非《Restore Iraqi》宗教事業即時再建計画《Secular Enterprise Now》）なる企業、解放後まもないイラクの旧国営製パン業の民営化事業を入札なしで手に入れたというＬＢＩの子会社だった。ＲＩＳＥＮでの上司はケニー・バートルズ、フロリダ出身でたっぷりコネを持った二十代前半の男で、ジョーイが首尾よくこの男の目に留まったのは、前の夏にジェナとジョナサンの父親のシンクタンクで働いていたときのこと。そのシンクタンクでの夏のアルバイト口というのがそもそも、直接ＬＢＩの出資を受けた五つのポストのうちの一つで、仕事は政府関連団体の顧問という名目の下、ＬＢＩがアメリカのイラク侵攻および実質的占領を商業利用する方法をリサーチしたうえで、そうした商業的可能性を侵攻正当化の主張に書き換えるというものだった。イラクの製パン事情に関する一次情報収集で活躍したジョーイへのご褒美に、ケニー・バートルズはＲＩＳＥＮでのフルタイムの職を持ちかけてきたのだったが、その勤務先はなんとバグダッドの安全地帯《グリーン・ゾーン》。コニーの反対、ジョナサンの警告、ジェナの近くにいたいという思い、命惜しさ、住所をヴァージニアに置いておく必要、それにケニーはどうも信用できないという拭いがたい疑念などなど、諸々の理由でジョーイはその話を断り、代わりに夏のあいだだけ、RISENの国内オフィス開設ならびに政府との折衝にあたることにしたのだった。

この仕事のせいで父親にこっぴどく罵られたことこそ、結婚を両親に告げられないでいる理由の一つであり、また、以来ひたすら自分はどこまで無情になれるか試そうとしている理由の一つでもあった。とにかく早く金持ちになりたい、タフになりたい、そうすれば二度とあんな屈辱を味わわなくてすむ。ただ笑って肩をすくめ、ふんと背を向けてやりたい。そう、ジェナみたいになりたいのだ。たとえばジェナは、結婚したことを除けば彼とコニーの仲を知り尽くしていながら、そのコニーのことはせいぜい、ジョーイとの楽しいお遊びのスリルと痛快さを増す添え物ぐらいにしか思っていない。それどころか嬉々として、あんたの彼女、あんたが別の男の彼女とこんなに仲良くしてるの知ってるの、などと訊いてきて、コニーにどんな嘘をついたかを話してやればもう大喜び。弟のジョナサンからさんざん悪評は聞いていたが、それに輪をかけた危《バッド・ニュース》ない女である。

病院に着くと、このあたりの道がなぜあんなにがらがらだったのか、やっと腑に落ちた。どうやらアレクサンドリアの全人口がこの救急室に集結しているらしい。受付をしてもらうだけでも優に二十分、もしや順番を飛ばしてもらえるのではと激しい腹痛を装ってみたものの、デスクの看護師は動じる気配もない。それから待たされること一時間半、アレクサンドリアの同胞たちが咳やくしゃみを連発する中、待合室のテレビで『ER』の後半三十分を見たり、まだまだ冬休みを楽しんでいるヴァージニア大の友人たちに携帯でメールしたりしながら、いっそ指輪を買いなおしたほうがずっと楽だし安くつくのにと思わずにいられなかった。三百ドルもしないだろうし、コニーにも違いなんかわかりっこない。たんなるモノにここまでロマンチックな愛着を抱くとは――コニーのためにこの指輪を取り戻さねば、あのうだるように暑い日、四十七丁目で一緒に選んだこの指輪を、とそんな気分になるなんて――危《バッド・ニュース》ない男になる計画も前途多難と言わざるをえない。

ようやく診てくれたERの医者は若い白人の男で、潤んだ目にひどい剃刀負けの顔。「心配いらないよ」と言い聞かせてくれる。「こういうのは放っておいても大丈夫。勝手に体内を通って排出されるから、本人も気づかないうちにね」

「心配なのは体のことじゃないんです」ジョーイは言った。「指輪を取り戻したいんですよ、今夜中に」

「ふむ」と医者。「そんなに大事なものなのかね?」

「そうなんです、とても。だから何かその——やり方があるんじゃないかと」

「どうしてもブツを取り戻さなきゃいけないのなら、やり方としては、一日二日、三日くらい待つこと。そうすると……」医者は思い出し笑いでにやついている。「ERじゃおなじみのジョークがあってね、母親が幼児を連れてきて、子供が一セント硬貨を何枚か飲みこんだって言うんだ。この子、大丈夫でしょうかって医者に訊くと、答えは〝便に変化《チェンジ》がないかどうか、それだけ気をつけて〟(changeには小銭の意もある)。いやほんと、しょうもないジョークだよ。でもきみの場合も処置は同じだ、ブツを取り戻したければ」

「でもぼくが言ってるのは、いますぐできる処置のことなんです」

「だからそんなものはないと言ってるのさ」

「ねえ、いまのジョーク、おもしろかったですよ」ジョーイは言った。「ほんと笑っちゃいましたよ、ははは。先生、冗談うまいな」

これだけで診察料は二百七十五ドル。保険もきかないし——ヴァージニア州では、親の保険に入っているのも一種の金銭的援助と見なされるのだ——その場でクレジットカードで払うしかなかった。便秘にでもなれば話は別だが、南米と言えばむしろ逆の問題が発生する可能性が高そうだし、ジェナと二人きりの日々の始まりは何やら相当臭うものになりそうだ。

アパートに帰り着いたのは真夜中もかなり過ぎてからで、旅の荷作りを終えると、じっとベッドに横になって消化の進み具合を監視した。生まれてこのかた毎分毎秒、あれやこれやを消化してきたはずなのに、まともな注意を向けるのはいまが初めてだ。胃の内壁、謎めいた小腸、そういうものも脳や舌やペニスと同じく自分の一部だなんて不思議だった。そうして横になり、腹部で起こるチクタク、さわさわというかすかな音や動きにじっと意識を向けていると、自分の肉体をいわば長らく行方知れずだった親戚として、目の前に伸びる長い道の果てで待つ身内として予感することができた。いままでちらとも見かけることのなかった怪しげな親戚。どこかの時点で、望むらくはまだずっと先のある時点で、自分はこの肉体を頼ることになるのだろう。その後、望むらくはさらにずっと先のある時点で、この肉体は期待を裏切り、そうして自分は死ぬだろう。魂を、このなじみの自己というやつを、しみ一つない金の指輪だと想像してみる。ゆっくりと下へ、ますます見慣れぬ、ますます悪臭たちこめる風景の中を進み、ついにクソの臭いのする死へと行き着く。自分の肉体と二人きり。そして奇怪にも自分と自分の肉体は同一なのだから、これすなわちまったく一人きりということ。

ジョナサンに会いたかった。妙な話、目前に迫った旅行が裏切りだとすれば、その相手はむしろコニーよりジョナサンだった。あの最初の感謝祭のごたごたにもかかわらず、過去二年のあいだに二人は親友同士になっていた。そこにジョーイのケニー・バートルズとの仕事上の付き合いがきっかけで影が差し始め、さらにはジェナとの旅行の計画がばれるに及んですっかり険悪になってしまったわけだが、それもせいぜいここ数カ月のことにすぎない。それ以前は、ジョナサンの言動の端々に表れる正真正銘の好意にジョーイはうれしい驚きを覚えるのもしょっちゅうだった。まるごと自分を好いてくれているのがわかるのだ。世間向けの、そこそこクールなヴァージニア大生という顔だけでなく。中でも最大にして最もうれしい驚きは、ジョナサンがコニーを絶賛したこと。実際、これは誇張でもなんでもなく、ジョナサンがあれだけ二人はお似合いだと言い張らなかったら、ジョーイも結婚までは踏み切れなかったに違いない。

　お気に入りのポルノサイトを除けばジョナサンには性生活というものが存在せず、そのポルノサイトにしても、ジョーイが困ったときに手を出すサイトに比べると涙ぐましいほど上品なものだった。なるほど少々オタクっぽいところはあるけれども、ジョナサンよりはるかにオタクなやつだって彼女は作っている。とにかく女の子の相手が絶望的に苦手、苦手を通り越して興味すら持てないらしいのだが、そんな中ただ一人の例外がコニーで、知り合ってみればなんと一緒にいてもくつろげるし、普段の自分でいられるようなのだ。コニーがどっぷりジョーイひと筋であることもプラスに働いたに違いない。かっこいいところを見せねばという重圧も、何かを期待されているという不安も感じずに済んだのだろう。コニーの態度は姉みたいな感じ、ジェナよりずっとやさしくずっと弟思いの姉みたいな感じだった。ジョーイが勉強や図書館のアルバイトをしているあいだ、二人仲良く何時間もジョナサンのテレビゲームに興じていた。コニーは負けても楽しそうに笑い、あの独特の澄んだ静けさで、ゲームのポイントを解説するジョナサンの声にじっと耳を傾けた。普段なら、自分のベッド、子供の頃から愛用している枕、それに一日九時間の睡眠にはフェティッシュじみたこだわりを見せるジョナサンなのに、ジョーイが二人きりになりたいと言い出す前に気を利かせて部屋を空けてくれたりもした。そしてコニーがセントポールに帰るや、ジョーイに向かって、おまえの彼女はすごすぎる、超かわいいのに一緒にいてもまるで緊張しないなどとほめちぎり、おかげでジョーイも初めてコニーのことを自慢に思えた。もはやコニーの存在を自分の弱点だとは、早々に解決すべき問題だとは感じず、いっそ他の友人たちにも彼女がいると認めようかという気にさえなった。ただ、そうなればそうなったで、今度は母親のことが余計に腹立たしく思えてくる。やんわり隠してはいるものの、どこまでも容赦のないあの母の敵意が。

「ねえジョーイ、質問」母がそう言ってきたのは、コニーと二人、数週間ほどアビゲイル叔母さんのアパートの留守番をしていたときのこと。「一つだけ、訊いていい？」

「中身によるね」ジョーイは答えた。

「あんたコニーと喧嘩することある？」

「やめてよ母さん、そんな話、する気ないから」

「でもちょっと気になるでしょ、ただ一つの質問がなぜそれなのか。ほんのちょっと、気にならない？」

「ならない」

「なぜかって言うとね、喧嘩するのが当たり前だから、してないとしたらどこかおかしいから」

「へえ、それがほんとなら、父さんと母さんはどこもおかしくないってわけだ」

「あはは！　いまの傑作、おもしろいこと言うわね、ジョーイ」

「なんで喧嘩しなきゃいけないんだよ？　喧嘩ってのは仲が悪いときにするもんだろ」

「そうじゃないの、喧嘩っていうのは、おたがい愛し合ってて、でもそれぞれ別々の独立した人格があって、そういう現実に向き合って暮らしてる、だからするもの。もちろん年中喧嘩してるのがいいなんて言ってるんじゃないわよ」

「なるほど、適量の喧嘩ってことね。はいはい」

「もし喧嘩がないんだったら、その理由を自問してみたほうがいいっていう、それだけのことよ、ママが言ってるのは。自問してみて、どんな現実から目をそらしてるのか？」

「やめてくれよ母さん。勘弁してくれ。そんな話したくない」

「ていうか、誰が現実から目をそらしてるのか、まあそういうことよね」

「いや冗談抜きで、もう切るからな。そして今後一年母さんには電話しない」

「どういう現実がおろそかになってるか」

「母さん！」

「ま、いいわ、いまのがただ一つの質問、もう訊いちゃったから、これ以上はなし」

母自身の幸福度はとても自慢できるようなものじゃないはずなのに、相変わらず自分の人生の規範をジョーイに押しつけてくる。本人は息子を守ろうとしているつもりなのだろうが、こちらの耳に聞こえるのはドラムのごときダメダメの連打だけ。そんな母がとりわけ「懸念」してやまないのが、コニーには彼以外の友だちがいないんじゃないかということ。あるときなど、例のイライザとかいう大学時代のいかれた友だちの話を持ち出してきて、あの子は友だちゼロだったし、それをちゃんと警告として受け取るべきだったなどと言う。コニーにはちゃんと友だちがいると答えると、じゃあ名前を言ってみて、ときたから、そんなの母さんの知ったことじゃないし、そんな話はしたくないとつい大声を出してしまった。実際コニーには学校時代の友だちが数人、少なくとも二、三人はいたのだが、その友人たちを話題にするときはたいてい、かくかくしかじかでこんなに薄っぺらな人なの、とか、するに、ジョーイに比べればほんとにバカよ、といった話で、聞いていても誰が誰だか覚えられなかった。要するに、母はなかなか痛いところを突いてきたわけである。それに馬鹿ではないから、すでにできた傷をあらためて刺しなおすような真似はしてこなかった。ただ、母が世界一のあてこすり名人なのか、それともジョーイが世界一の勘ぐり名人なのか、どっちなのだろう。近々昔のバスケ仲間のキャシー・シュミットが遊びにくる、母がそんな話をしただけで、ジョーイはそこにコニーへの故なき批判を聞き取ってしまう。そしていまのは嫌味かと問いただすと、とたんに母は分析医に変身し、その過剰反応の原因はどこにあるのかしらなどと言ってくる。そんな母を本当に黙らせることができる唯一の手は――じゃあ母さんは大学を出てから何人友だちができた？（正解＝ゼロ）――さすがに使う気にはなれない。つまり何度やり合ったところで最後は母が有利、憐れみを誘うという必殺技があるのだから。

コニーのほうは、彼の母親に同種の恨みを抱いてはいなかった。不平を言う資格は十分なのに愚痴一つこぼさず、だからこそなおさら母の恨みの不当さが目に余る。ほんの小さな頃から、コニーはキャロルに言われるでもなく、自分から彼の母に手作りのバースデーカードを贈っていた。母も毎年嬉々としてそのカードを読み上げていたのだが、それもジョーイとコニーがセックスし始めるまでのこと。コニーのほうはその後もバースデーカードを作り続けた。一度、まだセントポールにいた時分に、ジョーイは母がカードを開封するところを見たことがある。冷やかな顔で書き出しを一瞥してそれっきり、ダイレクトメール扱いである。最近では、コニーはカードに加えてちょっとした誕生日プレゼント——ある年はイヤリング、別の年はチョコレート——も送っていたが、返ってくるのは国税庁の通知並みに形式的でよそよそしいお礼状。コニーとしては、再び母に好かれようとできるだけのことはしていたのだ。ただ、実際効果があったはずの唯一の手、すなわちジョーイと別れることだけはできなかった。そんなコニーの純真さに母は唾を吐きかけたのだ。なんたる不当、というこの思いもまた、ジョーイがコニーと結婚した理由の一つだった。

こうした不当さは同時に、直接ではないにせよ、ジョーイの目に共和党が魅力的に映る原因にもなっていた。母は上品ぶってキャロルやブレイクのことを馬鹿にし、そんな二人と一緒に暮らしているというだけでコニーのことも軽蔑している。とにかく頭から決めこんでいるのだ。ああいう人たちの趣味や考え方がどういうものか、良識ある人ならみんな知ってるし、ジョーイだってわかってるはずよ、と。ああいう人たちとはもちろん、生まれも育ちも母ほど恵まれていない白人たちのこと。共和党のどこがいいと言って、連中はリベラルな民主党のやつらと違って庶民を見下していない。なるほどリベラルどものことは憎んでいるけれど、それだって向こうが先に目の敵にしてきたからだ。共和党の連中は、それこそ母がモナハン家に向けているような、あの十把ひとからげの上から目線に心底うんざりしているのだ。そんなわけで、過去二年のあいだにじわじわと、政治、とりわけイラク問題に関する議論において、ジョーイはジョナサンと立場を取り替えることになった。ジョーイのほうは、石油外交上の国益を守るためにも、サダムの手から大量破壊兵器を取り上げるためにもイラク侵攻は必要だったとの確信を深め、一方のジョナサンは、夏のインターンシップで『ザ・ヒル』紙、次いで『ワシントン・ポスト』紙のおいしいポストにありついたうえ、将来は政治ジャーナリストを目指しているだけあって、ファイス、ウォルフォウィッツ、パール、チャラビといった戦争推進派の人物をますます信用しなくなっていった。そうして本来期待される役割を交換し、各々家族内の政治的異端になることを二人ともそれなりに楽しんでもいて、ジョーイの発言はますますジョナサンの父親みたいになり、ジョナサンはジョナサンでますますジョーイの父親みたいなことを言うようになった。とりわけジョーイは、コニーの肩を持ち、上品ぶった母から守ってやろうとがんばり続けるうちに、反エリートの怒れる党にますます親しみを覚えるようになった。

それにしても、なぜそこまでコニーに忠実であり続けたのだろう？　愛しているから、としか考えようがない。自由になるチャンスはそれなりにあった——それどころか自ら意識してチャンスを作ってもいた——のに、毎度毎度、ここぞという瞬間になると、そのチャンスを摑む気になれないのだ。最初の絶好機は大学に進学したとき。二番目はその一年後、コニーが彼のあとを追い、ヴァージニア州モートンズ・グレンにあるモートン・カレッジに入学したときだ。コニーが東部に出てきたことで、ジョナサンのランドクルーザーを借りれば（何せジョナサンはコニーのファンだから貸してくれないわけがない）簡単に会えるようにはなったが、同時にコニーが普通の大学生として独り立ちするのを期待できる状況でもあった。そのコニーを二度目にモートンに訪ねたときのこと、といっても一緒に韓国人のルームメートから逃げまわってばかりの滞在だったのだが、その折にジョーイはきみのためだと言って（大学生活に順応できていないようだからという理由で）、しばらくはまたおたがい自立した生活をしよう、連絡を取り合うのはやめようと提案した。すべて計算ずくというわけではなかった。コニーとの将来をまったく考えないわけではなかった。ただ、ジェナからはしょっちゅう電話がかかってきていたし、冬休みはそのジェナとジョナサンと一緒にマクリーンで過ごしたいと思っていた。この計画がついにコニーの耳に入ったのはクリスマスまであと数週間というときで、ジョーイは彼女に（要は普通の大学一年生がするように）セントポールに帰省して友だちや家族に会ったらどうかと勧めてみた。が、「いや」というのがコニーの返事、「ジョーイと一緒にいたい」と言う。ところがジョーイはジェナとの再会の期待に駆られ、また、少し前にセミフォーマルなダンスパーティーで運よく引っかかった女がなかなかの上物だったことにも力を得て、思い切った強硬路線に出たものだから、電話の向こうのコニーは激しく泣きじゃくってしゃっくりが止まらなくなる始末。実家には二度と帰りたくない、キャロルや赤ん坊たちのいる家にはひと晩だって泊まりたくないと言う。だがそれでもジョーイは折れず、とにかく言うとおりにさせた。結局、休暇中はジェナとまともに口をきく機会もなかったものの――前半はスキー旅行で留守、後半もニューヨークでニックと過ごしていた――めげずに脱出作戦を継続していたところに、二月初旬のある晩のこと、キャロルが電話で、コニーがモートンをドロップアウトした、いまはバリア街に戻っていて、これまでにも増して鬱になっていると知らせてきたのだった。

　話によれば、十二月のモートンの期末試験でコニーは二つAを取りながら、残りの二つは試験そのものをすっぽかしたらしく、おまけにルームメートとの仲は険悪そのもの、このルームメートというのがバックストリート・ボーイズにぞっこんで、その大音量はイヤホンから漏れる高音だけでも周囲はもれなく発狂するレベル、しかもテレビは一日中ショッピングチャンネルをつけっ放し、暇さえあれば「高飛車《タカビー》な」彼氏のことでコニーを嘲り、きっと陰で高飛車《タカビー》な女たちとやりまくってるのよなどとよからぬ妄想に誘ってくるうえ、部屋中に臭いが染みつくほどのキムチ好きという質《たち》の悪さ。一月、コニーは仮及第期間ということで大学に戻ったものの、もっぱらベッドで過ごす日々が続き、見かねたキャンパスの医務部に再度実家に送り帰されたのだった。以上のことをジョーイに報告してきたキャロルの口ぶりは冷静かつ心配そうで、ありがたいことに非難めいた調子はなかった。

コニーから自由になる、この最新の絶好機（もはやコニーも、鬱なんてたんなるキャロルの思いこみだなどとごまかせるわけがなかった）をジョーイがみすみす逃した背後には、ジェナがニックと「婚約みたいな」ことになったという悲報の影響もあるにはあったが、それもあくまであるにはあったという程度。むろんジョーイも、ナンチャッテではない精神病を甘く見るほど愚かではなかった。とはいえ、そもそも興味をそそられるような女の子にはたいてい鬱になった過去があったりもするし、そういう子を一人残らず結婚相手候補リストから除外したりすれば、これはもうスカスカのリストになること請け合いである。しかもコニーの場合、鬱になるのに十分な理由がある。耐えがたいルームメートに加えて、淋しさで死にそうだったのだ。キャロルに呼ばれて電話口に出てきたコニーは、百回くらい「ごめんね」を口にした。ごめんね、ジョーイをがっかりさせて。ごめんね、もっと強くなれなくて。ごめんね、勉強の邪魔をして。ごめんね、学費を無駄にして。ごめんねママ、重荷になって。みんなごめんね、重荷になって。ごめんね、おもしろい話ができなくて。何せそんな状態だから、ジョーイにこうしてほしいなどとはひと言も言わなかったのだが——実際、彼を手放すのもやむなしとついにあきらめかけているようだったのだが——それでいて（あるいはそれゆえに）ジョーイは、母親が送ってくれた金がたっぷりあるし、飛行機でそっちに行くと言ったのだった。そんな必要はないとコニーが言えば言うほど、ぜひそうせねばと思えてくるのだ。

そうしてバリア街で過ごした一週間は、人生で初めて正真正銘の大人として過ごした一週間だった。記憶にあるよりやけに慎ましいワンルームリビングにブレイクと腰をおろし、フォックス・ニュースでバグダッド急襲の報道を見ながら、長らくくすぶっていた九・一一への恨みが消えていくのを感じた。ついに国が動いたのだ、再びその手で歴史を動かすために。そんな思いに調子を合わせるように、ブレイクとキャロルは敬意と感謝をもってジョーイを迎えてくれた。興味津々のブレイクに、シンクタンクで見聞きした出来事、ニュースに出てくる人物たちとのニアミスや、ジョーイ自身も関わっている侵攻後のプランのことを話してやった。大物気分で、その小さな家をますます小さく感じながら。赤ん坊の抱き方、哺乳瓶の傾け方を教わったりもした。コニーは顔色が悪く、恐ろしくやせていて、その腕の細さ、お腹のへこみ具合は十四の頃の、初めて手を触れたときの彼女を思わせた。夜にはそばに横になって体を抱き、セックスしても大丈夫だと思える程度までなんとか興奮させようと、その放心状態の分厚い皮を突き破ろうと懸命に努力した。飲んでいる薬はまだ効き始めておらず、病状はよくなかったが、そのことをむしろうれしくさえ思った。だからこそ真剣になれるし、目的を感じられる。がっかりさせてごめんと繰り返すコニーをよそに、ジョーイ自身は正反対の気分だった。何か新しい、より大人らしい愛の世界が目の前に開けたような気分、二人の中にはまだまだ開くことのできる扉が無数にある、そんな気分になれた。寝室の窓の一つからは生まれ育った我が家が見えた。いまは黒人一家が住んでいる家、キャロルいわく、お高くとまって近所づきあいをしたがらない人たちだそうで、博士号の証書を額に入れてダイニングの壁に飾っているとのこと。(「ダイニングによとキャロルは念を押した。「これ見よがしに、道行く人にも見えるように」。)懐かしの我が家を見ても別段なんの感興もわかず、それがまた痛快だった。思い出せるかぎりの昔から、その家をさっさと卒業したい、独り立ちしたいと思っていたのだ。いまやその願いが本当にかなったような気がした。その勢いで、ある晩、思い切って母親に電話をかけ、現状を正直に打ち明けてみた。

「ふうん」母は言った。「そうなの。どうやらこっちはちょっと事情に疎いみたいね。つまりコニーが東部の大学に行ってたと、そういうこと?」

「うん。でもルームメートが最悪で、鬱になっちゃったんだ」

「そう、いまごろ教えてくれてありがとう、何もかも無事済んだあとで」

「そっちもそんなに聞きたそうじゃなかったぜ、コニーの近況なんて」

「そう、もちろん、悪いのはママ。いつもガミガミうるさいママ。きっとそう見えるんでしょうね」

「そう見えるのにはそれなりのわけがあるのかも、って考えてみたことある？」

「てっきりそっちで自由に羽を伸ばしてるんだと思ってたのよ、それだけのこと。つまりね、大学時代なんてあっと言う間よ、ジョーイ。ママは若いうちに身を固めて、そのせいでいろいろ経験し損ねたの、経験しといたほうがよかったようなことを。まあでも、当時のママはあんたほど大人じゃなかったかもね」

「うん」冷徹な、実際大人になった気分でうなずく。「そうかも」

「ただ、一つ言っとくけど、あんたほら、嘘ついたでしょ、いつだったか、二カ月ぐらい前、コニーから連絡はあるのって訊いたとき。それって、そういう嘘って、あんまり大人とは言えないかも」

「いやな訊き方だったからさ」

「だからって嘘つくの！　そりゃまあ、ママに正直になる義理なんてないのかもしれないけど、でもせめて何があったかははっきりさせない？」

「クリスマスだろ。コニーはセントポールにいるんだと思うって言ったときだろ」

「そう、そのとおり。で、くどくど言いたくはないんだけど、普通〝だと思う〟って聞いたら、はっきりとはわからないって意味だと思うわよね。つまり、あんたはよくよく知ってることを知らないふりをしたわけ」

「コニーの居場所はそこだと思うって言っただけだよ。ウィスコンシンかどこかにいた可能性だってある」

「なるほど、お友だちのとことか、たくさんいるお友だちの誰かの」

「ほらこれだ！」ジョーイは言った。「まったく自業自得だよ、そっちがそういう調子だからこうなるんだ」

「誤解しないでよ」母が言う。「いまその子のそばにいてあげてることは立派だと思ってるのよ、これは本気で。あんたがきちんとした人間だっていう証拠。大事な人の面倒をちゃんと見たいと思う、そういう息子でよかったわ。鬱で苦しんでる人ならママも知ってるけど、もうほんと、よくわかるもの、どんなに大変か。コニー、お薬は何か飲んでるの？」

「ああ、セレクサ」

「そう、うまく効くといいわね。ママはお薬飲んでもうまくいかなかったから」

「抗鬱剤を飲んでたの？　いつ？」

「あら、わりと最近のことよ」

「そんな、知らなかったよ」

「なぜだかわかる？　自由に羽を伸ばしてほしいってさっき言ったけど、あれは本気なの。あんたにはママの心配なんかしてほしくないの」

「だからって、せめてひと言教えてくれても」

「ま、どのみち二、三カ月でやめちゃったし。模範的な患者じゃないのよ、ママは」

「その手の薬はちゃんと効くまで様子を見てみないと」

「そうね、みんなそう言ってた。特にパパがね。あの人はほら、言ってみれば現場で見てたから。やっと掴んだ平穏な日々が去って、残念だったんでしょ。でも自分ではよかったと思ってるの、自分の頭を取り戻せて。こんな頭でも」

「大変だね」

「うん、でしょ。このコニーの件だって、もし三カ月前に聞いてたら、いやっほー！みたいな話で済んでたと思う。でもまたママなりにあれこれ感じるようになっちゃったわけよ、悪いんだけど」

「大変だねってのは母さんのことだよ、病気のこと」

「あらうれしいわ、ジョーイ。でもほんとにごめんなさいね、感情過多に戻っちゃって」

鬱も最近はあちこちで見かけるようになったが、それにしても自分を最も愛している二人の女性がともに医者にかかるほどの鬱病とは、ジョーイも内心穏やかでいられなかった。偶然だろうか？　それとも自分には女性の精神衛生に絶えず有毒な作用を及ぼすような何かがあるのか？　コニーの鬱について言えば、真相はおそらく、彼が常に愛してやまないあのひたむきさの別の顔といったところだろう。ヴァージニアに戻る前、セントポールで過ごした最後の晩のこと、ジョーイの見ている前で、コニーはひとしきり指先で自分の頭のあちこちを探っていた。まるで脳の中から余分な感情を摘出したがっているみたいに。本人が言うには、一見でたらめなタイミングで泣いてしまうのも、ほんのちょっとしたいやな考えにもどうしようもなく苦しくなってしまうからで、しかもいいことじゃなくいやなことばかりが頭に浮かぶらしい。前にジョーイにもらったヴァージニア大《UVA》のベースボールキャップをなくしてしまったこと。ジョーイが二度目にモートンに来てくれたとき、ルームメートのことで頭がいっぱいで、〈アメリカ史〉の力作レポートの評価がどうだったか訊き忘れたこと。以前キャロルに、もっとにこやかにならなきゃ男の子にもてないわよと言われたこと。キャロルの赤ちゃんの片方、サブリナが、初めて抱っこしたとたんに泣きだしたこと。ジョーイに会いにニューヨークに行くことをパティにうっかりもらしてしまったこと。ジョーイが大学に旅立つ前の晩にかぎってひどい生理だったこと。ジョーイの姉だし仲直りしたいと思ってジェシカに葉書を送ったものの、見当違いなことばかり書いてしまって返事ももらえなかったこと、などなどときりがない。悔恨と自己嫌悪の暗い森をさまよい、そこではほんの小さな木も怪物じみた大きさに見えるのだ。ジョーイ自身はそうした森に迷いこんだことはなかったけれど、コニーの中のそれにはなぜか惹かれるものがあった。お別れのセックスをしているあいだも、泣きだすコニーを見て余計に興奮したりもしたのだが、そのうち泣くだけではすまなくなり、もがいたり手足をばたつかせたりと自己嫌悪の収拾がつかなくなった。その苦しみぶりはかなり危険なレベル、自殺もよそ事とは思えない感じで、その晩は彼も遅くまで眠らず、なんとかしてコニーの気を紛らせようとした。彼の望むものを何一つあげられない自分がいやでたまらず、そんなふうに自分がいやでたまらない自分がまたいやでたまらないという悪循環。おかげでジョーイも疲労困憊、堂々めぐりの耐えがたい一夜だったが、それでいて翌日の午後、東部に戻る飛行機の中でふと頭をよぎったのは、セレクサが効き始めたらコニーはどうなってしまうのかという不安だった。抗鬱剤は感情を殺すという母の言葉を思い出す。コニーからあの無尽蔵の感情がなくなれば、それはもはや彼の知っているコニーではないし、そんなコニーを自分は欲するだろうか。

そうこうするあいだも国は戦争を続けていたが、これがなんと、末端の誤差を丸めてしまえば犠牲者は敵方ばかりという不思議な戦争だった。イラク攻略なんて楽勝だという予想がずばり当たってほっとしているところに、ケニー・バートルズが上機嫌のEメールを次々によこし、可及的速やかに《ASAP》パン会社を立ち上げ軌道に乗せるべしとせっついてきた。（こっちはまだ大学生だし、期末試験が終わるまで仕事にはかかれない、そう何度説明しても忘れるらしい。）ところがジョナサンはこれまでになく不機嫌だった。国立博物館からイラクの古代遺物が略奪されたという一件への執着ぶりなどは、それこそ病的と言ってもいいほど。

「小さな過ち一つに目くじら立てるなよ」ジョーイは言った。「その手のことは起こるもんだよ、だろ？　おまえはたんに順調だってことを認めたくないのさ」

「認めるとも、プルトニウムだの、痘瘡ウィルス搭載ミサイルだのが見つかったらな」ジョナサンが言う。「ま、見つかりっこないがね、ぜんぶでたらめ、でっちあげなんだからな、こいつをおっぱじめた連中は揃いも揃って無能な道化どもだ」

「よせよ、みんな大量破壊兵器《WMD》はあるって言ってるんだぞ。『ニューヨーカー』でさえそう言ってる。

母ちゃんの話じゃ、親父が購読をキャンセルするっていきり立ってるってさ、もうかんかんらしい。親父のやつ、外交の専門家でもないくせに」

「親父さんは正しい。いくら賭ける？」

「さあね。百ドル？」

「乗った！」そう言って手を差し出す。「年内に兵器が見つからないほうに百ドル」

ジョーイは握手に応じたものの、その後も大量破壊兵器《WMD》の件はジョナサンの言うとおりなんじゃないかと悩み続けた。百ドルぽっちが惜しかったわけではない。じきにケニー・バートルズと組んで月八千ドル稼ぐことになるのだから。そうではなく、政治ニュース中毒のジョナサンがいかにも自信たっぷりなのを見て何やら不安になったのだ。もしや自分は、これまでシンクタンクの上司やケニー・バートルズと関わってきた中で、何かジョークの勘所みたいなものを見逃していたんじゃないか。あの連中が自分の利益、会社の利益以外の見地からイラク侵攻の理由を語る際、たとえば目配せをしたり、声色に皮肉をにじませたりしているのに気づかなかったんじゃないか。なるほどジョーイにわかる範囲でも、シンクタンクには侵攻を支持する内々の動機はあった。すなわち、イスラエルを守ること。アメリカと違い、イスラエルはサダムお抱えの科学者たちに製造可能なお粗末ミサイルでも楽々届く距離にあるのだ。だがそのネオコンたちにしても、イスラエルの安全を危惧する思いに嘘偽りはないはずだ、ジョーイはそう信じてきたのだった。ところが三月が四月になろうとしているいま、連中は早くもそんなことは知らんといった態度、大量破壊兵器《WMD》が見つからなくても別に問題はない、イラク国民の自由こそが主目的だと言わんばかりである。ジョーイ自身のこの戦争への興味も主に金の面にあったわけだが、同時に、いわば良心の逃げ場として、自分より賢い人たちにはもっとちゃんとした動機があるはずだと信じていただけに、何やら騙されたような気分になり始めていた。だからと言って儲けたい気持ちが減るわけでもないけれど、その儲けが汚いものだという罪悪感はさすがに募ってくる。

そんな汚れた気分でいるとき、夏の計画を話しやすいのはなんと言ってもジェナだった。ジョナサンはあれこれの事情に加えてケニー・バートルズとの仲を妬んでいる様子（電話でケニーと話しているといつも機嫌が悪くなった）、一方のジェナは目をドル記号にして、ひと儲けしない手はないわと大賛成。「この夏はワシントンに遊びに行こっかな」などと言う。「ニューヨークからそっちに行くから、婚約祝いにディナーに連れてってよ」

「いいとも」ジョーイは言った。「楽しい晩になりそうだ」

「警告しとくけど、すごく高くつくわよ、あたし好みのレストランは」

「ニックは平気かな、おれがきみをディナーに連れてっても？」

「一食分浮いてお財布が大助かりってとこでしょ。あんたのことなんか眼中にないって。でもそっちの彼女はどうなの？」

「嫉妬するタイプじゃないから」

「なるほど、嫉妬ってほんと醜いもんね、あはは」

「知らなければ傷つくこともないし」

「そう、それに知らないことはたくさんある、でしょ？　何回浮気したの、これまで？」

「五回」

「てことは四回オーバーね、ニックなら一回でアウト、即キンタマ切除の外科手術」

「ふうん、でもきみだって、もし知らなければなんともないだろ？」

「ところがところが」ジェナが言う。「あたしにはわかるの。そこがあたしとあんたの彼女の違い。あたしは嫉妬するタイプなの。異端審問も真っ青よ、陰でやりまくったりしようもんなら。泣いてもわめいても容赦なし」

なかなか興味深い話である。というのも去年の秋だったか、大学でその手のチャンスがめぐってきたらぜったいモノにしなきゃだめよと力説していたのは当のジェナだったからだ。そしてそのとおりモノにすることで、彼が何かを証明しているつもりになっていた相手もやはりジェナ。つい四時間前までベッドにお邪魔していた女の子と食堂でばったり出くわしても、そ知らぬ顔を決めこむべしと教えてくれたのもジェナである。「そんな弱っちいこと言ってちゃだめ」と言うのだ。「向こうだって知らんぷりしてもらいたいんだから。そうしないのが親切だなんてとんだ勘違い。これまで一度も会ったことがないみたいにしてなきゃ。未練たらしく引きずったりとか、うしろめたそうな顔したりとか、そういうのは最悪。相手も祈るような気持ちでいるの、お願いだから恥をかかせないでって」。明らかに実体験から話している感じだったが、ジョーイとしては半信半疑、実地に一度試してみてやっと納得できたのだった。以来、人生がずいぶん楽になった。コニーには親切のつもりで浮気をいちいち報告したりはしなかったが、たとえ言ったとしてもたいして気にはしないだろうとも思っていた。(むしろ絶対に隠しておかないといけない相手はジョナサンで、この男の恋愛観はまさに円卓の騎士並み、どこからかナンパの噂を聞きつけたときなど、それこそコニーの兄か忠実なる守護者かという勢いで烈火のごとく糾弾してきたのだった。ジョーイはジッパーを下ろしてさえいないと誓ったものの、その嘘のあまりの馬鹿馬鹿しさに顔がにやけるのを抑えられず、結局ジョナサンにクソ野郎だの嘘つきだの、おまえなんかにコニーはもったいないだのと罵られた。)そこにこうして、ジェナの浮気への態度がころころ変わるのを見せられたわけだから、さすがに騙されたような気分になってしまう。そう、シンクタンクの一件と同じ気分だ。ジェナが気晴らしに、コニーへの意地悪としてやったことは、戦争支持の連中が儲け目当てにやったことと大差ない。でもだからと言って、ジェナに派手なディナーをおごる気が失せるとか、その元手をＲＩＳＥＮで稼ぐのがいやになるとか、そんなことはまったくないのだが。

アレクサンドリアのRISENのオフィス、その寒々しいワンルームにジョーイは一人座り、ケニーがでたらめにバグダッドからよこすファックスを、国民の血税の賢明な用途はこれという説得力十分の報告書に仕立てていった。目的は、サダム傘下にあったパン業者を連合国暫定当局《CPA》の支援を受けた企業家に変身させること。前の夏に仕上げた〈ブレッドマスターズ〉や〈ホット&クラスティ〉といったチェーン店のケーススタディをもとに、現地の企業家の卵たちが従うべき見栄えのいいビジネスプランの雛型を作成したのである。二年計画でパンの価格を公正市場価格付近まで引き上げるにあたり、イラクの基本食たるホブズを損失覚悟の目玉商品としつつ、高価格の焼き菓子類や洒落たイメージのコーヒー類で収益を確保していけば、二〇〇五年までには連合国による援助の段階的廃止を見込めるし、パン暴動の恐れもないだろう、云々。そうして書き連ねたことはすべて、少なくとも部分的にははったりだったし、まるごとはったりということも多々あった。何しろバスラ（イラク南東部の港湾都市）の店先がどんな様子か、ぼんやりとも知らなかったのだから。〈ブレッドマスターズ〉風のガラス張りの冷蔵ディスプレイが、自動車爆弾の危険にさらされ、夏は摂氏五十度を超える街でまともに機能するのかどうかなど、実に怪しいものだった。とはいえ昨今では商売にははったりは付き物だし、その手の詭弁を巧みに操れるというのもなかなか悪くない気分、それにケニーの話では、とにかく大事なのは体裁、派手に動いている、すぐに成果が出そうだという体裁なのだという。「至急体裁がほしい」というのがケニーの要求だった。「そうすりゃ現場のおれたちがその体裁に追いつくよう、やれることはやるからさ。ジェリーがいますぐ自由市場をよこせって言うんだから、そいつを調達しなきゃならないんだよ」。（「ジェリー」とはバグダッドのトップ、ポール・ブレマーのことで、そんな大物と実際に面識があるのかどうかは怪しいところだった。）オフィスで暇なとき、特に週末などにいそいそとチャットに励んでいると、大学の友人たちはみな無給のインターンシップをしたり、実家の近くでハンバーグを裏返していたりで、そこにきておまえのそのアルバイトはなんなんだ、すごすぎるじゃないかと羨望と祝福の雨が降ってきた。おかげでジョーイも、あの九・一一の打撃で狂っていた人生の進路がやっと完全に回復したような、いまや再びセンセーショナルな上昇カーブを描いているような気分になれた。

そうしてしばらくは満たされた日々、そこに落ちかかる唯一の影は、ジェナがワシントン来訪を延期し続けていることだった。ジェナと話していてたびたび聞かされる愚痴に、ニックを相手に身を固める前にもっと遊んでおけばよかったというのがあった。(「デュークでも一年は遊んだけど、その程度じゃちょっとね」と言う。)この打ち明け話にはチャンスの囁きも聞き取れただけに、そうやって電話ではますます思わせぶりにふるまっておきながら、ジェナが二度までも来訪計画をキャンセルしたときにはジョーイはさすがに戸惑ったし、しかも追い討ちをかけるように、ジェナが自分に黙ってマクリーンの実家に帰っていたことをジョナサンに聞かされたものだから、戸惑いは増すばかりだった。

そんな折も折、七月四日の独立記念日にお義理で実家に帰ったときのこと、ジョーイは父親にRISENでの仕事の詳細を教えてやろうと思い立った。その高給と責任の大きさにきっと腰を抜かすだろうと思ったのだ。ところがこれが大失敗、あわやその場で勘当されかけたのだった。それまでの父親との関係は基本的に膠着状態、長年に及ぶ意地の張り合いでステイルメイトに陥っていた。だからいつもの父なら、おまえは冷たい、傲慢だなどと説教を垂れて、あとは勝手にしろと放り出すところなのだが、今回はそれでは収まらなかった。おまえには心底うんざりだ、そこまで利己的で考えのない息子を育てたかと思うと吐き気がする、私腹を肥やすためにこの国を滅茶苦茶にしようとしている化け物どもとつるんで平気なのか、などとさんざん怒鳴られたのだった。母親は母親で、そこでかばってくれる代わりに保身に走り、二階のあの小さな部屋に雲隠れ。どうせ朝には電話してきて、パパが怒ったのはあんたを愛してるからなの云々というたわごとで事を収めにかかるのだろう。そのくせその場に踏み留まれない意気地なしの母のおかげで、ジョーイとしてはもはや、じっと固く腕を組んで顔には仮面をまとい、何度も首を振りながら、理解できないことを批判するのはやめてくれと父に繰り返すしかなかった。

「理解できないことだと？」父は言った。「こいつは政治がらみの、金目当ての戦争なんだよ。以上、それだけ！」

「他人の政治信条が気に食わないからって」ジョーイは言った。「その連中のやることはぜんぶおかしいなんて思うのは間違ってる。父さんはね、連中のやることはぜんぶ悪いって思いたいんだよ、だからぜんぶ失敗しろって望んでるのさ、政治信条が合わないからってだけで。いいことだって起こってるのに、そういう話には耳も貸さない」

「いいことなんて一つも起こっちゃいない」

「へえ、なるほど。この世はすべて白黒で割り切れると。こっちは百パーセント悪くて、そっちは常に正義ってわけか」

「世の中そんなふうにできてると思ってるのか？　中東じゃあおまえと同じ年頃の若者たちが頭やら脚やらを吹っ飛ばされて、そのおかげでおまえはがっぽり金を稼げる。それで結構、申し分のない世の中ってわけか？」

「そんなわけないだろ、父さん。頼むからさ、一秒でいいから頭使ってくれよ。あそこで人がどんどん死んでるのは、経済が滅茶苦茶だからだよ。おれたちはその経済を立て直そうとしてるんだ、わかる？」

「おまえの月収が八千ドルだなんてどう考えたっておかしい」父は言う。「自分じゃあできる男ってなつもりなんだろうが、技術もない十九の若造にそんな大金を稼げる世界は絶対にどこか狂ってる。おまえのその仕事、どうも臭うぞ。腐敗の臭いがぷんぷんしてる」

「やれやれ。勝手に言ってろよ」

「正直、おまえがやってることについてはこれ以上知りたくない。あまりに胸糞悪いからな。母さんに話せばいいさ。悪いが私は勘弁してくれ」

ジョーイは必死に笑みを浮かべた。泣き出さないために。この心の痛みはきっと構造的なものなのだろう。自分も父も、まるでおたがいを憎むためだけに政治信条を選んだみたいだ。だとすれば、ここから抜け出すには関係を絶つしかないのだろう。どうしても必要なとき以外、父には何も言わないこと、二度と会わないこと。それでいいじゃないかとも思う。もはや腹も立たなかった。この痛みを忘れてしまいたいだけだ。タクシーで家具つきのワンルームマンションに帰った。母の援助で借りた部屋だ。コニーとジェナ、両方にメールを送った。コニーは早めに寝てしまったようだが、ジェナが真夜中に電話してきた。文句なしの聞き手とは言いがたいけれど、それでもこの独立記念日の最低たる所以はそれなりにわかってくれた。いわく、世の中フェアじゃないのよ、それは永久に変わらない、いつだって勝ち組と負け組がいるし、だったらあたし個人としては、いずれは死ぬ身、かぎりある人生のあいだは勝ち組でいたい、勝ち組の中で生きていきたい。そのジェナにマクリーンから電話しなかったことを問い詰めると、あんたとディナーに出かけるのは「安全」じゃないと思ったの、という答えが返ってきた。

「安全じゃないって、なんでだよ?」

「あんたって、言ってみれば悪癖なのよ、あたしの」と言う。「ほどほどに抑えとく必要があるの。ターゲットから目を離すわけにはいかないから」

「そのターゲットとやらは、最近あんまり遊んでくれないみたいだけど」

「ターゲット氏はめちゃくちゃ忙しいのよ、上司の仕事を奪い取るのに。あそこはそういう世界なの、食うか食われるかっていう。それがぜんぜん当たり前なわけ。ただそういうのがねえ、もう途方もなく時間を食うのよね。こっちは女だし、たまにはどこか連れてってもらいたいのに、大学出て最初の夏なんだし」

「だから遊びにおいでって言ってるのさ」ジョーイは言った。「おれがどこか連れてってやるから」

「わかってる。ただうちの上司がね、今後三週間はハンプトンズで仕事詰めなのよ。クリップボード持ちが必要なの、つまりあたしのこと。残念よね、あんたもずいぶん忙しいんでしょ、じゃなきゃこっちの仕事にうまいこと紛れこませてあげられるのに」

デートだのなんだの、知り合って以来ジェナに聞かされたこの手の半端な約束は数知れず。そうして提案されるお楽しみはどれ一つとして実現しなかったし、それでも絶えず提案してくるのはいったいどうしたわけか、ジョーイにはどうもよくわからなかった。弟へのライバル意識と何か関係があるのかと思ったりもする。それともジョーイがユダヤ系で、ジェナが唯一悪く言わないあのお父上の覚えがいいからだろうか。あるいはコニーとの関係に興味津々で、ジョーイがお宝よろしく足下に捧げる内々の情報に女王めいた喜びを味わっているのか。いやそれとも、本気でジョーイに入れこんでいて、もう少し大人になったらどんな感じか、どのくらい金を稼げそうかを見極めたいのか。もしくは右のすべて。ジョナサンに探りを入れてみても、姉貴は危ない女《バッド・ニュース》だ、あれはチヤホヤ星生まれの怪物で、海綿動物並みのモラルしか持ち合わせてない、などという答えしか返ってこなかったが、ジョーイにはどうも、もっと奥深い何かがあるように思えるのだった。あんなにも美の権勢をほしいままにできる人間が、その使い道に関しておもしろい考えを持っていないなんてとても信じられない。

翌日、今度はコニーに父親との喧嘩の話をしてみたところ、彼女はどちらの主張が正しいかといった点には触れずにまっすぐジョーイの心の痛みを探り当て、ただただ心から同情してくれた。ウェイトレスの仕事に戻ったらしく、この夏は会えなくても仕方がないとあきらめている様子である。実はケニー・バートルズには、当面週末返上で働いてくれるなら八月後半の二週間は有給休暇にしてやろうと言われていて、その折にジェナがワシントンに来るのであれば、コニーがいないほうが何かと好都合だと思っていたのだった。一晩、二晩、三晩くらいはこっそり出かけたいし、その場にコニーがいたら、なるべく最小限に抑えたいと思っている露骨な嘘をつかざるをえないだろうから。

しばらく会えないことをこんなに穏やかに受け容れたのも、きっと薬《セレクサ》のせいだろうとジョーイは思っていた。ところがある晩、アパートでビールを飲みながらいつもの電話をかけてみたところ、コニーは普段以上に長くじっと黙りこんでから、こう口を切ったのだった。「ベイビー、いくつか言わなきゃいけないことがあるの」。一つは薬を飲むのをやめたこと。もう一つは薬を飲むのがいやになった理由で、実はここしばらくレストランの支配人と関係を持っており、セックスで感じないのがいやになったからだと言うのだ。これを告白するコニーの口調はやけに淡々として、まるで自分ではない誰かの話をしているみたいだった。嘆かわしいことだが気持ちはわからなくもない、そんな何かをしでかした女の子の話を。支配人は妻帯者で十代の子供が二人、ハムリン・アヴェニューに住んでいると言う。「ちゃんと言っといたほうがいいかと思ったの」コニーは続けた。「ジョーイがいやならやめてもいいし」

ジョーイは寒気を覚えた。がたがた震えだしそうなほどに。心に隙間風が吹きこんでいる。がっちり鍵がかかっていると思いこんでいたドアが、実は広々と開け放たれていたのだ。そこから逃げ出すこともできるドアが。「きみはやめたいのか？」と言った。

「どうかな」コニーが言う。「そんなに悪くないの、セックスとしては、でもその人のことを思って感じてるんじゃない。ジョーイのこと考えてるの」

「なんてこった。こいつはちょっと考えてみないと」

「悪いことなのはわかってるの。そうなってすぐジョーイに言うべきだったと思う。でも初めはなんだか、誰かに興味を持ってもらえるってだけですごく気分がよくて。だってほら、憶えてる？　去年の十月以来、あたしたち、何回セックスしたか？」

「ああ、わかってるよ。それは」

「二回か、ゼロか。あたしが病気だったときを数に入れるかどうかで。それってやっぱりちょっとおかしいわ」

「わかってる」

「愛し合ってるのにぜんぜん会えない。ジョーイはしなくて平気なの？」

「いや」

「他の子と寝てるの？　それで我慢できるの？」

「ああ、寝たよ。二回くらいかな。同じ相手とは一度きりだけどな」

「そうだろうと思ってた。でも訊きたくなかったの。そういうの、あたしが許さないって思ってほしくなかったから。それにね、だったらあたしも、って話じゃないの。あたしがしたのは淋しかったから。すごく淋しいの、ジョーイ。死にそうなほど。でね、淋しいのは、大好きなジョーイがここにいないから。他の人とセックスしたのも、ジョーイが好きだから。めちゃくちゃな話だけど、嘘みたいだけど、でもほんとのことなの」

「信じるよ」と彼は言った。そしてそれは嘘ではなかった。が、いま感じているこの苦痛は、何を信じるとか信じないとか、コニーが次に何を言うとか言わないとか、そういうこととは無関係な気がした。あのかわいいコニーがどこかの中年のブタと横になり、ジーンズと小さなパンティを脱ぎ、何度となく脚を開いたという物言わぬ事実が、コニーがそれを口にし、ジョーイがそれを耳にしたその刹那だけ言葉として形をとり、それから再び物言わぬ姿に戻って、彼の体の奥深く、言葉の届かぬところに、まるで誤って飲みこんだ剃刀の刃の塊みたいに居座ったのだった。理屈ではよくわかるのだ。コニーがそのブタ支配人のことをなんとも思っていないのは、彼自身、ここ一年のあいだに香水芬々《ふんぷん》たるベッドをともにした、いずれも酩酊もしくは泥酔の体《てい》の女たちをなんとも思っていないのと同じことだろう。ただ、いくら理屈でわかっても痛みはなくならない。停まれ！と念じたところで突進してくるバスは停まらない。何せ並みの痛みではないのだ。ただそれでいて、何やらありがたいような、元気が出るような妙な感じもあった。生きているという実感を、自分自身よりも大きな物語に捕えられているという感覚を、その痛みは運んできた。

「何か言ってよ、ベイビー」コニーが言う。

「いつからだい、それ？」

「さあ。三カ月くらい前かな」

「ふうん、なんならいまのまま続けてみたら」と言う。「このまま続けて、そいつの子供でも産んでみてさ、そしたら家の一軒も買ってくれるかもしれないし」

こんなふうにキャロルのことを持ち出すなんて最低だったが、コニーはただ、曇りのない率直さで訊き返してきた。「そうしてほしい？　それがジョーイの望み？」

「何が望みかなんてわからないよ」

「あたしの望みはぜんぜん違うの。あたしの望みはジョーイと一緒にいること」

「ああ、だろうな。まずは三カ月ほど別の男とやったあとでね」

こんなことを言われれば、普通は泣きだすか許しを乞うか、あるいはせめて激しくやり返すかしそうなものだが、コニーはやはり普通ではない。「そうね」と言う。「そのとおり。そう言われても文句は言えないわ。最初にそうなったときにジョーイに言って、すぐやめることだってできたわけだし。ただ、一度やるのも二度やるのも変わらないような気がしたの。で、そうなったらもう三度目、四度目も同じ。そのうちに何も感じないのにセックスしてるのが馬鹿みたいに思えてきて、薬をやめたいって思って。そこでまたカウントがいったんゼロに戻ったっていうか」

「で、いまは感じてて、すごくいいと」

「そりゃぜんぜん違うわ。あたしが愛してるのはジョーイだけど、それはそれとして、自分の神経がちゃんと働いてるのがわかるから」

「だったらさ、なんでこのタイミングで言ってきたんだ？　四カ月続けたっていいわけだろ？　三カ月やったんなら、四カ月だって同じだろ？」

「実はあたしも四カ月って思ってたの」コニーが言う。「来月まで待ってからジョーイに言おうって、それからもっとよく会えるように相談して、また一夫一婦制に戻ろうって。いまでもそうしたいと思ってるの。ただ昨日の夜、いろいろいやなことを考えちゃって、それでもう言ったほうがいいんじゃないかって」

「また鬱になってきてるのか？　薬をやめたこと、医者は知ってるのか？」

「知ってる。キャロルは知らないけど。あの人、薬さえ飲んでればぜんぶうまくいくって思ってるから、あたしたち親子のことも。薬のおかげで万事解決、永遠に煩わされずにすむって。だから毎晩、薬を一錠取って、靴下のひきだしに隠してるの。あたしが仕事に行ってるあいだに数とか数えてそうだし」

「ほんとは薬を飲んでなきゃいけないんだろ」ジョーイは言った。

「二度とジョーイと会えないってなったらまた飲むわ。でももし会えるんだったら、ぜんぶ感じていたいの。それにずっと一緒にいられたら、薬なんていらないと思う。こう言うとなんだか脅してるみたいだけど、そうじゃなくてただの事実。また会ってくれるように無理に仕向けたいわけじゃないの、悪いことしたのは自分でもわかってるから」

「後悔してるのか？」

「うんって言うべきなのはわかってるけど、正直、よくわからない。ジョーイは後悔してる？　他の子たちと寝たこと」

「いや。しかもこうなった以上はね」

「あたしもよ、ベイビー。あたしはあなたとそっくり同じ。そのことを思い出して、また会ってくれたらうれしい」

コニーのこの告白は、良心の呵責なしに逃げ出す最後にして最大のチャンスだった。いまなら大義名分をもって彼女を捨てるのも簡単、そうするだけの怒りを感じられさえすれば。電話を切ると、普段は手を出さないよう自制しているジャック・ダニエルズでしこたま酔っ払い、それからご近所とも呼べないわびしい界隈の湿気《しっけ》た通りに出て、鈍器を思わせる夏の熱気と、それに輪をかける無数のエアコンのうなりを堪能した。チノパンのポケットから一握りの小銭を取り出し、一度に数枚ずつ道に投げ始めた。ぜんぶ捨てよう。無垢という名の一セント貨《ペニー》、自足という名の十セント貨《ダイム》や二十五セント貨《クオーター》。自分を空っぽに、とにかく空っぽにしたかった。この痛みを打ち明けられる相手は誰もいない。両親はむろん論外だが、ジョナサンもだめだ。コニーをあれだけ高く買っているのがだいなしになりかねない。ジェナももちろんだめ。愛なんて理解できない女だ。それに大学の友だちも——どいつもこいつも彼女なんてモノとしか、今後十年で追求すべき諸々の快楽の足手まといとしか思っていない。要はまったくの独りぼっち、なぜこんなことになったのかもわからなかった。なぜ自分の人生のど真ん中に、コニーという名のうずきが生じることになったのか。コニーが感じている物事をいちいち感じてしまうせいで、その気持ちがわかりすぎるせいで、自分のいないコニーの人生を想像できないせいで、いまにも気が狂いそうになっている。コニーから逃げ出すチャンスがめぐってくるたびに、自分のためというロジックが機能不全に陥る。どうしても入らない心のギアみたいに、二人の人生というロジックに切り替わってしまうのだ。

コニーから電話がないままに一週間が過ぎ、二週間が過ぎた。出会って以来初めて、コニーが年上であることを痛感した。二十一だから法的にも大人だし、妻のいる男の興味や欲望をそそる一人前の女なのだ。嫉妬に苛まれるあまり、ふと、恵まれていたのは自分のほうなんじゃないかと思えてきた。こんな年下の男に、コニーがその情熱を注いでくれたのだと。そう思うと頭の中のコニーの姿が途方もない魅惑を帯びてきた。二人の絆がどこか特別な、魔法のような、おとぎ話めいたものだという感覚は前にも味わったことがあったけれど、自分がいかにコニーに頼っているかを思い知ったのはいまが初めてだった。連絡が途絶えて数日は、こちらから電話しないことでコニーを罰しているのだと信じていられたものの、そのうち罰せられているのは自分のほうだという気がし始めた。コニーがその豊かな感情の海の中に一滴の慈悲を見出して、向こうから沈黙を破ってくれるのを待ちわびている、そんな気分になってきたのだった。

そうこうするあいだに母親から連絡があった。月五百ドルの小切手はもう送れないという。「悪いわね、パパのお達し」そう言う口調はいかにも軽く、少々いらっときた。「せめてこれまでの分がお役に立ってたらいいけど」。内心ではいくらかほっとする部分もあった。これでもう息子の力になりたいという母の望みに付き合う必要もないし、お礼に定期的に電話をかける義理もない。親からの援助に関してヴァージニア州に嘘をつかなくてすむのもありがたい。ただ、生活費の帳尻を合わせるのに毎月の仕送りに頼っていたのも事実で、いまとなっては、この夏あんなにタクシーを使ったり、出前を頼んだりしなければよかったと思う。そんなわけでやはり父のことは恨めしく、母には裏切られたような気分にさせられた。聞きたくもない結婚生活の愚痴をあれだけ聞かせておきながら、いよいよのときには結局いつだって父に従うのだ。

そんな折に叔母のアビゲイルから電話があり、よければ八月下旬にアパートを使わないかと言ってきた。この一年半ほど、ジョーイの名はアビゲイルのEメールリストに入っていて、奇怪な名のニューヨークの小劇場でのパフォーマンスのお知らせが折々に届いたほか、数ヵ月に一度は電話で例の弁解口調の自分語りを聞かされていた。こちらが携帯の〈無視〉ボタンを押してもメッセージを残さず、〈応答〉を押すまでしつこくかけてくる。想像するに、日がな一日、誰かがあきらめて電話に出るまで知っている番号に片っ端からかけているのだろう。自分程度の半端な知り合いにもかけてくるのだから、他にどんな相手を煩わせているものやら、考えるだにぞっとする。「ビーチでバカンス、自分へのささやかなプレゼントってとこ」というのが今回の話だった。「悲しいお知らせでね、ティガーは猫ちゃんの癌で死んじゃったの、それもすっごく高い猫ちゃん癌の治療を受けてから。で、いまじゃピグレットは独りぼっち」。ここ最近は不貞全般に漠とした嫌悪を覚えていたこともあり、ジョーイは内心ジェナとの関係も少々汚らわしく感じていたのだが、それでもアビゲイルの申し出を受けることにした。コニーからはもう二度と連絡がないかもしれないし、ならばせめてもの慰めに、ジェナの生活圏に出没してディナーにでも誘えたらと思ったのだ。

そこに今度はケニー・バートルズが電話で、実はRISENを契約もろともフロリダの友人に売るつもりだと知らせてきた。いや正確には、いま売ったところだ、と。「明日の朝マイクから電話があるはずだ」ケニーは言った。「きみのことは、八月十五日までは雇っておけと言ってある。おれとしても、きみの代わりを見つけるなんて面倒だし、ちょうどいい区切りだと思ってな。実はもっとでかい、うまい話にありついたんだ」

「へえ、ほんとに?」ジョーイは言った。

「ああ、LBIの下請けでな、軍用トラックをどんどん調達するって仕事がもらえそうなんだよ。臆病者には向かない仕事だが、パンよりはずっと食い出がある、とでも言っとこうか。余計な面倒はいっさいない——四半期ごとの報告書とか、そういうアホなのもなし。こっちはトラックを持ってく、向こうは小切手を切る、それで終わり」

「よかったですね」

「ああ、でな、相談なんだが」ケニーが言う。「よければそっちで手を貸してほしいんだ、DCで。実は一緒に投資してくれるパートナーを探してるんだよ、おれ一人じゃどうも額が足りなくてね。やる気があるなら、ちょっとした稼ぎになると思うぜ」

「そりゃすごい」ジョーイは言った。「でも秋には大学も始まるし、だいたい投資する金なんてどこにもありませんよ」

「そうか。わかった。きみの自由だ。ただどうかな、ちょいとだけでも噛んでみないか？　トラックの仕様やらを見たかぎりでは、ポーランド製のプラツキA10で十分だと思うんだ。とっくに生産中止だが、ハンガリーやブルガリアの基地にはごまんと眠ってる。あと南米のどっかにも。そっちは用はなさそうだけどな。とにかく、東ヨーロッパでドライバーを雇って、コンボイでトルコを横断してキルクークで引き渡す。それだけでおれとしちゃ手一杯、ずいぶん時間も食いそうだし、しかもそいつに加えて九十万ドル相当のスペア部品の下請けもあってね。その部品の件をやってみないか、下請けの下請けってことで」

「トラック部品のことなんて何も知りませんよ」

「おれもだよ。でもプラツキA10はざっと二万台は製造されてるんだ、その昔にね。部品だってそのへんに山ほど転がってるはずだ。きみはただそいつを探して、梱包して送ってくれりゃいい。元手は三十万、それが六カ月後には九十万になる。適当な数字じゃないぜ、現状を踏まえて言ってるんだ。おれの感じじゃそれでも控えめな見積もりだな。眉をひそめる人間もいない。三十万、なんとか調達できないか？」

「昼飯代を調達するのも楽じゃないのに」ジョーイは言った。「学費やら何やらで」

「ああ、まあな、でも現実問題、五万あればなんとかなる。そいつに署名入りの契約書を添えりゃ、残りの分はこの国の銀行ならどこでも貸してくれる。手続きもほとんどはネットでできるよ、寮室やなんかで。学食の皿洗いよりずっといいだろ？」

ジョーイは少し考えさせてほしいと答えた。出前やらタクシーやらで無駄遣いしたとはいえ、新学年に向けて一万ドルの蓄えはあったし、八千ドルまではクレジットカードで引き出し可能、さらにインターネットで手早く検索してみたところ、わずかな担保で高金利の貸付をしてくれる銀行は無数にあり、プラツキ a10 部品のグーグル検索でも少なからぬページがヒットした。もっとも、ケニーの説明を鵜呑みにできないのも明らかで、そもそも部品探しがそんなに簡単なら、わざわざこっちに持ちかけてきたりはしなかったに違いない。とはいえ、そのケニーもRISENでの約束はすべて守っていたし、いまから一年後、二十一になった時点で五十万ドルの資産があるという、その夢のような話をジョーイは頭から振り払えなかった。そこでつい衝動的に、一つには興奮のせい、またこのときばかりは二人の関係の悩みも忘れていたせいもあって、コニーの意見を聞こうと電話の沈黙を破ったのだった。コニーの貯金のこと、その貯金をコニーが自由にできる年齢に達していることも頭の片隅にあったようなのだが、それに気づいて自分を責めたのはずいぶんあとになってから。電話をかけた時点ではそんな利己的な動機が心に潜んでいようとは思いも寄らなかった。

「嘘みたい、ベイビー」コニーは言った。「もう二度と声を聞けないかと思ってた」

「この二週間、きつかったよ」

「そりゃもう、うん、わかる。ぜんぶ黙ってたほうがよかったんじゃないかって思いかけてたとこ。あたしのこと、許せる？」

「たぶんね」

「ああ！　嘘みたい！　よかった、まだ望みがあるなんて」

「きっと許せると思う」と言う。「会いに来てくれる気がまだあるなら」

「あるに決まってるじゃない。あたしの何よりの望みよ」

実際話してみると、ここのところ想像していた自立した年上の女とはずいぶん違う口ぶりで、胃のあたりにこみ上げる違和感が、焦るな、本当に縋りを戻したいのかと警告を発していた。失うつらさを、積極的に求める気持ちと勘違いしていないか、と。その一方で、とにかく早く話題を変えたい、抽象的な感情の泥沼でもがいていたくないという思いも強かった。ケニーの提案をどう思うか、一刻も早く訊いてみたかった。

「すごいじゃない」説明を聞くと彼女は言った。「やらなきゃだめよ。あたしも協力する」

「協力？」

「そのお金、あたしが出す」そんなこと訊くまでもないという口ぶりだ。「信託口座にまだ五万ドル以上あるし」

この数字を聞いただけで性的な興奮がこみあげてきた。付き合い始めたばかりの頃、バリア街の恋人同士だった頃を思い出す。高校に入って最初の秋。二人の、とりわけコニーの愛聴盤だったU2の『アクトン・ベイビー』をサントラに、二人は純潔を失ったのだった。一曲目、ボノが準備完了だと、突撃準備オーケーだと宣言するあの曲こそ、二人のおたがいへのラブソング、資本主義へのラブソングだった。あの曲のおかげでジョーイは準備オーケーだと思えたのだ。セックスへの準備、子供時代から踏み出す準備、コニーのカトリック学校で時計を売って本物の金を稼ぐ準備。始まりから二人は完璧な意味でのパートナーだった。ジョーイは企業家兼製造者、コニーはその忠実なる運び屋にして、驚異的に有能な販売員。憤慨したシスターたちに営業停止に追いこまれるまで、コニーはそのソフトな販売の手際をいかんなく発揮していた。クールでよそよそしいところがかえってクラスメートたちを刺激し、彼女とジョーイの製品に夢中にさせたのだ。バリア街の人々はみな、ジョーイの母親もそうだが、昔からコニーのおとなしさを、つまらなさ、頭の鈍さと勘違いしていた。内情に通じているジョーイだけがコニーの潜在能力に気づいていた。いまにして思えば、これこそが二人の人生の物語なのかもしれない。コニーの内に秘めたる財産の価値を見くびっている連中、中でも彼の母親の予想を覆すべく、コニーに手を貸し応援すること。自分の実業家としての未来を信じるうえでも、他人に見えないところに価値を認め、機会を見出すこの能力は不可欠だし、それはまたコニーへの愛の中核をなしてもいる。そう、彼女の動きは謎だらけなのだ《シー・ムーヴズ・イン・ミステリアス・ウェイズ》！（U2、「ミステリアス・ウェイズ」〔『アクトン・ベイビー』収録〕より）コニーが学校から持ち帰った二十ドル札の山に埋もれながら、二人はセックスを覚えたのだ。

「信託口座の金は必要だろ、大学に戻るときに」それでもジョーイは言った。

「それはあとでいいの」コニーが言う。「ジョーイはいま必要なんだから、ジョーイにあげる。あとでまた返してくれたらいいでしょ」

「返せると思うよ、倍にしてね。そうなりゃ四年分の学費が出る」

「返したければでいいのよ」とコニー。「無理に返さなくてもいいの」

そうして彼の二十歳の誕生日に久々に会う約束をした。場所はニューヨーク、ジョーイがセントポールを離れて以来、二人がカップルとして最も幸せな数週間を過ごした場所である。翌朝、ジョーイはケニーに電話して、ビジネスの準備はできていると伝えた。ケニーの返事は、イラク関係の新規事業は十一月頃にまとめて請負に出されるはずだから、秋学期は好きにしていていい、ただし資金面の準備だけはしておいてくれ、というもの。

早くも金持ちになった気分で、大枚をはたいて特急アセラでニューヨークに乗りこみ、アビゲイルのアパートへの道中、百ドルのシャンパンを買った。アパートは前にも増して散らかり放題、とっととドアを閉めてコニーを迎えにタクシーでラガーディアに向かう。今回はバスはやめて飛行機にしろと言い聞かせたのだった。八月の暑さに半裸になって歩く人々、白っぽくかすんだレンガや橋、そんな街全体が媚薬みたいに刺激的だ。他の男と寝ていた恋人、それでいて抗えぬ磁力に引かれるみたいに、一目散に我が胸へ戻ってきた恋人を迎えに行きながら、すでにしてこの街を手に入れたような興奮に浸る。空港のコンコースを歩いてくるコニーの、はっとなって他の旅行者をよけるその動きには、再会の喜びでうわの空、他人の姿なんてぎりぎりまで目に入らない様子がありありと見える。この高ぶりはただの金持ち気分じゃない。自分の値打ちに、燃やすべき命に、冒すべき途方もない危険に、そして二人の物語にぞくぞくと痺れる。コニーは彼の姿に気づくと、こくりこくりと頷き始めた。ジョーイがまだ言ってさえいない何かに、喜びと不思議いっぱいの顔で賛成している。「うん！　うん！」自然とそう声に出しながら、スーツケースの引き手から手を放してまっすぐぶつかってきた。「うん！」

「うん？」ジョーイは笑った。

「うん！」

そのままキスもせずにバゲッジレベルへ駆け下り、タクシー乗り場に出たところ、まさに奇跡、先客は一人もいなかった。タクシーの後部座席でコニーは汗に濡れたコットンのカーディガンを引き剝がすと、ジョーイの膝にまたがって泣きだした。オルガスムだか発作だかを思わせる泣き方だ。腕の中のその体は、まるで別人のように新鮮だった。変化の一部は本物だが――前より少しだけ丸みを帯びて、少しだけ女らしくなっている――大部分はこちらの想像だろう。ふと、言葉にならない感謝の念に襲われた。浮気をしてくれてよかった、と。こみ上げてくる思いはあまりに大きく、結婚してくれとでも言わないかぎり収まりそうになかった。事実、いまこの場でプロポーズしようかと思いかけたそのとき、コニーの左腕の内側の妙な跡に気づいた。やわらかな皮膚を、長さ二インチほどのまっすぐな傷痕が平行にいくつも走っている。いちばん肘側の傷痕はかすかですっかり癒えており、そこから手首側に近づくにつれ、傷の新しさと赤みの度合いが増していく。

「うん」濡れた顔で不思議そうに傷痕を見ながらコニーは言った。「自分でやったの。でも大丈夫」

ジョーイは事情を訊ねた。答えはわかっていたが、それでも。コニーは彼の額に、頰に、唇にキスし、真面目な顔でじっと目を覗きこんできた。「怖がらないで、ベイビー。やらなきゃいけなかったの、償いとして」

「なんてこった」

「ジョーイ。ねえ、聞いて。ちゃんと気をつけて刃は消毒してたのよ。ジョーイから連絡がないまま一晩過ぎるたびに、一箇所ずつ切ったの。三日目の晩に三つやって、そのあとは毎晩一つずつ。連絡をもらってすぐにやめたわ」

「それで、もしおれが電話しなかったら？　どうするつもりだったんだ？　手首切って自殺か？」

「そうじゃない。自殺する気はなかったの。そういうこと考えないですむようにって、そのためにやってたことなの。ちょっと痛みを感じる必要があっただけ。そういうの、わかる？」

「ほんとに自殺する気はなかったのか？」

「そんなことしないわ、ジョーイに迷惑かかっちゃうし。絶対にしない」

　ジョーイは傷痕にそっと指を走らせた。それから傷のないほうの手首を手に取り、目に押し当てた。自分のために手首を切ってくれてうれしかったのだ。この気持ちはどうしようもない。なるほどコニーの動きは謎だらけだが、彼にはその意味がわかるのだ。頭のどこかでボノが歌っている。大丈夫《イッツ・オール・ライト》だ、大丈夫《オール・ライト》、と。

「それにね、もうほんと奇跡みたい」コニーが言う。「十五回切ってやめたんだけど、これ、あたしが浮気した回数とぴったり同じなの。つまり完璧なタイミングで電話してくれたわけ。お告げか何かみたいに。あと、これも」そう言って、ジーンズのヒップポケットから折りたたんだ銀行小切手を引っ張り出す。小切手はコニーのお尻の形に曲がり、お尻の汗が染みこんでいる。「信託口座には五万一千ドル。ジョーイが必要だって言った額とほとんどきっかり同じ。これもお告げだと思わない？」

　ジョーイは小切手を広げた。受取人欄には**ジョゼフ・R・バーグランド**、金額欄には**五万**とある。

普段は縁起など気にしない彼も、なるほどお告げめいているると認めざるをえなかった。この手の符合に、頭のおかしい連中なら「いますぐ大統領を殺せ」、鬱の患者なら「いますぐ窓から身を投げろ」といったメッセージを読み取る。そして目下の場合、執拗にして道理を超えたお告げは「いますぐ生涯の契りを結べ」と命じているらしい。

グランド・セントラル駅を中心に外向きの交通は麻痺状態だが、都心に向かうほうの車線は迅速に流れており、タクシーはすいすい進んでいった。これもまたお告げ。タクシー待ちの行列がなかったのもお告げ。明日が彼の誕生日なのもお告げ。ほんの一時間前、空港に向かっていた自分がどんな精神状態だったかも思い出せない。あるのはこのコニーと二人の現在だけ、そう、宇宙の亀裂を突き抜けて二人だけの世界へ落ちこんだことは前にもあったけれど、あれは夜にだけ、寝室かどこか、壁のある空間でのみ起こる出来事だったはず、それがいまや昼日中に街中を覆うかすみの下で起こっている。腕の中のコニーの、その汗ばんだ胸骨の上、湿ったトップスのストラップのあいだに銀行小切手が挟まっている。コニーの片手は彼の片胸にぴたりとあてがわれ、まるで乳を欲しているかのようだ。そのコニーの腋に漂う大人の女の匂いにうっとりとなる。もっと強い匂いを嗅ぎたい、もっと強烈に匂ってほしいと願うこの気持ちには、それこそ際限がないんじゃないかと思えた。

「ありがとう、他の男とやってくれて」彼はつぶやいた。

「簡単じゃなかったのよ」

「わかってる」

「ていうか、ある意味ではすごく簡単だった。でも別の意味では不可能に近いことだったの。それはわかるでしょ？」

「わかる、完璧に」

「ジョーイもつらかった？　この一年、そういうことしてて？」

「いや、そうでもなかった」

「それは男だからよ。ジョーイの気持ちは自分のことみたいにわかるの。信じてくれる？」

「うん」

「じゃあきっと何もかも大丈夫」

そしてその後の十日間はまさにそのとおりだった。もちろん、あとになって振り返れば、いろいろ考えさせられるところはあった。長らくご無沙汰だったあとのホルモン漬けの日々というのが、将来を左右する大きな決断を下すうえで理想的なタイミングだったのかどうか。五万ドルというコニーの贈り物の重みに耐えかねたとはいえ、その帳尻合わせにプロポーズなんていう重い決断を持ち出すより、まずは元本プラス利子の返済スケジュールを添えた約束手形を振り出しておくべきだったんじゃないか。ほんの一時間でもコニーのそばを離れ、一人で散歩するなり、ジョナサンと話すなりしていたら、状況を醒めた目で見極める余裕も多少はできたんじゃないか。性交前より性交後のほうが、はるかに現実的な決断を下せるのは言うまでもない。ただ、あのときはそれこそ「後」がなくて、ひたすら「前」「前」「前」という気分だった。たがいへの欲望が際限なく、昼も夜もなくぶり返すのだ。アビゲイル邸寝室の窓辺で二十四時間働き続けるエアコンのコンプレッサーのように。共同で乗り出すベンチャー事業、そしてコニーの病気と浮気のおかげで、二人の快楽に新たな次元が、大人の世界の重みが加わり、過去に味わった快楽のいっさいがくだらぬ児戯に思えるほどだった。そんな途方もない快楽の、それを求める底なしの欲求の命じるままに、街に来て三日目の朝、欲望に小一時間ばかり陰りが見えるや、ジョーイはそれを焚きつけるべくいちばん手近なボタンを押したのだった。こう言ったのだ。「おれたち、結婚しなきゃな」

「あたしもいま同じこと考えてたの」コニーは言った。「いますぐしたい？」

「それって、今日とか？」

「うん」

「待機期間ってのがあるんじゃないかな。なんだっけ、血液検査？」

「だったらそれ、やろうよ。いますぐ行きたい？」

ジョーイの心臓が股間にどくどくと血を送りこむ。「行こう！」

でもその前に、血液検査を受けにいくという興奮からついセックスに及んでしまった。さらに血液検査を受けなくていいことが判明すると、その興奮でもう一度。それからやっと、六番街をふらふら北へ、人目が気にならないほど酔っ払ったカップルみたいに、手にべっとり血糊をつけた二人組の殺人犯みたいに、ノーブラではすっぱなコニーは男の視線を釘づけにし、テストステロンたっぷりのジョーイは肩で風切り、誰か因縁でもつけてこようものなら喜び勇んでパンチを繰り出しそうな風情で歩いていく。いま踏み出そうとしているこの一歩はまさしく必要な一歩、初めて両親にノーと言われた日からずっと踏み出したかった一歩なのだ。焼けつく暑さの中、警笛を鳴らすタクシーと汚れた歩道の雑踏をかき分け、コニーとともに歩いたその五十ブロックは、それ以前の全人生をたどり直すみたいに長く感じられた。

四十七丁目で最初に目についた閑散とした宝飾店に入り、すぐに持ち帰れる金の指輪が二つほしいと言った。店主はユダヤ教の盛装を凝らした姿――ヤムルカ、前髪、聖句箱、黒のベスト、すべて揃っている。対するジョーイは白いTシャツが道中パクついたホットドッグのマスタードのしみだらけ、隣のコニーに目を移せば、暑さに加えてキスやら頬ずりやらの摩擦で真っ赤な顔である。「あんたら、結婚するのかね？」

二人は頷いた。どちらも声に出してイエスと言うだけの勇気はない。

「そりゃ、おめでとう《マーゼル・トーヴ》」店主はそう言ってひきだしを開けた。「サイズはぜんぶ揃ってるよ」

と、はるか彼方からジョーイの胸に、頑丈な狂気のバリアにただ一つ開いた細かな裂け目を縫って、ジェナをめぐる後悔のうずきが到達した。ただし頭にあったのは、欲望をそそる一人の女としてのジェナではなく（欲望はのちほど、一人になり正気に戻ったときにやってくる）、もはや手に入れることはないだろうユダヤ系の妻としてのジェナ、自身のユダヤ系の出自が意味を持ったはずの相手としてのジェナだった。ユダヤの血統に興味を持つ努力はとうの昔に放棄していたものの、こうしていま、ユダヤの着古した装束に、少数派宗教の衣装に身を包んだ店主を見ていると、非ユダヤ人と結婚することでユダヤ人を裏切っているのだという妙な思いに囚われる。ことモラルに関しては多くの点で胡《う》乱《ろん》なジェナも、三世代上には収容所で亡くなった親族を持つユダヤ人なのだ。そう思うと多少は人間味も感じられるし、あの冷酷な美しさもいくらか角がとれ、そんな彼女を裏切るのが申し訳ないような気がしてくる。おもしろいのは、ジェナには覚えるそんな気持ちをジョナサンにはまったく覚えないところ。もともと人間味たっぷりのジョナサンの場合、あえてユダヤの血を想起するまでもないのだった。

「どう思う？」ベルベットの上にずらりと並んだ指輪を見ながらコニーが言う。

「どうかな」後悔の小さな雲の中からジョーイは答えた。「どれもよさそうだな」

「手に取ってごらん、はめてみてごらん」店主が言う。「金は傷つかないから」

コニーがジョーイの顔を覗きこみ、その目の奥を探る。「ねえ、ほんとにしたい？」

「まあね。きみは？」

「うん。ジョーイがしたいなら」

店主はカウンターを離れ、何か別の仕事を始めた。すると突然、ジョーイにはコニーの目に映る自分の姿が見えた。その顔を曇らせている迷いに我慢がならなかった。コニーになりかわって腹が立つ。誰も彼もに疑われているコニー、自分にだけは信じてほしいはずだ。だから彼は信じることにした。

「当たり前だろ」と言う。「これなんかどうかな」

指輪を選ぶと、ジョーイは値段の交渉にかかった。この手の店では値切らないといけないはずだ。が、店主はただ失望したような顔をして見せ、応じようとしない。その顔にはこう書いてあった。いまからこの娘と結婚しようってのに、五十ドルぽっちのことで争う気かね？

指輪を前ポケットに入れて店を出たとたん、歩道でぶつかりそうになった相手をふと見れば、これがなんとかつての寮仲間ケイシー。

「おまえ《デュード》か！」ケイシーが声をあげる。「こんなとこで何やってんだ？」

スリーピースのスーツに身を包み、髪は早くも薄くなりかけている。なんとなく疎遠になっていたのだが、夏休みは父親の法律事務所で働くという話は聞いていた。このタイミングでこの男に出くわすというのも、何か重要なお告げのような気がしたが、いったい何の前兆なのか、その正確なところはよくわからない。とりあえず言葉を返す。「コニーのこと、憶えてるよな？」

「ハーイ、ケイシー」そう言うコニーの目には魔性の炎がめらめらと燃えている。

「あ、うん、ハーイ」とケイシー。「しかしおまえ、なんなの？　てっきりワシントンかと思ってたぜ」

「休暇中なんだ」

「なんだよ、声かけてくれよ、知らなかったよ。そりゃそうと、こんなとこになんの用だ？　婚約指輪でも買おうってか？」

「あ、はは、そうそう」ジョーイは言った。「そっちはなんだよ？」

ケイシーはベストのポケットから鎖つきの懐中時計を引っ張り出した。「どうよこれ、クールだろ？　親父の親父の持ち物でね。クリーニングと修理を頼んだんだ」

「すごい、すてき」コニーが言う。そうしてじっくり見ようと身を屈めた隙に、ケイシーがジョーイに向かって眉をひそめ、おいおい驚いたなと問いかけてくる。男同士でよくやるやつだが、数ある無難な反応の中からジョーイがここで選んだのは照れの混じった薄笑い、その意味するところは、とびきり《ムーチョ・エクセレンテ》のセックス、女の要求の理不尽さ、指輪やらを買ってやる必要、などなど。ケイシーは通《つう》めいた視線をコニーのあらわな肩にちらりと向けて、物知り顔で頷く。このやりとりに要したのは四秒ばかり、こんな状況でも、ケイシーの前で同類のふりをするくらいわけもないとわかってジョーイはほっとした。この調子なら今後も大学で普通にやっていけそうだ。

「おまえ《デュード》、そのスーツ、暑くないの？」と声をかける。

「南部人の血だよ」とケイシー。「おまえらミネソタ人みたいに汗かきじゃないからな」

「汗かくのって最高」コニーが口を挟んだ。「夏はやっぱり汗かかないと」

　このひと言は、ケイシーにはどうやら濃すぎる感じがしたらしい。時計をポケットに戻しながら通りの先に目をやっている。「ま、じゃ」と言う。「どっか行きたいとか、そういうのがあったら電話くれよ」

　午後五時の六番街、仕事帰りの人波の中で再び二人きりになると、コニーがふと、さっきは変なこと言ったかなと訊いてきた。「恥かかせちゃった？」

「まさか」と答える。「とことんしょうもない野郎なんだ。三十五度の暑さだってのにスリーピースのスーツ着てたろ？　偉そうにかっこつけてさ。あのアホな時計とか。あの年で親父になりかけてる」

「口を開くたびに変なこと言っちゃうの」

「気にしなくていいよ」

「あたしと結婚するの、恥ずかしい？」

「まさか」

「なんかちょっと、そんな気がしちゃうんだけど。ジョーイが悪いんじゃないのよ。友だちの前で恥ずかしい思いをしてほしくないってだけ」

「きみのことを恥じてなんかいない」彼はかっとなって言った。「ただ仲間内じゃ、まともに彼女のいるやつなんてまずいないんだよ。それでなんか妙な立場になっちまうんだ」

そこでちょっとした喧嘩になってもよかったのかもしれない。普通ならそこで、すねるなりなじるなりして、結婚したいという気持ちをもっと確かな言葉で引き出そうとするものだろう。ところがコニーが相手だと喧嘩にならないのだ。不安、疑い、嫉妬、独占欲、パラノイア——束の間でも彼女を持ったことのある友人たちが決まって悩まされる醜態の類——これがコニーにはぜんぜんない。その種の感情に囚われることが本当にないのか、それとも何か強力な動物的勘のようなものに従って抑えこんでいるのか、それはわからない。コニーと一つになればなるほど、妙なもので、実はコニーのことは何一つわかっていないんじゃないかとの思いも強くなる。コニーが認めるのは目の前にあるものだけだ。ただやることをやり、彼の言うことに返事をし、視野の外で起こっている物事にはいっさい煩わされていないように見える。母親がしつこく口にしていた、喧嘩は男女関係に必要なものだというあの話が頭を離れなかった。いや実際、こうして結婚する目的の一つは、コニーもついに喧嘩するようになるかどうかを確かめること、つまりコニーの本性を知ることにあるような気さえした。が、翌日の午後、実際に結婚しても何一つ変わらなかった。裁判所からの帰り道、タクシーの後部座席で、コニーは指輪をした左手を同じく指輪をしたジョーイの左手に絡ませ、肩に頭をのせてすっかり満ち足りた様子、いや、それ以前が別に不満そうだったわけでもないから、満足というのとも少し違う。むしろ、やるべくしてやった行為に、犯罪に、無言でひっそりと身を委ねているふうだった。その一週間後、ジョーイはシャーロッツヴィルでケイシーと再び顔を合わせたが、どちらもコニーのコの字も口にしなかった。

相変わらず腹の中に結婚指輪を忍ばせたまま、ジョーイはマイアミ国際空港にうねり逆巻く観光客の生温い海原をかき分け、ひんやりと静かな入り江のごときビジネスクラス・ラウンジにジェナの姿を認めた。サングラスに加えてｉＰｏｄと『コンデナスト・トラベラー』最新号で完全武装、いかにも近寄りがたい風情である。ジョーイに気づくや、まずは頭のてっぺんから爪先まで品定め、注文した商品がしかるべき状態で届いたかを確かめているふうだったが、それが済むと隣の席に置いていた手荷物をどけて、ｉＰｏｄのイヤホンを――何やら少々未練ありげに――耳から外した。そんなジェナでもジョーイにしてみれば一緒に旅行できるなんて夢のよう、腰をおろしながらも顔のにやつきを抑えられなかった。ビジネスクラスに乗るのも生まれて初めてだ。

「何？」とジェナ。

「別に。ただの笑顔《シュマッツ》さ」

「なんだ。顔にごみでもついてるのかと思った」

あたりにいる男たちが数人、恨めしそうにじろじろこっちを見ている。ジョーイは気力を奮い起こし、一人一人目をそらすまでにらみ返してジェナが誰のものかを知らしめた。こいつはくたびれるなと痛感する。人前に出るたびにこれが必要なのだ。コニーと一緒のときもじろじろ見てくる男はいたが、たいていは未練もそこそこに、彼氏がいるのかとあきらめているふうだった。が、ジェナが相手だといきなりこれだ。自分の存在など抑止力にはならず、他の男の下心があっちこっちから迫ってくる。

「警告しとくけど、あたしちょっと機嫌が悪いの」ジェナは言った。「生理が来そうだし、この三日間じいさんばあさんに囲まれて孫の写真とか見せられてたから。しかも信じられる？　このラウンジ、アルコールは有料なんだって。何それって感じ、だったら搭乗口で待ってたって同じじゃない」

「何か買ってこようか？」

「そう、じゃあお願い。タンカレーのジントニック、ダブルで」

ジョーイが未成年だとは思ってもいないらしい。ジェナも、幸いなことにバーテンダーも。飲み物と軽くなった財布を手に戻ってみると、ジェナはイヤホンを耳に戻して雑誌を読みふけっている。ひょっとして、おれのことをジョナサンだとでも思っているんだろうか。再会しても歓迎のそぶりもないし。そう思いながら、本物の姉がクリスマスにくれた『贖罪』なる小説を取り出し、部屋やら植物やらの描写に興味を持とうとがんばってみたが、頭にはその午後ジョナサンがよこしたメールの文面がこびりついている。一日中馬のケツ見て楽しいだろうよ。連絡が来たのは三週間ぶり、先手必勝とこっちから電話で旅行の計画を知らせて以来、音沙汰がなかったのだ。「てことは、おまえにとっちゃ何もかもバラ色の展開ってわけだな」電話でジョナサンは言ったのだった。「まずは武装勢力、今度は母ちゃんの脚」

「よせよ、おれがお母さんの骨折を望んでたみたいな言い方は」ジョーイは言い返した。

「もちろん、わかるよ。よくわかる。イラクの件でも、望んでたのは向こうが花輪でも用意して歓迎してくれること。ところが何もかもひどい有様になって、いやまったくお気の毒。ただし気の毒でも稼がないわけにはいかない」

「どうすりゃよかったんだ？　断れと？　一人旅をさせろと？　彼女、ずいぶん落ちこんでるんだぞ。この旅行が唯一の楽しみなんだ」

「それにコニーもちゃんとわかってくれてるってわけか。ばっちり承諾済みだと」

「そいつはおまえには関係ないし、答える義理はない」

「なあおい、いいか？　おれにも大いに関係があるんだよ、コニーに嘘つかなきゃいけないのはおれなんだからな。いまだってコニーと話すたびに、ケニー・バートルズのことじゃ本心を隠してるんだ。おまえがあの子の金を注ぎこんだ以上、心配させたくないからな。そのうえまたこの件でも嘘をつけってのか？」

「ていうか、そんなにしょっちゅう話さなきゃいいだろ」

「しょっちゅうじゃねえよ、バカ。せいぜいこの三ヵ月で三回ってとこだ。おれはコニーの友だちなんだよ、わかる？　それにだ、おまえから何週間も連絡がないなんてこともざらみたいだしな。おれにどうしろってんだ？　コニーからの電話には出るなと？　だいたい彼女、おまえがどうしてるか知りたくてかけてくるんだぞ。ていうか、なんだこれ、どう考えても変な話だよな？　おまえまだコニーと付き合ってんだろ？」

「アルゼンチンに行くのはおまえの姉ちゃんと寝るためじゃない」

「ははは」

「嘘じゃないぜ、友だちとして行くんだ。おまえとコニーが友だちなのと同じだよ。おまえの姉ちゃんは落ちこんでるし、親切として行くんだ。ただ、コニーにそれをわかれってのは無理だろうから、ま、できたらその、この件は黙っててくれたら、それが関係者全員にとっていちばんだと思うね」

「おまえ最低だな、ジョーイ。正直、もう口をきく気にもなれないよ。なんでそうなっちまったのか知らないけど、心底吐き気がする。おまえが留守のあいだにコニーが電話してきたら、おれが何を言うか保証はできんぞ。たぶんばらす気にはなれないと思うがね。でもな、あの子がおれに電話してくるのもひとえにおまえから連絡がないからなんだし、そうやって板挟みになるのにはいい加減うんざりなんだよ。だからもう勝手にしろ、とにかくおれを巻きこむな」

　ジェナとセックスをしないとジョナサンに誓ったおかげで、アルゼンチンで事がどう転ぼうとも安全だという気分になれた。何もなければなかったで、自分の名誉が証明される。何かあったらあったで、結局何もなかったじゃないかと残念がらずにすむ。この一件の成り行き次第で、自分は柔弱《ソフト》なのか、それとも冷徹《ハード》になれるのかという、いまだ答えの出ていない問いの答えが出るだろう。自分を待っている未来がどんなものかわかるだろう。ジョーイは興味津々だった。あの意地の悪いメールを見るかぎり、どのみちジョナサンはその未来に含まれそうにない。それにあのメールにはたしかにちくりと胸が痛んだけれど、こっちはこっちでジョナサンの絶え間ない説教にはほとほとうんざりしているのだ。

飛行機の広々とした座席で二人きりになると、大きなグラスで二杯目の酒の酔いも手伝ってか、ジェナはようやくサングラスを外して会話に応じてくれた。ジョーイは先日の、あのプラッキA10の幻の部品を追い求めたポーランド出張のことを語って聞かせた。ネットでは部品を扱っている業者が何十と見つかったのに、蓋を開けてみればそのほとんどはインチキか、さもなくばウッチにあるただ一つの供給源を当てこんだ仲介業者で、役立たずどころか足手まといとも言うべき通訳を連れてその大本《おおもと》の業者を訪ねたところ、待っていたのは金を払うに足る部品はごくわずかという衝撃の事実。テールランプ、泥除け、押板、バッテリーボックスとラジエーターグリルが少々、一九八五年に生産中止になった車両のメンテナンスに不可欠なエンジンやサスペンションの部品は数えるほどしかなかった。

「ネットって終わってない？」ジェナが言う。自分のナッツ皿からアーモンドばかりをつまみ出し、なくなると今度はジョーイの皿に手を伸ばす。

「終わってる、完全に終わってる」とジョーイ。

「ニックがいつも言ってた、国際電子商取引なんて負け組のお遊びだって。金融関係の電子ナントカはぜんぶそうみたい。持ち主のちゃんとしたシステム以外。そもそもタダの情報に価値があるわけないって言うの。つまりほら、ネットだと、中国の業者だったら、もうそれだけでだめだってわかっちゃうわけでしょ」

「そう、そのとおり。それはおれだってわかってる」ジョーイはニックの話なんか聞きたくなかった。

「でもトラックの部品だぜ、ｅＢａｙとかそんな感じかと思うだろ。売り手と買い手が効率よく繋がる方法っていうかさ、ネットじゃなきゃできない商売だし」

「とにかく、ニックはネットで物買ったりとか、いっさいしないの。ペイパルさえ信用できないって。あの人ってほら、そういうのには滅法詳しいのに」

「うん、まあね、それでおれもポーランドに行ったわけさ。そういうのは直接やらなきゃだめだから」

「そうよね、ニックもそう言ってる」

その間もアーモンドをくちゃくちゃやっている口は半開き、指先はこっちのナッツ皿を念入りにほじくっていて、どうも神経に障る。きれいな指なのに。「酒は好きじゃないんだと思ってたけど」

「へへ。最近ちょっとがんばってんの、飲めるようになろうと思って。ずいぶん進歩したわよ」

「ま、とにかく」と話を戻す。「パラグアイのほうがうまくいってくれないとお先真っ暗だよ。ポーランドから鉄くずを送るのに大枚はたいたってのに、相棒のケニーの話じゃ、量が少なすぎて買い上げてもらえないってさ。とりあえずキルクーク近郊のヤギ牧場に置いてあるらしい。きっと見張りも何もなしだな。しかもケニーのやつ、かんかんでね、別のトラックの部品でも送ってくりゃいいだろ、なんでそうしなかったんだって。同じモデル、同じ製造元じゃないと使い物にならないのにさ。ケニーはもうそれこそ、量り売りなんだからとにかく量をよこせってな感じでね、信じられないだろ。だから言ってやったんだ、三十年前のトラックだし、砂塵嵐だの中東の夏だのに耐える造りになってないし、ぜったい故障する、武装勢力がうようよしてる中を隊列移動するトラックが故障しちゃまずいだろって。そんなこんなで金は出ていく一方、実入りはゼロってわけ」

こんなことをジェナの前で認めるなんて下手すれば自殺行為だが、当のジェナは幸い聞いてもいない様子、目下は機内ビデオのスクリーンと格闘中で、なんとか収納口から引っ張り出そうと眉間にしわを寄せている。男らしく手を貸してやった。

「で、なんだっけ」ジェナが言う。「いまの話……？　お金がもらえないとか言ってた？」

「いや、まさか、ばっちりもらえるさ。ていうかもう、ニックの今年の年収を超えちゃうかも」

「それはないわね、悪いけど」

「まあでも、大金だよ」

「ニックの稼ぎはあんたとは異次元なの」

これにはさすがに我慢できなかった。「あのさ、おれ、何しに来たの？」ジョーイは言った。「ていうかそもそも、おれにいてほしい？　さっきからおれのこと無視するか、そうじゃなきゃニックの話ばかりだろ。てっきりあいつとは別れたんだと思ってたよ」

ジェナは肩をすくめた。「だから機嫌が悪いって言ったでしょ。まあでも、念のため教えとくわ。あんたの商売の話、悪いけどあんまり興味ないの。ニックじゃなくてあんたがここにいるいちばんの理由は、朝から晩までお金の話を聞かされるのにうんざりしたからなの」

「金は好きなんだと思ってたけどな」

「お金は好きだけどお金の話は嫌いなの。だいたい、こっちから話してって頼んだ覚えもないし」

「悪かったな、勝手に喋って！」

「いいわよ。許したげる。でももう一ついい？　こっちはニックの名前を出しちゃいけないのに、なんであんたはいつも自分の彼女のことばっかり話してるの？」

「そっちがあれこれ訊いてくるからだろ」

「だから何？　それ、関係ある？」

「ま、あとはあれだな、こっちはまだ付き合ってる」

「そうね。ま、それはあるわね」そう言って突然身を乗り出し、唇を寄せてきた。初めはかすかに触れるだけ、それから温かいホイップクリームみたいなやわらかさが広がり、ついにはもろにキス。その唇はまさに見かけどおりのすばらしさ、複雑精妙な命を宿した高級品で、寸分も期待を裏切らない。思わずキスにのめりこみかけたそのとき、ジェナはさっと身を離し、満足そうににやりとして、「よかったわね、ボク」

フライトアテンダントがディナーの注文をとりに来ると、彼はビーフを頼んだ。旅行中は牛肉しか食べないつもりだった。牛肉を食べていれば便秘になれそうな気がしたからだ。トイレで指輪探しに勤しむのをどうにかパラグアイまで先送りにしたい。ジェナは食べながら『パイレーツ・オブ・カリビアン』を観ているので、ジョーイも一緒に観ようとイヤホンをつけ、あえて自分のスクリーンは引っ張り出さずにぎこちなく彼女のスペースに身を乗り出してみたものの、キスの再来には至らぬうちに映画は終わり、各々毛布の下で寝支度に入る段になってジョーイもようやく気づいたのだが、ビジネスクラスの座席の唯一の欠点は、なんとなく身を寄せたり偶然体が触れ合ったりというのが不可能なところ。

こんな状態で眠れるものかと思っているうちに、ふと気づけば朝、朝食が配られている最中で、そうこうする間にアルゼンチンに着いていた。想像していたほどの異国情緒はどこにもない。表記がすべてスペイン語なのと喫煙者が多いのを除けば、他のどことも変わらぬ文明世界に見える。ガラス張りの内装にタイルの床、プラスチックのシートに照明器具、どれも見たような感じだし、バリローチェ行きのフライトにしても、後部座席から先に案内されるのはアメリカ国内の乗り継ぎと同じ、七二七にも、窓から見える工場や農場にもなんら目を惹く驚きはなかった。土はやっぱり土だし、植物も同じように生えている。ファーストクラスの乗客の大半は英語を話していて、うち六人——イギリス人のカップルと、三人の子供を連れたアメリカ人の母親——がそのまま、ジョーイとジェナと一緒に優先《プライオリティ》タグのついた荷物をガラガラと押して、バリローチェ空港の駐車禁止ゾーンで待機していたエスタンシア・エル・トリウンフォの洒落た白の送迎バンに迎えられたのだった。

　運転手は愛想のない若い男で、胸元までボタンを空けたシャツから黒々とした胸毛を覗かせており、これが颯爽とジェナのもとに駆けつけてその荷物を後部座席にしまいこみ、ジョーイが何がなんだかわからないでいるうちにジェナを助手席に乗せてしまった。その背後の二つのシートはイギリス人のカップルに押さえられ、気づけばジョーイは後ろのほうでアメリカ人母娘と同じ席、娘のほうはヤングアダルトの馬小説を読んでいる。

「私フェリクスと申します」運転手が必要もないマイクで喋りだす。「リオ・ネグロ州へようこそシートベルトをお忘れなくこれから二時間の旅で車は揺れることもありますご希望の方には冷たい飲み物もご用意しておりますエル・トリウンフォは少し遠いけど豪華なリゾートです揺れますがお許しを出発します」

　快晴の午後で日差しが強く、エル・トリウンフォへの道中に広がるいかにも高級山岳リゾートという景色はモンタナ西部にそっくりで、八千マイルも飛んでくる意味があったのだろうかとジョーイは訝らずにいられなかった。フェリクスが小声のスペイン語で何やらノンストップでジェナに話しかけているが、こちらもノンストップのだみ声でいななくイギリス人ジェレミーの声にかき消されて聞き取れない。そのジェレミーの話は、イングランドがアルゼンチンとフォークランド諸島で戦争をしていた古きよき時代のこと（「我らが第二の黄金時代」）から、サダム・フセインの逮捕（「はっ、あの穴倉からお出ましになったときはずいぶんと臭ったんじゃないかな」）、地球温暖化だのというほら話を声高に叫んで無責任に恐怖を煽る連中のこと（「来年あたりには氷河期再来の危険だなんだって言い出すよ」）、南米諸国の中央銀行の笑うべき無能ぶり（「インフレ率が千パーセント、さすがに運が悪かったじゃすまないと思うがね」）、女子「フットボール」に天晴れな無関心を貫く南米の人々への共感（「そっちはおたくらアメリカ人の天下でけっこう、とんだ茶番だがね」）、意外と飲めるアルゼンチン産赤ワインのこと（「南アフリカの最高のワインもカ・タ・ナ・シ」）、朝昼晩とステーキ三昧の日々への垂涎止まらぬ期待（「私は肉食、とにかく肉食、汚らわしい肉食動物だからね」）へと延々続く。

ジェレミーの話に嫌気がさして、ジョーイは子連れの母親エレンを会話に誘ってみた。美人だがそそる感じのない女で、当節ある種のママたちのあいだで人気のストレッチのカーゴパンツをはいている。「主人は不動産開発でずいぶん成功してるの」と言う。「私もスタンフォードで建築を勉強したんだけど、いまは子育てに専念中。在宅教育《ホーム・スクーリング》することにしたの。すごくやりがいがあるし、休暇も自分たちのスケジュールに合わせてとれるからいいんだけど、ただほんと、大仕事よね」

当の子供たちはと言えば、娘は読書、息子たちはうしろの席でゲームに夢中で、話が聞こえていないのか、それとも母親の大仕事なんて他人事だと思っているのか。母親のほうは、ジョーイがワシントンでちょっとした仕事をしていると聞くと、ダニエル・ジェニングズのことは知っているかと訊ねてきた。「モロンゴバレーのご近所さんなんだけど」と言う。「私たち国民の税金のことを徹底的に調べたっていう人。実際、さかのぼって議会の討論記録なんかも見たらしくて、それで何がわかったと思う？　なんと、連邦政府の所得課税には法的根拠がないってこと」

「まあでも、法的根拠なんて言いだすと、たいていはそんなものありませんからね」ジョーイは言った。

「でも政府はほら、そうやって過去百年に集めてきたお金がぜんぶ、正しくは私たち市民のものだってことを隠しときたいみたいなのよ。ダンのウェブサイトには歴史の専門家の見解も載っててね、十人くらいの、それがみんなダンは正しい、いかなる法的根拠も存在しないって言ってるわけ。でも主流メディアはこの問題に触れようともしない。それってちょっと変だと思わない？　せめてどこか一つ、ネットワークとか新聞とかが記事にしてもよさそうじゃない？」

「別の事情もあるんだと思いますけど」ジョーイは言った。

「でもどうして国民はその別の事情のほうだけしか知らされないの？　すごいニュースでしょ、連邦政府が納税者に三百兆ドルも借金してるだなんて？　ダンの計算ではそういう数字になるの、複利も含めて。三百兆ドルよ」

「すごい額ですね」礼儀正しく調子を合わせる。「国民一人あたり百万ドルになる」

「そのとおり。言語道断だと思わない？　そんなに国民に借りを作って」

財務省が、たとえば第二次大戦に勝つために使った金を返却するのがどれほど難しいか、よっぽど指摘してやろうかと思ったけれど、エレンはどうやら理屈の通じる相手ではなさそうだし、おまけに車酔いがひどくなってきた。ジェナがなかなか流暢なスペイン語を操っているのが耳に入ったが、ジョーイ自身は高校時代に勉強しただけなので、馬《カバジョス》がなんだかんだとしきりに言っているのしか聞き取れない。そうして不愉快な連中ばかりのバンの中でじっと目を閉じていると、ふと頭に浮かぶのは、自分が心から愛し（コニー）、好感を持ち（ジョナサン）、尊敬している（父）三人の人間が、揃いも揃って自分のことでひどく気が滅入っている、いやそれどころか、当人たちの弁によれば生理的不快なり不調なりを感じているという現実。頭から追い払おうにも追い払えなかった。さしずめ良心の出勤時間といったところか。気合いで吐き気を抑えこもうとする。ほんの三十六時間前なら、がっつり吐ければ大いに助かったところだが、それをいまになって吐くなんて皮肉の骨頂じゃないか？それにしてもずいぶん想像とは違う。冷徹《ハード》になりきるための、危ない男《バッド・ニュース》になるための道は、途中さまざまな快楽で気を紛らしながら、少しずつ険しく、勾配がきつくなっていく登り道、ならば体を慣らしつつ一歩一歩登っていけばいいと思っていたのだ。ところが現実にはこの体たらく、登り始めたばかりだというのに、こんなにも胃に応えるものかと早くも弱気になっている。

それはともかく、エスタンシア・エル・トリウンフォは文句なしの楽園だった。すぐそばを澄み切った小川が流れ、四方を囲む黄色い丘は山脈《シエラ》の紫の尾根へとうねり連なり、庭園や小牧場《パドック》にはたっぷりと水が撒かれ、石造りのゲストハウスも厩《うまや》も最新式の設備が整っている。ジョーイとジェナの部屋は無駄なまでに広々とした贅沢な造りで、床はひんやりとしたタイル張り、大きな窓を開ければすぐ下を流れる小川のせせらぎが聞こえる。もしやベッドが二つあるのではという心配も、最初から母親とキングサイズをシェアするつもりだったのか、それとも予約を変更したのか、どっちにしろ杞憂に終わった。真紅のブロケードのベッドカバーに大の字になって、一晩千ドルの高級感に身を沈めてみる。が、ジェナは早くも乗馬用の恰好に着替え中。「フェリクスが馬を見せてくれるって」と言う。

「一緒に来る？」

　行きたくなかったが、行ったほうがいいのはわかっている。ご立派な馬だってクソは臭い、などとぼんやり思いながら、芳しい厩に近づいていく。黄金色の夕暮れの中、フェリクスと馬番が見事な黒毛の牡馬の轡《くつわ》を引いてくる。跳ねたり駆け出したりと言うことを聞かない馬のもとへ、ジェナがまっすぐ歩いていく。そのうっとりした顔にはどこかコニーを思い出させるところがあって、ジョーイの中でジェナへの好感が増した。ジェナは手を伸ばして馬の側頭部を撫でている。

「気をつけて《クイダード》」フェリクスが言った。

「大丈夫」そう言ってジェナは一心に馬の目を見つめる。「もう仲良しになれた。この子、信頼してくれてるわ、間違いなく。そうでしょ、ベイビー？」

「ナンタラカンタラしたほうがいいかい《デセアス・ケ・アルゴ・アルゴ・アルゴ》？」フェリクスが轡を引きながら言う。

「英語で喋ってくれ」ジョーイは冷ややかに口を挟んだ。

「鞍を付けたほうがいいかって訊いてるのよ」ジェナが説明し、それから早口のスペイン語でフェリクスに何やら言い返すと、今度はナンタラカンタラ《アルゴ・アルゴ・アルゴ・》危険《ペリグローソ》だからとフェリクス。が、ジェナに意見したってもちろん無駄だ。馬番がいささか乱暴に轡を引いているあいだに、ジェナは馬のたてがみを掴み、その太腿にフェリクスが毛深い手を添えて裸馬の背に押し上げた。馬は脚を広げて横ざまに跳ね、轡を激しく引っ張ったが、ジェナはすでに前傾して、胸がたてがみに隠れるくらいまで身を乗り出し、馬の耳に口を寄せてあやすような言葉を囁いている。ジョーイはすっかり感心してしまった。馬がおとなしくなると、ジェナは手綱をとって駈歩《キャンター》でパドックの向こう端まで行き、そこで深遠なる交渉術を駆使して馬をじっとさせたり、一歩下がらせたり、頭を下げさせたり上げさせたりしている。

馬番がフェリクスに、あの娘《チカ》は云々と声をかけている。いかにも感じ入ったようなかすれ声だ。

「ところで、ぼくはジョーイ」ジョーイは言った。

「どうも」フェリクスの目はジェナに釘づけだ。「あんたも乗ります？」

「いまはいいよ。でも頼むから英語で喋ってくれ、いいね？」

「仰せの通りに」

馬に乗っているジェナの幸せそうな様子を見て、ジョーイもずいぶん気が楽になった。今回の道中にかぎらず、ここ何カ月かは電話をしていてもあまりに不機嫌で鬱気味だったので、美人だという以外にジェナに好意を持つ理由なんて何もないんじゃないかと訝ってさえいたのだ。でもいまならわかる。少なくともジェナは、金で手に入るものを楽しむ術は知っているのだ。もっとも、彼女を幸せにするのにどれだけ金がかかるかと思うと、さすがに気が挫けそうになった。絶えず名馬を用意してやるなんて、気弱な男の手に負える仕事ではない。

ディナーが用意されたのは十時を回ってからで、全員揃って一枚板の長いテーブルを囲んだ。原木は直径六フィートはあったに違いない。名高きアルゼンチン・ステーキもさすがの味で、ワインもジェレミーの満足げないななきを存分に引き出していた。ジョーイもジェナも次から次へとグラスを空けた。あるいはそのせいだろうか、真夜中を過ぎて、大洋のごときベッドでやっとことに及ぼうとした際、ジョーイはさんざん話には聞いていたけれど自分が経験するとは夢にも思わなかった現象を初体験する羽目になった。引っかけた女にどんなに魅力がなくても、立派に務めを果たしてきた彼なのに。いまだってパンツをはいているあいだは、それこそ先ほどのダイニングテーブルに負けない硬さ《ハード》に達しているように思えたのだが、これが錯覚だったのか、それともジェナに全裸を見られるのに耐えられないのか。ジェナがパンティをはいたまま彼の裸の脚に股間を押し付け、そのたびに小さくあえいでいるというのに、彼の意識は重力圏を脱した衛星のごとく遠くへ遠くへと飛び去り、口の中にジェナの舌を、胸にはサイズ十分の見事にやわらかなおっぱいを感じていながら、その彼女のもとからぐんぐん離れていく。ジェナの前戯はコニーよりワイルドで、コニーのような従順さがない——これもたぶん理由の一つ。だがもう一つ、暗くてジェナの顔が見えないのも問題だった。顔が見えないと、ジェナの美しさの記憶に、観念に頼るしかない。だからひっきりなしに、おれはついにジェナをものにしようとしている、これはジェナだ、ジェナだ、ジェナなのだと自分に言い聞かせた。が、視覚の追認がない以上、腕の中にいるのはそのへんの女、たんなる汗まみれの飢えた女にすぎないように思えてしまう。

「電気つけていい？」ジョーイは言った。

「明るすぎるわ。明るいのはいや」

「でもほら、バスルームの明かりだけとか？　ここ、真っ暗だし」

ジェナはごろりと彼の上から降りて、不機嫌そうなため息をもらした。「さっさと寝たほうがいいんじゃない？　もう遅いし、どのみちあたし、血まみれだし」

ジョーイはペニスに手を触れてみたが、思っていた以上にふにゃふにゃでがっかりした。「ちょっとワイン飲みすぎたかなあ」

「あたしもよ。だから寝ましょ」

「バスルームの電気だけつけるよ、いいだろ？」

つけてみると、ベッドに大の字になっているジェナの姿が見え、知り合いの中で最高の美人という
その正体がはっきりして、再度発射準備完了という希望がよみがえった。そこで彼女のそばににじり
寄り、体のありとあらゆる部分にキスするプロジェクトに着手した。完璧な足と足首から始めて、ふ
くらはぎへ、腿の内側へと北上……

「悪いけど、さすがにそれ、グロすぎ」パンティまで来ると突然ジェナが言った。「任せて」。そう
言ってジョーイを仰向けに押し倒し、ペニスを口に含む。今回も初めは硬さ十分、ジェナの口は天上
の心地よさだったが、やがてまた意識散漫が兆して硬さが萎え始め、ここで萎えてはとうろたえなが
ら、気合いでなんとか硬さを、リアリティを取り戻そうと、おまえはいま誰の口の中にいるんだと自
問してみたものの、そこでまずいことに、そもそもフェラチオには興味が持てないでいたことを思い
出し、おれはどこかおかしいんだろうかと考え始めてしまった。思えばジェナの魅力の大半は、もの
にできるなんて想像もつかないという点にこそあったのだ。ところがいまや、そのジェナはくたびれ
酔っ払い出血しながら彼の脚のあいだに屈みこみ、せっせとオーラルの務めを果たしているわけで、
そうなるともう他のどんな女とも大差ない。みんな同じだ、コニー以外。

ただ、そうしてジョーイ自身が匙を投げたあとも、ジェナはずっとがんばっていたのだから立派だ
った。やがてついにあきらめると、淡々とした興味をもって彼のペニスを点検した。ぶるぶると揺す
ぶっている。「だめみたい？」

「わけがわからない。ほんと恥ずかしいよ」

「はは、あたしの気持ちわかるでしょ、レクサプロ漬けの」

ジェナが眠りこんで軽いいびきを漏らし始めたあとも、ジョーイは恥ずかしさと後悔とホームシッ
クにぐつぐつと煮えくり返っていた。自分が情けなくてたまらなかった。もっとも、恋してもいなけ
ればさほど好意も持っていない女とやれなかっただけで、なぜこんなにがっかりしないといけないの

か、説明しろと言われてもできなかった。ふと、両親があれだけ長年連れ添っているのは、実は偉いんじゃないかという気がした。どんなにひどい喧嘩をしても、根底ではおたがいを必要としているのだ。そう思うと、あくまで父に従う母の態度もこれまでとは違ったふうに見えて、母のことを少し許せるような気がした。誰かを必要とするなんて惨めだし、やわ《ソフト》であることの嘆かわしい証拠には違いないけれど、そう言う彼も、いまや生まれて初めて、自分の能力は無限だとは信じ切れなくなっていた。おれにはなんだってできる、ひとたび目標に照準を定めたら、その実現のためにいくらでも自分を曲げられる、そんな確信がいまや揺らいでいた。

　南半球の夜明けの最初の光とともに目を覚ますと、ジョーイは猛烈に勃起していた。今度こそ大丈夫、絶対に萎える恐れはない。身を起こし、ジェナの乱れた髪を、軽く開いた口を、産毛の光るあごの繊細な線を見つめる。ほとんど神がかった美しさだ。申し分のない光を得たいま、闇の中での自分がどんなに馬鹿だったかを痛感する。再びそっとベッドカバーにもぐりこみ、ジェナの背中のくぼみをそっと小突いてみた。

「やめて！」即座に大声が返ってきた。「もう一度寝ようとしてるんだから」

　ジェナの肩甲骨のあいだに鼻を押しつけ、パチョリの匂いをぐっと吸いこむ。

「怒るわよ」と言って、ぐいと身を離す。「誰のせいで三時まで起きてたと思ってんのよ」

「三時なんて嘘だ」もごもごとつぶやく。

「気分は三時だったの。気分は五時だったの！」

「いまがちょうど五時だよ」

「ああっ！　聞きたくない！　眠らなきゃ」

　ジョーイはおとなしく横になって待ちに待った。手で勃起の具合を探り、半立ちの状態を維持しようと努める。屋外の物音が聞こえる。馬のいなき、カランカランという遠い金属音、雄鶏の鳴き声、ありふれた田舎の物音だ。ジェナは昏々と眠り続けている。それとも寝たふりだろうか。そうこうするうちに腸に不穏な感覚がこみ上げてきた。精一杯の抵抗にもかかわらずその不穏さは増していき、やがて何事にもかまっておれぬほどに切迫してきた。ひたひたとバスルームに駆けこみ鍵をかける。ひげ剃りセットの中にキッチンフォークを忍ばせてあった。このきわめて不快な任務に備えて携帯したものだ。そのフォークを汗ばんだ手に握り締めて、するすると用を足した。二、三日分は溜まっていたから、なかなかの量である。ドアの向こうで電話のベルが鳴った。六時半のモーニングコールだ。

　ひんやりとした床に膝をつくと、便器の中には大きなウンコが四本、金のきらめきがすぐに目に飛びこんでくるのを期待してじっと凝視した。いちばん古いウンコは固く黒っぽくごつごつしており、逆に体のもっと奥から出てきたやつは色が薄く、すでに溶解しかけている。世の人と同様、ジョーイも自分のおならの臭いは密かに愛好していたのだが、糞の臭いとなると話は別だった。道義的に邪悪と言ってしまいたくなるような悪臭だ。フォークでやわらかいウンコの一つを突っつき、回転させて裏側を調べようと試みたはいいが、ブツはたちまちぐにゃりと曲がって崩れだし、便器の水が茶色く濁っていくばかり。このフォーク作戦はどうやら虫のいい幻想にすぎなかったらしい。この調子では水がすぐに濁りきって指輪の視認どころではなくなりそうだし、指輪がそれを包む衣から脱落しようものなら、たちまち底に沈んでへたすれば下水に直行だ。もはやウンコを一つずつ手に取ってじかに中身を探るしかない。それもいますぐ、ブツが水でふやけてしまう前にやらなければ。息を止め、涙をぼろぼろ流しながら、いちばん可能性のありそうなウンコを摑むと、残された幻想、すなわち片手で足りるんじゃないかという思いも振り捨てた。両手を使わないと無理だ。片手で糞を持ち、反対の手で中を探る。一度空ろに嘔吐《えず》いてから仕事にかかる。やわらかで人肌の生温さの、意外なほど軽い棒状の汚物に指を突っこんだ。

　ジェナがドアをノックした。「ねえ、何やってんの？」

「ちょっと待って！」

「そこで何やってんのよ？　マスかいてるわけ？」

「だからちょっと待ってって！　下痢なんだよ」

「うわ、やだ。こっちにタンポン渡してくれるくらいできない？」

「ちょっと待って！」

　ありがたいことに、指輪は二番目に分解したウンコの中に入っていた。やわらかさ《ソフト》の中の硬さ《ハード》、混沌にくるまれた清らかな輪。汚水の中でなるべくきれいに両手をすすぎ、肘で水を流してから指輪を洗面台に運ぶ。すさまじい悪臭だった。石鹸をたっぷり使って両手と指輪と蛇口を洗う。ドアの外ではジェナが、あと二十分で朝食なのにとぶつくさ言っている。そしてなんとも奇怪な話だが、そのとき確かに感じたのだ。薬指に指輪をしてバスルームのドアを開け、入れ替わりにジェナが中に駆けこみ、悪臭に悲鳴をあげ悪態をつきながらよろめき出てきたその時点で、ジョーイはそれまでとは違う人間になっていた。彼にはこの新たな自分がはっきりと、まるで体の外側から眺めているみたいにはっきりと見えた。結婚指輪を取り戻すためにおのれの糞を手に取った男、それが彼だった。自分がそんな人間だとは思ったこともなかったし、もし自由に選べるならそんな人間になりたいとも思わなかっただろう。だがそれでも、ああもなれるこうもなれると相反する可能性に揺れるのをやめ、確かな輪郭のある誰かになることには、どこかほっとするような、解き放たれるような感覚があった。

　たちどころに何もかもがゆったりとペースを緩め、安定した。まるで世界そのものが新たな必然に落ち着きつつあるみたいだった。厩で最初にあてがわれた元気一杯の馬に振り落とされたときも、何やらやさしい感じの振り落とされ方で、馬のほうには悪意などなく、落馬に必要な分だけ暴れてみたといったふうだった。その後は齢二十年に達する牝馬に乗せられ、そのどっしりと広い背中から、お気に入りの牡馬を駆るジェナの後ろ姿が土埃舞う乗馬道の彼方に小さくなっていくのを見送った。去りゆくジェナの左手がさっと上がったのは、背中で別れを告げていたのか、それともたんなる乗馬姿勢の決まり事だろうか、などと思っていると、傍らをフェリクスが襲歩《ギャロップ》で駆け抜けジェナのあとを追っていった。なるほど、ジェナはどうやらおれじゃなくフェリクスとやることになりそうだが、乗馬の腕がこれだけ違えばそれも無理からぬこと。そう思うとむしろほっとしたし、これはこれで一種の善行《ミツヴァー》だとさえ思う。哀れなジェナがセックスの相手を必要としているのは間違いないのだから。そういう彼自身は午前中ずっと、エレンの若い娘、あの小説好きのメレディスと一緒に、常歩《ウォーク》からやがては駈歩《キャンター》までペースを上げつつ漫遊し、そのメレディスの尽きせぬ馬話のストックに感心しつつ耳を傾けていた。そうしていても、自分が柔弱《ソフト》だという気はしなかった。むしろ揺るぎない自分を感じることができた。アンデスの空気も文句なしのすばらしさ。メレディスはどうやら彼に少々気があるようで、馬に混乱なく命令を伝える方法を辛抱強く教えてくれた。午前半ばの軽食に合わせて泉の畔で他の一行に合流してみると、そこにジェナとフェリクスの姿はなく、無言で赤面している妻を相手にジェレミーが乗馬の手ほどきをしているところ、その嫌味たっぷりな教え方はメレディスとは大違いで、先頭にこれほど後れを取ったのはおまえのせいだと言わんばかり。ジョーイはきれいに洗った両手で石鉢から湧き水をすくって飲みながら、もはやジェナの動向などいっさい気にならず、ただジェレミーのふるまいを哀れに思っただけだった。なるほどパタゴニアで馬に乗るのは実に楽しい——ジェナの言っていたとおりだ。

　そんな平穏な気分が途切れたのは午後遅くになってからのこと、通話料はジェナの母親持ちの部屋の電話でボイスメールをチェックしたところ、キャロル・モナハンとケニー・バートルズからのメッセージが残っていた。「ハイ、あんたの義理の母親よ」とキャロル。「どうよこれ、え？　義理の母親！　我ながらもう、すごくヘンな感じ。すばらしいニュースよねえ。でもジョーイ、一ついい？　正直に言うわ。あんた、結婚するほどコニーを大事に思ってるんなら、それに夫婦の契りを結ぼうってくらい自分を大人だと思ってるんなら、せめておたくのご両親にもちゃんと話したらどうなの。ていうのはまあ、老婆心からの助言だけど、でも結婚をここまで内緒にしとくなんて、ひょっとしてコニーのことが恥ずかしいのかって思っちゃうわ。うちの娘を恥じてるお婿さん、それがほんとならもう、なんて言っていいかわからない。ま、なんならこう言っとこうかな、あたし、そんなに口が堅いほうじゃないわよって、この内緒内緒の件には個人的に反対だってことも。わかった？　ま、とりあえずはそういうこと」

「どうなってんだ、おい？」と、今度はケニー・バートルズ。「いまどこにいるんだよ？　Eメール十回くらい送ったんだぞ。パラグアイにいるのか？　それで返事できないのか？　契約書にゃ一月三十一日ってあるんだ、国防省《DOD》相手にすっぽかせるわけないだろ。頼むぞおい、こっちに送るブツは用意できてるんだろうな、一月三十一日、いまから九日後だぞ。LBIにゃもうさんざんいびられてるんだ、例のクソたれトラックがばんばん故障してるってさ。後部車軸の設計ミスだとかって、頼むからさっさと後部車軸を送ってくれよ。ていうかもう、なんでもいいからさ。この際フード飾り十五トンでもいい、それでも感謝感激ってとこだ。とにかく量をよこせ、なんでもいいから目方分の到着が確認されないと、こっちは立場がないどころじゃないんだよ」

日暮れ時にジェナが帰ってきた。土埃にまみれた姿が余計にゴージャスだ。「恋しちゃった」と言う。「夢の馬に出会っちゃったわ」

「実は急用ができたんだ」ジョーイは即座にそう切り出した。「パラグアイに行かなきゃならない」

「え？　いつ？」

「明日の朝。今夜ならなおいい」

「あらら、そんなに怒ってんの？　乗馬の腕のことで嘘ついたのはそっちでしょ。こんなとこまで来てお散歩なんてごめんだわ。ついでに言えば、ダブル五泊を無駄にするのもね」

「ああ、悪かったと思ってる。自分の分はあとで返すから」

「お金なんてどうでもいいわ」そう言って蔑むようにじろじろ眺める。「ただ、なんかこう、別のやり方でがっかりさせてくれるわけにはいかないの？　あんたって、まだいろいろありそうな気がするんだけど、がっかりさせる奥の手が」

「そりゃいくらなんでもひどい言い方だな」ジョーイは静かに言った。

「あらそう、もっとひどいことだって言えるわよ、これから言うつもり」

「あともう一つ、これ言ってなかったけど、おれ結婚したんだ。既婚者なんだ。コニーと結婚した。一緒に暮らすつもりだ」

ジェナが目を見開く。まるで苦しいみたいに。「ほんと、あんたって異常だわ。めちゃくちゃ異常、変態よ」

「自覚してるよ」

「あたしのこと、ほんとにわかってくれてるんだと思ってたのに。これまで会った男とは違うって。ああもう、バカだったわ！」

「きみはバカじゃない」ジョーイは言った。その美しいがゆえの不自由が哀れだった。

「でもね、あんたが結婚したのをあたしが残念がってると思ってるんなら大間違いよ。勘弁してよね、あんたを結婚相手として考えるとか、ありえないし。ディナーの相手もごめんだわ」

「じゃあこっちもディナーはお断りしようかな」

「そう、よかった」ジェナは言った。「これであんたも晴れて、史上最悪の旅の道連れ」

ジェナがシャワーを浴びているあいだに荷作りを済ませ、ベッドで暇をつぶしながら、ひょっとして風通しのよくなったいまなら一度かぎりのセックスもありなんじゃないか、何もなかったなんておたがい惨めで屈辱的だし、などと考えていたのだが、エスタンシア・エル・トリウンフォの分厚いバスローブを羽織ってバスルームから出てきたジェナは、彼の顔に浮かんだ期待を正しく読んで先手を打ってきた。「無理、ありえない」

肩をすくめる。「ほんとに？」

「ほんとに。かわいい奥さんのとこに帰りなさい。変態は嫌いなの、嘘つきも。正直、いまこうして一緒の部屋にいるのも恥ずかしいぐらい」

そうして向かった先のパラグアイでは大惨事が待っていた。かの国最大の余剰軍需品《ミリタリー・サープラス》販売代理店のオーナー、アルマンド・ダ・ローサは、ないに等しい首に、繋がりかけた白い眉、靴墨で染めたみたいな髪の将校くずれだった。オフィスはアスンシオン近郊のスラム化した界隈にあり、リノリウムの床はワックスでぴかぴか、大きな金属のデスクの向こうにパラグアイ国旗が木の竿からふにゃりと垂れていた。裏口を出た先には雑草の生い茂った何エーカーもの空き地、トタン屋根の錆びついた小屋が点在する中を、硬そうな毛を逆立てた大型犬がパトロールしている。これがまた牙と骨だけみたいな犬たちで、電気椅子で死に損なったかのような相貌である。ダ・ローサの英語はジョーイのスペイン語といい勝負で、そのだらだらとした一人語りからぼんやりわかったところでは、数年前に軍人として失脚した際、忠実な将校仲間の尽力のおかげで軍法会議を免れ、逆に正義の裁きによって、軍の余剰品や旧式の軍需品の販売免許をもらったという身の上らしい。野戦服姿で腰から拳銃を下げているし、前を歩くジョーイは気が気でなかった。進むほどに丈が高く森のように生い茂る雑草をかき分け、巨大な南米産スズメバチがぶんぶん飛び回る中をしばらく行くと、てっぺんの蛇腹形鉄条網の重みでたわんだ奥のフェンスのそばに、プラッキA10トラックの部品置き場があった。いいニュース――部品は確かに山ほどある。悪いニュース――とにかく状態がひどい。四辺に錆の浮いたトラックフードが倒れたドミノみたいにずらりと斜めに重ねてある。車軸やバンパーが乱雑に積んである様子は巨大なチキンの骨みたいだ。雑草の中に散乱しているシリンダーブロックはさしずめティラノサウルスの糞。錆び方の激しい小さな部品が円錐形の山をなし、その斜面に野の花が咲いている。さらに雑草の中を進むと、壊れていたり泥がこびりついていたり、壊れて泥がこびりついていたりするプラスチック部品の巣があり、野ざらしでひびの入ったホースやベルトの蛇穴があり、ポーランド語で何やら記してある腐りかけの段ボール箱がいくつも見つかった。そんな光景にジョーイは落胆の涙を必死にこらえていた。

「ずいぶん錆びてるね」と言う。

「サビテル？」

すぐ近くにあった車輪のハブからごっそりはがして見せる。「錆だよ。酸化鉄」

「雨のせいでそうなる」ダ・ローサが説明してくれる。

「これ全部に一万ドル出そう」ジョーイは言った。「三十トン以上あったら一万五千。スクラップにするよりずっと儲かる」

「なんでこんなクズがほしい？」

「メンテナンスが必要なトラックをどっさり抱えてるんだ」

「あんたなあ、あんた若いんだろ。なんでこんなのほしい？」

「バカだからさ」

ダ・ローサはフェンスの向こうを見つめた。くたびれた再生林のジャングル、虫がぶんぶんうなっている。「全部は売れない」

「なんで？」

「このトラック、軍は使ってない。でも戦争になったら使う。そしたらこの部品は高く売れる」

ジョーイはじっと目を閉じ、馬鹿馬鹿しさに身震いした。「戦争って何？　どこと戦争する気？ボリビア？」

「戦争になったら部品がいる、そういうこと」

「ここにある部品はどう見たって使い物にならない。それに一万五千ドル出そうって言ってるんだぜ。キンセ・ミル・ドラレス」

ダ・ローサは首を振った。「シンクエンタ・ミル」

「五万だって？　だめ。ぜったい。無理。わかる？　だ・め」

「三万《トレインタ》」

「一万八千。ディエス・イ・オチョ」

「二万五千《ヴェインティシンコ》」

「考えさせてくれ」そう言ってオフィスの方向へ引き返す。「二万なら考えよう、三十トン以上あるんならな。ヴェインテ、いいね。それ以上は出せない」

そうしてダ・ローサの脂ぎった手を握り、道で待たせておいたタクシーに戻ってから一、二分のあいだは、我ながら天晴れというか、交渉もうまくまとまり、勇猛果敢にパラグアイまで乗りこんできた甲斐はあったといい気分になれた。父親はどうもわかっていないようだし、本当にわかってくれているのはコニーだけだが、この自分にはビジネス向きの卓抜な冷静さが備わっている。この種の才覚はおそらく母譲り、生まれつき負けず嫌いの母から受け継いだもので、息子としてそれを活用しているのだと思うと余計にうれしくなる。ダ・ローサとの値段交渉では望外に安く買い叩けたから、地元の運搬業者に部品をコンテナに積んで空港まで運んでもらうコスト、さらにはそのコンテナをイラクまでチャーター機で空輸する莫大なコストを勘案してもなお、不埒なほどの収益が出るのは間違いなさそうだった。ところが、タクシーが植民地時代の面影を残すアスンシオンの旧市街を蛇行し始めると、自分にはとても無理だという気がし始めた。過去に例のないタフな戦争に必死で勝とうとしているアメリカ軍に、どう見ても無価値同然の粗悪品を送りつけるなんてとてもできない。自分で引き起こした問題ではないにせよ――悪いのはケニー・バートルズ、自身の請負契約を果たすにあたり、とっくに製造中止の特売品プラッキを選んだあの男だ――やはり知らんぷりを決めこむわけにはいかない。しかも問題はそれだけじゃない。始動時にかかったコストに加え、ウッチからなけなしの部品を送った際にも送料が思いのほか高くついたため、いまやコニーの金を使い果たしたうえ、銀行からの初回ローンも半分ほど使ってしまった。仮にいま、この件から無事に手を引くことができたとしても、コニーは文無し、自分は借金にどっぷりだ。不安に駆られて薬指の結婚指輪を回す。くるりくるり、口に入れたら多少は気が休まりそうだが、いや、またぞろ飲みこんじまうのがオチだと思い直す。A10の部品はきっとどこかにある、東欧のどこか、目立たないけれど防水ばっちりの倉庫に眠っているはずだと自分に言い聞かせようとする。でもこれだけ何日もネットを検索したり電話をかけたりしたあとでは、その見込みも薄いと認めざるをえない。

「畜生、ケニーの野郎」と声に出して言う。こんなときに良心が目覚めるなんて、間が悪いにもほどがあると思う。「クソったれの犯罪者め」

マイアミに戻ると、最後の乗り継ぎの待ち時間に思い切ってコニーに電話をかけた。

「ハイ、ベイビー」コニーの声が明るくなる。「ブエノスアイレスはどうだった？」

旅の詳細はスキップして、まっすぐ悩み事の説明にかかった。

「聞いてるかぎりじゃ大成功みたいだけど」コニーが言う。「だって二万ドルでしょ、それって激安じゃないの？」

「ただ、実際にはその二十分の一の価値もないクズなんだ」

「違うわ、ベイビー、大事なのはケニーがいくら払ってくれるか」

「じゃあきみは、おれがその、モラルの面で悩む必要はないと思うのかい？　クズ同然の品を政府に売りつけるんだぜ？」

コニーが黙りこむ。考えているのだろう。「そうね」とようやく言った。「もしジョーイがすごくいやな気分になるんなら、やめといたほうがいいのかも。何をするにしても、ジョーイには楽しい気分でいてほしいから」

「きみの金はなんとしても死守する」ジョーイは言った。「それだけは絶対だ」

「ううん、お金はなくなってもいいの。それは気にしないで。そのうち何か別のことで稼げるわ。ジョーイなら大丈夫、信じてるし」

「いや、金は守る。きみには大学に戻ってほしい。一緒に暮らしたいと思ってるんだ」

「ほんと？　じゃあそうしましょ！　ジョーイがよければすぐにでも。いつでも飛んでくわよ」

外のアスファルトの滑走路では、フロリダの不安定な空の下、破壊力は証明済みの大量破壊兵器があっちこっちへと誘導されている。ジョーイはふと、別の世界の住人になりたいと思った。ここより単純な世界、誰かを犠牲にすることなくいい生活ができる世界がどこかにあればいいのに。「おたくのママから連絡があったよ」

「知ってる」コニーが言う。「あたしのせい、ごめんね。教えたわけじゃないんだけど、指輪に気づいて、わけを訊いてきて、そうなったらもう言わないわけにいかなくて」

「ぐちぐち言ってたな、なんでうちの親に言わないんだって」

「放っとけばいいの。そのときが来たらジョーイはちゃんと言うんだから」

アレクサンドリアに帰り着いたときには暗い気分になっていた。もはやジェナのことで期待や妄想を膨らませるわけにも、パラグアイの件で好結果を思い描くわけにもいかず、目の前にあるのは不愉快な仕事ばかり。ぎざぎざ加工のポテトチップスの大袋をすっかり平らげてから、友情に慰めを求めてジョナサンに改悛の電話をかけた。「しかも最悪なのはさ」と打ち明ける。「おれ、妻ある身で行ったんだよな」

「嘘だろ！」ジョナサンが言う。「コニーと結婚したのか？」

「ああ。したんだ。八月に」

「いかれてる、空前絶後のいかれっぷりだ」

「おまえには言っといたほうがいいかと思ってね、どうせそのうち聞くだろうし、ジェナの口から。ま、現状、おれのことじゃいろいろ不満があるはずだよ、控えめに言っても」

「そりゃそうだろ、死ぬほどむかついてるに決まってる」

「まあでも、おまえ、ジェナのこと最低だって言うけどさ、そんなことないよ。彼女、要はどうしていいかわからないんだよ、なのにまわりはみんなきれいな見かけしか見てくれない。おまえのほうがずっと恵まれてると思うね」

それから例の指輪の一件を話して聞かせた。バスルームのぞっとする一幕、両手がクソまみれのところにジェナのノック、そんな話に自分も笑い転げ、ジョナサンの爆笑や嫌悪のうめきを聞いているうちに、求めていた慰めをついに見出すことができた。五分間の耐えがたい不快が、永遠に残る絶好の逸話を生んだわけだ。それから話題はケニー・バートルズのことに移り、いや、おまえの言うとおりだったよと認めたところ、ジョナサンはきっぱりとこう言い切った。「おまえ、その仕事から手を引かなきゃだめだ」

「そう簡単にはいかないんだよ。コニーの投資を守らなきゃならない」

「逃げ道を見つけろ。とにかく手を切れ。その件、相当まずいことになってるぞ。どんなにまずいかおまえにはわかってない」

「おれのこと、いまでも嫌いか？」ジョーイは言った。

「嫌いじゃないよ。ずいぶんアホな真似したなとは思うけどね。おまえを嫌いになるのは、おれにはどうも無理らしい」

このやりとりにすっかり気分もよくなって、ジョーイはベッドに入ると十二時間眠った。翌朝、イラク時間の午後三時前後を狙ってケニー・バートルズに電話をかけ、この仕事から手を引かせてほしいと告げた。

「パラグアイの部品はどうなった？」とケニー。

「目方はたっぷりありましたよ。ただ、ぜんぶ錆だらけで使い物にならない」

「とにかく送れ。こっちは立場がやばいんだよ」

「A10みたいなアホトラック買ったのはそっちでしょ」ジョーイは言った。「部品が見つからなくてもおれのせいじゃない」

「おいおい、さっき部品はあったって言ったよな。だからそいつを送れって言ってるんだよ。なんなんだ、おれの聞き違いか？」

「誰か代わりを見つけて、おれを外してくれって言ってるんですよ。この件にはもう関わりたくない」

「おうおう、冗談だろ、いいか。きみは契約書にサインしたんだぞ。しかも土壇場も土壇場、期限は目の前だってのに積荷の第一弾もまだときてる。それをいまになって抜けたいだなんて冗談じゃない。これまでに出した金はぜんぶ捨てるって言うんなら別だがな。現状、こっちにゃきみの出資分を返す余裕もないんだよ、軍からの支払いもまだなんだから、ポーランドの分が軽すぎたからな。こっちの立場も考えてくれよ、な？」

「でもパラグアイのブツはクズ同然だし、送ったって突っ返されるに決まってる」

「そのへんは任せとけ。ＬＢＩの現場の連中のことはよく知ってるからな。おれがなんとかする。とにかく三十トンの目方を送ってくれりゃそれでいい。そのあとはもう、詩のお勉強でもなんでもご自由に」

「なんとかするって言うけど、そんな保証、どこにあるんです？」

「そいつはおれの問題だよ、わかるか？　きみの契約相手はおれなんだし、そのおれがとにかく目方をよこせと、そうすりゃ金はやると言ってるんだ」

　最悪なのはどっちだろうと思う。ケニーの話はでたらめで、自分はすでに支払った分だけじゃなく、今後かかりそうな莫大な出費も騙し取られるんだろうか。それともケニーの話は本当で、ＬＢＩは無価値同然の部品を八十五万ドルで買い取る気なのだろうか。どっちにしろ甲乙つけがたい悪夢だ。こうなればもう、ケニーの頭越しに直接ＬＢＩと話してみるしかない。そう思って連絡を試みたところ、午前中一杯ダラスにあるＬＢＩ本部の電話でたらいまわしにされた末に、やっと関係者らしき副社長に繋いでもらえた。直面しているジレンマをなるべく明快に説明する。「このトラックの場合、まともな部品なんてどこにもないんです。でもケニー・バートルズは契約解除に応じてくれないし、だからっておたくに粗悪品を送るのもいやだし」

「バートルズはきみが手配したものを受け取ると言っているのかね？」副社長は言った。

「ええ。でもあんなの使い物にならない」

「それはきみが心配することじゃないね。バートルズが受け取れば、その時点できみはお役御免だ。すぐにでも送ってやるといい」

「あのですね、いまの話、ちゃんと聞いてました？」ジョーイは言った。「あんなの送られても、おたくは困るだろうって言ってるんですよ」

　副社長はしばらく考えてからこう言った。「うちとしては、今後ケニー・バートルズと取引をするつもりはない。Ａ１０の件では不満どころじゃないからな。でもそれはきみの心配することじゃない。むしろ契約不履行で訴えられることを心配したほうがいい」

「誰に――ケニーに？」

「あくまで仮定の話だ。そんなことにはまずならんよ、部品を送っとけばね。とにかく忘れないことだな、世の中、完璧とはいかないものだし、この戦争だって同じだよ」

そこでジョーイは忘れないようにした。この完璧とはいかない世界にあっては、最悪、この程度のことは起こりうるのだ。A10がことごとく故障して後日ましなトラックと入れ替える必要が生じ、その結果イラクでの勝利が少しだけ遅れ、アメリカ国民の税金数百万ドルが、この自分とケニー・バートルズ、アルマンド・ダ・ローサとウッチのこそ泥どものために無駄になる、そのくらいのことは覚悟しておかねばならない。そんなわけで、ジョーイは自分のウンコを手摑みにしたときと同じく腹を決め、飛行機でパラグアイに舞い戻ると、現地で輸送督促係を雇い、部品三十二トン分のコンテナ積みこみを自ら監督し、滞在五晩で五本のワインを空けながら、ロヒスティカ・インテルナシオナルの連中が年代物のC－一三〇型機にフォークリフトでブツを積みこみ離陸するまでを見届けたのだったが、今回のこのクソの山には金の指輪など隠れているわけもない。そうしてワシントンに戻ってからもひたすら飲み続け、お待ちかねのコニーがスーツケース三つ分の荷物とともに転がりこんできてもなお酒浸りで夜も眠れず、そこにキルククークのケニーから電話がかかってきて、荷物が無事受理されたこと、まもなく八十五万ドルが送金されることを知らされるに及んで、ついに一睡もできぬまま夜を明かした挙句、ジョナサンに電話をかけておのれの所業を告白したのだった。

「嘘だろ、そいつはまずいぞ」ジョナサンは言った。

「重々承知さ」

「捕まらないことを願うしかないな。もうずいぶん噂が出回ってるぜ、外注に百八十億ってやつだろ、十一月の。議会の聴聞会ぐらいあっても不思議じゃない」

「誰かに話すわけにいかないかな？　正直、金はもうどうでもいいんだ。コニーと銀行に借りた分さえ返せたら」

「そりゃ立派な心がけだな」

「コニーの金をなくすわけにはいかなかった。わかるだろ、そのためだけにやったんだ。それはともかく、どうだろう、おまえの口から『ポスト』の誰かに真相を話してもらうわけにいかないかな。つまりほら、匿名の情報提供者の話ってな感じでさ」

「遅かれ早かれ匿名じゃいられなくなるぞ。で、名前を出したら最後、叩かれるのが誰かはわかるよな？」

「でもこっちから告発すれば？」

「告発してみろ、ケニーは即刻おまえに罪を着せるぞ。LBIもな。連中の予算にゃ密告者を悪者に仕立てる費用がちゃんと計上してあるんだよ。そうなりゃもう、おあつらえ向きのスケープゴートさ。かわいい顔した大学生に、錆だらけのトラック部品？　この組み合わせにゃ『ポスト』だって飛びつく。ま、おまえの気持ちはわかるし、立派だと思う。でも悪いことは言わん、黙ってたほうがいい」

汚れた八十五万ドルがシステムに濾過されるのを待っているあいだ、コニーは人材派遣会社で仕事をもらっていた。一方のジョーイは毎日テレビを見たりゲームをしたりで、せめて家事でもと夕食の献立や買出しのコツを掴もうとがんばってはみたものの、近所のスーパーに出向くだけでぐったりしてしまう有様だった。長らく彼の身のまわりの女たちをつけ狙っていた鬱が、ついにその本来の獲物を見つけて毒牙にかけたわけである。これだけは絶対にやらなければと思いつつも、家族にコニーとの結婚を知らせることがどうしてもできなかった。それは強迫観念となってプラッキA10トラックよろしく狭いアパートにどっかと居座り、呼吸に十分な空気もない隅っこにジョーイを押しこめた。朝目覚めても、夜眠るときも、それはそこにあった。母親に結婚を知らせるところなんて想像もできなかった。露骨なあてつけ、個人的ないやがらせだと思われるに決まっている。というか、ある意味ではおそらくそのとおりなのだ。でもそれに劣らず、父親と話すことも、あの傷口が開くことも怖かった。そんなわけで、日々隠し事のせいで窒息しかけ、いまごろキャロルは昔のご近所さんたちにぺらぺら秘密を漏らしているんじゃないか、その誰かの口からじきにうちの両親の耳に入るんじゃないかと想像を逞しくしながらも、白状するのを一日また一日と先延ばしにした。コニーが決して催促しないことも、逆に孤独な悩みに拍車をかけた。

そんなある日のこと、CNNのニュースで、ファルージャ郊外で武装勢力の待ち伏せに会った米軍トラック数台が故障で立ち往生し、契約ドライバーたちが虐殺されたという報道が目に飛びこんできた。CNNの映像にA10は映っていなかったものの、ジョーイは激しい不安に苛まれ、泥酔してようやく眠りに落ちた。数時間後に目覚めたときには汗びっしょりで酔いもほぼ醒め、傍らで文字どおり赤ん坊のように──この世界を信じきったあどけない穏やかな寝顔で──眠る妻を見て、朝になったら父に電話しよう、そうしないわけにはいかないと悟った。電話するのは怖かった。これまで生きてきた中で味わったことのない怖さだ。それでも、いま自分はどうすべきか、真相を暴露してその余波に耐えるべきか、それとも黙って金を受け取っておくべきか、道を示せる人間は父しかいないし、こんな自分に赦しを与えられるのも父だけだとわかっていた。コニーの愛は無条件すぎるし、母親のそれは私情に左右されすぎる。ジョナサンでは関係が薄すぎる。厳格で筋の通った父にこそ、すべてを余すところなく語らねばならない。生涯かけて闘ってきた父、その父に負けを認めるときがついに来たのだ。

ワシントンの悪魔

　ウォルターの父親ジーンは、二十世紀初頭に移民してきた偏屈なスウェーデン人、アイナー・バーグランドの末子として生まれた。スウェーデンの田舎暮らしには好ましからぬ面もたくさんあった――強制兵役、教区民の私生活にまで介入してくるルター派の牧師、立身出世など事実上不可能な階層社会――が、アイナーをアメリカ移住へと駆り立てた直接の原因は、ドロシーがウォルターにした話によれば、母親との関係悪化だったという。

　アイナーは八人きょうだいの長男で、エステルランド南部の農場で暮らす一家の跡取りだった。母親は、バーグランド家の不幸な嫁という、おそらくは前例もあっただろう運命に甘んじつつ、長男のアイナーを溺愛した。下の子供たちより立派な服を着せ、食べるものから何から特別扱い、農場の仕事もさせずに勉強や身づくろいに専念させたのだ。（「アイナーほどうぬぼれの強い人には会ったこともないわ」とドロシーは言っていた。）そうして母の愛を燦々と浴び続けたアイナーだったが、その彼が二十歳になった頃、あろうことか母親が老い子を授かり、生まれたその息子に夢中になってしまった。かつてのアイナーのように溺愛したのである。これがアイナーには許せなかった。寵児の座を奪われたことに耐えられず、二十二歳の誕生日にアメリカ行きの船に乗った。そしていったん海を渡るとスウェーデンには二度と戻らず、母親にも二度と会わなかった。母国語はすっかり忘れたと自慢げに公言し、些細なきっかけを捉えては、「世界一間抜けで気取り屋で偏狭な国」スウェーデンを長々とこき下ろした。自主独立というアメリカの実験にまた一つの生きたデータが加わったわけである。この実験のデータ収集に最初から偏りがあるのは言うまでもない。社交的な遺伝子の持ち主は、人で溢れた旧世界を逃れて新大陸に向かったりしない。そんなことをするのは他人とうまくやっていけない連中なのだ。

若きアイナーはミネソタに住みつき、当初は木こりとして最後の処女林の皆伐に、次いで日雇いの作業員として道路建設に精を出したが、どちらもたいした稼ぎにはならず、いくら働いても東部の資本家に搾取されるだけという共産主義的な考えに惹かれていった。そんなある日のこと、パイオニア・スクエアで共産主義者のアジ演説に耳を傾けていて、ふと、これだ！とひらめく。この新たな国で身を立てるには、自らも他人の労働を搾取しないといけない。そこで、あとからアメリカに渡ってきていた弟たち数人と道路建設の下請けを始めた。さらには真冬にも仕事にあぶれないよう、ミシシッピ川上流の川岸に小さな町を興し、雑貨店を開業した。この時点ではまだ左翼シンパだったのか、共産主義の百姓たちには際限なくツケを利かせてやっていた。たいていはフィンランド系、東部資本の支配を逃れて苦しい生活を送っている連中である。店はたちまち赤字になり、アイナーが経営から手を引こうかと思っていたところに、旧知のクリスチャンセンという男が道向かいに競合店を開いた。するとー転、純粋な嫌がらせで（というのはドロシーの見方だが）アイナーはさらに五年間、大不況のどん底にもかかわらず店を続け、半径十マイル圏内の全農民に払えるあてもないツケ買いを許したものだから、哀れなクリスチャンセンはとうとう破産に追いこまれた。その後アイナーはベミジに引っ越し、道路建設業で成功を収めたものの、あれやこれやの挙句、社会主義シンパを装っていた口達者な同僚に大損するほどの安値で会社を売ってしまった。

アイナーにとって、アメリカとは非スウェーデン的自由の国、その遥かなる広がりゆえに、息子として生まれた者がいまなお自分は特別だと信じていられる場所だった。が、いくら特別だと思ってみたところで、同じく自分は特別だと思っている連中がまわりにごまんといたのではだいなしである。生来の才覚と努力でそこそこの豊かさと自立を勝ち取ったものの、そこそこではとても満足できなかった彼は、怒りと失意に蝕まれた男の見本となった。引退後の一九五〇年代には毎年欠かさず親類縁者にクリスマスの挨拶状を送るようになったが、その中身はと言えば、我が国の政府の間抜けさ、政治経済の不平等、信仰の愚かしさへの痛罵一色――ある年のクリスマスなど、いつにも増して痛烈な手紙の中で、ベツレヘムの処女聖母と「スウェーデンの誇る売女」イングリッド・バーグマンを巧妙に重ね合わせ、先日その「父なし子」（イザベラ・ロッセリーニ）の誕生が「企業利益」に牛耳られたアメリカのメディアの祝福を得ましたが、云々と述べ立てていた。自身も企業家でありながら、アイナーは大企業を憎んでいた。政府の下請けで稼いでおきながら、政府を憎んでいた。そして公道をこよなく愛しながら、道路に出るたびに気が滅入り、頭に血が上った。買うのはいつも市販車中最大エンジンのアメリカ製セダン、多くは自分で造ったミネソタの起伏のない幹線道路を九十マイル、百マイルの速度ですっ飛ばし、邪魔な馬鹿者どもをぶんぶん抜き去ってやるためである。夜間に対向車がハイビームのまま向かってこようものなら、こっちもハイビームにして断固屈せずというのがアイナーのやり方だった。二車線道路で追い越そうとしてくるアホがいれば、まずはアクセルをいっぱいまで踏みこんで並走し、それから速度を落として元の車線に戻るのも阻止してやり、その追い越し野郎があわや対向トラックと衝突なんてことになれば大喜びだった。こちらの進路を妨害したり優先権を無視したりする不埒な車は、とことん追跡して道路外に追いやり、車から飛び降りてドライバーに罵声を浴びせた。（無限の自由を夢見がちな人間にかぎって、その夢の実現が怪しくなったとたんに激しやすい厭世家になるものである。）そんなアイナーもついに七十八歳のとき、運転中のとんでもなく愚かな決断のせいで、正面衝突か、さもなくばルート二路傍の深い溝に転落かという二者択一を迫られた。助手席の妻は夫に倣わずシートベルトを締めていたために即死は免れたものの、三日後にグランドラピッズの病院で火傷のせいで亡くなった。警察の話では、死んだ夫を炎上したエルドラドから引っ張り出そうとしていなければ、一命は取り留めたかもしれないということだった。「生きてるあいだはずっと犬みたいに扱っといて」とウォルターの父親はのちに語った。「最後にゃ殺しやがったんだ」

　アイナーの四人の子供の中では、ジーンはこれといった野心もなく家を離れたがらないタイプ、人生楽しければそれでいいという、仲間の多いタイプだった。これには生来の性格もあれば、父親への意識的抗議という面もあった。ベミジの高校ではホッケーのスターで鳴らし、パールハーバーの知らせを聞くと、軍隊嫌いの父親の地団太を尻目に早速陸軍に入隊した。そうして太平洋戦線で二期を務めたのち、負傷もなく、昇進も一等兵どまりでベミジに帰還、以後は仲間とパーティーに明け暮れ、ガレージで働き、復員兵援護法《GIビル》を活用しろという父親の厳命にも耳を貸さなかった。ドロシーが妊娠しなかったら結婚していたかどうかも怪しいものだが、ひとたび結婚すると、ありったけのやさしさで彼女を愛そうとした。父は母にやさしくしてやらなかったという思いが、その分だけ彼をやさしくさせた。

　それでも結局はドロシーを犬のように働かせ、息子のウォルターにそのことで憎まれる羽目になったというのは、家族関係によくある運命の皮肉と言うほかない。少なくともジーンは父親と違って、妻に対して執拗に偉ぶったりはしなかった。むしろ話は逆で、彼の場合はおのれの弱さで――とりわけその飲酒癖で――妻を支配したのだった。他にも結果的にアイナーに似てきたところはあったが、そこに至る道のりは同じく迂遠なものだった。過激なまでの庶民派で、自分が特別でないことに反骨的な誇りを持ち、それゆえに右派の政治思想の影の面に惹かれた。妻に対しては愛情たっぷりでやさしく、友人や退役軍人仲間には太っ腹で義理堅い男として知られていたが、それでいて年を重ねるにつれ、焼けつくようなバーグランド的憤懣を爆発させることがますます多くなった。黒人を憎み、インディアンを憎み、インテリや気取った連中を憎み、何より連邦政府を憎んだ。そして自由をこよなく愛した（酒を飲む自由、煙草を吸う自由、仲間と氷穴釣り用の小屋にこもる自由）。ささやかな自由だからこそ、余計に激しく愛した。そんな彼が唯一ドロシーにつらく当たるのは、妻がおずおずと心配そうに――というのも彼女は夫の欠点も大方はアイナーのせいにし、ジーン本人を責めようとしなかったからだが――もう少しお酒を控えたらと言ってきたときだった。

　アイナーが自虐的なまでに不利な条件で会社を売ったせいでずいぶん目減りしたとはいえ、その遺産のジーンの取り分は幹線道路沿いの小さなモーテルを買うには十分だった。そんなモーテルを所有し経営できたら「文句なし《ニート》」だとジーンはかねがね思っていたのである。購入の時点で〈松葉の囁き〉はすでに問題だらけだった。穴の開いた汚水管、ひどいカビ、立地も路肩に近すぎたし、鉱石運搬トラックが頻繁に行き交うその幹線道路の道幅が広げられるのは目に見えていた。裏手にはゴミだらけの、若い樺の木が伸び盛りの谷があり、うち一本は壊れた買い物カートを突き抜けて生えていて、やがてはその締めつけのせいで発育が止まることになる。もう少しだけ辛抱すれば、これより感じのいいモーテルが地元の市場に出てきそうなことくらい、ジーンにもわかっていたはずである。が、ビジネスにおいてはまずい決断にもそれなりの弾みが生じるものなのだ。賢く投資するにはもっと野心的なタイプの人間である必要があるし、そういうタイプでない以上、ジーンとしては、とにかくこのへまを早く終わらせてしまいたい、さっさと有り金をはたいて次の仕事に、大枚を切った事実を忘れる仕事にかかりたいという一心だった。そして実際に忘れ、あとになってドロシーに伝えた支払い額のほうが本当だと思いこんだのだった。なんのかのと言って、不幸のうちにもある種の幸福はある。それが正しい種類の不幸ならば。ジーンの場合、今後はもう大きな失望を恐れる必要はなかった。すでに済ましてしまったのだから。そのハードルは乗り越えたし、あとは死ぬまでこの世界の犠牲者でいられる。汚水処理システム新調のために二番抵当の借金を背負いこんだのを皮切りに、以後起こった大小の惨事はどれも——松の木が倒れてオフィスの屋根を突き破る、二十四号室の現金払いの客が釣ってきたウォールアイのはらわたでベッドカバーを血みどろにする、空室表示の〝なし《ノー》〟のネオンが独立記念日の週末ずっとつきっ放しで、ドロシーが気づいて消したときにはとうに手遅れ、などなど——ジーンの世界観を裏づけ、彼自身の無様な境遇を再確認させるのに一役買った。

〈松葉の囁き〉の経営を始めて最初の数年は、夏になると比較的裕福なジーンのきょうだいたちが家族連れで州外から遊びに来て、双方不満の残る交渉の末に決まった親族優待価格で一、二週間ほど滞在した。ウォルターのいとこたちがタンニンのしみだらけのプールで遊んでいるあいだ、伯父たちはジーンに手を貸して駐車場に舗装を施したり、裏手の崩れかけた斜面を線路の枕木で補強したりした。瘴気漂う谷底の壊れた買い物カートの残骸のそばで、ウォルターはシカゴに住む垢抜けたいとこのレイフから、大都市郊外の痛ましくもためになる逸話をいくつも聞きこんだ。中でもひときわ忘れがたい不安を心に刻みつけたのがオーク・パークの八年生の話で、この少年、女の子と裸になるところまでこぎつけたはいいが、次に何をしたらいいかわからず、相手の脚にせっせと小便をかけたというのだった。ウォルターとしては、街に住むいとこたちのほうが実の兄弟よりよっぽど気が合ったから、これら幼き日の夏は少年時代の最も幸せな思い出となった。毎日が新たな冒険と災難の連続だった。スズメバチに刺されたり、破傷風の注射を受けたり、ボトルロケットの発射に失敗したり、ウルシにひどくかぶれたり、溺れかけたり。夜が更け車の往来も減ると、オフィス周辺の松林は文字通り囁きを交わした。

　ところがバーグランド家の嫁婿連がこぞって反対の姿勢を打ち出したことで、訪問はまもなくやんだ。ジーンにしてみれば、これもまた新たな裏づけにすぎなかった。そう、きょうだいたちは自分を見下しているのだ。こんなしけたモーテルに泊まっていられるか、と。彼らはみなこの国の特権階級なのであり、そういう連中を罵り拒絶することに、ジーンはますます喜びを覚えるようになっていた。彼がウォルターをことさらに嘲ったのも、ウォルターが街のいとこたちと仲良しで、会えなくて淋しがっていたからだった。あの連中みたいにならないようにと、ジーンは本好きな息子にあえて最も汚く最も卑しいメンテナンスの仕事を課した。ペンキを剝がすのも、カーペットの血や精液のしみをこすり落とすのも、針金のハンガーを使ってバスタブの排水口からぬめりの塊や溶けかけた髪の毛を掻きだすのもウォルターの仕事。客の去った部屋のトイレに下痢便が飛び散っていたら、ドロシーが先回りして掃除しないかぎり、ジーンは三人の息子を現場に連れていき、どうだ、ひどいだろと顔をしかめてウォルターの兄弟を大笑いさせてから、ウォルター一人を掃除係としてその場に残した。「あいつのためだ」と言うのだ。すると兄弟も声を揃えて、「そうそう、ウォルターのためだ！」それを聞きつけてドロシーがたしなめようとしても、ジーンはにやにやと格別うまそうに煙草をふかし、妻の怒りをぬらりくらりとかわしてやり返さない——いつものことで、ドロシーには声も手も上げない自分にご満悦の様子。「まあまあ、ドロシー、気にするなって」と言う。「あいつのためを思ってやらせてるんだ。うぬぼれ屋にならないようにな」

大卒の妻にぶつけたかったのに、アイナーみたいになりたくない一心でジーンが抑えつけていた敵意が、真ん中の息子に無難なはけ口を見出したということなのだろう。ドロシーもよくわかっていたように、ウォルターにはそれに耐えるだけの強さが備わっていた。おいおい帳尻は合うはずだとドロシーは考えていた。目先だけ見れば、ジーンがこれほどウォルターにつらく当たるのはやはり不当かもしれないが、長い目で見れば息子はひとかどの人物になるに違いないし、夫がものにならないのはわかっている。実際、ウォルター本人も、父親に課されたいやな仕事を文句一つ言わずにこなし、ドロシーに泣きついたりもしないことで、そっちの土俵でも勝負に勝てるぞと父親に思い知らせたのだった。夜な夜なよろよろと家具にぶち当たるジーン、煙草が切れただけで子供じみたパニックに陥るジーン、成功者と見れば反射的に陰口を叩くジーン。憎しみが片時でも頭を離れることがあったなら、ウォルターはそんな父親を憐れんだかもしれない。そしてジーンは憐れまれることを何より恐れていたのだ。

九歳か十歳のとき、ウォルターは弟のブレントと二人で使っていた部屋のドアに手作りの禁煙サインを貼りつけた。弟がジーンの煙草の煙に悩まされていたからだ。自分だけの問題ならそこまではやらなかったろう――苦情を言ってジーンを喜ばせるくらいなら、いっそ顔に煙を吐きかけられたほうがましだった。対するジーンは、その貼紙を問答無用で破り捨ててしまえるほどウォルターとの関係に自信を持てずにいた。そこで代わりに息子をからかってやることにした。「おまえのかわいい弟が夜中に煙草を吸いたくなったらどうするんだ？　外で、寒風吹きすさぶ中で吸えって言うのか？」

「前からあいつ、寝息が苦しそうなんだよ、煙草の煙のせいでね」ウォルターは言った。

「そんな話、初耳だな」

「一緒に寝てるんだ、ぼくにはわかる」

「おれが言ってんのは、おまえ、二人を代表してあの貼紙を貼ったんだろ？　な、だったらブレントはなんて言ってる？　あいつの部屋でもあるわけだろ？」

「でもまだ六歳だよ」ウォルターは言った。

「ねえジーン、ブレントはきっと煙草の煙にアレルギーがあるのよ」ドロシーが口を挟む。

「いやいや、こいつがおれにアレルギーがあるのさ」

「ぼくらの部屋では誰にも煙草を吸ってほしくない、それだけだよ」ウォルターは言った。「ドアの向こうで吸うのは自由だけど、部屋の中はやめてほしい」

「煙草の煙がドアのどっち側にあろうが、たいした違いはないと思うがな」

「とにかく、ぼくらの部屋の新しいルールだから」

「なるほど、この家でルールを決めるのはおまえってわけか」

「ぼくらの部屋では、そう、ぼくが決める」ウォルターは言った。

ジーンはいまにも怒声をあげそうな様子だったが、そこでふと、疲れたような顔になった。そして首を振り、昔から権威とぶつかるたびに浮かべてきた意固地な歪んだ笑みを浮かべた。あるいはこのときにはもう、ブレントのアレルギーに、モーテルのオフィスに「ラウンジ」を併設する口実を見出していたのかもしれない。これでやっとのんびり煙草を吸えて、仲間たちに端金《はしたがね》で一杯飲みに立ち寄ってもらえる場所が手に入る、と。そんなものを造ればジーンの命取りだとドロシーは思っていたが、この予測はもちろん正しかった。

ウォルターの子供時代、学校と並んで大きな慰めとなっていたのが母方の親類だった。ドロシーの父は小さな町の町医者で、きょうだいや叔母、叔父の中には大学教授も複数いたし、かつてはボードビルでコンビを組んでいて結婚した夫婦に、アマチュア画家も一人、図書館司書が二人、ゲイらしき独身者も何人かいた。ツインシティ在住の親類は週末ウォルターを招き、美術館に音楽に芝居にといううめくるめく体験をさせてくれた。いまも州北東部《アイアン・レインジ》の田舎に住んでいる人々は、夏には延々続くピクニックを、休日にはハウスパーティーを催した。そこではシャレードをしたり、カナスタといった古めかしいトランプゲームをしたり、はたまたピアノを囲んでみんなで合唱したり。どこをどう見ても無害な人たちだったから、その中ではあのジーンでさえすっかりくつろいで、彼らのセンスや政治信条を変人扱いして笑い飛ばし、男らしい趣味の世界での無能ぶりをにこやかに憐れんでいた。そうして彼らが引き出してくれるジーンの家庭的な一面がウォルターは大好きだったが、普段はまずめったにお目にかかれない。ただし唯一の例外がクリスマスの季節、キャンディ作りの季節だった。

このキャンディ作りは大仕事にして重要行事、ドロシーとウォルターだけに任せておくわけにはいかなかった。作業は待降節《アドヴェント》の最初の日曜日に始まり、ほぼ十二月いっぱい続く。黒魔術めいた道具一式が――鋼鉄の大釜や作業台、どっしりとしたアルミのナッツ加工装置類――クローゼットの奥深くから姿を現す。この季節だけの壮観、砂糖の砂丘や缶の塔がずらりと並ぶ。何立法フィートもの無加糖のバターがミルクと砂糖で溶かされ（チョコレート・ファッジ用）、あるいは砂糖だけと溶かされ（ドロシーの名高きクリスマス・タフィー用）、はたまたウォルターの手で待機部隊さながらに並ぶ平鍋や浅めのキャセロールに塗りつけられる。母親が長年かけてがらくた市で買い集めた鍋類だ。「ハードボール」、「ソフトボール」、「クラッキング」（いずれも砂糖を煮詰める際の温度を表す）といった言葉が延々飛び交う。エプロン姿のジーンはバイキングの漕ぎ手よろしく大釜をかき混ぜながら、煙草の灰が落ちないよう彼なりに精一杯の注意を払っている。手には時代物のキャンディ用温度計が三つ、金属部分はフラタニティ・パドル（通常木製の短く平たい櫂で、大学の学生クラブ（フラタニティ）でメンバーの忠誠を試すべく用いられる小道具の一つ）みたいな形で、何時間も温度上昇に知らんぷりをした末、突如一斉に要注意温度を告げる癖がある。ファッジが焦げ、タフィーがエポキシ樹脂みたいに固まる温度だ。あとは時間との競争、大急ぎでナッツを混ぜこみキャンディを型に注ぐこのときほど、ジーンとドロシーが息もぴったりの瞬間はない。そのあとは、あの硬いどころではないタフィーを切る荒仕事が待っている。ジーンのこめる猛烈な力の下で包丁の刃がたわみ、鋭利な刃先があのいやな（耳に聞こえるというよりも骨の髄に、歯の神経に響く）音をたてて鉄製の型の底にこすれ、褐色のねばつく琥珀が飛び散り、こん畜生のクソったれという父の叫びに、母は汚い言葉はやめてと不平嘆願を漏らす。

　待降節の最後の週末、ワックスペーパーを敷いた八十だか百だかの缶にはファッジやタフィーがきれいに詰められ、色とりどりの糖衣がけアーモンドで飾りつけも済んで準備完了、ジーンとドロシーはウォルターを連れて配布に出かける。週末はこれにかかりきり、週明けにずれこむこともある。ウォルターの兄ミッチはブレントと留守番。のちには空軍パイロットになるブレントだが、子供の頃は車酔いがひどかったのだ。キャンディの最初の配達先はヒビングに住むジーンの友人たち、それから同じ道を引き返したり、袋小路を往復したりしながら遠方の友人親類宅をまわり、やがて州北東部《アイアン・レインジ》を抜けてグランドラピッズからさらにその向こうへ。行く先々の家でコーヒーなりクッキーなりが出てきて、むろん断るわけにはいかなかった。移動中、ウォルターは本を手に後部座席に座り、窓の形をした弱々しい陽光の一片を見つめていた。シートの上でじっとしていた光が、ついに横道に折れるときが来ると足元の谷をするする横切り、ねじれた形で前のシートの背に再び現れる。外の景色は果てしなく同じで、まばらな森林地、雪に覆われた沼地、電柱に留められた丸いブリキの肥料の広告、翼を畳んだタカに物怖じせぬカラス。シートの隣では、すでに立ち寄った家からの贈り物の山が堆《うずたか》くなっていき――スカンジナビアの焼き菓子、フィンランドやクロアチアの珍味、ジーンの未婚の友人たちからは「祝い酒《チアー》」――逆にバーグランド家の缶の山はじわじわ減っていく。これらの缶の何よりの価値は、そこにジーンとドロシーが結婚以来ずっと配ってきた変わらぬキャンディが入っている点にあった。キャンディは年を経るにつれ、ご馳走そのものから、過ぎし日のご馳走の形見へとしだいに姿を変えてきたのだった。年に一度の贈り物、そこでは貧しいバーグランド家がいまなお豊かでいられたのだ。

ウォルターが高校の二年次を終えようという頃、ドロシーの父親が他界し、ドロシーが幼少期に夏を過ごした小さな湖畔の別荘を遺産として残した。ウォルターの頭の中で、その家は母の障害と結びついていた。子供だった母は長期にわたってそこにこもり、関節炎による右手の萎縮や骨盤の変形と闘っていたのだ。暖炉のそばの低い棚には、病に冒された指関節の可動域を維持し広げるべく、かつて彼女が何時間も「遊んで」いた古びた悲しい「おもちゃ」――鋼鉄のバネのついたクルミ割り器に似た器具や、弁が五つある木製のラッパ――が残っていた。バーグランド家は常にモーテル経営で手一杯で、長期休暇など望むべくもなかったのだが、それでもドロシーはその家が好きだったし、いつの日かモーテルを処分してジーンとそこで余生を過ごせたらと夢見ていた。だからジーンが売却を提案してもすぐには首を縦に振らなかった。ジーンの体調不良に加え、モーテルもいまや抵当にどっぷり、かつてのささやかな外観の魅力もヒビングの厳しい冬にさらされて見る影もなくなっていた。ミッチは高校を出て自動車の車体整備士として働いていたが、相変わらず実家に居候の身、おまけに給料はすべて女と酒と銃と釣具と愛車の改造サンダーバードに費やしていた。仮にあの小さな名もない湖にサンフィッシュやパーチより釣り甲斐のある魚がいたなら、ジーンも多少はあの家に未練を感じたかもしれないのだが、そうでない以上は、どのみち使う暇もない別荘を手放さずにおく理由をわかってくれるわけもなかった。普段は諦めと現実主義の化身みたいなドロシーも、この件ではずいぶん気落ちしたようで、頭痛を理由に何日もベッドで寝こんでしまった。そんな母を見て、自分が苦しむのは平気だが母親の苦しみには耐えられないウォルターがたまらず口を出したのだった。

「なんならこの夏、ぼくがあの家に住みこんで修理してみるよ、そうすりゃ別荘として貸し出せるかもしれないし」そう両親に言った。

「あなたにはここの仕事を手伝ってもらわないと」ドロシーが言う。

「どのみち一年後にはいなくなるんだよ。ぼくがいなくなったらどうするつもりなの？」

「それはそうなってからの話だ」ジーンが言う。

「遅かれ早かれ人を雇わなきゃいけなくなる」

「だったらなおさらあの家は売らにゃならん」とジーン。

「この人の言うとおりよ、ウォルター」ドロシーは言った。「あの家を手放すのはいやだけど、でもジーンの言うとおり」

「なら言うけど、ミッチはどうなの？　ミッチのやつ、家賃くらい払ってもいいはずだろ、その金で人を雇えばいいじゃないか」

「あいつはもう一人でやってるんだ」ジーンが言った。

「料理も洗濯も母さんにしてもらってるのに！　なんで家賃くらい払わないんだよ？」

「そいつはおまえがどうこう言う問題じゃない」

「でも母さんにとっちゃ大問題だ！　母さんの家を売る前に、ミッチに大人になれって言うべきだろ！」

「あいつの部屋だ、追い出すつもりはない」

「ねえ、ほんとにお金をもらって貸し出せると思う？」ドロシーが期待をこめて言う。

「そうなりゃ毎週掃除に洗濯」ジーンが言う。「きりがないぞ」

「週に一度、車で行くくらいなら」ドロシーは言った。「そんなに大変じゃないわ」

「金はいま必要なんだ」とジーン。

「ふうん、じゃあぼくもミッチに倣うとしようか」ウォルターは言った。「ぼくが仕事をボイコットしたらどうする？　とにかくこの夏はあの家に住みこんで修理するって言ったら？」

「何様のつもりだ、我が家のキリスト気取りか」ジーンが言う。「おまえがいなくたってこっちはやっていけるさ」

「ねえジーン、せめて試してみましょうよ、来年の夏、貸せるかどうか。だめだったらいつでも売れるんだし」

「週末だけ行く」ウォルターは言った。「それでどう？　週末だけならミッチにも代わりは務まるだろ？」

「ならミッチと掛け合ってみりゃいいさ、勝手にしろ」とジーン。

「そいつは親の仕事だろ！」

「もういい、この件はたくさんだ」そう言ってジーンはラウンジに消えた。

ジーンがミッチを甘やかす理由は明白だった。長男の姿がかつての自分のレプリカ同然に思えて、アイナーにされたのと同じ仕打ちを息子にはしたくなかったのだろう。それに比べると、ドロシーのミッチに対する弱腰な態度はウォルターには謎だった。夫の世話だけで疲れ果て、そのうえ長男と闘うだけの体力も気力も残っていなかったのか。それともミッチの惨めな将来を見越して、世間に手荒なもてなしを受ける前に、せめてあと何年か、家ではやさしさに包まれていてもらいたかったのか。いずれにせよ、STPやらペンゾイルやらのステッカーがべたべた貼られたミッチのドアをノックするのはウォルターの役目となり、兄を相手に親の務めを果たそうとすることになった。

ミッチはベッドに寝転がって煙草を吸いながら、車体工場の稼ぎで買ったステレオでバックマン・ターナー・オーバードライブを聴いていた。ウォルターに向ける意固地な笑みは父親のそれによく似ているが、嘲りの色がさらに濃い。「おまえか、なんの用だ？」

「ここに住んでる分の家賃を払ってもらいたい。さもなきゃ仕事を手伝うか、出ていくか」

「いつからおまえがボスになった？」

「父さんがぼくに話してこいって」

「言いたいことがあるんなら自分で言えって伝えろ」

「母さんはあの湖の家を売りたくないんだ。だから何かを変えなきゃいけない」

「そりゃ母さんの問題だろ」

「いい加減にしろよ、ミッチ。どこまで自分勝手なんだよ」

「へえ、そうかい。おまえはハーヴァードだかどこだかに行っちまうんだよな、で、結局、ここの世話をするのはおれだ。そのおれが自分勝手だと」

「だってそうだろ！」

「ブレンダのこともあるからなんとか金を貯めようとしてんのに、そのおれが自分勝手だと」

このブレンダというのがとびきりの美人で、ミッチと付き合ったせいで両親に事実上勘当されたという娘だった。「ふうん貯金か、で、それってどういう計画？」ウォルターは言った。「いまのうちにいろいろ買っといて、あとで質に入れようってこと？」

「こっちは真面目に働いてるんだぜ。どうしろってんだ、何も買うなと？」

「ぼくだって真面目に働いてるけど何も買えない。給料がないからな」

「あの撮影機は？」

「ありゃ学校のだ、借り物だよ、バカ。ぼくのじゃない」

「ふん、おれにゃ誰も何も貸してくれないんだよ、おまえみたいなエリート気取りの腰抜けじゃねえからな」

「それはともかく、家賃ぐらい払ったらどうなんだ、じゃなきゃせめて週末くらいは手伝うとか」

ミッチは灰皿をじっと覗きこんでいる。埃まみれの囚人ですし詰めの監獄の中庭を覗きこむみたいに。どうしたらもう一人突っこめるかと考えているのだ。「おまえが我が家のキリストだなんて誰が決めた？」ときた。またこれだ。「こっちにゃおまえと話し合う義理なんてないんだ」

ドロシーはなおもミッチと話をするのを拒んだため（「いっそあの家を売ったほうがまし」と言う）、ウォルターは二年次を終えると、モーテルがささやかな繁忙期を迎えようとしているその時期に、あえてストを決行することにした。モーテルの近くにいれば、どうしたって必要な仕事をしないわけにはいかない。ミッチを責任感に目覚めさせるには出ていくしかない。そこで、その夏は湖畔の別荘の修復と、実験的ネイチャー映画の撮影に専念すると宣言した。すると父親は、修理しときゃ高く売れるだろうし好きにしろ、ただし売るのは売るからなと言った。ところが肝心の母親のほうが、あの家のことは忘れてくれと言い出した。あんなに大騒ぎするなんて私が身勝手だった、あの家がどうなろうとちっともかまわない、ただみんなが仲良くしてくれたらそれでいい、云々。それでもぼくは行くよとウォルターが釘を刺すと、母さんの気持ちを本当に思ってくれてるんなら行ったりしないはずと泣きついてきた。が、このときばかりは、ウォルターも生まれて初めて心底母に腹を立てていた。どんなに自分を愛してくれていようが、どんなにその気持ちがわかろうが関係ない――意気地なく父と兄の言いなりになっている母が憎かった。とことんうんざりだった。親友のメアリー・シルタラに車を出してもらい、衣類を詰めこんだダッフルバッグと十ガロンのペンキ、変速なしの愛用ぼろ自転車、中古で買った『ウォールデン』のペーパーバック、高校のAV教室から借りているスーパー8撮影機と黄色い箱に入ったスーパー8フィルム八巻を積みこんで湖畔の家まで送ってもらった。いまだかつてやったことがないような大反抗である。

　別荘はネズミの糞だらけ、ワラジムシの死骸だらけで、ペンキ塗りに加えて新しい屋根と新しい網戸も必要だった。滞在初日、ウォルターは家の掃除と雑草抜きに十時間を費やし、それから夕方の変化のない陽光の下、自然の美を求めて森へ散歩に出かけた。持ってきたフィルムで撮影できるのは二十四分、うち三分をシマリスに浪費したところで、もっと追い応えのある被写体が必要だと気づいた。このサイズの湖だとアビはいそうにないが、祖父の布製カヌーで湖の奥まった静かな隅々まで探ってみたところ、サギに似た鳥が慌てて飛び立つのが見えた。葦の茂みに巣を作っているサンカノゴイ《ビターン》だ。サンカノゴイなら申し分ない――恥ずかしがり屋だからひと夏追いかけても二十一分のフィルムで足りるだろう。この実験的短篇、タイトルは「苦い鳥《ビターンネス》」で決まりかなとふと思った。

　毎朝五時に起きて虫除けを塗り、カメラを膝にのせてなるべくゆっくり静かに葦原のほうへ漕いでいった。サンカノゴイは、淡黄褐色と褐色の細かな縦縞にカムフラージュされて葦の茂みに潜み、鋭い嘴《くちばし》で小動物を刺し捕える習性を持つ。危険を察したとたん、首をぴんと伸ばし嘴を空に向けて静止するので、乾いた葦と見分けがつかない。ウォルターが虚ろなファインダーの中に苦い鳥《ビターンネス》を収めたくてじりじり近づくと、たいていは知らぬ間に姿を消してしまうのだが、まれにどっこいしょと飛び立ってくれたりもするから、こちらは慌てて体を倒してカメラで追う。その殺戮機械とも呼ぶべきふるまいにもかかわらず、見ていると実に心そそられる鳥で、とりわけ獲物を漁っているときのくすんだ羽模様と、空中で羽を広げたときの、あの灰色とスレートがかった黒の息を飲むほどくっきりとした姿とのコントラストが魅力的だった。地上では、沼地の我が家では卑しくこそこそした様子だが、空では帝王然とした威厳がある。

狭苦しい家で家族と過ごしてきた十七年間、それがもたらした孤独への渇きがどれほど癒しがたいものであるか、いまようやく気づく。聞こえるのは風、鳥のさえずり、虫の声、魚の跳ねる水音、枝がきしむ音、もつれ合う樺の葉がこすれる音だけ。家の壁のペンキを剝がすあいだもつい手を止めて、この静かならぬ静けさに聞き惚れる。フェンシティの食品コープまで往復するのに自転車で九十分。母親のレシピを使って大きな鍋でレンズマメの煮こみと豆のスープを作り、夜になると、大昔からこの家にあった、おんぼろだがまだ動くバネ式のピンボールマシンで遊んだ。やがてベッドで本を読むうちに真夜中が過ぎ、それでもすぐには眠れずに、じっと横になったまま全身で静けさを貪った。

金曜の夕方、湖に来て十日目のことだが、サンカノゴイ撮影に不首尾ながらも新たなフィルムを費やしてカヌーで戻ってみると、車のエンジン音と喧しい音楽、それから長い私道をオートバイが近づいてくる音が聞こえた。カヌーを水から上げたときには、ミッチとセクシーなブレンダの他、三組のカップルが——男三人はミッチのチンピラ仲間、娘三人はみなスプレーペイントのベルボトムにホルターネックのトップスという恰好——家の裏の芝生にビールとキャンプ用具とアイスボックスを並べているところだった。ディーゼルのピックアップは喫煙者咳《スモーカーズ・コフ》よろしくアイドリングさせたまま、カーステレオでエアロスミスをがんがん鳴らしている。チンピラ仲間の一人は鋲つきの首輪に散歩用の鎖を繋いだロットワイラー犬を連れている。

「よっ、自然愛好家」ミッチが言った。「邪魔させてもらうぜ」

「そのとおり、邪魔だ」そう言いながらも、この連中の目に自分がどれほどダサく映っているかと思うと赤面せずにはいられなかった。「迷惑だよ。ここに住むのはぼくだけだ。居場所はない」

「いいや、ある」ミッチが言う。「ていうか、ここにいる資格がないのはおまえのほうだぞ。なんなら今夜は泊まってもいいが、ここの主人はおれだ。邪魔者はそっちだからな」

「主人だなんて笑わせるな」

「おれはここを借りてるんだよ。おまえ、家賃払えって言ったよな、だからここを借りることにしたのさ」

「仕事はどうした？」

「やめた。あそこはもうやめてやったよ」

ウォルターは涙をこらえて家に入り、カメラを洗濯かごに隠した。それから自転車で薄暮の中、急に魅力が失せて蚊だらけ、悪意だらけに感じられる田舎道をこいでいき、フェンシティ・コープの表の公衆電話から家に電話をかけた。そうなの、と母は言った。ミッチとお父さんと三人で大喧嘩になっちゃって、それで結局、その家は売らずにミッチに修理させるのがいちばんいいって、そうすればあの子も少しはしゃんとするんじゃないかってことになったの。

「でも母さん、それじゃ毎晩どんちゃん騒ぎだよ。あいつに任せとくとへたすりゃ家が焼け落ちかねない」

「まあでも母さんはね、あなたがこっちにいてくれたほうが気が楽なのよ、ミッチは一人でやってくれたほうが」母は言った。「あなたの言ってたとおりよ、ウォルター。これでもう、こっちに帰ってこられるでしょ。あなたにはここにいてほしいし、その年でひと夏一人きりで過ごすなんて、まだちょっと早いわ」

「でもぼくはこっちで楽しくやってたんだよ。ずいぶん仕事もはかどったし」

「そう、ごめんんね、ウォルター。でもみんなで決めたことだから」

ほとんど真っ暗な中を自転車で別荘に引き返した。まだ半マイル近くもあるのに騒音が聞こえてくる。男根《コック》ロックのギターソロ、酔った無作法な怒鳴り声、犬の遠吠え、爆竹の音、ブスブス・グォンとうなるオートバイのエンジン。ミッチと仲間たちはテントを張って大きな焚き火を熾《おこ》し、そこにマリファナの煙も混じる中、直火でハンバーガーを焼こうとわいわいやっている。家に入っていくウォルターには目もくれなかった。ウォルターは寝室に鍵をかけて閉じこもり、ベッドに横になって騒音の拷問に身を委ねた。なんで静かになれないんだろう？　静けさを愛する人間も少しはいるはずのこの世界を、こんなふうに音波で襲撃する必要がどこにある？　騒ぎは延々と、果てしなく続いた。それは一種の病を、他の連中はみな免疫があるらしい熱病を生んだ。自己憐憫と疎外感の熱。病はその晩ウォルターの中で猛威をふるい、永遠に消えない傷痕を残した。囂々《ごうごう》たる人民の声《ヴォクス・ポプリ》への憎しみ、そして妙な話、アウトドアの世界への嫌気も。彼は虚心坦懐に自然の懐に飛びこんだのに、自然はその弱さのゆえに、母ドロシーを思わせる弱さのゆえに、期待を裏切ったのだ。騒がしい愚か者たちの蹂躙をいとも易々と許してしまったのだ。ウォルターの自然への愛はあくまで抽象的な愛、すぐれた小説や外国映画への愛と同等のものにすぎず、のちにパティや子供たちに注ぐようになる愛には及ぶべくもなかった。だからこそ彼は、その後の二十年を都会人として過ごすことになったのだ。自然保護に関わるべくスリーエムをやめ、自然保護協会や、のちにはトラストのために働きだしてからも、その関心は何よりもまず、兄のような粗野な田舎者たちの侵略から局地的な自然の聖域を守り通すことにあった。なんとか生息地を確保してやりたいという、その動物たちへの愛の根底には自己投影があった。うるさい人間たちにそっとしておいてほしいという彼らの願いへの共感があった。

幼い娘たちをブレンダのもとに残して獄中で過ごした数カ月を除けば、ミッチは六年後にジーンが亡くなるまでずっと湖畔の家に住み続けた。その間、屋根を張替え、全体の老朽化を食い止めた一方で、敷地内で有数の大きく美しい木を何本か切り倒し、湖畔の斜面を犬たちの遊び場にすべく丸裸にし、対岸の、かつてサンカノゴイの巣があったあたりまでスノーモービル用の道を切り拓いた。ウォルターの知るかぎり、ジーンとドロシーに家賃を払った形跡はまったくなかった。

トラウマティックスの創設メンバーのくせに、トラウマのなんたるかも知らなかったのだろうか？ トラウマとはつまるところこれである。ある日曜の朝早く、オフィスへと階段を下りていく。頭の中は子供たちのこと、どちらもこの二日でずいぶん親の誇りをくすぐってくれたから、実にいい気分だ。と、デスクの上に大部の原稿を見つける。書いたのは妻、読んでみればそこには、その妻と自分と親友をめぐってかつて抱いた最悪の疑念を裏付ける事実の数々。多少ともこれに比すべき経験がウォルターの人生にあったとすれば、それは〈松葉の囁き〉の六号室で、いとこのレイフの親切な助言（「ワセリンを使え」）に従ってマスターベーションを初体験したときのこと。当時は十四歳、あまりの快感にそれ以前に味わった快楽はことごとく色褪せ、果てには天地がひっくり返るような驚きの結末、まるで四次元ワープで老いた惑星から出来たての星に飛ばされたSFの主人公みたいな気分だった。パティの原稿にもこれと同じ、すべてを変貌させる圧倒的な力があった。読んでいたのは、あの初マスターベーションのときと同じく、ほんの一瞬のことのような気がした。読み始めてすぐ、いったん席を立ってオフィスのドアに鍵をかけ、やがてふと気づけば最後のページを読んでいて、時刻は忘れもしない午前十時十二分、オフィスの窓に照りつける太陽はこれまで知っていたのとは別の太陽だった。それは銀河の果ての見知らぬうらぶれた一角に浮かぶ、黄色っぽい、安っぽい星で、彼自身の頭も同じように、はるかな星間移動を経てすっかり変貌していた。原稿を手にオフィスを出て、デスクでキーボードを叩いているラリーサのそばを通り過ぎた。

「おはよう、ウォルター」

「おはよう」そう答えながら、ラリーサの発する朝のいい匂いに思わず身を震わせた。そのままキッチンを通り抜け、裏の階段を上って例の小さな部屋に入ると、そこには生涯かけて愛した女がフランネルのパジャマ姿のまま、ソファに敷いた寝具の巣の中にちょこんと座り、クリーム入りコーヒーのマグを手に、どこかのスポーツ局でやっている全米大学競技協会《NCAA》のバスケットボール・トーナメントのハイライトを見ていた。こちらに振り向けてきた笑顔――いまはなきあの懐かしい太陽の最後の輝きとも言うべき笑顔――が、手に持った原稿の束を見たとたん、恐怖に歪んだ。

「やだ、嘘」そう言ってテレビを消す。「嘘でしょ、ウォルター。そんな、そんな、そんな」。激しく首を振っている。「だめ」とうめく。「だめ、だめ、だめ」

彼は後ろ手にドアを閉め、そのドアに背をもたせかけたままずるずると床にへたりこんだ。パティは大きく息をつき、もう一度息をつき、さらにもう一度ついて、黙っていた。窓に差す光が非現実的に見える。ウォルターは自分を抑えようと必死で、再び身を震わせた。奥歯がカチカチと音を立てる。

「どこで見つけたのか知らないけど」パティは言った。「あなたに読ませるつもりじゃなかったの。昨日の晩、リチャードにあげたの、追い払うために。あたしたちの人生から出てってほしかったの！　あの人に消えてもらうためだったのよ、ウォルター。なのにあの人、なんてことを！　こんなことするなんてひどすぎる！」

何光年の彼方でパティが泣き出すのが聞こえた。

「あなたが読むはずじゃなかったの」甲高い泣き声で言う。「嘘じゃないの、ウォルター。神に誓って。これまでずっとあなたを傷つけないようにしてきた。こんなによくしてくれたあなたが、こんな目に遭うなんてひどすぎる」

それから彼女はずいぶん長いあいだ泣いていた。十分くらいか、それとも百分だったか。この緊急特番で日曜朝のレギュラー番組は軒並み中止、あまりに常軌を逸した展開に彼は日常への郷愁を感じることさえできなかった。たまたまだが、いま座っているここのすぐ目の前、その床の上こそ、つい三日前の晩に発生した別種の緊急事態の現場にほかならず、こちらは良性の緊急事態、あのとろけるようなトラウマ的交接もしかし、いま思えばこの悪性緊急事態の前触れだったのかもしれない。木曜の夜遅く、彼は二階に上がってきてパティを襲ったのだった。驚いた顔で同意するパティを相手に、同意がなければレイプとされかねない暴力行為に及んだのだ。仕事用の黒のジーンズを引き剝がし、床に押し倒して強引にねじこんだ。それ以前の彼なら、仮にそんなことをしたいという思いが頭をかすめたとしても、パティの若き日のレイプ体験を否応なく想起して思いとどまっただろう。が、何せその日はあまりに長く、あまりに混乱に満ちていたため——ラリーサとの浮気未遂による興奮、ワイオミング郡での道路封鎖の一件への怒り、電話で聞いたジョーイの声の、あのかつて聞いたこともないへりくだった敬意への満足——部屋に入ったとたん、パティが獲物のように思えたのだ。頑として捕まらぬ獲物、言うことを聞かぬ妻。そう、うんざりだった。理を説いたり気持ちを汲んだりにはほとほとうんざり、だから床にねじ伏せて野獣のように犯してやった。そのとき彼女の顔に浮かんだ発見の光、それは彼自身の表情を鏡のように映していたに違いないが、それを見て彼は、いざこれからというところで動きを止めた。動きを止め、いったん抜いて、彼女の胸にまたがり、その顔に勃起した一物を、いつもの二倍はありそうなそれを突きつけた。自分が何者になりつつあるかを知らしめるために。二人とも気がふれたみたいに笑っていた。それから再び彼女の中に入ると、彼女はいつものお上品な、あの激励風の小さな喘ぎの代わりに、悲鳴みたいな大声でよがり、そのせいで彼は余計に燃えたのだった。翌朝オフィスに下りてみると、ラリーサは冷たく押し黙ったまま。昨夜の声が家中に響いていたのは一目瞭然だった。あの木曜の夜、何かが始まったのだ。あのときはそれが何かわからなかった。でもこの原稿が教えてくれた。始まったのは、終わりだった。妻は本当に自分を愛したことなど一度もなかったのだ。あの邪悪な友が持っているものをずっと求めていたのだ。そんなあれこれを思うにつけ、翌金曜日にアレクサンドリアで夕食に付き合った際、ジョーイと交わした約束を破らなくてよかったとつくづく思う。コニー・モナハンとの結婚を秘密にしておいてほしい、特にパティには絶対に黙っていてくれと言われたのだった。他にもいくつかジョーイが打ち明けてくれた驚くべき秘密ともども、この件が週末ずっとウォルターの心にのしかかっていたのだ。昨日のあの長い会議のあいだもずっと、そしてその後のライブでも。結婚のことをパティに黙っているのが心苦しく、まるで彼女を裏切っているみたいな気分だった。でもいま思えば、あんなのが裏切りだなんて笑止千万だ。おかしすぎて泣けてくる。

「リチャード、まだうちにいるの？」ようやくパティが口を開いた。ベッドシーツで涙を拭いている。

「いや。ぼくが起きだす前に出ていくのが聞こえた。そのまま行っちまったんじゃないかな」

「そう、神様のささやかなお慈悲ってわけね」

この声をどんなに愛したことか！　いまは聞いているだけで狂い死にしそうだった。

「昨日の晩もあいつとやったのか？」と言う。「キッチンで話し声が聞こえてたけど」

自分の声がカラスみたいに耳障りに響く。パティは深呼吸をした。罵詈雑言の雨あられに身構えるみたいに。「ううん」と言う。「少し話をして、寝ただけ。言ったでしょ、もう終わったの。何年か前にちょっと問題があったけど、もう終わったこと」

「過ちは起こった」

「これは信じて、ウォルター。ほんとに、ほんとに終わったことなの」

「まあでも、ぼくは肉体的魅力では親友に及ばない男、だからな。昔からずっとそうらしいし。今後もそうだろうし」

「あああ」とうめき、祈るみたいに目を閉じる。「お願い、引用はやめて。アバズレって言われても、人生だいなしにされたって罵られてもいい。でもお願い、引用だけはしないで。こんなこと頼めた義理じゃないけど、せめてもの慈悲として」

「チェスはヘタクソかもしれないけど、あっちのゲームじゃ断然勝ってる、か」

「わかった」と言って、さらに固く目を閉じる。「引用したいのね。いいわ。引用して。どうぞ。必要ならどうぞ遠慮なく。慈悲を乞う資格がないのはわかってる。ただ忘れないで、それが何よりひどい仕打ちだってことを」

「こりゃ失礼。てっきりきみはあいつの話をしたいのかと思ってたよ。ぼくと話すときも、いちばん興味があるのはそこなんだって」

「そのとおり。最初はそうだった。いまさら嘘はつかないわ。最初の三ヵ月くらいはそうだった。でもそれは二十五年前のこと、あなたに恋して、生涯をともにする前のことよ」

「そう、文句なしに満たされた生涯をね。〝そんなに悪くない〟だっけな、きみの言い方は。もっとも、現場に残された証拠は逆の事実を裏づけてるようだが」

パティは目を閉じたまま顔をしかめた。「なんならここで初めからぜんぶ読んで、ひどい文章を片っ端からあげつらってくれてもいいわよ。いっそそれやって終わりにしない？」

「いや、ぼくはむしろ、こいつをきみの喉の奥まで突っこんでやりたい気分だね。それで窒息するのを見物したい」

「そう。やりたければどうぞ。かえってありがたいかも、いまのこの気分から解放されて」

あまりに強く原稿を握り締めていたせいで指が攣《つ》りかけていた。原稿を放し、脚のあいだに落とす。

「実はこれ以上言いたいことはないんだ」と言った。「話すべきことはだいたい話したと思う」

パティがうなずく。「そう」

「ただ、きみの顔は二度と見たくない。きみがいる部屋には二度と入りたくない。あの男の名前も二度と聞きたくない。きみら二人とは金輪際いかなる関係も持ちたくない。二度とね。ぼくはただ、一人になりたい、一人になって、きみを愛して一生を無駄にしたことをじっくり反省したい」

「わかる、うん」再びうなずく。「けど、でも、いい？　やっぱりあたし、反対」

「きみの反対なんてどうでもいい」

「それはわかってる。でも聞いて」そう言って強く洟をすすり上げ、姿勢を正し、コーヒーのマグを床に置いた。泣いたせいで目の表情が和らぎ、唇の赤みが増して、パティはとてもきれいだった。ただしそれも、きれいかどうかに興味があればの話、ウォルターにはもはやどうでもよかった。「それ、あなたに読ませるつもりはなかったの」

「読まれたくないものがなんでこの家に転がってるんだよ？」

「信じたくなければ信じなくてもいいけど、ほんとのことよ。自分のために書く必要があったってだけなの、よくなるために。セラピーとして書いたものなのよ、ウォルター。昨日の晩リチャードに読ませたのは、あたしがどうしてあなたと別れないかを説明するため。ずっと別れなかった理由を。いまでも別れたくない理由を。その中にあなたが読んだら傷つくことがいろいろ書いてあるのはわかってる、あたしには想像もつかないくらい傷つくんだと思う、でも書いてあったのはそれだけじゃないでしょ。あの頃は鬱だったし、だから頭の中にあったいやなこともいっぱい入ってる。でもあたし、ここにきてやっと立ち直れそうなの。特にこないだの夜のことがあってから――すごくいい気分になってたの！　なんかこう、あたしたちやっと殻を破ったんじゃないかって！　あなたもそう思わなかった？」

「さあね、もう忘れた」

「あなたのこと、いいこともいろいろ書いてたでしょ？　いいことのほうがよくないことよりずっとずっと多かったでしょ？　どう、客観的に見て？　て言っても無理だと思うけど、でもあなた以外の人が読んだら、そういういい点もいっぱい見えるはずよ。あたしにはこんな人もったいないっていうくらい、あなたがやさしくしてくれたこと。これまでに出会った誰よりもすばらしい人だってこと。

あなたとジョーイとジェシーがあたしの人生のすべてだってこと。その中で、あたしの一部が、ちっぽけな一部分が、人生で最悪の時期にちょっとのあいだよそ見しただけ」

「なあるほど」カラスの声で言う。「そういうの、ぜんぶ読み落としてた」

「ほんとにあるの、ウォルター！　そのうちきっとわかるわ、あとになって思い返したときに、ちゃんとあったって」

「悪いがこの先思い返す予定はないよ」

「いまはね、でもいつか。そうなってもあたしと話す気にはなれないかもしれないけど、でもきっと、ほんのちょっとは許してくれるはず」

　窓の光が急に暗くなった。春の雲が通り過ぎていく。「きみはこのぼくに、これ以上ない最悪のことをしてくれた」彼は言った。「これしかないってことをね。それも、最悪だってことはよくよくわかっていながらやったんだ。それを思い返す？　思い返したくなるようなところがいったいどこにある？」

「ああもう、悔しい」そう言ってまた泣きだした。「悔しいわ、あたしには見えるものをあなたに見てもらえなくて。こんなことになって、ほんと悔しい」

「〝なった〟んじゃない。きみがしたんだ。きみはあのクソ野郎とやったんだろ。こいつをぼくに読ませようとデスクに置いてくような悪魔と」

「だけど、ねえいい、ウォルター、ただのセックスよ」

「きみはぼくのことを書いたものをあいつに読ませた。ぼくには読ませられないようなものを」

「ただのバカなセックスよ、四年も前の。そんなの、あたしたちが暮らしてきた年月と比べたらなんでもないでしょ？」

「いいか」そう言って立ち上がる。「きみに向かって大声は出したくない。少なくともジェシカが家にいるあいだはね。でもそれにはきみの協力がいるし、頼むから自分のやったことの重みをごまかそうとするのはやめてくれ、さもなきゃその頭が吹っ飛ぶくらいの大声を出すぞ」

「ごまかそうとなんてしてないわ」

「本気だぞ」彼は言った。「きみに向かって大声は出さない。ぼくはこれからこの部屋を出て、そのあとはもうきみの顔は見たくない。ただ、そこでちょっと問題なのは、ぼくはこの家で仕事をしないわけにはいかないってことだ。ぼくのほうがここを出ていくのは簡単じゃない」

「そうよね、わかってる」パティは言った。「出ていくのはあたし。ジェシカがいなくなるのを待って、それから消えるわ。あなたのいまの気持ちはほんとによくわかる。ただ、出ていく前に一つだけ言わせて、念のため。わかってると思うけど、あなたをあのアシスタントと二人きりでここに残していくのは、あたしにとって、心臓を刺されるみたいにつらいってこと。胸の皮を剝がれるみたいに。耐えられないの、ウォルター」そう言って嘆願の目を向ける。「傷ついてるし、嫉妬してる。どうしていいかわからないくらい」

「じきに平気になるさ」

「かもね。いつか。少しは。でも、いまそういう気持ちになってるっていう、そのことの意味はわかる？　つまり、あたしが誰を愛してるか？　いまここで何がどうなってるか、それはわかる？」

激しい嘆願を湛えたパティの目を見て、その瞬間、ウォルターの中で苦痛と嫌悪がうねり高まって絶頂に達し——苦痛を与え合うばかりの結婚生活で溜まりに溜まった鬱憤が爆発し——とうとう彼は抑えきれずに怒鳴りだした。「こうなるように仕向けたのは誰だ？　このぼくに決して満足してくれなかったのは誰だ？　どれだけ待っても心の整理がつかなかったのは誰だ？　心の整理に二十六年、十分すぎると思わないか？　いったいあとどれだけ時間が必要なんだよ？　きみの書いたあれを読んでぼくがちょっとでも驚いたと思うか？　あそこに書いてあったことなんてぜんぶ、何から何まで、これまでずっと、毎時毎分、ぼくが知らなかったとでも思うのか？　それでもきみを愛した、愛さずにいられなかったんだぞ？　そうやって一生まるごと無駄にしたんだぞ？」

「そんなふうに一方的に、ああ、そんなのフェアじゃないわ」

「フェアかどうかなんてクソ食らえだ！　このクソったれ！」

蹴飛ばした原稿がはらはらと宙を舞う。それでも持ち前の自制心がものを言って、去り際にドアを叩きつけたりはしなかった。下のキッチンでは、ジェシカがベーグルをトーストしていた。テーブルの脇に一泊用バッグが置いてある。「今朝はみんなどこ？」

「ママとちょっと喧嘩になってね」

「そうみたいね」ジェシカは皮肉たっぷりに眉を吊り上げた。揃いも揃ってバランス感覚のない家族に向けるいつもの表情である。「で、解決したの？」

「どうかな、様子を見てみないと」

「正午の電車で帰ろうと思ってたんだけど、必要ならもうちょっとあとのにしてもいいわよ」

ジェシカとは昔から仲良しだったし、いざとなれば味方になってくれると信じていたので、ここで誘いを断って追い帰すのが戦術上の誤りだとは思いも寄らなかった。先に自分の口から事情を打ち明けること、しかるべく整理して話すことがどれほど重要かを見損なっていたのだ。まさかパティがあんなに素早く、あの持ち前の勝負勘で娘との同盟関係を固めにかかり、向こうの一方的な見解（〝父親が些細な口実で母親を捨て、若いアシスタントと親密に〟）を娘の耳に注ぎこむなんて。考えていたのは目の前のことだけ、頭の中には父親という立場とはいっさい無関係な感情ばかりが渦巻いていた。ジェシカをハグし、フリー・スペース設立の手助けに来てくれたことにたっぷりお礼を言ってから、オフィスに入って窓の外をじっと眺めた。急場の動揺も多少は収まったせいで、やるべき仕事が山ほどあることは思い出したものの、まだそれをやれるほど落ち着いてはいなかった。開花を待つッツジの茂みをネコマネドリが跳ねまわっている。自分が知ってしまったことをあの鳥は知らないのだと思うと、羨ましくて仕方なかった。あいつと魂を交換できるものなら、一も二もなく飛びつくところだ。そうして空に羽ばたき、一時間でいいから大気の浮力を感じてみたい。が、どうやら交渉の余地なし、元気いっぱいのネコマネドリは見向きもせず、おのれの肉体的存在に自信満々の様子。鳥でいるほうがどんなにいいか、よくよくわかっているのだろう。

そうしてふらふらと現実を離れてどれくらい経っただろうか、大きなスーツケースのごろごろという音、ドアのカチリと鳴る音が聞こえたあとで、ラリーサがオフィスのドアをノックして隙間から顔を覗かせた。「大丈夫？」

「ああ」彼は言った。「おいで、この膝にお座り」

ラリーサは眉を上げた。「いま？」

「そう、いま。いまじゃなくていつだ？　妻は出て行った、だろ？」

「スーツケースを持って、ええ」

「そう、もう帰ってこないよ。だからおいで。いいじゃないか。この家には誰もいないんだから」

言われたとおり膝に乗ってきた。ためらうようなタイプじゃないのだ、このラリーサは。ところが重役椅子は男の膝に座るようにはできていない。首にしがみついていないと落っこちてしまいそうだし、たとえ落ちなくても椅子がぐらぐらして危ない。「こうしていたい？」

「いや、ぜんぜん。このオフィスにはいたくないな」

「賛成」

考えるべきことは山ほどあったし、いったん始めたら何週間もぶっ通しで考え続けることになるのはわかっていた。考えないでいる方法はただ一つ、猪突猛進あるのみだ。そんなわけで上階のラリーサの部屋、そのかつては女中部屋だった天井の傾いた小さな部屋の、きれいに積まれたきれいな衣服と適当に積まれた汚れた衣服が織りなす障害物コースを通り抜けた先で、屋根窓の側壁に彼女を押しつけ、一心不乱に、この自分を無条件に求めてくれるただ一人の女に我が身を捧げたのだった。またもや一種の緊急事態、日付も時間も消えうせた世界での激しい情事だ。腰に彼女を抱えて唇を重ねたままよろめきまわり、やがて服を着たまま服の山の中で激しいセックス、そこにふとおなじみの小休止が訪れる。セックスへ至る階段はいつも似たり寄ったりで、どうも個性がないというか、まず欲望ありきで親密さに欠ける、そんな落ち着かない思いに我に返るのだ。彼は唐突に身を離し、寝具の乱れたシングルベッドのほうに向かおうとして、本と書類の山をひっくり返してしまった。人口過剰の文献だ。

「ぼくらどっちか、六時にはここを出て、エドゥアルドを空港に迎えに行かなきゃな」彼は言った。

「いちおう確認」

「いま何時？」

埃をたっぷりかぶったラリーサの目覚まし時計をこちらに向ける。「二時十七分」そう言ってふと驚きに打たれた。こんな妙な時刻はこれまで生きてきた中で見たことがない。

「部屋がこんなに汚くてごめんなさい」ラリーサが言う。

「とんでもない。ぼくはそういうきみが好きなんだ。腹は減ってない？　ぼくはちょっと減ったな」

「ううん、ウォルター」そう言って笑う。「私は大丈夫。でも何か持ってきてあげる」

「何かちょっと、その、豆乳でいいや。豆乳か何か、飲み物で」

「持ってくる」

ラリーサが階段を下りていく。一分後、階段を上ってくる足音を聞きながら、この足音の主が今後の人生においてパティの位置を占めることになるのかと思うと不思議だった。そのラリーサは傍らに膝をついて、彼が豆乳を飲むのを熱心に、飢えたような目で見つめている。やがてその白っぽい爪をした指先がてきぱきと彼のシャツのボタンを外していった。いいさ、と彼は思う。オーケー。前へ。だが残りの服を自分で脱いでいるうちに、あのやけに事細かに記されていた妻の浮気の場面がふつふつと心に沸きあがってきて、それとともに、妻を許してやりたいという、かすかながらも偽りのない衝動が頭をもたげた。この衝動を押し殺さねばならないのはわかっている。妻と親友への憎しみはまだ生まれたてで不安定、固まりきるには時間がかかりそうだし、泣いている妻の哀れな姿と声も依然鮮明に頭に残っている。幸いにも、ラリーサはすでに服を脱いで、白地に赤い水玉のパンティだけになっていた。その姿で平然とこちらを見下ろし、どうぞよく見てと言わんばかり。若い彼女の体は馬鹿馬鹿しいほど見事だった。欠点一つなく、重力なんてどこ吹く風、正視するのが憚《はばか》られるほどだった。なるほど、これよりももっと若い女性の体もかつては知っていたはずだが、なにぶん記憶がない。自分も若かったから、パティの若さは目に留まらなかったのだ。彼は手を伸ばし、ラリーサの脚のあいだの熱いふくらみに布地越しに手の付け根を押しあてた。小さな喘ぎとともに膝がくずおれ、ラリーサはこちらに沈みこんできて、甘い苦悶で彼を包みこんだ。

比較を避ける努力が本式に始まったのはそこからだった。とりわけ、「そんなに悪くない」というパティの一文を頭から追い払うこと。いま思い返せば、先日ラリーサにゆっくりがいいと頼んだのも、正しい自己認識に基づいていたのだ。が、パティを家から追い出してしまったいま、ゆっくりという選択肢はない。なんとかまともにやっていくには――憎しみと自己憐憫になぎ倒されないでいるには――応急処置が必要だったし、ある意味、その処置というのは実に甘美なものでもあって、それというのもラリーサは本気で彼に恋しており、その所作には欲望が隅々まで漲《みなぎ》って文字通り滴らんばかり。愛と喜びをもってこの目を見つめ、男としての自分を、パティが原稿の中で中傷し唾を吐きかけたそれを、美しい、完璧だ、最高だと言ってくれる。いったい何が気に入らないのだ？　こちらも男盛りだし、相手は魅力たっぷり、若さあふれる欲望の虜ではないか。いや実際、気に入らないのはそこだった。求め合わずにいられない動物的欲望の激しさに、いつ果てるともない交接に、気持ちがついていけないのだ。ラリーサは欲求のままに彼にまたがり、彼の下で押しつぶされ、両脚を肩にかけ、かと思えば四つんばいで後ろから激しく突かれ、ベッドに突っ伏し、壁に顔を押しつけられ、両脚を彼に巻きつけて頭を反らし、その丸々とした乳房をあっちこっちと振り乱した。そんな何もかもがきわめて意義深いことであるかのように、尽きることなく苦悶の叫びを発し続ける彼女に、彼もむろん喜んで応戦した。血のめぐりも絶好調だし、彼女の派手な反応はセクシーそのもの、あれこれの望みも手に取るようにわかるし、何より彼女のことが心底好きだった。ただそれでいて、何かもう一つ親密さが感じられず、どうがんばっても射精に至れない。なんともおかしな話だった。まったく未経験の、予想外の問題である。あるいはコンドームに不慣れなせい、それと彼女が信じがたいほど濡れているせいもあるのだろうか。過去二年間にいったい何度、このアシスタントのことを思い浮かべて、ものの数分で射精してしまったことだろう。百度は下るまい。だとすれば、この問題はどうやら心理的なものらしい。ようやく欲望が収まったとき、ラリーサの目覚まし時計は三時五十二分を表示していた。考えてみれば、ラリーサが絶頂に達したのかどうかもよくわからなかったが、それを訊いてみる勇気はなかった。そしてこの、彼がぐったりしているこの機を捉えて、潜伏していた〝比較〟がひょいと顔を出したのだ。というのもパティの場合、なんとか説得してその気にさせることができたらの話だが、かなりの確度でうまい具合に事を運んでくれて、終われば二人ともそれなりに満足、こちらは仕事なり読書なりに、向こうは例の細々したパティ的なあれこれに心置きなく専念できたからだ。厄介な女だからこそ摩擦が生じ、摩擦があるから満足が生じる……

ラリーサが腫れあがった口にキスしてきた。「何考えてるの?」

「うん、まあ」と答える。「いろいろ」

「こうなって後悔してる?」

「いやいや、すごく幸せだよ」

「そんなに幸せそうに見えないけど」

「そりゃまあ、二十四年連れ添った妻を家から放り出したばかりだからね。それもつい数時間前のことだから」

「ごめんね、ウォルター。いまならまだ引き返せるわ。私が身を引いて、お二人をそっとしとけば」

「よせよ、それだけは約束できる。ぼくは決して引き返さない」

「私と一緒にいたい？」

「うん」そう言って彼女の黒髪を両手いっぱいにすくい、そのココナッツ風のシャンプーの香りの中に顔を埋めた。ずっと求めていたものをやっと手に入れたのに、何やら淋しさも感じてしまう。無限なる夢をさんざん見たあとで、いまこうしてベッドをともにしているのは一人の有限な娘、とびきりの美人で才気煥発、思いも一途な娘ではあるが、同時にだらしがなくてジェシカに嫌われ、料理の腕はからっきしだ。そして頼りはこの娘だけ、これが唯一の砦なのだ。考えたくない無数の事どもから守ってくれる唯一の砦。名無しの湖でのパティとあいつ、あの二人が交わした実に人間的で気の利いた会話、たがいに満ち足りた大人のセックス、亭主の留守にときめく思い。彼はラリーサの髪に顔を埋めたまま泣きだした。そんな彼をラリーサは慰め、涙をそっと指で拭ってくれた。そうして二人はもう一度、今度は疲れた痛々しい愛を交わし、それでようやく彼もしみじみと彼女の手の中で射精したのだった。

その後の数日は大変だった。はるばるコロンビアからやってきたエドゥアルド・ソーケルを空港で拾い、「ジョーイの」寝室に泊めた。月曜の朝の記者会見に出席した記者は十二人、ウォルターはソーケルとなんとか急場を切り抜け、それとは別に『タイムズ』のダン・ケイパーヴィルとの長い電話インタビューもこなした。そこは長年広報の仕事をしてきたウォルターのこと、私生活の波乱をうまく押し隠して発信すべきメッセージに集中し、記者たちの露骨な挑発にも乗らなかった。アメリカ大陸縦断セルリアン・パークは、科学に裏づけられた、個人出資による野生動物保護の新たなパラダイムの象徴なのだと彼は説明した。むろん山頂除去自体は好ましいものではないが、それにもウェストヴァージニアならびにコロンビアで見込まれる持続可能な「緑の雇用」（エコツーリズム、森林再生、許可制林業）という十分すぎるほどの埋め合わせがある。コイル・マシスら、移転を余儀なくされる山間部の住民も、うれしいことにトラストに全面的に協力してくれ、近々トラストの熱心な協賛企業であるＬＢＩの子会社に雇用される予定である、云々。ジョーイにいろいろ聞いたあとだけに、ＬＢＩを持ち上げる際には特段の自制心が必要だった。ダン・ケイパーヴィルとの電話を終えると、ラリーサ、ソーケルと連れ立って遅めのディナーに出かけ、そこでビールを二杯飲んで、生涯ビール消費記録を一気に三杯まで伸ばした。

翌日の午後、ソーケルが無事空港へと去ったあとで、ラリーサはウォルターのオフィスのドアに鍵をかけ、大仕事のご褒美にと彼の脚のあいだに跪いた。

「いや、だめ、だめ」ウォルターは慌てて椅子を後ろに滑らせた。

ラリーサは膝をついたまま追ってくる。「いいでしょ、あなたが見たいの。食べちゃいたい」

「ラリーサ、だめだよ」家の表のほうでスタッフたちが仕事に励んでいる物音が聞こえる。

「ちょっとだけ」と言ってジッパーをおろす。「お願い、ウォルター」

ふとクリントンとルインスキーの一件が頭をよぎった。そしてペニスを頰張ったまま目で笑いかけてくるアシスタントの姿を見て、あの邪悪な友の予言を思い出した。なるほどラリーサはうれしそうだが、しかしそうは言っても――

「だめだよ、悪いけど」そう言ってなるべくやさしく彼女を押しやった。

ラリーサが顔を曇らせる。傷ついたのだ。「させてくれなきゃ」と言う。「愛してるなら」

「もちろん愛してるよ、でもいまはそういうときじゃない」

「させてほしいの。いますぐ、何もかも」

「悪いけど、だめだ」

そう言って立ち上がり、ズボンのジッパーを上げる。ラリーサは少しのあいだ、膝をついた姿勢でうなだれていた。それから彼女も立ち上がり、腿の上でスカートを伸ばしてから、いかにも不幸そうな様子で顔を背けた。

「それより相談しなきゃいけないことがある」彼は言った。

「了解。じゃあ相談しましょ」

「ぼくらはリチャードをクビにしなきゃならない」

いまのいままで口にすることを拒んできた名前、その名前がじっと宙を漂う。「でも、なんでそんなことしなきゃいけないの？」とラリーサ。

「なぜかと言うと、あいつが憎いからだ。あいつはぼくの妻と関係を持った。あいつの名前はもう二度と聞きたくない。一緒に仕事をするなんて、何があろうとごめんだ」

これを聞いて、ラリーサは一回り小さくなったように見えた。しゅんとうなだれて肩を落とし、悲しみに暮れる少女のようだ。「奥さんが口曜に出ていったのはそのせい？」

「そうだ」

「奥さんのこと、まだ好きなのね、そうでしょ？」

「まさか！」

「いいえそうよ。それでさっきから私を追い払おうとしてる」

「いいや、それは違う。それは絶対に違う」

「だとしても《ビー・ザット・アズ・イット・メイ》」そう言ってきりりと背筋を伸ばす。「やっぱりリチャードをクビにはできない。

これは私のプロジェクトだし、彼が必要なの。インターンにも彼が来るって言ってあるし、八月にはタレントを呼んでもらう必要もあるし。だからあなたの問題はあなたの問題、彼を憎むのも、奥さんのことで心を痛めるのもご自由に。でも彼をクビにするのはだめ」

「ハニー」ウォルターは言った。「ラリーサ。ぼくは本当にきみを愛してるんだ。何もかもうまくいくよ。でもこの件についてはぼくの立場も考えてくれ」

「無理よ！」振り向いたその顔には反抗心が漲っている。「あなたの立場なんて考えられない！　私の仕事はこの人口問題のプロジェクトを進めることだし、なんとしてもやり遂げてみせる。あなたもこの仕事を大事に思ってるんなら、私のこと大事に思ってるんなら、やりたいようにやらせて」

「もちろん大事だよ。大事に決まってる。でも――」

「だったらでもはなし。彼の名前は二度と口にしないわ。五月にインターンと会ってもらうときには、あなたはどこかに行ってればいいわ。八月のことは八月が来たら考えましょう」

「でも、あいつ本人もきっとやりたがらないよ。土曜の時点でもう、やめたそうな口ぶりだったし」

「説得は任せて」ラリーサは言った。「これは憶えてると思うけど、私、やりたくないことを人にやらせるの、得意なの。自分で言うのもなんだけど、なかなか有能な部下だと思う。だから悪いけどこっちの仕事の邪魔はしないで」

彼は大慌てでデスクをまわり、ラリーサを抱きしめようとしたが、外のオフィスに逃げられてしまった。

ラリーサのやる気、仕事熱心なところは大好きだったし、その彼女に怒られるのはやはり応えたので、ここはいったん引き下がることにした。が、時計は進み、やがて数日が過ぎてもリチャードがフリー・スペースから降りるという話が出てこないところを見ると、どうやらあの男はまだスタッフとして留まっているらしい。信じるものなんて何一つないあのリチャードがである！　唯一考えられる説明は、パティが電話で事の顚末を伝えてあの男の罪悪感を煽り、プロジェクトへの協力をやめないよう仕向けたというもの。そしてもちろん、あの二人がほんの五分でも話をしている、それも「哀れなウォルター」（パティの使っていたフレーズ、あのいまいましいフレーズ）を守ってやる方法、いわば残念賞としてお気に入りのプロジェクトを救ってやる方法を話し合っているなどと思うと、弱さと汚れ、浅ましさと屈辱で胸が悪くなった。それはラリーサとの仲にも影響した。毎日たっぷり時間をかけて愛し合ってはいたものの、ラリーサもまた自分よりリチャードを取った、そうしてわずかにせよ自分を裏切ったという思いが暗い影を落としているせいで、望んでいたほどの親密さは生まれなかった。どっちを向いてもそこにはリチャードがいた。

それとは別の意味でだが、それに劣らず悩ましいのがＬＢＩの件だった。夕食をともにした際、ジョーイは見ていてつい胸が痛むほどの自己卑下と自責をにじませながら、自身の関わった不潔な取引のことを語ってくれたのだったが、この一件の黒幕はおそらくＬＢＩだとウォルターは踏んでいた。ケニー・バートルズというのはどう見たって、そのへんによくいる怖いもの知らずの道化、せいぜいが二軍クラスのはみ出し者であり、そのうち刑務所入りか、聴聞会に呼び出されるのがオチだろう。チェイニー＝ラムズフェルドのお仲間たちも、その悪臭紛々たるイラク侵攻の動機はともかく、この件ではジョーイが届けたパラグアイの鉄くずじゃなく、まともに使えるトラック部品がほしかったはずだ。そしてジョーイ自身についても、なるほどバートルズみたいな男と掛り合いになったのは馬鹿だったにせよ、この件に最後まで付き合ったのはひとえにコニーのためというその言葉に嘘はなさそうだった。息子のコニーへの忠実さ、その苛烈な悔恨ぶり、総じて勇敢と言っていいふるまい（何せまだ二十歳なのだ！）はいずれも賞賛に値する。となれば事の元凶は――欺瞞を重々承知で、かつそれを是とする権限を持っていたのは――やはりＬＢＩだ。ウォルター自身は、ジョーイが電話で相談したという副社長、訴訟の話で脅してきた件の人物の名に聞き覚えはなかったが、防護服工場の建設予定地をウェストヴァージニアに決めたヴィン・ヘイヴンの相棒と同じフロアにいる男なのは間違いない。夕食の席で、ジョーイはどうすればいいかと助言を求めてきた。告発すべきか？　それとも儲けた金をどこかの傷痍軍人施設にでも寄付して、大学に戻るべきか？　週末じっくり考えて返事をするとウォルターは約束したものの、その週末というのがごく控えめに言っても、落ち着いて道義的判断を下せる雰囲気ではなかった。そして月曜の朝、ジャーナリストたちの前で、ＬＢＩを環境にやさしい協賛企業として持ち上げる段になってやっと、自分自身、この件にどれほど深く関与しているかに気づいたのだった。

そうなると今度は、自身の利益を――トラストの専務取締役の息子が醜聞をメディアに持ちこんだとなれば、ヴィン・ヘイヴンにはクビを切られかねないし、ＬＢＩにもウェストヴァージニアの協定を反故《ほご》にされかねないという事実を――ジョーイにとって何が最善かの判断から切り離すべく思い悩むことになる。ジョーイの当初のふるまいがどれほど傲慢で欲深かったとしても、問題のある両親の下で育った二十歳の若者に全面的な道義的責任を負わせ、世間のなぶり者にされたうえ、へたをすれば起訴などという目に遭わせるのは、さすがに厳しすぎるという気がした。ただその一方で、そんな親心からジョーイに与えてやりたいと思う助言が――「儲けは施設に寄付してこの件は忘れ、自分の人生を歩め」――自身にとって、トラストにとって、実に都合のいいものだということもわかっていた。ラリーサに相談したかったが、ジョーイに他言しないと約束した以上はそれもできず、仕方なくジョーイに電話して、まだ結論は出ていないと伝えたのだった。が、それはそれとして、来週の自分の誕生祝いによければコニーと一緒に遊びに来ないか？

「ぜひぜひ」とジョーイ。

「あと、これも言っとかなきゃならない」ウォルターは言った。「実は母さんとは別居中なんだ。どうも言いにくい話なんだが、こないだの日曜からそうなってる。母さんは当面ここにはいないし、この先どうなるかもわからない」

「うん」とジョーイ。

うん？　ウォルターは眉をひそめた。「いまの話、わかったか？」

「うん。もう母さんに聞いてる」

「そうか。そうだな。そりゃそうだ。で、母さんは――」

「うん。山ほど聞いた。例によって情報過多」

「じゃあわかってるんだな、その、私の――」

「うん」

「で、それでも誕生日のディナーには来てくれると？」

「うん。喜んで行くよ」

「そうか、うれしいよ、ジョーイ。そう言ってくれてうれしいよ。それだけじゃなく、いろいろな」

「うん」

それから今度はジェシカの携帯電話にメッセージを残した。あの運命の日曜以来、毎日二度は伝言を残しているのに、いまだ電話はかかってこない。「なあジェシカ、いいかい」と言う。「母さんから話は聞いてるかもしれんが、どういう話を聞いてるにせよ、こっちにも電話して私の言い分も聞いてくれ。な？　頼むから電話をくれ。この件には両者それぞれの事情があるんだよ。だからおまえも両方の話を聞いておくべきだと思う」。そこでアシスタントとのあいだには何もないと言い添えられたら効果的だったかもしれないが、現実の彼は、手にも顔にも鼻にもラリーサのヴァギナの匂いがたっぷり染みついていて、シャワーを浴びてもまだ残っている気がするくらいだった。

いまやどの戦線でも妥協と敗北の連続だった。さらなる打撃がやってきたのは自由の身で迎えた二度目の日曜日のこと、ダン・ケイパーヴィルによる『タイムズ』一面の長文記事がそれだった。「石炭業界寄りの土地トラスト、山岳破壊による山岳保護へ」。記事は事実からさほど逸脱しているわけではなかったが、『タイムズ』がMTR採掘をあえて容認するウォルターの見解に惑わされていないのは明らかだった。セルリアン・パークの南米ユニットにはひと言も触れていないし、ウォルターご自慢のセールスポイント――新たなパラダイム、エコ経済、科学的根拠に基づく森林再生――も紙面のはるか下のほう、「私はこの土地の所有者だぞ、〔卑語・掲載不能〕め」と怒鳴られたというジョスリン・ゾーンの証言や、「面と向かってアホ呼ばわりされたよ」というコイル・マシスの回想のずっと下に埋もれかけている。読み終えて頭に残るのは、ウォルターがきわめて不快な人物だという印象の他に、セルリアン・マウンテン・トラストが石炭業界ならびに軍需業者LBIと昵懇《じっこん》であること、原生林らしき土地で大規模なMTR採掘を許そうとしていること、地元の環境運動家に憎まれていること、地の塩たる田舎の人々を代々の住処から追いたてたこと、その創設者にして資金源は、メディア嫌いで知られるエネルギー業界の大物ヴィンセント・ヘイヴンであり、この人物はブッシュ政権の黙認の下、ウェストヴァージニア各地でガス田開発による環境破壊を行っていること。

「まあまあ、あんなもんだよ」その日曜の午後、ヒューストンの自宅に電話したウォルターに向かってヴィン・ヘイヴンは言った。「セルリアン・パークは手に入るんだ、そいつを我々から取り上げることは誰にもできん。きみもあの子もよくやったよ。あとはまあ、私が記者どもの相手をしたがらない理由がわかってもらえたんじゃないかな。物事の悪い面にしか興味のない連中なのさ」

「ケイパーヴィルとは二時間話したんです」ウォルターは言った。「実際、こちらの主張には大筋で同意してもらえたものと思ってたのに」

「ふむ、でもきみの主張も載ってたじゃないか」ヴィンは言う。「なるほど目立たない感じではあったけどな。まあでも心配はいらんよ」

「そんな、心配ですよ！　だってね、そう、たしかにパークは手に入るし、そりゃムシクイにとっちゃ万々歳だ。でもこの件はまるごとモデルになるはずなんです。それがこの記事じゃあ、まるでやっちゃいけないことのモデルみたいに書かれてる」

「みんなそのうち忘れるよ。さっさと石炭を掘り出して森林再生にかかればいいんだ、そうすりゃきみが正しかったことにみんな気づく。その頃にはこのケイパーヴィルくんは死亡記事欄担当さ」

「でもそんなの何年も先の話ですよ！」

「他にやりたいことがあるのかね？　要はそういう話か？　経歴のことが気になると？」

「まさか、ヴィン、ただメディアに腹が立ってだけですよ。鳥のことなんていっさい関心なし、読者の気を引くことに汲々として」

「そう、それはいつまで経っても変わらんよ、鳥たちがメディアを牛耳らんかぎり」とヴィン。「ところで来月、ホイットマンヴィルには来るのかね？　実はジム・エルダーに、防護服工場の落成式には顔を出すって言ってあるんだ、カメラの前には出ないって条件付きで。行きがけにジェットで拾ってやってもいいよ」

「そりゃどうも、でも民間機で行きますよ」ウォルターは言った。「燃料を節約してください」

「おいおい、私は燃料を売って食ってるんだぞ」

「そうだった、はは、こいつは一本取られたな」

ヴィンの父親然とした後押しはうれしかったけれど、そのヴィンがもう少しいかがわしくない父親だったらもっとうれしかっただろう。『タイムズ』の記事の最悪なところは——知り合いがみな目を通し信頼している新聞に間抜けな下司野郎として登場した恥はさておき——彼自身、実は『タイムズ』がセルリアン・マウンテン・トラストについて言っていることは正しいんじゃないかと疑っていることだった。前々からメディアに叩かれることに怯えていたわけだが、こうして実際に叩かれたいま、自分が怯えていた理由をこれまで以上に真剣に考えないわけにはいかなかった。

「あなたがあのインタビュー受けてるとこ、聞いてたけど」ラリーサは言う。「完璧だったわよ。こっちが正しいってことを『タイムズ』が認められない理由はただ一つ、これまでさんざん書いてきたMTR反対の論説を撤回しなきゃいけなくなるからよ」

「そう言うけど、ブッシュとイラクの件じゃ、いままさに撤回してるとこじゃないか」

「あなたはやるべきことをやったの。今度はあなたと私がささやかな報酬をもらう番。ヘイヴンさんには、フリー・スペースのほうを進めたいって話した？」

「クビ切られなかっただけで万々歳って気分だったから」ウォルターは言った。「その話をするタイミングだとはとても思えなくてね。メディアにもっと叩かれそうな企画に裁量経費をまるごと注ぎこむつもりだなんて」

「ああ、すてきなウォルター」そう言って彼を抱きしめ、胸に頭をのせる。「あなたの計画がどんなにすばらしいか、誰にもわからないのよ。わかるのは私だけ」

「それは実際そうかもしれない」

彼としては、そのままラリーサに抱かれていてもよかったのだが、彼女の体は他にやりたいことがあるらしく、彼の体もそれに同意した。このところ、夜はラリーサの小さすぎるベッドで過ごすようになっていた。彼の部屋は依然パティの痕跡だらけで、そのパティがなんの指示もよこさない以上、勝手に始末にかかるわけにもいかなかったのだ。パティが連絡してこないことは特に意外ではなかったけれど、実際沈黙が続いてみると、そこに何やら戦略的な、敵対的な匂いを感じずにはいられなかった。過ちを犯してばかりだと自認している人間にしては、いまどこで何をしているにせよ、やたら威圧的な影を投げかけてくる。その彼女から逃れようとラリーサの部屋に隠れるなんて、なんだか臆病じゃないかと思ったりもしたが、他にどうしようがある？　いまやすっかり四面楚歌なのだから。

誕生祝いの当日、ラリーサがコニーにトラストのオフィスを案内しているあいだに、彼はジョーイをキッチンに連れていき、いまもってどういう対処を勧めていいかわからないと打ち明けた。「告発するべきだとは正直思わないんだが」と言った。「ただ、そう言う自分の動機が信用できなくてね。最近はどうも善悪の方向感覚が狂っちまってるらしい。母さんの件に、あの『ニューヨーク・タイムズ』の件――あれ、読んだか？」

「うん」とジョーイ。両手をポケットに突っこみ、服装はいまなお共和党支持の大学生といったふう、青いブレザーにぴかぴかのローファー。というかそもそも、共和党支持をやめたなんて話は聞いていない。

「なかなかひどかっただろ？」

「うん」ジョーイが言う。「でもたいていの人には、あの記事がフェアじゃないってことはわかると思う」

ウォルターはもう感謝感激、つべこべ言わずに息子の慰めに飛びついた。実際、プライドも何もない気分だったのだ。「でな、実は来週、ウェストヴァージニアであるＬＢＩのイベントに行かなきゃならないんだ」と言った。「防護服の工場の落成式でね、住む場所をなくした人たちがその工場で働くことになる。そんなこともあるし、ＬＢＩの件に関しちゃ、どうもきちんと答えられる立場にないんだよ。こっちもすっかり巻きこまれてるからな」

「それ、なんで行かなきゃいけないの？」

「スピーチを頼まれてるんだ。トラストを代表して感謝の言葉をってやつ」

「でもセルリアン・パークはもう手に入ったんだろ。すっぽかせば？」

「それがな、もう一つプロジェクトがあるんだよ、ラリーサがやってくれてる人口過剰の件が。だからボスとの関係がこじれちゃまずいんだ。我々が使うのはボスの金だから」

「そう、じゃあ行ったほうがよさそうだね」ジョーイは言った。

なんとなく納得していないふうだし、息子の目に弱々しくちっぽけに映っていると思うとたまらなかった。そんな弱さ、ちっぽけさに自ら輪をかけるみたいに、彼はジェシカの近況を知らないかと訊ねた。

「話はしたよ」ジョーイはポケットに手を突っこんだまま床を見つめた。「たぶん父さんのこと、ちょっと怒ってる」

「二十回くらい伝言を入れたんだぞ！」

「それ、無駄なんじゃないかな。たぶん聞いてないと思うよ。携帯の伝言なんていちいち聞かないから、誰がかけてきたか確認するだけで」

「で、おまえも言ってくれたのか、この件にはそれぞれの立場があるって？」

ジョーイは肩をすくめた。「どうかな。そんなのあるの？」

「ある、あるんだよ！　母さんは私にとてもひどいことをしたんだ。とんでもなくつらい目に遭わせたんだ」

「正直、これ以上は知りたくないな」ジョーイは言った。「ていうかその話、たぶんもう母さんに聞いたと思うし。おれはどっちの味方もしたくない」

「聞いたって、いつだ？　どのくらい前？」

「先週」

ということは、ジョーイはリチャードのしたことを知っているのだ――ウォルターが親友に、ロックスターの親友に何をされたかを。こうなるともう、これ以上息子の目にちっぽけに映りようもない。

「ビールを飲むぞ」と言う。「誕生祝いだ」

「コニーとおれももらっていい？」

「もちろん、そのために早く来てもらったんだ。というかコニーはレストランでも好きなものを飲ん

り方でやらせて、いいね？」

「なあ父さん、おれはおれなりに考えてるんだ」ジョーイのあごに力がこもる。「この件はおれのやり方でやらせて、いいね？」

「で、これは小言じゃなく、ただ教えてほしいだけなんだが、結婚のこと、母さんに話したのか？」

「うん」

でくれていい。あの子は二十一だろ？」

ウォルターは昔からコニーのことが好きだった（ついでに言えば、内心ではコニーの母親のことも、あのいちゃいちゃしてくるところなどもわりに好きだった）。そのコニーはお祝いの席だからか、危なっかしいほどのハイヒールを履き、アイシャドーもたっぷりつけている。ずっと年上に見せたがるのはまだ十分若い証拠だ。〈ラ・ショミエール〉のテーブルにつくと、その場の光景にウォルターは思わずうれしくなった。ジョーイは実にやさしくコニーに気を遣っていて、額を寄せて一緒にメニューを読んでやったり、料理のチョイスを考えてやったり、一方のコニーも未成年のジョーイを思いやって、ウォルターが薦めたカクテルを断り、自身もダイエットコークを頼む。無言で信頼を寄せ合う二人の風情に、とても若かった頃のパティと自分の姿が重なった。世界を敵にまわして一つになった恋人同士の姿だ。その二人の指に輝く結婚指輪を見て、ついウォルターの目の前がかすむ。ラリーサは何やら落ち着かない様子、若いカップルから距離を置き、倍近い年齢の男の側につこうとマティーニを注文したうえで、会話の空白をフリー・スペースと世界人口危機でせっせと埋めていた。そんな話にもジョーイとコニーは、二人の世界という拠り所を持つカップルならではの行き届いた丁重さで耳を傾けていた。ラリーサ自身はウォルターとの仲を匂わせるような発言を避けていたが、彼女がただのアシスタントではないのをジョーイが知っているのは間違いない。その晩三杯目のビールを飲みながら、ウォルターはますます自分のやったことが恥ずかしくなり、そのことに対してクールでいてくれるジョーイにますます感謝の念を抱いた。長年、ジョーイの何が気に食わないと言って、その鎧のごときクールさほど腹の立つものはなかったのに、いまやそれがなんとありがたいことか！　この戦争は息子の勝ちだと彼は喜んで認めた。

「じゃあリチャードはいまでも協力してくれてるんだ？」ジョーイが言った。

「うん、まあ」ラリーサが言う。「そうなの、すごく助かってる。実は、八月の大きなイベントにホワイト・ストライプスが参加してくれるかもって連絡をもらったとこ」

ジョーイは眉をひそめてこの件を考えながら、努めてウォルターの顔を見ないようにしている。

「あたしたちも行かなきゃ、そのイベント」コニーがジョーイに言った。「行ってもいいですか？」とウォルターに訊ねる。

「もちろんいいとも」ウォルターは無理に笑顔を作って見せた。「きっとすごく楽しいよ」

「ホワイト・ストライプスの大ファンなんです」コニーらしい、裏のない感じでうれしそうに言う。

「こっちはきみの大ファンだよ」ウォルターは言った。「うちの家族の一員になってくれてほんとにうれしい。今夜ここにいてくれてすごくうれしい」

「こちらこそ、誘っていただけて」

ジョーイはこの感傷的なやりとりを特段不快に感じているふうでもなかったが、それでいて思いはどこか別のところにあるようだった。リチャードのこと、母親のこと、いままさに展開しつつある一家の危機のこと。気を楽にしてやりたいのはやまやまだが、ウォルターに言ってやれることは何もない。

「やっぱり無理だ」二人だけで屋敷に戻ると、ウォルターはラリーサに言った。「これ以上あの野郎を関わらせておくなんて」

「その話はもうしたでしょ」ラリーサは足早に廊下を抜けてキッチンに入っていく。「その件はもう解決済み」

「でももう一度話し合いたい」そう言って追いすがる。

「その必要はないわ。コニーのあの顔、見たでしょ？　私がホワイト・ストライプスの名前を出したときの？　あんな大物、連れてこられる人が他にいる？　この件はもう決定済み、それも正しい決定だし、あなたが奥さんのセックス相手にどんなに嫉妬してるかなんて、正直、聞きたくないの。疲れてるし、飲みすぎちゃったし、今日はもう寝る」

「親友だったんだ」ウォルターはつぶやいた。

「だから何。どうでもいいわ。ねえウォルター、あなたから見れば私もまだ若いってことになるんでしょうけど、現実には私、あなたのお子さんたちより年上なの。もうすぐ二十八なの。あなたを愛しちゃいけないのはわかってた。あなたの心の準備ができてないことも。なのにこんなふうに愛しちゃって、しかもあなたの頭にあるのはいまも奥さんのことだけ」

「考えてるのはきみのことだよ、いつも。きみなしじゃやっていけない」

「私と寝てくれるのは、私があなたを求めてて、あなたはそれに応えられるから。でも誰も彼も、みんなの世界が相変わらずあなたの奥さんを中心にまわってる。あの人のどこがそんなに特別なのか、私には永遠にわからないわ。一生かけて他人の人生をめちゃくちゃにしてきたような人なのに。そういうのにちょっとうんざりなの、ぜんぶ忘れてぐっすり眠りたい。だからあなたも今夜は自分の部屋で寝て、自分がどうしたいのか考えてみて」

「何か気に障ることでも言ったか？」ウォルターは食い下がった。「楽しい誕生日だと思ってたのに」

「疲れてるの。疲れる一日だったのよ。明日の朝、またね」

そうしてキスもせずに別れた。家の電話にジェシカからの誕生祝いのメッセージが入っていた。ディナーに出かける時間を見計らってかけてきたのだろう。「伝言を残してくれたのに電話できなくてごめんなさい」と言う。「ここのところとにかく忙しかったし、何を言っていいかよくわからなくて。でも今日はパパのこと考えてたし、すてきな誕生日になってたらいいわね。そのうち話せるんじゃないかとは思うけど、いつになったら都合がつくか、こっちはいまのところ未定」

カチャリ。

翌週は一人で眠るようになり、ひと息つくことができた。いまもパティの服や本や写真でいっぱいの部屋で過ごし、未練に心を動かされないよう訓練を重ねた。昼間は後回しになっていたオフィスワークに忙殺された。コロンビアとウェストヴァージニアの土地管理体制の構築、メディアを通じた反撃への着手、新たな後援者探し。ラリーサとのセックスもひと休みできるかと思ったが、何せ毎日すぐそばにいるものだからそうもいかない――二人は求めに求め合った。もっとも、眠るときは自分のベッドに戻るようにはなった。

ウェストヴァージニアへ飛ぶ前の晩、一泊用バッグに荷作りしているところにジョーイから電話がかかってきた。LBIとケニー・バートルズの件では告発しないことに決めたという。「そりゃ最低の連中だよ」ジョーイは言った。「でも友だちのジョナサンがうるさくってさ、表沙汰にしたって自分が傷つくだけだって。だから余分な金は手放そうと思ってる。なんにせよずいぶん節税にはなるし。ただ、父さんもそれでいいと思うか、もう一度確認しときたかったんだ」

「もちろんだよ、ジョーイ」ウォルターは言った。「私もそれでいいと思う。おまえが野心的なのはよく知ってるし、それだけの金を手放すのが大変なことだってのもよくわかる。十分な償いだよ、それで」

「まあ、この件も別に損したってわけじゃないからね。得してないってだけで。そのうえコニーも大学に戻れるわけだから文句はないよ。実はおれ、一年休学して働いて、あいつの学年が追いつくのを待とうかと思ってるんだ」

「いいじゃないか。おまえたちがそうやっておたがいを思いやってるのを見ると、こっちもほんとにうれしくなるよ。話はそれだけかい？」

「うん、まあ、あと母さんに会った」

ウォルターはさっきからネクタイを選ぼうとして、赤いネクタイと緑のネクタイを手に持ったままだった。どっちを選んだところでたいした影響はないとふと気づく。「そうなのか？」と言いながら緑に決めた。「どこで？　アレクサンドリアか？」

「いや、ニューヨーク」

「てことは母さん、ニューヨークにいるのか」

「うん、まあ、実はジャージーシティなんだけど」ジョーイは言った。

ウォルターは急に息苦しさを覚えた。息苦しさは消えなかった。

「そうなんだ、コニーと一緒に、直接伝えたくてね。つまりほら、結婚のこと。でね、そんなに悪くなかったよ。母さん、コニーにもちゃんと丁寧に接してた。そりゃまあ、相変わらず上から目線だし、ちょっと嘘臭い感じで、例によってやたら笑ったりとか、それはそうなんだけど、意地悪くはなかったな。ま、こっちのことにかかずらってる余裕もなかったんだろうけど。とにかく、なかなかうまくいったんじゃないかな。少なくともコニーはそう思ってる。おれに言わせりゃ、うーんどうかなってとこだね。なんにせよ、母さんも知ってるってことは言っとこうと思って。つまりその、どうかな、もし母さんと話すことがあるとしてだけど、もう隠さないでいいってこと」

ウォルターは左手を見つめた。血色が悪く、結婚指輪がないせいでやけに裸に見える。「リチャードのところにいるのか」なんとか声を絞り出した。

「うん、まあね、いまのところは」とジョーイ。「言わなかったほうがよかったかな？」

「あいつもいたのか？　おまえたちが行ったとき？」

「うん、そう。いた。で、コニーは喜んでたよ、あの人の音楽、けっこう好きみたいでね。ギターといろいろ見せてもらってた。これ言ったっけ、あいつギター習おうかって計画中でね。歌のほうもなかなかいい声してるんだ」

パティがどこで暮らしているかと思っていたのかと訊かれても、ウォルターには答えられなかったろう。仲良しのキャシー・シュミットのところか、別の元チームメートのところか、もしかしたらジェシカのところか、あるいはひょっとして両親のところか。なんにせよ、リチャードとのことはすべて終わったとあれほど偉そうに宣言しておいて、まさかジャージーシティにいようとは一瞬たりとも想像していなかった。

「父さん？」

「なんだ」

「その、変だってのはおれもわかるよ。それはいい？　何もかもすっかり変なことになってる。でも、父さんも彼女いるんだろ？　だったらまあ、そういうことだよね？　状況は変わったんだし、みんなぼちぼちそれに対処していかなきゃならない。そう思わない？」

「そうだな」ウォルターは言った。「そのとおりだ。対処してかないとな」

電話を切るや、ウォルターは鏡台のひきだしを開け、カフスボタン入れの中に入れっぱなしだった結婚指輪を取り出してトイレに流した。それから片腕でなぎ払うようにして、パティの鏡台に飾ってあった写真をまとめて床に払い落とし——幼き日のジョーイとジェシカのスナップ、痛々しいほど七〇年代風のユニフォームに身を包んだ女子バスケチームの集合写真、パティのお気に入りだった彼自身のひときわ写りのいい写真——写真立ての枠とガラスを足で粉々に踏みにじった。やがてそれにも飽きてくると、今度は壁に頭をがんがん打ちつけた。パティがリチャードのもとに戻ったという知らせは解放感をもたらしてくれるはずだった。これで一点の曇りもない良心でラリーサとの関係を楽しめるようになるはずだった。ところがそれは解放どころか、死のように感じられた。いまやっとわかったのだが（そう、ラリーサはずっと気づいていたのだ）過去三週間の出来事は、一種の見返り、パティの裏切りの損害賠償にすぎなかったのだ。結婚は終わりだと宣言しておきながら、そう言う彼自身が内心そのことをちっとも信じていなかったのだ。彼はベッドに身を投げだしてすすり泣いた。いまこそどん底、過去のどんな苦境もこれよりははるかにましな気がした。世界はどんどん進んでいく。世界は勝ち組であふれている。LBIとケニー・バートルズは大金を儲け、コニーは大学に戻り、ジョーイは正しいことをし、パティはロックスターと暮らし、ラリーサは名誉ある闘争を続け、リチャードは音楽作りに戻り、リチャードはこの自分よりはるかに無礼であるがゆえにメディアに絶賛され、リチャードはコニーを魅了し、リチャードはホワイト・ストライプスを仲間に引きこみ……かたや自分は一人置き去りにされる。死者たち、死にかけた者たち、忘れ去られた者たちとともに、この世界の絶滅危惧種、淘汰さるべき者たちとともに……

深夜の二時ごろにふらふらとバスルームに入り、服用期限を十八カ月過ぎたパティのトラゾドン（抗鬱剤の一種）の瓶を見つけた。三錠口に含みながら、まだ効くのだろうかと半信半疑だったが、どうやら効いたらしい。ラリーサに辛抱強く揺すぶられて目覚めたのは七時のこと。まだ昨日の服のままで、明かりもぜんぶつけっ放し、部屋の中はぐちゃぐちゃだ。喉がイガイガするのはおそらく派手に鼾《いびき》をかいていたせい、頭が痛む理由のほうはいくらでも思いつく。

「いますぐタクシーに乗らなきゃ」ラリーサがそう言って腕を引っ張る。「もう準備できてるのかと思ってた」

「行けそうにない」彼は言った。

「さあ早く、いますぐ出ても遅いくらいよ」

なんとか体を起こし、必死で目を開けていようとする。「シャワーを浴びたほうがいいと思う」

「時間がないわ」

彼はタクシーの中で眠りこみ、目覚めるとまだタクシーの車内、パークウェイで事故による渋滞に巻きこまれたらしかった。ラリーサは航空会社と電話で掛け合っていた。「シンシナティ経由で行くしかないわ」と結果を教えてくれる。「フライトに遅れちゃったの」

「すっぽかそうぜ」と言ってみた。「ミスター・グッドでいるのにゃもう疲れた」

「ランチは飛ばしてまっすぐ工場に行きましょ」

「ぼくがミスター・バッドになったらどう？ それでも好き？」

ラリーサが心配そうに眉をひそめる。「ウォルター、あなた何か薬でも飲んだの？」

「冗談抜きでさ。それでも好きでいてくれるかい？」

眉間のしわが深くなる。返事はなかった。彼はナショナル空港の搭乗口で眠りこんだ。シンシナティ行きの飛行機の中でも、シンシナティ空港でも、チャールストン行きの飛行機でも眠りこみ、ラリーサがマッハで飛ばすレンタカーの中でも眠りこんで、やがて目を覚ますとそこはホイットマンヴィル、いくらか気分もよくなり、急に空腹を覚えながらあたりを見まわせば、どんより曇った四月の空の下、いまやアメリカの専売特許となった生態系の荒れ果てた田園風景が広がっていた。壁にビニル加工を施した巨大教会が数軒、ウォルマートとウェンディーズが一軒ずつ、広々とした左折車線に白い要塞のごとき大型車。野鳥の気に入りそうなものなど何もない。ムクドリか、カラスなら話は別だが。防護服工場（**アールディー・エンタープライズ、LBーグループ傘下企業**）は巨大なブロック造りの建物で、その舗装したての駐車場のアスファルトは隅のほうがでこぼこのまま草地になだれこんでいた。駐車場は大型の乗用車で埋まりつつあり、そのうちの一台、黒のナビゲーターからヴィン・ヘイヴンとスーツ姿の連中がちょうど現れたところに、ラリーサがタイヤをきしらせてレンタカーを停めた。

「ランチに出られなくてごめんなさい」ラリーサがヴィンに声をかける。

「きっとディナーのほうがうまいと思うよ」ヴィンが言った。「そう望まずにはおれんな、あのランチじゃあ」

工場の中はペンキとプラスチックと新しい機械のいい匂いがくっきりと漂っていた。窓は一つもなく、明かりはもっぱら電気頼みらしい。数脚の折りたたみ椅子と演壇が設えられた背後には、収縮包装された長方形の原材料が高々とそびえている。百人はいるだろうか、ウェストヴァージニアの住民たちがうろうろしていて、その中にはコイル・マシスの姿もあった。だぶだぶのトレーナーにもっとだぶだぶのジーンズという恰好、どちらも新品同様で、それこそ来る途中にウォルマートで買ったのかと思う。地元テレビ局のクルーが二組、演壇とその上に渡された**〝雇用＋国家安全保障＝雇用保障〟**なる横断幕にカメラを向けている。

ヴィン・ヘイヴンが（「この仕事を始めて四十七年になるが、たとえ一晩中ネクシス（新聞、雑誌記事等のオンライン検索サービス）にかけたって私の直接の発言は一つも出てこないよ」）カメラのすぐ後ろの席につき、一方ウォルターはラリーサの手から、自ら執筆し彼女にチェックしてもらったスピーチ原稿を受け取ると、他のスーツ仲間と並んで――LBIの代表取締役副社長ジム・エルダー、そしてイニシャルが社名にもなっている子会社のCEOロイ・デネット――演壇の背後の椅子に腰をおろした。フロアの最前列で肩をそびやかして腕を組んでいるのはコイル・マシスだ。ウォルターがマシスと顔を合わせるのは、マシス宅の前庭（いまでは瓦礫だらけの荒れ野になっている）でのあの不幸な面会以来だった。じっとにらみつけてくるその目つきに、ウォルターはまたも自分の父親を思い出した。激しい軽蔑で先手を打つことで、おのれの気後ればかりでなくこちらの憐れみをも阻もうとする、そんな男の目だ。ウォルターはふと同情混じりの悲しみを覚えた。ジム・エルダーがマイクを取り、イラクとアフガニスタンで戦っている我が国の勇敢な兵士たちへの賛辞を述べ始めるのを聞きながら、マシスに感じている悲しみを、いやマシスと自分、二人に感じている悲しみを伝えたくておずおずと微笑みかけてみた。が、マシスの表情は変わらず、にらみつけてくる目も微動だにしなかった。

「ではみなさん、ここでセルリアン・マウンテン・トラストのほうからもご挨拶をいただきたいと思います」ジム・エルダーが言った。「このすばらしい、持続可能な雇用をホイットマンヴィルに、地元経済にもたらしてくれた張本人です。さあご一緒に、トラスト専務取締役、ウォルター・バーグランドを拍手で迎えましょう。ウォルター？」

胸に芽生えたマシスへの悲しみは、より一般的な悲しみに、世界への、人生への悲しみに変わっていた。演壇に立ったウォルターはヴィン・ヘイヴンとラリーサの姿を探し、並んで座っている二人のそれぞれに、遺憾と謝罪の小さな笑みを送った。それからマイクに屈みこんだ。

「ありがとう」と言う。「ようこそみなさん。ようこそ、特にコイル・マシスさんを始めとするフォースター渓谷のみなさん、そう、このいささかびっくりするほどエネルギー効率の悪い工場で雇ってもらえるあなたたちですよ。いまやフォースター渓谷もはるか彼方、そんな気がしませんか？」

音響システムのかすかなうなりを別にすれば、聞こえるのは増幅された自分の声のエコーだけだ。ちらりとマシスに目をやる。相変わらず軽蔑に固まった表情。

「そう、ようこそ」ウォルターは言った。「ようこそ中流階級の世界へ！　これなんです、私が言いたいのは。ただしその前に、手短にね、先へ進む前に、その最前列にいるマシスさんに一つ申し上げておきたい。あなたが私を嫌ってるのはわかってます。そして私もあなたが好きじゃない。ただね、実を言うと、以前のあなた、我々とはいっさい関わりたくないとおっしゃっていたあなたに、私は敬意を持っていた。もちろん気に食わなかったけど、そういうあなたの立場には敬意が持てた。誰にも頼らないというその気概にね。というのも私自身、実はフォースター渓谷にちょっと似た感じのところで育ったんです、それがやがて中流階級の仲間入りを果たしたというわけ。で、いまやあなたも同じ、晴れて中流階級の一員になった。ですからようこそと言いたい、だってすばらしいものですからね、このアメリカの中流階級というのは。全世界の経済を支える大黒柱なんですから！」

ラリーサが何やらひそひそとヴィンに囁いているのが見えた。

「そう、この防護服工場で職を手に入れたいま」と続ける。「あなたがたはそういうグローバルな経済活動に参加できる。いまやあなたがたも、アジアやアフリカや南米の手つかずの自然を片っ端から丸裸にするお手伝いができる。幅六フィートもあるプラズマテレビを買うことだってできる、そう、信じられないほど電気を食う代物ですよ、たとえ消してってもね！　でもいいんです、だって我々があなたがたを元の家から放り出したのも、そもそもそのためなんですから、先祖代々暮らしてこられた山々を露天掘りでひっぺがして、その石炭でがんがん発電機を動かすんです、これが地球温暖化の原因ナンバーワン、しかも酸性雨だのなんだのというすてきなおまけつき。どうです、完璧な世界でしょ？　完璧なシステムです、だって幅六フィートのプラズマテレビと、それを動かす電気さえあれば、醜い結果のことは考えなくて済むんだから。『サバイバー――インドネシア編』を見てりゃいいんです、インドネシアがなくなっちまうまで！」

コイル・マシスが真っ先にブーイングを始めた。たちまち多くの人間がそれに加わる。背後でエルダーとデネットが立ち上がるのがちらりと目の隅に入った。

「手短に行きましょう」ウォルターは続けた。「長い挨拶は嫌われますからね。あと二言三言だけ、この完璧な世界のことを。一つはそう、晴れて中流階級の一員になったみなさんが買うことになるガロン八マイルの大型車のこと、ええ、でっかい高燃費車を思う存分乗りまわせるんですよ。実はこの国にこんなにたくさんの防護服が必要なのも、世界のある地域の、ある種の人たちが、自分とこの石油がごっそりくすね取られて、あなたがたの車の燃料にされてるのを快く思ってないからなんですよ。だからあなたがたが車に乗れば乗るほど、この防護服工場の職にあぶれる心配はなくなるんです！

どうです、完璧でしょ？」

　いまやフロアは総立ちで、怒鳴り声が飛んでくる。黙れ、黙れと。

「もうやめたまえ」ジム・エルダーがそう言って彼をマイクから引き離そうとした。

「あと二つだけ！」ウォルターはそう叫び、マイクをスタンドからもぎとってひらりと身をかわした。

「ようこそみなさん、今日からみなさんはこの世界有数の野蛮で腐りきった会社の一員ですよ！　ね、聞こえてます？　ＬＢＩはイラクで血を流してるおたくの息子さん娘さんのことなんて屁とも思ってません、千パーセントの収益が手に入ればそれでいいんだ！　嘘じゃない、私は知ってる！　嘘じゃないって証拠もちゃんとある！　みなさんが仲間入りしようとしてる中流階級の完璧な世界ってのは、そういうとこなんです！　こうしてＬＢＩに職をもらって、やっとまともな稼ぎができて、これでもう子供を戦争にやらなくて済むし、ＬＢＩの欠陥トラックや粗悪品の防護服のせいで死なせずに済みますね！」

　マイクの電源が切られ、ウォルターは軽快な足取りで後ずさった。目の前の人々が暴徒と化しつつ迫ってくる。「で、**そうこうするあいだにも**」と声を張り上げる。「**毎月千三百万の人間がこの地球上に増え続ける！　千三百万の人間が限られた資源をめぐる争いに加わり殺し合う！　その過程で人間以外のあらゆる生物は皆殺しだ！　まったく完璧な世界ですよ、他の生物のことなんていっさい考えなけりゃあね！　我々人間はこの星の癌だ！　この地球の癌なんだ！**」

　そこであごに一発食らったのだったが、相手は誰あろうコイル・マシスその人。横様によろめいたウォルターの視界はマグネシウム光の虫で満たされ、眼鏡もどこかに行方不明、そこでやっと、これだけ言えばまあ十分かとあきらめた。いまやまわりにはマシスを始め十人余りの男たち、この連中がこぞってまったく洒落にならない苦痛を加えてきた。床に倒れ、中国製スニーカーで蹴ってくる無数の脚のあいだを縫って逃げ出そうとする。一時的に聴覚も視覚も失い、口の中は血でいっぱいで、最低一本は歯が折れているらしいが、とにかくボールのように体を丸めてさらなるキックを耐え忍ぶ。やがてキックがやんで、今度は別の手が次々に彼を捕え、その中にラリーサの手もあった。音が戻るとラリーサのわめき声が聞こえた。「あっち、へ行って！　この人に触らないで！」吐き気を覚え、口いっぱいの血を床に吐き出す。その血だまりに髪が落ちかかるのも構わず、ラリーサが顔を覗きこんできた。「大丈夫？」

彼は精一杯の笑みを浮かべた。「やっと気分がよくなってきたよ」

「ああ、ボス。かわいそうな私のボス」

「前より断然いい気分だ」

渡りの季節、飛翔と歌とセックスの季節だった。南方の新熱帯区、世界有数の多様性を誇るあの一帯では、数百種の鳥たちがそわそわし始め、残り数千種の旅心を知らぬ鳥たち、その多くは分類学上の近親者だが、手狭な熱帯で共存しつつのんびり繁殖に励むそうした仲間たちをあとに残し、はるかな旅に出た。南米に何百種といるフウキンチョウ亜科の中では、四種だけがアメリカ合衆国を目指し、夏の温帯林に食糧と巣作りの場の恵みを求めて旅の諸々の危険を冒した。ミズイロアメリカムシクイはメキシコからテキサスへと海岸沿いに羽ばたいていき、そこで幾手にも別れてアパラチア山脈やオザーク山地の硬木林に向かった。ノドアカハチドリはベラクルスの花々でたっぷり太ってから、一気に八百マイルのフライトでメキシコ湾を横断、体重を半分に減らしてガルヴェストンに上陸し、ようやく羽を休めた。アジサシは亜北極と亜南極を行ったり来たり、アマツバメは着陸なしで空中でうた た寝、歌声あふれるツグミは南風を待って出発し、十二時間ノンストップ飛行でいくつもの州を横断した。高層建築や送電線、風力タービン、携帯電波塔、道行く車に殺戮される渡り鳥の数は何百万、しかし残りの何百万羽は無事に切り抜け、その多くは前年に巣を作った同じ木に、かつて巣立った同じ尾根や湿地に戻り、そこで雄なら歌いだした。毎年戻ってくるたびに、かつての住処のますます多くが駐車場やハイウェイへと舗装され、パレット材用に伐採され、宅地分譲用に造成され、採油採炭のために丸裸にされ、ショッピングセンター建設で断片化され、エタノール生産のために皆伐され、スキー場、バイクトレイル、ゴルフコースなど種々雑多な自然ならぬ自然に姿を変えていた。五千マイルの大旅行で疲れ果てた渡り鳥たちは、残されたわずかな縄張りをめぐって先着の連中と争った。つがう相手は見つからず、巣作りもあきらめ、繁殖せぬまま命を繋ぎ、気ままに徘徊する猫に遊び半分で殺された。それでもアメリカはいまなお豊かで比較的若い国であり、鳥たちでいっぱいの穴場もまだところどころに見つかった。探しに行く気になりさえすれば。

その気になったウォルターとラリーサは、四月の終わり、キャンプ用具を積みこんだバンで出発した。フリー・スペースの仕事が本格的に始まるまでに一カ月のフリータイムがあったし、セルリアン・マウンテン・トラストでの任務は終わっていた。ガソリンを食うバンでの旅となれば炭素排出も気になるところだが、これについては、かれこれ二十五年も自転車ないし徒歩で通勤を続けたこと、そしていままでは住居と言ってもあの名無しの湖の小さな閉めきった家しか持っていないことが、ウォルターのささやかな慰めとなった。生涯禁欲を貫いてきたのだから、一度ぐらい石油をぱあっと使ってもいいだろう、十代の日に奪われたあの夏の代償に、ひと夏だけ自然を満喫したって罰はあたらないだろうと思ったのだ。

ウォルターがホイットマン郡立病院に担ぎこまれ、あごの脱臼、顔面の裂傷、肋骨打撲の治療を受けているその最中にも、ラリーサは躍起になって、例の大演説はト、ラ、ゾ、ド、ン、服用による一、時、的、精、神、異、常、だったという説を売りこもうとしていた。「文字通り夢遊病状態だったんです」とヴィン・ヘイヴンに泣きついたのだった。「トラゾドンをいくつ飲んだのか知らないけど、一つじゃなかったのは確かです。しかもほんの数時間前に。自分でも何を言ってるかわかってなかったんです。私のせいです、あんな演説をさせてしまって。クビにするならこの私を、彼じゃなく」

「私の耳にはちゃんと言いたいことを言ってたように聞こえたがね」ヴィンは驚くほど怒りのない声で答えた。「残念だよ、あんなことになって、考えすぎてしまったんだな。せっかくいい仕事をしてくれたのに、あれこれ余計なことまで考えてしまったようだ」

ヴィンはトラストの電話理事会でウォルターの即時解雇を速やかに承認させ、さらに弁護士に指示を出して、ジョージタウンの屋敷のバーグランド家居住区画の買い戻しオプションを行使させた。ラリーサはフリー・スペースのインターンシップ応募者に、資金調達の目処《めど》が立たなくなったこと、リチャード・カッツの参加も見込めなくなったこと（手負いのウォルターに説得されてはさすがに折れないわけにいかなかった）、フリー・スペースの存在自体が危うくなっていることを通知した。応募者の一部は応募の取り下げをEメール返信してきた。ボランティアでも協力したいと言ってくれる者も二人いた。残りは音沙汰なし。ウォルターは屋敷からの立ち退きが迫っても依然妻と話し合いを持とうとせず、仕方なくラリーサが代わりに連絡を取ってやった。数日後、パティが借り物のバンでやってきて、ウォルターが最寄りのスターバックスに潜伏しているあいだに、保管にまわされたくない私物をまとめて持ち去った。

そのなんとも不愉快な一日の終わりのことだった。パティが去り、ウォルターがカフェイン漬けの亡命から帰還したあと、ふとブラックベリーをチェックしたラリーサの目に、新着メッセージ八十通の表示が飛びこんできた。送信者はどうやら国中の若者で、フリー・スペースへのボランティア参加はいまからでも可能かという問い合わせメールである。送信元のアドレスはどれも何やら刺激的な味わい、それ以前の応募者の、いかにもリベラルな若者風の金持ち大学アドレスとはずいぶん違う。freakinfreegan、iedtarget、pornfoetal、jainboy3、jwlindhjr、それに@gmail、@cruzio といった文字が並んでいる。翌朝までにはさらに百通の新着があり、加えて四都市の――シアトル、ミズーラ、バッファロー、デトロイト——ガレージバンドから、フリー・スペースのイベントの地元開催に協力したいという申し出があった。

　真相は、まもなくラリーサが突き止めたところによれば、ウォルターの暴言とその後の暴力沙汰を捉えた地元テレビ局の映像がネットに流出、拡散したということらしかった。折しもネット上で動画のストリーミングが可能になったばかり、ホイットマンヴィルのクリップ（CancerOnThePlanet.wmv）は瞬く間にブログ界のラジカルな周縁に、つまり九・一一陰謀説の提唱者や樹上座りこみ生活者《ツリーシッター》、ファイト・クラブ信者、動物愛護の過激派といったあたりに広がり、そのうちの一人がセルリアン・マウンテン・トラストのウェブサイト内にフリー・スペースへのリンクを発見。一夜にしてフリー・スペースは、資金も目玉ミュージシャンも失ったにもかかわらず、正真正銘の支持基盤とウォルターというヒーローを手にしたのである。

　長らくあのお得意のクスクス笑いとご無沙汰だったウォルターも、いまや始終クスクス笑っては肋骨の痛みにうめいていた。ある日の午後、ふらりと外出した彼は、中古のエコノラインの白のバンと緑のスプレー缶を持ち帰り、バンの側面と後部にざっとFREE SPACEの文字を吹きつけた。のみならず、近々家の売却で潤うはずの自己資金をその夏の団体の活動費に当て、パンフレットの印刷、インターンへのささやかな手当て、バンドバトルの賞金なども自腹で捻出する気満々だったのだが、そこはラリーサが離婚がらみの法的なごたごたを見越してなんとか思いとどまらせた。そんな折も折、思わぬところから金が降ってきた。父親の夏のプランを伝え聞いたジョーイが、フリー・スペース宛に十万ドルの小切手を振り出したのである。

「こんなバカな話があるか、ジョーイ」ウォルターは言った。「とても受け取れんよ」

「そう言わずに」とジョーイ。「残りの分は復員兵にまわすつもりだけど、コニーと話し合って、父さんがやってることもおもしろそうだって話になったんだ。小さい頃はこっちもいろいろ面倒見てもらったしさ、だろ？」

「当たり前だよ、我が子なんだから。親が面倒見なくてどうする。見返りなんて求めてない。おまえは昔からそのへんのことがわかってないみたいだが」

「でも笑っちゃうだろ、おれにこんなことできるなんてさ？　ほんと、冗談みたいだろ？　こいつはモノポリーの金なんだ。持ってたって意味はない」

「こっちだって使おうと思えば使えるだけの金は貯めてあるんだ」

「ま、その金は老後にとっときなって」ジョーイは言った。「この先ずっと有り金を施しにまわす気はさらさらないしね、本格的に稼ぎ始めたら。こいつは特例だよ」

　息子のことが誇らしいやら、もう喧嘩をしなくていいのがうれしいやらで、せっかくの恩人気分に水を差す気にもなれなかったので、この小切手の件では逆らわないことにした。そんな中ウォルターが犯した唯一の過ちは、この件をジェシカに漏らしてしまったこと。病院送りになったおかげか、娘もやっと口をきいてくれるようになっていたのだが、その声色を聞くかぎり、依然ラリーサと仲良くするつもりはさらさらないようだった。しかも、ホイットマンヴィルでの演説への反応もいたって冷たいもので、「〝地球の癌〟だなんて、あのときの会議で逆効果だって話になったフレーズの最たるものじゃないの」と言う。「それは措いとくとしても、パパは嚙みつく相手を間違ったと思う。メッセージとしてすごく印象悪いわよ、環境保護を、ああいう教育のない、いい生活を手に入れようって必死の人たちにぶつけるなんて。そりゃね、パパがああいう人たちを嫌いなのはわかる。でもそれは隠しとかないと。なのにいきなりあれだもん」。その後の電話で、ジェシカが弟の共和党支持のことをいらいらと口にするに及んで、ウォルターもつい、コニーと結婚して以来ジョーイは別人だと言い張ったのだった。事実、いまやジョーイはフリー・スペースの大口寄付者なのだと。

「で、そんなお金、どうやって稼いだわけ？」すかさずジェシカは訊き返してきた。

「いや、まあ、そんなにたいした額じゃないんだ」過ちに気づいて後ずさる。「何せほら、小さな団体だから、大口って言っても知れてるわけさ。ただその、寄付してくれるって気持ちだけでも——それだけでもあいつが変わったってことは十分わかる」

「ふうん」

「そりゃな、おまえがしてくれたことに比べりゃなんでもないよ。おまえの貢献は絶大だったからな。あの週末の会議に付き合ってくれて、おかげでコンセプトがばっちり決まった。あれはほんとに助かったよ」

「で、今後は？」と訊いてきた。「長髪にしてバンダナ巻いて、バンで国中をまわるの？　中年パワーとかってはじけるわけ？　そういうの、覚悟しといたほうがいい？　知っときたいのよ、のちのちこう、静かな小さな声で、私は昔のパパが好きでしたって証言したいから」

「約束するよ、長髪にはしない。バンダナもなし。おまえに恥をかかせたりしない」

「最後のについては、すでに手遅れかも」

こうなることはわかっていたと言うべきだろう。ジェシカの口ぶりはますますパティに似てきている。こんなふうに娘を怒らせてしまってもなおウォルターが悲しみに暮れずにいられるのは、いまでは日がな一日、自分のすべてを求めてくれる女の愛に浸っていられるからだった。その幸福感にはどこか、パティと過ごした若き日々、子育てや家の改修に力を合わせたあの日々を思わせるものもあったが、あの頃とは自覚の度合いが段違いで、我が身の幸福が細々《こまごま》としたところまでずっとリアルに感じられた。それにそもそも、ラリーサはパティとは違う。ある次元では最後まで悩みの種であり、謎であり、我の強い他者だったパティとは。ラリーサが相手だと、目に見えるものをそのまま信じられる。怪我が癒えるとベッドでともに過ごす時間も復活したが、そこで彼は、これまでの人生に欠けていながら、欠けていることに気づいてさえいなかったものを手に入れたのだった。

引っ越し業者がバーグランド家の痕跡を屋敷から一掃するのを見届けてから、ラリーサとバンに乗ってフロリダへ出発した。暑くなりすぎる前に、この国の南半身を西へと横断しようという狙いである。真っ先に思ったのは、ラリーサにサンカノゴイ《ビターン》を見せてやりたいということ、最初の一羽を見つけたのはフロリダのコークスクリュー湿地で、木陰の池の畔、年金生活者と観光客の重みでぎしぎしと鳴っている遊歩道《ボードウオーク》のすぐそばだった。が、同じサンカノゴイ《ビターン》でもあの苦みばしった《ビターネス》ところはいっさいなく、衆目の中に平然と佇み、その無意味な擬態で観光客のカメラのフラッシュを反射させている。ウォルターは本物のサンカノゴイを、人見知りするやつを見せたいと言い張り、ビッグ・サイプレス（当地の国立保護区）の未舗装の土手道を行く車の中で、四輪バギー《ATV》を遊びで乗りまわす連中、つまりコイル・マシスやミッチ・バーグランドみたいな手合いが生態系に及ぼすダメージをめぐって延々毒舌をふるった。もっとも、そんなダメージにも関わらず、低木ジャングルと黒ずんだ池にはまだまだたくさんの鳥がいて、ワニの姿も無数に見られた。やがてついに、ショットガンの薬莢と白焼けしたバドワイザーのパックが散乱した沼地に、ウォルターはサンカノゴイの姿を認めた。ラリーサが土埃をたててバンを止め、双眼鏡で存分に鑑賞したところに、平荷台にATVを三台積んだトラックが轟音をたてて通り過ぎていった。

キャンプ経験はなかったものの、ラリーサはやる気満々で、その通気性のいいサファリウェア姿は恐ろしくセクシーだった。日焼けが平気なうえ、ウォルターとは正反対で蚊にも刺されにくいから楽なものである。料理の初歩を教えようともしてみたけれど、やはりテントの組み立てやルートの計画のほうが性に合っているらしい。そこでウォルターは毎朝夜明け前に起き出して、六杯用のポットにエスプレッソを作り、豆乳ラテをテントまで運んでやった。それから二人、朝露と蜂蜜色の光の中を散歩に出かける。ラリーサは彼ほどには野生動物に夢中になれないようだったが、びっしり茂った葉叢《むら》に潜む小鳥を見つけるのが得意で、フィールドガイドを熱心に参照しながら、見つけた鳥の種類をめぐるウォルターの勘違いを指摘しては大喜びしていた。やがて日が高くなり、鳥たちの活動が一段落すると、車に戻ってまた何時間か西へ移動し、ワイヤレス接続が暗号化されていないホテルの駐車場を探しだして、そこでラリーサはEメールでインターン希望者との調整を進め、ウォルターは彼女が立ち上げてくれたブログを更新する。そうしてまた次の州立公園、ピクニックディナー、テントで恍惚の取っ組み合いという繰り返し。

「そろそろ飽きてきたかい?」ある晩、テキサス南西部はメスキート地帯のひときわ美しく閑散としたキャンプ場でウォルターは言った。「なんなら一週間ほどモーテルに泊まって、プールで泳いで、仕事をしてもいいんだよ」

「ううん、あなたが動物探しに夢中なの、見てるだけで楽しいもの」ラリーサは言った。「その幸せそうな顔を見ていたい。そうじゃない時期がずいぶん長かったし。あなたとこうやって旅していたい」

「でもさすがに飽きてきたんじゃない?」

「ううん、まだ」と言う。「ただ、自然がほんとに大好きかって言われたら微妙かもね。あなたみたいには好きじゃないかも。なんかこう、すごく暴力的な気がするの。ほら、カラスがツバメの赤ちゃん食べてたでしょ、ああいうのとか、ヒタキもそう、あとアライグマも卵を食べてたし、タカなんてもう手当たり次第。みんな自然の安らぎなんて言うけど、私に言わせれば安らぎの正反対。始終殺してばっかりで。人間よりもっとひどい気がする」

「ただし」ウォルターは言った。「人間と違って、鳥が殺すのは食べなきゃならないからだ。そこに怒りはないし、悪意もない。病んでないんだ。ぼくに言わせりゃ、そこが自然の安らぐところでね。生きる者もいれば死ぬ者もいるけど、そういうのが憤懣やら病んだ心やら、イデオロギーやらで毒されてない。だからぼく自身の病んだ怒りを忘れていられる」

「でもあなた、もう怒ってないみたいよ」

「そりゃね、いまは一日中きみと一緒にいられるから。主義を曲げる必要も、人間の相手をする必要もないから。そのうち怒りは戻ってくると思うよ」

「そうなっても私は別に平気」ラリーサは言った。「あなたの怒る理由はよくわかるし、立派だと思うから。それも好きになった理由の一つだし。ただそれはそうと、幸せなあなたを見てると、それだけで私も幸せなの」

「きみはケチのつけようのない人だっていつも思ってるのに」そう言ってラリーサの肩に手をやった。

「そのたびにもっとケチのつけようのないことを言う」

が、その実、いまの状況にはどうにも皮肉な悩ましい面もあった。溜まっていた怒りをついに、まずはパティに、それからホイットマンヴィルでぶちまけ、結果として結婚生活から、またトラストからも自由になったことで、怒りの二大原因はひとまず消え失せていた。そこで、ここしばらくはブログでも、あの地球の癌云々という「ヒーロー」ぶりをあえて自ら軽んじて見せ、ほどほどに和らげようとしてきたし、また、悪いのは〝体制〟であってフォースター渓谷の人々ではないと強調してきたのだった。ところがこれがファンたちには不評で、厳しい叱責の声が山ほど届いたため（「びびってんじゃねえよ、あんたのスピーチ、超イケてたぜ」云々）、彼自身、ウェストヴァージニアで車を運転中に頭を離れなかった諸々の毒々しい考えを、職責の名の下にこれまでぐっと飲みこんできたハードコアな反成長主義を、すべて率直に公表する義理があるような気にもなっていた。その方面では、痛烈な議論もぞっとするようなデータも、大学時代よりこの方たんまり溜めこんである。ならばせめてこの機会に、奇跡的にも本気でこの問題に関心を寄せてくれているらしい若い連中に伝えておくべきではないか。とはいえ、ブログ読者層の荒れ狂う過激さはやはり気にかかるし、いまの自分の平和な気分とはどうもしっくりこない。一方、ラリーサはラリーサで、何百という新たなインターン応募者をせっせと選別し、非暴力的できちんとしていそうな子たちに電話連絡をとるのに大忙し、その彼女の目に合格と映るのはほぼ例外なく若い女性だった。同じ人口過剰との闘いに身を捧げていても、ラリーサの考え方はあくまで現実的で人にやさしく、抽象的かつ人間嫌いなウォルターのそれとは正反対で、そんな彼女をつい羨ましく思い、自分もそんなふうになれたらと願わずにいられないというのも、彼のラリーサへの愛が深まっている一つの証拠に違いない。

この漫遊旅行の最後の目的地――カリフォルニア州カーン郡、めくるめく数の鳴鳥の繁殖地だ――に向かう前日、二人はモハーヴェ砂漠のとある町に立ち寄り、近隣の空軍基地に配属されているウォルターの弟ブレントと会った。ブレントはいまだ未婚で、人として政治家としてジョン・マケイン上院議員に心酔しており、感情面では空軍入隊と同時に成長が止まったような男だったから、ウォルターがパティと別れたことにも、いまのラリーサとの仲にも完璧なまでに無関心だった。それどころか、目の前のラリーサを何度も「リサ」と呼び間違える始末。それでもランチの勘定は持ってくれたし、兄のミッチの消息も教えてくれた。「でね、どうかな」と言う。「母さんの家がまだ空き家なんだったら、しばらくミッチに使わせてやってくれないか。あいつ、電話も住所もなくてね、相変わらず飲んでるみたいだし、子供の養育費も五年ぐらい払ってない。そうそう、ステイシーとのあいだにもう一人できたんだ、別れる直前に」

「てことはぜんぶで」ウォルターは言った。「六人？」

「いや、五人だな。ブレンダとのあいだに二人、ケリーのときに一人、ステイシーが二人。金を送ってやっても駄目だと思うんだ、どうせ飲んじまうだろ。でも住む場所があったら助かるんじゃないかって」

「ずいぶん親切なんだな、ブレント」

「とりあえず言ってみただけさ。兄さんとミッチの仲が悪いのは知ってるしね。ただほら、どうせ空き家なんだったらってことだよ」

　鳴鳥のひなが五羽ならちょうどいい数だろう。鳥たちはいたるところで人間に迫害され、追い立てられているのだから。でも人間の場合はそうは思えないし、その五という数の分、ウォルターの中でミッチに同情を寄せることへの抵抗が増した。心の片隅には隠しようもなく一つの願望があった。この世の誰もが少しだけ子作りを控えてくれたら、この自分にも少しだけ、もう一度だけ、子作りが、ラリーサとのあいだに子を持つことが許されるんじゃないか。むろん恥ずべき願望だ。何せ反成長を掲げる団体の指導者である。子供だってすでに二人、それも人口の観点からして褒められたものではない若いときの子供だ。以前と違って息子に失望しているわけでもない。孫がいてもおかしくない年に近づいている。なのにラリーサに子を孕ませたいという思いが頭を離れない。二人のセックスの根底には常にそれがあるし、彼女の体をあれほど美しく感じるという事実に暗号化されている意味もそれだ。

「だめだめ、だめよハニー」カーン郡のキャンプ場のテントでその話を持ち出すと、ラリーサはそう言って笑顔で鼻をすりつけてきた。「相手を間違ったわね。わかってたはずよ。私は他の子とは違うの。あなたと同じ変人なの、タイプは違うけど。そのことははっきり言っといたでしょ?」

「もちろん憶えてるよ。念のため確認しただけだよ」

「そう、ならいいけど、答えは永遠に変わらないわ」

「理由はあるのかな?　みんなと違う理由は?」

「さあね、でもとにかくそれが私。赤ちゃんがほしくない女なの。それがこの世での私の使命。私のメッセージ」

「いまのままのきみが好きだ」

「だったらあきらめてね、やっぱりケチのつけようはあったってことで」

二人は六月をまるまるサンタクルーズで過ごした。ラリーサの大学時代の親友、リディア・ハンが、そこの大学院で文学を学んでいた縁である。当初はリディア宅で雑魚寝《ざこね》、それから裏庭を借りてキャンプ、その後は杉林でキャンプした。ジョーイの寄付を使って、ラリーサは選んだ二十人のインターンに飛行機のチケットを送った。リディア・ハンの指導教官は名前をクリス・コネリーといい、ぼさぼさ髪のマルクス主義者で中国の専門家だったが、この人物がインターンの寝袋のために自宅の庭を開放し、バスルームも使わせてくれたうえ、これらフリー・スペース精鋭によるプラニングを兼ねた三日間の集中研修用にキャンパスの会議室まで押さえてくれた。メンバー中十八人が女の子で——ドレッドもしくはスキンヘッド、見ていて痛いほどあちこちにピアスおよび／もしくはタトゥーを入れて、その集合的なメス性はむんむん匂い立つばかり——そんな彼女らにウォルターは惹かれずにはおれぬ様子、歯止めのない人口増加の弊害を説きながらもしょっちゅう顔を赤らめていた。だからコネリー教授の誘いでその場を逃れ、サンタクルーズ周辺の自然《フリー・スペース》の中にハイキングに出かけたときには心底ほっとしたし、そうして褐色の丘や杉の生い茂るぐっしょりと濡れた谷を歩きながら、グローバル経済の崩壊と労働者による革命を語るコネリーの楽天的予言に耳を傾け、カリフォルニア沿岸の珍しい鳥たちを観察し、信念から公有地でみすぼらしい生活を送る若きフリーガン（反消費主義、反環境破壊の信念から捨てられた食糧を漁る人々）や過激な集産主義者たちと知り合ったのだった。なるほど、大学教授になればよかったんだな、と彼は思った。

七月、安全なサンタクルーズを離れ、再び旅に出た。そこで初めて、その夏国中を支配していた怒りにどっぷり浸かることになった。連邦政府の三権をすべて握っている保守派の連中がなぜいまだに怒っているのか——イラク戦争を控えめに批判する人々に対して、結婚したがっているゲイのカップルに対して、温厚なアル・ゴアや用心深いヒラリー・クリントンに対して、絶滅危惧種やその保護を求める人々に対して、先進国の中では最も安い部類に入る税金やガソリン価格に対して、同じ保守派の連中が経営している主流メディアに対して、庭の手入れや皿洗いをしてくれているメキシコ人たちに対して――ウォルターにはいま一つよくわからなかった。なるほど、彼自身の父親も同じように怒ってはいたが、あれはいまよりずっとリベラルな時代のことである。そして、そんな保守派の怒りが左翼の敵対的怒りに火をつけたせいで、ロサンゼルスやサンフランシスコでのフリー・スペースのイベントでは、それこそ焼けつくような熱気を肌で感じることになった。話をしてみた若い連中はみな、ジョージ・ブッシュからティム・ラサート（NBCの看板政治キャスター。二〇〇八年に急死）、トニー・ブレアからジョン・ケリーに至る誰も彼もを「クソジジイ」なる万能語で呼び習わしていた。九・一一がハリバートンとサウジ王室の陰謀だという説も、ほとんど神の教えのごとく共有されていた。三つのガレージバンドがそれぞれに、大統領と副大統領を拷問して殺すという稚拙な妄想の歌を歌った（おれのクソで窒息しやがれ／デカ物ディック、いい気分だぜ／イェー、チビのジョージー／こめかみに一発、それで十分さ）。ラリーサはインターンに、そしてとりわけウォルターに、過激なメッセージを控え、話題は人口過剰をめぐる真実に限定し、運動の裾野をなるべく広くしておくようさんざん言い聞かせていた。が、リチャードのようなブランド価値のある呼び物を失ったいま、イベントにやってくる者の大半はこちらから説得するまでもない過激派で、目出し帽をかぶって街に繰り出し反WTOの暴動を起こしそうな不満分子ばかりだった。ウォルターがステージに立つたびに、ホイットマンヴィルでのキレっぷりやら、うっかりブログに書きこんだ暴言やらにはやんやの大喝采なのだが、冷静になろう、事実はおのずと明らかなのだからなどと言い出せば、とたんに聴衆は静まり返るか、彼ら好みのウォルターの過激な発言――「地球の癌！」「くたばれ法王！」――をチャントし始める。とりわけ雰囲気が険悪だったのはシアトルで、ステージを降りるときにはブーイングもちらほら聞こえていた。中西部や南部、特に大学町では反応もよかったが、その分参加者もずっと少なかった。ジョージア州アセンズにたどり着いた頃には、ウォルターは朝起きるのもつらくなっていた。旅疲れに加え、この国の醜い怒りは自身の怒りの増幅されたこだまにすぎないんじゃないか、リチャードへの個人的恨みに拘泥しすぎてフリー・スペースのファン層を不当に狭めてしまったんじゃないか、ジョーイの金もいっそ家族計画《プランド・ペアレ》連盟《ントフッド》にでも寄付したほうがよかったんじゃないかという胸苦しい思いもあった。仮にラリーサがそばにいてくれなかったら、そうして道中ほとんどハンドルを握り、絶えず熱意を注いでくれなかったら、いっそツアーなんか放り出してバードウォッチングに出かけていたかもしれない。

「落ちこんじゃう気持ちはわかるわ」車でアセンズをあとにしながらラリーサは言った。「でも私たちの問題が世間のアンテナに引っかかるようになってるのは確かよ。フリーペーパーは予告記事を打って、こっちの主張をそのまま載せてくれてる。ブログやオンラインレビューも人口過剰の話題で持ちきり。七〇年代以降ずっと公の話題にならなかったのに、突然みんな騒ぎ始めて。あっという間に世間に広まってる。新しい考え方が根づくのはいつだってラジカルな周縁から。たまに不愉快なことがあるからって落ちこんじゃだめよ」

「ぼくはウェストヴァージニアの百平方マイルの森を救った」ウォルターは言った。「コロンビアではもっとだ。意味のある仕事だったし、リアルな成果があった。なぜあれを続けなかったんだろう？」

「なぜって、それじゃ足りないってわかってたからよ。本当に世界を救うただ一つの方法は、人々の考え方を変えさせること」

ウォルターは恋人を見つめた。その手はしっかりとハンドルを握り、きらきらした目を道の彼方に据えている。自分もそんなふうになれたらという願いに、しかしそうなれない自分をそれでも愛してくれる彼女への感謝に、胸がはちきれそうだった。「ぼくの問題は、その人々ってのに十分な好意を持てないところなんだ」と言う。「人々が変われるなんて本当は信じてない」

「いいえ、あなたは人々が好きなはず。誰に対してもいつもきちんと接してるじゃない。話すときも笑顔にならずにいられないみたいだし」

「ホイットマンヴィルでは笑顔じゃなかったよ」

「ところが笑顔だったの。あのときでさえ。それがまた異様だったわけ」

どのみちこの猛暑の候には見るべき鳥もさほどいなかった。ひとたび縄張りを宣言し、交尾を済ませてしまえば、小さな鳥が周囲の目を惹くことにメリットはない。ウォルターは毎朝、まだ生命でいっぱいのはずの保護区や公園に散歩に出かけたが、生い茂った草も、鬱蒼と葉を茂らせた木々も、夏の湿気の中でかさりとも動かなかった。鍵のかかった家みたいに。自分たちのことしか見えないカップルみたいに。北半球がせっせと太陽エネルギーを吸収し、それを植生が無言で動物の餌へと変換していく中、ぶんぶんうなる虫の羽音だけが唯一耳に届く副産物だ。新熱帯区の渡り鳥にとってはご褒美のひととき、まさしくいまを楽しむべきときなのだ。やるべき仕事のある鳥たちを羨みながら、ウォルターはふと、こんなふうに気が滅入るのも、夏に仕事がないなんて、ここ四十年来なかったからだろうかと思った。

フリー・スペース主催のバンドバトルの全国大会は八月最後の週末に開催予定、場所がウェストヴァージニアというのが玉に瑕だった。辺鄙な州であるうえ、交通の便も良好とは言いがたい。ところがウォルターがブログで開催地変更を提案したときにはすでに、ファンたちはウェストヴァージニア遠征の話で盛り上がっていた。その高い出生率や、石炭産業への重度の依存、キリスト教原理主義者の多さ、そして二〇〇〇年の選挙結果をジョージ・ブッシュ勝利に傾けた責任、そんなあれこれを糾弾して恥じ入らせてやろうというのだ。ラリーサはなんとあのヴィン・ヘイヴンに、当初から開催地として念頭にあったトラスト所有のヤギ牧場を使わせてほしいと持ちかけた。するとこの蛮勇に腰を抜かしたのか、ラリーサ必殺の柔和な圧力に抗えなかったのか、ヴィンはあっさり許可してくれたのだった。

疲労のどん底でラストベルト（アメリカ中西部から北東部にかけての工業都市群）を横断するうち、総走行距離は一万マイルを、ガソリン消費も三十バレルを突破した。そうしてツインシティに到着したのは八月中旬、たまたまその夏最初の寒冷前線が秋の匂いを運んでくる時期に行き当たった。カナダからメインやミネソタの北部へと延びる、いまなおほぼ手つかずの北方針葉樹林では、ムシクイ、ヒタキ、カモ、ホオジロの仲間たちが子育ての務めを果たし、繁殖期の羽毛からカムフラージュしやすい色に着替えて、風の冷たさや太陽の角度に再び南へ旅立つシグナルを読み取ろうとしていた。親鳥だけ先に出発することも多く、残されたひな鳥は飛行訓練や餌取りの練習を重ねてから、へたくそながらもどうにか自力で、高い斃死率をものともせず越冬の地を目指した。そうして秋に去った者たちの中で、春にまた戻ってくるのは半数にも満たなかった。

セントポールのローカルバンド、シック・チェルシーズと言えば、かつてウォルターがトラウマティックスの前座で聴いたときには一年も持つまいと思ったものだが、これがいまだ健在どころか、フリー・スペースのイベントにたっぷりファンを呼びこんで票を集め、ウェストヴァージニアでの決勝大会に駒を進めた。他に見覚えのある顔は観客に混じったセスとメリーのポールセン夫妻のみ、なつかしのバリア街のご近所さんだが、その場の誰と比べても、といってもウォルターを除けばの話だが、どう見たって三十歳は年上である。セスはすっかりラリーサに夢中で一時も目が離せない様子、疲れたと愚痴るメリーをよそに、バトル終了後に〈テイスト・オヴ・タイランド〉で遅い夕食をと強引に押し切ってきた。そうなるともう食卓は詮索のオンパレード、セスはしきりにウォルターを突っつき、ジョーイとコニーのいまや悪名高き結婚やら、パティの消息、ウォルターとラリーサの出会いの細かないきさつ、ウォルターが『ニューヨーク・タイムズ』でこき下ろされた背景事情（「いやあ、ひどい書かれようだったな」）などなどの内部情報を引き出そうとし、あきらめ顔のメリーは必死にあくびを噛み殺していた。

ようやく深夜にモーテルに戻ると、そこでウォルターとラリーサはあわや喧嘩かという事態に立ち至った。当初の計画では、ミネソタで数日の休みをとり、バリア街、名無しの湖、ヒビングを訪問しつつ、ミッチの行方にも探りを入れてみようという話だったのに、ラリーサが一刻も早くウェストヴァージニアに引き返したいと言い出したのだ。「現場に集まってる人たちの半数は自称アナーキストなのよ」と言う。「それも名ばかりじゃないような連中。私たちもいますぐ行って、会場の管理にかからなきゃ」

「だめだ」ウォルターは言った。「こうやってセントポールを最後にしたのも、何日かゆっくり骨休めをするためじゃないか。ぼくが育った場所を見たくないのかい？」

「もちろん見たいわ。また今度見に来ましょ。来月にでも」

「でも、せっかくここまで来たんだよ。二日くらい休んだって害はないだろ、それからワイオミング郡に行ったって。そうすりゃはるばる戻ってこなくて済むし。二千マイルも余分に車を走らせるなんてバカげてるよ」

「なんであなたはそうなの？」ラリーサが言う。「なんで目の前の大事な問題を処理しようとしないの？　過去に浸るのはあとでもいいでしょ？」

「だってそういう計画だったじゃないか」

「あくまで計画、契約じゃないわ」

「それにそう、ミッチのことが少し心配だってのもある」

「大嫌いなくせに！」

「だからって路頭に迷ってほしくはない、兄貴だからね」

「そう、でも一カ月ぐらい待てるでしょ」と言う。「終わったらすぐ戻ってくれば」

彼は首を振った。「それにあの家の様子も見ておく必要がある。もう一年以上も空き家になってるから」

「ウォルター、だめよ。これはあなたと私の、二人の問題だし、いま起こってることに目を向けて」

「なんならバンはここに置いといて、飛行機で向こうに飛んでレンタカーを借りればいい。そうすりゃロスは一日で済むし。会場の管理云々にもたっぷり一週間はかけられる。なあ、頼むからここは折れてくれないか？」

ラリーサは両手で彼の顔を挟み、ボーダーコリーのつぶらな瞳で見つめてきた。「だめ」と言う。

「ここはあなたが折れて、お願い」

「行けよ」彼はそう言って身を離した。「飛行機で。ぼくは二日後に追いかける」

「なんであなたはそうなの？　セスとメリーのせい？　あの二人のせいで過去のことで頭がいっぱいなの？」

「ああ、それはある」

「そう、じゃあそれは頭から追い出して、一緒に来て。私たち、一緒にいなきゃだめよ」

温かな湖の底から冷たい水が湧き出るように、代々のスウェーデン系遺伝子に刻まれた鬱が彼のうちにじわじわ滲《し》み上がってきた。ラリーサみたいなパートナーに自分はふさわしくない、自由と反逆の恰好いい人生にも向いていない、もっと退屈で果てしなく不満な状況に置かれ、それに抗いながらなんとか生き延びていくのが自分の人生だという思い。そしてそんな思いを抱くことで、ラリーサとのあいだに新たな不満の種をまいていることも自覚していた。でもそのほうがいいのだ、と鬱々と思う。本当のぼくがどういう人間か、後回しにするよりいますぐ気づかせてやったほうがいい。兄や父や祖父と実はよく似ていることも。だから再び首を振った。「ぼくは計画通りにやるよ」と言う。

「二日ほどバンを使わせてもらう。一緒に来る気がないんなら、きみには飛行機のチケットを買おう」

そこで彼女が泣いていればすべては変わっていたかもしれない。が、彼女も頑固で鼻っ柱が強く、彼に腹を立ててもいた。そんなわけで、翌朝バンで空港まで彼女を送りながら、ウォルターはくどくどど謝り、そのうちにラリーサがもうやめてとさえぎったのだった。「いいのよ」と言う。「もうなんともないの。今朝はもう気にしてないから。おたがいにやるべきことをやってるだけ。向こうに着いたら電話する。どうせすぐに会えるし」

日曜の朝だった。ウォルターはキャロル・モナハンに電話してから、なつかしい並木道をラムジーヒルへ向かった。ブレイクがキャロルの大小の庭木をさらに何本か切り倒していたのを除けば、ラムジーヒルはさほど変わっていなかった。ウォルターを迎えるキャロルの温かな抱擁の、そのぐいぐい乳房を押しつけてくる感じは親戚同士というのとはちょっと違うような気もしたが、ともあれその後一時間ほど、幼児対策を施したワンルームリビングを双子がきゃあきゃあ駆けまわり、ブレイクがそわそわ立ち上がっては部屋を出て、戻ってきたかと思えばまた出ていくその傍らで、いまや姻戚となった親同士、しかるべく旧交を温めたのだった。

「すぐにでも知らせてあげたかったのよ」キャロルが言う。「ほんと、お尻の下に敷いとかなきゃ手が勝手に電話しちゃいそうなくらい。なんでか知らないけど、ジョーイは自分の口から言いたがらないし」

「うん、まあ、母親との関係がああだったから」ウォルターは言った。「それを言うなら父親とも」

「で、パティはどうしてるの？　もう一緒じゃないって聞いたけど」

「実はそうなんだ」

「ねえウォルター、これだけははっきり言わせて。本音を言うわ、それでいつも損するんだけどかまやしない。そう、あなたたち、別れるのが遅すぎたくらいよ。あの人のあなたへの仕打ち、ほんと見てられなかったわ。いつだって自分が主人公じゃなきゃ気がすまない人なんだもの、ってね。あーあ

——言っちゃった」

「まあでもね、キャロル、そのへんはいろいろややこしいんだ。それにパティのやつも、いまじゃコニーの義理の母親だから。親同士、なんとかうまくやってほしいんだが」

「ふん。あたしはどうでもいいの、どのみちそんなに会うこともないし。ただ、あの人もわかってくれたらねえ、うちの娘がどんなに立派な心の持ち主か」

「ぼくはよくわかるよ。コニーはほんとにいい子だし、これからまだまだ伸びる」

「まあね、あなたはいつもよくしてくれたもの、パティはともかく。あなた自身、立派な心の持ち主だし。あなたとお隣さんだったことはほんとによかったと思ってるのよ、ウォルター」

そんな言い方はフェアじゃない、きみもコニーもパティには長年いろいろ親切にしてもらっただろう、とは言い返さずにおいたが、それでもやはりパティのことを思うとひどく悲しくなった。パティが善い人間たろうとどれほどがんばっていたか、それがよくわかっていただけに、彼女の残念な面しか見えない人々とこんなふうに一緒にされるのはつらかった。喉元にこみあげる熱いものは、なんだかんだと言ってもまだ彼女を愛している証拠だった。膝立ちになって双子と控えめな交流を試みていても、思い出すのはパティのこと、幼い子供の相手をするのも自分なんかよりはるかに自然で、ジェシカとジョーイがこの双子の年だった頃には、それこそ我を忘れて遊んでやっていた。幸せいっぱい、他の何も目に入らぬ様子で。そう、やはりこのほうがよかったのだ。ラリーサを先にウェストヴァージニアにやり、こうして一人過去に苛まれるのが正解だったのだ。

やっとのことでキャロルの話相手を切り上げ、ブレイクの冷たいさよならにリベラルであるという罪の根深さを思い知ってから、今度はグランドラピッズへ車を走らせ、道中食料品を買いこんで、夕刻に名無しの湖に到着した。不吉にもお隣のランドドナー家の地所には〝**売家**〟の標識が立っていたが、湖畔の我が家はこの二〇〇四年という年も、これまでの幾年月と同じくまずまず無難に凌いできたらしかった。スペアキーも粗造りの古い樺のベンチの下にちゃんとぶら下がっていたし、妻と親友が裏切りを働いた家の中にいるのも耐えられないほどではなかった。他にもいろいろある鮮明な思い出がどっと押し寄せて、なんとか持ちこたえてくれたのだ。日暮れまで熊手と箒を手に掃除に精を出す。大仕事だが、こういうのもたまには悪くない。それから就寝前にラリーサに電話をかけた。

「いかれてるわよ、こっちは」と言う。「来て正解。あなたが来なかったのも正解、これ見たらぜったい頭に血が上っちゃうわ。ほんと、アパッチ砦かって感じ。スタッフにセキュリティをつけなきゃいけないくらい、早く来たファンから身を守るための。あのシアトルのいやな連中がごっそりこっちに移ってきたみたい。井戸のそばに小さなキャンプを作って、そこにポータブル便器《ポータポッティ》を一つ置いたんだけど、それが早速三百人くらいに包囲されてるの。もうあちこち人だらけ、水を飲んでる小川のすぐそばでウンコしてたりとか。しかも地元の人たちの神経は逆なでするし。ここに来る途中の道、落書きだらけよ。朝にはインターンに汚しちゃった家を一軒一軒まわらせて謝らせなきゃ。よければこちらで塗り替えますって言わせたほうがいいわね。私もあちこち顔を出して、頭を冷やしてって言ってまわったんだけど、みんなハイになってるし、十エーカーの地所にてんでんばらばらに広がって、リーダーシップのかけらもないし、もう完全にカオス。そうこうするうちに暗くなるし、雨も降りだすしで、仕方なく町のモーテルに戻ってきたわけ」

「ぼくも明日そっちに飛ぼうか」ウォルターは言った。

「ううん、バンを持ってきて。会場でキャンプできたほうがいいから。どのみちいま来たってカッカしちゃうだけよ。私なら熱くならずに処理できるし、あなたが着く頃には状況はましになってるはず」

「だったらまあ、せめて運転には気をつけてくれよ、な？」

「うん」ラリーサは言った。「愛してるわ、ウォルター」

「こっちもね」

愛する女が愛してくれている。それだけは確かだったが、そのときもその後も確かなのはそれだけ。残りの重大な事実は不明のままだった。ラリーサが実際、運転に気をつけていたのかどうか。翌朝ヤギ牧場へ戻る際、雨に濡れて滑りやすい郡道を急ぎすぎていたのかいなかったのか、山道の見通しの悪いカーブを危険なスピードで曲がろうとしていたのかいなかったのか。そうしたカーブの一つに突如石炭トラックが姿を現し、毎週ウェストヴァージニアのどこかで石炭トラックがやらかすことをやらかしたのかどうか。それとも車高の高い巨大オフロード車に乗った誰かが、もしかしたら〝**フリー・スペース**〟や〝**地球の癌**〟といった落書きで納屋を汚された誰かが、コンパクトな韓国製レンタカーを運転する肌色の濃い若い女性に目を留め、車線に割りこむなり背後から煽るなり、接触すれすれで追い越すなり、あるいはわざと路肩のない道の外へ追いやるなりしたのかどうか。

正確な事情はどうあれ、午前七時四十五分前後、牧場の五マイル南で彼女の車は長い急勾配の土手を転落し、ヒッコリーの木に激突した。警察の事故報告には、わずかな慰めになったかもしれない即死という言葉さえなかった。だが外傷は激しく、骨盤が砕けて大腿動脈が切れており、ゆえにミネソタ時間の七時三十分、ウォルターが家の鍵をベンチの下の釘に戻し、兄を探しにエイトキン郡に向かった時点ですでに絶命していたのは間違いない。

父親との長い経験から、アルコール依存症の人間と話をするなら午前中にかぎるというのはわかっていた。ミッチの最後の妻ステイシーについてブレントから聞き出せたのは、郡庁所在地であるエイトキンの銀行で働いていることだけ、そこでエイトキンの銀行を急ぎ足であたっていったところ、三つ目でステイシーを発見した。骨太な農家の娘といったタイプの美人で、見た目は三十五前後、ただし口を開くと十代の娘みたいだった。ウォルターとは初対面だったが、ミッチが子供たちを放り出した責任を負わせるのにはまさにお誂え向きの相手である。「仲良しのボーの農場でもあたれば」不機嫌そうに肩をすくめて言う。「最後に聞いた話じゃ、ボーのとこのガレージルームに居候してるって。三カ月とか、そんぐらい前だけど」

氷河に削られた沼地ばかりでこれといった鉱物もないエイトキン郡は、ミネソタ一貧しい郡であるがゆえに鳥類は豊富だったが、ウォルターは寄り道せずにどこまでもまっすぐな郡道五号線を進み、やがてボーの農場を見つけた。伸びすぎたアブラナがあちこちに生え残っている大きな畑と、それよりは小さな、草取りの不十分なトウモロコシ畑。家のそばの私道にしゃがんでいるのはボーその人だろう、幼い子供たちがうろうろ行き交う開けっ放しの戸口の先で、ピンクのひらひらで飾られた女の子用自転車のスタンドを修理している。頰にはジンの赤みが差しているが、まだ若くてレスラーみたいな筋肉をした男である。「そうか、例の街の弟だな」そう言って戸惑ったような横目でウォルターのバンを見やる。

「そう、それだ」ウォルターは言った。「ミッチがここに居候してるって聞いたんだが」

「ああ、居つかねえがな。いまはたぶんピーター湖にいるんじゃねえかな、あそこの郡のキャンプ場に。何か大事な用かい？」

「いや、近くまで来たもんだから」

「ああ、ずいぶん苦労してるみたいだぜ、ステイシーに追い出されてから。力になってやりてえとは思ってるんだがね」

「追い出された？」

「うん、まあ、あれだよ。どっちの言い分を聞くかっていう、な？」

ピーター湖はグランドラピッズ方面に車で一時間近く引き返したところにあった。そのキャンプ場というのがそこはかとなく廃車置場を思わせる場所で、真昼の太陽の下ではとりわけぱっとしなかった。着いてまもなく、腹の出た年かさの男が泥のこびりついた赤いテントのそばにしゃがみこんで、新聞紙の上で魚の鱗をこそげ落としているのを見かけた。車で通り過ぎてから、ふと父親に似ているなと思い、そこでやっといまのがミッチだと気づいた。ささやかな日陰を求めてポプラの木のすぐわきにバンを停め、自分はここでいったい何をしているんだろうと自問する。ミッチに名無しの湖の家を提供する覚悟があるわけでもない。ラリーサと二人、半年かそこらあの家で暮らしながら、将来のことを考えるのも悪くないなと思っていたのだ。それでも、自分ももっとラリーサみたいになりたい、もっと大胆な、人にやさしい人間になりたいという一心で、ミッチのことは放っておいてやったほうがよっぽど親切かもしれないと知りつつも、ぐっと深く息をつくと、赤いテントのところまで歩いて引き返した。

「ミッチ」と声をかける。

ミッチは八インチのサンフィッシュの鱗取りに夢中で顔も上げなかった。「おう」

「ウォルターだよ。あんたの弟の」

そこでやっと顔がこちらを向く。反射的に浮かんだ嘲笑が、すぐに本物の笑顔に変わった。昔の二枚目の面影は消えていた。いや、より正確に言えば、その面影は縮んで、日に焼けて膨れた砂漠の中のささやかな顔内オアシスと化していた。「なんてこった!」と叫ぶ。「ウォルターじゃねえか! こんなとこで何してんだよ?」

「近くに来たから顔を見に寄ったのさ」

ミッチはひどく汚れた膝上丈のカーゴパンツで両手を拭い、片方をウォルターに差し出した。その締まりのない手を、ウォルターはぎゅっと力をこめて握った。

「そうか、いやあ、そりゃよかった」ミッチがぼんやりと言う。「ちょうどビールでも飲もうかと思ってたとこだ。おまえも飲むか? それとも相変わらず酒はだめか?」

「もらうよ」ウォルターは言った。シックスパックを二つ三つ持ってきてやればよかった、ラリーサならきっとそうしただろうとはたと思い当たったが、ミッチにいい恰好をさせてやるのもそれはそれで親切かなと思いなおした。どっちがよりやさしいのだろう。ミッチはテントまわりの散らかった一帯を巨大なクーラーのところまで歩いていき、パブスト・ブルーリボンを二缶手に戻ってきた。

「まったくなあ」と言う。「さっきあのバンが通り過ぎたとき、こりゃまたどこのヒッピーが来やがったんだって思ったよ。おまえヒッピーになったのか？」

「いいや、ちょっと違う」

ハエやらスズメバチやらがミッチの洗いかけの魚のはらわたに舌鼓を打っているわきで、二人はそれぞれ、木枠に白カビでまだらのキャンバスを張った一対の古い折りたたみ椅子に腰をおろした。元々彼らの父親が持っていたものだ。よく見ればあたりには同じくらい古いものがちらほらあった。ミッチは父親譲りの話好きで、いまの自分の生活のみならず、あれこれの不運に背中の痛み、車の事故に埋めがたい夫婦間の溝などなど、この生活に行き着くまでの道のりのこともたっぷり聞かせてくれた。ウォルターの驚いたことに、同じ酒飲みでもミッチは父親とはぜんぜん違うタイプになってた。アルコールのせいか、それとも時の経過のせいなのか、ミッチはウォルターとのあいだにあった怨恨はきれいさっぱり消えているようだった。なるほど責任感などはかけらもなさそうだが、同時に、それゆえに、弁解がましさも恨みがましさもいっさいない。今日もいい天気、やりたいことをしようという、ただそれだけ。絶え間なくビールを口に運びながらも、飲み急ぐ様子はない。午後は長いのだ。

「ところで金はどうしてるんだい？」ウォルターは言った。「働いてるのか？」

ミッチは少々ふらつきながら身を乗り出し、釣り道具箱を開けた。中には紙幣の小さな山と、五十ドルくらいだろうか、小銭もかなり入っている。「おれの貯金箱」と言う。「寒くなるまで持つくらいはある。去年の冬はエイトキンで夜警をやってたんだ」

「で、こいつがなくなったら？」

「何か見つけるさ。こう見えても自分の面倒はちゃんと見られる」

「子供のことは心配になる？」

「ああ、たまにな。でも母親がみんなしっかりしてるから、ちゃんと育つさ。おれにできることは何もない。やっとわかったんだよ。おれに見られるのは自分の面倒だけだ」

「自由なもんだな」

「うん、たしかに」

二人は黙りこんだ。かすかな風が起こり、ピーター湖の水面に百万のダイヤモンドをきらめかせた。対岸では、数人の釣人がアルミの手漕ぎボートでのんびり休んでいる。近くのどこかでワタリガラスのしゃがれ声が響き、他のキャンパーが木を切っている音が聞こえる。この夏ウォルターはずっとアウトドアで過ごしてきたし、ここよりはるかに辺鄙でひと気のない場所にも数多く行ったが、自分の人生を構成している物事からかくも遠く隔たった気分になったのはいまが初めてだった。我が子たち、我が仕事、我が信条、そして愛する女たち。そんな人生の話に兄が興味を持てないことは——もはや何にも興味を持てなくなっていることは——わかっていたから、話したいとは少しも思わなかった。押しつけたって仕方がない。それでも、電話が鳴った瞬間、ウェストヴァージニアの見慣れぬ番号の表示を見た瞬間には、自分はなんて幸運なんだろう、なんて恵まれた人生だろうと考えていた。

過ちは起こった（結び）

読者への手紙みたいなもの

パティ・バーグランド著

第四章　六　年

筆者としても、読者が経験した喪失の痛みはわかっているつもりだし、ますます憂いの色を深めていく人生を前に、ある種の声は沈黙するに如《し》くはないと自覚してもいるので、この文書は何がなんでも一人称と二人称で書こうと懸命に努力はしたのだ。が、悲しいかな、どうやら筆者は物書きとして、自分のことを三人称で語るという、あの体育会系にありがちな宿命から逃れられないらしい。我ながら本当に変わったと思うし、昔よりはるかにちゃんと生きているし、だからもう一度話を聞いてもらう資格はあるんじゃないかとは思うのだけれど、それでも、他にしがみつけるものがなかったあの日々に見つけた声を、いま手放す気にはどうしてもなれない。たとえそのせいで、この文書が読者愛用のマカレスター大学特製ゴミ箱に直行することになるとしても。

まずは六年にもわたって連絡しなかったという事実を認めることから始めよう。別れた当初、ワシントンを去ったときのパティの思いは、自身にとってもウォルターにとっても、沈黙こそ何よりの親切だろうというものだった。リチャードのところで暮らし始めたなどと知れば、ウォルターがかんかんになるのは目に見えていた。思いやりのかけらもないやつだ、愛しているのはリチャードじゃなくあなたよなどと言い張っていたが、あれも嘘か、さもなきゃ自分を欺いていたんだろう、そう思われてしまうのも目に見えていた。ただ、これは言っておきたい。そんなパティも、ジャージーシティに行く前に一晩だけ、DCのマリオットホテルで一人きりで過ごし、荷物に入れておいた強力睡眠薬をいくつあるかと数えたり、ホテル宿泊客がアイスペールの内側に敷く、あの小さなビニール袋を仔細に点検したりもしたのだ。もちろんこう言うのは簡単だ。「なるほどね、でも実際はやらなかったんだろ?」そう、自分に酔ってるだけ、自分を憐れみ、自分を欺き、自分自分の一人芝居であいやらしいと思われるに違いない。が、それでも筆者は断固主張したい。その晩のパティはどん底に、かつてないほどのどん底にいたのだと。それを強引に意識を子供たちのことに向け続けてなんとか凌いだのだと。その煩悶レベルはウォルターほどではなかったにせよ、相当なものだった。そしてその状況に彼女を追いこんだのはリチャードだった。わかってくれそうなのはリチャードだけ、会っても恥ずかしさのあまり死なずに済みそうな相手も、こんな自分でもまだきっと求めてくれると思える相手もリチャードだけ。ウォルターの人生をめちゃくちゃにしたことはもう取り返しがつかない。だったらせめて自分の人生を救おう、そう思ったのだ。

でも正直に言えば、パティはウォルターに腹を立ててもいた。あの自伝のいくつかのくだりを読むのがどんなにつらかったとしても、パティを家から叩き出すなんてさすがにひどすぎるんじゃないかと思っていた。一時の感情に任せた暴挙だと、自分だってパティを追い払ってあの娘とくっつきたかったくせに、その点にはちゃっかり目をつぶっているのだと思っていた。そんなパティの怒りに、嫉妬がさらに油を注いだ。なぜならあの娘は実際心からウォルターを愛していたし、かたやリチャードは誰かを本当に愛せるようなタイプじゃなかったからだ(ただしウォルターは別、彼のウォルター愛には涙ぐましいものがある)。ウォルター本人がそんなふうに考えてくれないのはわかっていたけれど、パティとしては、せめてもの慰め、見返り、自尊心の支えを求めてジャージーシティで身勝手なミュージシャンと寝るくらいは許されるんじゃないかと思ったのだ。

ジャージーシティで暮らした数カ月をこまごまと語るつもりはない。ただ、昔からのあのかゆみが掻けて、はかないながらもそれなりに強烈な快感があったことは認めざるをえないし、こんなことならいっそ二十一のときに、リチャードがニューヨークに引っ越したあのときに掻いておけばよかった、それから夏の終わりにミネソタに戻り、そんな自分でもまだほしいかとウォルターに訊いてみればよかったと後悔したことも言い添えておきたい。というのも、ついでに言わせてもらうと、パティはジャージーシティでセックスをするたびに、夫との最後のセックスのことを、ジョージタウンの自室の床の上でしたあのときのことを思わずにはいられなかったのだ。ウォルター本人は、パティもリチャードも自分の気持ちなんて屁とも思ってないと信じていたに違いないが、現実はどうだったかと言えば、二人ともウォルターの存在から逃れられなかったのだ。たとえばそう、リチャードがウォルターの人口過剰対策への協力を約束通り果たすべきかという点についても、二人とも当然のようにそうすべきだと思っていた。それもうしろめたさからではなく、愛と尊敬の念から。何せあのリチャードのこと、自分より有名なミュージシャンたちを相手に世界人口を心配しているふりをするなど並大抵ではないわけで、そのがんばりはウォルターも察してやってもよかったんじゃないかと思う。真相を言うなら、パティとリチャードのあいだでは何一つ長続きしっこなかったのだ。なぜならどちらも相手をがっかりさせずにはいられないからだし、二人にとってウォルターがそうであるようには、相手にとって愛すべき存在にはなれないから。ことが終わって一人で横になるたびに、パティは淋しさと孤独に打ち沈んだ。そう、リチャードはいつになってもリチャードだろう。かたやウォルターの場合、かすかなものにせよ、実現に時間がかかるにせよ、二人の物語が変化し深まる可能性が常にあったのだ。そのウォルターがウェストヴァージニアでいかれた演説をぶったことを子供たちの口から聞くに及んで、パティの絶望はついに極まった。パティを追い払ってさえいれば、ウォルターはずっと自由な人間になれたのだと、そのことを思い知らされた気がした。かねてからの定説──二人のうち、相手のことをより愛し必要としているのはウォルターのほうだという──は、実はあべこべだったのだ。

そうしていま、パティは生涯かけて愛した男を失ったのだった。

そこにラリーサの死という恐ろしい知らせが飛びこんできて、パティはいくつもの感情に同時に苛まれることになった。ウォルターの気持ちを思うとひどく悲しく気の毒になり、ラリーサなんか死ねばいいと何度も思ったことに強烈な罪悪感を覚え、自分もいずれ死ぬのだと急に怖くなり、もしやウォルターのもとに戻れるのではと束の間身勝手な望みを抱き、いや、こうしてリチャードのもとに走ったからには、ウォルターは二度と受け容れてはくれまいと激しい悔恨に胸が悪くなった。ラリーサが生きていれば、ウォルターが彼女に飽きるという可能性もあったけれど、亡くなったいまとなってはパティは望みなしだった。ラリーサを憎み、その憎しみを隠そうともしなかった以上、いまさらウォルターを慰める資格などないし、こんな悲嘆のときを狙ってウォルターの人生に再びもぐりこもうとすれば、よくもまあと思われるのはわかりきっていた。ウォルターの心痛の深さに恥じないお悔やみの手紙を書こうと何日もがんばってみたものの、彼の思いの純粋さと自分の思いの不純さのギャップを埋めるのはどだい無理だった。ジェシカを通して間接的に悲しみを伝えるのが精一杯、あとはウォルターがわかってくれるのを願うしかなかった。できることなら慰めてあげたいと心から思っていることを。そしてお悔やみを送りそびれた以上、別の件で連絡なんてできるわけもないことを。そんなわけで、この六年に及ぶ沈黙。

ラリーサの死後、パティはただちにリチャードと別れたと報告したいのはやまやまだけれど、現実にはその後も三カ月、リチャードのもとに留まった。（もはやパティに確固不抜を求める人など一人もいまい。）一つには、こちらも大好きな相手が寝たがってくれることなど、これを逃せばもう当分、へたすれば二度とないんじゃないかというのがあった。それに、パティがウォルターを失ったいま、リチャードはあまり説得力はないものの彼なりに腹を据えて、いい人たらんとがんばってくれていたのだ。リチャードを心底愛しているとは言えないパティも、そんな彼の姿にはいくらか愛を感じずにいられなかった（ただしここでも、ありていに言って、パティが愛しているのは実はウォルターだった。いい人になるとはどういうことか、そのイメージをリチャードの頭に植えつけたのは他ならぬウォルターなのだから）。彼は男らしく覚悟を決めて、パティが用意した食事に付き合い、出かけたい気持ちを抑えて一緒にビデオ鑑賞の夕べを過ごし、しょっちゅう吹きつける感情の雨あられもじっと耐え忍んでくれたのだけれど、そうこうするあいだもパティの頭には常に、なんと間が悪いんだろうという思いがあった。折しもリチャードの中では音楽への熱意がようやく蘇ったところ、バンドメンバーと夜更かしするなり、自室にこもるなり、数多《あまた》の娘たちのベッドにもぐりこむなりしていたいはずであり、そういうのが彼には必要なのだと理屈ではわかっていながらも、たとえばリチャードの体に他の女の匂いを嗅ぎたくないといった、こちらの欲求はいかんともしがたかった。そこで家を空けようと、小金を稼ごうと、晩はバリスタとして働くことにした。そう、フラペチーノなんか作ってられるかと馬鹿にしていた、あの仕事である。家ではなるべく愉快に感じよく、ウザい女にならないようにがんばってみたものの、状況はやがて修羅場めいたものになっていった。が、その手の話にはもう読者もうんざりだろうから、けちな嫉妬や罵り合いや、隠しようもない失望を経て、リチャードとの後味の悪い別れに至った経緯をここに記すことは控えたい。ふと頭に浮かぶのは、我が国がベトナムの泥沼から手を引いたときのあの光景、ベトナムの友人たちが大使館の屋上から投げ落とされたり、出発間際のヘリコプターから押し出されたり、虐殺ないし監禁拷問の待ち受ける現地に置き去りにされたときのこと。いや、リチャードについては本当にもうこれくらいにして、あとはこの文書の終わりのほうにささやかな注釈を添えるに留めたい。

ここ五年間のパティはブルックリン在住、私立学校の教務補佐員として小学一年生の言語習得の手助けをしながら、中学校でソフトボールとバスケットボールのコーチを務めている。すさまじい薄給以外は理想的とも言えるこの仕事を手に入れるに至った経緯は以下のとおり。

リチャードと別れたあとは、ウィスコンシンの親友キャシーのもとに転がりこんだのだが、たまたまキャシーのパートナーのドナが、二年前に双子の女の子を産んだところだった。キャシーは官選弁護人、ドナはDVシェルターで働いており、二人合わせてまともな給料一人分、睡眠時間も一人分という暮らしぶりだった。そこでパティはフルタイムのベビーシッターになろうと申し出て、預かった双子にたちまち惚れこんでしまった。名前はナターシャとセリーナ、これがもう見たこともないくらいよくできた子供たちなのだ。まるで生まれつきヴィクトリア時代の子供の行儀のよさが備わっているかのよう——泣くのもやむなしと思えば泣いたりもするのだが、そんなときもひと呼吸、ふた呼吸置いて、熟慮のうえで泣きだすのである。もちろん興味の中心はおたがいのことで、常に観察し合い、相談し合い、学び合い、おもちゃやごはんを相方のそれと興味津々見比べながらも、競争心や妬みとはほぼ無縁。なんというか、二人合わせて賢い感じなのだ。パティがどちらかに話しかけると、もう一人もじっと耳を傾ける。おとなしいが臆病とは違う真剣な顔つきで。二歳児だから一時も目を離すわけにはいかないけれど、パティはその世話に飽きることがなかった。そう、実を言えば——このことを思い出すだけでずいぶんいい気分になれた——思春期の子供の扱い方はさっぱりのパティも、小さな子供の世話は得意中の得意なのだ。だから毎日が心底楽しく、運動技能の習得、言語の形成、社会化、人格の発達などなどの驚異、昨日の今日なのにはっきり違いが見えたりする双子たちの成長ぶり、自分たちがどんなにおもしろいか気づいてもいないその様子、ほしいものはこれというわかりやすさ、そしてすっかり気を許して頼ってくれるいじらしさに、日々底知れぬ喜びを味わったのだった。この喜びをくっきりとした形で伝える仕事は、悲しいかな、筆者の手に余ると言わざるをえないけれど、我が人生で唯一、母親になりたかったことだけは決して過ちではなかったのだと痛感した。

そのまままずっとウィスコンシンにいたいぐらいだったが、そこに舞いこんできたのが父親の病の知らせ。レイの癌のこと、その急な発症と速やかな進行のことは、読者もおそらく聞いていると思う。

双子に劣らず賢いキャシーは、手遅れになる前にウェストチェスターに帰れとパティに言い聞かせた。そこでパティは内心恐れおののきながら実家を訪ねたのだったが、幼少期を過ごしたその家は、最後に足を踏み入れたときからほとんど変わっていなかった。違いがあるとすれば、用のなくなった選挙グッズの数が増え、地下室の白カビが勢力を増し、レイが買いこむ『タイムズ』推薦書の平積みの山がいっそう高く危なっかしくなり、ジョイスが溜めこむ『タイムズ』料理欄のレシピのファイルがいっそう分厚くなり、読まずに積まれた『タイムズ』日曜版の雑誌がさらに黄ばみ、リサイクル用ゴミ箱はますますゴミであふれ、ジョイスが思いつきで始めたガーデニングの成果は痛々しいほど雑草と無秩序に蝕まれ、その母の世界観の反射的リベラリズムはますます現実離れし、長女を前にしたときのうろたえ具合もますますひどくなり、レイはレイで気まずさ満載の嫌味な冗談にさらに磨きがかかっていたことくらい。そのレイお得意の不謹慎な笑いの目下の標的というのが、他でもない、自身の迫り来る死だった。変化のない家にあって、その肉体だけは見る影もなく変わっていた。やつれ果てて目も落ち窪み、顔色もひどかった。パティが来た時点ではまだ午前中に数時間だけオフィス通いをしていたが、それも一週間でやんだ。かくも病んだ父を目の前にして、パティは自己嫌悪を禁じえなかった。長らく冷たくしてきたこと、子供じみた意地を張って許すのを拒み続けたことを情けなく思った。

といってももちろん、レイは相変わらずレイのままだった。パティがハグしようとすると、決まって一秒だけぽんぽんと背を叩き、すぐに手を放して、その手は虚空をふらふら漂う。抱きしめ返すことも押し返すこともできずに困っているみたいに。自身への注目を逸らそうと、手当たり次第にあれやこれやを笑いものにした。アビゲイルの舞台芸術家としてのキャリアのこと、息子の宗教かぶれの嫁のこと（これについては後述）、ニューヨーク州政治なんぞという「ジョーク」に関わっている妻のこと、そしてウォルターの仕事上の苦難のこと——やはり『タイムズ』でチェックしていたらしい。

「おまえのご亭主だが、どうも悪党どもと付き合ってたみたいだな」ある日そう言ってきた。「ご本人もちょっとした悪党みたいな書かれ方だった」

「悪党じゃないわ」パティは言った。「どう見たって違うでしょ」

「ニクソンもそう言った。あのスピーチは昨日のことみたいに憶えてるよ。合衆国大統領が国民に向かって、私は悪党じゃない、とね。あの〝悪党〟って言葉。笑いが止まらなかったな。〝私は悪党じゃありません〟だって。ケッサクだよ」

「ウォルターの記事、あたしは見てないけど、ジョーイの話じゃぜんぜんフェアじゃないって」

「ほう、で、そのジョーイくんは共和党支持だと聞いたが、本当かい?」

「まあ、あたしたちより保守的なのは間違いないわね」

「アビゲイルが言ってたな、あの子がガールフレンド連れでアパートに泊まってったあとは、もうシーツを焼こうかと思ったってさ。しみだらけだったみたいだよ。ソファもだって」

「レイ、レイ、やめて、そんな話聞きたくない! 忘れないで、あたしはアビゲイルとは違うの」

「ふん。しかしあの記事を読んでなつかしい話を思い出したよ、ほら、ウォルターがローマクラブがどうのこうのって気を揉んでた晩のこと。昔からちょいと変人だったよな。私はずっとそう思ってた。これ、いまなら言ってもいいだろう?」

「なんでよ、あたしたち別れたから?」

「うん、それもあるな。でもいま思ってたのは、どうせ私は先が長くないんだからってほうだよ、だからもう本音で喋ってもいいかなと」

「いつもそうだったじゃない。いつだって本音、いやになるくらい」

これを聞いて、レイはなぜかにやりとした。「いつもじゃないんだよ、パティ。おまえが思ってるほどじゃないんだ、実は」

「じゃあ言ってみて、言いたかったけど口にしなかったことってある？」

「昔から愛情を口にするのは苦手だった。それでおまえたちにつらい思いをさせたのもわかってる。中でもおまえだな、おそらく。おまえはいつも真面目だったからな、きょうだいの中で。しかも高校のときに、あんなつらいことがあって」

「つらかったのはああやってうやむやにされたことよ！」

このひと言にレイは諫《いさ》めるように手を上げた。それ以上理不尽なことを言ってくれるな、とでも言うみたいに。「なあパティ」と言う。

「だってほんとでしょ！」

「パティ、頼む――頼むから――な。誰だって過ちは犯すものだ。言いたかったのは、私にもその、うむ、おまえへの愛情はちゃんとあるってことだ。たっぷりな。それを表に出すのが苦手だってだけで」

「苦手なんだからあきらめろってわけ」

「私は真面目な話をしようとしてるんだよ、パティ。大事なことを言っておこうと」

「わかってるわ、パパ」そう言ってパティはどっと泣き出し、少々苦い涙に暮れた。すると父は例の背中ぽんぽん、肩を抱き、それからためらうように手を引っこめてふらふら虚空を漂わせる。そう、これが父なのだ、変わりようがないのだと、ようやくパティにもはっきりしたのだった。

その父が死の床につくと、個人看護師が家を出入りし、ジョイスはたびたび歯切れの悪い言い訳を残して「大事な」投票のためにオールバニーに出かけるようになった。パティは子供の頃のベッドで眠り、当時お気に入りだった本を読み直し、家の中の混乱をなんとかすべく、この際だからと許可なしで一九九〇年代の雑誌を処分し、何箱分もあるデュカキス支持の選挙用パンフレットを捨てた。ちょうど園芸カタログが送られてくる季節、ジョイスの突発的なガーデニング熱はパティにとってもジョイス本人にとってもまさしく渡りに船で、興味の持てる共通の話題が一つだけできたのだった。一つでもないよりはましだ。もっとも、パティはなるべく多くの時間を父のそばで過ごすようにした。父の手を握り、素直に父を愛そうとした。そうすることで、心の器官が再編成されていくのを文字通り体感できた。自己憐憫というやつをついに直視し、その汚らわしさを余すところなく、まるで切除の必要な赤紫色のおぞましい腫瘍みたいに観察することができた。日一日と衰弱しながら、それでも何もかもを笑いものにしようとする父の話に長々と付き合っているうちに、あれこれちくちく痛感するところがあった。自分がどれほど父に似ているか。我が子たちがなぜ自分のユーモアをあまりおもしろがってくれなかったか。そして何より、親として難しい時期を迎えたときに、無理してでももっと自分の両親の顔を見ておくべきだったということ。そうすれば我が子たちの自分への反応もずっとよく理解できたはずなのだ。新たな人生を作ろう、完全に独立した人生をいちから作ろうというパティの夢は、所詮夢だった。夢以外の何物でもなかった。パティはこの父親の娘なのだ。父もパティも本当の意味では成長しようとしなかった人間なのであり、その二人がいま、それをなんとかしようと力を合わせていた。もちろんパティの負けず嫌いがいまさら治るわけもないから、自分はきょうだいたちと違って父の病に平然と、怖がらずに向き合っていると思うと実にいい気分だったし、そのことを否定する気はない。パティは子供の頃、父はこの世の何よりも自分を愛していると信じたかった。それがいま、こうして力をこめて父の手を握り、モルヒネの力でも短縮することしかできない――消し去ることはできない――苦痛の道のりを行く父の助けになることで、現実になったのだ。二人で現実にしたのだ。そしてそのことがパティを変えた。

ヘイスティングズのユニテリアン教会で行われた告別式で、パティはふとウォルターの父親の葬儀を思い出した。今度も参列者は膨大な数――優に五百人はいそうだった。どうやらウェストチェスターの弁護士、判事、現職ならびに元検察官は一人残らず来ていたようで、弔辞を読んだ人たちは口を揃えて同じことを言っていた。すなわち、その有能さは言うに及ばず、かくも親切で仕事熱心で誠実な弁護士は他に知らない、と。レイの弁護士としての名声の広がりと高みにパティは頭がくらくらし、隣に座っていたジェシカも目から鱗という顔だった。これはきっと、こんな祖父と仲良くなれる有意義な機会をどうして奪ったのかとあとで詰《なじ》られるに違いない、そんな予感がふと頭をかすめ、それもむべなるかなと観念した（予感は見事的中した）。アビゲイルが演壇に上り、家族を代表して答辞を述べた。例によってウケを狙った挙句、日立ちたがりで空気の読めないところをアピールするに終わり、その後悲嘆に泣き崩れることでいくぶん名誉を挽回したのだった。

　式の終わり、親族一同ぞろぞろ退場する段になって初めて気づいたのだが、後ろのほうの列は老若取り合わせた恵まれない人たちでぎっしり、百人以上はいただろうか、多くは黒人、ヒスパニック、その他マイノリティの人たちで、背丈も体型も実にさまざま、見るからに一張羅と思しきスーツやドレスに身を包み、辛抱強くかつ威厳を湛えて座っているその様子からして、葬儀参列にかけてはパティよりずっと経験がありそうだった。レイが無償で弁護した人たちとその家族である。退場の際には一人一人、パティを含めたエマソン家の面々の前で足を止め、その手を取ってじっと目を見つめながら、レイに受けた恩に手短な感謝の言葉を述べていった。命の恩人です、不当な判決から救ってくれました、本当によくしていただきました、などなど。これにパティが腰を抜かしたと言っては言いすぎだろうが（外の世界での善行の代償として家ではどうだったかを知りすぎていたから）、それでも危うく腰を抜かしそうになったし、ふと気づけばしきりにウォルターのことを思っていた。いまとなっては、他の生物を救おうというあの運動のことで彼をさんざん馬鹿にしたのが悔やまれてならなかった。あんなことをしたのも嫉妬のためだったのだ――ウォルターにとってあれほど純粋に愛すべき存在たりうる鳥たちへの嫉妬、そして鳥たちをあれほど愛することができるウォルター自身への嫉妬。できることならいますぐ、彼が生きているうちに彼のところに行って、はっきり伝えたかった。あなたが善い人であるところが大好きだと。

そんなウォルターのまた一つの美点として、まもなくパティが痛感することになったのが、お金にこだわらないところだった。パティ自身、幸運にもお金にこだわらない大人になりおおせたわけだが、幸運な人間は往々にしてさらなる幸運に恵まれるもので、ウォルターというこれまたがめつさのない伴侶とめぐり合った結果、そういうのが当たり前だとすっかり思いこんでいた。それがどんなにありがたいことかやっとわかったのは、レイが亡くなり、実家の金銭問題の泥沼に放りこまれてからのこと。ウォルターは常々口癖のように、エマソン家は稀少性の経済を体現していると言っていた。これを比喩として（つまり感情の問題として）聞いているかぎりは、パティもときにそのとおりだと納得できたのだけれど、自身は子供の頃から一家の除け者、資源の奪い合いには加わっていなかったせいで、常に潜在しながら決して手の届かないレイの両親の富——いわば作られた稀少性——こそが、一家の抱えるあれこれの問題の根っこにあるという点にはなかなか思い至らなかった。このことがようやく腑に落ちたのは、レイの告別式の直後、数日かけてジョイスを問い詰め、ニュージャージーにあるエマソン家の地所の話と、その件でジョイス本人が陥っている苦境を聞き出したときである。

状況はこう。レイの存命の配偶者として、いまはジョイスが田舎の地所の所有者になっていた。六年前、オーガストの死去に伴いレイの手に移っていた権利を相続したわけである。レイは何せあの性格だから、パティの妹たち、アビゲイルとヴェロニカが地所を「処分」するよう（すなわち売り払って現金の分け前をよこすよう）しきりにせっついても鼻で笑って無視していたのだが、そのレイが亡くなったいま、下の娘たちの日々やむことのない圧力を受けるのはジョイスであり、こちらは性格的にその手の圧力に耐え続けられるタイプではない。それでいて不幸なことに、レイが地所を「処分」できなかった理由は、感傷的愛着という一点を除けば依然消えてはいなかった。地所を売りに出せば、レイの二人の弟たちがその売却収入の少なからぬ部分を要求してくるだろうし、そうなると法的にはともかく道義的に拒否するのは難しい。また、例の石造りの古屋敷は目下のところ、パティの弟エドガーとその奥さんのガリーナ、ならびにまもなく四人に増える幼児たちに占拠されており、しかもエドガーの迷惑なＤＩＹ式「リフォーム」で傷んでいく一方だった。職も貯金もないのに大家族のエドガーのこと、現状ではでたらめな破壊がせいぜいなのだ。そのうえエドガーとガリーナは、仮にここから追い出されたら、ジョイスのかけがえのない孫たちを連れてヨルダン川西岸の入植地に移住し、ジョイスが悶絶しそうな極右シオニズムを掲げるマイアミ本拠の財団の援助を受けて暮らすと脅しをかけてきた。

　もちろん身から出た錆という面はあった。大学の奨学生だったジョイスは、レイのワスプな出自や裕福な家柄、社会理想主義に惹かれたのだった。そうして引きずりこまれていく先がどこか、どんな代償を払わされることになるかも知らずに。そう、辟易するような変人ぶりや、子供じみたマネーゲーム、オーガストの傲岸無礼なふるまいの数々。ブルックリンの貧しいユダヤ系の娘が、やがてエマソン家の金でエジプトやチベットやマチュピチュを旅するようになった。ダグ・ハマーショルド（一九〇五～六一、スウェーデンの政治家、国連事務総長〔一九五三～六一〕、ノーベル平和賞を受賞）やアダム・クレイトン・パウエル（一九〇八～七二、牧師、政治家、公民権運動指導者）とディナーをともにするようになった。政治家になる人たちの例に漏れず、ジョイスも心のどこかに欠落を抱えていた。パティよりもっと欠落を抱えていた。だから自分は特別だと信じずにはいられなかった。エマソン家の一員になることでその特別感は補強され、さらに子供ができ始めると、今度はその子供たちも特別だと信じずにはいられなかった。自己の中心にある欠落を埋めるために。かくしてパティの子供時代おなじみのテーマソング――うちはよそとは違うの――が生まれる。よそのお家は保険に入ってるけど、うちのパパは保険なんて無意味だと思ってるの。よその子たちは放課後にアルバイトしてるけど、うちの子にはむしろ特別な才能を磨いて、夢を追いかけてほしいの。よその家族はまさかの時のためにお金の心配をしなきゃいけないけど、うちはおじいちゃんのお金があるから心配しなくていいの。よその人たちは現実的なキャリアを選んで、将来のために貯金しなきゃいけないけど、うちはおじいちゃんがあれだけチャリティーに寄付してても、まだまだたっぷり財産があるの、いずれあなたたちに使える分が。

そんなメッセージを長年伝え続け、それが子供たちの人生を歪めるのを放置してきたいまになって、ジョイスは震え声でパティに、地所の売却をしきりに催促してくるアビゲイルとヴェロニカに「辟易」しつつも、「なんだかちょっとうしろめたい」気がしていると打ち明けたのだった。この罪悪感は過去にも見えにくい形で表れてはいた。娘二人に不定期ながらも馬鹿にならない額の仕送りをしてやったり、折々の不品行、たとえばアビゲイルがある晩遅くオーガストの危篤の病床を急襲し、土壇場で一万ドルの小切手を搾り取った一件を黙認したりといった形で（この闇討ちのことをパティに教えてくれたのはガリーナとエドガーで、二人とも汚いやり口だと憤慨しつつも、なんでその手を思いつかなかったかと悔しがっているふうだった）。ともあれ、いまやパティは、そんな母の罪悪感、そのリベラルな政治信条に昔から内在していた罪悪感が、白日の下、子育ての問題に向けられるのを目の当たりにするという、興味深くも痛快な立場に置かれたのだった。「パパと私のせいなのかしら」と言うのだ。「よくわからないけど、きっとそうね。うちの子四人のうち三人までもが、あの年になって……あの年になっても、そう。ちゃんと自立できないなんて。たぶん私が――いや、どうなのかしら。でもアビゲイルがまたおじいちゃんの家を売れなんて言ってきたら……まあでも、そう、きっとそうね、ある意味自業自得なのかも。きっと私にもそれなりに、いくらか責任があるのね」

「がつんと言ってやればいいじゃない」パティは言った。「母親なんだし、そうやって悶々としてないで」

「わからないのは、あなたはなんでそんなに違うのかってこと、ちゃんと自立してるし」ジョイスは言った。「どう見てもあの子たちみたいな悩みは抱えてなさそうだし。そりゃね、あなたにはあなたの悩みがある、それはわかるの。ただなんていうか、あなたはその……強いっていうか」

　これは誇張でもなんでもなく――このひと言を聞いたときのパティの満足度は生涯トップテンに入る。

「ウォルターがすごく頼りになる人だったし」パティは謙遜した。「とにかくもう、偉い人なの。そのおかげかな」

「それで、子供たちは……？　子供たちもみんな……？」

「ウォルターに似てるわね。働くことをちゃんと知ってる。それにジョーイの自立心の強さときたら、同年代じゃ北米チャンピオンってぐらい。そのへん、あたしに似たとこもちょっとあるのかも」

「よければ会ってみたいわ……その、ジョーイくんに」ジョイスは言った。「どうかしら……事情もいろいろ変わったし……私たちもやっと、その……」そこで奇妙な笑い声をもらした。耳につく、どこか作ったような笑い声。「やっと許してもらえたわけだし、ぜひ知り合いになってみたいわ」

「あの子もきっと喜ぶわよ。ユダヤの伝統だかに興味が出てきたみたいだし」

「え、そうなの、そういう話がしたいんなら私じゃちょっと失格かも。それだったらきっと――エドガーのほうがいいわね」そこでまた妙に作った感じの笑い声。

　そのエドガーも本当のところは、ごくごく消極的な意味でユダヤづいているだけだった。九〇年代前半、弟は言語学で博士号を取った人間がいかにもやりそうなことをやっていた。株屋になったのである。東アジア言語の文法構造の研究を見切って株の売買に専念し、そうしてたちまち急増した稼ぎは若きロシア系ユダヤ美人、ガリーナのハートを惹きつけ留めおくのに十分だった。やがて結婚すると、早速ガリーナのロシア人の顔、その物質主義的なところが表に出てきた。新妻にせっせと尻を叩かれてエドガーはますます多くの金を稼ぎ、ニュージャージー州ショートヒルズの豪邸を始め、毛皮のコートに宝石類もどっさり、他にもあれこれ富を誇示する品々を買い漁った。しばらくは自ら立ち上げた会社も順調で、その華々しい成功は普段は冷たく傲慢な祖父のアンテナに引っかかるまでになり、さしもの御大《おんたい》も欲に目がくらんだのか、それとも祖母に先立たれた直後の老人性認知症の初期症状だったのか、エドガーに有価証券資産《ストック・ポートフォリオ》リストの見直しを一任した結果、アメリカの優良株を売り払って東南アジアにたっぷり投資することになった。そのオーガストが最後に遺書と信託資産に手を加えたのは、折しもアジアの証券バブルが頂点に達した頃だったから、有価証券を下の息子たちに、ニュージャージーの地所はレイに遺すというのも至極公平な判断であるように思われた。が、家にしろ株式にしろ、エドガーにリフォームを任せるのは大間違い。アジア・バブルははじけるべくしてはじけ、その後まもなくオーガストは他界、パティの叔父さん二人の相続資産がほとんど無価値になった一方で、ハイウェイ新設ならびにニュージャージー北西部の開発ラッシュのおかげで地所の価値は二倍近くに跳ね上がった。そうなるとレイとしては、弟二人の道義的主張を抑えこむには地所をそのまま売らずにおいて、そこにエドガーとガリーナを住まわせるしかなく、これは弟夫婦にとっても願ってもない話、エドガー自身の投資もお釈迦でいまや無一文の身だったのである。そしてちょうどこの頃、今度はガリーナのユダヤ的な面にスイッチが入ったのだった。にわかに正統派のしきたりを守り始め、避妊をやめて赤ん坊を量産、夫婦の経済的苦境をますます悪化させた。エドガー本人はエマソン家のみんなと同様、ユダヤ主義に興味などなかったのだが、いかんせん弟はガリーナの言いなり、破産してからは余計にそうで、例によって妻の顔色を窺っていたわけである。だからアビゲイルとヴェロニカにしてみれば、もうガリーナが憎たらしくて仕方がない。

パティが母親に代わって解決に乗り出したのはざっとこんな状況だった。この件を処理する資格があるのはどうやらパティだけ、ジョイスの子供の中では唯一、生きるために働くのを厭わぬ人間なのだから。そしてこのことは実に奇跡的なまでの満足をもたらしてくれた。ジョイスも自分みたいな子供がいてよかったじゃないか、というわけだ。でもそんな喜びに浸っていられたのも数日のこと、すぐにどろどろした現実を、すなわち、自分はどうやらまたまた質《たち》の悪い家族関係に飲みこまれ、弟妹と競おうとしているのだと思い知らされた。なるほど、競争のうずき自体はレイの看病を手伝っていたときから感じていたものの、あの時点では父に付き添う権利を疑問視する向きはなかったし、おのれの動機についても良心にやましいところはなかった。ところがアビゲイルと一晩過ごしたとたん、あの昔ながらの負けん気が完全復活、どくどくと体内をめぐり始めたのだ。

ジャージーシティであののっぽさんと暮らしていたときに、なるべく勘違いした中年のおばさんみたいに見えたくないなと、パティはなかなかシックなスタックヒールのブーツを買っていたのだが、きょうだいでいちばん背の低い妹に会いに行くにあたり、あえてこのブーツを着用したのは、パティの最もやさしくない一面のなせるわざだったかもしれない。大人と子供といった感じで妹を見下ろしながら、そのアビゲイルのアパートから近所の行きつけのカフェへ向かったのだった。背丈での負けを取り返そうとするみたいに、アビゲイルは延々――およそ二時間にわたって――開会の挨拶を続け、おかげでパティはつぎはぎながらも妹の人生をかなりはっきりと思い浮かべることができた。いまではもっぱらアホジジイの名で呼ばれるとある既婚男性を相手に、結婚適齢期の十二年を無駄にしたこと。子供が高校を出たら離婚するという言葉を信じたはいいが、約束通り離婚したアホジジイはなんとアビゲイルより若い女のもとに走ったのだった。もっと感じのいい男友だちがほしくて仲良くなった、異性愛《ストレート》の男を馬鹿にするタイプのゲイたちのこと。役者、劇作家、コメディアン、パフォーマンスアーティストなどなど、仕事がなくて困っている芸人の驚くほど大きなコミュニティのこと。むしろん気前のいいアビゲイルは、その一員として重宝されている。たがいの公演や資金調達パーティーのチケットを仲良く購入し合う仲間たちのこと。ぐるぐるめぐるその金の大半は、出所をたどればジョイスの小切手帳といった資金源に行き着く。そして華麗さも目立つところもないにせよ、それなりに立派でニューヨークという街の機能には欠かせぬボヘミアンの生活のこと。いや実際、これは嘘じゃなく、アビゲイルもこの世に自分の居場所を見つけたのだと知って、パティはうれしかったのだ。そんな雰囲気がにわかに険悪になったのは、今度は食前酒《ディジエスティフ》でもとアパートに引き返し、パティがエドガーとガリーナの話を持ち出してから。

「ニュージャージーのキブツ（イスラエルの農業共同体）には行ったの？」アビゲイルが訊いてきた。「あそこの乳牛《ミルチ・カウ》は見た？」

「ううんまだ、明日行ってみるつもり」パティは言った。

「運がよければ、首輪と鎖つきのエドガーが見られるかもよ、ガリーナがうっかり外し忘れて。もうすっごい見もの。男らしくってさ、神の僕《しもべ》ってやつ。あと賭けてもいいけど、キッチンの床は牛糞だらけ、なんたってずぼらな女だから」

そこでパティは持ってきた提案を説明した。すなわち、ジョイスが地所を売り、その収益の半分はレイの弟たちにまわして、残りをアビゲイルとヴェロニカとエドガーと彼女（つまりジョイスのこと、パティはそもそも数に入っていない）で分ける。説明しているあいだも、アビゲイルはひっきりなしに首を振っていた。「手始めに」と言う。「ガリーナの事故のことはママに聞いた？　あの人、横断歩道で人をはねたの、学校の交通指導員を。子供じゃなくてよかったわよ、オレンジのベスト着たおじいさんで済んで。後部座席のひよっこたちに気を取られてどーんと突っこんだんだって。つい二年前よ、で、もちろんあの夫婦のことだから、自動車保険はとっくに失効、そういう人たちなのよ。ニュージャージー州法なんて知らない、あのパパでさえ車の保険には入ってたのに、それも知らない。エドガーはそんなもの必要ないと思ってたって。もう十五年もこっちで暮らしてて、あら、ルゥッシアとは違うのね、ぜんぜん知らなかった、だって。その指導員の人、学校の保険はおりたらしいんだけど、ちなみにもう歩けないとか。でもとにかく、あの二人の資産はぜんぶ保険会社に押さえられちゃうわけ、もうとんでもない額まで。お金が入ってもまっすぐ保険会社の手に渡るだけ」

おもしろいことに、ジョイスはこの件にはひと言も触れていなかった。

「まあでも、それはそれでいいんじゃないの」パティは言った。「事実、障害が残ったわけだし、その人のところにお金が行って何が悪いの？　でしょ？」

「要はどのみちあの二人はイスラエルに逃げるってこと、無一文なんだから。あたしは別にいいけど——サヨナーラ！ってなもんよ。でもママはどうかな、納得するかしら。あの人、あたしと違ってあそこのひよっこたちが大好きだし」

「だからって、なんであんたが反対するわけ？」

「なぜかっていうと」アビゲイルは言った。「エドガーとガリーナには取り分なんて必要ないから。だってあの二人、もう六年もあの家を使ってるんだし、しかもさんざん荒らして。それにだいたい、お金をあげたってどうせ取られちゃうんだし。お金はちゃんと役に立つ人のとこに行くべきだと思わない？」

「事故に遭った人のとこに行けば役に立ちそうだけど」

「ご本人はもうもらってるのよ。問題は保険会社なの、で、保険会社は保険会社でちゃんと保険に入ってるわけ、こういうことのために」

パティは頭が痛くなってきた。

「叔父さんたちだって」アビゲイルが続ける。「あたしに言わせりゃ、ざまあみろってなもんよ。あの人たちって姉さんと同じ——うまく逃げちゃった人たち。休みのたびにおじいちゃんがふらふらやってくるなんてこともなかったわけでしょ、うちみたいに。パパなんてもう、昔からずっと毎週のようにせっせと向こうに顔出して、おばあちゃんのあのしけったピカンクッキー食べてたのよ。叔父さんたちがそんなことしてるの、一度も見たことないし」

「だからその分うちがお金をもらえて当然だってこと?」

「文句ある?　もらえないよりもらえたほうがいいでしょ。どうせ叔父さんたち、お金に困ってるわけじゃないんだし。すっごく余裕あるんだから、遺産なんかもらえなくても。かたやあたしはどうよ、ロニーもだけど、もう助かるなんてもんじゃないわよ」

「ああもう、アビゲイル!」パティはこらえきれずに叫んだ。「あんたとは一生気が合わないわ」

その声にかすかな憐れみを聞き取ったのだろう、アビゲイルは変顔をしてみせた。ややつの顔。

「そっちでしょうが、逃げ出したのは」と言う。「でしょ、人を小馬鹿にして、冗談も通じないし、あの正義のミネソタ超人ミスター・ナイスガイのキモ〜い自然愛好家と結婚して、あたしたちのこと嫌いなのを隠そうともしなかったのはそっちじゃないの。自分のこと、立派だと思ってるんでしょ、偉いんだって、ところがいまじゃその超人ミスター・ナイスガイに捨てられて、ま、捨てられた理由は姉さんのそのすぐれたお人柄とはなんの関係もないんでしょうけど、それでのこのこ戻ってきて、さあみんなのアイドル、ミス好感度の親善大使フローレンス・ナイティンゲールのお出ましよって、何それ、すっごく笑えるんだけど」

パティは念のため何度か深く息をつき、それから返事をした。「繰り返しになるけど」と言う。「あんたとあたしは一生気が合わないと思う」

「ああやって毎日ママに電話しなきゃいけないのも」アビゲイルが言う。「姉さんがあれこれ吹きこんで何もかもぶち壊しにしかねないからよ。いなくなってくれたら即刻電話はやめるわ、余計なお世話をやめてくれたら。どう、乗る?」

「どこがどう余計なお世話なのよ?」

「自分で言ってたじゃないの、お金なんかどうでもいいって。分け前がほしいんなら、その分を叔父さんたちにあげたいって言うんなら別にいいわよ。そうやってご立派な善人面してたいんなら、どうぞご勝手に。でもあたしたちにああしろこうしろって言うのはやめて」

「わかった」パティは言った。「これ以上話しても仕方ないわね。ただ——念のため確認しときたいんだけど——あんた、そうやって一生レイとジョイスにたかってきたのが親孝行だと思ってるの？　レイが自分の両親にいろいろしてもらってたのも親孝行だと？　だからその長年の親孝行のご褒美にお金がもらえて当然だって、そういうこと？」

アビゲイルはまた妙な顔をして見せた。熟考している様子である。「そう、そういうこと！」と言った。「いやほんと、うまいこと言ってくれたわ。それよ、あたしが言いたいのは。で、そんなのわからないって顔してる時点で、姉さんはこの件に首を突っこむ資格はないの。いまじゃもう姉さんはガリーナと同じ、一家のよそ者だってこと。まだ家族の一員だって思ってるみたいだけど、違うの。だからママのことは放っといて、自分で決めさせてあげて。あと、ロニーにあれこれ言うのもやめてよね」

「それこそ余計なお世話よ、あんたには関係ないでしょ」

「関係大ありよ。いいからあの子のことは放っといて。姉さんがあれこれ言うと、あの子混乱しちゃうわ」

「混乱ってあんた、ＩＱ百八十だかの、あのヴェロニカでしょ？」

「パパが亡くなって以来、調子がよくないのよ。だから余計なことで苦しめないで。って言ってもどうせ聞かないと思うけど、でもあたしはちゃんとわかってるの、姉さんのおよそ千倍はロニーと付き合ってきたんだから。少しは思いやりを持ってよ」

かつては手入れの行き届いていたエマソン家代々の地所だが、翌朝パティが訪れてみると、ウォーカー・エヴァンズ（アメリカの写真家〔一九〇三～七五〕、大恐慌時代に農業安定局のプロジェクトですぐれたドキュメンタリー写真を多く残している）と十九世紀ロシアの合いの子みたいな様相を呈していた。いまやネットもなく、プラスチックのラインもはがれてねじれたテニスコートに雌牛が一頭ぽつりと立っている。エドガーは小型トラクターを操り、以前は馬を放していた牧草地を掘り返しているところ、そのトラクターも五十フィート進むごとに、春の雨でぐしょぐしょの草地の泥沼にはまりこんで停止する。泥のはねた白いシャツに、泥のこびりついたゴム長という恰好だ。ずいぶん脂肪と筋肉をつけたその姿を見て、パティはふと『戦争と平和』のピエールを思い出した。畑で激しく傾いているトラクターをあとに残し、泥の中をずぶずぶと、パティが車を停めた私道まで迎えに来てくれた。ジャガイモを植えているところなのだという。ジャガイモをたくさん育てて、来年こそは一家の自給自足をより完璧なものにするのだと。目下のところは春を迎えて去年の収穫と獣肉の蓄えもすっかりなくなり、ベト・ミドラシュ教会からの寄贈食糧に頼りきり。納屋のドアのすぐ外の地面にごたごたと並んだ段ボールの中身は、各種缶詰、大量の乾燥シリアル、平たく収縮包装したベビーフード。その中のいくつかは開封されて中身が減っており、パティの見たところ、しばらく前から納屋に運びこまれるでもなく風雨にさらされている様子だった。

家の中はおもちゃや汚れた皿が散らかり放題で、なるほど肥やしの臭いもかすかにしたけれど、ルノワールのパステルもドガのスケッチもモネのカンヴァスもまだ昔と同じ場所に掛かっていた。パティは早速、温かくてかわいらしくて清潔すぎないい一歳児をガリーナから手渡された。母親自身は大きなお腹を抱え、どんよりした小作人の目でその場の情景を眺めている。ガリーナとはレイの告別式でも会ったのだが、話はほとんどしていなかった。赤ん坊の世話で手一杯、他の何も目に入らないというよくいるタイプの母親らしく、乱れた髪に紅潮した頬、服も乱れてあちこちの隙間から肌が覗いているけれど、身づくろいに数分でも時間をかける余裕があれば、まだまだ美人で通るに違いない。「すみません、わざわざお越しいただいて」と言う。「うちはもう旅行なんてことになったら、乗り物の手配だのなんだのでちょっとした試練だから」

用件を持ち出す前に、パティはまず腕の中の坊やのお相手、鼻と鼻をすりすりして笑わせたりと、ひとしきり戯れずにはいられなかった。ふと狂った考えが頭をよぎる。この子を養子にしてガリーナとエドガーの負担を減らしてやり、自分も新たな生活を始めたらどうだろう。そんな思いを察したみたいに、坊やは両手でパティの顔中をまさぐり、あっちこっちをきゃっきゃと引っ張っている。

「伯母さんのこと、大好きみたい」ガリーナが言う。「やっと会えたパティ伯母さん」

エドガーがブーツだけ脱いだ姿で勝手口から入ってきた。分厚いグレーの靴下もやはり泥だらけ、あちこち穴も開いている。「よければレーズンブランか何か出そうか？」と声をかけてきた。「チェックスもあるけど」

食事は遠慮してキッチンテーブルの椅子に腰をおろし、甥っ子を膝にのせた。他の子たちも負けず劣らずかわいく——黒っぽい目で好奇心旺盛、大胆だけれどお行儀はいい——ジョイスがすっかり夢中になって、国外移住に反対している理由がよくわかった。それやこれやで、あのアビゲイルとのいやな話し合いのあとだけに、パティにはどうもこの一家が悪役だとは思えなかった。悪役どころか、文字通り森に迷いこんだ無邪気な子供たち《ベイブズ・イン・ザ・ウッズ》みたいに見える。「で、あなたたち、今後どうするつもりなの？」と訊いてみた。

エドガーはガリーナに代弁してもらうのに慣れているらしく、靴下にこびりついた泥をせっせとこそげ落としている。そのガリーナの説明によれば、農業にもずいぶん慣れてきたし、ラビもシナゴーグもすごく力になってくれるし、エドガーは祖父母のブドウ園のブドウで適法《コーシャー》なワインを作る資格をもらえそうだし、それに猟のほうも絶好調。

「猟？」

「鹿よ」ガリーナが言う。「信じられないぐらいたくさんいるの。ねえエドガー、去年の秋は何頭仕留めたんだっけ？」

「十四」とエドガー。

「うちの敷地で十四頭も！　しかも撃っても撃っても入ってくるの、もうびっくり」

「そう、ただほら、問題は」そう言いながら記憶を探る。鹿肉を食べるのって適法《コーシャー》だったっけ。「正確には、あなたたちの敷地じゃないわけよね。いまの所有者はいちおうジョイスだから。で、思うんだけど、エドガーはビジネスの才覚もあるわけだし、何か仕事を始めて、ちゃんとした収入を得たらどうかなって、そうなったらジョイスもこの土地を処分するなりできるし」

ガリーナはとんでもないと首を振っている。「保険のことがあるから。この人がいくら稼いでも、ぜんぶ保険に持ってかれちゃうんです、何十万ドルだか、もう気が遠くなるぐらいまで」

「まあね、ただ、ジョイスがこの土地を売ることができたら、保険の分は完済できるでしょ、つまり保険会社の分は。そうなれば新たにやり直せるじゃない」

「あの人、ペテン師よ！」ガリーナがめらめらした目で吐き捨てる。「話はお聞きでしょ？　あの交通指導員、あれは百パーセント保証つきのペテン師。こっちはコツンと当たっただけ、当たったかどうかも怪しいくらいなのに、それが歩けないですって？」

「なあパティ」エドガーが口を挟んできた。その口調は上から目線で語るときのレイに驚くほど似ている。「どうやら状況がよくわかってないんじゃないかな」

「あらそう――どこがどうわかってないの？」

「お父様はこの農場を手放したくないと思っておられたの」ガリーナが言う。「売り払ったお金で、〝芸術〟とやらを作ってるおぞましいいやらしい演劇プロデューサーとか、効果もない治療で下の妹さんのお金を巻き上げてる一回五百ドルの精神科医とか、そういう連中の懐を温めるよりはね。いまのままなら農場はずっとうちのものだし、いずれ叔父さんたちもあきらめるだろうし、必要になったら、つまりおぞましい〝芸術〟なんかじゃなく、精神科のやぶ医者でもなく、ほんとに必要になったらいつでも、お母様も売りたい分だけ売れるでしょ」

「エドガーは？」パティは言った。「あんたもいまのに賛成？」

「まあ、基本的には」

「そう、ま、なかなか立派な心がけよね。パパの望みを死守しようなんて」

ガリーナがぬっと顔を近づけてきた。ほら、わかって、とでも言うみたいに。「うちには子供がいるの」と続けた。「もうじき六人家族になるし、大変なの。妹さんたちは私がイスラエルに行きたいんだと思ってる――でも正直、イスラエルになんか行きたくない。私たちはここでの暮らしに満足。それに子供がいるっていうのもちょっとしたお手柄でしょ、妹さんたちは作ろうとしないんだし」

「ま、たしかに楽しそうなお子さんたちよね」パティは認めた。甥っ子は腕の中でうとうとまどろんでいる。

「だったらこのままで」ガリーナは言った。「お姉さんも、お好きなときにこの子たちに会いに来てね。私たち悪者じゃないの、変人でもないし、お客さんは大歓迎だから」

パティは悲しみと落胆を覚えながら車でウェストチェスターに引き返し、バスケのテレビ中継で気を紛らした（ジョイスはオールバニーに行って留守だった）。そして翌日の午後にはまた街に出向き、今度はヴェロニカと会った。一家の末っ子、いちばん甘やかされた娘である。昔からヴェロニカにはどこか浮世離れしたところがあった。長らくその原因になっていたのは、黒っぽい目にほっそりした体という、それこそ森の妖精みたいな見た目であり、本人もそんな容姿に調子を合わせるみたいに、拒食症、性的放縦、酒浸りなどなどと破滅型の人生を送っていた。それがいまや、見た目の魅力は消え去り――昔よりずいぶん太っていたけれど、いわゆる太った人の太り方ではなく、どことなくあの旧友イライザを思わせる感じ、卒業後何年も経ってから、陸運局《DMV》の混み合ったオフィスで見かけたあの姿を髣髴《ほうふつ》させる――その浮世離れっぷりはもっぱら精神面に、すなわち世間一般の理屈が通じないところや、外の世界の存在を完全な他人事としておもしろがっている態度に表れていた。かつては画家としてもバレリーナとしても（少なくともジョイスの目には）将来有望で、数々の立派な若者たちに言い寄られデートを重ねていたものだが、以来たびたび重度の鬱に襲われ、それに比べたらパティの鬱なんて秋のリンゴ園でのピクニック同然だという話。ジョイスによると、現在はとあるダンスカンパニーの重役の助手の仕事をしているらしい。そんな妹をラドロウ・ストリートの家具もまばらな1LDKに訪ねてみれば、事前に電話していたというのに、何やら深遠な瞑想エクササイズの真っ最中。建物のロックを開けてもらい、半開きの玄関からお邪魔したはいいが、出迎えもないので仕方なく寝室を探すと、ヨガマットの上にサラ・ローレンス大の色褪せた体操着姿で鎮座していた。若き日のダンサーのしなやかさは、なかなか衝撃的なヨガ的柔軟さと化していた。どうやらパティは招かれざる客であったようで、以後三十分ほどは妹のベッドでひたすら待機、月並みな挨拶を投げかけても答えが返ってくるのは忘れた頃という始末だったが、やがてついにヴェロニカも姉の存在を認める気になったのか、「それ、いいブーツね」と言ってきた。

「あら、ありがと」

「革製品を身に着けるのはやめたの。でも、たまにいいブーツを見ると、懐かしくなっちゃう」

「そうなんだ」うんうんと相槌で先を促す。

「匂い、嗅いでいい？」

「ブーツの？」

ヴェロニカはうなずき、四つんばいでにじり寄ってきてブーツの甲の匂いをぐっと吸いこんだ。

「匂いにはすごく敏感なの」恍惚と目を閉じて言う。「ベーコンもそう――いまでも匂いは大好きだけど、食べない。嗅いでるだけでもう強烈で、食べてるのと変わらない」

「そうなんだ」うんうん、それで？

「修行的な観点から言えば、食べるか取っとくかっていう悩みを超えて、食べない持たないっていう世界」

「なるほど。わかる気がする。おもしろいわ。ただ、確認だけど、まさか革は食べたことないわよね」

　これを聞いてヴェロニカは笑い転げ、その後しばらくは姉妹らしく打ち解けてくれた。家族の中ではレイだけかと思いきや、この妹もパティの生活のこと、ここ最近の変化のことをあれこれ熱心に聞きたがった。そこで身の上話をしてやったところ、こちらにとっては何よりつらい出来事にかぎって、ヴェロニカには滑稽きわまりないものに思えるらしい。ただ、そうして結婚生活の破綻を笑われるのにもいったん慣れると、パティのトラブルの話を聞いて妹はほっとしているのだとわかってきた。我が家の真実とでも言うべきものを確認できて、気分が落ち着くのだろう。ところが、一日最低一ガロンは飲んでいるという緑茶をご馳走になりながら、例の地所の問題を持ち出したとたん、妹の笑いはどこかふわふわして捉えどころのないものになった。

「笑い事じゃないわよ」パティは言った。「なんでお金のことでジョイスを困らせたりするの？　アビゲイルがうるさいだけならジョイスもなんとかなると思うんだけど、あんたまで言ってくるんですっかり困っちゃってるのよ」

「私が何もしなくたってママはいつも困ってるじゃない」さもおかしそうに言う。「あの人、困るのはお手の物だし、一人で勝手に困ってる」

「まあでも、あんたのせいで余計に困ってるのよ」

「そんなことないと思うけど。私に言わせれば天国も地獄も自分次第。困るのがいやだったらあの土地を売ればいいのよ。こっちは働かなくて済むだけのお金があれば、それで満足なんだから」

「働くことの何が悪いの？」パティはそう訊ねながら、かつてウォルターに似たようなことを言われたなと思い出した。「仕事をするのは自尊心にもいいわよ」

「仕事ができないわけじゃないの」ヴェロニカは言う。「事実、いまだって仕事してるし。できればしたくないってだけ。退屈だし、秘書扱いされるんだもん」

「秘書扱いって、あんた秘書でしょ。ニューヨーク一IQの高い秘書かもね」

「とにかく、辞めるのが待ちきれないってだけ」

「きっとジョイスは喜んでお金出すわよ、あんたがもう一回勉強しなおして、もっと自分の才能にふさわしい仕事に就きたいって言えば」

ヴェロニカは笑った。「私の才能は特殊なの、世の中はきっと興味を持ってくれないと思う。だから一人でその才能を磨いてたほうがいいわけ。正直、一人になりたいっていうだけなのよ、パティ姉さん。いまの望みはそれだけ。一人になること。アビゲイルなの、ジム叔父さんとダドリー叔父さんには何もあげないなんて言ってるのは。私は家賃さえ払えたら、あとのことはどうでもいいの」

「ジョイスはそうは言ってなかったわよ。あんたも叔父さんたちには何もやるなって言ってるって」

「私は協力してあげてるだけよ、アビゲイルの望みが叶うように。あの人、女だけの喜劇団を作ってヨーロッパに行きたいらしいの、あっちなら評価してもらえるからって。ローマに住んで、人々に尊敬されたいんだって」そこでまた笑う。「で、こっちとしても好都合かなって。正直、あの人とそんなにしょっちゅう会いたいわけじゃないし。いろいろよくしてくれるんだけど、ただほら、わかるでしょ、あのお喋り。一晩一緒に過ごすたびに、やっぱり一人でいればよかったって思っちゃうのよ。私は一人が好き。邪魔されずに思索を深められたほうがありがたいの」

「要は、そうやってジョイスを困らせてるのも、アビゲイルと会うのがいやだからってこと？　だったらアビゲイルと会うのをやめたらいいじゃない」

「でも、誰とも会わないのはよくないって言われてるから。ま、言ってみれば、テレビをつけっぱなしにしてるみたいな感じかな。淋しさも紛れるし」

「でも会いたくないんでしょ？　たったいまそう言わなかった？」

「うん。どうも説明しにくいのよ。ブルックリンに友だちが一人いるし、その子と会うことになるかな、アビゲイルとあんまり会わなくなったら。それはそれで悪くないのかも。ていうか、考えてみればそれでぜんぜんいいはずよね」そう言って、今度はその友だちのことを思って笑う。

「でもエドガーもあんたと同じ気持ちなんだし、それのどこが悪いの？」パティは言った。「あの子とガリーナが農場暮らしを続けて何が悪いの？」

「たぶん何も悪くない。うん、たぶん姉さんの言うとおり。ガリーナってほんとぞっとするような人だけど、それはエドガーもわかってるんだと思う、わかってて結婚したのね――私たちへの嫌がらせで。家で男の子一人だったことへの復讐として。まあ個人的には、あの女と顔を合わせずに済むなら別にどうでもいいんだけど、アビゲイルはいやでしょうがないみたい」

「じゃあ基本的には、ぜんぶアビゲイルのためってことね」

「いろいろ望みのある人だから。私はないけど、あの人が望みを叶えるのを手伝ってあげたい」

「ただしあんたも、働かなくて済むだけのお金はほしい」

「うん、そうなったらうれしい。誰かの秘書だなんていやだもん。特に電話に出るのがいや」そう言って笑う。「思うに、みんな概して喋りすぎなのよ」

もはやパティは巨大な風船ガム《バズーカ》を持たされているような気分、べとべと指にくっついて取れないのだ。果てしなく伸縮自在なヴェロニカの理屈の筋は、パティにくっついてくるばかりか、筋同士もねばねばともつれて収拾がつかない。

その後、電車で街を出ながら、パティはそれまで一度も考えたことがなかった事実に思い当たった。なんだかんだと言って我が家の両親は、パティ自身はもちろん、子供たちの誰と比べてもはるかに豊かで成功した人生を送ってきたのだ。そしてなんとも奇妙なことに、子供たちは誰一人、ジョイスとレイの人生を動かしてきた社会的責任感のかけらも受け継いでいない。そのことで、とりわけ哀れなヴェロニカのことで、ジョイスが責任を感じているのは知っていたけれど、その一方で、かくもぱっとしない子供たちを持ったことでジョイスのエゴはひどく傷ついていたはずだし、その子供たちの変なところも無能なところも、おそらくはレイの遺伝子の、あのオーガスト・エマソンの呪いのせいだと思っているのも間違いないだろう。だとすれば、ジョイスの政治家としてのキャリアは、それが我が家の抱える問題の原因であり悪化のもとであったのは間違いないにせよ、同時にそうした問題からの母なりの逃避だったのかもしれない、パティはふとそう思った。いまにして思えば、ジョイスのあの徹底した家庭軽視には、どこか痛切な、いっそ立派だとさえ言いたくなる何かがある。断固家を空け、政治家になって外の世界で善をなし、そうすることで自らを救おうとした母。同じく自らを救おうと過激な方法に走った者として、パティは母の気持ちがわかる気がした。そう、パティみたいな子供がいてジョイスは幸運だったというだけじゃない。パティもまた、ジョイスみたいな母親を持って幸運だったのだ。

　とはいえ、まだ一つだけ大きな疑問があった。だから翌日の午後、ジョイスが州政府の機能を麻痺させている共和党議員たちに鬱憤を募らせてオールバニーから帰宅したとき（民主党だってその機能不全に一役買ってるんだろ、などとジョイスをからかってくれるレイは、悲しいかな、もういない）、パティはキッチンでお待ちかね、ジョイスがレインコートを脱いだところですぐさまその疑問をぶつけてみた。「ねえ、どうしてあたしのバスケの試合、一度も見に来てくれなかったの？」

「返す言葉もないわ」ジョイスは即答した。まるで三十年来その質問を待っていたみたいに。「そうね、そのとおり、おっしゃるとおり。もっとあなたの試合を見にいけばよかった」

「じゃあなんで来なかったの？」

　ジョイスは少し考えこんだ。「どうもうまく説明できないの」と言う。「一つだけ言えるのは、あの頃はとにかくいろんなことがあって、ぜんぶは手がまわらなかったってこと。パパもママも、親としていろいろ過ちを犯したと思う。あなたも親だから多少は経験があるはずよ。わかるでしょ？　あれこれ混乱して、忙しくてばたばたしてっていう。何もかもをこなすのがどんなに大変か」

「ただ、あれでしょ」パティは言った。「他のことにはちゃんと時間があったわけでしょ。なのにあたしの試合だけ見に来なかった。それも全試合見に来いとかそういうんじゃなく、一試合でもって話よ」

「ああもう、なんでいまになってその話を持ち出すの？　間違いだった、ごめんなさいって言ってるじゃない」

「別に責めてるわけじゃないのよ」パティは言った。「こんなこと訊くのも、あたし、バスケはほんとにうまかったから。ほんとに、ほんとにうまかったの。母親としてどうかってことなら、あたしのほうがよっぽど失格だし、だから批判してるわけじゃないのよ。ただ、来てくれたらきっと喜んでもらえたと思うの、あたしが活躍してるとこを見て。才能のあるとこを見て。きっと鼻高々だったと思うのよ」

ジョイスは目をそらした。「昔からスポーツは好きになれなかったから」

「でもエドガーのフェンシングの試合には行ってた」

「たまによ」

「たまにでも、あたしの試合よりは行ってた。それも、フェンシングが好きなわけでもないのに。エドガーがうまかったわけでもないし」

普段はまず取り乱したりしないジョイスがつかつかと冷蔵庫に向かい、前の晩かろうじてパティの攻勢を逃れたワインのボトルを取り出す。わずかな残りをジュースグラスに注ぎ、半分ほど一気に飲んだところで自嘲の笑みをもらし、それから残りを飲み干した。

「わからないのよ、あなたの妹たちがなんでああなっちゃったのか」一見とりとめもなくつぶやく。「でも前に一度、アビゲイルにおもしろいこと聞かされたわ。ひどい話よ、思い出すといまでも泣きたくなる。ほんとは秘密なんだけど、あなたなら言ってもよさそう、黙っててくれるわよね。そのときのアビゲイルはすごく……酩酊してた。ずっと前のことよ、まだ舞台俳優を目指してた頃のこと。すごくいい役があって、本人もその役をもらえると思ってたのに、結局だめだった。それで元気づけようとしたわけ、ママはあなたの才能を信じてるし、あきらめずにがんばらなきゃだめよって。そのときに言われたのよ、もうとんでもなくひどいことを。あの子はね、だめだったのは私のせいだって言ったの。あれだけ、あんなにも応援してきたのに。なのにあの子はそう言った」

「理由は訊いた？」

「あの子が言うには……」ジョイスは悲しげに窓の外の花園を眺めやった。「あの子が成功できない理由は、仮に成功しても、どうせ私の手柄になっちゃうからだって。あの子のじゃなく、私の成功にされちゃうからだって言うの。そんなわけないのに！　でもあの子はそう思ってた。で、そういう気持ちを私にわからせるために、私をずっと苦しめて、娘は幸せいっぱいだなんて思わせないために、いつまでも成功しないでいるんだって言うの。ああもう、いまだに思い出すのもいや！　あの子にもそれは違うって言ったし、信じてくれてたらいいんだけど。だってそんなわけないじゃない」

「なるほど」パティは言った。「それはたしかにきついわね。でも、そのこととあたしの試合となんの関係があるの？」

ジョイスは首を振った。「さあ。ただちょっと思い出しただけ」

「あたしはね、成功してたのよ、ママ。そこがヘンだなあって思うの。あたしはもう、見事に成功してたの」

このひと言に、突如ジョイスの顔がくしゃくしゃくしゃに歪んだ。いやいやと言うみたいに再び首を振り、涙を必死にこらえている。「そうよね」と言った。「見に行くべきだったわ。私が悪かった」

「ほんとにいいのよ、来なかったことは。むしろそのほうがよかったのかも、長い目で見れば。ただ不思議だなあと思って訊いただけ」

長い沈黙ののち、ジョイスが口にしたまとめはこう。「思うにママの人生も、常に幸せな、簡単な、望み通りのものじゃなかったっていう、そういうことかしらね。ある時点では、ある種の事柄については考えすぎないようにしなきゃいけなかったの、じゃないとあまりにつらすぎて」

そしてパティがジョイスの口から聞き出せたのはこれだけだった。そのときも、その後も。実にささやかなものだし、謎が解決するわけでもないけれど、これで満足するしかない。同じ日の晩、数日来の調査結果を報告したうえで今後の処置を提案したところ、ジョイスはうんうんと何度もうなずきながら、全面的に同意してくれた。地所を売り、売却収入の半分はレイの弟たちにまわす。残額のうち、エドガーの取り分は信託財産として管理し、彼とガリーナが生計に必要な分だけ(移住しないという条件付きで)引き出せるようにする。アビゲイルとヴェロニカには一括でまとまった金を渡す。結局パティ自身も、ウォルターからの援助なしに新生活を始める資金として七万五千ドルを受け取ることになり、そのことでウォルターになりかわってちらりと罪悪感を覚えたりもした。無人の森や手つかずの草原が断片化と宅地開発にさらされるのに手を貸したわけだから。ウォルターもきっとわかってくれると願うほかなかった。パティに我が家をぶち壊されたコメクイドリ、キツツキ、ムクドリモドキたちの不幸も、今回にかぎっては、土地を売ることになった一家の不幸とまったく釣り合わないわけではないということを。

その一家について、最後に一つだけ言っておこう。一同長らく待ちわび、その過程でずいぶん醜態もさらした遺産であるが、これが実のところ必ずしも無駄にはならなかったのだ。中でもアビゲイルは、金の力でボヘミアン仲間の主役に躍り出るや、華々しく活躍し始めた。いまではアビゲイルの名前が『タイムズ』に載るたびにジョイスが電話をかけてくる。妹の劇団はどうやらイタリア、スロヴェニアを始めヨーロッパ各国で絶賛されているらしい。一方、ヴェロニカも望み通りの一人静かな暮らしを手に入れ、アパートと州北部のコミューンとアトリエを行ったり来たり、この妹の絵だって、パティの目には内向しすぎの未完成品みたいに見えるとしても、世代が下れば天才の作品としてもてはやされないともかぎらない。エドガーとガリーナはニューヨーク州キリヤスジョエルの超正統派コミュニティに移り住み、そこで最後の（五人目の）子供を作って、誰に迷惑をかけるでもなく無事に暮らしている模様。パティも一年に何度かは、アビゲイル以外の全員と顔を合わせている。いちばんの楽しみはもちろん甥っ子姪っ子たちだが、最近ではジョイスと二人でイギリス庭園めぐりツアーなどという椿事《ちんじ》もあって、これが思いのほか楽しめた。ヴェロニカとも会ったら会ったで、何くれとなく笑い合う仲である。

　ただし基本的には、パティはパティでささやかな暮らしを営んでいる。いまも毎日プロスペクト・パークを走っているけれど、エクササイズ中毒というほどではないし、ついでに言えば何中毒でもない。ワインも一本で二日は持つ。三日持つことだってある。学校の仕事では、ありがたいことに保護者とは直接関わらないで済んでいる。筆者もたいがいな親だったけれど、そんな自分と比べても、今時の親というのは非常識さの度合いも重圧の感じ具合も段違いである。学校に何を期待していると言って、小学一年から大学出願用エッセイの下書きだの、大学進学適性試験《SAT》に向けた語彙構築だのと、十年も先のことを考えているらしい。が、パティは幸運にも、あくまで純粋な子供として――おもしろくて、たいていはまだ汚れておらず、自分たちの物語を語れるだけの作文力を身につけるのに夢中の個性あふれる小人たちとして――子供と接していられる。物書きを奨励する少人数制のレッスン、幼いとはいえ物心もつかぬという年でもないから、もしかすると何人かは、大人になってもバーグランド先生のことを憶えていてくれるかもしれない。それは無理でも、中学校の生徒たちはきっと憶えていてくれるはず、何せこっちはパティの本領、何より大好きな仕事なのである。コーチとして、かつて自分もコーチたちから教わったあの献身の姿勢、挫けぬ愛、チームワークのレッスンを伝えていくのだ。学期中はほぼ毎日、放課後の数時間だけ、現実から消えうせ、自分を忘れ、再びチームの一員になり、試合に勝つという大義に愛によって結ばれ、味方の選手たちの成功を無心に切望する。人生の比較的遅い時期に差し掛かって、これまで最善の生き方をしてきたとは言いがたいパティがこんなことを許してもらえるのだから、この世界もまんざら残酷なばかりでもない。

きついのは夏、これは間違いない。夏になると、おなじみの自己憐憫だの負けず嫌いだのがまたまた顔を覗かせる。二度ほど無理して市の公園管理課のボランティアに参加し、子供たちの野外活動に付き合ったりもしたけれど、六、七歳以上の男の子の世話が衝撃的に下手くそなのを思い知らされただけ、おまけに活動それ自体が目的の活動にはどうも興味が持てない。本物のチームがほしい、自分のチームを勝利という目標に向かって鍛えたいと思ってしまうのだ。同じ職場の未婚の女の先生たちも、これがまた全員パティより年下で、もう笑ってしまうほどの酒好きなのだが（バスルームでもどすなんて当たり前、昼の三時に会議室でテキーラカクテル）、夏にはあまり見かけなくなったし、一人で本を読んだり、カントリーを聴きながらすでに十分きれいな独居アパートを掃除したりでは潰せる時間もかぎられていて、そのうち決まって深酒したい気分になってくる。二度ばかり、学校で知り合ったかなり年下の男と微妙な関係になったりもした。どちらも付き合っているのかいないのかわからない程度のデート相手だったが、そんな話は読者ももちろん聞きたくないだろうし、どのみち九割がたは気まずさともつれた口論からなるお粗末な関係、その始まりが夏だったのは言うまでもない。ここ三年は、やさしいキャシーとドナが七月いっぱいウィスコンシンで過ごすよう誘ってくれている。

頼みの綱はもちろんジェシカ。実際、あまりに頼れるので、パティとしては頼りすぎないよう、こちらの欲求で娘を窒息させないよう厳しく自制している。ジョーイがドッグショーの犬ならジェシカは地道な作業犬、パティがリチャードと別れて一定の道義的体面を取り戻したと見るや、母親の人生の修復計画に乗り出してくれた。その細々とした提案の多くはわかりきったことだったけれど、ありがたいやら申し訳ないやらで余計なことを言う気にはなれず、恒例となった月曜晩のディナーで経過を逐一報告した。人生経験はジェシカより豊富だとしても、犯した過ちが圧倒的に多いのもまた事実なのだ。娘に大人の気分を、役立っているという充実感を味わわせてやるくらいなんでもないし、実際、そうして二人で話し合った直接の成果がいまのこの執筆作業というわけである。いったん立ち直ると、パティのほうでもジェシカに力を貸してやれるようになったけれど、これについても重々注意して事に当たる必要があった。ジェシカのブログにあからさまに詩的なエントリーを見つけたときも、こうこうすればずっと文章がよくなるのになどと思いながら、実際には「あの記事、すごくよかった！」としか言わずにおいた。ジェシカがとあるミュージシャンに、ニューヨーク大《NYU》中退の童顔のドラマーに惚れたときもそう。パティはミュージシャンについて実地に知っていることをすべて頭から追い払い、はっきり口には出さないまでも、昨今では人間のあり方が昔とは根本的に変わっているというジェシカの信念を支持したのだった。たとえ男性ミュージシャンだろうが、自分たちの世代は母親の世代とは大違いなのだと娘は信じていた。そしてジェシカの心がじわじわと、しかし徹底的に傷つけられたときも、まるでそれが世にも珍しい、予測不能な暴挙であるみたいにパティはショックを装った。簡単ではなかったけれど、その程度の努力は喜んでした。ジェシカや友人たちは、たしかにパティの世代とは少し違っているというのもあったし——昔と比べて、世の中はより恐ろしいものに、大人になる道のりも厳しく報いのなさそうなものに見えるのだと思う——それより何より、いまやパティはジェシカの愛に頼りきりだったから、娘にそっぽを向かれないためならなんだってやるつもりだったのだ。

これは一つ、ウォルターとの別離がもたらした文句なしの恩恵として、子供たち二人が仲良くなったというのがあった。ワシントンの家を出てからの数カ月、パティが一方にだけ教えた情報を両方が知っているといったことから、二人が定期的に話をしているのはわかったし、その話の中身が両親のはた迷惑さ、身勝手さ、恥ずかしさであるのは容易に想像がついた。やがてウォルターとパティを許したのちも、ジェシカは戦友たる弟と密に連絡を取り合っていた。塹壕で培った絆は強いのである。

姉と弟、正反対の性格の二人がどうやって折り合いをつけているのかというあたりは、パティも興味津々で見守っていた。何せ自分にはできなかった芸当である。ジョーイはジェシカのかわいいドラマーくんの裏の顔をすっかりお見通しだったようで、パティが計算ずくで触れるのを避けた事柄についてもきちんと説明してやったらしい。また、何をするにせよ派手な成功を収めずにはおれないジョーイの活躍の場が、ジェシカも肯定できるビジネスであることも大きいのだと思う。と言っても、ジェシカがあきれ顔をしたり、ライバル心を燃やしたりすることがなくなったわけではない。南米にコネのあるウォルターが、ちょうどひと財産稼げるタイミングでジョーイに日陰栽培《シェイド・グロウン》コーヒーの取り扱いを勧めてやった一方で、ジェシカ本人が選んだキャリアとはいえ、文学出版業ではウォルターもパティも手助けのしようがないというあたりもさぞ恨めしいに違いない。父親に似たのか、衰退著しい絶滅危惧種を救うべく、金にもならない事業に身を捧げているわけだから鬱憤もたまるだろうし、その間もジョーイはこれといった苦労もなく金持ちになっていく。そのジョーイに世界のあちこちへ連れて行ってもらえるコニーへの妬みも隠し切れない様子である。その行き先がまた、異文化好きなジェシカ自身が行きたくてたまらない、あの高温多湿な国々なのだ。が、そんなジェシカもしぶしぶながら、出産を先延ばしにするというコニーの英断は立派だと褒めていたし、コニーは「中西部出身にしては」服のセンスがいいと認めたりもしていたらしい。それに日陰栽培コーヒーが環境に、特に鳥たちにやさしいことは疑うべくもないし、この事実を吹聴しつつ巧妙なマーケティングを行ったジョーイの手腕には感心しないわけにいかない。要するに、ジョーイはジェシカをすっかりへこませてしまったのであり、だからこそパティもジェシカと仲良しでいようと余計にがんばっているわけだ。

パティとジョーイの関係も万事順調、と言えたらどんなにいいかと思う。が、悲しいかな、そうではないのだ。ジョーイはいまも鋼鉄のドアを、これまでにも増して冷たく硬いドアを閉ざしたままだ。このドアは、コニーを心から受け容れたことを証明して見せるまで閉ざされ続けることをパティは知っている。でも残念ながら、幾多の領域で大進歩を遂げたパティも、いまだコニーを愛せるようになるには至っていない。コニーがどんなにいそいそとよき嫁の条件リストにチェックを入れたところで、むしろ逆効果。こちらがコニーを好きでないのと同様、向こうもこちらを好いてはいないことが、骨の髄に伝わってくるのだ。コニーのジョーイへの接し方には、パティをぞっとさせる何かがある。容赦なく独占的で、競争的で、排他的な何か、まともじゃない何かが。パティもすべての面で善き人間になりたいと思ってはいるのだけれど、悲しいことに、この理想は到底達成できないんじゃないかとわかりかけている。そのせいでジョーイとのあいだの壁はいつまでも消えず、息子に対して犯した過ちの永遠の罰として残るんじゃないかと。もちろんジョーイのことだから、パティにもいやというほどやさしく接してくれている。週に一度は電話をくれるし、パティの同僚やお気に入りの教え子の名前もちゃんと憶えている。遊びにおいでとしきりに誘ってくれるし、こちらの招きにもたまに応じてくれる。何気なく、コニーへの義理の許す範囲で、ちょっとした気遣いを見せてくれたりもする。しかもここ二年は、大学時代にパティが送ったお金の利子つき返済なんてことまでしてくれている——現実的にも心情的にもパティにしてみればありがたすぎるお金で、とてもじゃないが断れない。それでも心のドアは鍵が掛かったまま、いつの日かそれが開いてくれるなんてパティには想像もつかない。

いや、正確に言えば、想像のつく方法が一つだけ。これについては、きっと読者は聞きたくないんじゃないかと思うけれど、とにかく言ってみよう。想像できるのはこういう展開だ。仮に再びウォルターとよりを戻すことができ、再び彼の愛にぬくぬくと包まれ、再び彼のものになれたという思いとともに朝は二人の温かなベッドで目覚め、夜にはまたそこに戻れたら、そのときはパティもついにコニーのことを許し、誰もがコニーの魅力だと言うあれこれの美点が見えるようになるんじゃないか。にこやかにコニーの夕食のテーブルにつき、妻に忠実に尽くすジョーイの姿に心温まるものを感じ、するとジョーイのほうもほんの少しだけドアを開けてくれるんじゃないか――もしもその夕食を終えた帰り道、車の中でウォルターの肩に頭をのせて、自分は許されたのだと感じることができるなら。でももちろんこれは荒唐無稽なありえないシナリオだし、どんなに大目に見たってパティにはそんな資格はない。

　筆者もいまや五十二歳、見た目も五十二にしか見えない。最近は生理も妙な感じで不規則になっている。毎年、確定申告をするたびに、この一年は前の一年より早かったと感じる。一年一年の見分けがますますつかなくなってきている。ウォルターがなぜまだ離婚手続きをしていないのかについては、あれこれ気の滅入るような理由も思い浮かぶ――たとえばそう、いまでもパティが憎くて仕方なくて、ちょっとした連絡さえとるのがいやなのだ、とか――けれども、一方ではその事実にすがって心を奮い立たせてもいる。ウォルターに女はいるのかなどと恥ずかしげもなく子供たちに訊ね、いないと聞いて大喜びしたり。ウォルターに幸せになってほしくないわけではないし、いまさら嫉妬する資格も、というかそもそも嫉妬する気もそんなにないのだけれど、それでも、ひょっとしたらまだかすかな望みがあるんじゃないかと思えるからだ。ひょっとしたらウォルターもまだ、筆者自身がますますそう思っているように、二人の結婚はたがいの人生に起こった最悪の出来事だっただけじゃなく、それはまた最高の出来事でもあったのだと思ってくれているのかもしれない。これだけ多くの過ちを犯してきた筆者だから、ここでもまた現実を見失っている可能性は高い。二人がよりを戻すなんてとんでもないという、誰の目にも明らかな、致命的な障害が見えていないのかもしれない。でもこの考えが頭につきまとって離れない。来る日も来る日も、代わり映えのしない年が明けても、彼の顔を、彼の声を、彼の怒りとやさしさを求める思いが、つがいの片割れを求める思いがやまないのだ。

筆者が読者に伝えたいことは実は以上ですべてなのだが、最後にもう一つ、この手記をしたためるきっかけとなった出来事に軽く触れておきたい。数週間前、マンハッタンのスプリング・ストリートでのこと、ジェシカが売り出しに夢中の真面目な若手小説家の書店朗読会からの帰り道、歩道を大股でこちらにやってくる背の高い中年男にふと気づき、よく見ればこれがリチャード・カッツだった。すっかり短くなった銀髪に眼鏡までかけているせいか、服装は相変わらず七〇年代後半の二十歳の若者みたいなのに、何やら妙に只者ではない雰囲気である。何せそこはローワーマンハッタン、ブルックリンのど真ん中と違って庶民に紛れた気分にもなれず、パティは自分の老いた姿を、そのへんのどうでもいい母親にしか見えない姿を意識せずにはいられなかった。隠れる術があったら隠れていたと思う。リチャードだって気まずいだろうし、捨てられた愛人たるこっちももちろん気まずい。が、隠れられるわけもなく、リチャードはおなじみのやせ我慢の丁重さで、ぎこちない挨拶ののち、ワインでもおごろうと言ってきた。

そうして立ち寄ったバーで、パティの近況に半ばうわの空で耳を傾けるリチャードの様子は、成功を手に入れた多忙な男のそれだった。自身の成功ともようやく折り合いがついたと見える——照れるでも弁解するでもなく、ブルックリン音楽アカデミーの依頼でオーケストラを使った前衛っぽいやつをやっただとか、目下の彼女、というのがどうも大物ドキュメンタリー作家らしいのだが、その彼女の紹介で、ウォルターが昔大好きだったような、ああいうアート系映画の若い監督連中といろいろ知り合っただとか、いくつかサントラの仕事を手がけているところだとか、そんなことを口にした。パティはパティで不本意ながらも、どちらかと言えば満ち足りたリチャードの様子に小さな胸のうずきを覚え、その彼の仕事バリバリの恋人を思い浮かべてもう一つ小さなうずきを覚えたところで、いつものように話題はウォルターへと向かった。

「じゃあぜんぜん連絡してないんだ」リチャードが言った。

「うん」とパティ。「なんだかおとぎ話みたいよね。ワシントンの家を出てから一度も話してない。六年で、ひと言の会話もなし。子供から噂を聞いてるだけ」

「電話してやったほうがいいんじゃないか」

「無理だって、リチャード。六年前にチャンスを逃しちゃったし、いまはもうそっとしといてほしいんだと思う。あの湖の家に住んで、あっちの自然保護協会の仕事をしてるって。用があれば向こうはいつでも電話してこられるはずだし」

「あいつも同じように気を遣ってるだけかも」

パティは首を振った。「あの人のほうがあたしより苦しんだってことは、誰の目にも明らかだと思う。どんなに酷な人でも、向こうに電話してくる義理なんてないことぐらいわかるわよ。プラス、ジェシカにはこれまでにもはっきり、もう一度あの人に会いたいって話してあるの。それをあの子が向こうに伝えなかったなんて信じられない——あの子はあの子でなんとかしたいって必死だもの。だから間違いなし、あの人はまだ傷ついてるし、怒ってるし、あたしたち二人を憎んでる。だとしても責められる？」

「ま、責められるね、ある意味」リチャードは言った。「大学時代におれにやっただんまり作戦、あれ憶えてるだろ？　アホくさい。あんなことしてたら魂が腐るぞ。あいつのああいうとこはどうにも我慢できなかった」

「ふうん、だったらあなたが電話すればいいんじゃない」

「よせよ」と言って笑う。「実は、前々からあいつにやろうと思ってたささやかなプレゼントがやっとできたところでね——これから何カ月かちょっと気をつけてれば、あんたの目にも留まるはずだよ。州間時差《タイム・ゾーン》を飛び越す親愛のシャウトってとこだな。でも謝罪弁明はごめんだ、昔からそういう柄じゃないんでね。かたやあんたは」

「かたやあたしは？」

すでにひらりと手を挙げ、バーのウェイトレスに勘定を頼むと合図している。「物語はお得意だろ？」彼は言った。「一丁語ってやれよ」

キャンタブリッジ分譲地湖

コヨーテにばらばらにされたり、車にぺしゃんこにされたり、飼い猫が家の外で死ぬ死に方には実にいろいろあるけれども、六月初旬のある晩、ホフバウアー家の愛猫ボビーが忽然と姿を消し、ボビー、ボビーといくら呼んでも、キャンタブリッジ分譲地周辺をくまなく探しても、郡道沿いに消息を訊ね歩いても、果ては近隣一帯の木にボビーの近影を収めた貼紙をしても依然行方知れずだと聞いたとき、キャンタブリッジ・コートの住民の多くは、ボビーはウォルター・バーグランドの手で殺されたのだろうと考えた。

キャンタブリッジ・コートは新たな造成地で、現代風の、バスルームをいくつも備えた十二軒の広々とした家からなり、いまでは正式にキャンタブリッジ分譲地《エステイツ》湖と名づけられた小さな湖水の南西の畔に位置していた。湖の付近には特に見るべきものもなかったが、このところ国の金融システムは実質無利子で金を貸しつけていたし、造成地の建設、およびそこに至る道路の拡張舗装工事のおかげで、停滞著しいイタスカ郡経済も一時的に活況を呈したのだった。そして同じく低金利の恩恵により、ツインシティの定年退職者や、ホフバウアー夫妻のような地元の若い一家が夢のような邸宅を手に入れたわけである。二〇〇七年秋に入居が始まった時点では、まだ造成の跡が生々しく残っていた。前庭も裏庭もごつごつとしてハリエニシダに覆われ、発育不全の芝生のあちこちに、氷河地形ならではの撤去不能な丸石やら、伐採を免れた樺の木やらが居座っている。全体の印象はさしずめ、小学生が大急ぎで仕上げた盆栽《テラリウム》の課題といったところ。そんな新興住宅地に連れられてきた猫たちは、当然ながら、隣接するバーグランド家の敷地内の、鳥たちの集う木立や藪を徘徊するのを好んだ。そこでウォルターは、キャンタブリッジの全戸が人で埋まりもしないうちに、それら新たな隣人宅を一軒一軒訪ね歩き、挨拶かたがた、どうか猫を家から出さないでほしいと頼んでまわった。

ウォルターは善きミネソタ人で、人あたりもそこそこ悪くなかったが、その様子にはどこか、政治臭のする声の震え、狂信者じみた頬のまだらな無精ひげなど、キャンタブリッジ・コートの人々の神経に障るものがあった。古ぼけた隠れ家みたいな別荘で一人暮らしをしている。その情趣あふれる敷地を湖越しに望める住民たちのほうが、彼らの殺風景な庭に景観を損なわれたウォルターより得をしているのはなるほど間違いないし、住民の中にはふと冷静になって、建設工事の騒音などもさぞ迷惑だったろうと思いやる者もいた。とはいえ、他人の楽園に押し入ったような気分にさせられてはさすがにいい気はしない。なんのかのと言って、こっちだって金を払っているのだ。ここに住む権利はある。いや実際、固定資産税一つ取っても、ぜんぶ合わせればこちらのほうがはるかに高いわけだし、しかもほとんどの家庭は、住宅ローンの支払い額が膨れ上がっていく中、定額年金でなんとかやりくりするなり、子供の教育費をこつこつ貯めるなりしなければならないのだ。そこにどう見たってその種の悩みのなさそうな男が猫ごときのことで文句を言ってきたわけだから、住民たちとしてはつい反発してしまう。そりゃ鳥たちが心配なのはわかるけど、あんたそもそも、そういうご立派な心配をしてられるのがどんなに恵まれたことかわかってるのか、というわけだ。中でも憤慨したのがリンダ・ホフバウアー、このご婦人は福音派教会の信徒で、ご近所で最も政治的な人物として知られていた。「だからなんなの?」

「そりゃボビーは鳥ぐらい殺すでしょうよ」とウォルターに言い返したのだった。

「いやまあ、つまり」ウォルターは言った。「小型の猫科動物はもともと北米にはいなかったわけでね。だからここいらの鳴鳥は、猫から身を守る術を身につける機会がなかった。どだいフェアな勝負じゃないんですよ」

「猫は鳥を殺すものでしょ」リンダが言う。「それが普通、生まれつきそうなんだから」

「ええ、ただ猫というのは旧世界の固有種でね」ウォルターは言った。「アメリカの自然の一部じゃない。人間が連れて来なければここにはいなかったはずの生き物です。問題はそこなんですよ」

「正直な話」とリンダ。「うちとしては、子供たちにきちんとペットの世話をさせて、責任感を身につけさせたいだけなんです。それがいけないっておっしゃりたいの？」

「いやいや、まさか」ウォルターは言った。「ただ、いまだって冬のあいだはボビーくんを家から出してないわけですよね。お願いしてるのは、夏もそうしてほしいってことです、この地の生態系を守るために。我々が住んでるこのあたりは、北米で数が減ってきている多くの鳴鳥の貴重な繁殖地なんです。それにほら、鳥たちにだって子供がいるわけでね。六月、七月にボビーくんが一羽の鳥を殺せば、巣に残されたひな鳥たちもとてももじゃないが生き延びられない」

「だったら鳥が別の場所に巣を作ればいいのよ。ボビーは外を自由に駆けまわりたいの。それを天気がいいのに家に閉じこめとくなんてかわいそうだわ」

「ええまあ、そりゃね。おたくの猫ちゃんがかわいいのはわかります。実際、もし庭から出ないでいてくれるんなら、なんの問題もないんです。ただ、この土地は我々が来る以前から鳥たちのものだったわけでね。しかも相手は鳥ですから、ここに巣を作っちゃだめだよなんて教えてやることもできない。だから毎度懲りずにここに来て、毎度毎度殺される。しかももっと大きな問題もあって、開発がどんどん進んでいるせいで繁殖場所自体がなくなりかけている。だから我々としても、こうして受け継いだすばらしい土地を責任を持って守っていかなきゃならないんです」

「そう、お気の毒だけど」リンダは言った。「あたしにとっては、そのへんの鳥の子供よりうちの子のほうが大事なんです。それが普通でしょ？　あなたのおっしゃることは極端だわ。神様は人間にこの世界をお与えくださったんだし、あたしに言わせれば話はそこで終わり」

「私自身子供がいますし、お気持ちはわかります」ウォルターは言った。「でもいま言ってるのは、おたくのボビーくんを家から出さないでほしいっていう、それだけのことですよ。ボビーくんと話ができるとでも言うんなら別ですが、そうじゃなきゃ本人がずっと家にいるのをいやがってるかどうかなんてわからないでしょう」

「ボビーは動物です。地の獣は言葉を操る力を授かってはおりません。それは人間だけ。だからこそ人間は神の似姿に造られたとわかるのです」

「ええもちろん、ですからね、その彼が自由に駆けまわりたがってるって、なぜあなたにわかるんです？」

「猫はお外が好きなものよ。誰だってそうでしょ。暖かくなってくると、ボビーはドアのそばで待ってるの、外に出たくて。話なんかしなくたってわかります」

「でもボビーくんがただの動物なら、つまり人間じゃないんだったら、なんでその彼の、でき、い、れば外に出たいっていう望みが、鳴鳥たちの子を育てる権利に優先しなきゃならないんです？」

「なぜならボビーはうちの家族だから。子供たちもボビーが大好きだし、幸せでいてほしいから。もし鳥を飼ってたら、その鳥の幸せを望むわ。でも鳥は飼ってないの、うちは猫を飼ってるの」

「なるほど、いや、どうもお邪魔しました」ウォルターは言った。「よければもう少しお考えください、お気持ちが変わるかもしれませんし」

このやりとりにリンダはすっかり気を悪くした。ウォルターという男はご近所さんですらなかったし、居住者組合のメンバーでもなく、しかも乗っている車は日本製のハイブリッド車、そこに最近

OBAMAのバンパー・ステッカーを貼りつけたとくれば、これすなわちリンダの頭の中では、不信心、ならびに我が家のような額に汗する庶民の苦労を屁とも思っていないことの証拠だった。日々家計をなんとかやりくりし、この危険な世の中にあって、子供たちを善良かつ愛ある市民に育てようと懸命な人々の苦労を。そのリンダもキャンタブリッジ・コートの人気者というわけではなかったけれど、住民の誰かが居住者規約に反して一晩ボートを私道に置きっぱなしにしたとか、誰かの子供が中学校の裏手で煙草に火をつけるのをうちの子が目撃したとか、家の造りにこれこれのちょっとした欠陥が見つかったのだがお宅はどうかとか、何かそんなことでしょっちゅうコンコンと訪ねてくる人物として恐れられていた。ウォルターの訪問以後、リンダはこの一件をさかんに話題にし、あれは過激な動物愛護家だと言い触らした。猫と話ができますかなんて訊いてきたのよ、と。

その同じ夏に二度ほど、キャンタブリッジ分譲地の人々は、湖の向こうのウォルター宅に週末の訪問者の姿を目撃した。新車らしき黒のボルボに乗った、容姿端麗な若いカップルである。男のほうはブロンドで逞しい体つき、女はその妻か恋人か、ほっそりとして都会的で、いかにも子供がいなさそうな感じ。リンダ・ホフバウアーはそのカップルを「高慢ちき」だとくさしたものの、住民の多くはむしろ、ウォルターにも至極まっとうそうな来客があることにほっとしたのだった。何せそれ以前の印象が、礼儀正しいとはいえどこか世をすねたふうで、ことによると変質者かというものだったからだ。毎朝長い散歩をしている年配の住人たちは、道すがらウォルターの姿を見かけると、思い切って話しかけるようになった。その彼らが聞きこんだところでは、件の若いカップルはウォルターの息子夫妻で、セントポールで何か好調なビジネスを手がけており、加えてニューヨークにも独身の娘がいるとのことだった。本人の境遇についても、妻はいるのか、離婚したのか、それとも死別しただけなのかとあれこれ鎌をかけてみたものの、いくら突っついても巧みにはぐらかされるばかりだったので、痺れを切らしてパソコン通で知られる一人がネットで調べてみたところ、なんとリンダ・ホフバウアーの推測通り、このウォルターという男は少々いかれた危険人物であるらしい。なんでもラジカルな環境保護団体の創始者だそうで、団体そのものはすでに消滅しているが、その解散のきっかけというのが共同創始者だった女性の急死、これがまた一風変わった名前の女性で、子供たちの母親とはどう考えても別人である。そんな興味深いニュースがじわじわご近所に広まった結果、早朝散歩組も再びウォルターとの交流をためらうようになった——と言っても、過激思想に恐れをなしたというより、いまではあの引きこもり生活に悲痛の気配が充満しているように思えたからだ。それも苛烈なタイプの、関わり合うとろくなことがなさそうなタイプの悲痛。決して癒えることがなく、あらゆる種類の狂気と同様、近寄ると危険なばかりか感染しそうな気さえする、そんな悲痛。

やがてひと冬が過ぎ、雪が融け始めた頃、ウォルターは再びキャンタブリッジ・コートに姿を現した。ネオプレン製の極彩色の猫用ゼッケンを箱いっぱいに抱えて。このゼッケンをつけても、猫は木に登るなり蝶々を追いまわすなり、外で好きなだけ遊び回れるはずだと彼は主張した。鳥を襲うのが難しくなるだけなのだと。猫の首輪に鈴をつけても、鳥への警告として効果がないことは証明済みなのだと。そのうえで、アメリカ国内で猫に殺される鳴鳥の数は、少なく見積もっても一日百万羽、すなわち一年で三億六千五百万羽に達するのだと（これもあくまで控えめな試算で、殺された鳥のひなたちの餓死は数に入っていないと念を押しつつ）言い添えた。そのウォルターには、猫を外に出すたびにゼッケンをつけるのがどんなに面倒か、また、派手な青や赤のゼッケンをつけた猫がどんなに滑稽に見えるかといった点はまったく理解できないようだったが、それでも年配の飼い主たちは丁重にゼッケンを受け取り、試してみようと約束した。ウォルターが帰ってくれさえしたら、あとはゼッケンなんか捨ててしまえばいい。ところがリンダ・ホフバウアーだけはゼッケンを受け取ろうともしなかった。彼女の見るところ、このウォルターという男はいわゆる大きな政府を求めるリベラルどもの仲間、学校でコンドームを配るとか、市民の手から銃を取り上げるとか、国民身分証の携帯を強要するとか、その種のことをやりたがる手合いなのだ。ふとひらめいて、お宅にいる鳥たちはあなたの所有物なのかと訊いてやった。そうじゃなければ、うちのボビーが獲物にするのをあなたにとやかく言われる筋合いはない、と。するとウォルターはお役所言葉で、北米渡り鳥保護協定がなんだかんだと言いだした。カナダもしくはメキシコ国境を越えてやってくる猟鳥以外の鳥に危害を加えることは禁止されている、云々。聞いているうちにリンダはふと、この国の新大統領を、アメリカの覇権を国連に明け渡そうとしているあの人物のことを思い浮かべて不愉快な気分になったが、それでもなるべく丁寧に、うちは子育てだけで手一杯だし、これ以上訪ねてくるのはやめてほしいとウォルターに伝えた。

外交的見地からすれば、ウォルターがゼッケンを配りに来たタイミングは最悪と言ってよかった。国中で景気後退の影が濃く、株式市場も低迷中、そんな状況で相変わらず鳴鳥の行く末にかまけているなんて非常識も甚だしいと思われたのだ。キャンタブリッジ・コートで老後を過ごす人々でさえ不況の影響を受けていたし――投資が目減りしたせいで、フロリダやアリゾナへの恒例の避寒旅行をキャンセルした夫婦も少なくなかった――いわんや若い家族をやで、中でもデント夫妻とドルバーグ夫妻は住宅ローンの支払い（これがまた最悪のタイミングで増額されたのだ）が滞っており、家を手放すのもやむなしという雲行きだった。ティーガン・ドルバーグの場合など、毎週のように電話番号とメールアドレスを変えているらしいカード債務整理専門のローン会社やら、政府指定・低コストを謳いながら実際は政府指定でも低コストでもない借金返済コンサルタントやらの返事を待つあいだにも、ビザとマスターカードの未払い残高は月々三、四千ドル規模で跳ね上がっていき、家の地下室をネイルアート・サロンにして知人隣人にマニキュアサービス十回セットを販売したはいいが、その後はいくらお客が来ても金にはならないタダ働きの日々。夫がイタスカ郡の道路整備を請け負っているおかげで安定収入のあるリンダ・ホフバウアーでさえ、冬場の暖房設定温度を下げ、自家用サバーバンでの送り迎えをやめて子供たちにスクールバスを利用させるようになった。不安がヌカカの大群みたいにキャンタブリッジ・コートに垂れこめていた。それはケーブルテレビのニュース、ラジオのトーク番組、インターネット経由で絶えず忍びこんできた。ツイッターでは誰もがさかんに囀っていたけれど、自然界の囀り羽ばたきまで心配している余裕はとてもなかった。こんなご時勢でも気にかけてやるべきだとウォルターが訴えてやまない、あの鳥たちの世界のことまでは。

次にウォルターが現れたのは九月のこと、夜陰に紛れてキャンタブリッジ分譲地一帯にビラを残していったのだった。いまではデント家とドルバーグ家は空き家になり、窓の明かりも消えていた。緊急ホットラインで待たされていた電話がついにひっそりと切られたことを告げる保留ランプみたいに。残りの住人たちがある朝目を覚ますと、玄関先に「親愛なるご近所の皆様」と丁重な文句の記された封書が転がっていた。中身は、すでにウォルターに二度まで聞かされたアンチ猫の議論を蒸し返すもの、添付の四ページにわたる写真の数々は丁重とは程遠いものだった。どうやらウォルターはひと夏かけて、自宅の敷地内で殺された鳥の記録作成に励んでいたらしい。一枚一枚の写真に（計四十枚以上あった）日付と種が付記されていた。キャンタブリッジの猫を飼っていない一家は、うちは関係ないのにと憤慨し、猫のいる家は猫のいる家で、敷地内で鳥が死んだらぜんぶうちのペットのせいにされるのかと憤慨した。そのうえリンダ・ホフバウアーの怒りに油を注いだのが、ビラが子供たちの目に触れかねない場所に置かれていたこと。頭のとれたホオジロやら血まみれの内臓やらで、へたをすればトラウマになっていたかもしれない。そこで前々から夫ともども懇意にしていた郡保安官を呼び、ウォルターのいやがらせは罪にあたるんじゃないかと相談した。すると保安官いわく、罪にはならんだろうが、なんならちょっと立ち寄ってひと言警告しておこう——ところがその結果わかったのは、ウォルターが法律の学位の持ち主であるという意外な事実、憲法修正第一条（いわゆる「言論の自由」条項）はもとより、キャンタブリッジ分譲地居住者規約のことも熟知しているらしく、その中の一項には、ペットはいかなるときも飼い主がきちんと管理すべしとあった。保安官はリンダに、ビラはシュレッダーにかけてこの件は忘れなさいと助言した。

そうこうするうちに白い冬、ご近所一帯の猫たちはすっかり屋内にこもりきりになった（それでも特に不満がなさそうに見えるのはリンダも認めざるをえなかった）。リンダの夫は自ら郡道の除雪を買って出て、ウォルター宅の私道の出口にどっさり雪を集め、積雪があるたびにウォルターが一時間ばかり雪かきを強いられるようにしてやった。木々の葉の落ちたいまなら、住民たちは凍った湖の向こうに小さなバーグランド邸をあらわに望むことができたが、その窓にテレビの光が明滅することは一度もなかった。こんな真冬の夜、一人暮らしのウォルターがいったい家で何をしているのか、想像もつかなかった。独断と敵意に鬱々と沈んでいるとしか考えられない。クリスマスの季節には一週間ばかり明かりが見えない日が続き、どうやらセントポールの家族を訪ねているようだったが、それもどうにも想像しづらい――あんな変人でも愛してくれる人間がいるというのだろうか。中でもリンダは、休暇が終わり、変人がまた引きこもり生活に戻ってくれるとずいぶんほっとした。あんな男でも誰かに愛されているのだという思いに煩わされることなく、純粋な憎悪に浸ることができたからだ。

二月のある晩、夫の口から、ウォルターが私道を故意に塞がれているとして郡に苦情を申し立てたと知らされても、リンダはむしろ満足だった。こちらの憎悪はちゃんと向こうに伝わっているらしい。

それと同じ屈折した心理で、やがて再び雪が融けて木々が緑に染まり、再び外に放したボビーがたちまち行方不明になったときも、リンダはかゆいところに手が届いたかのような、掻けば掻くほどかゆくなる根源的なかゆみが掻けたかのような気分だった。ボビーの失踪が誰のせいかはすぐにわかったし、そうしてウォルターがこちらの憎悪に対抗してきたこと、憎しみに新たな理由と新たな滋養を提供してくれたことに深い満足を覚えたのだった。あちらも憎しみのゲームにやる気満々、この世の間違ったところを一身に体現する敵がすぐそこにいてくれる。子供たちの消えたペットの捜索を手配し、そのいたいけな煩悶ぶりをご近所一帯に吹聴するあいだも、内心ではそんな我が子たちの苦悩にほくそ笑み、この件でウォルターを憎むようけしかけるのを楽しんでいた。ボビーのことはそれなりに好きだったが、一介の獣を徒に愛するのが罪であることは知っている。憎き罪、あの隣人とやらのうちにある罪だ。やがてボビーが戻ってこないことが明らかになると、子供たちを連れて地元の動物シェルターに赴き、そこで気に入った猫を三匹選ばせた。そして帰宅するとすぐに段ボール箱から出してやり、ウォルター邸の木立の方角へしっしと追いやった。

昔からウォルターは猫が好きになれなかった。ペット界のはみ出し者、ネズミ減らしのために必要悪として飼い慣らされ、やがて溺愛されるに至った動物、そんな気がしてしまう。不幸な国々が軍を溺愛し、人殺しの制服に敬礼するのとどこか似た陶酔ぶりで、飼い主は猫の美しい毛並みを愛撫し、その爪と牙の暴力には目をつぶる。どの猫の顔を見ても、にたにたした無関心と利己心があるだけ。ネズミのおもちゃでちょいと刺激してやれば、たちまちその本性が現れる。とはいえそんなウォルターも、こうして母親の家に住むようになるまでは、諸々のもっと大きな悪との闘いで手一杯だった。それがいま、自然保護協会の仕事で管理している土地を荒らす野良猫どもに対処を迫られ、またキャンタブリッジ分譲地造成による湖周辺へのダメージに住人の放し飼いペットの害まで加わったことで、かねがね抱いていた猫嫌いの偏見がどっと高まり、日々叩きつけてくる屈辱と不満の荒波と化したのだった。バーグランド家の鬱屈した男たちにとっては、人生の意味として滋養として、この種の憤懣がどうやら不可欠であるらしい。これまで二年にわたってその用を果たしてきた不満――チェーンソーにブルドーザー、小規模発破に土砂流出、ハンマー、タイルカッター、大型ラジカセから轟くクラシック・ロックといった苦痛――がなくなったいま、新しい何かが必要だったのだ。

猫の中には怠け者で殺しの苦手なやつもいるが、足だけ白い黒猫ボビーは違った。頭のいい猫で、日が暮れてアライグマやコヨーテの危険が迫る頃にはホフバウアー家に撤退するのだが、雪のない季節は毎朝、湖の丸裸にされた南岸から再び元気に出撃し、ウォルターの敷地に侵入しては殺戮を繰り返した。ホオジロ、トウヒチョウ、ツグミ、カオグロアメリカムシクイ、ルリツグミ、マヒワ、ミソサザイ。実に幅広い好みの持ち主で、ずば抜けた集中力を備えていた。殺戮に飽きることがないうえ、忠義も恩義も感じないという性格的欠陥も抱えているらしく、飼い主のもとに獲物を持ち帰る労もめったにとらない。捕え、弄び、殺し、ときには少々食しもするが、死骸はたいてい放ったらかし。とりわけウォルター邸裏手の芝生の斜面のまばらな木立、その周囲の森の際のあたりが、鳥にもボビーにも魅力的であるようだった。ウォルターは投げつける石を集めておいたり、一度などは加圧ホースの水を直撃させたりもしたが、ボビーもすぐに学習し、朝の早いうちは森にこもってウォルターの出勤を待つようになった。受け持っている自然保護協会の保有地は近場だけではなかったから、出かけると数日泊まりがけになることもしょっちゅうで、そうしたときに帰宅してみると、決まって湖側の斜面に新たな死骸を発見した。それがここだけで起こっていることならウォルターにも耐えられたかもしれないが、いたるところで同じことが起こっていると思うと気が狂いそうになった。

ただそれでいて、根がやさしいうえに善き市民たる彼のこと、他人のペットを殺すなどという真似はさすがにできなかった。ふと、兄のミッチの手を借りようかと思ったりはしたものの、前科者のミッチに危ない橋を渡らせるのは憚られたし、やったところでリンダ・ホフバウアーが新たな猫を探すだけなのは目に見えている。それでも、二度目の夏の外交努力と啓蒙活動が失敗に終わり、リンダの夫の除雪による私道塞ぎが我慢の限度を超えるにいたって、とうとう彼も腹を決めた。なるほどボビーは全米七千五百万の猫のうちの一匹にすぎないけれども、そのボビーにも、おのれの反社会的行為を身をもって償ってもらうときが来たのだと。ウォルターは罠を手に入れ、自然保護協会の保有地で野良猫との勝ち目のない闘いを続けている請負業者の一人からあれこれ事細かな指導を受けたうえで、五月のある朝、日の出前に、ボビーが敷地に侵入がてら通りそうな場所を選んで、鳥肝とベーコンを餌に罠を仕掛けた。何せ頭のいい猫だから、チャンスが一度きりなのはわかっていた。そして二時間後、斜面の下から聞こえてきた猫の鳴き声のなんと耳に心地よかったことか。ぎしぎし揺れる、糞の臭いのする罠をさっさとプリウスまで運び、トランクに放りこんだ。リンダが猫に首輪をつけていなかったおかげで――愛猫のかけがえのない自由を侵害したくなかったのだろう――事は余計に簡単、三時間ほど車を走らせてミネアポリスのシェルターに置いてきたのだった。あとは安楽死か、運よく街の一家に引き取られて家の中で飼われるか。

そうしてミネアポリスの街を出かかったところで鬱々たる気分に襲われることになるとは予想もしていなかった。喪失感、徒労感、悲しみ。妙な話、自分とボビーはそれこそ夫婦みたいな腐れ縁で結ばれていたのかもしれないとふと思った。ひどい結婚も独り身ほどは淋しくない、そういうことなのか。考えたくもないのに、ボビーがすえた臭いの檻の中で暮らしている様子をつい思い浮かべてしまう。さすがにホフバウアー一家に会いたがっているなどと想像するほど馬鹿ではないが――猫なんて人間を利用するだけだ――そうして閉じこめられているボビーの姿はやはりどこか哀れだった。

かれこれ六年、ウォルターは一人暮らしを続け、なんとか生活を軌道に乗せようとしてきた。かつてはトップも務めた自然保護協会の州支部、その企業や大富豪との馴れ合いぶりにはいまや吐き気を覚えたが、それでも頼んでみたところ、末端の土地管理者として再雇用してもらえた。凍てつく冬には、とりわけ退屈で時間を食う事務仕事の助手を務めることになった。監督している土地にめざましい益をもたらしているとは言えないにせよ、別段害をなしてもいなかったし、針葉樹やアビやスゲやキツツキの中で一人過ごす日々は忘却の恵みに満ちていた。それ以外の仕事も――助成金の願書を書いたり、野生生物の生息数に関する文献を書評したり、州の土地保全基金の支援を目的とした新たな売上税導入のために片っ端から説得の電話をかけたり（これが結果的には二〇〇八年の選挙であのオバマ以上に支持を得ることになった）——同じく文句のつけようのないものだった。夜になると、面倒なので五種類にまで絞った簡単なメニューのどれかで夕食を済ませ、いまでは小説にも音楽にも、とにかく情緒に訴えてくるものには耐えられなかったので、コンピュータのチェスやポーカーで気を紛らし、ときには人間の感情とはいっさい関わりのなさそうな露骨なポルノサイトを覗いたりした。

そんなときはつい、自分が森の奥で暮らす病んだジジイみたいに思えて、ジェシカの様子窺いの電話に出なくて済むよう忘れずに電源を切った。ジョーイが相手ならまだ素のままの自分でいられた。ジョーイは男、それもバーグランド家の男だから、あくまでクールで如才なく、こちらの心に踏み入ってくることもない。コニーはいささか厄介だった。その声には常にセックスが、セックスと無邪気な戯れが聞き取れたからだが、とはいえ幸せいっぱいのコニーのこと、軽く水を向ければジョーイとの暮らしぶりについていくらでも喋ってくれる。いちばんきついのはジェシカからの電話だ。娘の声はますますパティのそれに似てきているし、話題をなんとか向こうの生活に、それが無理ならこっちの仕事に向けておく努力で、電話を終える頃には冷や汗をかいていることもしばしば。かつて、あの我が人生に見事な止めを刺した自動車事故の直後には、不意をついてきたジェシカに慰め役を任せたこともあった。父親が悲嘆を乗り越えるのを期待してのことだったのだろうが、その彼がいつまで経っても回復しないこと、回復する気がないこと、むしろ絶対に回復したくないと思っていることがわかると、娘はひどく腹を立てた。その後何年もかけて、彼はそんな娘に冷たく愛想なく接することで、こちらのことは放っておいて自分の人生に集中しろと伝えてきたのだった。最近はもう、そうしてやりとりが途絶えるたびに、娘が例の癒し攻撃を再開すべきかどうかと迷っているのが手に取るようにわかったし、毎週毎週、それをなんとか阻止すべく会話の策略を練るというのは実にくたびれる作業だった。

ミネアポリスで例の用事を済ませ、その後ベルトラミ郡にある自然保護協会の大保有地で生産的な三日間を過ごしてからようやく帰宅すると、私道の入口の樺の木に貼紙を見つけた。**ボクを見ませんでしたか?**とある。**名前はボビー、家族が心配しています。**ボビーの黒い顔はコピー写りがよくなかったが――白っぽい目がぼうっと浮き出て、何やらさまよう亡霊といった趣――いまやウォルターにも以前はわからなかったことがわかるようになっていた。そう、こういう顔を見て、守ってやりたい、かわいがってやりたいと思う人だっているのだ。生態系から脅威を取り除き、多くの鳥たちの命を救ったことに後悔はなかったけれど、ボビーの顔に漂う小動物のか弱さに、おのれの体質的欠陥を痛感させられた。心底憎んでいる相手でさえつい憐れんでしまう。私道を先へと進み、敷地内に訪れた束の間の平穏を満喫しようとした。ボビー問題からの解放、春の夕暮れの光、ピュア・スウィート・カナダ・カナダ・カナダと歌うノドジロシトドの声。それでも、出かけていた四日間で何年分も年をとったような気がした。

ちょうどその晩、パンをトーストしながら卵を焼いているところにジェシカから電話がかかってきた。最初からそのつもりで電話してきたのかもしれないし、彼の声に何かを、決意の揺らぎのようなものを聞き取ったのかもしれない。とにかくジェシカは、この一週間の出来事というささやかな話題が尽きると、ウォルターがじっと黙りこんだのに勇気を得て例の攻撃を再開してきたのだった。

「ところで、こないだの晩ママに会ったの」と言う。「ちょっとおもしろいこと言ってた、パパも聞きたそうなこと。聞きたい?」

「聞きたくない」ぴしゃりと返す。

「ふうん、それ、なんでか訊いていい?」

外は青い黄昏、開けっ放しのキッチンの窓から子供の遠い呼び声が聞こえる。ボ、ビ、ビー!

「なあジェシカ」ウォルターは言った。「おまえが母さんと仲良しなのは知ってるし、それはそれでいい。仲良しじゃなかったらむしろ残念だよ。親が二人いるってのは大事なことだ。ただ、私は私で、母さんの話が聞きたくなったら自分で電話する。おまえに伝言役みたいなことはさせたくない」

「私は別にいいんだけど、伝言役でも」

「こっちがいやだと言ってるんだ。伝言なんて届けてほしくない」

「悪い話じゃないと思うわよ、ママの伝言」

「どんな伝言だろうが興味はない」

「そう、じゃあ訊くけど、なんでさっさと離婚しないの？　もういっさい関わりたくないっていうんなら離婚すればいいでしょ？　だってほら、離婚しないかぎり、ママは希望を捨てきれないわよ」

子供の声が二つになった。声を合わせて、ボビイィー！、ボビイィー！　ウォルターは窓を閉め、ジェシカに言った。「そんな話は聞きたくない」

「そう、わかった、でもパパ、せめて質問に答えてくれない？　どうして離婚しないの？」

「どうしても何も、とにかくいまは考えたくないんだ」

「でも六年も経ってるのよ！　そろそろ考えてもいいんじゃない？　せめてもの礼儀として」

「離婚したければ向こうが手紙を送ってくればいい。弁護士に手紙を送らせりゃいい」

「でも、パパはどうして離婚しようとしないの？」

「そうすることでいろいろぶり返すのに耐えられないからだ。私にもしたくないことをしない権利はある」

「ぶり返すって、何が？」

「苦痛だよ。苦痛はもうたくさんだ。いまでもまだ苦しい」

「それはわかってるわ、パパ。でもラリーサはもういないの。いなくなって六年になるのよ」

ウォルターは激しく首を振った。まるで鼻先にアンモニアを突きつけられたみたいに。「考えたくない。ただ毎朝出かけて、そういうのとはいっさい関係ない鳥たちを見ていたい。鳥たちなりの暮らしを、鳥たちなりの苦労を見ていたい。そしてできることなら何かしてやりたい。いまでもかわいいと思える唯一のものなんだ。つまりその、おまえとジョーイを別にすればな。この件で私が言いたいのはそれだけだ。これ以上あれこれ訊いてくれるな」

「まあでも、セラピストにかかるとか、考えてみた？　つまりほら、新たな人生を踏み出すために？まだ老けこむような年じゃないでしょ」

「変わりたいとは思わないんだ」彼は言った。「目覚めてすぐ、何分かは最悪だけど、それから出かけてくたくたになるまで働いて、あとは夜更かししてればそのうち眠れる。セラピストにかかるのは何かを変えたい人間だけだ。私の場合、セラピストのところに行ったって何も言うことがない」

「昔はママのことも好きだったんでしょ？」

「どうかな。忘れたよ。出ていったあとに起こったことしか憶えてない」

「ま、実のところ、あの人、なかなかすてきよ。前とはずいぶん違うわよ。なんかこう、完璧なママみたいな感じになって、って言っても信じられないかもしれないけど」

「言ったろ、それは私もうれしいよ、おまえの母親だからな。おまえの人生にとって望ましいことだから」

「でもパパの人生にあの人はいらないと」

「なあジェシカ、おまえの希望はわかる。ハッピーエンドを望んでるのはよくわかるよ。でもおまえが望んだからって、自分の気持ちを変えることはできない」

「で、その気持ちっていうのは、あの人が憎いと」

「母さん自身が選んだ道だ。私に言えるのはそれだけだよ」

「悪いけどパパ、それっていくらなんでもずるいわよ。選んだのはパパのほうでしょ。ママは出ていきたくなかったんだし」

「なるほど、向こうはそう言うだろうな。毎週会ってるんだし、そりゃ自説を売りこむ機会は十分だろう。それもずいぶんと自分に甘い見方をね。ただな、母さんが家を出ていく前の五年間、一緒に暮らしててどんな感じだったか、おまえにわかるか？　悪夢だよ。それで私は別の人に恋してしまった。別の人間に恋したいなんて思ったこともなかったのに。そのことでおまえが苦しんだのもわかってる。でもそうなった唯一の理由は、おまえの母さんとの暮らしがあまりに耐えがたかったからだ」

「だったら離婚すればいいじゃない。長年夫婦だったんだから、それくらいはしてあげてもいいでしょ？　幸せな時代もあったんだし、その間ずっと一緒にいるだけの気持ちがあったんなら、せめてきちんと離婚してあげるのが義理じゃない？」

「それがな、そんなに幸せな時代じゃなかったんだよ、ジェシカ。その間ずっと、母さんは私に嘘をついてたんだ――そんな相手に義理があるとは正直思えないな。それにさっきも言ったろ、離婚したければ向こうで勝手にすればいいんだ」

「だからママは離婚したくなんかないんだって！　パパと縒りを戻したいの！」

「たとえ一分でも会うなんて想像もできないね。顔を見るだけでも耐えがたい苦痛っていう、それしか思い浮かばない」

「でもね、ひょっとしてだけど、パパ、その苦痛の理由はまだママを愛してるからなんじゃない？」

「やめよう、ジェシカ、別の話にしよう。もし私の気持ちを少しでも思ってくれてるんなら、その話は二度と持ち出さないでくれ。おまえからの電話に出るのが怖くなるなんていやだからな」

その後ずいぶん長いあいだ、彼は座ったまま両手に顔を埋めていた。夕食には手も触れなかった。家の中がじわりじわりと暗くなり、地上を覆う春の世界が薄れて、より抽象的な空の世界に取って代わられていく。成層圏のピンクのちぎれ雲、深い虚空の深々たる寒気、宵の星たち。最近はいつもこうだ。ジェシカを追い払い、追い払ったとたんに恋しくなる。朝になったらミネアポリスに戻って猫を回収し、恋しがっている子供たちに返してやろうか、ふとそんなことを考えてみたが、現実にはできっこないし、ジェシカに電話をかけなおして謝るのも無理だ。済んだことは済んだこと。終わったことは終わったこと。ウェストヴァージニア州ミンゴ郡、かつて見たこともないほど醜くどんよりとしたあの朝、ラリーサの両親に、娘さんの亡骸を見せてもらってもかまわないかと頼んだ。技師だという両親は冷やかで風変わりで、言葉に強い訛りがあった。父親は涙を見せなかったが、母親は断続的に、なんの前触れもなく、歌のようにも聞こえる異国的な号泣を発していた。妙に儀礼的で温もりのない、何か抽象概念を悼んでいるみたいな泣き声だった。ウォルターは特に考えもなく一人で遺体安置所に入った。愛する人が車輪つき担架に寝かされ、シーツの下で眠っていた。担架は中途半端な高さで、そばに跪くには高すぎる。ラリーサの髪はいつものとおり、艶やかで豊かな黒髪だが、あごがどこかおかしい。何か途方もなく残酷で許しがたい打撃が加えられたのか。唇をつけると、額は冷たかった。この宇宙に正義があるなら、こんなに若い人間の額がこんなに冷たくなっていいはずがないというぐらい冷たかった。その冷たさは唇から彼の中に入りこみ、二度と出ていこうとしなかった。終わったことは終わったこと。この世界に感じる喜びが死に絶え、何もかもが無意味になった。ジェシカの催促に負けて妻と連絡をとっていれば、それはラリーサと過ごした最後の時間を手放すことを意味しただろうし、そんなことをしない権利が自分にはあるのだ。これほど不当な宇宙にあっては、妻に不当な仕打ちをする権利ぐらいあるはずだ。ホフバウアー家の子供たちに、二度と帰ってこないボビーの名を呼ばせておく権利も。何もかも無意味なのだから。

そんな諸々の拒絶に力を得て——少なくとも、朝ベッドを出て、野外での長い一日の仕事をこなし、休暇を過ごす人々やら準郊外居住者やらで混雑した道路を遠距離通勤するだけの力を得て——彼はまた一つの夏を、これまで生きてきた中で最も孤独な夏を生き延びた。ジョーイとコニーには、忙しくて遊びに来てもらう暇がないと、まるきり嘘でもない（とはいえまるきり本当でもない）言い訳をした。相変わらず木立に侵入してくる猫たちとの闘いもあきらめた。ボビーとのあいだに起こったようなドラマをまたぞろ経験するなんて想像したくもない。八月、妻から何やら分厚い封筒が届いた。おそらくはジェシカの言っていた「伝言」に関係する原稿の類だろうが、彼は封を切らずに、昔の共同所得申告書や共同口座明細書、それに一度も書き換えていない遺書なども入った書類棚のひきだしにしまいこんだ。それから三週間も経たないうちに、今度は差出人欄にジャージーシティの**カッツ**とある梱包CDが届き、これまた未開封のまま同じひきだしに埋もれることになった。これらの郵便物からも、またフェンシティに買出しに行くたびにいやでも目につく新聞の見出しからも——国内外の新たな危機、口を開けば嘘ばかりの新たな極右ども、最終局面《エンドゲーム》を迎えた地球を騒がす新たな生態学的惨事——外の世界がじりじり包囲を狭め、もう無視できまいと迫ってくるのがひしひしと感じられたけれど、森の中に一人きりでいるかぎりは拒絶の決意を守り通すことができた。何せ拒絶ならお得意の家系の出身、体質的にも向いているのだろう。ラリーサの名残りはほとんど消えかけているように思えた。そう、荒野で死んだ鳴鳥のように——もともと信じがたいほど体が軽いうえ、その小さな心臓の鼓動が止まるや一握りの綿毛と虚ろな骨と化し、あとは風に軽々と吹かれるのみ——散り散りになりつつあった。でもだからこそ余計に、彼は残されたわずかなものに断固しがみついた。

　そのせいだろう、ついに世界が一台の車の形で到来を告げた十月の朝、私道を半分ほど行ったあたりの、かつてはミッチとブレンダのボート置き場になっていた雑草生い茂る退避場所に停められたその真新しいヒュンダイのセダンを見ても、彼は車を降りて誰が乗っているのかを確かめようとはしなかった。自然保護協会の大会があるダルースへ出発を急いでいたところでもあったし、軽く減速しただけでわかったのは、運転席が倒してあること、つまりドライバーは眠っているのだろうということくらい。誰が乗っているにせよ、普通に考えれば帰宅する頃には消えてくれているはずだ。でなければ、どうして家まで訪ねて来ない？　ところが、その晩八時に郡道から私道に乗り入れたときにも車はまだそこにあり、後部の反射プラスチックがヘッドライトにきらりと光った。

車を降りて、停めてあるセダンの窓を覗いてみたところ、中に人はおらず、運転席はまっすぐの位置に戻してあった。森は冷えこんでいた。空気はしんと動かず、雪の降りそうな匂いがする。キャンタブリッジ分譲地の方角からかすかな人声が聞こえる以外は音もない。再び車に乗りこんで家に近づいていくと、闇に包まれた玄関の階段に、女が、パティが座っていた。ブルージーンズに薄手のコーデュロイのジャケット。寒さしのぎに両脚をぎゅっと胸に抱えこみ、膝にあごをのせている。

彼は車のエンジンを切り、ずいぶん長いあいだ、二十分、三十分くらいだろうか、パティが立ち上がって声をかけてくるのを待っていた。話があって来たのなら話しかけてくるはずだ。ところがいっこうに動こうとしないので、しまいに勇気を奮い起こして、車を離れ、玄関に向かった。階段で、一フィートも離れていないところで一瞬立ち止まる。言いたいことがあるなら言えよ、と。それでも頭はじっと下を向いたまま。こちらからは話しかけまいと意地を張っている自分がいかにも子供っぽく思えて、ついにやりとしかけた。が、この笑いは危険な告白、すぐさま容赦なく押し殺し、鋼鉄の面持ちで家に入って後ろ手にドアを閉めた。

だがそんな彼の力も無限ではなかった。闇の中、ドアのそばでまた長いあいだ、一時間くらいだろうか、彼女が動く気配はないかと、ほんのかすかなノックすら聞き逃すまいと耳をそばだてずにはいられなかった。代わりに聞こえたのは、むろん空耳だが、ジェシカの声、パパはずるいという声だった。いてほしくないならはっきりそう言ってあげるのがせめてもの義理でしょ、と。それでいて、六年の沈黙を経たいま、ひと言でも口をきいたらすべてを撤回するのも同じじゃないか——これまでの拒絶をぜんぶ台無しにし、その拒絶にこめた意味をことごとく否定するようなものじゃないか——と思ってしまう。

やがてついに、半睡状態の夢から醒めたみたいに、彼は明かりをつけ、グラス一杯の水を飲み、ふと気づけば書類棚のほうに足を向けていた。一種の妥協のつもりで。とりあえず言い分だけは聞いてやろう、世界というやつの言い分を。まずジャージーシティからの小包を開けた。中に手紙はなく、ビニールで密封包装されたCDだけ。マイナーレーベルから出たリチャード・カッツのソロ作らしく、表のデザインは北方針葉樹林の風景で、そこに『ウォルターに捧げる歌《ソングズ・フォー・ウォルター》』なるタイトルが重ねてあった。

苦痛の鋭い叫びが聞こえた。自分の口から出たのに、まるで他人の叫びみたいに。くそったれ、あのバカ、ずるいじゃないか。震える手でCDを裏返してトラックリストを読む。一曲目は、「二人はグッド、ゼロならベター」。

「畜生、どうしようもないバカだな」そう言って笑いながらすすり泣く。「こんなのずるすぎだよ、バカたれ」

そうしてリチャードのずるさを思い、あいつも根っからの冷血漢じゃないのかもしれないと思ってひとしきり泣いたあとで、CDを封筒に戻し、今度はパティからの郵便物を開けた。中身は案の定原稿で、その最初の短い一段落を読むや、彼は玄関へと駆け出してドアを引き開け、パティに向かって原稿を振りたてた。

「こんなものいらない！」と怒鳴る。「きみの書いたものなんか読みたくない！　いますぐこいつを持って車に戻って体を温めろ。こんなクソ寒いところに座ってないで」

実際、寒気がするのか彼女はぶるぶる震えていたが、そうして屈みこんだ姿勢で固まってしまったかのようで、彼が手に握っているものを見ようともしなかった。それどころか、まるで殴られているみたいに頭を深く深く屈めていく。

「車に乗れ！　体を温めろ！　来てくれなんて頼んだ憶えはない！」

あるいは震えが一瞬激しくなっただけだろうか、このひと言に彼女はほんの少し首を振ったようにも見えた。

「約束する、電話するから」彼は言った。「必ず電話して、ちゃんと話をする。だからいまは行って、体を温めろ」

「いや」彼女はとても小さな声で言った。

「そうかい！　じゃあ凍えちまえ！」

そう言ってばたんとドアを閉めると、家の中を駆け抜けて裏口から外に飛び出し、湖の際まで走っていった。そんなに凍えたいんならこっちだって寒くなってやる、そう心に決めて。手にはなぜかまだ原稿を握りしめていた。湖の向こうには煌々とした明かり、キャンタブリッジ分譲地で休みなく電力が浪費されている。世界がおのれの身に起こっていると信じているニュースを巨大画面がちらつかせているのだろう。誰もがねぐらでぬくぬくとしているあいだ、州北東部の発電所《アイアン・レインジ》は石炭を燃やして送電線網にせっせと電流を送りこみ、かたや北極はあくまで北極らしく、十月の温帯林に寒気を吹きこみ滲み渡らせる。どう生きればいいのか、これまでだってろくにわかっていなかったとはいえ、いまほどわからなくなったことはなかった。が、やがて身を切る寒さが爽快を通り越して苦痛になり、骨の髄まで冷えてくると、パティのことが心配になってきた。歯をかちかち鳴らしながら斜面を登り、ぐるりと回って玄関まで行ってみたところ、パティはひっくり返っていた。丸くなっていた体がほどけ、頭は芝生に転がっている。不吉なことに震えも止まっていた。

「パティ、よし」そう言って跪く。「こいつはよくないぞ、な？　中に入ろう」

こわばった体がかすかに動いた。筋肉に張りがない。コーデュロイのジャケットの奥からは温もりがいっさい伝わってこない。立たせようとしたが、うまくいかなかったので、抱き上げて中に運びこみ、ソファに寝かせて毛布を何枚もかけた。

「バカもいいとこだぞ」やかんを火にかけながら言う。「こんなことして、へたすりゃ死ぬことだってあるんだ。聞いてるか？　零下二十度じゃなくても、零度くらいでも死ぬことはある。それをあんなとこにずっと長いこと座って、バカもいいとこだよ。だいたいきみは何年ミネソタに住んでたんだ？　ちっとは学べよな？　ほんと、どうしようもないバカだよ」

　暖房を強め、お湯を入れたマグを持ってきて、体を支えて飲ませようとしたが、たちまちソファの上に噴き出してしまった。再び口もとに持っていくと、首を振っていやいやと言うような音をたてた。指は氷の冷たさで、腕や肩も鈍く冷え切っている。

「くそっ、パティ、どこまでバカなんだよ。考えりゃわかるだろ？　ここまでバカな真似はいくらきみでも初めてだぞ」

　そう言って服を脱いでいるあいだにパティは眠りこみ、毛布をはがして服を脱がせにかかったときも一瞬目覚めただけだった。ジャケットを脱がせ、ジーンズもなんとか脱がせてから、こちらもパンツ一枚の姿で一緒に横になり、重ねた毛布をかぶった。「よし、眠っちゃだめだぞ、な？」と声をかけ、大理石のようにひやりとした肌になるべくぴったりと体を密着させる。「いま意識を失ったりしたら、それこそ本物のバカだ。わかるな？」

「んん、ん」とパティ。

　抱きしめて軽く体をこすりながら、ひっきりなしにパティを罵った。こんな情けない恰好をさせやがって、と。パティの体はいつまで経っても温まらず、眠りこんではかろうじて目覚めるという繰り返しだったが、やがてとうとう体の奥でスイッチが入ったような手応えがあって、ぶるぶる震えながら自分からしがみついてきた。そのままこすったり抱きしめたりを続けていると、だしぬけに目がぱっちり開き、こちらを覗きこんできた。

　まばたきはしていない。相変わらずどこか死んだような感じの、遠くにいるような目だ。その目は彼を突き抜けて背後まで、そのまた彼方まで、ほどなく二人とも死んでいるはずの冷え冷えとした未来の宇宙まで、ラリーサや父や母が一足先に消えていった虚無まではるかに見通しているようでありながら、同時にまっすぐこちらの目を覗きこんでもいて、その間も腕の中の体は刻一刻と温まっていく。そこで彼も、パティの目をただ見ているのをやめてその奥を覗きこみ始め、手遅れになる前に、この生と生のあとに来るものとの接続が失われる前に同じ眼差しを返し、二人がかつて言ったことやしたこと、与え合った痛み、分かち合った喜び、そんな何もかもの総和が風に吹かれるちっぽけな羽ほどの重みも持たないこの虚空と繋がっていられるうちに、身のうちにある汚らわしさを、二千もの孤独な夜の憎しみをすべてパティの目にさらしたのだった。

「あたしよ」パティが言った。「ただのあたし」

「知ってる」彼はそう言ってキスをした。

キャンタブリッジ分譲地の住民の身に起こりうるウォルターがらみの結末として、彼の転出を惜しむという事態はリストのはるか下のほうに位置していた。リンダ・ホフバウアーはもちろん、住民の誰にとっても、十二月初旬の日曜の午後、ウォルターの妻パティが夫のプリウスでキャンタブリッジ・コートに乗りつけ、一軒一軒ドアベルを鳴らして、手短に、ごく控えめに自己紹介したのち、ラップをかけた手作りクリスマスクッキー詰め合わせをプレゼントしてまわるなどという展開は予想外だったのだ。そのパティを前にして、リンダは少々居心地の悪い思いをすることになった。パティその人に即座に嫌いになれるところがないうえ、季節の贈り物とくれば拒むわけにもいかない。とりあえずは好奇心でパティを家に入れてみたところ、早速リビングの床に跪いて猫たちにおいでおいでをし、あちこち撫でてやりながら名前を訊ねてきた。どうやら旦那とは正反対の温かい人柄であるらしい。お目にかかったことが一度もないなんて不思議ねと探りを入れてみると、パティは小鳥のような笑い声をたて、「ええ、そう、ウォルターとはおたがい軽くひと息入れようって話になってたものだから」。このひと癖ある言い回し、なかなか巧妙である。道徳を盾にケチをつけようにもこれといった糸口がない。その後はひとしきり家を褒め、雪に覆われた湖の眺めに感嘆したのち、去り際にパティは、元日に自宅開放パーティーを開く予定だから、ご家族と一緒にぜひいらしてねと言い残していった。

リンダとしては、ボビーを殺した男の家にお邪魔するなど正直気が進まなかったのだが、キャンタブリッジ・コートの全家族が（すでにフロリダに発った二軒を除いて）そのパーティーに顔を出すと聞くと、もはや好奇心とキリスト教的寛容の教えの合わせ技に抗えなかった。実のところ、リンダはご近所での評判に問題を抱えていたのである。教会に行けば忠実な仲間や味方がいたものの、それとは別に近所付き合いも大事だと思っていたし、気弱なご近所さんの中にはボビーの死に必ずしも不自然さを認めない人たちもいたと言うのに、そのボビーに代わる猫を三匹入手したのはいくらなんでもやりすぎだったかもしれない。報復も度が過ぎるのではと囁く向きもあったのである。そんなわけで、さすがに夫と子供まで連れて行きはしなかったけれど、リンダ本人は新年早々サバーバンを運転してバーグランド邸を訪れ、そこでパティの特別扱いとも言える歓待ぶりに度肝を抜かれたのだった。着いて早々娘さん息子さんに引き合わされたばかりか、その後も付きっきりで家の周囲まで案内してもらい、挙句には湖の畔から、ほら、遠くから見たお宅もすてきよなどといい気にさせられる始末。さしものリンダもこれは相当な達人だと舌を巻き、この女からなら人心掌握術の一つや二つは学べるんじゃないかとふと思った。来て一カ月にもならないのに住民はみなすっかり夢中、リンダの愚痴にはもはやドアを薄くしか開けてくれず、寒風に吹かれて立ち話という、そんな冷たい隣人たちさえ夢中なのだから。それでも果敢にジャブを繰り出し、パティがうっかりリベラルな馬脚を露さないかと探ってはみた。が、あなたも野鳥ファンなのか（「ううん、でもウォルター・ファンだから、ちょっとうつったかもね」）とか、興味があるなら地元の教会をいくつか紹介しようか（「そんなにあるなんてすごい、選べるっていうのは大事なことよね〟」といった攻撃も不発に終わり、これは正面からぶつかるには危険すぎる敵だと結論せざるをえなかった。そんなパーティーの仕上げはパティお得意の手料理の数々、いかにもおいしそうな料理がずらりと並んだテーブルから、リンダはいっそ気持ちいいくらいの敗北感を覚えながらたっぷり自分の皿によそったのだった。

「やあリンダ」お代わりに立ったところにウォルターが話しかけてきた。「ありがとう、来てくれてほんとにうれしいよ」

「お招きいただいて感謝してるわ、奥様に」リンダは答えた。

妻が戻って以来、再びちゃんとひげを剃るようになったらしい──その顔はいまやピンク色に輝いている。「一ついいかな」と言ってきた。「おたくの猫がいなくなったそうだけど、ほんとにお気の毒だったね」

「あら意外」とやり返す。「ボビーのこと、大嫌いだったでしょ」

「嫌いだったよ。鳥殺しの常習犯だからね。でもきみがボビーを愛してたのはわかるし、ペットを失うのはつらいもんだ」

「まあでも、いまはまた三匹いるから」

穏やかにうなずいている。「なるべく家から出さないでほしいな、できればね。そのほうが安全だろうし」

「安全って──それ、脅し？」

「いやいや、脅しじゃない」ウォルターは言った。「ただの事実だよ。小さな動物には危険な世の中だからね。何か飲み物をお持ちするよ。何がいいかな？」

その日、およびその後の数カ月を通じて、パティの温もりにいちばん影響を受けているのがウォルター本人であることは誰の目にも明らかだった。かつては怒れるプリウスでご近所をすっ飛ばしていた彼が、窓を開けて挨拶をするようになった。週末にはパティを連れて、このあたりの子供がホッケー用に整備している凍った湖面の一画を訪れ、妻にスケートを教えていた。夫人の短期間での上達ぶりには目を見張るものがあったそうだ。天気のいい日には、バーグランド夫妻が連れ立って長い散歩をしている姿が目撃された。ときにはフェンシティ付近まで足を延ばしているようだった。そして四月に本格的な雪融けが始まると、ウォルターは再びキャンタブリッジ・コートの家々を訪ね歩いたが、このたびの用件は猫がらみの苦情ではなく、知り合いの学者と共同で五月から六月にかけて連続開催する予定の自然散策ツアーへの参加を呼びかけに来たのだった。この地の遺産に理解を深め、森にあふれる驚くべき命を間近に見てほしいという。ここにいたって、リンダ・ホフバウアーもついにパティへの抵抗を完全にあきらめ、なるほどあの人は旦那の操縦法を心得ていると素直に認めるようになった。すると、この口ぶりの変化が好評だったのか、ご近所のドアの開き幅もまた少しだけ大きくなったのだった。

そんなわけだから、その夏バーグランド夫妻が幾度となくみんなにバーベキューをふるまい、そのお返しにあっちこっちと招待され、そうして盛夏を迎えた頃合に、実は八月末にニューヨークに引っ越すことになったのだと明かしたときには、おおむね突然の残念な知らせとして受け取られた。パティの説明によると、向こうでしていた教育関係のやりがいのある仕事に戻りたいというのが理由の一つ、あとは母親も弟妹も娘もウォルターの親友もみなニューヨークかその近辺に住んでいるし、なるほどあの湖畔の家には自分もウォルターもずいぶん思い入れがあるけれど、そうは言っても永遠に続く物は何もないから、とのことである。休暇の時期にはあの家に戻ってくるのかと訊かれると、パティはふと顔を曇らせ、実はウォルターには別の望みがあるのだと言った。別荘として残す代わりに、地元の土地管理業者に野鳥保護区として管理してもらうつもりなのだ、と。

そうしてバーグランド夫妻はレンタルの大型トラックで出発し、ウォルターがクラクションを鳴らす傍らでパティはさよならと手を振ったのだったが、その後数日のうちに専門技術者の一団がやってきて、敷地全体に高い猫防止フェンスをめぐらし（パティがいなくなったいま、リンダ・ホフバウアーも臆することなく、なんだかみっともないフェンスよねと言い放った）、まもなくそこに他の作業スタッフも加わって、小さなバーグランド邸の内部を取り壊し、フクロウやツバメの憩いの場として外殻だけを残していった。今日では、保護区に自由に入れるのは鳥たちのほか、ゲートのロックの暗証コードを知っているキャンタブリッジ分譲地の住人だけであり、ゲートの上端に飾られた小さなセラミックの標識には、その名にちなんで保護区が命名された褐色の肌の若く美しい娘の写真が収められている。

謝辞

本書の執筆にあたっていただいた助けに対し、著者は特に次の方々に感謝したい。キャシー・チェトコビッチとエリザベス・ロビンソン。ジョエル・ベイカー、ボニー・ブロジェットとカム・ブロジェット、スコット・チェシャー、ローランド・コムストック、ニック・ファウラー、サラ・グレアム、チャーリー・ハーロヴィック、トム・イェルム、リサ・レナード、デイヴィッド・ミーンズ、ジョージ・パッカー、ディアナ・シェメック、ブライアン・スミス、ローリン・スタイン、そしてデイヴィッド・ウォレス。ベルリン・アメリカン・アカデミーとカリフォルニア大学サンタクルーズ校カウエル・カレッジ。

訳者あとがき

長い小説のあとがきは短いほうがいい、と一概に言えるのかどうかはわからないが、本書に長いあとがきは不要であろうと思う。アメリカ中西部の一家族をめぐるこの長大な物語にぐいぐい引きこまれてここまでたどり着いた読者の方は、その余韻に存分に浸っていただきたいし（いかがでしたか？長い小説でしか味わえない感動というのは確かにありますよね？）、読んでみようかどうかと迷ってこのページを開いた方には、もしも我々の時代を描いた直球勝負のアメリカ小説に興味がおありなら、とりあえず騙されたと思って読んでみてください、とだけ言っておきたい。環境問題、人口問題、後期資本主義、ブッシュ政権とイラク戦争などなど、現代世界を悩ます大問題がてんこ盛りの社会小説ではあるけれども、それらはすべて愛と家族の物語の中に丁寧に溶かしこまれている。どこか他人とは思えない登場人物たちが、他人事でなく——ときには実に卑近なレベルで——直面する問題として。つまり解説は不要、読者は小説世界に飛びこんで、そこに住む人々の思考と感情の渦の中に巻きこまれてしまうのがいちばんだ。

また、この小説の発表とほぼ同時期に著者ジョナサン・フランゼンの顔が『タイム』誌の表紙を飾り、そこに添えられた「偉大なるアメリカ小説家」なるキャプションともどもメディアで物議を醸した、などなどといった経緯も、ここで詳述する必要は特にないと思う。この種のレッテルは——それが文学界なり出版業界なりについて何を語っているかはさておき、当の作家・作品への評価としては

――あくまでレッテルにすぎないし、作品の話題性を（当然売り上げも）高めてくれる一方で、逆にある種の読者を遠ざける、あるいは読者の的外れな期待を煽るという、いわば諸刃の剣であるのは想像に難くない。フランゼン自身、どこかのインタビューで、まあありがたい話だけど、そこまで持ち上げられたらあとは落ちるしかないよね、といった趣旨の、照れと諦めの混じったコメントをもらしていたと思う。できればむしろ、ただの小説、ただの本として純粋に楽しんでほしい、と。

だからこの本を手に取ったみなさんには、肩に余計な力を入れずに（といってもけっこう重い本になりそうですが……）ストレートに物語を楽しんでもらえたらと思う。訳者自身は十分に楽しめたし（でなければこんなに長い小説に付き合えるわけがない）、これだけこってりと濃密な人間模様を、ユーモアありペーソスありで、アメリカの理念やら地球の行く末やらを巻きこみながら、ここまで読ませる物語に仕立てられる作家はそうそういない、と、少なくともそれくらいは言っていいのではないだろうか。

さて、フランゼンは一九五九年生まれだから、中堅からそろそろベテランの域に差し掛かろうかという年齢だが、これまでに発表した長篇小説は、

The Twenty-Seventh City（1988）
Strong Motion（1992）
The Corrections（2001、『コレクションズ』、黒原敏行訳、ハヤカワepi文庫）
Freedom（2010、本書）

と四冊だけ。なかなかの遅筆ぶりである。このゆったり具合も、地方都市を舞台に家族を丁寧に描く作風、実直にして鋭敏な社会意識、そしてふわふわした癖っ毛に度のきつそうな眼鏡というあの風貌

ともあいまって、フランゼンの魅力の一部と言えないこともないかもしれない。前作の『コレクションズ』が全米図書賞を受賞するなど批評家、読者に絶賛され、一躍現代アメリカを代表する作家となったフランゼンだが、いまや専門家やコアな現代文学ファンのみならず、広く一般読者からも新作を待望される稀有な作家の一人になったと言ってよさそうだ。

発表当時の「オバマも読んだ！」という騒ぎはともかく、物語の終幕がオバマ政権の到来と重ねられている本書であるから、せめてその任期中には邦訳を刊行できるようにと思いつつも、結局果たせぬまま大統領選挙の時期を迎えてしまった。その意味では（その意味だけでもないけれど）オバマさんが再選されて少しほっとしている。そんな怠慢な訳者を叱咤激励し、至らぬ訳稿を丁寧に読んでいくつもの誤訳を指摘してくださった早川書房の永野渓子さんには本当にお世話になった。この場を借りて心からお礼を申し上げます。

二〇一二年十二月

訳者略歴　1972年岡山県生，京都大学文学研究科博士後期課程修了，京都大学文学研究科准教授　訳書『夜はやさし』F・スコット・フィッツジェラルド，『ラナーク　四巻からなる伝記』アラスター・グレイ

フリーダム

2012年12月20日　初版印刷
2012年12月25日　初版発行

著者　ジョナサン・フランゼン

訳者　森《もり》 慎一郎《しんいちろう》

発行者　早川　浩

発行所　株式会社早川書房
東京都千代田区神田多町2－2
電話　03－3252－3111（大代表）
振替　00160－3－47799
http://www.hayakawa-online.co.jp

印刷所　三松堂株式会社
製本所　大口製本印刷株式会社

Printed and bound in Japan

ISBN978-4-15-209347-9 C0097